»Es soll Wind gegeben haben, und diese Versicherung scheint glaubhaft, wenn festgehalten wird, daß die Röcke, nämlich die unteren äußeren Kleidungsstücke der Weibspersonen, in Bewegung gerieten und die Anschauung der dann noch dürftiger bedeckten Oberschenkel zuließen, so daß sich Männer veranlaßt fühlten, ihre Kraftwagen anzuhalten und auf das Angebot der beiden, an der noch unvollendeten Autobahn wartenden sogenannten Mädel einzugehen, indem diesen zur Mitfahrt die Wagentüren geöffnet wurden.« Der Stechviehhändler Joseph Thugut hatte zwei Anhalterinnen mitgenommen und sie kurz danach vergewaltigt. Stella und Esmaralda sollen ihn daraufhin ermordet haben, doch die Leiche bleibt unauffindbar. Der Indizienprozeß gräbt im Vorleben der Angeklagten nach Motiven und der Tat ähnlichen Handlungen. Beide sind durch Herkunft, Kindheit und mangelhafte Ausbildung an den unteren Rand der Gesellschaft geraten – nicht zuletzt deshalb, weil sie Frauen sind. »Für mich ist ›Untersuchung an Mädeln‹ Albert Drachs bestes Buch, denn es gibt keinen Text, der frauenverachtendes Denken und Pseudologik der Justiz schärfer und prägnanter denunziert als dieser Roman.« (André Fischer)

Albert Drach wurde am 17. Dezember 1902 als Sohn eines jüdischen Mathematikprofessors geboren, studierte Jura und war seit 1926 Rechtsanwalt in Wien. 1938 Emigration über Paris nach Nizza. Mehrfach verhaftet, entkam er der Auslieferung knapp. Seit 1947 wieder Rechtsanwalt in Mödling bei Wien, wo er am 27. März 1995 starb. Erhielt 1988 den Georg-Büchner-Preis.

Albert Drach

Untersuchung an Mädeln

Kriminalprotokoll

Deutscher Taschenbuch Verlag

Von Albert Drach
ist im Deutschen Taschenbuch Verlag erschienen:
»Z. Z.« das ist die Zwischenzeit (12218)

Ungekürzte Ausgabe
August 1995
2. Auflage Februar 2001
Deutscher Taschenbuch Verlag GmbH & Co. KG,
München
www.dtv.de

Die erste Ausgabe erschien 1971 im
Claassen Verlag, Hamburg und Düsseldorf
(jetzt München)
Umschlagkonzept: Balk & Brumshagen
Umschlagbild: ›Stehender Akt-Elvira‹ (1918) von Modigliani
Satz: Fotosatz Amann, Aichstetten
Druck und Bindung: C. H. Beck'sche Buchdruckerei,
Nördlingen
Gedruckt auf säurefreiem, chlorfrei gebleichtem Papier
Printed in Germany · ISBN 3-423-12043-6

Es soll Wind gegeben haben, und diese Versicherung erscheint glaubhaft, wenn festgehalten wird, daß die Röcke, nämlich die unteren äußeren Kleidungsstücke der Weibspersonen, in Bewegung gerieten und die Anschauung der dann noch dürftiger bedeckten Oberschenkel zuließen, so daß sich Männer veranlaßt fühlten, ihre Kraftwagen anzuhalten und auf das Angebot der beiden, an der noch unvollendeten Autobahn wartenden sogenannten Mädel einzugehen, indem diesen zur Mitfahrt die Wagentüren geöffnet wurden. Es muß außerdem geregnet haben, wenn als richtig angenommen wird, daß auch die Blusen der zwei in Frage kommenden Frauenzimmer geradezu am Leibe klebten, was im übrigen auch dem Umstand zugeschrieben werden kann, daß sie nur unzureichende, d. i. kaum nennenswerte, Wäschestücke darunter getragen haben dürften. Wie lange sie trotz ihrer durch Wind und Regen hervorgehobenen Eignung zur Aufnahme in einen sonst nur von einer männlichen Person besetzten Kraftwagen hatten warten müssen, darüber liegen bloß die Angaben erwähnter Mädel vor. Wenn man diesen durch nichts bestätigten Äußerungen folgen sollte, so hat es länger als eine Stunde gedauert, bis die Windstärke, welche die Röcke bewegte, eine solche Kraftanstrengung zu deren Bekämpfung erforderte, daß sie nicht mehr aufgebracht wurde, oder auch die Unterlassung zwecks vorteilhafterer Aussicht für die Unterbringung eintrat, wie auch der Regen angeblich so lange brauchte, um die Blusen entsprechend zu durchweichen, um die von ihnen zu verhüllenden weiblichen Wesenheiten in voller Beschaffenheit aufscheinen zu lassen. Beides allerdings, obwohl zumindest eine der Anhalterinnen sogar einen Regenschirm mit sich führte, der freilich nicht aufgespannt wurde und zudem Risse im Stoff sowie einige Knickungen im Drahtgestell herzeigte.

Nach den Schilderungen der in Rede stehenden, von denen die eine Stella hieß, die andere hinwiederum auf den Namen

Esmaralda hörte, hätte jedoch erst der hundertundachte Wageninhaber angehalten, was wohl dem Umstande zuzuschreiben war, daß die vorhergehenden Eile hatten, weibsmäßig versorgt waren oder durch Aufnahme der beiden für sich Unannehmlichkeiten, vielleicht sogar Erpressungen vorhersahen. Es kann aber auch sein, daß die angeführte Zahl gar nicht stimmt.

Wie dem auch gewesen sein mochte, der eine hielt jedenfalls und vollzog den Einlaß der obgenannten Mädel in die Karosserie, welche viertürig gebaut gewesen, so daß Stella neben ihm, Esmaralda aber dahinter zu sitzen kam. Der Fahrer, welcher zugleich der Eigentümer des Fahrzeuges war, befragte zunächst Stella um deren Reiseziel, welches im übrigen mit dem der Esmaralda, an die er sich hierauf wandte, gleichlautete. Er gab nicht zu verstehen, ob er die beiden bis dahin bringen oder unterwegs zur Weiterbeförderung vermöge eigener Kraft beziehungsweise durch einen Dritten, genauer Vierten absetzen würde. Er verriet ihnen auch nicht, wohin er selbst zu fahren beabsichtigt hatte.

Sowie er aber Stella neben sich und Gas gegeben hatte, beschränkte er sich zunächst darauf, das Lenkrad mit einer Hand zu bedienen, während er die dadurch freigewordene andere zwischen die Schenkel der neben ihm Sitzenden eindringen ließ, sei es, um herauszufinden, ob sie so beschaffen war, wie er sich das nach ihrem sonstigen Eindruck vorstellte, sei es, daß er mit dieser Geste bereits eine Einleitungshandlung zu späterer weiterer Betätigung setzen wollte. Angeblich war aber Stella mit dieser Übung, die dem Gemeingebrauche gegenüber jüngeren Autostopperinnen entspricht, nicht einverstanden, was sie dadurch zu erkennen gegeben haben will, daß sie ihre Beine schloß, wodurch die eingeführten Finger nicht zu ihrem Ziele fanden, sondern auf halbem Wege angehalten wurden. Da die zweite Frauensperson, der dieses Manöver nicht entgangen zu sein schien, kicherte, nahm der Karosserieinhaber offenbar an, daß sie ihn besser empfangen hätte, und wies die erstere an, mit der anderen den Platz zu tauschen oder auszusteigen. Zu diesem Zwecke fuhr er kurz in Richtung eines Parkplatzes, hielt dort an, wobei die beiden Mädel jedenfalls jetzt, wenn nicht von Anfang an wußten, was zumindest einer von ihnen unmittelbar bevorstand, wenn sie weiter in dem Fahrzeuge Aufenthalt nehmen sollten. Nichtsdestoweniger beendigte keine von ihnen die Fahrt und begab sich nunmehr Esmaralda in jene Situation, in der früher Stella gewesen war, während sich diese mit dem früheren Platz der anderen begnügte.

Da diesmal der Anlasser nicht zu betätigen war, denn der Wagen befand sich bereits in gestartetem Zustand, hatte der kernige Autolenker die rechte Hand noch früher frei, so daß er mit dieser in einem Direktstoß durch die mangelhafte Wäsche der nunmehr neben ihm Befindlichen sofort an die angestrebte Örtlichkeit gelangte, wobei Esmaralda entweder, wie sie angibt, vollends überrascht wurde oder sich auf diese Gelegenheit, wie sie nicht zugab, schon rechtzeitig eingestellt hatte. Stella aber kicherte ihrer Angabe nach nicht, sondern dachte bereits darüber nach, wie sie im Falle eines nochmaligen Platztausches mit Esmaralda die Erreichung des gleichen Zieles durch den Fahrzeuginhaber vereiteln oder zumindest erschweren würde.

Als nun die eingedrungene Hand an der anstößigen Stelle sich in vertikaler Richtung hin- und herbewegte oder dies zumindest bei einzelnen Fingern der Fall war, nahm das Mädel keinen Anlaß, verspäteten Widerstand vorzutäuschen, weil, wie sie sagte, dies ohnehin keinen Sinn mehr hatte, oder, wie sie ein anderes Mal angab, dadurch nur das Fahrzeug und in demselben auch Stella gefährdet gewesen wäre. Die zweite Frauensperson will einen Augenblick an Hilfe zum Widerstand gedacht haben, aber dabei auch die Schwierigkeit und Folgenhaftigkeit einer Notbremsung durch sie als zwar des Fahrens kundige, aber nicht am Volant sitzende ins Kalkül gezogen haben. So blieb es bei den Fingerübungen seitens des Fahrers, die in ganz kurzer Zeit die vollständige Gefügigkeit derer, an deren Eingang sie erfolgten, herbeiführen mußten, sofern solche nicht von Anfang an gegeben war.

Darüber befragt, warum sie überhaupt neben dem Fahrer eingestiegen sei, da sie bei sich doch die gleiche Behandlung von seiner Seite voraussehen konnte, die sie kichernd bei ihrer Kameradin festgestellt hatte, meinte Esmaralda, sie habe nicht gemeint, daß es gleich so arg ausfallen werde, und sei bei ihrer Gefährtin nicht im Zustand des Bewunderns, sondern nur in dem des Wunderns gewesen, was Gelegenheit zu ihrer Heiterkeit geboten hätte. Überdies sei für die Lockerung der eigenen Lachmuskeln die Geste der Verhinderung seitens der Platztauscherin ausschlaggebend gewesen, und dabei habe sie sich vorgestellt, daß sie selbst an Stelle der anderen eine verwandte Gebärde würde abwehren oder dieser vorbeugen können. Schließlich räumte sie, in die Enge getrieben, ein, daß Regen und Wind und die lange Wartezeit bei solcher Wetterbeschaffenheit, also bloße Neigung zu bequemem und trägem Verhalten, für ihre Bereitschaft, platztauschend wieder einzusteigen, maßgebend gewesen wären.

Sohin ist für den Standpunkt der Mädel nichts gewonnen und nicht anzunehmen, daß sie sich das nun Folgende kaum oder anders vorgestellt hatten. Tatsächlich schien der Lenker entschlossen, bei der nächsten Abzweigung einzubiegen und das zu günstigen Bedingungen Begonnene durch Vollziehung des Beischlafes dem ihm von Anfang an vorgeschwebten oder nun im Zuge seiner Erkundungsversuche als leicht erreichbar erwiesenen Ende zuzuführen. Diese Möglichkeit ergab sich alsbald, weshalb er seine Eingriffe in die Intimsphäre des neben ihm sitzenden Mädels zunächst erheblich verlangsamte, wobei dasselbe nichts dagegen hatte und auf seine Wünsche einging, welche offenbar den Endaffekt auf beiden Seiten der natürlichen Vereinigung vorbehalten wollten.

Als nun die betreffende Wegeinmündung erreicht war, welche durch entsprechende Tafeln gesetzmäßig vorangezeigt worden war, fuhr der Autolenker nur einen Teil der Ausfahrt auf dem für diese bestimmten Straßenstück, während er sich sodann ungeachtet des durchweichten Erdreiches in die angrenzende Wiese bis hinter Buschwerk und vor Waldbeginn rollen ließ, richtiger sein Fahrzeug in diese Gegend brachte, aus der ein glimpfliches Wegkommen mit demselben erschwert oder überhaupt in Frage gestellt war. Vielleicht wurde er allerdings bereits durch die bis jetzt in Esmaralden gesetzten Erwartungen so sehr von seinen technischen Fahrverpflichtungen abgedrängt oder auch durch einschlägige Erregung in Anspruch genommen, daß er seinen Lenkungsfehler nicht rechtzeitig bedachte oder dessen Wiedergutmachung zukünftigen Einwirkungen überließ.

Sowie er nun sein Fahrzeug angehalten und so abgestellt hatte, daß es möglichst wenig von auf der Straße Vorbeifahrenden eingesehen werden konnte, öffnete er die hintere Wagentür, durch die er Stella aussteigen ließ. Sodann empfahl er Esmaralden, ihren Platz abermals mit dem vorher innegehabten zu wechseln, und als sie diesem Rate nicht sofort Folge leistete, hob er sie auf und beförderte sie auf den Rücksitz, woselbst er sie alsbald in die Liegelage versetzte. Da sie es nun wider Erwarten angeblich für gut befand, seinen Absichten nicht weiter entgegenzukommen, zerriß er ihre Hose vollends, die während der Fahrt entweder von ihm bereits am entscheidenden Platz versehrt oder schon schadhaft angetroffen worden war. Diesmal traf er das Mädel guten Willens, weil es sich entweder die Sache besser überlegt hatte oder weil es befürchtete, auch den Rock, der sich über der Hose befand und nun zurückgeschlagen war, einschlägiger Beschädigung auszusetzen. Sodann vollzog er zweimal an Esmaralden den außerehelichen Beischlaf, und es ist möglich, daß es noch zu einem dritten Verkehr gekommen wäre, wenn nicht Stella, angeblich aus einem Kältegefühl, wahrscheinlich aber um sich ihrerseits zu gleichem Zweck bereitzuhalten, zum Wagen zurückgekehrt wäre, von dem sie sich kaum allzuweit entfernt haben konnte.

Der sehr kräftige, in mittleren Jahren befindliche Autofahrer zog nun Stella, die sich angeblich nicht so rasch versah, in den Wagen, so daß deren Kopf auf Esmaraldens Schoß zu liegen kam. Sodann drückte er deren nach ihrer Erklärung aufgestellte Beine nieder und warf sich in seinem von seiner Tätigkeit an Esmaralden noch anhaltenden Zustand auf Stella, die ihm, wie sie behauptet, die Sache nicht erleichtern wollte, wozu noch kam, daß das unter ihr befindliche Mädel die doppelte Belastung nicht auf sich nehmen mochte.

Immerhin verschaffte er sich schließlich insofern Gehör, als es ihm gelang, mit seinem hierzu geeigneten Organ in Stellas Schoß einzudringen, wenn auch nicht, darin die für die Abreaktion nötige Zeit zu verbleiben, denn das Mädel machte sich offenbar die verworrene Körpersituation im Wagen zunutze, um sich des von ihm auf natürlichem Wege hergestellten Zusammenhangs von Person zu Person zu entledigen, und zwar so, daß er wahrscheinlich außerhalb ihrer Intimsphäre seine Befriedigung finden mußte, worauf der Zustand ihrer Wäsche schließen ließ. Jedenfalls ließ er es zunächst mit der schon erreichten Ausbeute seines Abenteuers bewenden und versuchte nunmehr nach Inordnungbringung seiner Kleidung, mit dem Wagen aus dessen Aufstellungsplatz herauszukommen, ohne sich um die Mädel weiter zu kümmern.

Dieser Versuch führte allerdings zu nichts, zumal ein Vorder- und ein Hinterrad des Vehikels in dem feuchten Erdreich eingesunken war, überdies aber der linke Hinterreifen sich als geplatzt erwies, was man hierzulande einen Batschen, d.i. Hausschuh, nennt. Er mußte daher zunächst darangehen, diesen Reifen auszutauschen, bevor er an eine Inbetriebnahme des Fahrzeuges denken konnte. Zu diesem Zweck begab er sich seines Sakkos, in welchem sich festgestelltermaßen eintausend Schillinge und einige Hunderter befunden haben, und warf dasselbe auf den rechten Vordersitz des Wagens. Hierauf öffnete er den Kofferraum des Wagens, dem er seinen Wagenheber entnehmen wollte, der darin allerdings angeblich in keiner Weise befestigt war. Er hatte aber kaum mit dem nunmehr erwachten Eifer der Mädel gerechnet, welche hinter ihm hergekommen waren, sich dieses Werkzeuges offenbar verabredetermaßen bemächtigten, bevor er es erreichte, und dabei so vorgegangen sein mußten, daß zumindest eines von ihnen, nämlich Esmaralda, bis an den Wagen herangekommen war und das Gerät ergriffen hatte. Während er sich nun nämlich Esmaralden zuwandte, welche er im Besitze der Vorrichtung glaubte, hatte die hinter ihm stehende und offenbar einige Schritte zurückgetretene Stella bereits das Eisenstück erlangt, erhoben und ihn damit mehrmals auf den Kopf getroffen, so daß er neben seinem Wagen leblos zusammensank. Während dieser Tätigkeit Stellas dürfte ihn Esmaralda gehalten haben, weil er sich sonst zweifellos umgewendet und den Verbrechenserfolg verhindert haben würde, wenn nicht bereits der erste Schlag ein betäubender gewesen sein sollte.

Als sich die beiden Mädel nunmehr darüber im klaren waren, daß sie den Autofahrer, dem sie ihre Mitnahme verdankten, gemeinsam umgebracht hatten, schleppten sie dessen Leichnam, wahrscheinlich nicht ohne fremde Hilfe, an einen nur ihnen bekannten Ort, wobei ziemlich viel Mühe und Kraftanstrengung angewendet werden mußte und die Wahl der Hinterlegungsstelle gewechselt haben mochte. Jedenfalls finden sich nur anfangs Blut- und Schleifspuren sowie die Abdrücke ihrer Schuhe. Später mußte eine männliche Person für sie eingeschritten sein, die den Toten offenbar davontrug, denn deren Schritte kehren in einem Kreis bis auf die Straße zurück. Diese Beihilfe wird allerdings seitens der Mädel entschieden in Abrede gestellt.

Immerhin hatte sich nach ihrer übereinstimmenden Angabe knapp nach der Tat, aber bereits nach Entfernung des Opfers ein unbekannter Autofahrer mit fremdländischem Akzent im Umkreis des Halteplatzes eingefunden. Dieser habe angenommen, daß der Wagen einer von ihnen gehörte, obwohl sich der Rock des rechtmäßigen Besitzers samt dessen Brieftasche in der Karosserie als gegenwärtig zeigte, auch dessen Körper im Gebüsch noch lag, wohin sie denselben ursprünglich gebracht hatten. Der noch nicht festgestellte fremde Lenker, dessen Fahrzeug möglicherweise ein ausländisches Kennzeichen trug, wechselte an der Mädel Stelle den schadhaften Reifen und nahm sich die Mühe, den Wagen wieder fahrbereit zu machen, so daß dieser von dem weichen Erdreich fortkonnte. Der Fremde sei bei dieser Gelegenheit der Leiche nicht ansichtig geworden, habe keinerlei Fragen über eine etwaige Begleitung der Mädel gestellt, aber auch darauf verzichtet, sich ihnen zu nähern. Danach habe Stella sich an den Volant gesetzt, welche vor ein paar Jahren die Fahrprüfung gemacht haben will, aber weder Führerschein noch sonstige Ausweisdokumente bei sich trug. Neben ihr nahm Esmaralda Platz, die zwar nie einen Fahrunterricht genossen, ihr aber nach durch Zuschaun gewonnenen Erfahrungen bei groben Fehlern fallweise Anweisungen gab. Auf diese Weise brachten sie den Wagen zwar nicht an seinen vom Eigentümer vorgesehenen Bestimmungsort, auch nicht dorthin, wo sie selbst beim ersten Einsteigen zu gelangen bestrebt gewesen waren, wohl aber bis nahe an die Landesgrenze, über die sie mit dem Fahrzeug zu kommen allerdings keine Möglichkeit sahen.

Es ist aber doch wohl anzunehmen, daß sie die Absicht hatten, wenn auch zu Fuß, ihren Weg über diese Linie zu nehmen, wohingegen sie beteuern, nur infolge mangelnder Richtungs- und Ortskenntnisse Stellas so weit von der noch nicht vollendeten und teilweise schon wieder unterbrochenen Autobahn abgekommen zu sein. Sie hätten vielmehr, ungeachtet oder sogar eher aufgrund der von ihnen gemachten Erfahrungen, den Wagen im Stich lassend, per Autostop ihre Fahrt fortzusetzen beabsichtigt, wobei sie nicht mehr den bereits hinter ihnen liegenden Zielort, an dem sie nicht sonderlich vermißt werden würden, sondern einen anderen, auf der Karte ihnen aufgefallenen Platz aufzuspüren im Sinn hatten, der von ihnen offenbar wahllos bezeichnet worden und an dem dann doch für sie nichts zu holen war, wenn sie sich dort nicht mit einem Komplizen treffen wollten.

Zu diesem Zwecke ließen sie den von ihnen rechtswidrig weggebrachten, also offenbar gestohlenen Wagen offen und unversichert stehen, wobei sie die Schlüssel zu dessen Inbetriebnahme steckenließen, doch wohl in der Absicht, einem weiteren Übeltäter die Fortschaffung des Vehikels zu erleichtern und so ihre Spuren vollends zu verwischen. In der Brieftasche des von ihnen Ermordeten fand sich angeblich nur ein Betrag von dreihundert Schillingen vor, welchen Esmaralda an sich nahm. Wo der Tausendschillingschein geblieben war, konnten sie nicht aufklären. Sie behaupteten ferner, sodann versucht zu haben, verschiedene Privatkraftwagenfahrer anzuhalten, um mitgenommen zu werden, auch solche, die bereits Frauenspersonen mit sich führten. Es sei aber keiner stehengeblieben. Doch hielt schließlich ein Tankwagen, dessen Fahrer sie kein Zeichen gegeben hatten, neben der Böschung an. Derselbe wollte jedoch nur eines der beiden Mädel, nämlich Stella mitnehmen, während er für Esmaralden angeblich keine Unterbringungsmöglichkeit sah. Schließlich wäre er immerhin auch damit zufrieden gewesen, wenn Stella zurückgeblieben und Esmaralda eingestiegen wäre. Doch weckte der Einblick in sein Gesicht und die Art, wie er sich ausdrückte, kein hinreichendes Vertrauen in seine Person. Auch waren die beiden Mädel angeblich noch nicht entschlossen, sich voneinander zu trennen, obwohl dies vermutlich die Flucht des einen oder des anderen von ihnen erleichtert haben würde. So beschlossen sie, da das Regnen aufgehört hatte und die Tageszeit nicht ungünstig war, ihren Weg zu Fuß fortzusetzen.

Dem Gendarm Eugen Polischanderl war die dienstliche Meldung zugegangen, daß eine Siebzehnjährige aus ihrer elterlichen Wohnung entschwunden sei und der Verdacht bestehe, sie hätte sich einer dreiundzwanzigjährigen Frauensperson angeschlossen, welche sie veranlassen wollte, zu einem vierundvierzigjährigen Mann zu entweichen, mit welchem die Minderjährige schon vorher von daheim nur ungern gesehene und schließlich unterbundene Beziehungen unterhalten haben sollte. Da die Personenbeschreibung nur ungenau war und Stella, obgleich schon zweiundzwanzigjährig, zufolge ihrer Schmächtigkeit leicht für achtzehn gehalten werden konnte, Esmaralda aber tatsächlich dreiundzwanzig war und auch so aussah, nahm er die beiden Mädel mit und brachte sie auf den Gendarmerieposten. Bei ihrer Anhaltung und auf dem Geleite zur Dienststelle befragt, hatten die zwei sich nur zögernd als Schwestern Brigitte und Hermy Müller ausgegeben, ihre Ortsanwesenheit stotternd mit einem Irrtum oder Verirren entschuldigt, als ihren Ausgangspunkt aber jenen Marktflecken genannt, aus dem das Verschwinden der Minderjährigen und das Auftauchen von deren Entführerin gemeldet worden war.

Daher wurde Esmaralda, welche man mit der Anstifterin zur Flucht gleichsetzte, in den Kotter gebracht, von dort vorgeführt und ausgefragt, worauf sie zu essen verlangte, dann aber zugab, nicht die Schwester der anscheinend von ihr Entführten zu sein, ihren wirklichen Namen allerdings nicht nannte. Die vorläufig noch im Dienstzimmer belassene Stella, welche keinen Hunger zeigte und deren geringfügiger Durst mit Wasser zu stillen war, blieb aber dabei und konnte auch nicht nach Vorhaltung der Angaben der andern davon abgebracht werden, die im Kotter Verwahrte für ihre Schwester auszugeben.

Sie wurde daher auf dem Amte behalten, bis die Eltern oder zumindest ein Elternteil der Entschwundenen ihr gegenübergestellt werden könnte. Zwischenzeitliche Versuche, sie zum Reden zu bringen, hatten nicht den geringsten Erfolg, während immerhin Esmaralda im Kotter sich hintereinander die Namen Franziska Meier, Josefine Löffler und Anna Mitterer beilegte, für alle drei schließlich auch Herkunftsorte bekanntgab, wobei allerdings fernmündliche Anfragen an den bezüglichen Meldungsämtern kein Ergebnis des Vorhandenseins der betreffenden Personen brachten. Es wurde mithin schließlich auch in ihrem Falle die weitere Ermittlung bis zur Ankunft der Abgängigkeitsanzeige unterbrochen.

Inzwischen hatte der Gendarm Ulrich Unterbichler ein offenbar von einem Unbefugten abgestelltes Fahrzeug mit einem Kennzeichen aus einem entlegenen Ort aufgefunden, dasselbe, das nicht verschlossen dagestanden war und dessen

Startschlüssel ebenfalls steckte. Unterbichler hatte das Vehikel ordnungsgemäß versperrt und die Schlüssel nach Hinterlassung einer Mitteilung an den Fahrer unter dem Scheibenwischer auf dem Amte in Sicherheit gebracht. Anfragen mittels Fernschreiber und Telephon ergaben, daß der Wagen einem gewissen Joseph Thugut gehörte, seines Zeichens Stechviehhändler, der gewöhnlich mit hohen Beträgen in der Brieftasche reiste, diesmal aber einer privaten Ausfahrt halber nur dreizehnhundert Schillinge mit sich genommen hatte. Der Genannte war an seinem Zielort nicht angekommen und auch nicht nach Hause zurückgekehrt. Es wird als unwahrscheinlich betrachtet, daß ihm der Wagen gestohlen worden sei, da er immer bei Verlassen des Fahrzeuges Lenkradsperre eingelegt habe und die Gepflogenheit hatte, als gewiegter Fahrer eine Strecke bis zum Zielort ohne Unterbrechung und mit hinreichend gefülltem Tank zurückzulegen. Es wird daher eher ein Blutverbrechen vermutet, da Thugut eine Seele von einem Menschen gewesen sei, der jeden Autostopper mitgenommen und aus Nächstenliebe befördert habe. Auch Autostopperinnen habe er von seiner Hilfsbereitschaft nicht ausgenommen. Nach der Befürchtung der besorgten Gattin könnte er sogar das Opfer eines als Mädchen verkleideten männlichen Anhalters geworden sein.

Im Zuge der Erhebungen war der Wagen wieder geöffnet und in demselben ein offenbar dem Joseph Thugut gehöriger Rock mit einer Brieftasche, in der sich außer den Wagenpapieren nichts befand, sichergestellt worden. Auf dem Rücksitz wurden verdächtige Flecken gefunden, die nach Beschaffenheit und Geruch von männlichem Samen herrühren konnten. Mithin verdichtete sich der Verdacht, der Wageneigentümer habe eine Frauensperson gegen gute Worte und spätere Hingabe derselben mitgenommen und sei in unmittelbarer Folge darauf außerhalb seines Fahrzeuges von dieser, etwa in Gemeinschaft mit einer weiteren, vielleicht als Frau verkleideten Mannsperson beseitigt worden, wobei im letzteren Fall die erwähnten Flecken allerdings auch einem körperlichen Einvernehmen der beiden Täter nach geschehenem Blutverbrechen zugeschrieben werden durften. Jedenfalls waren im Wagen Blutspuren nicht vorgefunden worden, woraus sich die Unwahrscheinlichkeit eines Gewaltgeschehens innerhalb des Fahrzeuges ergab, zumal bei einer allfälligen Reinigung der Karosserieausstattung auch die Samenflecken entfernt und der Rock des Ermordeten nicht an dieser Stelle belassen worden wären. Allerdings ließ die unterlassene Tilgung der Spuren und die Nichtbeiseiteschaffung von Verdachtsmerkmalen auf die Tatverübung durch ungeübte Gelegenheitsverbrecher schließen.

Inzwischen erschienen auf der Dienststelle die beiden Eltern des vermißten Mädchens, konnten aber in Stella die Gesuchte nicht wiedererkennen. Da die Mutter aber auch Esmaralden zu sehen begehrte, wurde ihr diese vorgeführt mit dem vorübergehenden Erfolge, daß sie in derselben sekundenlang sogar ihre Tochter wiedergefunden zu haben annahm, aber bei genauerer Ansicht der Frauensperson und begonnener Unterredung mit ihr diesen anfänglichen Irrtum wieder fallenließ. Der Vater aber hatte im selben Augenblick die Vorgeführte zwar als seiner Tochter ähnlich befunden, aber keine weitere Zeitspanne dafür aufwenden müssen, sie als mit dieser nicht identisch anzusehen. Sohin wurde Esmaralda sogleich in den Kotter zurückgeführt, obgleich sie ungestüm auf ihrer sofortigen Infreiheitsetzung bestand.

Im Gegensatz zu diesem ihrem Wunsche war sie aus Routinegründen ungesäumt zu befragen, inwieweit sie im Zusammenhang mit dem Verschwinden Joseph Thuguts stehe. Obzwar sie in solcher Hinsicht leugnend auftrat, d.h. jeden Zusammenhang in Abrede stellte, wurden an ihrem Rocke gleichartige Flecken wie in der Karosserie des verlassen aufgefundenen Wagens festgestellt. Diese schob sie zunächst auf einen Nahrungsmittelgenuß, sodann aber auf den vertraulichen Umgang mit einem Weggefährten. Im Verlaufe der obrigkeitlichen Nachforschung bequemte sie sich aber zu dem teilweisen Zugeständnis, von dem Wageninhaber in dessen Fahrzeug sittlich mißbraucht worden zu sein, worauf sich das zweite Mädel in die Büsche geschlagen habe. Ebendahin sei dann auch der Fahrzeuginhaber entschwunden. Von weiteren Sachverhalten wollte sie nichts wissen. Die Befragung Stellas, die von demselben Organ durchgeführt wurde, hatte zunächst kein brauchbares Ergebnis. Befragte behauptete, Esmaralden erst hierorts kennengelernt zu haben. Sie sei per Anhalter eingelangt, ein Auto mit fremden Kennzeichen habe sie hieher mitgenommen. Da ihr Rock keine eindeutigen Spuren männlicher Samenflecke enthielt, wurde sie daher genötigt, ihre Unterwäsche vorzuzeigen, welche in größerem Ausmaße als bei Esmaralden zu Vergleichszwecken herangezogen werden konnte. Hierauf wurde ihre Hose und der Rock der andern beschlagnahmt und gleichartige Kleidungsstücke angeschafft, um sie den beiden Angehaltenen vorläufig zur Verfügung zu stellen, solange die Beweisstücke zur medizinischen und gerichtlichen Feststellung nötig wären. Übrigens verweigerte Stella, über die Fleckenherkunft ausgefragt, jegliche Aufklärung im Hinblick auf ihr Privatleben. Da sie nicht angeben wollte noch konnte, woher sie ihren Unterhalt beziehe, ihre Identität nicht feststand, sie keinen Geldbetrag bei sich hatte und auch sonst verdächtig war, wurde sie der Vagabondage in Verbindung mit geheimer Prostitution für anfällig gehalten, nachdem sie auf den Geldbetrag von dreihundert Schillingen, der bei Esmaralden aufgefunden und in Verwahrung genommen worden war, keinen Anspruch zu haben erklärte. Die letztere aber war als mit dem einem Gewaltverbrechen zuzuzählenden Verschwinden des Joseph Thugut im Zusammenhang stehend vorläufig festgenommen worden.

Bis zu diesem Zeitpunkt waren im übrigen die laufend angeführten Vornamen der angehaltenen Mädel amtlich noch nicht bekannt, ebenso wie das Werkzeug, mit dem Joseph Thugut angefallen worden, noch nicht zustandegebracht gewesen. Es fiel auch noch nicht unbedingt auf, daß ein Wagenheber im Kofferraum fehlte, wiewohl ein solcher zur normalen und auch vorgeschriebenen Ausrüstung eines Kraftfahrzeuges gehört. Die Frau des Verschwundenen hatte nämlich zur Sache nichts angegeben, und es ereignet sich mitunter, daß Fahrer dieses Gerät mit sich zu führen unterlassen und im Pannenfall mit der Hilfe von Straßenkameraden oder eines Clubs, dem sie angehören, rechnen. Allerdings konnte im Kofferraum der Reservereifen in jenem Zustand festgestellt werden, der gemeiniglich als Batschen, d.i. Hausschuh, bezeichnet wird, woraus zu schließen war, daß unterwegs ein Schaden an einem der laufenden Reifen eingetreten war und zu dessen Umtausch geführt hatte, weil einem Reserverad ein Zustand wie der gegenständlich vorgefundene doch wohl nicht von Haus aus zukommt. Demgemäß konnte auch festgestellt werden, daß unterwegs, das ist auf der Fahrt, ein Austausch des im Zuge der Reiseergebnisse beschädigten Gummistückes gegen ein neues stattgefunden hatte, als welches sich auch einer der Radreifen erwies.

Esmaralda, in eine Einzelzelle überstellt, wurde in der Folge noch mitteilsamer, als sie bereits durch Bekanntgabe des zwischen ihr und Thugut stattgefundenen Verkehrs gewesen war, obwohl sie solchen als gewaltsam dargestellt hatte. Nach peinlichen stundenlangen Vorhalten gab sie zu, zugelassen zu haben, daß der Wagen von Stella gestohlen wurde, nachdem Thugut ein schadhaftes Rad mit Hilfe seines nunmehr zurückgebliebenen Wagenhebers ausgetauscht und während er sich hinters Gebüsch zwecks Notdurftverrichtung begeben hätte. Über weiteren Vorhalt, daß er bei seiner letzten Verrichtung keinen Grund gehabt habe, den Wagenheber im Freien zu hinterlegen und sich erst hinters Gebüsch zu begeben, um mit seinem ihr bereits vom Beischlaf bekannten Organ Wasser zu lassen, wußte sie zunächst keine Antwort, versetzte aber darauf, diese Vorsicht sei vielleicht des andern Mädels halber geschehen. Über weiteren Einwand, daß auch diese Frauensperson nach den aufgefundenen Spuren an einem Geschlechtsverkehr mit Thugut beteiligt gewesen sein mußte, so daß sich selbst vor ihr jede Rücksicht erübrigte, schränkte sie ein, der Wageneigentümer habe sich vielleicht rein gewohnheitsmäßig oder mechanisch oder im Hinblick auf Vorbeifahrende in Deckung begeben. Über weiteres Drängen, wieso denn Thugut keine Miene gemacht habe, den doch langsam anlaufenden Wagen noch zu erreichen, sprach sie von einem schnellen Anfahren der Stella, wobei sie offenbar übersah, daß diese erst Gas gegeben haben mußte. Über den weiteren Vorhalt, daß er dann das nächste Fahrzeug angehalten hätte, um mit diesem die Verfolgung aufzunehmen, meinte das Mädchen, daß gerade kein Auto in ihrer Richtung gefahren wäre und Stella diese durch Einbiegen in eine andere Fahrbahn bei erster Gelegenheit geändert hätte. Über die Vorstellung endlich, er hätte, falls noch am Leben, sich bestimmt gemeldet und den Diebstahl des Wagens zur Anzeige gebracht, räumte sie schließlich unter Tränen ein, ihre Gefährtin hätte den Mann mit dem Wagenheber erschlagen und dann mit ihr zusammen sowohl das Werkzeug als auch die Leiche beiseitegeschafft. Ein fremder Fahrer, der zufällig anhielt, habe mit eigenem Werkzeug den Reifenwechsel vollzogen und den eingesunkenen Wagen wieder flottgemacht, ohne sich um den Wageninhalt und die nicht beiseitegeschaffte Leiche, deren er offenbar gar nicht ansichtig wurde, zu kümmern. Hierauf habe sie der Brieftasche des Toten dreihundert Schillinge entnommen, sonst aber keinen Geldbetrag vorgefunden. Danach sei von Stella ihre bisherige Flucht bewerkstelligt worden. Diese heiße mit Zunamen Blumentrost, sie selbst aber Nepalek. Über die Person des hilfreichen Pannenbehebers wisse sie nichts Näheres.

Stella Blumentrost, mit den Angaben ihrer Komplizin vertraut gemacht, stellte zunächst alles in Abrede, was die Nepalek bereits eingeräumt hatte. Im Verlauf weiterer Vorhalte, insbesondere der Nutzlosigkeit des Abstreitens schon erwiesener Tatbestände, bekannte sie sich schließlich unter Tränen zu ihrem Namen und ihrer Tat und gab als Motiv an, sie sei ohne ihr Zutun von Thugut mißbraucht worden und hätte ihm daher mit dem Wagenheber einen Denkzettel geben wollen. Eine Absicht, ihn zu töten, habe sie nicht gehabt. Die

Stelle des Verbrechens sei ihr nicht erinnerlich und könne von ihr kaum mehr aufgefunden werden. Den unabsichtlich Getöteten habe sie mit der Nepalek nicht weit weggeschleift und nahebei auch den Wagenheber vergraben. Die Leiche sei unbeerdigt im Gebüsch geblieben, weil der fremde Pannenhelfer angehalten habe, sobald die Nepalek zum Wagen zurückgekehrt sei, um eine Schaufel zu holen. Dann hätte auch sie die Leiche im Stich gelassen und sich wieder zum Auto begeben, mit dem sie fortgereist seien, sobald es wieder fahrbereit gewesen.

Die Nepalek, von dem Geständnis der Blumentrost in Kenntnis gesetzt, beteuerte erneut ihre Nichtschuld an der Tötung Thuguts und versicherte auch ihren eigenen Mangel an Erinnerungsvermögen bezüglich des Tatorts und Platzes der Zurücklassung von Opfer und Werkzeug. Im übrigen schilderte sie den Beginn und Abbruch der Verbergungshandlungen sowie das Eintreffen des fremden Helfers ähnlich wie die Hauptbelastete. Darauf wurde sofort eine Suchaktion nach Leichnam und Wagenheber gestartet und mit dem Gericht am Platze Verbindung aufgenommen, welches sich hinwiederum mit der Staatsanwaltschaft ins Benehmen setzte. Sohin war wegen Verdunkelungs-, Verabredungs- und Fluchtgefahr die Verwahrungshaft über beide des Verbrechens verdächtige Mädel zu verhängen, und waren diese zunächst erwähntem Bezirksgerichte zu überstellen, von wo die beiden, zwar im Fond eines Autos, in ihrer Mitte aber der Schriftführer mit dem Richter Humbert Muggelhuber, eine Erkundigungsfahrt unternahmen, um den Tatort samt Leichnam und Wagenheber zu ermitteln. Diese Forschungstätigkeit endete aber an den Grenzen des Bezirksgerichtssprengels und blieb sohin erfolglos.

Dahingegen hatte schließlich die ohne amtliche Veranlassung auf eigene Faust vorgenommene Erhebung eines Straßenaufsichtsorganes Erfolg. Dieses, mit Namen Anselm Pinzhauer, war aufgrund von Zeitungsberichten über die ursprünglich beabsichtigte Fahrt des Getöteten und Bestohlenen an einen Platz gelangt, wo das Erdreich nach früheren Regengüssen teilweise aufgewühlt war. Dort fand es Spuren von Autorädern und Schleifspuren, die zwar ins Gebüsch, aber zu keiner Leiche führten. Auch Abdrücke von Damenschuhen, dazu auch solche von Herrenstiefeln konnte es feststellen. In der Folge fand es noch Blutspuren, wenn auch nicht in beträchtlichem Ausmaß, und ganz zuletzt den Wagenheber, nur wenig vergraben. Mithin war die beiläufige Stelle der Untat ermittelt.

Stella Veronika Angela Blumentrost ist die Tochter der vorverstorbenen Fabian Klaus und der Emma Eleonore Blumentrost, geborene Etschweiler. Der Todfall beider Eltern trat aus demselben Anlaß, nämlich Frontalzusammenstoß des von dem Vater gelenkten Fahrzeuges mit einem aus der Gegenrichtung, jedoch auf diesem nicht zustehender Straßenseite gekommenen Lastkraftwagen ein. Stella war zu dem Zeitpunkt neunzehn Jahre alt, hatte das Gymnasium mit durchschnittlichen Erfolgen absolviert und begonnen, eine Haushaltschule zu besuchen. Nach Fahrunterricht war von ihr die Führerscheinprüfung abgelegt worden, doch konnte sie sich am Unfalltage der Eltern absentieren und dadurch nicht nur am Leben bleiben, sondern auch noch die Begräbniskosten für diese sowie einen Pauschalentschädigungsbetrag erhalten, der nicht bloß den Wert des verlorenen Autos, sondern darüber hinaus deshalb eine gewisse Summe umfaßte, weil sie bisher keinen Beruf erlernt oder ausgeübt hatte und von den nachmaligen Unfallopfern erhalten worden war. Sie bemühte sich auch nach dem elterlichen Ableben nicht sonderlich, einen Beruf auszuüben, obwohl sie in einem Schnellkurs Stenographie und Maschineschreiben erlernte. Ihre einschlägigen Kenntnisse blieben überdies gering. Stellungen, für welche solche nötig gewesen wären, übte sie, obwohl große Nachfrage und wenig Angebot bestand, nur vorübergehend aus, und gar nicht mehr, als sie im vollen Besitze der Versicherungssumme stand, die sie aber spätestens an dem Tage aufgebraucht hatte, an dem sie dem Thugut begegnete. Bis zu diesem Zeitpunkt ist sie zumindest mit zwei oder drei Männern in intimen Verbindungen gestanden, mit einem von denselben in besonders zartem Alter, als sie noch die Schule besuchte, mit dem oder den weiteren anderen angeblich erst nach dem Tode der Eltern. Der eine von ihnen war jedenfalls schon vorher der Liebhaber der Nepalek gewesen. Auch blieb sie mit beiden bis kurz vor dem Zeitpunkt der Tat in gesellschaftlicher Verbindung. Von Mädchen, mit denen sie im Verlauf ihres Lebens zusammengekommen war, wird sie im übrigen als verhältnismäßig kalt geschildert. Zu ihren Freundinnen gehörte allerdings auch die Nepalek, die sie bei einem auswärtigen Heurigen, d.i. Buschenweinausschank, kennengelernt hatte. Mit derselben war von ihr am Abend vor der Anhaltung des nach Tötung des Fahrers angeeigneten Fahrzeuges in einem Gasthaus der Örtlichkeit nahe der Autobahn ihr zweiundzwanzigster Geburtstag gefeiert worden. Diese Feier hätte nach getroffener Verabredung bei dem gemeinsamen Liebhaber der beiden stattfinden sollen und sohin auch offenbar auf dessen Kosten. Da derselbe aber das Stelldichein angeblich nicht einhielt, feierten die beiden Mädel, die sonst nichts daran fanden, denselben Mann zum Partner zu haben, miteinander den Geburtstag der einen. Bei dieser Gelegenheit wurde viel gezecht und der Rest der Barschaft Stellas aus der Versicherungssumme aufgebraucht. Festgestellt wurde, daß die Blumentrost nicht in nennenswertem Maße alkoholische Getränke konsumierte und mehr dem Essen zusprach, sei es, weil ihr Bargeld nicht reichte, sei es, weil sie an dem fraglichen Tage auf Wein, Bier, Schnaps oder Rum keinen besonderen Wert legte. Sie war jedenfalls nicht im Zustand der Trunkenheit und für die Tat voll verantwortlich. Ob sie außerdem mit der Nepalek in widernatürlichen Beziehungen stand, bleibt noch zu erörtern.

Esmaralda Hermine Nepalek, ohne Einkommen und Vermögen, bereits wegen des Deliktes der leichten Körperverletzung vorbestraft, ist die Tochter des Sebastian Nepalek und der vorverstorbenen Barbara, geborene Wiklacil. Sie war das vierzehnte Kind der beiden. Gleichwohl starb die Mutter bei der Geburt. Aus diesem Umstand und wahrscheinlich auch aus etlichen anderen Gründen erfreute sie sich nicht der besonderen Zuneigung ihres Vaters, der die Ehefrau gebraucht haben würde, um seine Kinder entsprechend zu versorgen. Er hatte sich nicht wieder verheiratet, aber bald nach dem Todfalle eine Lebensgefährtin genommen, der Esmaralda im Wege zu stehen pflegte. Die anderen Kinder waren schon längst außer Haus, teils befürsorgt, teils von Wahleltern adoptiert, die ältesten von ihnen aber verdienten bereits ihren Unterhalt auf rechtmäßige Weise. Ein Bruder war sogar nach Übersee ausgewandert und sandte hie und da kleinere Beträge nach Hause, manchmal sogar für Geschwister der in Rede stehenden, die allerdings nunmehr andere Anschriften hatten und daher bei der Zuteilung wegfielen, niemals aber für Esmaralden, die er gar nicht kannte, weil sie zum Zeitpunkt seiner Emigration noch nicht vorhanden war und man außerdem vergessen hatte, ihn von ihrem Dasein in Kenntnis zu setzen. Die Beschuldigte, die früher zumeist nur im väterlichen Haushalt und in der väterlichen Werkstätte ausgeholfen hatte, war erst in den letzten drei Monaten als Schneidergehilfin längere Zeit anderswo in Arbeit gestanden, hatte aber am Tage der Tat wegen besonders ungebührlichen Verhaltens und unerlaubter Entfernung ihren Posten verloren und, weil es erst Wochenmitte war, nur einen bescheidenen Lohn ausbezahlt erhalten. Da sie die früheren Löhne angeblich überwiegend zu Hause abliefern mußte, besaß sie vermutlich nur diesen Betrag, als sie mit Stella zusammentraf. Den Erkundigungen nach muß sie zumindest sechzehn Männerbekanntschaften gehabt haben, darunter auch solche mit verheirateten Herren, die sie auf ein Glas Bier oder einen Kaffee, ausnahmsweise auch auf ein Nachtmahl, einluden. Sie pflegte nicht viel Schwierigkeiten zu machen, verlangte aber angeblich niemals Geld für ihre Hingabe und bekam auch keines freiwillig geleistet. Am kritischen Tage hatte sie etwas mehr Alkohol als die Stella, hauptsächlich in Gestalt von Bier, zu sich genommen, wobei sie auch ihren letzten Lohn verbraucht haben dürfte, zumal sich außer den dreihundert Schillingen Thuguts kein Bargeld bei ihr vorfand. Sie behauptet, daß sie wegen Mittellosigkeit und Verlustes ihrer Stellung mit der anderen mitgegangen sei, um per Anhalter zu dieser zu gelangen, obwohl sie auch zu Fuß ihren nicht sonderlich entfernten Wohnort hätte erreichen können. Widernatürliche Beziehungen zu dieser sind nach der Sachlage zu vermuten, werden aber von ihr auf das entschiedenste bestritten, sie sei sexuell normal veranlagt und hätte hinreichend Verkehr mit Männern gehabt. Daß ihr letzter Liebhaber vor dem Opfer fallweise zwischen ihr und Stella geteilt wurde, im selben Raum und in unmittelbarer Folge, gibt sie zu, ebenso, daß sie in der kritischen Nacht bei Nichteintreten der Tat in Gemeinschaft mit der andern genächtigt haben würde, wenn auch nicht unbedingt auf demselben Lager.

Die Verdächtigten beziehungsweise Beschuldigten wurden im übrigen nunmehr dem Kreisgericht des Tatortes überstellt, wohin auch ihre Akte abgeliefert worden war und wo Landesgerichtsrat Baldur Mausgrub die Untersuchung übernahm. Derselbe hatte eine Abhandlung mit dem Titel verfaßt und veröffentlicht: »Die weibliche Kriminalität im Lichte des Mangels an Kraft und Wagemut.« Darin hatte er eindeutig auseinandergesetzt, daß Frauenspersonen fast ausschließlich nur dann zu Tötungshandlungen hinneigen, wenn das Gelingen ihnen gesichert, die Entdeckung ihrer Person aber unwahrscheinlich erscheint. Daß sie dabei wegen Erschöpflichkeit der weiblichen Vernunft mitunter Irrtümern unterliegen, ändert nichts an ihren vorgefaßten Plänen, die weit seltener durchschaut werden können als die wagemutigeren und phantasiereicheren der Männer. Aus diesen Gründen teilte er den Frauen und weiblichen Gemütern die Verübung von Giftmorden und Tötungen im Schlaf und im Zustand der Sinnentrübung, z. B. unter Alkoholeinfluß der Opfer zu, sowie auch weitgehend Anstifungshandlungen, während er alle Morde, die persönlichen Mut erforderten, auf die männliche Seite buchte. So schien es ihm auch im Gegenstandsfalle nur dann wahrscheinlich, daß die Mädel den Mord persönlich verübt hätten, wenn der selige Thugut eingeschlafen oder durch Drogen betäubt gewesen wäre. Ansonsten aber kam der fremde Pannenhelfer in erster Linie als Ausübender der Tat in Betracht. Vor allem aber wollte Dr. Mausgrub vorerst die Leiche geliefert bekommen, die seiner Ansicht nach unmöglich von den Mädeln transportiert, sondern von dem fremden Haupt- und Mittäter beiseitegeschafft und möglicherweise in einen Fluß, unter Umständen die Donau, versenkt worden war. Daß ein Zusammenwirken beider Mädel viel eher vorlag als nur die Anstiftungshandlung einer von beiden, schien ihm hinreichend vertretbar, weil das einzelne Weib seiner verwerflichen Eigenschaften zufolge zumeist nur nach Sicherung männlicher Mitwirkung tätig werde, sich aber auch bei solcher noch darüber hinaus entsprechend absichere.

So wurden die beiden Dirnen, denn um solche handelte es sich offenbar nach seiner Meinung, zunächst zwecks Feststellung ihres Hurerichs ausgefragt, dann in bezug auf beiderseitiges Einverständnis ins Gebet genommen, schließlich auch betreffend der Person des fremden Pannenhelfers, der möglicherweise in Wahrheit der schon früher vorhandene Zuhälter gewesen sein konnte.

Stella Blumentrost, die diesmal als erste vernommen wurde, verwahrte sich nachdrücklich gegen den Vorwurf des Bestandenhabens gewerblicher Prostitution und eines illegitimen Nutznießers, verlangte vielmehr die Beistellung eines Anwaltes, doch wohl richtiger Verteidigers, bevor sie überhaupt weiter antworte. Sie wurde nunmehr rechtsbelehrt, daß sie das ehrwürdige österreichische Strafprozeßsystem offenbar mit angelsächsischem oder sogar romanischem Rechte verwechsle, da nach heimischer Gepflogenheit und Gesetzesauslegung der Verteidiger während der Vorerhebungen und unter Umständen auch der ganzen oder eines Teiles der Voruntersuchung nur ein Anrecht auf Lektüre eines leeren Aktendeckels habe, während die übrigen Beweisstücke zur

Überführung des Verdächtigen oder Angeschuldigten zurückzuhalten seien. Danach fragte sie, ob sie überhaupt gehalten sei, auf eine Frage Auskunft zu geben, worauf sie Mausgrub in Kenntnis setzte, daß zwar das Geständnis ein wichtiger Milderungsgrund wäre, daß aber zu dessen Erlangung nicht einmal die Folter mehr angewandt werden könne. Im übrigen habe sie schon ihren Anteil an der Tat zugegeben, es fehlten nur noch die ergänzenden Auskunftserteilungen bezüglich Mittäter und Wegschaffung der Leiche. Darauf erklärte die Stella, heute zu keinen zusätzlichen Auskünften mehr bereit zu sein, da sie sich hiezu nicht mehr aufgelegt fühle. Die weitere Ankündigung gesetzlicher Nachteile bei Verzögerung des Verfahrens und Erschwerung der Erhebungen schien sie gar nicht mehr anzuhören.

Wesentlich zugänglicher zeigte sich hinwiederum die Esmaralda Hermine Nepalek. Diese wollte zwar gleichfalls nicht den Namen ihres letzten Liebhabers preisgeben, dessen Zuhälterqualität sie überdies verneinte. Doch fiel dieser Umstand nicht sonderlich ins Gewicht, weil die nötigen Erhebungen auch ohne sie stattfinden konnten und ehebaldigst auch stattfinden würden. Dagegen gab sie nunmehr zu, mit der Stella meistens einer Meinung gewesen zu sein und den Wagenheber vorerst an sich genommen zu haben, bevor sie ihn der Stella hinter dem Rücken des Eigentümers überreicht habe. Der fremde Pannenhelfer habe mit ausländischem Akzent gesprochen, nach nichts gefragt, wenn nicht nach ihrem und Stellas Befinden, und außer nach ihren Brüsten an ihnen nirgendshin gegriffen, den Leichnam übersehen, aber kaum vor dessen Fortschaffung und ihrer Abfahrt sein Fahrzeug in Bewegung gesetzt. Wo der Leichnam hingekommen sei, wisse sie gar nicht. Vielleicht sei Thugut gar nicht tot gewesen und hätte sich aus eigener Kraft entfernt. Warum er sich allerdings dann nicht gemeldet und sein Fahrzeug beansprucht habe, das könne sie keineswegs aufklären noch überhaupt wissen.

Die Ausforschung des offenbar ausländischen Pannenhelfers und möglicherweise Mittäters und Leichnamwegschaffers mußte den Sicherheitsbehörden überlassen bleiben. Diese wandten sich mit häufigen Aufforderungen an die Öffentlichkeit und erhielten aus dieser auch eine Fülle von Angaben unbrauchbarer Art. Sieben Autofahrer meldeten, um die angeführte und um andre Zeit verschiedenen fremdartigen oder auffälligen Fahrern begegnet zu sein. Einer nannte sogar ein Kennzeichen, welches aber einem Fahrzeug des diplomatischen Korps gehörte, dessen Chauffeur an diesem Tage Heimurlaub und das Auto ins Ausland mitgenommen hatte. Die Fahrer Vinzenz Stingenbrückler, Hubert Quasniak und Elsa Rossdorner bestätigten hinwiederum, dem Fahrzeug des Thugut zu einer Zeit begegnet zu sein, zu der es offenbar von Stella Blumentrost gelenkt wurde. Sie gaben übereinstimmend an, daß das Fahrzeug langsam und unsicher unterwegs gewesen, die letztere fügte hinzu, daß die Geschwindigkeit mitunter gewechselt habe, jedenfalls aber ungleichmäßig geblieben sei. Alle Zeugen hatten den Eindruck, daß ein Neuling oder Sonntagsfahrer am Lenkrad gesessen habe. Tatsächlich wurde von Stella Blumentrost auch seit dem Tode der Eltern kein Fahrzeug mehr gelenkt, obwohl ihr letzter Liebhaber ein solches besessen, ihr aber vermutlich nicht dessen Führung anvertraut hatte. Ob sie in Ermangelung von Fahrkenntnissen, der Fahrgeläufigkeit oder im Bewußtsein ihrer Blutschuld damals eine unsichere Fahrweise aufwies, blieb sohin noch dahingestellt.

Beim Lokalaugenschein wurden die beiden Mädel gesondert befragt und vertrat je ein Polizist die Position der anderen, die gerade nicht dran war. Dieser hatte die Aufgabe, deren Stellung bei der Tötung Thuguts in der Verantwortung der Mittäterin aufzuzeigen. Ein weiterer Polizist mimte den zu Ermordenden. Der Stella mußte der Wagenheber im letzten Augenblick aus der Hand genommen werden, denn sie hieb so kräftig zu, daß sie beinahe auch den Sicherheitsbeamten tödlich getroffen hätte. Die Esmaralda stellte sich bei der Tötung zu weit weg. Zwar konnte sie auf diese Entfernung kaum den Wagenheber hinter dem Rücken Thuguts weitergereicht haben. Immerhin mußte es ihr aber trotzdem möglich gewesen sein, den zu Beseitigenden zeitgerecht abzulenken, zumal er vielleicht zufolge angenehmer Erinnerungen an ihrem Anblick mehr interessiert war als an dem Stellas, die sich weniger entgegenkommend oder sogar etwas widerspenstig gezeigt hatte. Die beigezogenen beiden Sachverständigen Dr. Wendolin Frischhacker und Dr. Augustin Umleger hielten den Hieb unter Berücksichtigung aller Umstände und in Anbetracht des Eindringens an der offenbar zum Ziel genommenen Stelle des Kopfes für unbedingt tödlich. Wenn, wie Esmaralda angab und Stella nun leugnete, zwei oder mehrere Schläge erfolgt waren, war das Ergebnis dem letzten Schlag zuzuschreiben. Mehr konnte gegenwärtig mangels Vorliegens der Leiche nicht festgestellt werden. Die Abwendung des Getöteten in Richtung Esmaraldens, die ja auch der Stella die Waffe zugereicht hatte, blieb für die notwendige Kopfhaltung zum Zwecke der Schädelspaltung ursächlich. Dabei konnte sie selbst zuletzt an dem Platz gestanden sein, den sie vorgezeigt hatte, wenn doch wohl ein Näherverweilen wahrscheinlicher war. Auch ein Laie, selbst ein Mädel, mußte sich über die Eignung von Werkzeug und Schlag nach Ziel und Kraftanstrengungen im klaren gewesen sein. Ohne den in der Sache entscheidenden Richtern in irgendeiner Weise vorzugreifen, war dieses Argument anzubringen.

Die eingeholten Strafkarten ergaben die völlige Unbescholtenheit der Stella Blumentrost. Dagegen war Esmaralda Nepalek bei Tilgungsfähigkeit zufolge Amnestie, aber doch unterbliebener Tilgung, bereits zweimal vorbestraft, das erste Mal vor vier Jahren wegen Übertretung gegen die Sicherheit der Ehre mit nur hundert Schillingen Geldstrafe, ein weiteres Mal nicht lange darauf bei Tatverübung wegen leichter Körperbeschädigung mit drei Tagen Arrest bedingt, unter Aufschub der Rechtsfolgen, wobei aber die Bewährungsfrist noch nicht ganz abgelaufen war. Diese zweite Verurteilung erwies sich trotz Geringfügigkeit im übrigen nicht nur als einschlägig, sondern auch wegen der Art der Ausübung der Tat und den Umständen nach als verwandtem Geschehen entsprechend. Die Ursache des Streites, welcher schließlich die Nepalek zu Rechtswidrigkeiten reizte, war der Umstand, daß ein anderes Mädel einen Liebhaber nahm, den die Täterin für ihr ausschließlich zugehörig gehalten hatte. Sie paßte die Rivalin, auf die sie, wie schon nicht mehr auf Stella, eifersüchtig gewesen war, zusammen mit einer Arbeitskollegin ab, wobei diese zweite ihre nachmalige eigene Rolle übernahm, nämlich das Opfer durch Blick und Wort abzulenken, und sie selbst das Fach der Blumentrost vorwegnahm, das heißt, auf die Abgelenkte zuzuschlagen. Sie versetzte dieser drei heftige Schläge auf den Schädel, wobei die Betroffene das Gefühl hatte, daß die Täterin sie habe umbringen wollen. Weil aber dieser damals keine Waffe zur Verfügung gestanden war und der Richter annahm, daß ihre Hände von zarter Beschaffenheit, der Kopf des Opfers aber von entsprechender Härte gewesen sei, hielt er auch das Gefühl von Kopfschmerzen der Beschädigten, die noch immer vorhanden sein sollten, für übertrieben und die Dauer der Gesundheitsstörung für nicht länger als zwanzigtägig, und keine weitergehende Absicht Esmaraldens für gegeben. Obwohl der Spruch im lauteren Ermessen des Gerichts lag, schob das zweite Mädchen, das die Verletzte vorher abgelenkt und selbst nicht unter Strafantrag gestanden hatte, die milde Veranschlagung der Tat darauf, daß die Nepalek zur Verhandlung ein neues, wenn auch selbstgeschneidertes Kleid getragen hatte, in dem sich nicht nur ihr gesunder Oberbau deutlich abzeichnete, sondern auch ihre ansprechenden Beine bis zur Grenze des Erlaubten frei zu Geltung kamen.

Der Richter, welchem nunmehr die Untersuchung überlassen war und der Baldur Mausgrub hieß, hatte mit den vorhandenen Spuren auszukommen oder neue zu finden. Bei der Untersuchung des Tatortes, die allerdings wesentlich später erfolgte, zeigten sich nurmehr wenige unvollkommene Schuhabdrücke, die den beiden Mädchen zugeordnet werden durften, sowie einige solche, die auf den Weg des fremden

Autofahrers oder einer dritten Person, die mit dem Abtransport der Leiche zu tun haben konnte, schließen ließen. Vom Opfer selbst wurden Schritte nicht mit Sicherheit festgestellt. Die von ihm stammen mochten, konnten dem Straßenaufsichtsorgan zukommen, welches das Mordwerkzeug gefunden hatte. Menschliche Blutflecke im Bereiche des Wiesenstückes zeigten sich nurmehr in geringfügigem Maße. Im Kofferraum des Wagens schließlich aufgefundene Blutreste wurden zuletzt einem geschlachteten Schwein, das Thugut längere Zeit vorher bei eigenen Lebzeiten transportiert hatte, zugesprochen. Daß die Leiche von den beiden Mädeln ohne fremde Hilfe weggebracht worden wäre, war aus den restlichen Tritten zum und vom Gebüsch nicht zu schließen. Das Straßenaufsichtsorgan hatte sogar noch vollständige Schrittfolgen vom Gebüsch, unter dem die Leiche ursprünglich gelegen sein sollte, bis zur Straße gefunden. Diese Tritte, die einem Manne mit größerer Schuhweite zugeordnet werden konnten, waren nunmehr nicht nur von dem Zeugen selbst, sondern auch von neugierigen Besuchern des Verbrechensortes so verwischt worden, daß sie sich überhaupt kaum mehr zur Gänze feststellen ließen. Weder in der Nähe noch an sonstigen verdächtigen Orten ließ sich eine Leiche einschlägiger Beschaffenheit oder Teile derselben auffinden. Im Fluß und Stromgebiet verlief die Suche ergebnislos. Zwei schließlich zustandegebrachte Leichen waren beide offensichtlich weiblich.

Jedenfalls durfte nach dem ursprünglichen Fund des Straßeneinräumers und Aufsichtsorgans Anselm Pinzhauer an Schuhabdrücken im weichen Erdreich im Zusammenhang mit den vorhandenen Resten von Schrittspuren vermutet werden, daß dort, wohin die Mädel die Leiche gebracht hatten, diese von einem Manne aufgenommen und zu einem Kraftwagen geschleppt worden war. Dieser Kraftwagen war aber offenbar nicht der Thuguts, in dem die Mädel auch sonst keine Reinigung und Spurenbeseitigung durchgeführt hatten und der auch viel näher zur Leiche geparkt gewesen war. Daß der andere Wagen in größerer Entfernung vom Verbrechensort stand, schon auf einer Straße, in der er zwar eingesehen werden konnte, aber keine Spur hinterließ, mußte Absicht gewesen sein, wobei die Einsicht vielleicht durch die Transportzeit wegfiel. Freilich kam, eher als beleidigte Frauenehre, als Tatmotiv in Betracht, daß die Mädel den Geldbetrag Thuguts bei früherer Gelegenheit entdeckt hatten, von dem sich allerdings nur eine Teilsumme bei Esmaralden vorfand. Daß sich der Fremde bei Mittäterschaft mit tausend Schillingen begnügt und das Auto den Mädeln überlassen hätte, war freilich kaum anzunehmen.

Würde der Fremde bereits bei der Tötung zugegen gewesen sein, dann hätte er diese vermutlich selbst übernommen. Aber auch, wenn er erst danach eintraf und für höchstens tausend Schillinge und etwaige Liebesdienste den Leichnam beiseiteschaffte, war es doch wohl so, daß er schon früher dem Bekanntenkreis der Täterinnen angehört hatte. Diese hinwiederum waren am fraglichen Abend vollkommen geldlos und hatten vergebens einen gemeinsamen Liebhaber aufgesucht. Esmaralda war dem nachmaligen Opfer von Anfang an gefügig gewesen. Stella hatte sich nicht sonderlich gewehrt. Bei Nichtvorliegen des Einverständnisses zum Beischlaf hätten sie durch früheres Zusammenwirken diesen vereiteln können. Zusammenwirken trat jedenfalls bei der Tötung ein, vermutlich noch früher bei der Verabredung zu dieser, oder schon, als die Wegnahme des Geldes und des Wagens beschlossen wurde. Daß die eine von ihnen den zu Tötenden ansah oder vielleicht noch anders ablenkte, während die andere ihn erledigte, war bereits von der Nepalek in einem früheren Fall vorexerziert worden, bei dem es allerdings noch zu keiner Tötung gekommen war und sie selbst die Schlägerin gestellt hatte.

Das Geständnis bedurfte einer Ergänzung, es war unvollständig. Der Plan mußte umfassender gewesen sein und alle Sicherheiten enthalten haben, denn es fehlte sogar die Leiche. Die Durchführung konnte viel feiger erfolgt sein, der Mann war stark, die Zahl der Schläge, die ihn erledigten, nicht feststehend. Die Klärung der Gegenwart mußte in der Vergangenheit gesucht werden. Daher war der äußere Ablauf des Lebens der Mädel zu überprüfen, in dem sich die Spuren von deren Innern abgeprägt hätten. Der Name des letzten Liebhabers, den die Erhebungsorgane zu liefern unterließen und die Mädel beharrlich verschwiegen, war wichtig. Sie kamen vielleicht auf die Autobahn mit dem Gedanken, einen Autofahrer anzuhalten und bei intimer Gelegenheit zu ermorden und sich dann seines Fahrzeuges zu bemächtigen, das offenbar an einem vorher schon vereinbarten Orte unversperrt abgestellt wurde. Die Verzögerung der Wegschaffung der Leiche, die zufällige Dazwischenkunft der Gendarmerie mochte die Inbesitznahme des Fahrzeuges durch den Dritten verhindert haben. Die Beschädigung am Reifen war vielleicht bereits durch Nägelstreuen auf der Autobahn veranlaßt worden. Die Tötung erfolgte, während der rechtmäßige Inhaber des Wagens das Rad wechseln wollte und gebückt stand, um den Schaden festzustellen, aber den Wagenheber noch neben sich liegen hatte. Wenn der erste Schlag traf, galten die folgenden dem bereits Liegenden. Da die Tatschilderung nicht stimmte, gaben die Mädel auch die Zahl der Schläge verschieden an. Wenn der fremde Pannenhelfer gefunden würde, wäre auch die Leiche da und der Plan und Hergang der Tat klar. Der Pannenhelfer war der wahrscheinliche Liebhaber der beiden. Da sie zu zweit ihm gehörten, sollten sie auch zu zweit andre anlocken und diesen gehören. Vielleicht konnten noch sonstige Morde einer wahren Bande nachträglich ihre Lösung finden. Freilich war es denkbar, daß die Frauenspersonen bis zu einem gewissen Grade ihrem noch nicht aufgefundenen und vermutlich gar nicht fremdländischen Pannenhelfer und Zuhälter hörig blieben. Auch dies hatte Baldur Mausgrub in seiner einschlägigen Abhandlung über weibliche Blutverbrechen sozusagen am Rande zugelassen, wenn auch tatbestimmend immer noch List, Furcht und Vorsicht blieben, welche zusätzlich für die Hurerei die Grundlage ausmachten, obwohl bei einzelnen sinnlichen Verirrungen die Planung ihre Risse abbekam.

Wenn auch weitere Vernehmungen der Mädel zur Tat routinemäßig durchgeführt wurden, versprach sich der Untersuchungsrichter vorerst von ihnen kein nennenswertes Ergebnis. Stella, welche die halsstarrigere war, ging auf weiteres Drängen, wohin die Leiche gekommen sei, schließlich zu der Erklärung über, diese habe sich vermutlich aus eigener Kraft entfernt, während die Esmaralda bloß die Möglichkeit offenließ, daß Thugut von den Toten auferstanden oder der Leichnam gestohlen worden sei. Weder aber konnte diese Beschuldigte einen Grund für die rechtswidrige Wegbringung des Erschlagenen, noch die andere einen solchen für dessen Verschwinden und Fernbleiben anführen. Der Liebhaber blieb von beiden ungenannt und war noch von den Erhebungsorganen zu ermitteln oder, falls schon vorher ausgeforscht, alsbald bekanntzugeben.

Soferne nun im folgenden von einem Vorleben der Mädel die Rede ist oder sein kann, so kommt nur ein solches in Betracht, das einschlägig ist, also entweder so beschaffen, daß hieraus eine Eignung zu den begangenen Straftaten hergeleitet und deren Begehungsart aufgehellt wird oder aber sich sogar der Nährboden für eine andersartige Veranlagung ergeben würde, mithin etwas, das voranging mit dem Verbrechensgeschehen in auffallendem Widerspruch stünde. Auch Umstände solcher Art müßten nicht unbedingt für mildernd, schon gar nicht für schuldausschließend gehalten werden, sie würden vielmehr geradezu gegenteilig ins Gewicht fallen, wenn erzieherisch und vorbildmäßig eine bessere Einsicht und Gesinnung erwartet werden durfte, und selbst der Umgang mit Schlechtberatern und der Einfluß bereits Schuldiggewordener durften frühe Führung und gute Vorurteile nicht im Nu umwerfen, verwirren, geschweige denn in deren Widerpart verwandeln. Denn gerade bei Weibspersonen, hinsichtlich welcher Philosophen und Dichter mitunter die unmittelbare Anschauung der Vernunft in Zweifel stellten, ist nach allgemeiner Ansicht rege Verstandesarbeit zum eigenen Nutzen vorauszusetzen und kann daher mit gutem Grund moralische Haltung verlangt oder nötigenfalls erzwungen werden.

Fabian Claus Blumentrost, der Vater Stellas, war zuerst Angestellter ohne besonderen Titel und dann Prokurist einer mittleren Baugesellschaft, welche ein eigenes Auftragsbüro unterhielt. Es ist nicht bekannt, daß er Firmengelder unterschlagen hätte oder in seinem Berufe lässig gewesen wäre. Allerdings soll er unbewiesenen Gerüchten zufolge zu einer Zeit, in der er noch nicht Prokurist war, zwei oder drei Geschäfte einem Konkurrenzunternehmen zugeführt haben, wofür ihm eine Entschädigung seitens der begünstigten Firma in solchem Ausmaße zugefallen wäre, daß er schon damals einen fabrikneuen Kraftwagen mittlerer Güte anschaffen und bar bezahlen konnte, was er mit seinem damals noch bescheidenen Arbeitseinkommen schwerlich hätte bewirken können. Freilich wird er hinwiederum von anderer Seite als durchaus sparsam und genau geschildert. Jedenfalls hat er bei keiner Sparkasse oder Bank ein Einlagebuch oder sonst ein Guthaben gehabt, noch Vermögenssteuer für gehortete Geldbeträge geleistet. Allerdings besuchte er selten Wirtshäuser und gegebenenfalls nur aus geschäftlichen Gründen, und zwar mit Interessenten von Bauten, insbesondere Bauwerbern, aber auch mit Angehörigen des Sportklubs, dem er in seiner Jugend aktiv, im reiferen Mannesalter nurmehr fördernd, nämlich anfeuernd und teilnehmend angehörte. Selbst diese Ausgänge bildeten hie und da die Quelle von Auseinandersetzungen zwischen ihm und seiner Frau Emma Eleonore Blumentrost, geborene Etschweiler, welche, etwas älter als er, in seinem Ausbleiben den Anlaß unerlaubter Zusammenkünfte mit einer anderen Frau vermutete. In Gesellschaft einer solchen war er tatsächlich vier oder fünf Male gesehen worden. Aber nur einmal hatte er sie zu einem Festessen des Klubs mitgenommen, bei dem er sie freilich als seine Gattin einführte. Es handelte sich nichtsdestoweniger um eine wesentlich jüngere Bekannte derselben, welche in der Zeit, als die spätere Ehefrau Fabians noch als Kassierin in einem Friseurgeschäft tätig war, demselben Gewerbe als junger Anlernling angehörte. Damals hatte die schon überreife Emma E. Etschweiler ihren nachmaligen Gatten gerade kennengelernt, und sie waren einander möglicherweise auch dadurch nähergekommen, daß jeder von ihnen eine nicht gewerbliche Stellung innehatte, welche zwar einem fachlichen Betrieb angegliedert war, aber keine in diesem erforderten Kenntnisse voraussetzte. Es kann sein, daß die Tatsache ihrer bereits eingetretenen mittleren Alterszugehörigkeit, welche bei Frau Emma Eleonore, die bisher nicht gerade den Ruf der Unantastbarkeit genossen hatte, noch weiter fortgeschritten war, für die Ruhestellung der Ehe maßgeblich blieb. Keinesfalls hatte Emma Eleonore Etschweiler viel erspart, war auch nicht aus reicher Familie, von welcher eine Erbschaft zu erwarten gewesen wäre. Doch schadete es ihr bei der von ihr angestrebten legalen Verbindung nicht, daß sie, solange diese noch nicht feststand, offenbar aus Gründen vorgeschützter moralischer Gesinnung, d.i. Geschlechtsmoral, ihre damalige viel jüngere Freundin Nina Bunzel mitnahm, was allerdings die Fortsetzung der Zusammenkünfte mit dieser seitens ihres Gatten nach erfolgter Ehe, aber mit ihrem Ausschluß begünstigte. Jedenfalls kam erst im zweiten Jahre nach ihrem förmlichen Jawort Stella zur Welt. Das konnte mit wirtschaftlichen Erwägungen in Zusammenhang gestanden sein. Die Eltern hätten übrigens die Geburt eines Knaben bevorzugt. Daß Frau Emma Eleonore Blumentrost aber ihre lockeren Bindungen mit Zufallsbekanntschaften noch nach der Eheschließlung, insbesondere aber vor und während der Schwangerschaft fortgesetzt hätte, konnte nicht festgestellt werden, jedenfalls ist diesbezüglich kaum etwas bekannt geworden.

Auch gegen Stella wurde aus deren ersten sechs Lebensjahren kein für sie nachteiliger Vorfall ermittelt. Ab ihrem siebenten Lebensjahr allerdings, in dem sie nacheinander Diphtherie und Scharlach überstand, sind bereits schädliche Neigungen bei ihr aufgetreten. Noch im selben Jahr schlug sie in einem Ferienort den gleichaltrigen Anton Wipfinger mit einem abgebrochenen Roßkastanienast von zwei Zentimetern Durchmesser auf den Hinterkopf, weil er es nicht zulassen wollte, daß sie mit einer Eidechse aus Papiermaché spielte. Daran anschließend bemächtigte sie sich des Papptieres, ohne sich um den von ihr Verletzten weiter zu kümmern. Es ist auszuschließen, daß Wipfinger bereits damals im Zuge der Auseinandersetzungen ihrer Mädchenehre nahegetreten war. Immerhin fanden auch in den folgenden Jahren während der Sommerschulferien Zusammenkünfte zwischen den beiden statt, bei denen die Eltern nicht anwesend waren, die aber noch in kindlicher Form verliefen. Als sie aber beide zwölf waren, wird von ihnen berichtet, daß Wipfinger die Stella auch an Stellen entkleidete, die nicht mehr dem Spielbedürfnis Unmündiger dienten, und dort zumindest Einschau hielt, ohne daß sie aus einem sonst von Natur vorhandenen Abwehrbedürfnisse ihn daran gehindert hätte, geschweige denn, daß sie damals wie seinerzeit aus eigentumsfeindlichen Gründen wiederum mit einem Holzscheit oder Kastanienast zugeschlagen hätte.

Als sie fünfzehn geworden war, hatten ihre Eltern, obwohl ihr Fortgang im Gymnasium leidlich war, aus nicht weiter bekannten Gründen Vorsorge getroffen, Stella in einem Internat der nahegelegenen Bezirksstadt unterzubringen, in welchem sie allerdings ihre Mittelschulstudien fortsetzen sollte. Widrige Raumverhältnisse daselbst ergaben, daß der Garten des Gymnasiums für Knaben an das Gebäude des strengen Mädcheninstituts anschloß. Auf der gegenüberliegenden Seite der botanisch ausgenützten Grundfläche stand außerdem ein Seitentrakt der Lehranstalt für Angehörige des anderen Geschlechts, wo sich in den Abendstunden noch Schüler aufhielten, die Nachhilfeunterricht genossen oder richtiger an Übungen aus dem allgemein verarbeiteten Stoffgebiet teilnahmen, dabei aber von einer jüngeren Lehrkraft unterwiesen und beaufsichtigt wurden. Ein Teilnehmer am Abendkurs, Benno Leutschwamm, der fast sechzehnjährig war, hatte bei dieser Gelegenheit ein Mädchen namens Irene Mugendrall erkannt, welches aus einem abgelegenen Fenster des Internates, das dem Mädchenschlafraum nahegelegen war, aber nicht zu diesem gehörte, herabschaute. Besagte Irene war entfernt mit ihm verwandt und ihm aus diesem Grunde von früher her vertraut und zugänglich. Angeblich hatte er sie allerdings seit den drei Jahren, die sie hier verbrachte und die ihrer körperlichen Entwicklung dienlich waren, zum ersten Male wieder aufgefunden. Trotzdem und ungeachtet der Gegenwart der Lehrkraft in dem von ihm zur Rücksprache von Fenster zu Fenster sowie zur Zeichendeutung benützten Raum kam es zwischen ihm und dem Mädchen zum Einverständnis, daß er am folgenden Abend nach Abschluß des Kurses versuchen würde, vom Garten aus die Fassade zum Mädcheninternatsgebäude zu erklettern. Da aber der Unterricht am folgenden Tage länger ausgedehnt wurde und er bereits nichts mehr sah und bei seinen Aufstiegsversuchen abrutschte, mußte das Unternehmen schließlich auf das Wochenende verschoben werden. Bei seiner fehlgeschlagenen Aktion sah ihm aber neben Irene auch Stella Blumentrost zu, welche, sei es durch den Lärm, sei es durch Neugier oder durch beides herbeigelockt wurde.

Für den dann vorgesehenen Spätabend hatte Benno Leutschwamm sich schließlich durch seinen Klassenkameraden Paul Pieperl eine Leiter beistellen lassen, welche dieser vom Bauplatz seines Vaters mit Hilfe des unrechtmäßigen Entlehners fortbrachte. Der andere bedang sich allerdings zum Gegendienst aus, selber auf diesem Gerät bei gleicher Gelegenheit nachsteigen zu dürfen, falls auch für ihn ein Mädchen zugänglich gemacht werden könnte. Es ist ziemlich sicher, daß Benno Leutschwamm, als er diese Zusage abgab, bereits an Stella Blumentrost dachte, welche seinen vergeblichen Kletterversuchen vom Vortage teilnehmend beigewohnt hatte.

Die Aufstellung der Leiter mußte mit aller Sorgfalt vor sich gehen, um nicht eine Lehrkraft, welche die nächtliche Überwachung der Mädchen schlafend durchführte, aus ihrer Kammer nahe dem Bettensaal der Halbwüchsigen wachzurütteln. Sie war allerdings mit einer leichten Grippe oder auch nur Erkältung vorzeitig auf ihr Lager gelangt, doch wenigstens daselbst noch immer dienstlich anwesend. Da sich die Leiter als alt erwies, war deren Einstellung zufolge Verrostung und mangelnder Ölung der Klappstellen schwierig. Leutschwamm mußte sie zusammen mit Pieperl einrichten, zog sich dabei eine Fleischwunde an der rechten Hand zu und schwitzte sichtlich, obwohl er in Hemdsärmeln arbeitete. Irene Mugendrall sah ihm bei der ganzen Arbeit zu, Stella Blumentrost nur bei einem Teil derselben, weil sie auch die Aufpasserin machte, also offenbar schon vollends ins Vertrauen gezogen war. Im übrigen schienen noch andere Mädel von dem Vorfall Kenntnis genommen zu haben, denn es kamen ganze Schwärme von ihnen, bis zu sieben auf einmal, in Fensternähe, wobei sie nichts als ihre Nachtgewänder anhatten. Als aber die Lehrerin, vielleicht aufmerksam geworden, sich in ihrer Kammer räusperte, kehrten alle außer Stella schleunigst in ihren Schlafsaal zurück, wobei ihre bloßen Füße zeitweilig auf den Boden klatschten. Da das Geräusch verdächtig klang, verließ das Aufsichtsorgan, wach geworden, kurzfristig die Kammer, sah aber nichts, weil es sich zu wenig weit vorwärtsbewegte. Auch lagen die Mädel auf ihren Betten und wurden nicht gezählt. Ein Blick vor die Türe durchdrang nicht die Dunkelheit des Ganges, auf dem in einem Winkel Stella und am anderen Ende Irene warteten. Jedenfalls mußten die Leiterzubereiter einen Augenblick lang in Deckung gehen, wozu eine Hecke am Mauerende Gelegenheit bot. Einen weiteren Augenblick zögerte die Aufsichtsperson, ob sie nicht zum Fenster gehen sollte. Dieser Entschluß war um so naheliegender, als es gerade jetzt mächtig zu regnen begann und das Fenster offenstand. Aber vielleicht war ihr das Eindringen frischer Luft lieb oder sie wollte sich nicht noch mehr erkälten. Jedenfalls kehrte sie in die Kammer zurück, und die beiden Burschen versuchten es wiederum mit der Einstellung der Leiter. Schließlich mußte Leutschwamm einen seiner Ärmel teilweise zerreißen, was nochmals unnötigen Lärm machte. Er benötigte aber das Leinenstück zur Verbindung seiner stark blutenden Wunde. Wie die Leiter zuletzt stand, reichte sie nicht bis zu dem Fenster der Mädchen. Mit Turnschuhen tastete sich Benno an herabbröckelndem Mauerwerk schließlich bis zum Fensterrahmen, wo ihn Irene bereits in Empfang nahm. Wie sie ihn umarmte, konnte er unschwer feststellen, daß sie nur mit einem Nachthemd bekleidet war, das er ohne Schwierigkeit mit der gesunden Linken soweit lüftete, als es der Zweck seines Einstieges wünschenswert machte. Als bald darauf die entsprechende Vereinigung herbeigeführt worden war, mochte er vielleicht vergessen haben, daß sich Stella Blumentrost in der Nähe bewegte und daß Paul Pieperl noch immer auf der Leiter stand und hereinwollte.

Jedenfalls mußte er jetzt und in der Folge bei entsprechender Wendung die Blumentrost sehen, welche schon immer in Blickweite seiner gegenwärtigen Partnerin gestanden war. Auch Paul Pieperl, der den Kopf inzwischen, da er größer als Benno Leutschwamm war, bis in Fensterhöhe gebracht hatte, konnte seine Wahrnehmungen machen. Danach sah Stella völlig unbewegt den peinlichen Vorfällen zu, so wie sie vorher ohne Angst vor Entdeckung und ohne innere Beteiligung den Vorbereitungen beigewohnt hatte. In leiblicher Beziehung hatte sie allerdings eine Jacke gegen Zugluft angezogen und dürfte auch mit einiger Unterwäsche versehen gewesen sein. Noch ergiebiger war übrigens Paul Pieperl eingekleidet, der einen Trainingsanzug und darüber einen Wettermantel trug, doch hatte er, vielleicht zwecks Erzielung eines besseren Eindrucks, die Kapuze nicht über den Kopf gezogen, so daß die Nässe des Regens von oben auf ihn zukam und von da aus an seinem Körper innerhalb der Kleidung entlanglief.

Doch ist wohl auszuschließen, daß Pieperl auf der Leiter den Regen abwarten wollte, wiewohl er auf dieser so lange verblieb, bis er gründlich durchweicht war. Er hatte zwar den Kopf bereits in Fensterhöhe, war aber gar nicht geschützt, weil der Wind von außen kam und der Regen sich einen Weg in den Gang suchte. Er sah auch seinen Freund das Hinterteil hin- und herbewegen, was die Kehrseite seiner vorderen Inanspruchnahme darstellte. Schließlich nahm er Stella Blumentrost nunmehr in der Türe stehend wahr, welche sich offenbar im Zweifel befand, nach welcher Richtung sie jetzt noch die Aufpasserin spielen sollte.

Seine offenbare Unschlüssigkeit, freilich getrübt durch das Zusehen bei durchaus schlüpfrigen Ereignissen, obgleich nur von außen her, muß den Paul Pieperl schließlich festgenagelt haben, denn er legte zuletzt das Kinn geradezu auf die Fensterplatte, als ob diese eine Guillotine wäre, wenn er auch mit andern als sie betreffenden Eingebungen beschäftigt blieb. Und während Leutschwamm mit nicht ganz verwandtschaftlichen Gefühlen in seine Cousine versenkt blieb und sich aus dieser Versenkung auch nicht mehr herausbewegte, fand der andere Zeit, sowie ihn der Regen in seiner jetzigen Stellung minder in Anspruch nahm, Stella Blumentrost seinerseits in seine Begehrlichkeit einzubeziehen. Immerhin ist anzunehmen, daß dieselbe, durch das Beispiel der Klassenkameradin angeregt, das sie immer noch vor Augen hatte, trotz ihrer kaltblütigen Betrachtungsart sich vorbereitet und angeleitet fühlte, sobald sich die Gelegenheit böte und die Umstände entsprechende wären, auch ihrerseits ihre Mädchenehre in keiner Weise zu verteidigen. Nur hatte gegenwärtig Paul Pieperl bloß den Kopf auf dem Fensterbrett.

Als die ersten Runden Benno-Irene schließlich vorüber waren, führte das Mädchen ihren Cousin und zeitweiligen Gesponsen zur Bewerkstelligung der Nachfreuden durch die Türe in den Schlafraum der Mädchen, wo sie es viel bequemer hätten, wenn auch ab und zu in demselben an sich harmlose Kontrollen stattfanden. Stella wurde angewiesen, noch eine Weile beim Fenster zu warten, damit niemand die Leiter entdeckte. Obwohl nicht recht auszunehmen war, wie sie das Nichtentdecken bewirken sollte, gehorchte sie dennoch der Anweisung und war dabei anscheinend froh, daß niemand außer ihr des nassen Kopfes am Fenster gedachte, ja diesen auch nur wahrgenommen hätte.

Sie erschrak selbst dann nicht, als sich das angeschwemmte Haupt nunmehr um die Gestalt verlängerte, welche mit ihren Füßen alsbald das Fensterbrett bestieg und in den Gang eintrat. Sie lachte auch nicht darüber, daß es eine so nasse Gestalt war, die sich schüttelte, aber es sogar unterließ, näherzutreten. Nachdem die beiden einander lange betrachtet und sich nicht sonderlich weitergerührt hatten, auch ein Entgegenkommen weder versucht noch verlangt worden war, äußerte sich Paul etwa dahin, daß es regne und daß man draußen nicht trocken bleiben könne, was allerdings ersichtlich war. Er erklärte weiter, daß es herinnen aber ganz anders wäre, was durchaus eingesehen werden konnte und mit einem leisen Ja beantwortet wurde. Darauf sagte er längere Zeit nichts, bis er sich zu der Beteuerung aufraffte, daß er hier wohl störe und das Mädchen aufhalte, er hoffe aber, daß niemand kommen werde. Nun erwiderte Stella, daß er nicht störe und sie ohnehin hier warten würde, es sei im übrigen nur ihr Wunsch, Personen des Internates nicht an diesem Orte vorzufinden. Jetzt hatte Paul offenbar vor, etwas näherzukommen, aber die durchdringende Feuchtigkeit hielt ihn davon ab, seinen schon von Haus aus feststehenden Entschluß auszuführen, ein etwa für ihn übriges Mädchen als Beute zu beanspruchen und hinzunehmen. Nach seiner späteren Mitteilung sei er vom ersten Blick an in Stella verliebt gewesen, und das habe ihn gehindert, sie anzugehen wie eine beliebige andere, wobei er allerdings verschwieg, mit wie vielen beliebigen anderen er bisher zu tun gehabt haben wollte. Es mochte überdies außer dem schon erwähnten Regen, der ihn gründlich bearbeitet hatte, an seiner vorläufigen Enthaltsamkeit zusätzlich schuld gewesen sein, daß das Mädchen noch zu viel anhatte, um gleich einem nackteren Angebot seine volle Wirkung auszuüben. Von Stella selbst waren Angaben zur Sache nicht zu erlangen gewesen.

Jedenfalls blieb noch soviel Zeit übrig, daß sie sich für die nächste Nacht verabredeten, das heißt, er fragte, ob er am kommenden Spätabend wieder erscheinen dürfe, und sie erklärte keinen Einwand dagegen. Dann aber kam Benno bereits zurück und hatte nicht mehr Irene im Gefolge, sondern trat einzeln auf und brachte hervor, daß man schnellmachen müsse, ein verdächtiges Geräusch aus der Kammer der Lehrkraft habe ihn veranlaßt, seine Liebesbeziehungen zu unterbrechen, und nun sei es überhaupt Zeit, den Rückzug anzutreten. Mithin verschwand er eilig durch das Fenster, durch das er gekommen war. Aber Paul wollte plötzlich nicht so weg mit gar nichts als Versprechungen als Ergebnis. Er stürzte sich daher, so wie er war, in voller Nässe auf Stella, die ihren zartmädchenhaften Körper an seine regenstarre Ausrüstung nach Tunlichkeit anschmiegte, während er die ersten Küsse von Lippe zu Lippe anbrachte. Bei dem letzten derselben war bereits die Lehrkraft erschienen und diesbezüglich im Bilde. Sie war es übrigens gewesen, die mit ihrem drohenden Einlangen schon den Abbruch der nicht mehr bloß diplomatischen Verbindung von Benno und Irene herbeigeführt hatte, wodurch auch das jähe Verschwinden des Burschen veranlaßt wurde. Nunmehr gelangte sie in die Lage, nicht nur Stella in flagranti zu ertappen, wenn es sich auch nur um Mund- zu Mundbenetzung handelte. Sie konnte überdies Paulens Identität sogleich feststellen und bald darauf nach entsprechendem Blick durch das Fenster auch die sprossentragende Ein- und Abstiegsvorrichtung zunächst in Augenschein nehmen und sodann durch den diensthabenden Hausbesorger nach dessen Wachsetzung in Beschlag nehmen lassen. Erst hierauf wurden die Erkundigungen auf den Schlafsaal der Mädchen ausgedehnt, aber in diesem kein Bett, mit Ausnahme dessen von Stella, unbelegt gefunden. Da sich die weiteren Erhebungen auf die Mitanwesenheit von Burschen und nicht auf deren Spuren erstreckten, auch damals noch keine der Mitschülerinnen, Stella inbegriffen, und selbst Paul Pieperl nicht, Irene verriet, klärte die Untersuchung allein für den aufgedeckten Fall auf und hatte Folgen bloß in Ansehung der von diesem betroffenen Personen. Der Hausbesorger, der es an Achtsamkeit und Fürsorge für die Anstalt hatte fehlen lassen, wurde Gegenstand einer ernsten Verwarnung. Die Aufsichtsperson hinwiederum, welche in vorbildlicher Weise den groben Unfug aufgedeckt, die Täter ausgeforscht, das Tatwerkzeug sichergestellt und offenbar noch rechtzeitig größere Schande von der Schule abgewendet hatte, wurde vorerst belobigt und später befördert. Paul war seiner Schule zur Bestrafung zu übergeben und dort zunächst in den Karzer zu setzen und später auszuschließen. Was Stella betraf, so wurde sie zunächst in einem Einzelschlafraum neben dem der Lehrkraft untergebracht, dann aber peinlich verhört, wie es zu der Leiteranlegung mit nachfolgendem Stelldichein gekommen war. Gleichlautend mit dem Galan gab sie an, sie habe denselben zum ersten Male gesehen, als er zum Fenster hereingekommen sei. Eine Verabredung habe vorher nicht stattgefunden. Warum er gekommen sei, wisse sie nicht. Befragt, weshalb sie sich voll angezogen außerhalb des Schlafraums auf dem Gange befunden hätte, antwortete sie, daß es ihr schlecht gewesen sei, die Kleidung habe sie wegen der Nachtkälte angelegt. Als sie sich, um Luft zu schöpfen, aus dem Fenster gebeugt habe, sei die Leiter von dem Burschen angelehnt worden. Dieser hinwiederum hatte angeführt, er sei auf das Geratewohl durch das Fenster eingestiegen, weil er dort den Schlafsaal der Mädel vermutete, und habe es nicht auf eine Bestimmte abgesehen gehabt, Stella aber auf dem Gang angetroffen. Da eine Übereinstimmung der Angaben beider nicht erzielt werden konnte, wurde Stella von der Schulärztin untersucht. Diese stellte zwar noch vorhandene Jungfernschaft fest, hielt aber das für den Vortag behauptete Unwohlsein für nur vorgeschützt, Stella sei völlig gesund, habe bereits ihre monatlichen Störungen in der Vorwoche gehabt. Danach wurde der Vater Stellas vorgeladen und ihm und der miterschienenen Mutter gegenüber der Wunsch ausgesprochen, das Mädel aus der Anstalt zu nehmen, weil es eine sittliche Gefahr für die andere weibliche Jugend bilde. Dem Wunsche wurde nach Ausfindigmachung eines Gymnasiums unter geistlicher Leitung mit angeschlossenem Heim entsprochen. Erst nach einem Dreivierteljahr war im übrigen der ganze Umfang des Falles aufgekommen. Die Zusammenkünfte zwischen Irene und Benno wurden nämlich nur so lange unterbunden, als die Suche einem Mittäter galt, da man Paul Pieperl nicht zumutete, die Leiter allein und ohne fremde Beihilfe herbeigeschafft, hantiert und aufgestellt zu haben. Weil er aber den andern nicht verriet und auch Stella nichts sagte, war zwar Mittäterschaft anzunehmen, aber keine bestimmte Person der Komplizität zu überführen. Das veranlaßte die beiden Nichtentdeckten wieder miteinander Verbindung aufzunehmen. Es geschah dies nunmehr von einer ebenerdigen Kammer aus, welche die Mugendrall entdeckt hatte und die von einem Oberlichte des Turnsaals der Burschen eingesehen werden konnte. Sieben oder acht Male, meistens abends, zweimal auch an Sonntagvormittagen während der Messe, stieg Benno durch das Kammerfenster ein und vergnügte sich im Raum mit Irene auf dem Fußboden. Ein neuntes und zehntes Mal stieg Irene durch eines der Oberlichte in den Turnsaal. Während einer Erkältung des Benno Leutschwamm veranlaßte ihn dessen Kamerad Andreas Blasenbichler, ihm seinen Platz abzutreten, widrigens er ihn anzeigen werde. Dreimal zur Nachtzeit kam dieser nun statt des andern in die Kammer, wobei das Mädchen wegen der Dunkelheit erst beim letzten Male seine andersartige Beschaffenheit feststellte. Um ebendiese Zeit war Stella in eine geistliche Lehranstalt überstellt worden, mochte also noch über diese Umstände ins Vertrauen gezogen worden sein. Die öffentliche Aufdeckung erfolgte, wie erwähnt, erst neun Monate später, das ist im Zuge der Entbindung Irene Mugendralls, welche ihr unwürdiges Gehaben sowie ihre nicht sehr merkliche Schwangerschaft bis dahin verheimlichen konnte und sodann nicht mit Bestimmtheit anzugeben verstand, welcher von den zweien der Vater ihres Kindes war. Als aber Irene daraufhin von der Anstalt verwiesen wurde, war Stella längst nicht mehr in derselben.

Wenn nun auch Stella Blumentrost und Paul Pieperl ein Dreivierteljahr vor der Entdeckung der anderen bereits ihrerseits gestellt werden konnten und jedes für sich sein Betätigungsfeld alsbald anderwärts verlegen mußte, so blieben sie dennoch durch Briefwechsel in geheimem Kontakt, der sich, solange Stella noch im Hause war und möglicherweise selbst später, über die Mugendrall und den Leutschwamm bewerkstelligen ließ. Die erst nachmals aufgefundenen sogenannten Herzensergüsse zeigten bereits das erste Ergebnis des Anschauungsunterrichtes, den Stella genossen hatte, denn es waren in diesen Episteln nicht nur die stattgehabten Küsse zu den Akten genommen, sondern weit darüber hinausgehende Annäherungen in Aussicht gestellt und ohne Widerspruch auf diese Ankündigungen eingegangen worden. Dabei wurde von Pauls Seite auf die Halbreife der Erhebungen an Stellas Oberkörper, auf die er nach der ersten bekleideten Annäherung schließe, als auch auf die entsprechende Wölbung der Schenkel hingewiesen und von Stella daran kein Anstoß genommen. Nur einer dieser Briefe, allerdings der ärgste dem Inhalt und Ausdrucke nach, gelangte zu ihr noch ins Kloster. Jedenfalls mußte sie ihn beantwortet und in diesem ihrem Schreiben auch andere Mitteilungen nach außen haben gelangen lassen, da ansonsten das weitere bedauerliche Einverständnis sicher unterblieben wäre.

Gleich bei ihrer Ankunft hatte Stella bemerkt, daß in dem Keller, der sich unterhalb ihres Schlafraumes befand, offenbar durch Kriegshandlungen trichterförmige Einschußöffnungen vorhanden waren, die nur notdürfig durch eingeschobene Ziegel verdeckt blieben. Neben ihrem Schlafraum befand sich eine Stiege, die allerdings kellerwärts durch Ziegellagen, welche aber nicht vermaltert aneinandergefügt worden, abgemauert war.

Offenbar ist dem Paul Pieperl eine genaue Beschreibung und Skizze des Zustandes betreffend Keller samt abgemauerter Stiege und Schlafraum übermittelt worden. Jedenfalls erschien er in der dritten Nacht darauf in seinem weiten Mantel, der in der Finsternis wegen seiner Länge für den einer Frau gehalten werden konnte, wenn nicht sogar für den Umhang einer geistlichen Schwester. Jedenfalls fiel er nicht auf, wiewohl er auch noch unter seiner Verkleidung gewisse Utensilien trug, die zur Ausführung seines nunmehrigen Vorhabens dienlich sein konnten und die von ihm offenbar auch aus dem Besitz seines Vaters, eines Baumeisters, entwendet waren, nämlich eine Maurerkelle, einen Mauerhaken und sonstige geeignete Werkzeuge, die er später an Ort und Stelle zurücklassen sollte. Mithin war er auf diese Weise in den Stand gesetzt, wenn auch nicht ohne Lärm, die Trennungswand zwischen sich und Stella abzutragen und dabei das Mauerwerk entsprechend zu sichern, während Stella auf der andern Seite der Stiege ohne Werkzeuge und lautlos, nur auf ihre Nägel angewiesen, sich durch die lockeren Teile der Sperre zwängte und bohrte. Sie kamen nichtsdestoweniger nahezu in der Mitte zusammen, wo indessen Paul Pieperl das Kanonentrefferloch gehörig ausgeräumt und den Zugang zur Stiege entsprechend erweitert hatte. An dieser Stelle trafen aneinander die kriechenden Körper der jungen Leute mit Schmutz, Staub und Erde verunreinigt, wobei beide von der schwerhörigen Schwester und dem diesmal stummen Hunde, der ansonsten sogar bei Gästen zu bellen pflegte, schlechterdings überhört wurden, und dort kam, nicht rein zufällig, die willig Entführte unter ihren Entführer zu liegen, wobei sich das übrige trotz der Raumnot ohne Abwarten nahezu von selbst ergab. Bei allen Anstalten, bei denen trotz Vorbedacht und hiezu angewandter Tätigkeit die gehörige Vorsicht häufig außer acht gelassen und auch die Bequemlichkeit des Bettes gemieden wurde, war die Mühe, Ungemütlichkeit und der anfängliche Schmerz bei Sprengung der Virginität offenbar zumindest in der Folge von Wohlbefinden überboten worden, denn das Mädchen stöhnte zustimmend, und der Bursche schnurrte katerhaft. Sei es dadurch oder weil in der Folge das nunmehr entjungferte Geschöpf unter Mitnahme ihres Eindringlings in das Zimmer zurückkehrte, sich dort gründlich wusch, ebenso wie er, und dann beide zusammen mit einem Koffer das Weite suchten, wobei sie denselben Gang, wenn auch nunmehr ohne Aufgrabungen und Aufenthalt benützten, jedenfalls wurde nun sowohl die schwerhörige Schwester als auch der bisher schweigsame Hund aus ihrer Reserve gebracht. Als die Klosterfrau jedoch das Zimmer des schuldig gewordenen Wesens betrat, nachdem sie sich selbst gehörig bekleidet hatte, ließ sie sich von der Tatsache täuschen, daß die Tuchent im Mädchenbette gehörig aufgelegt war, d.h. darunter jemand schlafen konnte, und auch der verspätet kettenfreie Hund folgte nur den Spuren bis zu dem in ziemlicher Ferne abgestellt gewesenen Motorrad des Paul Pieperl, das sich aber bereits mit diesem und der auf dem Rücksitz aufgeladenen Blumentrost in voller Fahrt befand. Als man nun am darauffolgenden Morgen geeignete Untersuchungen über den Verbleib der Pensionärin anstellte, fand man diesen unaufgeklärt, wiewohl der ausgebrochene Gang und gewisse Blutspuren auf dem Handtuch und sogar am Boden der mittleren Verbindungsstiege nächst der Einschußstelle Kennerinnen Aufschluß geben konnten, daß in der abgelaufenen Zeit eine vorher völlig intakt gewesene Frauensperson offenbar unwiederbringliche Einbuße an ihrer Unversehrtheit gegen einen vergänglichen ersten Genuß eingetauscht hatte. Daß danach auch noch eine Flucht mit dem Verursacher und Nutznießer der Veränderung des Naturzustandes besagter kurzfristigen Klosterinsassin stattgehabt haben mußte, darauf verwiesen außer der Nichtmehranwesenheit beider die Mitnahme des Koffers, das warnende Gebell des Hundes in der Vergangenheit sowie gewisse Spuren zu einem von außen nicht gut einsehbaren Ort, an dem das Transportmittel der beiden, vermutlich ein Karren für das Gepäck und das Mädchen, gestanden sein konnte. Eine nunmehrige Benachrichtigung der Ortspolizei müßte daher Erfolg haben. Allerdings hatte sie keinen, da eben die beiden ein Motorrad benützt und mit diesem, das sie dort dem borgenden Freunde Johann Unterholzbiegler übergeben und dafür ihre Fahrkarten in Empfang genommen hatten, am Hauptbahnhofe der Bezirksstadt eingelangt waren, wo sie sogleich den bereits eingelaufenen Expreßzug bestiegen, welcher schon am Entdeckungsmorgen die österreichisch-italienische Grenze passiert haben dürfte.

Allerdings hatte Stella einen förmlichen Reisepaß bei sich.

Dieser war noch von der Mutter auf Anraten einer Beamtin auch für die Tochter gesondert besorgt worden, obgleich deren Eintragung im Passe des Vaters genügt haben würde, als im vorigen Sommer eine Reise nach Italien von sämtlichen Mitgliedern der Blumentrostsippe geplant, dann allerdings verschoben wurde, weil väterliche Spätgeschäfte in Sicht waren und dies erforderlich machten. Nun benützte freilich die fünfzehnjährige Frauensperson das legale Dokument zwar für eine Reise nach derselben Richtung, aber ohne Legalität und auch nicht im Beisein und mit der Zustimmung der Eltern und Erzieher. Paul hinwiederum hatte nur ein Legitimationspapier bei seinem Schulwechsel ausgestellt bekommen, das aber für den Übertritt nach Italien zureichte. Einen kleinen Koffer trug er bei sich, auch war von ihm Reisegeld der väterlichen Kasse entnommen worden. Dennoch wäre er fast zu spät zum Zug gekommen, weil das Motorrad unterwegs zweimal gestreikt hatte. Borg und Übergabe waren wohlvorbereitet gewesen.

Wenn nun die zu anderem Behufe angeschafften Dokumente, nämlich Paß für Stella, Ausweiskarte mit Lichtbild für Paul, deren sträflichem Fortkommen dienlich wurden und auch die Koffer samt Inhalt, sogar Filigranarmreifen für sie und Krawatten des Vaters für ihn, eine Unauffälligkeit der Abwesenheit begünstigten, so benahm sich doch das jugendliche Zufallspaar von Anfang an so absonderlich, daß dessen nähere Umgebung unfreiwillig in die schon bestehende Intimsphäre einbezogen wurde, wenn auch trotzdem niemand die nächste Polizeistation anrief oder unterwegs die zuständige Abteilung der Gendarmerie von den erlittenen Eindrücken verständigte.

Schon gleich nach Abstieg vom Motorrad, also noch auf dem Bahnhofe vor dem Einsteigen in den schon wartenden Fernzug, waren die beiden in einer Weise eingehängt gegangen, daß es klar war, es sei von Benno ein Reiz auf die Brustspitzen, wenn nicht auf die volle Brust seiner Entführten angestrebt, ja ausgeübt. Sie hinwiederum suchte bei ihrer schleppenden Gangart Kontakt mit seinem Schenkel. Mehr als beides wurde aber sogleich im Zug gesucht, durch Anschmiegen und Küssen in allen möglichen Winkeln und Nichtwinkeln, wobei auch, obschon nur durch die Kleider, die Geschlechtsorgane in wechselseitige Beziehungen gerieten, selbst wenn sie bloß in Zusammenhang mit anderen Körperpartien des Partners oder der Partnerin gebracht werden konnten. Bei dieser Gelegenheit hatten sie allerdings jedes an der ihrer Annäherung entgegengesetzten Seite noch je einen Koffer zu befördern, wodurch sie nicht immer nebeneinander, sondern bisweilen eines vorne, das andre hinten oder umgekehrt sich fortbewegten.

Beim Einsteigen drängten sie bereits und waren bei dieser Gelegenheit gleichfalls körpermäßig wie ineinander verfangen, was freilich erst viel später zu amtlicher Kenntnis gelangte. Sie ergatterten nach Durchquetschen durch manche Waggons schließlich Sitzplätze eines dem andern gegenüber mit beiderseits vorgeschobenen Beinen, wobei sie ihr Kleid bis über dessen Ansatz zurückschob und die Oberschenkel knapp unter deren Anfang freigelegt wurden. Angeblich zögerte nur die Appetitlichkeit des Dargebotenen behördliche Inanspruchnahme hinaus. Später barg das Mädchen sogar Haupt samt Haar im Schoße des Burschen. Da er sofort danach leicht errötend die Hosentüre verschloß, war der Öffentlichkeit unmittelbar vordem ein durchaus nicht harmloser Vorfall verborgen worden, welcher im Hinblick auf die erst vor kurzem verlorene Jungfernschaft der Haupttätigen nur mit einem angeborenen verderblichen Hang erklärt werden kann. All dies ereignete sich aber bei gespanntem Hinschaun noch anonymer unfreiwilliger Geschehensteilnehmer, wobei das Erstaunen über das höchst Unzukömmliche, aber auch völlig Ungewöhnliche selbst den gebotenen Protest unterdrückte oder zumindest hinauszögerte.

Mitunter verließen auch beide zugleich das Abteil und strebten anscheinend danach, gemeinsam die Toilette aufzusuchen. Sie konnten immerhin zwei bis drei Male mit diesem ihrem offenbaren Vorhaben Erfolg haben, wovon schließlich die blauende Umrandung ihrer Augen bedeutsames Zeugnis ablegte. Dazu hatten sie noch die Nacht vor sich, in der die meisten Passagiere aussteigen würden und vom Rest erwartet werden konnte, daß er einschlafen oder sich zumindest schlafend stellen werde. Mitteilungen zum Gegenstand liegen jedenfalls von ihnen selbst bislang nicht vor. Trotzdem blieben in je einer Ecke ein älterer Herr und eine ältere Dame wachsam. Da sie aber das Licht ausdrehten, konnten sie nicht verhüten, daß sich die beiden auf der Seite des Altmannes hinlegten und offenbar zum Vollzug des Beischlafes aneinanderschmiegten. Bei den hiebei notwendigen oder zumindest üblichen Bewegungen spürte der Greis überdies eine Zehenspitze des Mädchens zwischen seinen Beinen. Er konnte zwar nicht mit Sicherheit angeben, ob dies beabsichtigt war oder nur im Zuge der Streckung des Beines nach vorhergehender Beugung erfolgte, vermutete aber nachträglich bei freiwilliger Auskunftserteilung das erstere. Gleichwohl setzte er nach seiner Aussage dem auch auf ihn ausgeübten Reiz äußerste Beherrschung entgegen. Die ältere Dame allerdings, die behauptete, selbst im Dunkeln sehen zu können, glaubte ein Entgegenkommen des älteren Herrn an das ausgestreckte Mädchenbein wahrgenommen zu haben. Sie machte daher gleich Licht und stiftete hiedurch Verwirrung. Der Greis nämlich suchte, wahrscheinlich aus Delikatesse für das Paar, das Bein des Mädchens, soweit es sich auf seinem Gebiete befand, mit dem ihm gehörigen Sakko, das er ausgezogen hatte, zuzudecken. Paul war willkürlich oder durch Reflexbewegungen nach unten geraten, so daß sich das Mädchen bauchaufwärts plötzlich über ihm befand, die Stelle, auf die es besonders ankam, irrtümlich noch durch das fremde Sakko zugedeckt. So konnte dermalen ohne äußere Einwirkung nicht festgestellt werden, inwieweit die beiden Jungen zuletzt in ihrer anstößigen Intimsphäre entblößt gewesen waren. Es ist anzunehmen, daß die Dame hierauf eher aus Abscheu das Abteil verließ, als um den Beteiligten Zeit zur Ordnung ihrer Toilette zu gönnen. Der ältere Herr löschte neuerdings alsbald das Licht, und das Mädchen bewegte dankbar oder fahrlässig ihre Zehenspitzen zwischen seinen Schenkeln. Als die ältere Dame später wieder eintrat, saßen die beiden jungen Leute zwar zärtlich, aber nicht mehr in schändlicher Verflechtung nebeneinander. Ein neuer Passagier, Mitte vierzig, Anfang fünfzig war eingetreten und hatte mit der Dame ein Gespräch über die Entartung der heutigen Jugend angeknüpft, in das der schon vorhandene ältere Herr aber nicht einstimmte. Alle drei nicht unmittelbar Beteiligten stiegen jedoch an der Grenze aus, so daß die Jugendlichen bei der Einfahrt in Italien zunächst miteinander allein waren.

Als die Zoll- und Gepäckkontrolle vorüber war, zogen die beiden Jungen zugegebenermaßen hieraus sofortigen Nutzen. Danach hielten sie sich an den Händen und freuten sich, weil ihnen einerseits das Liebeserleben neu war und ihnen außerdem trotz wiederholter Unvorsichtigkeit und Herausforderung ihrer Umgebung doch offenbar ohne Anstand die gemeinsame Flucht und der Eintritt in das südliche Liebesland gelungen war. Schließlich erhofften sie sich weitere günstige und angenehme Aufenthalte bis zur völligen Erschöpfung ihrer Barschaft. Ihre Fahrkarte lautete auf einen nicht mehr ganz mondänen altertümlichen Badeort in Mittelitalien, in Nachbarschaft eines allerdings neuen und auch modernen. Sie rechneten aber in dem ersteren, von dem sie aus anderem Zusammenhang noch vom Gymnasium Kenntnis hatten, in einer halbwegs billigen Pension unterzukommen.

Bisher war das nicht zu schnelle Tempo des Zuges mit immer mehr Aufenthalten für sie nicht sonderlich störend gewesen, ja es paßte beides beinahe in ihre Vorstellung und mithin auch in ihren Plan. Wie sie aber nun in ihren Liebesspielen eine Pause eingelegt hatten, um von Paul Pieperl angekaufte Mitternachtskost zu sich zu nehmen, bemerkten sie, daß nicht nur der Zug rasch, ja geradezu rasend rüttelnd dahinsauste, sondern auch weitere Reisende zugestiegen waren, deren einer einen Glimmstengel im Munde führte, ohne sonstiges Licht anzufachen. Nun stellte Pieperl die Nachtbeleuchtung an, während sich Stella Blumentrost aufsetzte und mit einem Taschenkamm durch die Haare fuhr.

Zwei zusätzliche Fahrgäste, welche eingenickt waren, wurden jetzt in ihren Träumen unterbrochen und intonierten auf französisch ein Gespräch, dem sie aber bald in Ansehung der beiden jugendlichen Ausreißer deutsche Brocken untermischten. Es zeigte sich auf diese Weise auch, daß der Mann mit der rauchenden Zigarre, welcher alsbald in das Gespräch einbezogen wurde, aus Paris kam und ein Reiseziel nahe dem der jungen Leute hatte. Alsbald gab er sich als ein Journalist mit schriftstellerischen Neigungen zu erkennen, welcher das junge Paar bei dessen Gehaben schon längere Zeit beobachtet habe. Von dem Mann neben ihm, Italiener, im Restaurationsgewerbe tätig und einem Ort vor dem Reiseziel Pauls und Stellas zustrebend, war dies weniger anzunehmen, weil er offensichtlich zuletzt traumabwesend war, aber auch Anspielungen feiner oder gröberer Art unterließ. Die Dame, eine Holländerin in mittleren Jahren mit vielen Ringen an den Fingern geschmückt, zündete sich erst jetzt eine Zigarette an und schloß sich gleich dem Fluchtpaar an, indem sie feststellte, daß sie Bummelzüge liebe, die eine langsame Landnahme ermöglichten, und junge Menschen, an deren Angelegenheiten sie sich gleich beteiligt fühle. Also waren ihre Gefühle nicht mütterlich, sondern kameradschaftlich bedingt, trotz klaffendem Altersunterschied, nur fuhr für sie der D-Zug wie eine Postkutsche.

Nun aber war der Journalist daran, etwas zu äußern, und dieser stammte vielleicht nicht aus Paris, sondern war dort bloß wohnhaft, weil er das Auffällige noch dazu in einem fremden Land mit gezielter Aufmerksamkeit bloßzustellen beabsichtigte. Er meinte, nach dem Satz, daß jedem Hund sein Rinnstein gebühre, bleibe auch jedem Paar zweiter Klasse die Polstergarnitur zur Befleckung überlassen. Damit war das Liebespaar auf seine eigenen Spuren verwiesen. Keiner von beiden kam aber auf den Gedanken zu säubern, was nun einmal vorhanden und gesehen worden war. Sie erröteten aber verspätet und versuchten beinahe gleichzeitig, sich auf den Fleck zu setzen und ihn so zwar nicht zum Verschwinden, aber zur zeitweiligen Verdeckung durch ihre Kleidung bei deren gleichzeitiger Inanspruchnahme zu bringen. Die Holländerin zeigte ein mitfühlendes Herz und meinte schließlich, daß eben jede Zuneigung, vom Kuß angefangen, Flüssigkeit absondere und Spuren hinterlasse, das sei nun einmal gemeines Recht aller Erdenkinder seit Adam und Eva, und auch in Eisenbahnabteilen unvermeidlich, die derlei Betätigung entgegenkämen. Auf dem Mond wäre ein ähnliches Geschäft vielleicht trockener und staubiger ausgefallen, würden dort Lebewesen zur Welt kommen. Hier aber könne dem Nachfolger in der Sitzgelegenheit doch wohl zugemutet werden, diese zu reinigen oder nicht zu benützen, wenn nicht zuvor die Reinigungsfrau Abhilfe geschaffen habe.

Dem mittleren Italiener, welcher in seinem Lande und in seinem Zuge war und dem heimischen Restaurationsgewerbe zugehörte, schien das Gespräch peinlich. Trotzdem bemerkte er, so könnten Kinder nicht zu Kindern kommen. Die damit Gemeinten wurden nun auch noch wegen ihrer Vorsicht von der Holländerin gelobt, von dem Herrn, der aus Paris kam, aber getadelt, denn er war auch diesmal nicht den dortigen Gepflogenheiten verfallen, sondern erklärte, wer wirklich liebe, dürfe auch die natürlichen Folgen nicht scheuen, ob er sie nun auf dem Wege der Verhütung durch Vorbeugungsmittel oder Abbruch im Augenblick äußerster Begegnung auszuschließen trachte. Paul und Stella allerdings, welche vielleicht an diesen Gesprächen nichts gefunden hätten, wären sie allgemein gehalten gewesen, fühlten in jedem Augenblick mehr, daß sie als Beispiele allein zur Debatte standen. Danach glaubten sie, sich gemäß ihren nachmaligen Angaben nackt in einem Auslagekasten ausgestellt empfinden zu müssen, obwohl sie selbst fortgesetzt alles getan hatten, um einen solchen Auslagekasten für sich zu beanspruchen. Weiters aber befürchteten sie auch noch Anspielungen in der Richtung, wieso sie kraft elterlicher Zulassung überhaupt in die Lage gekommen seien, diese Fahrt miteinander ohne Überwachung zu unternehmen, obwohl ihre sittliche Zurückhaltung in keiner Weise gegeben sei und daher auch von ihren Erziehungsberechtigten nicht habe vorausgesetzt werden können.

Das Bild der Landschaft, die sich ihnen angeblich einmal blendend wie ein Innenspiegel, ein anderes Mal bestrickend und verführerisch, gleich den eigenen, von der Leine gelassenen Unarten zeigte, nahmen sie gegen Morgen mit enthemmter Erkenntlichkeit durch solche Verrenkungen ihrer Körper entgegen, mit denen sie, nach ihrer Meinung, ihre Zuneigung nicht verleugneten, welche kaum zu verschweigen war, aber die Blicke der übrigen nicht mehr auf ihre niedrigsten Gegenden zu ziehen befürchteten. Die anderen hatten sich immerhin gesprächs- und anteilsmäßig ganz auf die Jugend eingerichtet, der sie zwar nicht mehr angehörten, von welcher sie sich aber nach dem Eindruck der Unbotmäßigen ein Stück abschneiden mochten. Nichtsdestoweniger war dieser Schnitt aber keineswegs so aufzufassen, daß sie schon die Einwilligung der Eltern zu der Badefahrt der Halbwüchsigen in Frage stellten oder den ehrlichen Erwerb der Barmittel für die Reise als nicht gegeben annahmen. Auch wurde darauf verzichtet zu erwägen, die Behörde von den Machenschaften der Jungen oder zumindest von deren Anwesenheit in Kenntnis zu setzen. Ganz im Gegenteil fühlte sich zum Beispiel der Restaurateur vor seinem Aussteigen veranlaßt, an das Mädchen ein Angebot zu richten, daß es, falls sein Auskommen nicht mehr gesichert sei, in seinem Etablissement als Serviererin tätig werden könne oder sogar des Abends in einem von ihm geplanten Barbetrieb zu Animierzwecken, wobei ihre gutgewachsenen Beine und ihre zufriedenstellenden Rundungen in vorhandener Knospung zur Geltendmachung und Aufwertung ihrer Persönlichkeit beitragen würden. Ja, er ergänzte sogar, daß, bei entsprechendem Entgegenkommen gegenüber dem Chef, dieser nicht knausrig sein würde und sich eine noch bessere Anstellung für Stella ergeben könnte, abgesehen von hübschen Privateinkünften, die nicht steuerpflichtig wären. Paul

Pieperl, der der bessere Lateiner war, sah stolz und verdutzt drein, obwohl er vielleicht nicht alles verstanden hatte. Stella hinwiederum, der noch weniger Worte vertraut waren, schien dem Inhalt des Vorschlages wohlwollend gewogen. Ja, sie dankte sogar verbindlichst und versprach im Bedarfsfalle auf das Angebot zurückzukommen. Überdies flüsterte sie ihrem Gesponsen ins Ohr, so aber, daß es die anderen auch hören und viel später bestätigen konnten, er, nämlich Paul, könne mit ihr überhaupt machen, was er wolle, sie umbringen und verkaufen, sogar verschenken für gar nichts. Aber belügen und verraten dürfe er sie nicht. Wie sie diesen Vorbehalt meinte, der mit ihren vorherigen Zugeständnissen kaum in Einklang zu bringen war, das setzte sie damals weder durch bessere Formulierung noch durch Beispielaufzählung auseinander.

Jedenfalls mißfiel schon damals das, was Stella zum Ausdruck brachte und was offenbar ihren bereits vorhandenen verwerflichen Charakter zeigte, dem Herrn aus Paris, der auch sonst moralischer war als die übrigen Franzosen, obwohl sie allesamt, wenn auch mit gewissen Einschränkungen, die Mentalität eines Victor Hugo hinter dem Bart als die eines ganz Großen für echt und volltönend halten, während sie dem Ausländer Schiller dessen deklamatorische Hohlheit vorwerfen zu dürfen glauben. Alles in allem stellte der in Rede Stehende fest, man habe da nun ein junges Paar vor sich, das sich angeblich gegenseitig so zugetan sei, daß es damit in keiner Weise sich zurückhalte und sogar seine ganze Umgebung peinlich in Anspruch nehme. Trotzdem werde bereits jetzt von der Dame für die Zukunft eine andere Regelung in Kauf genommen, bei der sie den Partner gegen Zufallsbekannte eintausche oder für Geldgeschenke, auch fallweise Inanspruchnahme durch einen älteren Chef, aufgebe, wobei ihr derzeitiger glühender oder enthemmter Liebhaber profithalber stillschweigend zustimme. Es sei daher weit besser, gar nicht mehr jung zu sein als jung auf solche Art.

Die herzoffene Holländerin dagegen brachte zum Ausdruck, auch der junge Mensch habe ein Recht auf Abwechslung. Da sie an den gleichen Badeort reise, wolle sie die beiden Jungen, die schon jetzt ihre volle Anteilnahme hätten, wohlwollend betrachten und ihnen unterstützend unter die Arme greifen. Sie bleibe auch lange genug hier im Ausland und verfüge über entsprechende Mittel, um wirksam helfen zu können.

Als man den Bestimmungsbahnhof Stellas, Pauls und der Holländerin erreicht hatte, reichte der junge Mann dieser ihre Gepäckstücke durch das Fenster zwecks Weitergabe an den Träger hinab. Sodann verließ Hermione von Saas mit ihren beiden zukünftigen Schützlingen das Stationsgebäude und begleitete sie zu einer bescheidenen Pension, in der sie dieselben einquartierte und für sie Unterkunft samt drei Mahlzeiten aushandelte. Sie blieb dabei mit Pieperl in dauerndem Kontakt und an seiner gerade nicht von Stella in Anspruch genommenen Seite. Das Zimmer, in dem Stella und Paul untergebracht wurden, war eine saubere und enge Dachkammer, die keinen Ausblick auf das Meer, wohl aber einen solchen nach den Stallungen hatte, in welchen Kleintiere zur zeitgerechten Schlachtung sich untergebracht sahen. Von einigen Fenstern gegenüber flatterte Großwäsche, die aber nur teilweise gereinigt oder nach dem Aufhängen bei zeitweisem Herabfallen wieder schmutzig geworden war. Die Holländerin entfernte sich alsbald, nicht ohne ihre künftige Anschrift zu hinterlassen, die ein großes Hotel betraf. Sie lud auch ein, dort die Freizeit zu verbringen, doch hatte Stella den Eindruck, daß die Einladung nicht wirklich beide, sondern den Paul allein anging.

Die einander sträflich Liebenden wuschen sich nun zwar, unterhielten sich hierauf an ihren anstößigsten Stellen ohne das Hinterteil und entarteten sodann nach den entsprechenden Einleitungen in neuerliche Endstellungen eindeutigen Inhalts, in welchen sie eine Zeitlang ohne Bewegung verharrten. Sie verbrachten dann den Rest des Tages bei der Aussicht auf Wäsche und Mauern und unter Verzicht auf den Genuß des

Meeres, welches zu erleben man sich nach allgemeiner Gepflogenheit in die bezüglichen Gefilde begibt. Nach dem Abendessen, zu dem Muscheln die Einleitung bildeten, die sie nicht aßen, und Fleischklöße das Hauptgericht, das ihnen nicht schmeckte, begaben sie sich zu ihrer holländischen Freundin, wobei sie, dort angelangt, vom Fenster und Balkon das Meer in Augenschein nahmen. Die Gastgeberin setzte jedes von beiden in ihrem luxuriösen Zimmer an eine ihrer Seiten, wobei sie dem Burschen den bequemeren Fauteuil einräumte, und die Hand, die sie ihm widmete, im Gegensatz zu der bei dem Mädchen angewandten, die innigere Berührung vermittelte. Ja, sie forderte ihn sogar auf, sie aufzusuchen, wenn er jemals Langeweile habe, wobei er das Mädchen nicht unbedingt mitbringen müsse, welches sich auch allein unterhalten könne, wenn es Wert darauf lege, in die Sprache eingeweiht zu werden, um es einmal zur Serviererin oder Bardame zu bringen. Stella wehrte sich dagegen zwar nicht durch förmlichen Protest, erhob sich aber zum Aufbruch. Paul Pieperl folgte ihr auf den Fuß, fand die Gastgeberin diesmal ekelhaft und erklärte, seinen Besuch nicht so bald wiederholen zu wollen.

Den nächsten Tag aber, als die beiden des Morgens noch im Bette lagen, ohne vorsichtshalber die Absperrung des Raumes vollzogen zu haben, kam Hermione von Saas, ohne anzuklopfen, zu ihnen, bezeichnete das lange Liegen als ungesund und ärgerlich und lüftete die Bettdecke an der Seite des Jungen, wobei auch dessen intime Bestandteile zur Geltung kamen. Sie fühlte sich dadurch nicht gestört, sondern setzte sich auf sein Lager, wobei sie ihn zwar von innen aus zudeckte, aber mit der Hand unter der Bettdecke verblieb. Stella sprang auf, und auch Paul versuchte, dasselbe zu tun, worauf ihn Hermione fragte, wie lange er annehme, mit seinem Gelde und allenfalls zusätzlich dem des Mädchens auszukommen, es sei immer besser, sich mit jemandem zu vertragen, der aushelfen wolle und könne. Dann entfernte sich die zur Wohltat Entschlossene, erkundigte sich außerhalb nach den gestrigen Extras der beiden und bezahlte die Pension für eine Woche, nebst einem voraussichtlichen Betrag für Getränke und sonstiges Nebenbei. Hievon beeilte sie sich, Paul und Stella durch die diesmal versperrte Türe zu unterrichten, und entfernte sich, ohne noch einmal Einlaß zu verlangen.

Stella drängte nun angeblich den Paul Pieperl, der Holländerin das von ihr bezahlte Geld zurückzuerstatten. Dieser versprach es nach ihrer Behauptung zunächst, erklärte aber später, er fürchte sich, zu ihr zu gehen, Stella möge den Gang übernehmen. Jedenfalls war diese sogleich dazu bereit, machte sich auf den Weg, langte ein und wurde auch vorgelassen. Als sie aber am Bestimmungsort eingetroffen war, befand sich der Franzose aus dem Wagenabteil ihrer Zureise gerade zu unerwartetem Besuch bei Hermione. Die Holländerin wartete nach Stellas Behauptung gar nicht ab, daß diese den Grund ihrer Ankunft eröffnete, sondern forderte Monsieur Julien Ronflefunebre angeblich auf, sich mit dem eingetretenen Mädchen angelegentlich zu befassen, obwohl derselbe doch seinen Widerwillen gegen unzüchtige Begebenheiten in der Umwelt schon unterwegs zum Ausdruck gebracht hatte. Dieser griff daher mühelos mit der einen Hand in den schon vorhandenen Blusenausschnitt, mit der anderen aber unter die ohnehin kurzen Röcke des Mädchens. Dasselbe erfaßte nachträglich eine Kleiderbürste, welche eine metallene Rückseite aufwies und zu gegebenen Zwecken auf einer Kommode lag, und schlug mit derselben dreimal nach dem Schädel des fremden Herrn, worauf dieser sich wortlos zurückzog. Hermione hinwiederum forderte daraufhin Stella auf, ihrerseits zu verschwinden, zumal sie sich nicht artig aufführe. Die Angreiferin müsse froh sein, wenn Herr Julien Ronflefunebre keine Anzeige wegen Mordversuchs erstatte. Als die Hinausgewiesene das Zimmer verließ, hatte sie auch vergessen, das Geld zurückzugeben, was ja der Zweck ihres Kommens gewesen war. Sie will es ihrem Liebsten wiedergebracht haben, der nun seinerseits sich bereiterklärt hätte, die Rückgabe an ihrer Statt gelegentlich zu bewerkstelligen. Auf ihre Mitteilungen hin entrüstete er sich zwar einerseits über das geschilderte Betragen des Monsieur Ronflefunebre, aber auch über Stellas nachträgliche Art der Abwehr, welche den weiteren Aufenthalt der beiden sträflichen Jugendlichen in Frage stellen könne.

Das Wetter verschlechterte sich zusehends. Die beiden waren jetzt auf ihre Kammer angewiesen, nachdem sie vorher untertags nur wenige Stunden am Strand zur Bewunderung des Meeres und des Badens halber, sowie in der Stadt zum Studium alter Örtlichkeiten verbracht hatten. Bei ihrem jetzigen Zimmeraufenthalt mußten sie allerdings feststellen, daß den ganzen Tag hindurch immer wieder aufgeräumt wurde, obwohl der Raum davon nicht reiner wurde. Bei der ersten Pensionszahlung, die Paul selbst durchführte, wurde ihm landesüblicherweise das Doppelte des vereinbarten Betrages berechnet. Als er aber Reklamationen machen wollte, bedeutete ihm der Wirt, bei so jungen Gästen müsse man sich vorsehen und allenfalls bei der Polizei nachfragen, ob alles in Ordnung gehe. Daraufhin zahlte Paul das Geforderte anstandslos.

Später besserte sich die Witterung zwar, doch fand man den Strand nicht mehr passend genug und begab sich zu einem andern im fashionablen Nachbarort, wozu man wegen der vorhandenen Entfernung sich des Autobusses bediente. Dort sonnte man sich gehörig und schwamm wenig, und weil auch noch eine Tanzbar lockte, verbrachte man schließlich den Abend dort. Als zuletzt das Geld stockte, stieß man auf die Holländerin, die auf dem Tanzboden am Arme eines baumlangen bebrillten Jünglings schwankte. Wie nun Stella einem schwarzgelockten Jugendlichen die Zustimmung zu einem Tanze gab, in welchen er angeblich ohne ihr Zutun Vorfreuden des Bettes untermischte, erspähte Frau Hermione von Saas den Paul Pieperl, der allein stand, lächelte ihm zu und wurde von ihm zurückbelächelt. Von da ab verging nicht viel Zeit bis zu dem Augenblick, in dem sie ihre Tänzer tauschte und ihr wucherndes Fleisch Paulen zwar auflag, aber doch versuchte, sich im Schwunge leicht zu machen. In einer Ecke, wiewohl von Stella nicht gesehen, kam es bereits zu Umarmungen zwischen dem Jungen und der Mitteljährigen, wobei die letztere nicht nur die Auffordernde, sondern auch die Tätigere war. Schließlich nahm Hermione ein Mietwagen auf, in welchem sie Paul mitnahm, während sie Stella sich selbst überließ. Paul hatte übrigens eines gelinden Schwipses, d.i. leichter Angetrunkenheit halber die bisher Geliebte vorübergehend vergessen.

Als dieselbe, allerdings nach mehr als einem Tanz, schließlich von dem Schwarzgelockten zurückgebracht worden war, fand sie sich mit dem Abzug Paulens nicht zurecht, zumal sie dessen Richtung vermutete und ihn mindestens ein Stück mit Frau von Saas hatte tanzen gesehen. Sie machte sich daher sofort auf den Weg, fand aber in ihrem Täschchen nicht einmal genug Geld für den Autobus. Beim Ausgang sah sie sich dafür bereits außer von dem Schwarzgelockten auch von einer weiteren Anzahl Gleich- und Ähnlichlockiger flankiert, als ob alle sich in sie teilen wollten. Doch verschaffte sie sich mit Händen und Füßen Platz, wußte sich also sehr wohl gegen Angriffe auf ihre Frauenschaft zur Wehr zu setzen. Nachdem sie sich so energisch durchgesetzt hatte, mußte sie sich dann zu Fuß fortbewegen und lehnte auch die Mitnahme in neben ihr anhaltenden Kraftwagen ab, weil sie offenbar schon damals wußte, was sie bei Aufnahme in die Wagen alleinreisender Herrn auf sich zu nehmen habe. Solchermaßen erreichte sie mit ziemlich ausladenden Schritten doch schließlich den Heimathafen, strebte aber von daselbst nicht in ihre billige Pension, sondern nach dem Luxushotel, in dem Frau von Saas gegenwärtig untergebracht war.

Der Portier gab ihr die erhaltene Information weiter, daß Frau von Saas weder auf ihrem Zimmer noch sonstwo im Hause sei. Stella glaubte dies kaum, und zwar sowohl aufgrund früherer Eindrücke als auch des Umstands, daß der Schlüssel der Genannten sich nicht auf dem Brette befand. Sie stürzte daher ohne Benützung des Liftes, die man ihr eigener Ansicht nach vielleicht verweigert hätte, die wenigen Stufen zum Zimmer der von ihr Gesuchten hinauf, welches sie zwar von innen versperrt fand, welches aber mit einem Brecheisen, das Handwerker am Fensterbrett des Ganges zurückgelassen haben mußten, doch gewaltsam geöffnet werden konnte.

Unter Mitnahme des Schlossereisens stürzte sie sich in den Raum und fand auf dem Bette Frau Hermione von Saas völlig entkleidet neben Paul Pieperl an, welcher sich ebenfalls völliger Nacktheit erfreute. Ein Zimmernachbar, Franco Pollio, hat in unmittelbarer Folge von diesem Vorfall sowohl der Hoteldirektion als auch der Polizei Mitteilung gemacht, indem er angab, er habe eine ältere Frau schreien gehört, daß ihr jemand mit einem Eisen zu Leibe rücke. Als Hotelpersonal und Wache auf den Plan traten, war jedoch Stella Blumentrost jedenfalls nicht mehr im Besitze des Brecheisens und waren sowohl Hermione von Saas als auch Paul Pieperl bereits notdürftig bekleidet. Es wurde von beiden zugegeben, daß Stella die versperrte Türe mit dem Brecheisen geöffnet habe, wofür aber bereits in der Zwischenzeit Frau von Saas dem Hotel Ersatz geleistet hatte. Es wurde nur von Stella, aber von keinem sonstigen Beteiligten die Behauptung aufgestellt, daß diese noch bedrohlich das Eisen in der Hand gehalten habe, als sie eingetreten sei, und dadurch die Zimmerinhaberin habe einschüchtern wollen.

Die wohlwollende Holländerin brachte nicht einmal die Kleiderbürste zur Sprache, mit welcher Stella Blumentrost wenige Tage vorher Herrn Julien Ronflefunebre mit dem Umbringen bedroht hatte. Ja, es wurde, als Stellas Alter festgestellt war, von ihr sogar Fürbitte geleistet, die beiden jungen Leute auf freiem Fuß zu belassen und nicht in ihre Heimat abzuschieben, obwohl die von ihr angeregte Vorgehensweise gegen das Gesetz gewesen wäre. Die Sache wurde unter Mitnahme der jungen Ausreißer dem Justizdezernat übergeben, welches aber beschloß, sich mit österreichischen Stellen in Verbindung zu setzen. Man entschloß sich schließlich, gegen Stella in Italien keinen Prozeß einzuleiten, dagegen deren siebzehnjährigen Entführer unter gleichzeitigem Abschub dem Jugendgericht in Österreich anzuzeigen. Da er aber bis zur Erfüllung der Formalitäten das achtzehnte Lebensjahr erreicht hatte, war inzwischen das ordentliche Verfahren für ihn anwendbar geworden.

Während sich nun das Kreisgericht ausschließlich mit dem Verhalten des Paul Pieperl beschäftigte, kamen dadurch auch Umstände zu Tage, die für die schon damals bestehenden Anlagen der Stella Blumentrost von Bedeutung waren, wenn sie auch nicht unter Anklage stand und daher noch nicht verurteilt wurde und eine etwaige Verurteilung zur Zeit der Tat an Josef Thugut bereits getilgt gewesen wäre. Immerhin konnten alle Umstände, die gegen sie sprachen, zur Aufklärung des neuen Sachverhaltes herangezogen werden, wenngleich ihr noch der Milderungsgrund der Unbescholtenheit zustatten kam. Es muß daher als durchaus nicht unerheblich angesehen werden, daß sie schon in halbreifer Jugendzeit eine Bürste, die nur zum Kleiderputzen diente, nach eigener Angabe als Waffe gegen einen Mann anwendete, und ein Brecheisen vorsätzlich zur Sprengung einer Türe und Einschüchterung der Inhaberin des Zimmers, in welches sie mit diesem Gegenstand in der Hand nach eigener Darstellung eingedrungen war, in Gebrauch nahm, ein Umstand übrigens, den selbst Franco Pollio, Briefmarkenhändler aus Verona, der es sich nicht hatte nehmen lassen, als einziger fremder Zeuge zur Hauptverhandlung gegen Paul Pieperl nach Österreich zu erscheinen, als aus dem Schrei der Frau von Saas hervorgehend bestätigte. Es wurde auch für den jungen Entführer als mildernd angesehen, daß die Stella trotz vorher bestehender Jungfernschaft sehr entgegenkommend und in verschiedenen Liebeskünsten unterrichtet war, in denen er sie nicht unterrichtet hatte, ob sie nun diese Künste kraft angeborener Einstellung, Verderbnis, durch Beispiel oder Lektüre beherrschte, was das Verfahren nicht ergeben konnte. Wenn nun auch Paul seinerseits nicht die Exzesse mit dem Brecheisen bestätigen wollte, obwohl er ansonsten zu seiner Entlastung durchaus mitteilsam blieb, so stand jedenfalls fest, daß das fünfzehnjährige Mädel mehrere Kilometer weit gelaufen war, um ihren Verführer von einer anderen Frau, auf die es eifersüchtig blieb, zurückzuholen. Alles in allem ergab dies für ihn nur vier Wochen Arrest mit dreijähriger Bewährungsfrist, unter Aufschub aller Rechtsfolgen, d.i. der Nachteile, die das Gesetz gegen Rechtsbrecher vorsieht, für ihn; Paul Pieperl konnte daher eine Schule in einem entfernten Bundesland besuchen, wiewohl er ja schon vor seiner Verurteilung wegen einer einschlägigen Anschuldigung aus einem Unterrichtsinstitut ausgeschlossen worden war.

Es ist der Vollständigkeit halber anzuführen, daß der Vater Stellas, Claus Blumentrost, gegen den des Verurteilten Paul eine Anzeige erstattete, derselbe habe ihn aufgesucht und ihm das Ansinnen gestellt, seine Tochter möge nicht schlecht gegen seinen Sohn aussagen und die Hauptschuld auf sich nehmen, überdies habe er Geld für eine etwa notwendige Abtreibung angeboten.

Ing. Ludo Pieperl führte durch seinen Anwalt dagegen aus, er habe wohl als anständiger Mensch den Vater des Mädchens aufgesucht, um diesem sein Bedauern über das Vorgefallene auszudrücken, doch sei derselbe allen Ernstes an ihn mit der Forderung herangetreten, Stella solle von seinem Sohne Paul geheiratet werden. Da habe er natürlich eine entsprechende Absage erteilen müssen, weil er ein gleich so gefügiges weibliches Geschöpf als Schwiegertochter nicht brauchen könne, sein Sohn erst nach Abschluß seiner Studien eine ihm dann begegnende Frau nehmen würde und für ihn in erster Linie zumindest der Herkunft nach gleichwertige, also Baumeisters- oder sonstige Unternehmerstöchter, in Betracht kämen, nicht aber bereits mit fünfzehn wohlunterrichtete Abkömmlinge kleiner, nicht einmal fachlich qualifizierter Angestellter im Baugewerbe, zu deren sofortiger Inanspruchnahme auf der Kellerstiege nicht einmal die entfernteste Inaussichtstellung späterer Heirat seitens eines Siebzehnjährigen erforderlich gewesen wäre. Vater Blumentrost, über den Schriftsatz vernommen, mußte zugeben, daß ein von ihm vorgeschlagenes Eheprojekt aus den genannten Gründen abgelehnt worden, sowie daß auch medizinisch festgestellt sei, daß seine Tochter nicht schwanger wäre. Die Sache mit der Bürste hatte aber seine Tochter aus freien Stücken ebenso wie die mit dem Stemmeisen bestätigt, letztere auch indirekt ein aus dem Ausland eigens zugereister fremder Zeuge, dagegen der dem Angezeigten am ehesten zugänglich gewesene Paul Pieperl nicht. Es wurde daher dem Herrn Fabian Claus Blumentrost dringend geraten, zufrieden zu sein, wenn gegen ihn nicht ein Verfahren wegen Verleumdung, gegen seine Tochter noch ein solches wegen Hausfriedensbruchs, gefährlicher Drohung und boshafter Beschädigung fremden Eigentums eingeleitet werde. Ludo Pieperl wurde nur noch kurz befragt und äußerte sich wie im Schriftsatz seines Rechtsbeistandes. Darauf wurde das Verfahren gegen ihn eingestellt.

Ansonsten hatte Vater Blumentrost seiner Tochter bei der ersten Wiederbegegnung ein paar schallende Ohrfeigen verabreicht. Emma Eleonore Blumentrost, welche selbst kein sehr makelloses Liebesvorleben gehabt hatte, begnügte sich damit, die wohlwollende Samariterin zu spielen, dem Mädchen in Güte zuzusprechen und es auch zum Arzt zu führen, wiewohl damals eine etwaige Schwangerschaft noch nicht mit Sicherheit hätte festgestellt werden können. Das Mädel wurde übrigens alsbald in einer sehr strengen Lehranstalt intern aufgenommen, um ihre Gymnasialstudien ausnahmsweise im nicht ganz öffentlichen und kostspieligen Unterricht beendigen zu können. Sie versuchte von dort nicht, mit Paul in Verbindung zu treten, und auch er tat nichts dergleichen.

Dessen ungeachtet machte Fabian Claus Blumentrost den Versuch, die Mehrkosten der Unterbringung seiner Tochter nebst einer Entschädigung für verminderte Heiratsfähigkeit zunächst noch durch Anschluß im Strafverfahren und dann im Zivilprozesse durchzusetzen. Ing. Ludo Pieperl bestritt für seinen Sohn die Tatsache, daß ein Mädchen von Stellas Stand durch Skandal und Verlust der Virginität, wie dies in solchen Kreisen vorehelich üblich sei, überhaupt einen Schaden erlitten habe; bis zur Heirat sei es auch weit, die Umschulung habe sich aus ihrem eigenen weiblichen Entgegenkommen als nötig oder zweckmäßig erwiesen. Zum Vergleichsvorschlage sagte er noch, sein Sohn besitze gar nichts, er selber habe, gleich nachdem er von der Sache erfuhr, dem fremden Vater einen Geldbetrag zur Verfügung stellen wollen, und dies aus freien Stücken für etwas, das nach österreichischem Recht nicht entschädigt werde, nämlich seelischen Kummer. Der Dank hierfür wäre eine verleumderische Anzeige gewesen. Zu guter Letzt bot Baumeister Ing. Ludo Pieperl aus reiner Großzügigkeit eine Summe von dreitausend Schillingen und Prozeßkostenersatz dafür, daß ihn die Familie Blumentrost von nun ab in Ruhe lasse. Damit gab sich Fabian Claus Blumentrost nach anfänglichem Schreien und Weigern, einen solchen Bettel als Abfindung anzunehmen, über Anraten seines Anwalts und des Richters doch schließlich zufrieden, da er sonst gar nichts von dem jungen Mann bekommen haben würde.

Im übrigen kam ebenderselbe Pieperl auch in der Folge noch mit der Blumentrost in unliebsame Berührung. Stella lernte von da ab in der strengen Anstalt eher besser als schlechter, ließ sich auch nichts zuschulden kommen, indem sie versucht hätte, die Anstaltsordnung durch unerlaubte Ausgänge, Hineinschmuggeln von nicht zugehörigen Personen oder Erhalt uneingesehener Mitteilungen zu durchbrechen. Nur wurde später ein Tagebuch vorgefunden, in das sie außer ihren täglichen Eindrücken Reminiszenzen allgemeinen Charakters an ihre Vergangenheit und gemeinplätzige, aber nicht altersgemäße Erwägungen eintrug. So stand darin, daß sie zwar außer einem buckligen Diener und einem alten Gärtner keine Person des andern Geschlechts mehr zu sehen bekomme, daß ihr aber selbst dies genüge, denn sie habe ein erstes Erleben hinter sich gebracht, in welchem ihr Glück und Unglück entschieden wurde. Nun sei die Männerwelt für sie so alt und so bucklig wie deren beide Reste in ihrer nunmehrigen Umgebung. Es sei vielleicht nicht zu vermeiden, daß sie irgendwann in ihrem Leben einem Mann begegne, dem sie wieder gehören wolle. Der werde aber nicht mehr über sie verfügen können. Verrat werde sie viel weniger dulden als bisher. Sie sei nicht mehr leicht zu enttäuschen und werde eine andere sogar neben sich dulden, wenn ihr das im Augenblick zusage. Wer aber Gewalt, Verachtung, Verrat, Gleichgültigkeit gegen sie bezeuge, werde sterben müssen. Sie würde sich dann eines zweckmäßigeren Werkzeuges als einer Kleiderbürste oder eines Stemmeisens bedienen können.

Bei seinem einzigen Besuch, den er selbst bei seiner Tochter machte, gab die Direktion Herrn Blumentrost das Tagebuch seiner Tochter, welches er aufmerksam durchlas. Er fand aber nicht nur keinen Anlaß zur Rüge, sondern verlangte, daß man ihr das Buch sofort zurückgebe, seine Tochter sei schon in Ordnung, er habe nichts an ihr auszusetzen, und wenn sie mit niemand als mit ihrem Journale rede, so sei das schon wenig genug. Er war dann besonders herzlich zu Stella trotz der Morddrohungen oder sogar wegen derselben. Diese aber begnügte sich ansonsten mit den Besuchen ihrer Mutter, Emma Eleonore Blumentrost, und verlangte nicht einmal ausnahmsweise die Gestattung einer Heimreise. So verhielt es sich, bis das Gebäude repariert wurde.

Dazu hatte man sich wegen forschreitender Mängel im Verputz und Beschädigung äußerer Verzierungen entschlossen. Man suchte aus vielen Offerten die günstigste aus und fand so einen Baumeister heraus, der die Sache vorteilhaft für die Anstalt in Angriff nehmen wollte. Nicht wegen der Berechnungen, die approximativ erfolgt waren, wenn auch im Schluß eine Pauschalsumme genannt wurde, wohl aber wegen der Maße und verschiedener besonders schadhafter Stellen wurde vom Baumeister ein junger Mann entsandt, der außer seiner Tätigkeit in einer berufsbildenden Schule schon talentiert im Gewerbebetrieb, wenn auch nur stundenweise tätig war. Derselbe bestieg eine Leiter, die geradewegs zu einem Raume führte, in dem Stella anwesend war. Als er den Kopf in Fensterbretthöhe hatte, ließ er ihn dort auf die Platte gedrückt und grinste, ohne einen Schritt weiter auf der Leiter zu machen. Die Blumentrost erkannte aber in dem Kopf dessen Zugehörigkeit zu Paul Pieperl, sprang zum Fenster und gab dem auf der Leiter stehenden zwei starke Ohrfeigen, worauf sich das Haupt wortlos zurückzog. Am selben Tage erklärte Stella in einem Telephongespräch dem Vater, den sie in seinem Amte anrief, die Anstalt sofort verlassen zu wollen, es sei ohnehin nur das Studium für die Matura offen, dieses habe sie vor, anderswo durchzuführen, zumal die Reifeprüfung auch hier nicht abgelegt werden könne. Eine Rückfrage bei ihrem Vater ergab dessen Einverständnis mit ihrem sofortigen Aufbruch, den sie nicht weiter motivierte. Paul Pieperl sah sie noch mit ihrem Koffer zur Bahn eilen, den sie selbst trug, obwohl ihr sowohl der Gärtner als auch der Diener behilflich sein wollten, doch meldete er nichts und gab auch ihr gegenüber keine weitere Erklärung ab. Der Abschied war nicht ordnungsgemäß, da die vorgesehenen Formen nicht erfüllt waren. Hätte Paul Pieperl gegen sie die Anzeige erstattet, so wäre sie außerdem unter Strafantrag gestellt worden, falls er sich gefährdet gefühlt oder die Ohrfeige mit Folgen verbunden gewesen sein würde. Andernfalls hätte die Staatsanwaltschaft beim Jugendgericht befinden müssen, ob gegen die noch nicht ganz Achtzehnjährige wegen Übertretung gegen die Sicherheit der Ehre einzuschreiten sei.

Als der Vater seine Tochter wiederhatte, umarmte er sie nicht nur auf das herzlichste und zustimmendste, was er während ihrer späteren Kindheit sowie ihrer Halbreife zu tun immer unterlassen. Außer der die Erziehungsmängel wohlwollend fortsetzenden Aufnahme erklärte er ihr außerdem, daß er immer zu ihr stehen werde, zumal er einsehe, daß sie sich nach anfänglichem Fehlverhalten nun so aufführe, wie er es an ihrer Stelle auch nicht anders getan hätte. Weiter erklärte Fabian Claus Blumentrost ihr, daß er sie nunmehr zu Hause behalten wolle und sie von hier aus ihre Studien werde beendigen können. Um ihr aber besondere Freude zu machen, lasse er ihr außerdem Fahrunterricht erteilen, weil er ihr zum achtzehnten Geburtstag seinen Kraftwagen schenken wolle, zumal er selbst die Absicht habe, sich einen neuen anzuschaffen.

Es ist wahrscheinlich, daß sie sich bereits auf den Unterricht in einer Fahrschule freute, zu dem es ehestens kam. Möglich ist auch, daß Vorausfreuden bezüglich des zu erwartenden Geburtstagsgeschenkes bestanden, doch erwiesen sich solche als zumindest verfrüht. Der väterliche Kraftwagen wurde nämlich von dessen Besitzer bei einer angeblich dienstlichen Fahrt zu Schanden gefahren, da ein Zusammenstoß unter beiderseits sträflichen Umständen mit einem andern Fahrzeug gleicher Art und Beschaffenheit erfolgte. Der Vater wurde bei dieser Gelegenheit erheblich verletzt, und da die Mutter wenige Tage später an einer infektiösen Erkrankung zu laborieren begann, war die Angeschuldigte nunmehr genötigt, beide Eltern in Spitalspflege zu überstellen, ohne jegliche Kontrolle die elterliche Wohnung zu bewohnen und zu versorgen sowie ihre Studien fortzusetzen, zu denen auch noch der Fahrunterricht kam, wiewohl ihr kein eigener Wagen mehr zur Verfügung stand.

Durchaus nicht auszuschließen ist, daß wenigstens die Mutter in häuslicher Pflege hätte belassen werden können, doch machte gerade ihre Gesundung solche Fortschritte, daß sie bald nach Hause zurückkehren konnte. Fabian Blumentrost, in der Unterleibsgegend verletzt, war länger vom Hause abwesend. Doch ergaben diesbezügliche Umfragen, daß Stella Blumentrost während der Abwesenheit beider Elternteile oder eines derselben, Männerbesuche nicht empfangen hat, ausgenommen die eines Vertreters der Versicherungsanstalt, bei der ihr Vater wegen Haftpflicht versichert gewesen und dem sie einen Teil der Auskünfte gab, die von ihrem Vater hätten gegeben werden sollen. Derselbe hieß Kunibert Falkner, hatte Sachbearbeitung inne, und es wurde ihm eine gewisse Schüchternheit gegenüber Frauen neben einem angenehmen Äußeren und gewinnenden Wesen nachgesagt. Stella unterhielt sich oft sehr lange mit ihm und vermutlich nicht ausschließlich über Dinge der Versicherung, obwohl sie sich auch noch für ihre Reifeprüfung vorzubereiten, desgleichen ihren Fahrkurs zu beendigen und endlich ihre Mutter zu pflegen hatte. Von Nachbarn wird bestätigt, daß diese bei gelegentlichen Besuchen in der Wohnung Blumentrost die Stella in sehr vergnüglichem Gespräch mit dem Versicherungsbeamten antrafen, zu dem um so weniger Anlaß war, als die Mutter nur rekonvaleszent, an dem Aufkommen des Vaters aber überhaupt zu zweifeln war und außerdem im Falle von dessen Gesundung seine strafgerichtliche Verfolgung wegen Gefährdung der körperlichen Sicherheit seines Autogegners bevorstand. Frau Stine Muperlstallinger, die dreimal bei der Familie Blumentrost nachfragte, bekundete überdies, daß zumindest einmal in Unterredungen mit Kunibert Falkner, welche jedesmal bei ihrem zufälligen Kommen stattfanden, das Mädchen ihre Röcke hoch über dem Knie aufgeschlagen hätte, wie es damals vor dem Aufkommen der Minimode noch keineswegs allgemein üblich war. Das andere Mal sei davon die Rede gewesen, daß Eifersucht bei Frauen nicht unbedingt erforderlich wäre, wenn kein Verrat dabei sei. Stella habe ausdrücklich erklärt, sie finde nichts mehr dabei, sich mit einer andern in die Liebe eines Mannes zu teilen, wenn sie davon wisse, es billige und dadurch weder herabgesetzt noch enttäuscht werde. Die Einehe sei ohnehin nur eine europäische oder westliche Angelegenheit, und oft genug durchbrochen. Ein Mann brauche vielleicht mehrere Frauen wie ein Hahn mehrere Hennen, der Europäer sei nicht maßgebend, weil er der größte Heuchler wäre und sich an seine eigenen geschriebenen und ungeschriebenen Gesetze am wenigsten halte. Der Amerikaner, den sie freilich nicht kenne, wäre nur ein zurückgebliebener und verschrumpfter Europäer. Diesen Gesprächen der jungen Blumentrost habe der junge Mann mit offenem Mund, also wohl mit Staunen, zugehört, aber dem nicht widersprochen. Bei dem letzten Besuch der Muperlstallinger, der aber wohl kaum der letzte des jungen Mannes gewesen sei, habe sich fallweise auch die Mutter der Stella, Frau Emma Eleonore Blumentrost, im Zimmer aufgehalten. Die Stella habe sich bei dieser Gelegenheit, angeblich um etwas aufzuheben, obwohl nichts auf den Boden gefallen sei, so sehr gebückt, daß man ihren allerdings festen und nur mittelgroßen Busen beiderseitig zu sehen bekommen habe. Dabei habe sie sich geäußert, sie würde sich mit allem, beim Autofahren sogar mit einem Wagenheber, zu verteidigen wissen, wenn man von ihr etwas erzwingen würde, was sie nicht gewähren wolle. Die Mutter habe dem nicht widersprochen. Kunibert Falkner hätte zur Sache nichts gesagt, aber versprochen, dafür zu sorgen, daß der ganze von ihrem Vater verursachte Schaden ersetzt werde, bevor die Strafverhandlung stattfinde, obgleich dies nicht notwendig sei und sie die Umstände kenne. Wahrscheinlich wäre also Fabian Claus Blumentrost betrunken am Steuer gesessen.

Wie dem auch sei, es wurde in dem Verfahren gegen Fabian Claus Blumentrost nicht dessen Trunkenheit am Lenkrad, wohl aber seine und des Fahrzeuglenkers des entgegenkommenden Vehikels, Xaver Menelaus Puffinger, sonstige Sorglosigkeit festgestellt, wobei der andere eine bedingte Arreststrafe von vier Monaten, Fabian Claus Blumentrost, der das geringere Verschulden und den andern nicht sonderlich beschädigt hatte, jedoch nur eine solche von vierzehn Tagen erhielt. Es konnte allerdings festgestellt werden, daß, obwohl Fabian Claus Blumentrost keine Rechtsschutzversicherung eingegangen war, der junge Versicherungsfachmann Kunibert Falkner auch die Sache mit der gegnerischen Versicherung geordnet hatte, so daß er für sein Auto fast vollständigen Ersatz und einen großen Teil seiner Heilungskosten erhielt, allerdings nur geringes Schmerzensgeld bei beträchtlicher Körperbeschädigung. Jedenfalls kam Kunibert Falkner häufig in die Wohnung Blumentrost und unterhandelte dort gewöhnlich nur mit Stella und nicht im Beisein des Vaters, der inzwischen notdürftig wiederhergestellt war. Auch hörten die Besuche des Versicherungsfachmannes selbst dann nicht auf, als alle Verfahren beendigt und die Schadenssumme voll berichtigt war.

In der Folge legte Stella Blumentrost die Reifeprüfung mit genügendem Erfolge ab, wurde achtzehn, erhielt ihren Lenkerschein, aber nicht das väterliche Auto, das ein neues war.

Doch durfte sie Vater und Mutter darin bisweilen fahren. Dazu besuchte sie von da ab eine Haushaltsschule, nahm aber außerdem Tanzunterricht, wobei sie wiederum mit Kunibert Falkner zusammentraf, obwohl es nicht unwahrscheinlich ist, daß derselbe schon vorher anderswo Tanzunterricht genommen hatte. Nach diesem Tanzunterricht begab sie sich, wenn auch von zu Hause gestattetermaßen, mit ihrem Partner in ein Kaffeehaus, zwei, drei Male auch in eine Bar, in der sie weitertanzten. Über die Art, wie sie dies bewerkstelligte, liegen Aussagen gegenwärtig nicht vor.

Es wird für diese Zeit im übrigen bezüglich der Stella von niemand behauptet, daß sie in sittlicher oder sonstiger Beziehung irgendwie besonders aufgefallen sei. Auch scheint es zu Hause keine besonderen Meinungsverschiedenheiten gegeben zu haben. Da sich Stella offenbar ordentlich hielt, gestattete ihr der Vater sogar, einen Urlaub allein außer Haus zu verbringen. Es ist nicht nachzuweisen, daß sie aus diesem Anlaß, der sie unmittelbar in die Gegend brachte, in der sie zu späterer Zeit das Auto des Stechviehhändlers Josef Thugut anhielt, auch den Versicherungsbeamten zum Mit- oder Nachkommen eingeladen hätte. Der Grund der Ortswahl soll in einer Zeitungsnotiz bestanden haben, nach der für diesen inländischen und nicht weit abgelegenen Ort nicht nur wegen dessen Ruhe, sondern auch wegen der dortigen Unterhaltungsmöglichkeiten eingehend geworben wurde. Zur Anreise benützte sie das Ersatzauto ihres Vaters, welcher sie persönlich an die Bestimmungsstelle brachte und ihr sogar zusagte, sie anläßlich eines Sonntagsbesuches wieder abzuholen und zurückzubringen. Das Auto stand ihr mithin während ihrer Hausabwesenheit nicht zur Verfügung.

An Ruhe mangelte es ihr am neuen Aufenthaltsorte zunächst kaum. Diese wurde nur mitunter durch das Blöken heimischen Rindviehs untermalt und durch das Grölen aus einem nahegelegenen Heurigenlokal, d.i. Eigenbauweinausschank, überschnitten. Der Kühe Urlaute lockten zum Milchgenuß, der Heurigen Rülpsgewimmer wehrte zwar anfänglich vom Besuch dieser Stätten ab, wirkte aber bei aufsteigender Langeweile doch wohl wieder anziehend. So fand sich eines Abends Stella gegen alle Gepflogenheit allein in dem Raume ein, in dem ansonsten das Nachtmahrgelalle seinen Anfang nahm. Der Wein war gut und begünstigte mehr Genuß, als frischer Besinnlichkeit zuträglich blieb. Sowie das aufgenommene Mengenmaß bei Stella die Erstarrung der Blicke gelöst hatte, waren diese an die Theke des Ausschankes genagelt, an welcher ein Mann allein saß, der so manchen Schluck schmeckte und in sich hinuntergleiten ließ, ohne daß dadurch seine Bewegungen und anderen Daseinsäußerungen der Unsicherheit in der Ausführung unterworfen worden wären. Davon abgesehen, verhielt er sich zwar enthemmt, aber zielsicher, sobald ein Bursche oder eine Weibsperson in seine Reichweite kam. Der erstere erhielt sodann einen Druck auf die Schulter, bei welchem derselbe in die Knie knickte, oder sogar einen Klaps auf den Kopf, welcher den Kerl gänzlich hinstreckte. Die Person anderen Geschlechts aber erfaßte er, wenn auch außen, gerade dort, wo sie oben anschwoll, in einer Weise, daß sie bisweilen vom Kichern in ein Wiehern verfiel, oder er geriet mit dem Daumen so in ihre Mitte, daß deren schüchterner Rückzug einer fügsamen Duldung gleichkam. Alle diese Handanlegungen wurden aber vom Buschenschenker und dessen Gehilfen und Gehilfinnen entweder übersehen oder stillschweigend hingenommen, wobei die Burschen, die an Schulter oder Kopf beansprucht wurden, ebenso ortsansässig schienen wie die Weiber, welche ihrerseits ihre Hügelspitzen und Innensenkungen zum Angriff boten, der Fremde an der Theke hingegen ebensogut von anderswo zugereist sein konnte. Als aber Stella das nächste Mädchen, welches an ihr vorbeiglitt und die Esmaralda Nepalek war, nach der Herkunft des Thekenhelden befragte, wurde sie dahingehend unterrichtet, daß der Genannte Harald Puppinger hieß, aus wohlhabendem und angesehenstem Haus in der Landschaft stammte, aber vor Beendigung des Realgymnasiums ohne Willen der Eltern ins Ausland zur Marine entwichen wäre, daselbst es bis zum Maat, Unteroffizier oder, was sogar sein könne, Kapitän gebracht, dann auch noch den Haupttreffer in der Lotterie gezogen habe und schließlich nach dem von ihm nicht ganz unverschuldeten Vorversterben seiner beiden Eltern in die Heimat zurückgekehrt sei und nun seine reichen Mittel aufbrauche, ohne das geringste zu arbeiten. Weil er nun über gewaltige Körperkraft und anscheinend auch entsprechende Barschaft verfüge, dem Weine zugeneigt bleibe und sich nicht lumpen lasse, sei sein Ansehen beträchtlich und dulde man auch, daß er sich mitunter über gesellschaftliche Bedenken hinwegsetze. Nach Abgabe dieser Erklärung begab sich das von Stella angesprochene Mädchen, dessen Namen sie von nun an übrigens wußte, sogleich zu dem Gewaltmenschen am Ausschank, der sie auf seinen Schoß zog und dort in schon vorher geübter Weise behandelte. Doch mußte ihn die Angeführte überdies von der Auskunftseinholung Stellas unterrichtet haben, denn er kniff die Augen zusammen und zwinkerte dieser zu, ohne angeblich abzuwarten, ob sie seinem Gezwinker entsprechen und es zustimmend erwidern oder sogar schon auf Wink und Abruf in seine Arme fallen würde. Es ist ihr aber zu glauben, daß sie damals weder die Bekanntschaft mit Esmaralden fortgesetzt noch Anstalten gemacht habe, eine solche mit Harald Puppinger zu beginnen. Vielmehr dürfte sie sich tatsächlich, möglicherweise sogar aus Furcht vor eigener Schwäche, alsbald aus dem Lokal entfernt haben. Am kommenden Tage kam, drei Tage früher als vorgesehen, der Vater, welcher in der Gegend zu tun hatte, um das bezwinkerte Mädchen aus dieser Umgebung wegzubringen, jedoch erzählte es ihm wahrscheinlich von dem Vorfall nichts.

Eine Eintragung in ihre Tagebuchblätter, welche sie nur selten mehr tätigte, weist darauf hin, daß sie dem Augenaufschlag des fremden unanständigen Gewalttäters, oder besser gesagt seinem Gesamteindrucke, weit mehr Aufmerksamkeit schenkte als sonstigen Begebenheiten in ihrem fast ordnungsmäßig ablaufenden Erleben. Es ist auf diesen Bogen nämlich zu lesen, sie habe nach einem ersten Einbruch von Ereignissen in ihr Dasein nur wenige nachhaltige Eindrücke empfangen. Ihre Lektüre sei nach den Sagen- und Märchenbüchern der Kindheit auf Zeitschriften und Jungmädchenliteratur beschränkt gewesen. Aber selbst wenn sie auf die Sagen und Märchen zurückgreife, so sei der Held stets nicht nur ein großer Raufer, sondern auch ein solcher gewesen, dem die Mädchen von selbst in die Arme sanken, die er mit Selbstverständlichkeit sich genommen habe. Wenn da auch immer nur von einer die Rede war, so entspreche es vielleicht der Beschränktheit solcher Erzählung oder dem, was sich noch schicke. In Wirklichkeit könnten es mehrere oder viele gewesen sein. Und das sei offenbar auch keine Schande. Ein Frauenheld werde allgemein gerühmt, eine Hure verunglimpft. Der Mann dürfe besitzen, das Weib gehören.

Drei Wochen später anläßlich eines Besuches der Haushaltungsschule traf sie auf dem Wege dorthin die Esmaralda Nepalek. Sie stand wie eine Dirne an der Straßenecke, wartete aber daselbst angeblich auf jemand Bestimmten, nämlich auf den mehrfach erwähnten Puppinger. Die beiden Mädchen kamen wieder ins Gespräch, obwohl sie bei dem erwähnten Heurigen nur wenige Worte gewechselt hatten. Die Nepalek erzählte zunächst, daß es nach dem Abschied Stellas noch ganz lustig im Lokale zugegangen sei. Harald habe unter anderem schließlich den Weibsleuten die Röcke heruntergestreift, das sei nicht weiter schlimm gewesen, denn sie hätten alle bis auf eine Höschen darunter gehabt und die eine Ausnahme sei ohnehin gleich davongelaufen, so daß man nicht lange was gesehen habe. Dann aber seien die abgestreiften Röcke von Harald den Burschen über den Kopf gezogen worden. Ein schon älterer wäre darüber böse geworden und gleich zur Gendarmerie gelaufen. Es sei dann auch ein Gendarm gekommen, die andern hätten aber erklärt, daß nichts gewesen sei, nur Spaß, und der Gendarm habe den Puppinger bloß verwarnt, dann aber mit diesem getrunken, wie auch der Anzeiger weggegangen sei, ohne den Rock an sich zu nehmen, den ihm der Puppinger übergestülpt hatte. Das Mädchen habe ohnehin bereits einen andern angehabt. Dann wurde von Puppinger für alle bezahlt, Wirt und Amtsperson inbegriffen, und ein schönes Lied gesungen, daß alle in den Himmel kämen, und so werde es wohl sein. Sie, Esmaralda, habe sich hier hergegeben, um Arbeit in der Schneiderei zu suchen. Nun bringe Puppinger sie aber wieder nach Hause zurück, der sie auch hergebracht habe. Er fahre zwar nur einen dreirädrigen Motorkarren, bekomme aber demnächst eine ganz große Limousine und müsse schon wieder woher viel Geld bekommen haben, rede aber nichts davon. Jetzt gehe er mit ihr ins Kino. Nachher würde sie aber gerne die Stella vor der Heimfahrt sehen, wenn es dieser nichts ausmache, daß auch Puppinger dabei sein werde. Diese Zusammenkunft wurde nun allerdings von der Blumentrost verabredet, obwohl kaum weder Mädchen und noch weniger der Mann den Gesellschaftskreisen angehörten, aus denen sie stammte. Noch konnte aber vorausgesetzt werden, daß sich andere Verknüpfungspunkte ergeben würden, als die in ihren Tagebuchblättern fälschlich aus Sage und Märchen abgeleiteten.

Vorerst begab sich Stella wohl in die Haushaltsschule, in der sie wegen des angebahnten Gespräches zu spät erschien und die sie wegen ihrer Verabredung vorzeitig verließ. Im übrigen behauptete sie später, daß Puppinger sich bei dem nunmehrigen ersten Zusammentreffen ein gesittetes Benehmen zugelegt und daß auch das in der Schneiderei praktizierende Mädchen sich angestrengt habe, bessere Manieren aufzuweisen. Sie habe sogar den Eindruck gehabt, daß es sich dazu keinen Zwang hätte auferlegen müssen. Der Kavalier habe ihr Gelegenheit geboten, angebliche Delikatessen zu verspeisen und zu trinken, sich selbst aber jeglicher Exzesse in bezug auf Speise und Trank enthalten und die Zahlung der Zeche insgeheim und ohne Aufsehen vorgenommen. In Geste und Rede wäre er weder anzüglich noch anstößig gewesen, habe allerdings ein angebliches Abenteuer von sich aus der südlichen Hemisphäre zum besten gegeben. Dasselbe sei nahe einer Flußmündung unter wilden Indianerstämmen vorgefallen, unter die er anläßlich einer Erkundungsfahrt gelangt sei. Die meisten von diesen Leuten hätten zwar ungestüme, aber doch nicht gefährliche Umgangsformen aufgewiesen, doch wären in der Folge weitere Gruppen hinzugekommen, welche noch an den hergebrachten Formen des Sammelns von Köpfen festhielten, die nach dem gebräuchlichen Schrumpfverfahren ihre Gürtel schmückten. Bei solcher Gelegenheit hätte er sein Haupt nicht mit einer Schußwaffe verteidigen können, denn zwei ihm gefällig gewesene und noch immer ergebene Mädchen mußten für zwei Angreifer als Schild herhalten. So sei er geduckt bis zu einem Autowrack entwichen, das vermutlich in noch brauchbarem Zustande als richtiger Kraftwagen von dessen vormaligem Besitzer bis an den Rand der Wildnis gefahren und dort von seinem letzten Inhaber aufgegeben worden sei oder diesen aufgegeben habe. Da es den Anschein hatte, als ob der Kofferraum des Vehikels noch halbwegs intakt wäre, wollte er sich angeblich in diesen zurückziehen, nachdem er etwas Vorsprung erlangt hatte. Da sich solcher Vorsprung indessen merklich verringerte, dafür in dem mühsam geöffneten und halb verrosteten Wagenteil noch die zur Hebung des Fahrgestelles zwecks Radwechsels geeignete Vorrichtung von ihm gefunden wurde, welche merkwürdigerweise weder die Gezähmten noch die Wilden vor ihm entdeckt hatten, war ihm nun anstatt des Verstecks eine Waffe geboten. Als daher die Kopfjäger, noch immer von den gefügigen Weibspersonen gedeckt, einlangten, zielte er mit dem Wagenheber über die kleineren Körper der als Deckung eingesetzten Mädchen nach den feindlichen beiden Häuptern, welche er auf diese Weise einschlug und damit für die Sammlung als Ganzsachen entwertete. Stella, die bereits anläßlich eines Gespräches mit Kunibert Falkner sich selbst zur Tötung mit einem solchen Instrumente als fähig bezichtigt hatte, wurde nun neuerdings von zweiter Seite auf dasselbe verwiesen. Überdies zeigte Puppinger damals und offenbar auch noch bei späterer Wiederholung des Geschilderten durch weitausholende Gesten bestimmter und gezielter Art, wie man einen solchen Wagenheber am besten und wirksamsten zu dem sonst nicht üblichen Zwecke anwenden könne. Es ist naheliegend, daß sich dadurch der Vorsatz, selbst einen Mord mittels eines so beschaffenen und auf solche Art gehandhabten Werkzeugs auszuführen, in ihr nur noch festigte, zumal sie der sonst fabelhaften Darstellung des Matrosen mit atemloser Andacht gefolgt war, zumindest nach dem Eindruck des mithorchenden und sonst ungläubig gebliebenen Kellners.

Wenn nun auch die gesteigerte Aufmerksamkeit zum Teil der Person des Erzählers gegolten haben mochte, so ist doch bereits hier zu vermerken, daß das Verhängnis der Verkettung zufälliger Begegnungen wohl kaum einen Anschein erzeugte, dem kein triftiger Untergrund entsprach. Im übrigen wurde auch schon damals ein weiteres Treffen Stellas mit dem Mann aus dem Urwald und dem Mädchen aus dem Nähgewerbe vereinbart, und zwar für einen bestimmten späten Herbsttag zu einem großen Weinlesefest in Stellas vormaligem Urlaubsort.

An diesem Abend erwies sich Fabian Claus Blumentrost, wiewohl er mehrfachen Besuch hatte, als besonders übellaunig. Er war im Begriffe gewesen, seine Tochter Stella von der Haushaltungsschule abzuholen, um mit ihr die Oper zu besuchen, für die er zwei von seinem Chef wegen Unwohlseins von dessen Gattin im letzten Augenblick verschenkte Karten besaß, auf deren andere seine Frau mangelnden Musikinteresses wegen keinen Anspruch erhob. Als er nun unter Außerachtlassung der Verkehrsregeln links zum Gebäude zugefahren war, hatte er einen Motorradfahrer mit Beiwagen, der von der gesetzlich richtigen Seite kam, von seinem Vehikel gestoßen, verletzt und die Beiwagensitzerin bei Quetschung dieses Wagenzubehörs in eine peinliche Situation gebracht, bei der ihre angeblich kostbare Ausgehjacke und das darunter befindliche Kostüm teilweise aufgeschlitzt wurde. Es war nur möglich, die beiden von einer ihm nicht erstrebenswerten Anzeige abzuhalten, wenn noch am selben Abend durch seine Versicherung Schadenersatzzusicherung geleistet oder von ihm faktische Zahlung bar erfolgen würde, die besonders hoch angesetzt wurde. So mußte er beide Geschädigte vor der Vorstellung in seine Wohnung bestellen. Nun suchte er vergebens nach der Tochter, die die Haushaltungsschule bereits verlassen hatte, aber wie sich später herausstellte, noch nicht zu Hause war. Er bedurfte aber unbedingt der Privattelephonnummer des gefälligen jungen Mannes, d.i. Kunibert Falkners, welche er im Tagebuch seiner Tochter suchte, in diesem jedoch nicht vorfand. Ihr Notizbuch hatte sie aber offenbar mit. Vergebens wartete er nun mit den beiden Verkehrsopfern, die sich pünktlich einfanden und ihre wechselseitigen Beschädigungen beklagten, auf die Wiederkunft der Tochter, welche erst erfolgte, als die vormaligen Motorradinsassen sich bereits schnurstracks an die Behörde wenden wollten.

Vater Blumentrost war geneigt, seine Tochter gehörig zur Rechenschaft zu ziehen, wenn nicht wieder zu ohrfeigen, und dies um so mehr als diese leicht nach Alkohol roch. Der Motorradfahrer Hugbert Glimpfinger äußerte sich aber sofort, Vater Claus Fabian Blumentrost habe ihm das Blaue vom Himmel, nämlich sofortige Wiedergutmachung allen behaupteten Schadens durch die Versicherungsanstalt zugesagt, obwohl die Unternehmen dieser Art längst geschlossen hätten. Seine Tochter kenne aber einen Kerl intim, der auch bis in die Nacht arbeite, wenn sie es verlange. Dessen Privattelephonnummer trage sie zwar auf dem Herzen, doch werde sie gewiß zur Stelle sein. Nun komme aber die Tochter ganz spät und wahrscheinlich sei der Herr schon fort. Wenn aber nicht sogleich alles geordnet werde, würden sie nicht mehr länger warten. Vater Blumentrost schäumte nun sichtlich vor Wut und nicht mehr allein über seine Tochter. Er berichtigte, daß diese keinen Kerl intim kenne, sondern nur für ihn das Telephon des Herrn aufgeschrieben habe, welcher die Möglichkeit haben würde, den Schaden zu regeln. Nun bitte er seine Tochter, die für ihn notierte Nummer anzurufen. Angeblich wurde jetzt Stella aus vorher stattgehabten Träumereien gerissen, die eine andere Mannsperson betrafen. Da sie aber doch wohl Polygamie nicht nur den Männern, sondern auch den

Frauen zubilligte, verstand sie sich dazu, den kleinen Versicherungsbeamten Kunibert Falkner trotz vorgerückter Stunde zu Hause anzurufen und zu sich zu bestellen, wobei er aus seinem Schlaf geweckt werden mußte und wahrscheinlich auch für den Fall seines Kommens vorübergehende Ansprüche auf ihre Person als eingeräumt annehmen konnte.

Denn Kunibert Falkner traf nicht nur sofort ein, so daß er seinen neuangeschafften Wagen oder ein aufgefundenes Taxi gefährlich gejagt haben mußte. Es gelang ihm sogar, den Motorradfahrer, wenn auch auf dem Umweg über dessen Mitfahrerin Inge Neunteixel, zu beruhigen, alle Erstattungswünsche sofort zu Papier zu nehmen, wobei er noch die unzulässige Zusage gab, es werde seine Abfindungserklärung sicher von der Anstalt angenommen werden. Sein Auftreten ergänzte, was an Schriftlichem fehlte. Über Wunsch stellte er allerdings auf der Privatschreibmaschine des Blumentrost und dem Vordruckpapier der Versicherungsanstalt, welcher er angehörte, eine Bestätigung aus, daß er den Antrag des Glimpfinger auf völligen Schadenersatz zur Weiterleitung übernommen habe und von dem Versicherten gegen die sachgemäße Behandlung kein Einwand erhoben wurde. Damit verabschiedete er sowohl die Geschädigten als auch den Beschädiger samt Gattin und erklärte, daß er annehme, mit Fräulein Stella noch ein wenig plaudern zu dürfen. Weil es nun für den Opernbesuch ohnehin zu spät war und Vater Blumentrost im Interesse der Sache seine väterlichen Bedenken zurückstellte, blieben die beiden jungen Leute im Salon zurück, worauf Kunibert fragte, ob es sicher sei, daß die Eltern nicht mehr kämen, und als Stella befriedigende Auskunft gab, ohne weiter bei dem Mädchen anzufragen, die Beleuchtung auf halbdunkel einstellte.

Es ist sohin gewiß, daß Kunibert Falkner in der nun angebrochenen Nacht seine Entfertigung für vielfältige Dienste, die er der Familie in Versicherungssachen geleistet hatte, in Anspruch nehmen wollte. Nicht sicher ist allerdings, ob der Dank auch so vollständig war, wie er ihn sich offenbar vorgestellt hatte, wiewohl die Wahrscheinlichkeit hierfür besteht. Das Mädchen selber hat niemals zugegeben oder auch nur angedeutet, ihn damals erhört zu haben. Doch befanden sich die beiden jedenfalls gleichzeitig auf dem altmodischen Kanapee. Auch hatte Falkner seinen Arm um das Mädchen geschlungen, wie er selber zugab und auch sie einräumte. Überdies ist es zweifellos zu Küssen gekommen, die von Mund zu Mund, aber auch auf den Körper der Blumentrost erfolgten. Spuren davon waren noch am nächsten Tage bei einem Swimmingpoolbesuch zu sehen. Es mußte daher das Mädchen zumindest teilweise ausgezogen oder das Gewand desselben zurückgeschoben worden sein. Auch der Inhalt von Stellas Tagebuchblättern ist in dieser Hinsicht aufschlußreich.

Zwar wisse sie jetzt kaum, schreibt sie darin, was aus ihr werden würde, aber Harald Puppinger sei für sie das, was überhaupt der Mann für eine Frau bedeuten könne. Er sei es zwar vor allem körperlich, aber Mut und Geltungskraft bedeuteten gewiß etwas Geistiges. Was er sonst noch sei, habe sie nicht ergründet. Man kenne einen Mann auch nicht vom ersten Anschaun. Man stürze sich vielleicht in einen unbekannten Abgrund, wenn man liebe. Das wäre ihr freilich bereits einmal widerfahren, sie sei damals noch sehr jung gewesen. Ihre Rettung habe bewiesen, daß es nur eine stinkende Jauchegrube war; man wird aber als Frau nicht mehr rein. Das mit Harald erscheine ihr zwar als etwas Neues, aber doch von Kindheit an vertraut. So und nicht anders müsse es kommen. Und nun sei Kunibert Falkner dagewesen und habe ihrem Vater geholfen. Sie hätte ihm nun gewisse Freiheiten gestatten müssen. Er durfte sie so berühren, wie ihm nicht zukomme. Auch habe sie sich wie eine Liebende küssen lassen. Sie wisse nicht, ob sie sich der Hurerei schuldig mache. Ohne ihn hätte man ihren armen Vater eingesperrt. Es wäre das zweite Mal, daß er einen Zusammenstoß mit einem fremden Fahrzeug verschuldet habe. Kunibert sei ein netter Mensch und sicher sauber, gefällig, gebildet. Sie könnte sich vorstellen, ihn zu heiraten, aber nicht, ihn zu lieben. Und doch fühle sie sich nicht als Hure. Ob auch die anderen Mädel so wären, so veranlagt und so in dem, was sie täten? Einige vielleicht schon, aber alle? Sie habe sich nun Jahre hindurch zurückgehalten und jetzt gerade ergebe sich ein Entweder-oder. Zu befürchten sei aber ein Sowohl-als-auch. Werde sie mit allem fertigwerden?

Immerhin wünschte Kunibert Falkner noch eine weitere Zusammenkunft. Das spricht allerdings dafür, daß er nicht alles erlangt hatte und daher eine Fortsetzung anstrebte, oder daß er mit dem Erreichten zufrieden war und eine Wiederholung begehrte. Die Stella, welche ihn bereits vor Mitternacht verabschiedet hatte, wollte ihn aber nicht vor dem dritten Abend sehen und lud ihn für diesen zum Nachtmahl, d.i. Abendessen, ein, ohne freilich hierfür die Gestattung ihrer Mutter einzuholen, der sie wahrscheinlich sicher zu sein glaubte. Im übrigen bedurfte es dieser Gestattung gar nicht mehr, weil ihre Mutter an dem in Aussicht genommenen Abend ohnehin nicht mehr lebte. Auch wurde umständehalber das Stelldichein später vorverlegt.

Am Morgen nach dem Kaffeehaustreffen mit Puppinger und der Nepalek sowie der Schadensermittlung und den mindestens angebahnten intimen Beziehungen mit Kunibert Falkner war der Vater Blumentrost auf seine Tochter sichtlich böse, sei es, weil er ihretwegen einen Unfall verursacht und eine Opernvorstellung versäumt hatte, auf die er sich vorher noch freuen durfte, sei es, daß er es überhaupt nicht richtig fand, daß sie vorzeitig von der Schule weggegangen und offenbar ohne sein Vorwissen und seine Genehmigung mit ihm fremd gebliebenen Personen zusammengewesen war, oder sei es, weil sie den Kunibert Falkner noch im Salon bei sich beließ, sobald dessen Mitwirkung bei der Schadensregelung ihm nicht mehr erforderlich dünkte, oder sei es aus allen diesen Bedenken zusammengenommen. Jedenfalls ging er von ihr ohne Gruß und grüßte sie überhaupt während seines noch übrigen Lebens nicht mehr. Dieses endigte freilich zusammen mit dem seiner Gattin bereits am nächsten Tage.

Das Unterbleiben des Grußes von Vaterseite mochte die Tochter vielleicht geschmerzt haben. Desgleichen wurde sie vermutlich von den Vorgängen der letzten Tage beschäftigt. Mehr als sie aber bereits im Tagebuch niedergelegt hatte, mußte es nicht unbedingt gewesen sein. Jedenfalls zeigte sich bei ihr ein Reinlichkeitsbedürfnis, das mit Lust für den Schwimmsport gekoppelt war. Sie besaß kein Badezimmer und nahm daher die Anregung der Nachbarin Stine Muperlstallinger an, sich mit dieser zusammen in das nächste Wannen- und Schwimmbad zu begeben, das sich in Ortsmitte befand. Aber auch nachdem sie die Körperwäsche hinter sich gebracht hatte, konnte die Muperlstallinger noch sogenannte Lutschflecken an ihrem Hals, Nacken und an den Schultern feststellen, das sind Ergebnisse mit Saugkraft ausgerüsteter Küsse, die offenbar nicht ohne das Zutun Kuniberts entstanden waren. Der Muperlstallinger fiel auch auf, daß sich die Blumentrost ihres vorangegangenen Verhaltens schämte und darauf bestand, daß die andere nicht annehme, es sei bei Gelegenheit der Entstehung dieser Liebesspuren noch mehr vorgefallen.

Den Nachmittag verbrachte die Blumentrost in der Haushaltungsschule, traf niemand und wurde auch von niemandem abgeholt. Als sie aber zu Hause angekommen war, setzte die Mutter sie von dreierlei Dingen in Kenntnis, einmal, daß ein fremdes Mädchen angerufen habe, das mit einem Anflug ländlicher Mundart erklärt hätte, schon wieder mit dem gemeinsamen Bekannten hier zu sein und dort auf sie warten zu wollen, wo sie sich gestern gesehen hätten. Weiters habe ein Geschäft ein große Puppe abgegeben, an deren linkem Ringfinger ein Blatt mit einem durchgestrichenen F angebunden war. Schließlich wolle Vater Claus Fabian Blumentrost am morgigen Samstag mit der Mutter allein eine Ausflugsreise machen, er sei sehr böse auf Stella, das müsse diese zur Kenntnis nehmen.

Um die letzterwähnte Mitteilung kümmerte sich die Adressatin am wenigsten, obgleich gerade diese dritte Botschaft, wie sich später herausstellen sollte, den Hauptteil ihrer Beachtung erfordert hätte. Viel mehr Interesse nötigte ihr die Puppe ab, als sie herausfand, daß diese nicht von Kunibert Falkner, sondern von Harald Puppinger stammte, für den sie ein Namenssymbol war, das er noch durch den zugefügten Zettel verdeutlicht hatte, auf dem nach Kreuzworträtselart ein Buchstabe entfallen sollte, bevor das F wegzulassen wäre, was somit Puppe mit Finger eindeutig ergänzte. Dazu war das geschenkte Geschöpf so gewählt, daß es in Ausdruck und Gestalt dem Mädchen, dem es zugedacht gewesen, tunlichst gleichsah und sich auch so trug, wie Stella am Vortage angezogen war. Für diese schien es selbstverständlich, sich so anzuziehen, wie sie am Vortag gekleidet gewesen, um in das Kaffeehaus zu gehen und Esmaralden und ihm zu begegnen. In der Türe wurde sie von ihrer Mutter aufgehalten, die, wie die Muperlstallinger bei offenem Gangfenster gesehen und gehört hatte, sich der Tochter in den Weg stellte und ihr anriet, nicht zu diesem Mann zu gehen, sie habe ihr Tagebuch gelesen, der andere sei bestimmt besser für sie. Die Nachbarin hat auch noch feststellen können, daß Stella ihre Mutter beiseite schob und trotzdem wegging, allerdings bald zurückkehrte, da sie offenbar den von ihr Gesuchten nicht mehr angetroffen habe.

Stella habe die ganze Nacht geweint und geschluchzt, was sie bis in ihre Kammer hinein gehört habe. Sie hätte auch etwas energisch weggesperrt, das sei wahrscheinlich das Tagebuch gewesen, welches die Mutter gefunden und gelesen hatte. Wenn nun auch das Weinen verfrüht, das Wegschließen überflüssig war, so ergibt sich doch aus diesen Umständen, wie sehr die Stella bereits dem Harald Puppinger verfallen war, obgleich sie mit demselben noch in keinen körperlichen Kontakt getreten sein konnte, allerdings von ihm in der Verwendung von Wagenhebern zu nicht einschlägigen Zwecken bestärkt und unterwiesen worden sei.

Am folgenden Morgen gingen die Eltern Blumentrost frühzeitig außer Haus, um ihre Wochenendfahrt anzutreten. Die Stella lag in ihrem Zimmer zu Bett und schlief wahrscheinlich lange. Es war bereits mittags, als die Polizeifunkstreife bei ihr anrief, sie möge sich sofort an einen bestimmten Ort begeben, ihren Eltern sei etwas passiert, ein betrunkener Lastkraftwagenfahrer sei von seiner Straßenseite abgekommen und dem entgegenkommenden Blumentrost in dessen Privatfahrzeug hineingefahren. Die Stella erkundigte sich nur, ob den Vater irgendein Verschulden treffe. Das wurde verneint, aber trotzdem ihr sofortiges Kommen verlangt. Sie vergaß zu fragen, inwieweit ihr Vater verletzt sei, obwohl nach den Umständen des Falles nicht anzunehmen war, daß er und die Mutter überhaupt noch lebten. Sie nahm daher ein Taxi und fuhr zu dem ihr angezeigten Ort. Es war ziemlich weit, und die Taxe machte viel aus, aber sie kümmerte sich noch nicht darum. Als sie anlangte, hatte man mit Schneidbrennern gerade die Emma Eleonore Blumentrost aus dem Personenwagen geborgen. Die Straße war weithin gesperrt, doch fuhren noch immer einige Wagenbesitzer auf die Fahrzeuge ihrer Vordermänner auf. Auf der Straße war der Hergang des Unfalls zwar eingezeichnet, er wurde aber immer weiter ergänzt und verbessert. Die Photoapparate hingen wieder geschlossen an den Schultern der früher Aufgenommenhabenden. Der betrunkene Wagenlenker Leopold Weißbrenzler rülpste und übergab sich neben der Decke, unter welcher der bereits abgeschiedene und leicht angekohlte Fabian Claus Blumentrost lag.

Von Stella Blumentrost ist nur bekannt, daß sie vom Zeitpunkt ihres Einlangens bis zum vollständigen Ableben ihrer Mutter einige Schreie ausstieß, aber zur Kenntnis nahm, daß der betrunkene Autofahrer beziehungsweise richtiger sein Dienstgeber bei derselben Anstalt versichert war wie ihr Vater, somit Kunibert Falkner auch hier wiederum seine Hände im Spiel haben durfte. Im übrigen versuchte sie über den Gegner herzufallen, wobei sie sich aber keines Wagenhebers zu bemächtigen versuchte und ihr tätlicher Protest leicht abgewehrt werden konnte, bevor man den schuldigen Lenker abtransportierte.

Das Taxi benützte sie noch für die Rückfahrt nach Hause,

bei deren Beendigung sie schließlich erst daraufgekommen sein will, daß sie nicht genug Geld bei sich trug, um den Fuhrlohn zu bezahlen. Da den Verfrächter ihrer Person das Mitleid nicht so weit trieb, ihr die geschuldete Summe zu kreditieren, wandte sie sich an Kunibert Falkner, nachdem sie allerdings zu Hause vergebens nach Beträgen gesucht hatte, die offenbar die Toten oder einer von ihnen noch bei sich trugen. Falkner konnte diesmal nicht erreicht werden, und sie dachte schon daran, Puppinger aufzusuchen, dessen Anschrift sie aber noch nicht wußte.

Mag auch noch in dem angeführten Fall das Entsetzen über das Kraftwagenmißgeschick ihrer Eltern mitveranlaßt haben, daß die Blumentrost, ohne sicher zu sein, den Fuhrlohn berappen zu können, ein Taxi nahm, so muß doch zu ihrer Belastung dienen, daß sie erst, als der Mietautolenker ungestüm wurde, das Geld auftreiben wollte, wo sie es finden konnte. Es kam ihr schließlich zugute, daß ein Polizist das, was der Vater bei sich trug, mit dessen Brieftasche und Börse ins Totenhaus brachte, obwohl noch keine Nachlaßverhandlung hatte stattfinden können, aber offenbar von dem Gedanken getragen, daß dessen nächste Angehörige mit dieser Barschaft den Toten gehörig versorgen könne, sobald das öffentliche Interesse an demselben aufhöre. Am selben Abend fand sich nach dem Stelldichein verfrüht Kunibert Falkner ein, dem das Telephongespräch nachträglich bekanntgegeben worden war oder der die Unfallsmeldung einem Rundfunkbericht entnommen hatte.

Weil nun Stella auch ohne den von ihr inzwischen berichtigten Taxiaufwand in absehbarer Zeit geldknapp werden mußte, zumal sie mit größeren Einkünften nicht rechnen konnte und selbst keinen Arbeitsverdienst erwarten durfte, war es klar, daß der Falkner wieder herhalten mußte, seine Versicherungsanstalt in Bewegung zu setzen, die diesmal glücklicherweise auch die des fremden Lenkers gewesen, von welchem angenommen wurde, daß er den Unfall allein verschuldet hatte. Es ist erwägenswert, wenn auch nicht erwiesen, ob Kunibert

Falkner nicht von Stella zum Dank für seine wiederholten Dienste wenigstens nunmehr mit äußersten Liebenswürdigkeiten in natura entfertigt wurde. Allerdings war jetzt von beiden solche Zurückhaltung nach außen hin geübt worden, daß von Unbeteiligten kein Einblick gewonnen werden konnte, und war auch die Alleinanwesenheit der Beschuldigten in der früheren Elternwohnung dem Geheimbleiben etwaigen Einverständnisses förderlich. Nach Angaben des Falkner soll allerdings gar keine Annäherung körperlicher Natur mehr stattgefunden haben, und Stella rühmt in ihren aufgefundenen Tagebuchblättern, der Falkner habe sich nach der Schrekkensnachricht wie ein Kavalier verhalten und sogar bedauert, ihr aus früherem Anlaß kleinere Gunstbeweise abgenötigt zu haben. Wenn es auch sein mag, daß die vorübergehende Trauer seinen Ansturm zeitweilig gedämpft hatte, so lag doch zwischen diesem Todfall und dem des Thugut noch geraume Zeit, und Kunibert hatte ja schon zwei Tage vor dem elterlichen Ableben gewisse Einleitungshandlungen ungehindert vollzogen. Auch ist erwiesen, daß sie von der Versicherungsanstalt mit Geldern vorschußweise versehen wurde, weil sie anders ihr Leben nicht weiter hätte fristen können.

Zusätzlich ist sicher, daß sich an keinem der nachfolgenden Tage Harald Puppinger bemerkbar machte, sei es, daß ihm das Unfallereignis nicht zur Kenntnis gelangte oder daß er sich in Trauerangelegenheiten keine Tröstereigenschaft zutraute und nicht einmal die Formen wahren wollte. Jedenfalls aber mußte das Nichtauftreten Haralds die Stella um so mehr in die Arme Kuniberts drängen, als diese sich für sie bereits geöffnet hatten und Dankesschuldigkeiten abzutragen gewesen wären. Wie dem auch sei, es fallen in diese Zeit bereits die ersten vergeblichen Versuche Stellas, sich selbst zu versorgen, indem sie sich für eine Stelle vorbereitete, welcher sie nach ihrer Meinung gewachsen sein konnte. Sie versuchte sich auf einer alten Schreibmaschine in der gegebenen Art der Niederschrift und besuchte auch einen Kurzschriftkurs. Schon bevor sie sich in einer der beiden Künste vervollständigt hatte, bewarb sie sich um einen Posten, den sie zwar auf Probe erhielt, aber gar nicht ausfüllen konnte, wennselbst sie ihn erst am vierten Tag verließ. Am gleichen Abend hatte sie eine Vorleistung durch Kunibert Falkner erhalten, welchen sie auch tags darauf bei sich empfangen sollte. Anscheinend erinnerte sie sich dann aber des Weinlesefestes, für das sie sich vor dem Tode der Eltern mit Esmaralden Nepalek und dem Puppinger, noch dazu nicht bindend, verabredet hatte. Sie erkundigte sich daher nach dem Abgang von Zügen in den betreffenden Ort, sagte hierauf dem Falkner telegraphisch ab und begab sich in ihrer Trauerkleidung mitten im Trauermonat zu dieser Veranstaltung. Sie hatte sich nicht einmal vergewissert, ob sie von der bezüglichen Bahnstation Autobusanschluß erhalte, der denn auch ausblieb, so daß sie lange auf Verbindung warten mußte.

Sie stieg in demselben Gasthaus ab, in welches sie vor nicht allzu langer Frist ihr nunmehr leicht angekohlt bestatteter und dem vollständigen Zerfall preisgegebener Vater in seinerzeit noch bestandener Lebensfrische gebracht hatte. Einer gewissen Müdigkeit zufolge oder auch nur, um in Anbetracht der zu durchwachenden und zu durchzechenden Nacht etwas vorauszuschlafen, ließ sie sich auf dem Plüschdiwan nieder, nachdem sie ihre mitgenommenen Habseligkeiten ausgepackt und oberflächlich geschlichtet, richtiger ausgebreitet hatte. Träume, die schon überfällig gewesen wären und die in ihr klaffenden Abgründe im Hinblick auf das abendliche Vorhaben hätten vorangezeigt haben können, blieben völlig aus. Sie wiegte sich vielmehr in ungetrübter Ruhe und befand sich ausreichend wohl. Daher schlief sie bis zum Abend, ja tief in diesen hinein.

Es weckte sie erst das anwachsende Pochen Esmaralda Nepaleks an der Türe des Hotelzimmers. Diese hatte weder sich noch Puppinger dafür entschuldigt, daß sie am Vortage des Elternablebens nicht zureichend lange im Kaffeehaus gewartet, um noch von Stella angetroffen zu werden. Auch leistete sie keine Trauermitgefühlsbezeugung, obwohl in der Folge sogar von dem Todfall gesprochen wurde. Sie klärte auch nicht auf, woraus sie auf die ja durchaus nicht sichere Ankunft der Blumentrost geschlossen habe. Doch behauptete sie, zu Abholungszwecken der vorübergehend Entschlafenen erschienen zu sein. Diese Abholung ging dann nach und nach, sozusagen ruckweise vonstatten. Esmaralda betrat formlos das Zimmer, musterte bewundernd die Wäsche des andern Mädchens, die auf dem Tische ausgestellt war, sowie die, welche dieses anhatte. Auch das schwarze Kleid fand ihr bejahendes Wohlgefallen. Es war von Stella vor dem Einschlafen abgelegt worden und wurde nun bis oberhalb der Knie übergestülpt. Der Anlaß für dieses Gewand wurde vorerst gar nicht in Betracht gezogen, obwohl es doch immerhin ungewöhnlich war, in solcher Aufmachung zu einem Winzerfest zu erscheinen. Dann allerdings kam es im Aufräumen und Weggehen zu einer Plauderei, bei welcher die toten Eltern, deren Abgang die Farbe des Kleides zu danken war, samt der angeblichen Neuheit der Nachricht für die Abholerin doch noch nebenbei erwähnt wurden, aber sodann das Gespräch auf Harald Puppinger überging, welcher gehörig herauszustreichen war, so daß offenbar vor diesem Bild schon jetzt der Glanz Kunibert Falkners verblaßte, der doch in Versicherungssachen überaus verdienstlich gewesen und noch zu sein versprach. Dabei konnten die Lobworte niemals ein scharfumrissenes Bild des Charakters ergeben noch sonstige allgemeingültige Verdienste aufzeigen. Ja, die Nepalek verschwieg sogar, wiewohl hierüber ziemliche Klarheit bestand, ob und inwieweit sie sich mit ihm bereits eingelassen und wie sie ihn befunden habe.

Dann begab man sich gleich in den Heurigenschank, wenn auch die Blumentrost noch vorgehabt hatte, der zu genehmigenden Weinkost vorerst ein ausreichendes Nachtessen im Absteigegasthof zu unterlegen. Als sie nun bei ausgebliebener Unterlage, in ihre neue Freundin eingehängt, am Orte der Winzerfreuden einlangte, war das Fest schon in vollem Gange. An den Tischen wiegten sich nach dem Muster des früheren Altreichs bereits Beladene, die sich noch weitere Ladung zuführten. Es waren nur mit Mühe Plätze für die beiden

Mädchen an schon hinreichend besetzten Tafeln zu ergattern. Sie in die Unterhaltung einzubeziehen, mißlang wenigstens vorläufig, obwohl weder die ortsfremde Beschaffenheit der Blumentrost noch deren nachtfarbene Tracht hierfür ein Hindernis darstellten. Allein, sie äugten beide bereits nach Harald Puppinger und waren selbst ohne solche Äugung zu wenig weinbeschwingt, um schon jetzt rein gemütsmäßig zu Zwekken der Stimmung dienlich sein zu können.

Als sie sich endlich mit Puppinger in Verbindung setzten, war dieser offenbar anderweitig in Anspruch genommen. Zwar saß er wie bei seiner ersten Inansichtnahme durch Stella auch diesmal an der Theke, griff aber weder nach den Köpfen der Weintrinkergenossen noch nach den anstößigen Weich- und Festteilen der Weiberschaft, sondern blieb feierlich auf seinem Platz wie ein englischer Aristokrat, nur daß er statt Whisky die gegorene Pressung heimischer Trauben in sich ablagerte und einheimste, ohne allerdings dabei mit der Wimper zu zucken. Als nun zuerst Esmaralda und hinter dieser zögernd Stella auf ihn zukam, küßte er zwar den Damen sinnbildlich in der Luft die Hand, wobei die von ihm eingehaltene Entfernung nicht nur der bequemeren Unterlassung des Entgegenkommens, sondern auch dem Vermeiden der Weinhauchbenetzung entsprochen haben mochte. Ansonsten aber tat und sagte er nichts, um die Stimmung zu vertiefen oder zu erhöhen. So blieben zwar die beiden eine Weile in seinem Blickfeld, fühlten sich aber alsbald vernachlässigt und versuchten daher, zu ihrem Tisch zurückzukehren, den sie hinwiederum besetzt vorfanden. Weil sie nun außerdem beide, vor allem Stella, welche die Schmächtigere und die Neuangekommene war, auch noch dringend der Zukost zum Tranke bedurften, suchten sie solche zunächst bei einem der vorhandenen Beisteller aufzubringen, der allerdings schon nahezu ausverkauft schien. Sie bekamen sodann von zwei Burschen etwas angeboten, griffen zu, wurden aber dabei selbst abgegriffen, ohne daß sie sich ihrer Leibesehre entsprechend gewehrt haben würden. Nun aber erhob sich plötzlich Puppinger wortlos von seinem Platz an der Theke, faßte die beiden Berührer seinerseits nach früher geübter Art an den Köpfen und schlug sie mittels dieser und an denselben vorderseitig aufeinander, wobei er sie außerdem durch fußmäßige Inanspruchnahme ihrer Reversflächen, wenn auch erst in unmittelbarer Folge, hinausbeförderte. Erst jetzt wies er zurückgekehrt die beiden von ihm nachträglich beschützten Andersgeschlechtigen auf die Sessel der nach draußen Geschafften und überließ den Sitzerinnen den zurückgelassenen Mundvorrat der gewaltsam Entrechteten, auf den sich die Mädchen stürzten, als ob er ihnen gesetzmäßig gebühre. Indessen sicherte sich Harald Puppinger durch Umkehrung der Niederlassungsgelegenheit und Hinabwurf des früheren Inhabers einen dritten Platz neben ihnen, doch hielt er sich an dieser Stelle nur so lange auf, bis Stella und Esmaralda den ihnen abgetretenen Imbiß in sich aufgenommen hatten. Dann kehrte er wieder an die Theke zurück, an der er das alte Eingußspiel wiederholte, wobei er nun erst den Wein zu schmekken begann, den er sich bis zu seinem Aufstehen ungeschmeckt eingegossen.

Die Unterhaltung an dem von ihm aufgegebenen Tisch ging nunmehr gedämpft vor sich. Der von ihm zu eigenem Vorteil zuletzt seiner Ansässigkeitsrechte Enthobene versuchte nunmehr, wenn auch nur am äußersten Rande, die von ihm früher innegehabte Fläche wieder einzunehmen. Dagegen kehrten die von Puppinger kopfseitig Behandelten und außerhalb des Saales Versetzten nicht mehr in diesen zurück. Immerhin suchte die noch übrige Tischgesellschaft die Mädel allmählich besser in Stimmung zu bringen, sobald es den Anschein hatte, daß die Gefahr, Harald Puppinger wieder genähert zu bekommen, vorläufig noch nicht drohte. Einzelne wandten sich sogar unumwunden an die Schwarze, als welche sie wegen der Hüllen Stella bezeichneten, und legten dieser nahe, die Trauerzeit auf Allerseelen zu verschieben, weil es hinreichend wäre, zu dieser Zeit der Toten zu gedenken. Über kurz oder lang waren daher die beiden Weibspersonen schwankend und stimmungsträchtig. Gleichzeitig kam sie aber auch jenes Bedürfnis an, das man allgemein als das menschliche bezeichnet. Ohne angeblich zu wissen, ob ein Ort sich vorfinden ließe, auf dem eine Entfertigung für sie zur selben Zeit ermöglicht würde, strebten sie dorthin, wo sie glaubten, erleichtert werden zu können, und mußten aus diesem Anlaß bis zu einem Holzschuppen vordringen, in dem zwei morsche Abtritte mit demgemäßen Öffnungen, durch Herausfallen oder raufhandelsmäßige Herausschlagung der Zwischenwand, gewissermaßen zu einer Doppelentleerungsstelle vereinigt waren. So konnten die Mädel bei Entleerung der Kleinseite einander nicht nur symbolisch die Hände reichen, sondern auch eines der andern Wohlbehagen mitauskosten, als plötzlich die Türe zu Stellas Abteil aufgestoßen wurde und der Puppinger eintrat. Dieser verließ den Raum nicht sogleich, wie es sich geschickt hätte. Allerdings waren die Mädchen allem Anscheine nach schon so weit alkoholisiert, daß sie sich nicht einmal gehörig entsetzten, ja kaum hinreichend erschraken, sondern ihre Verrichtung vollendeten. Als sie sich aber von dieser erheben wollten, mengte sich der sie dabei Überraschthabende ein, schob zunächst die Deckel der beiden Anlagen an deren Ursprungsorte zurück und griff dann an die weiblichen Stellen einer jeden von ihnen, obwohl diese durch Beanspruchung naheliegender Gegenden kaum besonders appetitlich sein mochten, wogegen trotzdem keine von ihnen Einspruch erstattete.

Er trieb es dann mit Stella nach deren Ansicht sieben Male, sie konnte sich allerdings gehörig verzählt haben, zumal er die andere nicht losließ und dieser auch nach deren Angaben vier weitere Folgen seiner Zuneigung leistete. Die Blumentrost begab sich nun mit zerrissener Unterwäsche in ihr Hotelzimmer, Puppinger entfernte sich gleichfalls. Die Nepalek war nicht so schnell, wurde noch von einem anderen Burschen angetroffen und erlag offenbar auch diesem.

Von dem, was Esmaralden allein betraf, wird im übrigen bei Darstellung ihrer Machenschaften noch die Rede sein. Nach deren Behandlung durch Harald Puppinger und der zusätzlichen Inanspruchnahme seitens des fremden Burschen, welcher Sepp Zupferer hieß, war sie jedenfalls allein nicht mehr in der Lage, sich auf weitere Strecken noch menschenähnlich fortzubewegen. Dieser Umstand wurde nicht nur dem Überflusse an Wollust und der jenseits aller Durstgefühle aufgenommenen Alkoholmenge geschuldet, sondern außerdem einer ziemlichen Magenschwere, welche die widerrechtlich angeeigneten Leckerbissen zu ihrer inneren Beladenheit hinzufügten. Daß Stella, die von all dem dasselbe oder noch mehr zugeführt bekam, nicht in gleicher Weise beschaffen war, trotzdem sie der molligen Figur der anderen eine wenn auch nicht krankhafte Schlankheit der Gestalt gegenüberzustellen vermochte, mag darauf zurückzuführen sein, daß sie im Elternhause mit entsprechender Ernährung versorgt war, bisher nur ihrem Wohlbefinden gelebt hatte und doch wohl einer gesunden, wohlgepflegten Familie entstammte. Immerhin begab sich die Nepalek noch zu dieser ihrer neuen Befreundeten und jetzigen sowie künftigen Schicksalsgenossin in deren plüschbemöbelten Hotelraum, nachdem sie das Tor des Herbergshauses nur angelehnt vorgefunden, zumal auch der Nachtportier vorübergehend das Winzerfest aufgesucht und spät heimkommenden Hotelgästen, wenn auch nicht Einschleichdieben, auf diese Weise den Zugang hatte ermöglichen wollen. Stella selbst hatte dann auf kurzes, vehementes Klopfen geöffnet.

Esmaralda fand im übrigen Stella notdürftig angezogen. Das schwarze Kleid, das weder der Abschreckung böser Geister noch der Beachtung des Trauerfalles gedient hatte, hing fleckig und schmutzig am Haken fensterseits, und es schien fraglich, ob es je wiederhergestellt werden würde. Auch wimmerte dessen Inhaberin leise vor sich hin, was wohl kaum einem spontanen Glücksgefühl entsprang. Dennoch lallte sie über Puppinger ohne Zorn und beklagte sich wahrscheinlich über die mangelnde Ausstattung der zweckwidrig verwendeten sanitären Stätten, die übrigens zufolge Auftrags der Verwaltungsbehörde vor dem nächsten Ausstecken, d.i. Weinfeilhalten, durch moderne, gutverschlossene Abteile mit Wasserspülung ersetzt werden sollten. Esmaralda hinwiederum zeigte sich Puppinger gegenüber weniger nachsichtig, befand ihn vielmehr als Schwein nach dem äußern Rahmen seiner Mannweibbeziehungen und als ebensolches, weil er sie alleingelassen habe, obwohl ein anderer Bursche nachkam, der nicht minder schweinisch an ihr gehandelt habe. Danach begannen sich die Mädchen auszukleiden, was Stella schon gelegentlich ihres Umziehens getan haben mußte. Sodann versuchten sie sich entsprechender Reinigung zu unterziehen, die auch tunlichst auf die Wäsche und Kleidungsstücke auszudehnen war, soweit die nächtlichen Wasserpritschlerinnen überhaupt noch oder schon wieder in der Lage waren, unreine Stellen wahrzunehmen und sie auch sachgemäß zu behandeln. Endlich begaben sie sich schwesterlich in das große Bett, und es ist nicht auszuschließen, daß sie dort einander in verbotener Neigung nahekamen, wenn sie zu den betreffenden Anstalten noch taugliche Leistungen erbringen konnten.

Stella bekundete später einen Traum, der nach ihrem und wohl aufgrund ihres Liebesgeplänkels an der für Absonderungen anderer Art geschaffenen Stelle und der gleichgerichteten Betätigung ihrer Freundin daselbst in Erscheinung getreten sei. Danach löste sie aus dem Unglücksauto die durch den Unfall verstreuten und angekohlten Leichenteile ihrer Erzeuger. Sie bestattete das von ihr Eingesammelte laut Inhalt des Traums nach gehöriger Anordnung in einer stinkenden Kotgrube, auf die sie sich dann nackt und mit gespreizten Schenkeln setzte. Auch ihre Freundin nahm an dieser Sitzung neben ihr in gleicher Weise teil, worauf dann allerdings plötzlich ein Fabeltier, aber ein solches, das weder schrecklich noch unappetitlich war, mit einem vorhandenen Doppelorgan in beide Mädchenschöße gleichzeitig eindrang. Damit ebenfalls in einem nahm ein vorspringender Bestandteil der Truhe die Hintern der Frauenspersonen in Anspruch und entlockte diesen Entleerung, welche auf Umwegen Zugang zur Truhe fand.

Die Träumerin konnte schließlich die Lust von ihrem Leide und ihrer Notdurft nicht mehr trennen und spülte die Leichen statt ins Grab in die gemeine Mistgrube.

Mit der Begebenheit jedenfalls, die dem Sammeltraum zugrundelag und in deren Verlauf sie zusammen miteinander einer Abtrittsliebschaft betreffend denselben Partner unterzogen worden waren, verband die beiden sogenannten Mädel von da ab eine Schicksalsgemeinschaft, die auf schmutzige Weise begann und in blutiger Art beendet wurde oder genauer gesagt, da sich ein Ende noch nicht abzeichnete, durch das nicht weniger klebrige neue Ferment zu einer längeren Zwangsverbindung verfestigt wurde.

Dabei mußte sich freilich bei nüchterner Beurteilung erst herausstellen, inwieweit beide oder eins von ihnen bei Eingehen einer innigen Verbindung von Geschlecht zu Geschlecht an einem hierfür weder vorgesehenen noch förderlichen noch appetitlichen Ort in einer Verfassung waren, die ihre echte und aufrichtige Zustimmung ernstlich zuließ.

Hierzu war vor allem klarzustellen, daß Stella offenbar einer sachgemäßen Behandlung durch den Harald Puppinger von Anfang an kaum moralischen, geschweige denn leiblichen Widerstand entgegenzusetzen wußte, wenngleich sie es vielleicht vorgezogen haben würde, anderwärts, d.i. in bequemerer und doch wohl auch geschmackvollerer Situation und nicht im Beisein eines zweiten Weibsgeschöpfes, geschlechtlich versorgt zu werden und außerdem auf eine für Kleider und Wäsche weniger schädigende Art als die angewandte, die noch dazu gegebenenfalls die Öffentlichkeit in beschämender Weise zugelassen und herausgefordert hätte. Aber da sie sich zumindest nachträglich mit ihrer Lage abfand, es an jedem Widerspruch fehlen ließ, auch schon vorher in frühem Alter an moderneren Anlagen gleichen Zwecks in gleicher Verrichtung einem Burschen zur Befriedigung dienlich war, und es sich durchaus nicht abzeichnete, daß sie ihren Wandel in der Zukunft gründlich ändern werde, müssen die Details der Begebenheit, gleichgültig, wie und wann sie zu ihrem Bewußtsein gelangten, ganz zu ihrer Schande und Belastung herangezogen werden.

Spätestens trat am kommenden Morgen an Stella Blumentrost die Frage heran, ob sie sich anschicken sollte, ihre vorabendliche Weinlaune als mißbraucht anzusehen und noch vor ihrer ehestens zu bewirkenden Abreise den Harald Puppinger einer strafbaren Handlung zu zeihen, daß er sie nämlich im Zustand der Wehr- und Bewußtlosigkeit dem außerehelichen Geschlechtsverkehr zugeführt hatte, bei einer Gelegenheit, anläßlich welcher sie sich dessen nicht habe versehen können, und vor einer andern Person, die später gleichem Behufe zugeführt wurde. Daß er selbst sich nicht in entschuldbarer Sinnenverwirrung befand, konnte die Wiederholung der Handlung an ihr und der anderen in unverminderter Zielstrebigkeit dartun, welche eine Unwillkürlichkeit der Gestik ausschloß. Nun ist aber nicht einmal beglaubigt, daß Stella Blumentrost derartige Erwägungen nach ihrem Erwachen überhaupt anstellte, obwohl sie das Geschehen weder übersehen noch vergessen haben konnte. Ja, das Vorgefallene oder dessen nüchterne Beurteilung überstürzten nicht einmal ihre Abfahrt, geschweige denn ihre auch nur zeitweilige Trennung von der zweiten, im gleichen Falle befindlichen, wenn auch vermutlich nicht zum erstenmal von demselben Besitznehmer verunreinigten Weibsperson, die sie am Vorabend ohne sonstige sichtbare Veranlassung als die der gemeinsamen Klosettliebschaft bei sich hatte übernachten lassen.

Es ist sogar bekundet, daß zu einer Stunde, in der die Gasthöfe nach Ablauf der Nachtruhe ihre Tore zu öffnen pflegen, beide Mädel nach kurzem Frühstück im unaufgeräumten Restaurationszimmer selbander sich hinausbegaben und in die von Nebel und Nieseln verunschönte Landschaft strebten. Es ist sicher, daß sie dies nicht aus angeborener Zuneigung zur Natur in diesem Zustande taten, aber auch nicht unbedingt ausgemacht, daß sie sogleich nach dem Verursacher oder Nutznießer ihrer mehrfachen weiblichen Schwächen vom Vorabend suchten. Jedenfalls kamen sie auf ihrem Gange nicht nur am Haupttor der Heurigenschenke, sondern auch bei deren Hintertüre vorbei, als wären sie gewärtig, daß der vielleicht Aufzustöbernde entweder stolz und offen durch die breite Einfahrt noch jetzt in voller Breite hervortreten würde oder aber, sich aus schmächtiger Umgebung bewegend, in benebeltem Zustand in den Nebel ergehe. Danach begaben sich beide Mädel an der Weinverschleißörtlichkeit vorüber und entlang den gewissen Stätten für beide Geschlechter, die ihnen hinreichend bekannt vorkommen mußten, zu der einzigen Villa des Ortes. Selbiges Gebäude hatte mit wenigen und nicht fachmännischen Hilfskräften, hauptsächlich aber mit der Beihilfe eines einzigen Burschen, der Mann aus dem Abtritt hervorgebracht, wobei er sich allerdings des Schildes eines ortsansässigen kleinen Baumeisters bediente, der hiedurch Namen und Haftung für nicht von ihm Geurhebertes, allerdings doch wohl entgeltlich zur Verfügung stellte. Die Nepalek, die das Gehäuse von innen bereits kannte, behauptete, daß dasselbe sich in jeder Beziehung sehen lassen könne. Es stelle das Luxusrefugium eines auf abenteuerliche Weise, aber auch durch Erbschaft wohlhabend gewordenen, kunstsinnigen ehemaligen Matrosen dar, verziert mit den erinnerungsbedingten, verkleinert aufgestellten Schiffen, außerdem mit dem gehörigen Muschelkram, ausgestopften Seetieren, darunter echten Ungeheuern, aber auch restlichen Reliquien aus Südsee- und andern Inseln, selbst Totenschädeln, zum Schmuck präpariert oder bloß bei anthropophagischen Festmählern unbearbeitet übriggebliebenen, Gebetzeug unterentwickelter Nationen, Teppichen, selbst aus dem Iran und noch entfernteren Gegenden, sowie buddhistischen Kult- und Schmuckstücken. Der Stolz Harald Puppingers sei aber eine Göttin auf einem Pfahl, angeblich aus Gold, vielleicht auch nur vergoldet, welche ziemliche Ausmaße aufweise und nebst peinlicher Bereithaltung weiblichster Reize ein breites Lächeln in einem noch frauenhaften, aber doch schon menschenfresserischen Antlitz zeige.

Bei dieser Göttin, die als solche von sonstigen Weibsgestalten wahrscheinlich nur dadurch unterschieden war, daß sie aus Gold oder vergoldeten Blechen bestand und ihr Ausdruck für ihre Ursprungsvölkerschaften ein allgemein gültiger gewesen sein mußte, sollte es sich nach Angabe des nunmehrigen Inhabers der Statue um ein Geschenk einer schwarzen Fürstin gehandelt haben. Genaueres über den Anlaß der Schenkung oder sonstige Bewandtnis der Pfahlgetragenen war im übrigen von Harald Puppinger zunächst nicht bekanntgegeben worden. Möglicherweise auch dankte er die Anwesenheit der Gottheit mit irgendeiner Frauensperson erfolgreich bestandenen Liebesnächten, oder es war die Figur auch nur ein Raubrelikt aus neben dem Matrosentum veranstalteten Sonderfremdgängen.

Vielleicht hatte die Anspielung auf die Ausstattung der Innenräume, welche Esmaralda Nepalek bei Gelegenheit der Zuziehung zum Beischlaf kennengelernt haben mochte, das Interesse der Stella Blumentrost erweckt, vielleicht war es lediglich die Bezugnahme auf die goldene Menschenfresserin auf der Stange, wahrscheinlich war es aber der Besitzer von all dem, der zeitweilig, wenn auch bei unappetitlichem Anlaß, auch ihr Besitzer geworden war. Immerhin gingen beide Mädel zu mehreren Malen an dem selbstgebauten Landhaus vorbei, wobei ein Rumoren im ersten Stockwerk, später ein Schleichen, zuletzt gar nichts mehr durch die ruhige Luft nach außen drang. Als sie sich schließlich eine Weile davon überzeugt hatten, daß an Ort und Stelle kaum noch etwas wahrzunehmen war, nahmen sie an, der dort wohnte, wäre in einen leisen und leichten Schlaf verfallen, obwohl ihm doch eher ein schnarrender oder schnarchender zuzutrauen war, wenn nicht ein solcher, der Erschütterungen des ganzen Gebäudes bewirkte. Sie kehrten daher von ihrer Suche oder von ihrem planlosen Umhergehen um, das doch wohl von einem Trieb gelenkt wurde.

Sie kamen beide zu Stellas Quartier zurück. Als sie daselbst an dem diensthabenden Domestiken in der Portiersloge vorbeizogen, lächelte dieser schief, sagte aber nichts. Dieses Lächeln konnte verschiedenen Umständen zuzuschreiben sein, aber doch wohl keinem, der mit besonderer Wertschätzung zu tun hatte oder Uneingeweihtheit in die Verhaltensart der beiden verriet. Daher tänzelten die zwei Dämchen mit unsicherem Getrippel zum ersten Stockwerk hinauf, von dem noch einige Stufen zu der Mansarde führten, welche Stella vorläufig eingeräumt war und an welcher der Schlüssel schon steckte, den sie wegen des ihnen entgegengebrachten Lächelns zu verlangen verabsäumt hatten, als sie an dem Pförtnerabteil vorbeigestrebt waren.

Sowie sie aber in das Zimmer eintraten, mußten sie auf dem im Winkel befindlichen, bisher von beiden nicht benützten Lehnsessel einen Mann mit gealtertem Antlitz als anwesend feststellen. In demselben war aber, jedenfalls bei genauerem Hinschauen, der mehrfach erwähnte und lebhaft in die Erinnerungen der Mädel eingeschlossene Harald Puppinger enthalten. Seine Alterungsmerkmale mochten möglicherweise auf die eigenen Erlebnisse des Weingenusses sowie auf die des gegenseitigen näheren Kennenlernens am Klosettbrett vom vergangenen Abend zurückzuführen sein. Er grüßte sie im übrigen höflich, aber nicht in dem gesellschaftlich vorgesehenen Maße, daß er zur Bezeugung der Ehrerbietung auch aufgestanden wäre. Er blieb im übrigen in dem sonst wiegenden Sorgenstuhl sitzen. Freilich wackelte er mit demselben nicht, als er seine Handküsse flüchtig und von Luft zu Luft an jene Weibsbilder richtete, welche zwei er doch nicht allzu lange zuvor mit gespreizten Schenkeln am Ort der Verdauungsabfuhr zu Intimzwecken benützt hatte. Aber selbst die schmaldosierte, durchaus bescheidene Erkenntlichkeit, soweit sich eine solche bei sonstigem Sitzenbleiben im bloßen Gruß manifestierte, tat den Geschädigten wohl, wenn sich die früher mit ihm Gepaarten nunmehr als solche fühlten, und kam ihren offenbar geringfügigen Ansprüchen auf Anerkennung entgegen. Denn weit entfernt davon, einen nicht mehr ganz fremden Ungebetenen aus dem Hause zu verweisen, streckte ihm Stella ihre Rechte entgegen, die sie allerdings seit der Abtrittsaffäre gewaschen hatte, und auch Esmaralda ließ ihm zu leichtem Druck ihre Vorderpfote zukommen. Als nun das Zeremoniell hauchdünn gewahrt wurde, aber auch Aufschluß über Gestriges hätte gefordert oder zumindest erwartet werden können, blieben alle einschlägigen Erklärungen und Gesten aus, und die Anfrageberechtigten sowie der Auskunftsverpflichtete verharrten in erstarrtem Schweigen. Nicht einmal jetzt setzte Puppinger den Schaukelstuhl in entsprechende Bewegung, was zum wenigsten eine Verlegenheitsgeste hätte darstellen können.

Aber als sich Esmaralda Nepalek auf das Bett gesetzt und Stella Blumentrost sich in dem einzigen übrigen Sessel am Tische niedergelassen hatte, und danach jede oder auch nur eine von ihnen ihn fragte, wie er sich fühle, ließ er schließlich den Stuhl, auf dem er sich befand, doch in schaukelnde Bewegungen übergehen. Daneben äußerte er sich, er befinde sich sozusagen großartig, halte es aber trotzdem für angebracht, sein gestriges Benehmen irgendwie zu erklären, wenn nicht zu rechtfertigen. Hier versetzte sich Stella angeblich in Strenge, was sie freilich nur mit Blicken bekundete, während Esmaralda diesen Augenaufschlägen beifügte, er möge sagen, was er zu sagen habe, was schon eine halbe Vergebung war, wenn sich eine solche nicht schon bei damaliger Gelegenheit durch mehrmalige Hingabe zureichend bekundet hätte. Darauf erwiderte der Puppinger bloß, es sei auf dieser Welt im Grunde alles natürlich eingerichtet, die Liebe wohne eben neben den bescheidenen Freuden des Endsportes aus der Verdauung. Wie er daher, allerdings vom Alkohol angefacht und in den Formen gelockert, zwei bildhübsche Mädel nebeneinander im Zustande des Kackens oder Brunzens wahrgenommen habe, sei es über ihn gekommen, sie in die Pose des Liebesgenusses zu versetzen, wobei er die »rarere« (ist gleich bessere, nicht in Bedeutung »seltenere«) vorgenommen und die schwächere nachverlegt habe. Tatsächlich habe sich die Stella, wie er bestätigen könne, so anziehend verhalten, daß er sich zu zahlreichen Mehrleistungen veranlaßt gefühlt habe, bevor er an die andere herangetreten sei, die ihm zwar schon aus früherer Verfügung bekannt gewesen, trotzdem aber diesmal ihr Bestes hergegeben habe. Wenngleich ihm die völlige Aufhebung und Außerachtlassung von Formen diesmal zugutegekommen wäre, entschuldigte er sich, nicht für den entsprechenden Rahmen und die passende Separierung gesorgt zu haben, daran sei die Unzulänglichkeit der Räumlichkeiten nachteilig beteiligt, diese habe aber hinwiederum den offenbaren Vorteil der Doppelzurschaustellung vermittelt. Daß er sich aber für zwei Mädel hintereinander bei gleichem Anlaß entschieden habe, dürfe man ihm durchaus nicht übelnehmen. Er sei sowohl als Matrose als auch als Weltmann nicht selten in die Gelegenheit gelangt, im Einzweck mehrfache Freuden und nicht nur von Huren, gewährt zu bekommen. (Er hätte sich im übrigen bezüglich des Anspruches des Mannes auf mehr als ein Weib auch auf Stellas Tagebuchblätter beziehen können, wenn ihm diese bekannt gewesen wären.)

Trotzdem erwiesen sich seine Rechtfertigungen, wenn sie welche waren, sowohl inhaltlich als auch formal als höchst unangebracht, soweit sie nicht als ungefüges und der Unterwürfigkeit entbehrendes Schuldbekenntnis angesehen werden konnten, und wurden demgemäß auch von den zwei Klosettliebsten zurückgewiesen. Die Zurückweisung führte aber zu keiner weiteren Rechtfertigung und löste nur eine Fortsetzung des Schaukelns aus, in das die unterbliebenen Worte offenbar umgesetzt wurden. Darauf verfiel er in Schlaf, der zwar auch nicht einem Ausdruck der Achtung entsprach, aber noch für erträglich befunden wurde, weil er keine Nebengeräusche entwickelte. Die Mädel übrigens, weit entfernt, ihm das respektlose Schaukeln oder das nachlässige Einschlafen übelzunehmen, schlichen auf Strümpfen herum und legten ihm schließlich ein Handtuch über die Augen, damit ihn das langsam auftretende Tageslicht nicht in seinen Schlummerwirkungen beeinträchtigte. Der so sehr Geschonte erhob sich aber nach einer Weile, entschuldigte sich wenigstens für sein diesmaliges Verhalten, dankte für die genossene Obsorge und entfernte sich dann offenbar nach Hause, um seine mehrfachen Fehlleistungen vielleicht in Träumereien auszuwerten oder durch leeren Schlaf wie mit einem Schwamme zu löschen. Die zurückgelassenen Mädel aber hörten nicht auf, an ihn zu denken.

Dieses Denken mochte beinahe anderthalb Tage gedauert haben. Denn so lange blieben sie noch in dem Gasthof beisammen und zunächst nicht mit ihm. Am Nachmittage des andern Tages aber, als alles für die abendliche Abreise Stellas vorbereitet war, wurde die Blumentrost noch einmal von ihrer unbemittelten und auch vom gemeinsamen Liebhaber zurückgesetzten Freundin vor die Villa des unwürdigen Gedankengegenstandes geführt. Daselbst verharrten die beiden Frauenzimmer in Ansehung des Wirklichkeit gewordenen Traumschlosses, beaugapfelten aber auch den neuen Kraftwagen des Selbsterbauers seines Landhauses, welches Fahrzeug einen luxuriösen Eindruck machte und offenkundig nicht eigengebastelt war. Als ob ein Hund die leise angekündigte Ankunft der beiden weitergegeben hätte, kam plötzlich der ausgediente Matrose an einem Fenster zum Vorschein, öffnete dieses auch, sah hinaus und winkte die unfrommen Wallfahrerinnen zu sich. Sie kamen denn auch auf sein Zeichen und zwar erst Esmaralda, zu allem entschlossen, dann Stella, anscheinend zögernd. Doch berührte er leicht ihre Hinterseite, um ihr Zögern wegzustreichen, und schloß hinter ihr die Tür. Erst in der Wohnung erwies sich, daß noch ein strohblonder struppiger Bursche zugegen war, derselbe, der ihm beim Hausbau am meisten beigestanden und auf den er dann aus schlechter Laune gelegentlich ein Holzscheit geworfen hatte, dessen Einwirkungen sich auf der Stirn des Betroffenen noch abzeichneten. Diesmal warf er vorläufig nichts nach ihm, schien aber auch kaum geneigt, seinen Mädchenvorrat mit dem anderen zu teilen. Das Gespräch blieb daher noch gedämpft in weltanschaulicher Sphäre, soweit Matrose und Hilfsbursche gedanklichen Argumenten überhaupt zugänglich waren.

Es begann mit einer Aussprache über die Nutzlosigkeit von Heurigenschenken als Vergnügungsstätten und über die schädlichen Alkoholeinflüsse auf die Allgemeinheit, wenngleich die Sprecher Ausnahmen machten, die insbesondere sie selber betrafen, da sie nach vorgebrachter Behauptung nur zu eingehendem Studium sowie zur Abschreckung der andern an solchen Besuchen gelegentlich teilnahmen. Dann ging man auf eine gewisse Unbeherrschtheit im sittlichen Betragen der Landbevölkerung über, wobei man allerdings dem, der solchen Formengehorsam nicht brauche, eine Sonderstellung einräumte. Hier meinten die beiden wiederum einander selbst oder zum wenigsten den Harald Puppinger allein. Zuletzt aber forderte der Sichergemeinte den Burschen, welcher Veit Vorderhuber hieß, auf, nicht zu vergessen, daß er der Tante Beihilfe beim Holzzerkleinern zugesagt habe, und als der Angeredete nicht gleich begriff, daß es sich diesmal nicht um eine Fortsetzung des Gedankenaustausches, sondern um eine Anspielung auf die Verringerung des Erwünschtseins seiner Anwesenheit handle, verstärkte der Gastgeber seine wörtliche Zeichengebung durch die Versetzung eines Rucks an der Hinterseite des Entfernungsanwärters, wodurch derselbe durch die Türe hinausgeriet, die zu diesem Zwecke gleichzeitig aufgemacht wurde. Eine Abschiednahme erübrigte sich auf diese Weise allseits.

Der unmittelbare Zweck des Hinauswurfs war nicht sofort ersichtlich, wenn auch vermutbar. Denn zunächst begann der Puppinger den Mädeln seine diversen Schätze, nämlich Zierat und Kultgegenstände, zu erklären, was er gegenüber Esmaralden im übrigen bei anderer Gelegenheit bereits getan, und worüber diese der Stella gelegentlich der ersten Anwesenheit beider zusammen vor seinem Bau Mitteilung gemacht hatte. Immerhin wich seine Darstellung nunmehr in einigen Details von ihrer mittelbaren Bekundung ab. Auch war er angesichts der Anwesenheit Stellas bemüht, sich gewählter auszudrükken, um eine angeblich genossene gute Erziehung sowie in der Schulzeit erworbene und auf Reisen notdürftig ergänzte

Halbbildung unter Beweis zu stellen. Dabei berief er sich förmlich auf seine Herkunft aus angesehener und reicher Familie, wenn er auch später durch jugendlichen Leichtsinn und üble Führung in Mißkredit geraten sei. Eines seiner schönsten Stücke, eine gotische Statue des Apostels Peter, bezeichnete er nunmehr sogar als altes Familienstück, es konnte natürlich ebensogut einem Kirchenraub entstammen. Die übrigen Stücke allerdings seien verschiedener Herkunft, teils erkauft, teils Gastgeschenke. Danach versuchte er die Bedeutung einzelner Kultgegenstände darzutun, wobei ihm die Mädel aber nicht zuhörten.

Weil er die Erfolglosigkeit dieses Teiles seiner Anschaulichmachung alsbald einsah, beschränkte er sich hinfür darauf, sich ganz allgemein auf die angeblichen Geschenkgeber zu beziehen, welche zumeist weiblich waren. Die goldene Göttin schließlich, bei der er sich länger aufhielt, war das Geschenk einer jungen Kannibalin, wenigstens seiner Behauptung nach. Sie hatte, so schützte er jetzt vor, sich ausbedungen, ihn zu fressen, wenn er im Liebeskampf unterliege, doch ihm die Pfahlgetragene zu überlassen, wenn das Gegenteil eintrete.

Nach solcher Auseinandersetzung führte er Stella möglichst sanft zu seinem Lager und begann sie langsam auszuziehen. Als sie es war, deckte er sie nicht zu, sondern entblößte auch die andere. Diese drückte er etwas unsanfter neben die erstere und ließ sich dann selbst nach hurtiger Abstreifung dessen, was er anhatte, über den Mädeln nieder, wobei er es sich zur Aufgabe machte, sich zwischen beiden aufzuteilen, obgleich er dies nicht gleichzeitig konnte, weil dem seine normale Beschaffenheit widersprach. Als die Mädel müde waren, er aber angeblich nicht, war Stellas Zug bereits versäumt, und sie war traurig, ja weinte sogar, weil sie nicht nach Hause konnte, obwohl unerfindlich war, was sie dort noch wollte. Harald wusch ihre Tränen mit einem Badewaschel, d. i. echten Schwamm, sagte zu, sein neues Auto im Privatbetrieb zu fahren und beide Mädel auf die Fahrt mitzunehmen. Nicht gleich war das angebrachte Vertrauen in die Sicherheit des Unternehmens hergestellt. Stella, die in Dingen des Geschlechtsverkehrs kaum zurückhaltend gewesen, wies nun auf das Verkehrsunglück ihrer Eltern und die kurze Erfahrung des Anbieters hin. Dieser hinwiederum berief sich auf gute und alte Fahrkenntnisse noch vor der Marinezeit zur Zeit des Beisammenseins mit seinen Eltern. Sie hätten ihm ab achtzehn ein eigenes Auto zum Fahren überlassen, und er habe dieses auch anstandslos über die Strecke gebracht, bis er selbst von zu Hause entwichen, die Mutter aus Gram darüber gestorben sei und der Vater sich wegen deren Verlustes selbst entleibt habe. Nichtsdestoweniger reichten seine Aufklärungen hin, die Stella zu beruhigen, sobald er sich außerdem darauf bezog, daß die Gegend wegen vorgerückter Stunde weit und breit verkehrssicher sei. Sodann trieb er die Mädel an, wobei er die Ankleidung ihnen selbst überließ, und holte, während sie solches besorgten, von Stellas Hotel deren Koffer, welchen man ihm ohne weiteres überließ, obgleich er keine schriftliche Legitimation hierzu vorweisen konnte. Hierauf verlud er, was bei ihm an Weibspersonen zur Abfuhr nach Gebrauch gegenwärtig war, und fuhr so schnell los, als es das Einvernehmen mit dem neuen Fahrzeug zuließ.

Als Stella sich anheischig machte, das Fahrzeug streckenweise zu lenken, sowie ihr dies leicht vorkam, ließ er es nicht einmal einen Kilometer weit zu, griff aber auch bei diesem Anlaß zwischen ihre Schenkel an ihre auch nach eingehender sachgemäßer Behandlung empfindhaftesten Intimorgane, so daß sie von weiteren Ansprüchen auf die Fahrzeugbeherrschung wieder Abstand nahm. Esmaralda Nepalek, die sich im hinteren Wagenteil aufhielt, lachte damals nicht, lag ausgestreckt und befand sich schlafend oder stellte sich wenigstens so. Die Begegnung mit einem kleinen Wild, es mochte ein noch nicht ausgewachsenes Reh gewesen sein, konnte aber auch das Hinüberwechseln eines Fuchses bedeuten, veranlaßte die Fahrgesellschaft, von sonstigen Befassungen abzusehen und ihre Aufmerksamkeit mehr auf die Straße zu richten. Es kam zu einem Verreißen des Fahrzeuges, das nur dadurch keine weiteren Folgen hatte, daß ein entgegenkommender Lenker geistesgegenwärtig anhielt. Während das Tier hinüberwechselte, war keine Hand mehr an dem Innenleben der Stella beteiligt. Wohl aber entwickelte sich zwischen dem vorsichtigen Straßenfahrer von drüben und den drei in Puppingers neuem Auto Versammelten die erst nach dem sicheren Entweichen des Wildes aufgeworfene Streitfrage, welcher Gattung dieses angehört habe. Während der Matrose und die diesem früher untergeordnet gewesene Frauenschaft auf die schon erwähnten Tiergattungen tippten, begnügte sich der gehemmte Retter vom Gegenverkehr mit der Vorstellung eines größeren Feldhasen. Danach wurde die Reise anstandslos fortgesetzt und zu Stellas ordentlichem Wohnsitz geführt.

Überraschenderweise bestand der Puppinger nicht mehr darauf, auch im früheren Elternhaus der an ihr Ziel Gebrachten die Mann-Weibvereinigungsbestrebungen zu erneuern, wiewohl ihm nach dem Gange zeitweiliger Unterredung bekannt gewesen sein mußte, daß sie nunmehr allein wohnte. Anscheinend wollte er ihren Ruf nicht noch mehr gefährden oder fürchtete sich vor Spuk oder hatte auch sonst genug von dem, was er nun nicht mehr wiederholte. Jedenfalls brachte er aber die Nepalek zurück, und es wäre nicht ausgeschlossen gewesen, daß sich seine restlichen Gefühle nunmehr auf diese beschränkten, was allerdings später beiderseits verneint wurde.

Dafür aber machte sich trotz reichlich vorgerückter Zeit am Telephon noch Kunibert Falkner bei Stella bemerkbar und ließ diese wissen, daß er sie am folgenden Morgen oder Abend aufsuchen wolle, weil er einen Bruchteil der Entschädigung für das elterliche Ableben vorauszahlen könne. Er entschuldigte sich für den Anruf zur unangebrachten Stunde mit seiner knappen Zeit und ihrer bisherigen Nichtanwesenheit.

Die Angegangene zeigte sich nicht erbost, sondern erbaut über die Meldung des redlichen Mittlers und Zahlungsveranlassers und war mit dessen Besuch zu einer ihm genehmen Gelegenheit einverstanden, wie sie auch die Zufriedenheit mit seinem Ansinnen gehörig zu erkennen gab. Daß der Gast nun überhaupt mit gar keinem Danke rechnete, ist durchaus auszuschließen, weil er schon zu Lebzeiten der Eltern für erwiesene geringere Dienste zumindest eine entsprechende Anzahlung auf Erkenntlichkeit in Anspruch genommen hatte. Auch verlegte er seinen Besuch bei der teilweise zu Entfertigenden, der ursprünglich für den nächsten Morgen beabsichtigt war, nach nicht allzu langer Überlegung auf den späten Abend, um ihren und seinen Zeitplan nicht zu beeinträchtigen, wie er vorgab, aber wohl kaum wirklich meinte, weil er Stella ziemlich frei wußte und selbst vordem vom Vormittag gesprochen hatte. Schließlich beweist eine der letzten Eintragungen Stellas im Tagebuch, daß sie sich von dieser Begegnung die Forderung auf vollständige Hingabe erwartete und nicht recht wußte, wie sie eine solche vermeiden sollte. Es heißt in ihrer einschlägigen Eintragung nämlich, sie sei nun zwischen zwei Männern zu liegen gekommen. Der eine von ihnen habe ihr nur einen Anteil an seiner Kraft geboten, sie habe ihn mit einer andern geteilt und ihm am gleichen Orte sowie bei ungewöhnlichem Anlaß gehört, er sei derjenige, der mit ihr machen könne, was er wolle. Nun verlange noch ein anderer sein Recht. Er sage es nicht geradeheraus, doch wolle er dasselbe. Sie fühle sich nicht als Hure, doch ihre Verpflichtung sei groß und würde noch wachsen. Sie wisse nicht mehr heraus.

Als er dann aber kam, bat sie ihn, mit ihr in ein Kaffeehaus zu gehen, zu Hause sei alles voller Erinnerungen, sie könne nicht einmal richtig mit ihm sprechen, nicht einmal über Ziffern. Er möge das verstehen. Er verstand schwer und blieb zunächst an seinem Platz. Sie hatte wieder ihr schwarzes Gewand an, das sie nicht immer gehörig beschützt hatte, weder damals, als sie es am Abtritt gelöst, noch als Puppinger es vor seinem Lager abgestreift hatte. Diesmal sollte es seine Schuldigkeit tun, den andern in Respekt vor der Trauer zu versetzen. Kann sein, daß sie sich frei zu halten wußte, weil der Matrose sie ja doch nur vor und neben einer andern wollte, kann sein, daß sie sich nicht frei fühlte, weil sie trotzdem glaubte, ihm allein zu gehören. Kann auch sein, daß es ihr mit diesem keinen Spaß machte oder sie ihn für spätere, unter Umständen legitime Anlässe aufsparen wollte oder daß es an diesem Abend noch nicht von ihr beabsichtigt war.

Möglicherweise verlor Kunibert Falkner sofort seine Fassung, oder dies trat erst allmählich ein, oder er verschob die Lohnforderung auf den Zeitpunkt späterer Auszahlungen beziehungsweise auf die Spanne dazwischen, in der er die Hoffnung darauf anfachen oder dämpfen konnte, oder auf die Zeit danach, in welcher er sich als früherer gnädiger Gönner nachsichtig und gedankenlos zeigen durfte, aber doch der Entfertigung sicher blieb. Es ist sogar anzunehmen, daß er an den drei Tagen, die Stella nicht erreichbar gewesen, sich bereits gemeldet und seine schweren Bedenken über Art und Ursache ihrer Nichtantreffbarkeit gehabt hatte. Ja, es besteht sogar wenig Zweifel, daß er diese Umstände hatte erkunden wollen und aus Anlaß seines Besuches sogar beabsichtigte, Fragen anzumelden. Er sagte aber gar nichts und drehte sich schließlich bei ihrer eindeutigen Weigerung auf dem Absatze um, ohne freilich die in Aussicht gestellte Unterredung auszuschlagen, ging mit ihr vielmehr wunschgemäß ins Kaffeehaus, in welchem er aber nicht lange verblieb, als er seine Berechnungen angestellt und seine Aufzeichnungen vorgelegt hatte. Diejenigen Männer und Frauen, welche sie allerdings mit ihm im betreffenden Lokal gesehen hatten, bezeugen, daß sie einander überaus nahe waren, so daß die körperliche Entfernung zwischen beiden unbeachtlich blieb und leicht zu überbrücken. Immerhin konnte nicht festgestellt werden, daß sie damals zwischen den angeführten Partnern tatsächlich überbrückt worden wäre. Danach bleibt es ein ungeklärtes Rätsel, wieso Kunibert Falkner eine für ihn schwierige und riskante Mitwirkung zur Erlangung von Entschädigungen für die Blumentrostsche Familie und schließlich für Stella selbst ohne greifbare Abgeltung nur aufgrund unbestimmter Erwartungen durchgeführt hatte und warum sie hinwiederum, die ihre Reize im Anschluß an entwürdigende Entleerung zugleich mit einer anderen an den Erstkommenden preisgegeben, nunmehr am unangebrachten Platze zu bürgerlicher Enthaltung zurückgekehrt war.

Es blieb aber angeblich auch bei den folgenden Begegnungen mit Kunibert Falkner dabei, die durchwegs nicht in der Wohnung erfolgten und behauptetermaßen ausschließlich Anzahlungen betrafen, die begehrt oder auch gewährt wurden. So wäre der Entschluß, sich für den einen bereitzuhalten, der zumindest Zweiweibigkeit für sich beanspruchte, auch dadurch nicht beeinträchtigt worden, daß dieser kein Stelldichein gegeben und in der Folge kein Wort von sich hatte hören lassen. (Daß sie auf diese Art ihre monogame, d. i. einzelmännige, Veranlagung um so mehr in Frage stellte, als sie selbst auch keine Anstalten traf, die offenbar abgebrochene Verbindung wiederaufzunehmen, bedarf keiner weiteren Erwähnung.) Als aber das Wochenende kam, war Harald plötzlich da und hatte auch die Nepalek mitgebracht. Außerdem aber waren eine Anzahl von Schnapsflaschen in seiner Gesellschaft. Er tafelte dann mit Mitgebrachtem, wobei er nicht sehr darauf schaute, wieviel die Weiber zu sich nahmen. Doch zog er diese schließlich aus und legte sie in der Eltern Blumentrosts Ehebetten, wohin er sie wie Säcke voll Kleinhühnerfedern schwungvoll und leicht beförderte. Danach aber begab er sich zu seinem Schnaps zurück, dem er allein zusprach, als ob er der Mädel gänzlich vergessen hätte. Da erst Esmaralda mit unverkennbarem Lockruf, später sogar Stella mit weniger entschiedener Anregung nach seinem Beisein verlangte, begab er sich wohl zu kurzem Sprunge an das vormals Blumentrostsche Ehelager, wagte aber anscheinend nicht, dasselbe zu besteigen, sondern begnügte sich damit, den bereits völlig entblößten Mädeln Schnaps in die Münder und sohin auch in die Gurgeln zu gießen, wobei sie sich verschluckten. Als diese dadurch keineswegs die beanspruchte Genugtuung erlangt hatten, leerte er den wenn auch armseligen Rest der Flaschen in jede der beiden Öffnungen, welche ihm zu andern Zwecken bereitgestellt waren, wodurch er statt Lustgefühlen neben Verätzungen Schmerz und Abwehr hervorrief.

Nicht einmal diese Art der Behandlung, die neben dem Körper auch den letzten Anflug von Stolz der Stella versehrt oder sogar zerstört haben mochte, veranlaßte sie, sich von Harald Puppinger loszusagen oder auch nur, nunmehr einen andern Liebhaber zu nehmen, der sich um sie besser verdient gemacht hatte. Ihre bezüglichen Gründe verflüchtigten sich bei gründlicher Prüfung. Zudem hatte sie in der Folge auf der langen Strecke bis zum Mordfall nur mehr sieben Zusammenkünfte mit dem von ihr Bevorzugten, und alle diese mit der Nepalek zusammen. Sie mußte daher nach der Natur des Matrosen und ihren Erfahrungen mit ihm unbedingt annehmen, daß er außer ihr und Esmaralden noch eine Reihe von Weibspersonen zu seiner sinnlichen Befriedigung heranzog, und mithin ihr doch wohl kaum jene Bedeutung einräumte, die sie selbst, freilich ohne zureichenden Grund, ja gegen alles vernünftige Ermessen ihm eingeräumt hatte. In einer ihrer letzten Tagebucheintragungen will sie allerdings erkennen, daß sie keineswegs klug sei, auch wenn sie sich gelegentlich beherrsche, sie sei ein Mädel nur für einen, selbst wenn der eine sich aus ihr nichts mache und manche andere habe. Das sei ihr gültiger Entschluß, ihrem körperlichen Verlangen gemäß, aber auch ihrem Ehrgefühl.

Als nun der Abend gekommen war, an dem Kunibert Falkner der Stella Blumentrost die volle Bewilligung der begehrten Versicherungssumme bekanntmachen wollte, wurde der von ihm zu diesem Zwecke vorgesehene Besuch nicht angekündigt, und er dachte auch nicht daran, ihr die Nachricht in einem Kaffeehaus zu überbringen. Vielmehr traf er Vorbereitungen zu einer Feier unter vier Augen, nachdem er überall in der Nachbarschaft Erkundigungen eingezogen, daß sie zur in Aussicht genommenen Zeit bestimmt zu Hause sein werde. Aus einem kostspieligen und modernen Gasthaus, das für derlei Fälle eingerichtet war, ließ er zwei Gedecke zu ihr ins Haus kommen, exquisite anregende Gänge auftragen, welche Sättigung bewerkstelligten, ohne die Eingeweide übermäßig zu belasten, und solche Vor-, Zu- und Nachspeisen, welche nicht nur auf den Gaumen wirkten, sondern insbesondere jene Sinne in Anspruch nahmen, die sie als Vorkost für allgemeine Sinnlichkeit schärfen konnten. Mit solcher Bestellung war von ihm eindeutig zum Ausdruck gebracht und die Allgemeinheit hierdurch davon auch in Kenntnis gesetzt worden, daß er und Stella wenigstens vorübergehend ein Paar ausmachen sollten, mochten auch sein Verhalten und seine Verwendung in der Schadenssache bei der Anstalt dann nachteilig auffallen.

Im übrigen hatte sich Kunibert Falkner nicht mit dieser bürgerlichen Annäherung begnügt, die er so öffentlich vor aller Kleinstadt zu vollziehen vorhatte, sondern sich insgeheim mit Drogen versorgt, um zusätzlich auf ungewöhnlichem Wege die Stimmung für sich zu beeinflussen, falls sie nicht auf sonst gepflogene Weise zu erzielen wäre. Er hatte sich seine einschlägigen Einfälle und die aufgrund solcher beschafften Mittel sowohl an Phantasie als auch an Barbeträgen etwas kosten lassen und verfügte nunmehr über ein wahres Arsenal an Geheimwaffen, angefangen von denen, die früher in Freudenhäusern oder sonst bei Zusammenkünften mit Kokotten zur Anwendung kamen, bis zu noch heute im geheimen Umlauf befindlichen Sucht- und Rauschgiften, deren von ihm bisher ungenügend erforschte Wirkungen unter Umständen seinen Absichten entgegengesetzt sein konnten. Immerhin hielt sich nun der Versicherungsagent seinerseits zureichend versichert, das, was die Dankbarkeit ihn nicht gewinnen ließe, unter Zuhilfenahme älterer und neuerer Zaubermittel doch wohl an sich zu bringen. Als er soviel für seine Gegenwart vorgesehen, gedachte er genau zum festgesetzten Einlangen des Nachtessens auch seinerseits bei Stella anzukommen.

Der Kellner Ruppert Weidenhopper hatte an diesem Abend sein erstes Stelldichein mit Gislinde Nawratil, einem Mädchen vom Büffet, und da er triefäugig, bucklig und plattfüßig war, nahm er diese ihm bevorstehende Zusammenkunft äußerst wichtig und ernst. Daher erschien er schon dreiviertel Stunden zu früh mit den Vorboten des exquisiten Abendessens, das Kunibert Falkner bestellt hatte, bei der Dame von dessen Wahl. Er traf noch auf der Stiege auf Harald Puppinger und Esmaralda Nepalek, die zu gleicher Stunde aus plötzlichem Entschluß bei der so gut Versorgten einrückten. Als diese nun öffnete und hinter dem Kellner das unerwartete Paar auftauchen sah, fand sie sich höchst beglückt und zweifelte keinen Augenblick, zumal der Kellner in der Eile nichts anderes meldete, daß sie das kostspielige Abendessen der Gönnerlaune Harald Puppingers verdanke, der damit offenbar das Schnapseingießen in ihre Liebesendstation ausgleichen wollte. Sie empfing ihn daher in sehr versöhnlicher, ja geradezu dankbarer Stimmung und zeigte sich auch sonst guter Laune, obwohl sie nicht ganz begriff, daß nur zwei Gedecke beigestellt wurden, während doch drei Tafelgäste vorhanden waren, sie selbst inbegriffen. Sie konnte das nur so verstehen, daß offenbar der Puppinger die Absicht gehabt hatte, diesen Abend mit ihr allein zu verbringen, und daß erst später, entgegen seinem ersten Entschluß, die Nepalek sich ihm angeschlossen hatte. Immerhin teilte sie das Essen nicht nur mit ihm, sondern auch mit dieser, wobei sie die guten Bissen aber eher dem Liebhaber vergönnte als der Konkurrentin. Wie aber der Kellner das nächste Mal auftauchte, bestellte Puppinger bei ihm noch ein Gedeck, ohne etwas verlauten zu lassen, daß ihm das bisher Genossene und das noch zu Genießende mangels Anschaffung und Berappung gar nicht zukomme. Vielmehr steckte er dem Buckligen einige Noten zu, die glauben machen konnten, daß alles auf seine Rechnung gehe. Immerhin war die Nachspeise noch nicht ganz verzehrt, aber nur noch wenige Getränke übrig, als Kunibert Falkner auftauchte, um bei gutem Gelage seine noch bessere Meldung anzubringen und sodann seine Ernte einzuheimsen. Er war nicht wenig stutzig, als er den andern antraf, obwohl ihn das Beisein der zweiten Weibsperson, die auch nicht übel aussah, um ein geringfügiges beruhigte. Mit leichtem Entsetzen aber stellte er fest, daß sein kostspieliges Mahl- und Trankopfer nicht nur umsonst erbracht, sondern unvorhergesehener Stellvertretung zugekommen war. Er war dermaßen peinvoll befremdet, daß er lange brauchte, bis er seine Urheberschaft an der Herbeibringung des Gastgelages ausspielte. Allein auch dabei wurden die von ihm vorgebrachten Umstände und Argumente offenbar mißverstanden oder überhört. Er brachte es endlich über sich, Stella zu veranlassen, ihn in ein anderes Zimmer zu führen und unter vier Augen, richtiger Ohren anzuhören. Als ihm diese Privataudienz nicht ohne Schwierigkeiten zugestanden wurde, berichtete er zunächst von der Gewährung der hohen Abfindungssumme. Darauf eilte die Dame seiner Wahl schon wieder zu den anderen Gästen, um sie sogleich mit der Freudenbotschaft auszustatten, nachdem sie den Verursacher und Vermittler der Benachrichtigung nur mit einem flüchtigen Stirnkuß versorgt hatte. Falkner blieb allerdings noch eine Weile in Gesellschaft der ihm Zuvorgekommenen, wurde aber nur wenig in die allgemeine Unterhaltung einbezogen, die auch kein hohes Niveau erreichte. Nach seiner Erinnerung war im wesentlichen von Essen und Trinken die Rede. Auch erzählte der zweite Mann angebliche Abenteuer aus seiner Matrosenzeit, welche den anderen schon bekannt gewesen sein dürften und daher eigens für ihn zum Vortrag gelangten, obwohl sie ihn in keiner Weise unterhielten, geschweige denn innerlich beschäftigten. Einmal allerdings war auch von einem Wagenheber die Rede, mit welchem der andere wen erschlagen haben sollte. Es ist Kunibert Falkner zu glauben, daß auch er den Versuch unternahm, mit irgend etwas zu Worte zu kommen, und sei es auch nur, um seine Verdienste um Stella zur Geltung zu bringen oder selbst die kleine Feier zu erklären, die von ihm für sie und ihn ausgerichtet war und nun bereits fast zur Gänze ohne ihn stattgefunden hatte. Sein weiteres Vorhaben darzustellen, fand er freilich nicht am Platze. Doch konnte er nicht einmal seine einleitenden Aufklärungen sinngemäß anbringen, es hörte ihm niemand zu, sooft er mit ihnen begann. Ein jeder von den dreien hatte plötzlich irgend etwas zu sagen, obwohl gar nichts damit gesagt wurde. Am eifrigsten plauderte zuletzt die Esmaralda Nepalek, welche zwar entzückend aussah, aber so gut wie nichts zum Ausdruck bringen konnte, als daß sie sich vor den beiden andern mit ihrer weiblichen Beschaffenheit in den Vordergrund schob, ohne freilich ihn selbst zu beachten. In der Folge bekam der Veranstalter der Mahlzeit und des Anlasses zur Freude den gewissen Eindruck, daß zwischen den drei anderen ein geheimes Einverständnis bestand, an dem er nicht teilhatte, und daß man ihn sogar als Eindringling und überflüssig empfand. Freilich fühlte er sich noch Manns genug, seinen Dankanspruch nicht ohne Emphase, d.i. hochgespielte Bedeutsamkeit, aufzugeben und als wenn auch unterlegener Held abzutreten. Dabei maß er den ihm offenbar vorgezogenen Mann zunächst unbemerkt in der Beziehung, inwieweit derselbe eine Herausforderung von seiner Seite auf sich beziehen und in eigener Machtvollkommenheit gewaltmäßig abweisen würde. Er kam wahrscheinlich zu einem für sich günstigen Ergebnis, oder es genügte der ihm noch überlassene Restalkohol, um die Gefahrenmomente nicht mehr richtig einzuschätzen. Jedenfalls stoppte er die Unterhaltung, die schon sehr angeregt war und zwischen den drei andern auch noch rückbezüglich zu werden versprach, durch klirrendes Gläseranstoßen und erhob sich dann.

Als Kunibert Falkner sich so erhob, stand auch der andere auf, und es erwies sich, daß der Mann der Versicherung der Größe nach nicht an das Ausmaß des Matrosen heranreichte, wenngleich er diesem nahekam, dagegen zufolge Schmächtigkeit der Wucht der Erscheinung des andern erheblich nachstand. Das schien bereits keinen guten Anfang zu ergeben, mußte aber nicht so sein, weil bisher noch gar nichts gesprochen worden war. Als nun die Nepalek zu girren aufhörte und nur noch ihre molligen, aber im übrigen doch formgerechten vorderen Ausbuchtungen in die Szene rückte, die Blumentrost in ihrem hüftengen Trauerkleid nach noch übrigen Alkoholicis suchte und diese nach Auffindung dem Redenwollenden beschwichtigend eingoß, erhob dieser zu dem bereits erhobenen Körper auch noch seine Stimme und sagte etwa das folgende. Es freue ihn nunmehr, daß man ihm für eine Spanne das Wort gönne, das man ihm bisher nicht eingeräumt habe. Er fühle sich in der Rolle eines Gastgebers, obwohl diese seine Eigenschaft geflissentlich übersehen werde und er auch nicht mit einer solchen Anzahl von Gästen gerechnet habe, sonst hätte er entsprechend mehr vorgesorgt oder die von ihm improvisierte Feier verschoben. Er sei sich dessen bewußt, daß der ihm zuvorgekommene Besuch im Augenblick für wichtiger als er selber gehalten werde, das mache weiter nichts aus und sei gewiß Sache der Wohnungsinhaberin, die ihre Gründe kennen müsse. Er glaube aber der Gesellschaft vorhalten zu sollen, daß es sich gewissermaßen um eine Lebens- und Schicksalsfrage handle, die er für Fräulein Stella gelöst habe und deren Lösung er ihr heute habe bekanntmachen dürfen. Es sei ihr nunmehr durch seine bescheidene Beihilfe vergönnt, sich eine gute Weile über Wasser zu halten, dann allerdings werde sie ihre Schwimmkünste zeigen müssen, um oben zu bleiben, es sei denn, es stelle sich ein neuer Retter ein, der sie an ein Ufer bringe, das für sie schon bestimmt sei, so daß sie dort zu leben und zu blühen vermöge. Er wisse natürlich nicht, ob dieser zweite Retter sich schon hier befinde, er sehe vor sich einen sicher mächtigen Herrn, der aber bereits ein gutaussehendes Mädchen an seiner Seite habe, das ihm offenbar durchaus zugetan sei. Hierzulande bestünde aber die Einehe. Im übrigen wünsche er allen Versammelten Glück und fühle sich beurlaubt.

Da Falkner deutlicher geworden war, als er vielleicht von Anfang an beabsichtigt hatte, versuchte er nun angeblich auch, sich unauffällig aus dem Staube zu machen. Aber der Puppinger war bereits bei ihm und legte seine schwere Hand auf die leichten Schultern seines Vorredners, ohne an denselben aber entsprechend zu rütteln und die Zerschmetterung von deren Inhaber einzuleiten. Wohl aber glaubte er selber etwas sagen und somit versuchen zu müssen, den andern auf geistigem Gebiet fertigzumachen, obwohl er selbst in dieser Gegend nicht gerade zu Hause war.

Immerhin meinte der Gewaltigere an Kraft, sich auf das

nachberichtete Entgegnen einlassen zu sollen. Er verstehe, daß es dem Kunibert Falkner, wenn er den Namen richtig gehört habe, darauf ankomme, für alles, was er getan habe, ins rechte Licht gesetzt zu werden und die Gerechtigkeit für sich in Anspruch zu nehmen, welche in diesem Fall besage, daß einer das bekommen solle, wofür er die Kosten getragen habe, und noch deutlicher, wer für ein Mädel mehr tue als seine Pflicht, der habe Anspruch auf das Mädel selbst. Er aber, Harald Puppinger, früherer Matrose, sei der Ansicht, daß es die Gerechtigkeit gar nicht gebe und daß man nur auf so viel ein Recht hätte, als mit Preis und Stückezahl angeschrieben und erstanden. Der Mensch, aus dem Paradies hinausgeworfen, habe den Pflanzen vorgeschrieben, zu seinem Genuß und zum Abriß für Verarbeitung und Beriechung zu wachsen, außerdem den Tieren, gelegentlich von ihm zerlegt, verwurstet und gefressen zu werden, sofern er ihnen nicht das Miauen und Bellen erlaube. Solchen Dank bekämen aber nicht nur andere Völkerschaften zu spüren, sondern auch der nächste Nachbar. Denn das Gesetz habe ein Loch, und durch dieses sei die Gerechtigkeit schon herausgefallen, bevor sie drinnen gewesen. Und was gesetzlich in der Ordnung wäre, nach dieser gestutzt und unter ihr versteckt würde, das sei noch lange in keiner Weise legitim. Er brauche dieses Wort nicht bloß, weil es ein Fremdwort sei, sondern weil man das Recht, das es nicht gebe, am besten mit einem Fremdwort bezeichne. Aus diesem Grunde danke man dem Kalb, das für das Mahl geschlachtet wurde, wie Herrn Kunibert Falkner, welcher es für sich und Stella Blumentrost bestellt habe, für die Mahlzeit. Man danke dem Spender nach den Weinpressern, Rebenschneidern und den Weinstöcken selbst für alles Einschlägige und den noch übrigen Fischen und Getieren sowie Pflanzen, samt deren Garausmacher, Zubereiter und Bezahler für das Genossene. Auch werde Stella Blumentrost den Abend der Verkündigung des Versicherungsgeldes in bleibendem Erinnern behalten und mit geistigem Dank ihren Eltern, daß sie sich haben karambolieren lassen, dem Lastkraftwagenfahrer, daß er sie zur Strecke gebracht, der Versicherungsanstalt, daß sie den Unfall so hoch versichert und die Abfindungssumme ausgezahlt, sowie Herrn Kunibert Falkner, daß er alles ins richtige Lot gebracht habe, gehörig dankbar sein. Sie lege sich aber dafür nicht nackt auf die Straße und lasse sich von den Dankberechtigten nicht überfahren. Sie täte es auch dann nicht, wenn diese mit ehelichen Limousinen daherkämen, ihm scheine da die Behandlung mit einem Instrument auf den Kopf besser. Er spreche wohl von einem Wagenheber, meinte Kunibert, und vergaß zu fragen, aus welchem Grund der andere sich zur Bigamie befugt fühle, wenn nämlich Stella zusätzlich unter dessen Schutz stehe.

Hierauf wurde von Harald Puppinger gar nicht geantwortet, so daß es sehr wohl ein Wagenheber gewesen sein konnte, den er gemeint hatte. In diesem Augenblick fühlte sich Kunibert Falkner offenbar auch im Wort benachteiligt und brachte das Gespräch wenigstens insofern auf das frühere Thema zurück, als er feststellte, es sei nicht recht, daß einer zwei Mädel für sich beanspruche, der andere aber leer ausgehen solle. Der Angesprochene antwortete nicht gleich, biß sich vielmehr in die Lippe, wahrscheinlich anstatt den Falkner zu beißen, und brummte dann zwischen den Zähnen eine Erwiderung, die der Stimme des Gewissens in keiner Weise Rechnung trug, nämlich, daß der, dem zwei zu viel seien, sich auch mit keiner, d.i. seiner bloßen Idee, begnügen dürfe. Dann erklärte er zu seiner weiteren Rechtfertigung, er habe zwar Mittelschule gemacht und Bücher gelesen, das sei aber nicht alles. Auf das Zuhören, wenn Bessere als er gesprochen hätten, habe er sich auch eingelassen. Der Herr Versicherungsagent sei ihm aber in nichts überlegen, wenn er auch sicher seine Verdienste habe. Für diese könne er ungeprügelt abziehen, wenn er es bald tue.

Kunibert Falkner tat es sofort und sagte nichts weiter. Esmaralda Nepalek reichte ihm bedauernd die Hand. In dem Schmelz ihrer Augen fühlte er lebhaftes Mitempfinden mit dem Unterlegenen. Stella Blumentrost streckte ihm beide Hände entgegen, aber er nahm sie nicht. Der Puppinger erfaßte seine schmale rechte Hand mit der eigenen klobigen und zerbrach sie fast. Kunibert mußte diesen Händedruck entgegennehmen, wiewohl er denselben weder erwartet noch gewünscht, ja mit dessen Vermeidbarkeit bestimmt gerechnet hatte. Er vermied es, noch etwas zu sagen, obwohl er doch noch einiges hätte sagen mögen. Er fühlte sich von allen benachteiligt, selbst von Esmaralden, bei der er wenigstens Mitleiden ins Spiel gebracht. Als er auf die kühle Straße gelangt war, stand sein Entschluß fest, Stella gar nicht mehr zu sehen, aber nach Tunlichkeit die Auszahlung des Betrages zu verzögern, den sie von der Versicherungsanstalt zugesagt erhalten hatte. Vielleicht würde er auch die von ihr gezeichnete Abfindungserklärung nicht demnächst abgeben. Dann müßte sie sich wieder an ihn wenden. Bald darauf verwarf er allerdings den soeben gefaßten Entschluß, faßte auch schließlich keinen anderen an dessen Stelle und blieb entschlußlos. Dazwischen sah er Esmaraldens vollausgebildete und schöngeformte Brüste als zusätzliche Verlockung vor sich und stellte sich anheim, ein anderes Mal zu kommen, wenn auch viel später, aber gerade noch zurecht. Keiner sei schließlich für immer Sieger. Auch den Gymnasialmatrosen würde er bei nächster Gelegenheit ausstechen dürfen.

Diese Nacht verbrachte aber die Stella bei ihrem Matrosen, allerdings in Gemeinschaft mit Esmaralda Nepalek. Beide Frauenspersonen haben sich nicht über mangelnde Aufmerksamkeit beklagt, waren daher offenbar mit ihrem gemeinsamen Mann zufrieden. Dieser ließ die beiden am Morgen im Bette, während er selbst die Einkäufe besorgte und sich dann auch als Koch produzierte, mit um das Haupt gebundenem Handtuch anstatt des üblichen Hutes. Er sah nicht orientalisch aus, aber doch komisch. Man war ihm selbst für diese Geste dankbar. Das Essen, welches er herbeischaffte und zubereitete, hielt man für köstlicher als das am Vortag von Kunibert bestellte. Über denselben sprach kein Mensch, auch nichts mehr von der Versicherungssumme. Am Morgen des Tages, an dem er ging, ließ Harald aber der Stella Geld zurück und meinte, die Versicherungssumme werde wahrscheinlich nicht so bald eintreffen, er kenne das und kenne nunmehr auch diesen Kunibert. Die Stella müsse sich außerdem nach einem Beruf umsehen, und die Esmaralda möge einen solchen in der Stadt annehmen, die beiden könnten ja zusammen wohnen. Für immer werde ihr Geld nicht reichen. Irgend etwas müsse man tun, um durchzukommen, auch wenn man einmal einen Treffer bei der Lotterie oder durch Erbschaft mache. Die Haushaltungsschule tue der Stella gut.

Es ist kaum zu glauben, daß Stella die Mahnungen des sonst gar nicht sittlich aufgelegten Kraftmenschen besonders ernstnahm. Doch fuhr diesmal der männliche Besucher allein zurück und nahm Stella tatsächlich an einem der nächsten Tage einen Posten als Stenotypistin an und Esmaralda, die bei ihr geblieben war, einen solchen als Schneidergehilfin. Da sie beide aber nicht taugten oder keine Lust zur Arbeit hatten, waren sie nach acht Tagen wieder untätig beisammen. Sie vertrugen sich im übrigen weiter ganz gut. Weil aber der Harald nicht mehr bei ihnen erschien und die Esmaralda kaum hoffte, Arbeit zu erlangen, fuhr sie zu ihrem Vater zurück, der vermutlich an ihr Ausbleiben gewöhnt, dieses nicht mehr verübelte. Die Stella aber versuchte angeblich in weiteren Kursen, die ihr fehlenden Kenntnisse für die Büroarbeit zu erwerben, und besuchte auch die Haushaltsschule, dies alles, als ob sie sich nun doch wieder auf die Abschiedsworte Harald Puppingers hätte besinnen wollen oder auch, was wahrscheinlicher ist, weil die Versicherungssumme nicht eintraf und Haralds Geld zusammen mit ihrem restlichen nicht ewig währen würde. Denn tatsächlich, als sie die erwartete Abfindung wirklich bekam, besuchte sie weder die Haushaltungsschule mehr, noch lernte sie sonst etwas und bewarb sich auch um keinen Posten.

Wie in der Folge niemand von ihren bisherigen Gästen sich wieder meldete, fuhr die Stella auf kurzem Wege zu Harald, aber mit den üblichen Verkehrsmitteln und ohne vorher in ihrem Hotel abzusteigen. Diesmal war die Esmaralda nicht mit, die sie kaum hatte verständigen und vielleicht auch gar nicht hatte mitnehmen wollen. Der aufgesuchte Liebste öffnete nicht gleich, und die Blumentrost glaubte schon, die Springreise umsonst unternommen zu haben. Als sich der Mannsbär schließlich an der Türe zeigte, fühlte sie sich schon glücklich. Er unterließ alle Einleitungen und zog sie zu sich auf das Sofa, auf dem er bisher gelegen hatte und auf das er sich auch zurücklegte. Er kleidete sie erst gar nicht aus, noch wartete er ab, daß sie selber dies tue. Es genügte ihm, die einschlägigen Stellen freizulegen, an denen er das Mädel durch unmittelbare Einwirkung genoß. Darauf schien er ihrer überdrüssig und schlief in ihrer Gegenwart ein. Vielleicht kam ihm nicht einmal zum Bewußtsein, mit wem er es jetzt getrieben hatte. Die Stella wartete lange Zeit vergeblich auf Wiederaufnahme der Beziehungen oder wenigstens Beachtung. Da nichts von beidem erfolgte, ging sie wieder weg und fuhr nach Hause. Daraufhin ließ sie zunächst nichts mehr von sich hören und hörte auch selbst nichts von ihm.

Es mußte sie im übrigen wundernehmen, daß bei ihren bisherigen Exkursionen, die mitunter nicht unter Einhaltung der erforderlichen Vorsichten stattfanden, keine Schwangerschaft erfolgt war. Sie durfte sich weiter fragen, warum sie noch immer auf Puppinger so großen Wert legte, der sie seinerseits nicht gehörig schätzte, aber den andern darben ließ, der zumindest sehr verdienstvoll gewesen war und auf die Leistung von Gegendiensten Wert gelegt hätte. Jedenfalls will sie sich in der Folge gehalten haben, wiewohl sie das Geld mit vollen Händen ausgab, auch während des Faschings Bälle besuchte, alle ihre Studien abbrach und keinen Beruf ergriff. Sie las eine Anzahl Bücher, was Mädel sonst hierzulande nicht häufig tun. Doch besuchte sie auch ihre Nachbarinnen und klatschte mit denselben, wie es üblich ist. Es wurden ihr zeitweise Burschen vorgestellt, die sich zum Zeitvertreib und Geschlechtsverkehr geeignet hätten. Es soll aber keiner ihr Interesse erregt haben. Die vorletzten Zeilen ihres Tagebuches, das sie nurmehr fallweise führte, berührten dieses Problem. Für sie sei

»das« etwas Entscheidendes, sei es alles. Die Burschen und Männer in diesem Land seien nur halb viril. Der Trieb wäre nicht einmal eindeutig vom Harnlassen unterschieden. Sie würde es einem erlauben, der gar nicht danke sage. Es müßte aber ein Mann sein, nicht einer, der nur das Organ für mehrfache Verwendung trage. Um Kunibert tue es ihr auch nicht leid. Bezahlen wolle sie nicht mit »dem«. Sie sei keine Hure.

Danach hat die Blumentrost bis zum letzten Tag vor ihrem Verbrechen nichts mehr in ihren Blättern notiert. Der Umfrage nach ging sie immer seltener aus und meist nur, um Einkäufe zu besorgen. Sie mußte aber eine ganze Menge unnötigen Kram angeschafft haben, denn ihre Barschaft schwand ständig. Schließlich wurde sie angeblich von Kopfschmerzen geplagt. Aufzeichnungen hierüber machte sie zwar nicht, doch beklagte sie sich häufig. Sie mußte auch dem Kunibert Falkner bestimmt begegnet sein, denn er wohnte nicht allzuweit von ihr. Trotzdem weiß keiner von solchen Treffen, und sie selber hat auch nichts darüber verlautbart. Als die Kopfschmerzen ganz arg wurden, konsultierte sie auch einen Arzt. Dieser beriet sie häufig, weil er nicht über eine Krankenkasse notdürftig bezahlt wurde. Er half ihr aber nicht, sei es, weil er die Ursache des Übels nicht festzustellen in der Lage war, sei es, weil er kein Interesse hatte, auf ihre pünktlichen Zahlungen zu verzichten. Nachdem er sie einmal ganz ausgezogen und an nicht für ihre Leiden in Betracht kommenden Stellen befühlt und besehen hatte, blieb sie endgültig aus und begab sich in Behandlung einer Ärztin. Diese ließ sie gewöhnlich lange warten und schrieb schließlich ihre Zustände ungestilltem Verlangen zu. Doch verlangte es die Stella damals angeblich nach nichts.

Vor ihrem sechsten Besuch bei Puppinger traf wiederum die Nepalek bei ihr ein. Sie war angeblich abermals auf der Suche nach einer Stellung gewesen und hatte nichts dergleichen gefunden, obwohl vielerlei zu finden gewesen wäre. Sie blieb dann zwei Tage und zwei Nächte bei ihrer Freundin, ohne daß eine hinreichende Begründung hierfür gegeben wurde. Am dritten Tage brachen die beiden wollüstigen Wallfahrerinnen zu Harald Puppinger auf. Derselbe mußte diesmal bereits auf ihren Besuch vorbereitet gewesen sein. Er hatte das Beste und Bekömmlichste zu ihrer Speisung und Tränkung angesammelt. Das Mahl wurde bis in die Nachtstunden ausgedehnt, und er wartete ab, bis sich die Genießenden selber in die Lage versetzten, sich auf den Genuß durch ihn umzustellen. Es mußte alles dabei gewesen sein, was zur Auskostung und Verfeinerung der Mannzuweibfreuden beitragen konnte. Sie hatten keinerlei Wünsche übrig, und ihre Befürchtungen, den äußeren Status der Nachjungfernschaft kaum ohne Mehrverkörperung behalten zu dürfen, stiegen zusehends. Der Matrose, welcher nicht nur vermögend, sondern auch Hasardeur war, blieb zuversichtlich oder unbekümmert. Es wurde noch ein nächster Treffpunkt besprochen, aber in fernerer Sicht zu einer Zeit, da Stella ihre Geldmittel würde völlig verschwendet oder zumindest für nicht durchleuchtete Zwecke verausgabt haben.

Am Abend vor diesem Tage, der auch sonst noch für beide Mädel und einen Dritten von entscheidender Bedeutung sein sollte, langte plötzlich ohne vorhergehende Ankündigung, aber mit einem Blumenbukett ausgerüstet, Kunibert Falkner bei Stella Blumentrost ein. Er sagte, daß es jetzt zu spät sei, um überhaupt noch von Dankbarkeit zu reden, aber vielleicht nicht zu früh, um darauf aufmerksam zu machen, daß es noch einen gebe, mit dem man immer rechnen dürfe. Wer der eine sei, brauche er wohl nicht zu sagen. Er bat die Blumentrost, ihn diesmal nicht abzuweisen und über Nacht bei sich zu belassen, er würde sie nur anschauen und ihr nichts tun. Das sei schon sehr viel, wenn er auch für später auf alles hoffe. Mehr wurde angeblich nicht gesagt. Die Stella billigte ihm, wie behauptet wird, gar nichts zu. Überdies traf Esmaralda ein, die wiederum in der Stadt war und dies nicht aufklären konnte oder wollte. Sie brachte außerdem ein Billett von Harald Puppinger mit, welches lautete, sie habe sich in ihr bekannten Sachen so verdient gemacht, daß ihr die menschenfressende Göttin gebühre, sie werde ihr das nächste Mal zukommen.

Sei es nun, daß sie das Billett oder die Ergebenheit des Falkner so erfreute, sie brachte nebst ihrem vorletzten Essen ihre allerletzten Getränke zum allgemeinen Verbrauch. Falkner, der irgendeiner Bemerkung entnahm, daß es mit Mitteln nicht sehr gut stand, schlug ein Pfänderspiel vor, in dem er allerdings vielleicht zu gewinnen trachtete, aber unter anderem auch seine Börse und Brieftasche einsetzte. Er gewann aber in einem fort. Zu vorgeschrittener Stunde, als die Mädel schon benebelt schienen, setzten zuerst Esmaralda und dann auch Stella Kleidungsstücke und Wäsche ein und blieben schließlich so nackt, wie sie Kunibert wahrscheinlich haben wollte, und schämten sich nicht. Da leistete er den vermessenen Schwur, er würde die ganze Nacht neben ihnen bleiben, ohne sie anzurühren, wenn sie ihrerseits so ausgezogen verharrten, wie sie gegenwärtig seien, sie möchten nun schlafen oder wach sein. Und als Stella eine Garantie verlangte, meinte er, sie könne ihn mit dem Wagenheber erschlagen, wenn er anzüglich werde. Auf ausdrückliche Veranlassung Stellas brachte er das von ihm angeführte Instrument auch alsbald aus seinem Kofferraum heraus. Die Mädel aber lagen unbekleidet auf den Ehebetten und begaben sich nach seiner Ankunft sogar in äußerst verfängliche Lagen. Der Wagenheber lag allerdings zwischen beiden. In ihrer Anschauung und sichtlich schlaflos verbrachte Kunibert die Nacht bei beiden, wie er es ursprünglich nur von einer verlangt hatte.

Es ist anzunehmen, daß die Tortur des Kunibert fast so ausgiebig war wie die des Tantalus, der die seine nicht so freiwillig auf sich genommen hatte. Wiewohl die Mädel nach den gegebenen Darstellungen auf ihrer Weigerung beharrten, außer dem äußeren Anblick noch weitere Gestattungen einzuräumen, versagten sie es sich zunächst, sich anzukleiden, da ja Kunibert ihre Kleider und Wäschestücke gewonnen hatte. Ja, die Esmaralda ging nackt, wie sie war, an den Gasherd, um das Mittagessen zu bereiten, zu dem Falkner allerdings nicht mehr eingeladen war. Dieser aber, welcher sich nunmehr verspätet und unausgeschlafen in sein Büro begeben mußte, versuchte nur Lob für seine Enthaltsamkeit zu erlangen, gab das Gewonnene zurück und wollte am Abend, aber nicht bloß zum Schauen, wiederkommen. Es wurde ihm gesagt, daß die Damen nicht frei seien und ihn verständigen würden, wenn er wiederkommen könne. Darauf wollte er wenigstens einen Kuß haben, bekam aber angeblich keinen.

Die Mädel lachten anfänglich über den standhaften Liebhaber, dann aber schrieb Stella ihre letzten Aufzeichnungen ins Tagebuch. Kunibert Falkner habe sich durch das zum Mann gemacht, wodurch andere keine Männer seien. Er würde daher ein anderes Mal vielleicht Gehör finden. Jetzt gehe sie zu Puppinger, aber wer weiß, wie es weitergehen werde. Sie habe das Gefühl, daß es bald anders komme. Sie glaube, sich nicht zu täuschen. Der Wagenheber sei eine gute Waffe. Bei dieser Konstatierung dürfte die Stella unterbrochen worden sein. Sie legte das Tagebuch in ihrem früheren Mädchenzimmer an jenen Platz, an dem es vor den Eltern verborgen gehalten werden sollte. Dort wurde es auch bei der Erhebung gefunden.

Am späten Nachmittag traten die beiden Mädel die verabredete Fahrt zu Puppinger mit Bahn und Autobus an. Der Zug hatte gehörige Verspätung, weil ein Kind überfahren wurde. Der Autobus wartete nicht, und auch der nächste wurde noch versäumt. Sie gingen daher eine ziemliche Strecke zu Fuß. Als sie ankamen, fanden sie nach ihrer Behauptung das Haus verschlossen. Sie warteten dort noch eine Weile, aber niemand kam. An diesem Tage aber hatte die Stella Geburtstag, und den wollte sie feiern. Dem Gewinner ihrer Kleider und Wäsche hatte sie freilich nichts davon gesagt. In einem Wirtshaus, das ziemlich billig war und dessen Inhaber Eberhard Murl hieß, verlangte sie zu essen. Sie aß nicht wenig, aber vorwiegend billiges Zeug, denn sie war ausgehungert und mit nur ganz geringfügigen Mitteln versehen. Die Nepalek aß mit ihr, zum Teil von ihrem Teller. Sie bestellte sich auch zu trinken, angeblich um mit der Blumentrost auf deren Geburtstag anzustoßen, allerdings bloß Bier, und diese trank auch, aber nur ganz wenig. Als sie die Zeche bezahlten, blieb für die Rückfahrt Stellas kaum etwas. Da beschlossen die Mädel, beisammen zu bleiben und die Reise zu Stella gemeinsam per Anhalter zurückzulegen. Soweit, was vom Vorleben der Stella Blumentrost feststeht.

Was hinwiederum die Esmaralda Nepalek anlangt, so war sie im Wohnhause ihres Vaters so schlecht und recht aufgezogen worden. Ihre Mutter Barbara, geborene Wyklacil, soll sich sehr über das Kind gefreut haben. Da sie aber bei der Geburt starb, dürfte ihre Freude nicht lange gedauert haben, wenn sie überhaupt echt war, denn es handelte sich immerhin um das vierzehnte Kind, noch dazu nach einer längeren Pause. In Anbetracht ihrer Mutterlosigkeit gab Sebastian Nepalek seiner Tochter kein zweckmäßiges Beispiel, insbesondere nicht in der Zeit, in der seine spätere Lebensgefährtin abwesend war. Denn er vergnügte sich dann des öfteren mit Kundinnen, die nicht oder nicht sofort zahlen konnten und nahm das Beisein seiner noch schulpflichtigen Tochter unbesehen in Kauf. Das mag dieser den Eindruck verschafft haben, sie dürfe auch nicht allzu widerspenstig sein. Als daher der Lehrer Hieronymus Elfgleitner, welcher den erkrankten Katecheten vertrat, ihr einen Einser in Religion zusicherte, wenn sie von ihm nach der Stunde Studienbeihilfe durch Griffe zwischen ihre Schenkel annehme, entschied sie sich moralisch unbekümmert zu dieser Gewährung. Überdies entnahm der hilfreiche Lehrer dort nach mannigfachem Suchen nur eine Handprobe und schritt nicht zum eigentlichen Akt. Sie war aber in Glaubensfragen gesichert, obwohl sie hätte nicht angeben können, wer wem bei Emmaus erschienen war.

Im übrigen erzählte sie von dem Erlebnis später ihrem Vater, der sie sogleich gehörig auf das von ihm entblößte Hinterteil schlug, sogar mit einer von dem früher im Hause gehaltenen Hund hinterlassenen Peitsche, sodann einen Brief an die Schulleitung abfaßte, der aber entweder nicht abgesendet wurde oder falsch adressiert war. Denn der Lehrer blieb und hielt an seinen Gebräuchen fest, bis der Katechet wieder gesund wurde, was spät genug der Fall war.

Der nächste Fall ihrer entweder ererbten oder erlernten Betätigung geschlechtlicher Art ereignete sich bereits in andern als geistlichen Dingen. Der Zweitbeteiligte war ein sechzehnjähriger Bauernbursche namens Thaddäus Zwölfaxinger. Sie hatte damals kaum das zwölfte Lebensjahr erreicht. Ihre Entjungferung fand auf dem Schulnachhauseweg im April auf einer Wiese statt, wo sich auch noch gewisse Blutspuren ergaben. Da es ihr damals nicht gefiel, wollte sie angeblich keine Wiederholung. Trotzdem kam es zu deren mehreren an verschiedenen offen oder versteckt gelegenen Stellen des wenig bebauten Gebietes. Die Vorfälle wurden von mehreren Leuten gesehen, aber nicht angezeigt. Der Vater Zwölfaxinger war außerdem der wohlhabendste Landwirt im Orte.

Der sechsundvierzigjährige Fremdarbeiter Milan Filipowitsch klopfte die beiden aus einem Busch heraus. Er war nicht in der Ortschaft beschäftigt, hatte aber das Mädchen aus der Schule kommen gesehen. Daher drohte er dem Zwölfaxinger mit Anzeige, wenn er ihm nicht das Kind zu gleichartiger Behandlung überlasse. Der Bursche, welcher Unannehmlichkeiten befürchtete, beredete Esmaralden, den Fremden zu erhören, weil sonst die ganze Ortschaft von ihrem Treiben erfahre und sie in die Fürsorge komme. Daraufhin willigte sie ohne nennenswerten Widerstand ein, wobei sie ihre Beine noch hinter demselben Busche auseinandertat.

Als aber der fremdländische Landarbeiter sie am nächsten Tage vor der Schule abpaßte, hatte sie sich die Sache bereits anders überlegt. Sie fand einen Stecken im Hofe und schlug ihn damit ins Gesicht. Auch sagte sie ihm nun ihrerseits, daß sie ihn anzeigen werde, was sie schon am Vortage hätte tun können. Der Lehrer Elfgleitner, welcher sie beobachtet hatte, erklärte ihr später, man dürfe auch die Ausländer nicht geringschätzen, sie seien fern von ihrer Heimat. Sie nahm sich aber seine Belehrung angeblich nicht zu Herzen. Doch gehörte sie aus freien Stücken noch mindestens fünf bis sechs Male dem

Zwölfaxinger, wobei sie ihn aber veranlaßte, mit ihr unter Dach zu gehen, so daß er hinfort Scheunen benützte. Als sie aber nicht mehr zur Schule ging, machte sie mit ihm Schluß. Auch rückte er dann zum Bundesheer ein.

Der sechsunddreißigjährige Landwirt Oberhartinger hatte sie mehrmals auf der Straße beobachtet, wie sie ging, und auch einiges von ihrem Vorleben munkeln gehört. Als sie schon nicht mehr den gesetzlichen Schutz der Unmündigen genoß, machte er ihr den Vorschlag, mit ihr eine Jause, d.i. Nachmittagsmahlzeit, einzunehmen. Sie ging darauf ein, obwohl sie im Kaffeehaus nur Kaffee und Kuchen bekam. Erasmus Oberhartinger, dem vor kurzem die Frau gestorben war, lud sie dann zu sich ein, und sie sagte ihm nicht ab. Dort entkleidete er sie vollständig und nahm von ihr drei Male Besitz. Dann sagte er ihr, daß sie es sehr gut verstehe und am nächsten Tage wiederkommen möge. Sie kam aber angeblich nicht mehr.

Sie war schon sechzehnjährig, als sie an einem Winterabend die Speisekarte in einem Restaurant des nächsten größeren Markts studierte, wo sie ein Kleid aus des Vaters Werkstatt abgeliefert hatte. Der Huf- und Wagenschmied Nikodemus Pschuderich, welcher dort eingekehrt war und bereits sechzig Jahre alt wurde, klopfte ihr durch das Fenster. Sie kam zwar nicht, lächelte aber zurück. Der Wagenschmied zog sie hinein und an sich. Dann spendierte er ihr ein ganzes Nachtmahl. Das war mehr als das, was sie bisher erhalten hatte, doch machte sie sich angeblich nicht sehr viel daraus. Sie wollte wohl gern einmal fein essen, aber nicht viel. Sie ging dann mit dem Alten auf dessen Zimmer, doch zeigte er sich hierauf im Bette als geringer Könner. Als er von ihr wollte, daß sie sein untauglich gewordenes Werkzeug ihren Lippen einordne, verweigerte sie dies und ging davon. Nachträglich wurde sie vom Wachbeamten Hans Niedermeier angehalten und gefragt, ob sie es gewerbsmäßig mache. Sie schrie sehr viel, wurde auch angehalten, aber schließlich doch losgelassen, anstatt der Fürsorgeerziehung übergeben. Nach ihrer Angabe, die allerdings von dem Gendarmen nicht bestätigt wurde, hatte sie dieser zwischen Türe und Angel mißbraucht. Er sei allerdings zu keinem vollständigen Genuß gelangt, weil inzwischen sein Chef erschienen wäre. Er habe diesem gegenüber dann bemerkt, daß gegen das Mädel nichts vorliege.

Nach diesen weiteren Fällen will die Esmaralda Nepalek bis zu ihrem achtzehnten Lebensjahr keinen Liebhaber genommen haben. Sie arbeitete zu dieser Zeit meist bei ihrem Vater, manchmal auch in Wäsche- und Schneidergeschäften zur Aushilfe, aber selten lang. Es wird ihr für diese Zeit liederlicher Lebenswandel nicht nachgesagt, sogar behauptet, daß sie kalt und abweisend gewesen wäre. Mit ihren fallweisen Kameradinnen vertrug sie sich allerdings. Gleichgeschlechtliche Neigungen waren ihr für diese Zeit nicht nachzuweisen.

Franz Josef Przinsky war schon mit fünfzig Frührentner geworden. Seine Frau, die bereits nahe der sechzig stand, hatte ein kleines Haus und etwas Barvermögen in die Ehe mitgebracht. Sie hielt sich selten zu Hause auf, da sie eine große Familie besaß, insbesondere Kinder aus früheren Ehen, die sie in allen Teilen des Bundesgebietes aufsuchte. Die Invalidität des Mannes war infolge eines Kopfschusses eingetreten, der ihn zuweilen zu sonderbarem Verhalten veranlaßte, auch für in Betracht kommende Ausdauer bei der Arbeit untauglich machte, aber sonst bei seiner Lebensführung dem äußern Anscheine nach nicht sonderlich beeinträchtigte. Dieser Herr hatte schon Wäschestücke von der Händlerin bezogen, bei welcher die Esmaralda zum Weißnähen, aber auch zur Kundenbedienung eingestellt war. Er war dann allerdings bei dem Schneider erschienen, in dessen Werkstatt sie für Damenbekleidung arbeitete, und hatte sich schließlich auch bei ihrem Vater eingefunden, sobald Esmaralda in dessen Betrieb zurückgekehrt war. In allen diesen Fällen war von ihm versucht worden, die Nepalek zu einem Gespräch mit ihm zu veranlassen, das über fachliche Dinge hinausging, doch hatte er nie den richtigen Anschluß gefunden, selbst wenn er nach Ladenschluß auf sie wartete. Angeblich ekelte es sie der Kopfverletzung halber vor ihm.

Przinsky hatte aber, wie er sagt, anläßlich seiner Besuche in der Werkstatt des Sebastian Nepalek die Beobachtung gemacht, daß dessen Lebensgefährtin, die nur selten in dem Betriebe des Schneiders mitarbeitete, aber doch hie und da dort erschien, vielleicht um den Schneidermeister gegenüber seiner weiblichen Kundschaft in Schutz zu nehmen, mit der dort zumeist mitarbeitenden Esmaralda nicht ganz einverstanden war, so daß sie es gewesen sein mußte, die den Vater veranlaßte, das Mädchen auf anderen Dienstplätzen unterzubringen, von denen sie dieser jedoch nach wenigen Tagen zurückholte. Er konnte allerdings nicht beurteilen, ob es väterliche Zuneigung oder der Mangel an unbezahlter Arbeitskraft war, welcher den Sebastian Nepalek zur jeweiligen Rückversetzung des Mädchens in den Betrieb anspornte, oder sogar eine Wachsamkeit über ihr sittliches Verhalten. Dagegen war es dem Przinsky mit Leichtigkeit möglich, festzustellen, daß alle diese Gründe bei Gisela Nemec, der Lebensgefährtin des Mannes, durchaus nicht vorlagen und daß sie manches dafür gegeben haben würde, die Tochter ihrer legitimen Vorgängerin gar nicht mehr bei sich zu haben. Es war ihm auch von anderer Seite Nachricht zugekommen, daß die letzten der noch übrigen wesentlich älteren Geschwister Esmaraldas nicht ohne ihr Zutun außer Haus gelangt waren, auch soweit sie, als sich das Mädchen noch in sehr zartem Alter befand, in Fürsorgeerziehung kamen.

Er nahm sich daher einmal ein Herz, als sich die Nemec allein im Laden aufhielt, um mit ihr über den erzieherischen Mißerfolg der seinerzeit zu Hause untergebrachten Kinder zu sprechen, was die resolute Frau allerdings mit dem Bemerken abtat, daß seit damals lange Zeit verstrichen sei. Er meinte dann, daß er gehört habe, die Esmaralda hätte vor einiger Zeit etwas mit einem alten Schmied gehabt und sei deshalb sogar von einem Gendarmen abgefangen worden, dem man auch nichts Gutes nachsage, wofür er sie losgelassen habe. Die Lebensgefährtin erwies sich aber als unterrichtet und meinte, da könne man heute nichts mehr machen, auch komme das Mädchen bald in das Alter, in dem es die Fürsorge gar nicht mehr nehme, selbst wenn das nicht so lang zurückliegen würde. Nun meinte Przinsky, seine Frau sei meistens verreist, da brauche er wen, der ab und zu auf die Wirtschaft sehe, auch auf ihn, er würde es sich was kosten lassen, wenn er weiter keine Scherereien habe. Gisela Nemec meinte, das Mädel sei eine ganz gute Schneiderin, die einige Posten hätte haben können, der Vater brauche sie aber im Betrieb, da gebe er sie sicher nicht für ein paar Groschen als Dienstmädchen her.

Daraufhin meinte der Vorsprecher, er selber sei Kopfschüßler und wenig geeignet, für die Sauberkeit des Haushaltes zu sorgen, wenn er auswärts sei. Er brauche auch wen, der gut aussehe, daß er sich nicht ekeln müsse. Es genügten ihm zwei bis drei Stunden Arbeit an jedem dritten Abend, wenn seine Frau gerade nicht da sei. Das Mädel müsse allerdings auch nett zu ihm sein. Er zahle eine ganze Menge, denn er werde sie wie ein Familienmitglied halten, er habe seine volle Rente und Geld von der Frau. Für den ersten Monat zahle er fünftausend an, die könne die Frau Nemec nach Belieben verwenden. Sie müsse nur dafür sorgen, daß alles glatt gehe und man ihn nicht mit weiteren Ansprüchen behellige. Im nächsten Monat zahle er wieder etwas, mindestens seine ganze Rente und was seine Frau ihm als Taschengeld gebe. Es bleibe noch genug, aber man müsse sich dann damit zufriedengeben und nicht hinterher Vorwürfe oder Reklamationen anbringen, wenn einmal etwas schiefgehe. Nun soll die Nemec allerdings eine Zeitlang zwischen Honorigkeit und Annahme des Angebotes geschwankt haben. Sie ließ sich aber dann angeblich schriftlich geben, daß der Gast allmonatlich fünftausend bis zum 15., an dem er die Rente bekomme, bezahlen werde. Er setzte allerdings dazu: »oder etwas weniger«, weil die Rente nicht ganz so hoch sei, der Rest komme von seiner Frau und treffe vielleicht nicht zeitgerecht ein. Die Nemec nahm nun zwar das Geld und legte es in einem Umschlag beiseite, erklärte aber darauf, sie müsse auch noch mit ihrem Mann sprechen und sich beim Gericht erkundigen, ob er nicht als Kopfschüßler vielleicht entmündigt sei. Sie habe das von Leuten gehört, auf das lasse sie sich nicht ein. Przinsky zeigte sich noch immer etwas besorgt und meinte, man sollte ihm auch noch strikte zusagen, daß, wenn mit dem Mädel etwas passiere, er damit nichts zu tun habe. Die Nemec versetzte aber noch, was solle denn passieren. Wenn er das Mädel umbringe, komme er ins Kriminal, sollte er es aber nur anbumsen, d.i. befruchten, so habe sie eine Schwester, die sich darauf verstehe, wie man mit so was fertig werde, man werde das Mädel keinen Bankert austragen lassen. Hierauf entfernte sich der Kopfschüßler befriedigt.

Es ist nicht nachzuweisen, daß Sebastian Nepalek von dem hinterlegten Gelde etwas bekam. Eine Untersuchung dieser Sache während der Verjährungszeit hat nicht stattgefunden. Erst einige Zeit später kleidete sich Frau Gisela Nemec merklich mondän. Aber unmittelbar nach diesem Vorfall behandelte sie die Esmaralda liebenswürdig und gab ihr von Zeit zu Zeit einen Leckerbissen, bis sie dieselbe so weit hatte, daß sie an einem Abend nach Arbeitsschluß bei Przinsky zu Aufräumarbeiten erschien. Es war allerdings ein sehr schwüler Tag, und sie schreibt es diesem Umstande zu, daß sie deshalb keine Unterwäsche trug.

Sie habe sohin, mit keiner Hose versehen, in einigen Zimmern gearbeitet. Der Wohnungsinhaber sei ihr zwar überallhin gefolgt, habe sie aber sonst nicht belästigt. Zuletzt sei sie auch ins Schlafzimmer gegangen, habe die Türe dahin verschlossen und sich sodann über das Bett gebeugt, um es zurechtzumachen. In diesem Augenblick habe sie plötzlich etwas zwischen ihren Schenkeln gespürt. Der Mann mußte katzenartig eingetreten sein und hatte offenbar auch die Türe, die sonst quietschte, ohne jede Lärmerregung geöffnet. Sie habe sich gar nicht so schnell umdrehen können, als er »seins«, offenbar das entsprechende Organ, bei ihr von hinten drinnen gehabt habe. Von da ab habe sie sich nicht ausgekannt, was sie noch machen solle, der Mann sei so hitzig und so bärenstark gewesen. Er habe sie überall gepackt, und sie sei auch aufs Bett geworfen worden. Sie sei von ihm nicht mehr losgelassen worden, bis er sie noch ein anderes Mal drangekriegt hätte. Sie habe da gar nichts machen können. Angeblich ist sie gleich darauf aus der Stube gestürzt und zu ihrem Vater zurückgekehrt. Der sei aber ins Wirtshaus gegangen. Es wäre nur die Gisela Nemec dagewesen, der hätte sie sich nicht anvertrauen wollen. Die Nemec habe sie übrigens so komisch angesehen und habe gelacht, wie sie ausgeschaut habe. Da habe sie auch gewußt, daß sie sich bei der nicht hätte beschweren können und auf den Vater gewartet und geweint, weil der nicht gekommen wäre. Sie sei dann eingeschlafen, und der Vater selbst noch am Morgen heillos betrunken gewesen. Sie selber trinke auch gern ab und zu ein Gläschen, aber selten viel mehr als für einen leichten Schwips nötig sei.

Jedenfalls weigerte sie sich in der Folge, Dienstleistungen bei Przinsky zu versehen, obwohl ihr die illegitime Stiefmutter zuredete und ihr sogar vor Augen führte, die Sache würde sich für sie lohnen, der Herr sei bereit, entsprechend viel vorauszubezahlen. Daß schon etwas bezahlt sei, wurde nicht gesagt. Allerdings erwähnte angeblich die Nepalek auch ihre Bearbeitung durch Przinsky mit keinem Wort.

Gegen das Wochenende erschien aber derselbe Herr, diesmal von seiner Frau begleitet, und lud sie in deren Gegenwart zu einer Autofahrt ein, an welcher die letztere in ihrer Eigenschaft als Lenkerin teilnehmen sollte. Angeblich versicherte die Gattin dem Vater, dem Esmaralda noch immer nichts berichtet hatte, obwohl sie dies in der Zwischenzeit schon längst hätte tun können, ihr Mann, der ein äußerst harmloser Mensch sei, habe ihr erzählt, daß ihm die Esmaralda im Haushalte beigestanden hätte, aber dann ausgeblieben wäre. Wenn Esmaralda sich vor ihm fürchte, müsse sie dies als grundlos bezeichnen. Ihr Mann sei trotz seiner erheblichen Kriegsverletzung durchaus ungefährlich. Esmaralda könne ihm ruhig aushelfen. Sie als Ehefrau habe dagegen gar nichts einzuwenden, zumal sie den Franz Josef als verläßlich und anständig kenne.

Es wird behauptet, daß alles Zureden der Frau Claudia Przinsky, zuzüglich der von ihrem sonstigen Verhalten abweichenden einschmeichelnden Einwirkungen der Frau Nemec, die sich sogar zum Streicheln der von ihr plötzlich Verwöhnten verstieg, zunächst nicht ausreichten, die Esmaralda Nepalek zum Einsteigen in den Wagen zu bewegen. Sie tat dies aber doch, sobald der Vater erklärte, sie müsse gehorchen, ihm liege an der Familie viel. Als dies schließlich den Ausschlag gab, stieg Esmaralda neben der Frau des bevorzugten Kunden ihres Vaters ein, während der Kunde selbst sich im Fonds der Limousine niederließ. Die Fahrt verlief anstandslos, und das Mädel wurde an deren Endziel entsprechend bewirtet. Obwohl es dann heimgehen wollte, veranlaßte Frau Claudia es noch, ihnen zu einem kurzen Nachtmahl Gesellschaft zu leisten. Während des Essens läutete aber das Telephon, und die Gattin des Vorausbezahlers wurde angeblich zu ihrem kranken Sohn berufen. Da sie den Abendzug noch benützen konnte, packte sie eilends ein paar Sachen zusammen, bat das Mädchen, noch zu bleiben, obwohl es angeblich dies gar nicht wollte, und ging, statt den Wagen zu benützen, zum Bahnhof. Der Mann wartete nach der späteren Schilderung Esmaraldas ab, bis sie gespeist hatte, und war sehr zufrieden, daß sie danach das Geschirr reinigen wollte, wobei er sie zwar begleitete, aber noch in Ruhe ließ. Er verlangte daraufhin, daß sie das Bett mache, was sie ablehnte. Dann, habe er erklärt, wisse er nicht, wofür er das viele Geld bezahlt habe. Angeblich wollte nun die Esmaralda näheres erfahren, er aber meinte, er glaube nicht, daß man ihr alles verschwiegen habe, im übrigen könne man es auch auf dem Kanapee machen. Sie will nun eindeutig sein Angebot zurückgewiesen und weitere Aufklärungen verlangt haben. Er mochte aber solche nun nicht mehr geben und ließ es auch zu, daß sie sich zum Abgang bereitmachte. Vorher wollte er ihr noch einen Hasen zeigen, den er in einer kleinen Kammer untergebracht hatte. Sie lehnte zunächst ab, das Tier zu besichtigen, zumal sie sich überhaupt nicht sehr für Vierfüßler, insonderheit kaum für Hasen interessierte, doch folgte sie ihm trotzdem in die Kammer. Diese war eng und schmal. Er legte ihr nahe, sich zu bücken, da das Kaninchen unten wäre. Er benützte aber dann nach ihrer unbestätigten Angabe ihre gebückte Stellung, um ihr abermals, diesmal allerdings nur mit der Hand zwischen die Schenkel zu fahren und ihr die Hose, die dort war, mit Gewalt wegzuziehen. Nach ihrer Darstellung ist es zu einem erbitterten Kampf gekommen, bei dem sie jedenfalls nicht geschrien habe, angeblich um Aufsehen zu vermeiden. Auch unterlag sie offensichtlich, denn Franz Josef drang schließlich doch zum Endergebnis naturgerecht in sie ein. Allerdings wurde kurz darauf die Türe aufgerissen, an der er halb lehnte, und seine Frau kehrte zurück, weil sie, wie sie später behauptete, etwas vergessen und nun doch mit dem Auto hätte fahren müssen. Sie schien im übrigen nicht sehr erstaunt über das, was sie sah, schrie nicht, ergriff aber eine Rute, die über der Türe hing, und bestrich mit dieser den bloßgelegten Hintern Esmaraldas, während ihr Gatte sich nicht einmal die Mühe nahm, seine Tätigkeit an dem Mädel abzubrechen. Später bekam er allerdings einen Nervenanfall, der mit seinem Kopfschuß zusammenhing, und wurde von der Frau, die ihre Abreise zum Sohn verschob, vorerst in eine Klinik gebracht, welche er erst nach mehreren Monaten verließ. Der Nepalek war aber ihre Beteuerung, sie habe sich mit Franz Josef nicht einlassen wollen, nicht geglaubt worden. Ihre Bemerkung wurde von ihm immer wieder unterbrochen, bis er Schreikrämpfe bekam und keiner verständlichen Äußerung mehr fähig war. Danach lief sie weg und ließ sich nicht mehr blicken. Ihrem Vater sagte sie auch diesmal von ihrem Erlebnis kein Wort. Sie wartete ab, daß die Frau kommen würde. Das geschah aber nicht. Nach seiner Rückkehr aus der Klinik ließ sich Przinsky zeitweise in der Schneiderei des Nepalek sehen. Die Esmaralda hatte aber kein Auge für ihn, auch war sie nicht mehr zu bewegen, ihm bei der Wirtschaftsführung behilflich zu sein. Angeblich sagte er einmal der Nemec, er habe viel mehr vorausbezahlt, als er erhalten habe. Auch für eine Schwangerschaft, die es nie gegeben habe, hätte er voraus berappt. Die Nemec soll ihm darauf gesagt haben, es habe alles viel mehr gekostet, als er sich träumen lasse, er sei auch nicht entmündigt und daher verantwortlich für das, was er tue, und er wäre mit dem Mädel sehr gemein gewesen, und wenn das noch heute rede, sei er erledigt. Darauf redete Przinsky erst auf die Nachforschungen der Obrigkeit, die Vorgeschichte des Mordfalls anlangend. Seine Angaben wurden von der Nemec nicht bestätigt. Von der Einleitung eines Verfahrens gegen weitere Personen war abgesehen worden.

Es steht nicht fest, ob sich Esmaralda nach ihrer Entgleisung mit dem vierten oder fünften Mann gefragt hatte, wozu sie überhaupt auf der Welt sei. Doch ließ sie sich auch ohne diese Selbstbefragung alsbald mit dem sechsten und siebenten ein.

Knapp bevor die Nepalek ihr achtzehntes Lebensjahr vollendet hatte, wurde deren Vater von dem fast fünfzigjährigen, aber gepflegten und gutaussehenden Vertreter Xaver Picadeli aufgesucht, der gleichfalls verheiratet war, aber seine Frau auf dienstliche Ausfahrten nicht mitzunehmen pflegte. Als der Vater Sebastian Nepalek ganz kurzfristig seinen Laden verließ, um etwas aus dem Magazin zu holen, hatte Picadeli schon mit dem Mädchen das Einverständnis zu einem Stelldichein im Gasthaus seines vorübergehenden Quartiers hergestellt, wohin es sich auch tatsächlich nach Geschäftsschluß begab, obwohl in demselben sowohl es als auch seine Familie bestens bekannt war. Es wurde Esmaralden daselbst nur ein geringfügiger Imbiß angeboten, doch trank sie mehr, als sie zu vertragen schien. Dennoch ging sie erst in einem Augenblick, in dem Wirt und Kellner, anderweits abgelenkt, auf die beiden nicht achthatten, mit ihrem neuen Liebhaber auf dessen Zimmer, wo sie keinen Anstand nahm, nach vollständiger Entkleidung dem ihr erst vor vier Stunden bekannt gemachten Mann hintereinander viermal zu gehören und dazwischen durch entsprechende Zungen- und Lippenbewegungen den sonst nicht hinlänglich waffenstarken Liebhaber zur Durchführung seines Vorhabens in den Stand zu setzen. Danach hinterließ ihr der Vertreter allerdings eine Fahrkarte erster Klasse nach dem Ort, an dem er wohnte, und von dort wieder zurück, um es beim nächsten Stelldichein nicht so weit zu haben. Er mietete sie zeitgerecht in einer Herberge ein, damit er sie nicht in seine Wohnung nehmen müsse, in der sich übrigens seine Frau Euxenia aufhielt. Trotzdem verlief die Begegnung nicht zum erwarteten Vorteil. Der Vertreter, welcher häuslicher Mißverständnisse halber verspätet erschien, war von seiner Partnerin diesmal auch nicht durch emsigste Benetzungen aufzurüsten. Als er schließlich nach schlappem Versagen das Hotel verließ, war er außerdem von seiner Gattin ertappt worden, welche vor dem Tore auf ihn wartete. Immerhin blieb Esmaralda geschickt und glückbegünstigt genug, an der Nachforschenden vorbei und von dieser unbeanstandet zu entkommen. Eine weitere Zusammenkunft mit Xaver Picadeli fand angeblich nicht mehr statt.

Auf der Rückfahrt lernte sie aber den Balduin Brunnenkrügler kennen, der von der Nachtschicht heimkam, ebenfalls eine Frau hatte, aber nur sechsunddreißig Jahre alt war. Mit diesem besprach sie ein Zusammentreffen für ihren bevorstehenden achtzehnten Geburtstag im Nachbarort, in dem er ausstieg.

Die Anschrift jedoch, die er dem Mädchen gegeben hatte, war nicht seine eigene, sondern die eines unverheirateten Kameraden Bruno Urzinger, der um die gleiche Zeit arbeitete, als der andere frei war, weshalb das Quartier zur Verfügung gestellt werden konnte. Da der Arbeiter ziemlich unter Zeitdruck stand, um seinen Dienst an der Maschine nicht zu versäumen, mußte die Dauer der Vorbesprechungen, des Tortenessens und der Weinzufuhr sowie des Rum-mit-Teenachtrinkens entsprechend gekürzt werden. Da das Mädchen aber langsam und wenig aß und nicht so schnell trank, als es Balduin für zweckmäßig hielt, begann er es schon bei der Mahlzeit zu entkleiden, was diesem damals nicht gefiel, weshalb es ihm plötzlich eine Absage erteilte. Seinen Bitten und Beschwörungen zeigte es sich angeblich ebenfalls nicht willfährig. Als Brunnenkrügler begann, sich auf seine stärkeren Hände und Beine zu verlassen, entwich es sogar aus der Wohnung und irrte eine Stunde in der Straße umher, in der es aber offenbar nächtlicherweile angestänkert wurde. Es begab sich dann auf den Bahnhof, bekam aber angeblich den Zug nicht mehr, der in der Gegenrichtung zu der vor einigen Tagen genommenen fahren sollte. Doch hätte ganz spät einer noch kommen müssen, aber den verschlief es, da es auf dem Bahnhof einnickte. Es wurde schließlich von einem Bahnorgan geweckt, als die Lichter ausgelöscht wurden, und gleichzeitig befragt, ob es denn kein Quartier im Orte habe. Darauf beteuerte es, daß es eines hätte und kehrte wieder dorthin zurück, von woher es vordem geflohen war. Auf starkes Klopfen wurde ihm erst spät geöffnet. Es war aber der Mann an der Türe nicht mehr Balduin Brunnenkrügler, der bereits seinen Dienst angetreten hatte, sondern schon Bruno Urzinger, der die Schicht mit ihm getauscht hatte. Das war ein Bursche von vierundzwanzig und trug einen sauberen Pyjama. Daher kam es das Mädel offenbar nicht an, den Partnertausch erst zu genehmigen, der sich ohne viel Rückfragen ergab. Erst gegen Mittag brachte es auf dessen Wunsch der angeblich erst siebente Liebhaber nach Hause zurück. Er hatte es acht Male gehabt, und alle Male durchaus normal, aber auch mit wenig Vorsicht. Er holte es in der Folge mit dem Wagen jede Woche einmal ab, wahrscheinlich hatte er noch ein anderes. Ab und zu bewirtete er es vorher mit kaltem Imbiß und Zigaretten, so daß es sich vorübergehend das Rauchen angewöhnte. Alkohol gab er ihm nicht. Die Beziehungen bestanden durch sechs Monate. Als es schwanger zu sein vermutete, brach er die Zusammenkünfte ab.

Ob eine Schwangerschaft tatsächlich vorlag und wie sie im Vorliegensfalle wieder beseitigt werden konnte, ist ungewiß. Gisela Nemec, welche in einer früheren Sache, noch vor Durchführung des Verfahrens zur Empfängnis, dem zur Liebhaberei Bereiten im voraus Abhilfe durch Entlastung des

Mutterleibes ihrer Ziehtochter in Aussicht stellte, mußte die von großzügigerem Gönner im voraus gewidmeten Beträge nicht unbedingt zur Tilgung von Schuldspuren eines Nichtzahlers anwenden. An ihre Bereitwilligkeit zu solchem Ausgleich ist vielmehr kaum zu glauben. Daher mag es schon eher sein, daß die erwarteten Folgen auch diesmal unterblieben oder noch bei Beginn ihres Auftretens durch kostenlose oder billige Eingriffe zu bewältigen waren.

Nach dieser Zeit lernte der Bruder Esmaraldas, mit Namen Ottokar Nepalek, den Svatopluk Krumgerad kennen, welcher aus der tschechoslowakischen Volksdemokratie zugezogen war und seither im deutschen Wesen aufging. Beim Biertrinken legte der erstere Wert darauf, dem letzteren zu erzählen, daß er daheim eine bildhübsche Schwester habe, welche er zwar nie gesehen, weil er sein Elternhaus vor deren Geburt im Wege zwangsweiser Kindesabnahme verließ, von deren erfreulicher Entwicklung nichtsdestoweniger der Ruf bis zu ihm gedrungen sei. Und wie er auch noch den Namen Esmaralda nennen konnte, blieb Svatopluk, der Journalist war und sich für einen Dichter ausgab, ganz angeregt von dieser Nennung, so daß er, um besseren Gleichklang herzustellen, den Nachnamen, wie er sagte, von Nepalek in Nepperlein zurückverwandelte. Darum entschloß sich schließlich Ottokar, den fremden hochgebildeten Herrn in sein früheres Elternhaus zu führen. Dies würde er vielleicht in noch nicht hinreichend angetrunkenem Zustand nicht getan haben, denn er stand in keinerlei Verbindung mit seinem Vater, seitdem er in Fürsorgeerziehung geraten und bei fremden Leuten aufgewachsen war. Der Vater Sebastian, welcher sich an diesem Tage ganz nüchtern fühlte und emsig arbeitete, war über das unangesagte Auftauchen seines längst aufgegebenen Sohnes wenig erbaut. Die Tochter allerdings, die bereits seit einiger Zeit des Liebhabers entbehrte, nahm gerne die Einladung an, mit dem blonden Zeitungsschreiber und ihrem unblonden Bruder im Kleinauto des Journalisten eine Ausfahrt zu machen. Mit besagtem Vehikel hatte dessen Inhaber bereits sieben Polizeistrafen sowie drei gerichtliche auf sich genommen. Dennoch führte er den hilfsbereiten Bruder damit in die drittnächste Ortschaft, in welcher dieser wohnte, behielt aber die Schwester weiter an seiner Seite, bis er bei fortgesetzter Fahrt einen anderen Kleinwagen streifte, worin er zwar unrecht hatte, das mitgenommene Mädchen aber schimpfend für ihn Partei nahm.

Der in seinem Wagen Gestreifte sowie in seiner Ehre verletzte andere Fahrer, Fred Brummelsteiner, nahm nicht nur Gelegenheit, die Schadensumstände und Generalien seines Widersachers zu behördlicher Kenntnis zu bringen, sondern notierte auch noch gesondert Vor- und Zunamen des Mädels, um gegen dieses im Privatanklagewege einzuschreiten. Erst hierauf ließ er die beiden in minder hartgesottener Verfassung auf der Strecke zurück, wo diese den Vorfall beredeten, bis die Dunkelheit eintrat. Erst bei überwiegender Finsternis erkühnte der Journalist wiederum, entledigte sich unter glühenden Liebesbeteuerungen seiner Hose, um dieselbe nicht zu beschmutzen, weil sie ziemlich neu war, zog sodann Esmaralden mit sich außerhalb des Wagens, um dessen Polsterung zu schonen, und warf sie auf die angrenzende Wiese, woselbst er sie nur an der unbedingt erforderlichen Stelle entblößte und nach schneller Erledigung seines Vorhabens wieder sich selber überließ. Er schrieb dann allerdings eine Novelle mit dem Titel »Der Fund«, in welcher er sie zunächst einem Freunde zuordnete, dem er sie erst nach Ringen auf Leben und Tod abgewinnen konnte. Außerdem verfaßte er einen Artikel für eine Zeitschrift nationaler Gesinnung, in dem er sich über die liebenswerte Bereitschaft deutscher Frauen verbreitete. Um aber auch der gegenteiligen Auffassung in dieser Angelegenheit bei deren nüchterner Betrachtung Ausdruck zu verleihen, schrieb er, freilich erst eine Woche darauf, für ein weitverbreitetes unparteiisches Blatt noch eine andere Abhandlung zur Frage der Einstellung slawischer Volksteile in Liebessachen. Dabei fand er, daß die tschechischen Mädel sich allerdings zu schnell mit Herren einließen und sich nicht einmal die Mühe nähmen, sich gehörig auszuziehen. Ein Bekannter habe dies unter anderem mit einer gewissen Emerentia N. neben seinem Auto und der Straße auf einer Wiese erlebt. Die Esmaralda Nepalek erhielt ein Exemplar dieser Zeitung erst gleichzeitig mit ihrer Vorladung als Zeugin in Sachen Krummgerad wegen Gefährdung der körperlichen Sicherheit, sowie als Beschuldigte in jener des fremden Autofahrers Fred Bummelsteiner gegen sie selbst wegen Übertretung gegen die Sicherheit der Ehre. Sie erinnerte sich sohin keines entlastenden Umstandes im Verfahren gegen den Journalisten, der aber dennoch freigesprochen wurde, weil demselben der früher geschädigte, aber inzwischen entfertigte Bummelsteiner milder gesinnt war. Dagegen belasteten beide in ihrem Prozesse Esmaralden, und sie erhielt auch dreihundert Schillinge Geldstrafe, wollte aber dem Krummgerad auch nicht gegen Versprechen der Zahlung dieses Betrages ein anderes Mal gehören, schützte vielmehr Unwohlsein vor und entzog sich sogar einschlägiger Kontrolle. Dafür erfuhr sie nie von der Novelle und dem Lob gefügiger deutscher Frauen. Die Geldstrafe aber zahlte Vater Sebastian nach Versetzung ihrer Wintergarderobe.

Durch das Begebnis mit Krummgerad ist aufgezeigt, daß sie vor dem gemeinsam mit der Blumentrost begangenen Morde sehr wohl als Autoliebchen, wenn auch außerhalb des Wagens gedient hatte, ohne gegen den, welcher sie als solches benützte, in irgendeiner Weise tätlich geworden zu sein, ja daß sie um ihres späteren Benützers willen sogar eine Privatanklageübertretung gegen die Ehre eines anderen beging, für deren Kosten sie nunmehr aus eigener Tasche aufzukommen hatte. Allerdings wurde sie, als sie das Geld an das Gericht aufgab, am Schalter eines Herrn ansichtig, der sich als letzter angestellt hatte, aber von den Nachkommenden noch zurückgedrängt wurde und sich dies gefallen ließ, vielleicht weil er von zahlreichen Paketen belastet war. Es handelte sich um einen Mann von mittlerer Größe, sehr bescheidenen Umgangsformen, der nach der Schrift sprach, gut gekleidet war und dessen nähere Familienverhältnisse sich als geordnet annehmen ließen. Als die Esmaralda ihre eigene Zahlung aufgegeben und wiederum nach dem verdrängten Aufgeber sah, stieß diesen gerade ein nicht ganz nüchterner Kutscher nieder, der eben erst die Türe zum Postamt geöffnet hatte. Die Nepalek hob dem Gestrauchelten die entfallenen Pakete auf und bemühte sich um ihn, ob ihm nichts gebrochen oder verstaucht sei, wobei sie auch noch den Mut fand, zu veranlassen, daß der Name des fremden Kutschers festgestellt werde. Da sich herausstellte, daß der Arm auf der linken Seite des Paketinhabers nur locker herabhing, war auch ein Arzt zu holen, und sowie sich herausstellte, daß der Armbeschädigte nicht von hier stammte, machte sich die Esmaralda nach Aufgabe von den Paketen des Mannes erbötig, ihn bei sich verarzten zu lassen. Vielleicht dachte sie dabei auch an das Geschäft ihres Vaters. Wahrscheinlich aber dachte sie nur an sich selber.

Der Fremde, der Johannes Binsenschmied hieß, von Sebastian Nepalek gut empfangen wurde und bei diesem gleich einen Anzug bestellte, den er gerade brauchte, erwies sich als Gemeindebeamter und war vom herbeigerufenen Arzt als linksarmbrüchig festgestellt und in ein Spital in der Bezirksstadt überwiesen worden, damit ihm das Gebrochene geschient werde. Er nahm dankbar die Hilfe der Esmaralda an, mit ihm im Rettungsauto zu fahren und schonend seine Mutter zu verständigen, die alt und gebrechlich wäre und mit der er zusammen wohne, weil er nicht verheiratet sei. Der Vater Sebastian hatte nichts gegen diese Begleitung einzuwenden, da der Anzug bestellt war und sich vielleicht noch familienrechtliche Geschäfte abwickeln ließen. Mutter Kunigunde Binsenschmied wurde von Esmaralda indessen in schonender Art in Kenntnis gesetzt, wo deren Sohn sei und daß derselbe ehebaldigst ärztlich versorgt ins Haus gebracht werde. Die greise und gebrechliche Frau bat das Mädchen, noch eine kurze Zeit zu bleiben und mit ihr den Sohn gemeinsam abzuholen.

Es erwies sich nunmehr aber auch, daß der junge Mann ebenfalls eine Verletzung am Sprunggelenk des rechten Beines erlitten hatte, für die man außerdem Vorsorge treffen mußte. Es wurde ihm daher Bettruhe verordnet und seine Aufnahme ins Spital in Vorschlag gebracht. Die Mutter aber wollte ihn zu Hause haben, obwohl sie nicht sicher war, ihn bei ihrer Gebrechlichkeit gehörig versorgen zu können. Pflegepersonen aber bekam man nicht leicht. Sie wagte nicht, Esmaralden zu fragen, ob sie sich für solche Dienste zur Verfügung stelle. Diese aber bot sich sogleich selber hierzu an, obwohl sie nicht vom Fache wäre. Die Augen des jungen Mannes glänzten dankbar, und er griff mit der heilen Rechten nach der gleichgeordneten Hand der Hilfsbeflissenen. Danach wurde er heimtransportiert, aber unter kassenärztliche Aufsicht gestellt.

Da die Nepalek wissen wollte, warum Johannes Binsenschmied sich in ihre Ortschaft begeben und dort zahlreiche ziemlich schwere Pakete am Postamt aufgegeben habe, erklärte er ihr, daß er in der Bezirksstadt zwar nur dem Bauamte zugeteilt sei, aber in seiner Freizeit archäologischen Studien obliege. Nun hätten sich in ihrer Gegend in letzter Zeit eine Anzahl von Funden ergeben, die von privater Seite ohne Absicht gemacht wurden und auf sehr frühe Besiedlung schließen ließen. Es sei ihm nun gelungen, einige solcher Geräte und Scherben aufzutreiben, und er habe sie nach gehöriger Begutachtung gleich von Ort und Stelle aus an Gelehrte gesandt, sowie teilweise an behördliche Organe, die mit der Aufklärung weiterkommen könnten als er. Einiges sei noch in der Fundliegenschaft verblieben, das wolle er Esmaralden bitten, ihm noch herbeizuschaffen, damit er es nach Kräften selbst untersuche. Er erkundigte sich im übrigen nicht nach ihrem Vorleben, auch nicht nach ihrem sonstigen bisherigen Treiben, und selbst seine Mutter unterließ Befragungen in diesem Belange, wenigstens vorläufig, doch bestand sie darauf, daß der Vater Sebastian von ihrem Bleiben bei ihr und ihrem Sohn sofort in Kenntnis gesetzt werde und dies genehmige, wenn auch die Esmaralda bedeutete, daß sie nun bald neunzehn werde.

Sebastian Nepalek hatte nichts dagegen, daß das Mädchen

eine kurze Zeit ausbleibe, lange werde der Mann wegen Sprunggelenks und Armbruchs wohl kaum einer Pflegeperson bedürfen. Er trug aber seiner Tochter auf, nicht billig zu sein, da man Geld brauche. Dieselbe hatte aber, wie sie sagt, vor, gar nichts zu verlangen, ja auch freiwillig Gebotenes nicht anzunehmen, vermutlich um Mutter und Sohn mehr zu verpflichten.

Trotzdem fiel es ihr schwer, sich in die Familiengewohnheiten des Hauses Binsenschmied einzufügen. Es handelte sich um Rohköstler, die außerdem Vegetarier waren, und obgleich sie mit Essen nicht sehr verwöhnt war und sich auch nicht als gefräßig erwies, kam es sie dennoch hart an, sich auf bloßen Genuß rohen Gemüses und Obstes umzustellen, das zur kalten Jahreszeit überdies nur schwierig und in nicht immer gut konserviertem Zustande aufzutreiben war, wennselbst eine große Kühltruhe von der Vorsehung bereitgestellt worden.

Dagegen fand sie sich damit ab, daß der Kranke zu ihr nur in Worten zärtlich war und alles übrige späterer, vielleicht legitimer Verbindung vorbehielt. Wahrscheinlich lag ihr selber nunmehr daran, den Versuch zu unternehmen, plötzlich bürgerlich zu werden, und sei es bei Verschweigung alles dessen, was sie bisher betroffen hatte. Sie hätte sich allerdings sagen müssen, daß der Mann, spätestens bei Rückkehr zu seinen archäologischen Fundstellen, auch über sie Genaueres herausfinden würde, selbst ohne danach zu suchen.

Im übrigen eröffnete ihr Binsenschmied, daß er zwar fünfundzwanzig Jahre alt sei, aber noch nie mit einem Mädchen etwas gehabt habe. Er sei immer bei seiner Mutter geblieben. Einmal hätten ihn wohl betrunkene Kameraden zu Alcoholicis verführt und dann zu schlechten Mädchen gebracht. Er habe aber plötzlich trotz Rausches gesehen, was man mit ihm vorhatte, und sei noch rechtzeitig entwichen, bevor er eine Geschmacklosigkeit begangen hätte. Er trinke und rauche seither auch gar nicht mehr. Es mag nun zwar stimmen, daß sich Esmaralda das Ideal eines Mannes nicht in dessen völliger Enthaltsamkeit vorgestellt hatte, doch war sie vielleicht der

Ansicht, gerade einen solchen um so eher in ihren Hafen zu bringen, als er weniger als andre fragen und noch weniger herausbekommen würde. Vielleicht auch fühlte sie sich mit ihren bisher zehn Beischlafpartnern noch nicht als schlecht genug, um von dem elften dafür verachtet zu werden, wenn sie diesen so weit bekäme. Die Pflege wurde jedenfalls beendet, bevor es selbst zu einem Kuß gekommen wäre. Auch befand sich die Mutter meistens in der Nähe der ihr aus verschiedenen Beweggründen Gewogenen. So kam es schließlich zum Tag der Abreise Esmaraldens, und dabei ergab es sich, daß der zurückhaltende junge Mann, als die Mutter doch für einen Augenblick aufbrach, um ein Abschiedsgeschenk zu bringen, dem Mädchen einen Kuß auf die Lippen drückte, den sie glühend erwiderte. Da fragte er an, ob er sie nicht einmal abholen dürfe, er komme ohnehin, um den Anzug noch einmal zu probieren. Sie erledigte seine Anfrage bejahend.

Am Besuchs- und Abholungstage erschien Johannes Binsenschmied mit Blumen für die Nepalek und einer großen Schachtel Bonbons für die Nemec. Letzteres Gastgeschenk sah zwar nicht rohköstlich aus, war aber offenbar von den Speisegesetzen zugelassen oder für Nichteingeweihte ausgenommen. Sebastian Nepalek hatte seinen besten Anzug geschaffen, bei dem nur der eine Ärmel entsprechend herabhing, der einen gebrochenen Arm hätte freigeben sollen. Dieser mußte noch umgenäht werden. Inzwischen entfernte sich Johannes mit Esmaralden. Er führte sie durch die freie Natur bis zu den Fundorten archäologisch interessanter Bruchstücke und Ganzsachen, die glücklicherweise weit außerhalb des bewohnten Gebietes lagen, wohin sich die Nepalek mit früheren Liebhabern nicht begeben hatte. Es konnte angenommen werden, daß der Grundbesitzer sie nicht einmal vom Hörensagen kannte. Als der Mann in das Gehöfte eintrat, um etwas zu holen, war sie einen Augenblick unschlüssig, ob sie mitkommen oder draußenbleiben sollte. Sie entschloß sich aber für das letztere. Johannes kam mit der Tochter des Besitzers heraus, welche Barbara Wettel hieß und ihr von früher wohlbekannt war. Diese hatte sogar in der kurzen Zeit, da sie in Arbeit gestanden war, einmal einen Auftrag ihrer Mutter überbracht. Ob sie über Esmaralda Näheres wußte, konnte diese allerdings weder ausschließen, noch annehmen. Jedenfalls begleitete das Mädchen nun die beiden, und zwar zum Bahnhof, wobei sie in einer großen Schachtel jene Funde trug, die der nunmehr verhinderte Liebhaber nach Hause mitnehmen wollte. Die Esmaralda legte Wert darauf, mit der anderen im Tragen abzuwechseln, wenn sie glaubte, daß die Besitzerstochter müde sei, oder sonst aus Gründen der größeren Nützlichkeit. Ja, sie machte sich erbötig, den Binsenschmied in die Bezirksstadt zu begleiten, damit er nicht mit seinen kaum genesenen Gliedern so schwere Last zu bewältigen habe. Obwohl er versicherte, daß er auch ein Taxi vom Bahnhof nehmen könne, nahm er dennoch zögernd das Angebot des Mädchens an, wenn sie diese Bürde unbedingt tragen wolle. Als sie aber bei seinem Wohnsitz anlangten, versuchte er sie zu verabschieden, weil seine Mutter heute nicht zu Hause sei und es sich wohl nicht schicke, daß ein junges Mädchen sich allein mit einem gesunden jungen Mann in dessen Zimmer aufhalte. Sie aber meinte, sie vertraue ihm in allen Stücken, und sie glaube nicht, daß zwischen ihnen je etwas vorfallen werde, das nicht der Natur und dem Herkommen entspreche. Er verstand sie zwar nicht recht, hielt aber ihre Aussage für eine Übereinstimmung mit seinen guten Vorsätzen und ließ sie demgemäß in seine Wohnung ein. Sie aßen dort eine vorgekühlte Birne und einen nichtgekühlten Apfel mitsammen und tranken dazu Mineralwasser. Dann spielten sie Domino. Als aber ein Stein neben ihrem Fuß niederfiel und sie auch das andere Knie vorstreckte, berührte er unbedacht beides.

Wie er nachträglich den Fall darstellte, wurde er durch die von ihm nicht beabsichtigte Berührung von Fuß und Knie des Mädchens sozusagen elektrisiert. Damit ist offenbar gemeint, daß er sich von dieser Berührung nicht befreien konnte, ja daß er sich sogar zu weiteren Handgreiflichkeiten veranlaßt fand. Es ist als sicher anzunehmen, daß die Dame der ihm aufgezwungenen Wahl das Ihrige dazu beitrug, um ihn an ihrer Außenfläche haften zu lassen und ihn sogar stillschweigend zu weiterem Vordringen zu ermuntern. Jedenfalls gelangten auf diese Weise beide zum Sturz und befanden sich so auf dem Fußboden. Aus Schonung für seine jüngst gebrochenen und gezerrten Gliedmaßen wußte es aber Esmaralda so einzurichten, daß sie unten auf den Teppich zu liegen kam, während er auf ihre Weichteile gelangte. Dort fand er sich offenbar dank ihrer Unterstützung allmählich zurecht, und noch ehe die Mutter nach Hause gekommen war, wurde auf dem Parkette die natürliche Vereinigung vollzogen. Da er sich bei dieser Gelegenheit verletzte, kam es ihm auch so vor, als ob er sie entjungfert hätte, und sie ließ ihn bei seinem Glauben, indem sie dies nicht bestritt. Daher glaubte er, sich sofort mit ihr verloben zu müssen, wozu er als Mann von Ehre unbedingt genötigt sei. Auch dem widersprach sie keineswegs.

Trotz dem nur durch moralische Bedenken beeinträchtigten Wohlgefallen, das er aus seiner Handlung vermeintlicher Verführung bezog, wiederholte er das, was einmal geschehen war, nicht auch noch ein folgendes Mal, sondern sorgte dafür, daß sie beide dort, wo sie sich entkleidet oder ihre Kleider zumindest gelockert hatten, den vorigen Zustand wiederherstellten. Und als seine Mutter schließlich ankam, überraschte er sie mit der Mitteilung, daß er sich mit Esmaralden Nepalek soeben verlobt habe und nun nur noch bei ihrem Vater um ihre Hand anhalten müsse. Nach Vorliegen von dessen Einwilligung werde man bei diesem Verlobung feiern, wie er es für richtig halte. Die Mutter wunderte sich zwar über die Schnelligkeit seines Entschlusses, ebenso wie sie sich wunderte, das Mädchen als in ihrer Abwesenheit eingelangt bei sich vorzufinden. Trotzdem stimmte sie dem Entschlusse des Sohnes zu, obwohl weder er noch sie entsprechende Erkundigungen über die Person der Braut angestellt hatten und dieselbe offenbar auch kaum aus ebenbürtiger Familie stammte. Anscheinend hatte die Nepalek es also sogar verstanden, die Mutter in ihren Bann zu ziehen, wenngleich der Sohn dieser erst später zweideutig versicherte, er habe jetzt Verpflichtungen gegenüber der Esmaralda, abgesehen davon, daß er sie liebe. Daraus seien nur die ernstesten Folgerungen zu ziehen, nämlich die der ehelichen Verbindung.

Wenn nun auch Esmaralda Nepalek allen Grund hatte, befriedigt von ihrem elften Liebhaber wieder nach Hause zu fahren, und der Tag des Verlobungsfestes mit dem der Abholung des Anzuges zusammenfallen konnte, sowie mit der nachträglichen väterlichen Einwilligung, die für sicher gehalten werden konnte, so ließ sie sich dennoch im Eisenbahnwagen noch von einem Siebzigjährigen ansprechen, der zufolge fortgeschrittener Verkalkungsbehandlung mit Weineinspritzungen gut aufgelegt war. Es war dies Balthasar Grummet, ein Bauer außerhalb ihrer Ortschaft und unglücklicherweise für sie auch in der Nähe der archäologischen Fundstellen. Sie gewährte ihm zwar noch nichts, sprach aber durchaus frei mit ihm über geschlechtliche Angelegenheiten, so daß er bei zureichender Übersicht unschwer im Bilde über ihre einschlägige Einstellung sein konnte. Sie verabredete sogar ein Rendezvous in seinem Hause am Tage nach der von ihr beabsichtigten Verlobungsfeier, wobei sie nach ihrer späteren Darstellung allerdings nicht vorhatte, diese gegebene Zusammenkunft auch tatsächlich einzuhalten. Der Greis aber hatte jedenfalls die Verabredung ernstgenommen und sich mit ihr auch im Wirtshaus gerühmt, das nicht weit von dem Wettelschen Gute lag.

Inzwischen zeigte sich aber der Vater Sebastian über die Verlobungsabmachungen seiner Tochter sehr beglückt und nahm es ihr nicht mehr übel, daß sie die ganze Pflege des nunmehrigen voraussichtlichen Bräutigams umsonst durchgeführt hatte. Das Ausstellungsstück des Anzuges wurde zu dem von Esmaralda angegebenem Termin fertiggestellt und schon vorher die väterliche Einwilligung zur Verlobung mit den Worten erteilt, daß sich Vater Sebastian eine Ehre daraus mache, wenn aus Binsenschmied und Nepalek eine Familie werde. Die Verlobungsfeier war für den Tag der Fertigstellung des unguten Ärmels angesetzt und zu dieser nach dem Wunsche des Bräutigams sonst niemand geladen worden. Doch fanden sich im letzten Augenblick ein Vetter Alfons Hrbalek und dessen Schwester Helga Hrbalek ein, die eigentlich erst am nächsten Abend zu Gratulationszwecken hätten aufscheinen sollen. Wie nun der Bräutigam im Zuge war, von der Archäologie zu reden, war die Helga mit gewissen Ausdrücken darin beschlagen. Sie hatte das Gymnasium gemacht und dort einen Kollegen zum Freund gehabt, der ebenfalls in der in Betracht kommenden Wissenschaft gesprächig war. In der Folge saß die Hrbalek bald statt der Braut neben dem Bräutigam, wobei sie das scheue Mädchen und die erfahrene Fundprüferin in einer Person zu vereinigen wußte. Als Barbara Wettel auch noch zufällig auftauchte und ein paar neue Altertümer brachte, wußte die Hrbalek bei einem zufällig über dessen frühere Verwendung Bescheid und sprach bei anderen Funden verschwommen. Vergebens versuchte Esmaralda das Gespräch an sich zu ziehen. Der Vetter leistete seiner Schwester Assistenz, indem er behauptete, Esmaralden Grüße von drei Herren bringen zu sollen, mit denen sie auf das freundschaftlichste verbunden gewesen wäre. Er nannte erst den letzten, Bruno Urzinger, dann die beiden früheren Hinnehmer, Oberhartinger und Zwölfaxinger. Und dann legte auch noch die Barbara Wettel los und meinte, daß es schön sei, wenn die Braut auch das Alter ehre und sich sogar mit dem greisen und einsamen Balthasar Grummet ein Stelldichein gegeben habe. Da wollte auch die Mutter des Bräutigams einiges wissen und unterhielt sich mit dem Grußboten und der Verkündigerin von Neuigkeiten ein wenig abseits und verlangte dann nur noch von der Braut zu erfahren, ob das alles wahr sei. Als diese mit der Antwort zögerte, aber errötete und weinte, veranlaßte sie ihren Sohn zum Aufbruch nach Anzugszahlung und erklärte, daß diese Verlobung als aufgelöst zu betrachten sei, bevor noch der Bräutigam zu Wort gekommen war, der übrigens keinen Widerspruch im Sinne hatte. Die Wettel entfernte sich sodann nach ihrer Richtung, die Hrbalek ging aber mit Bräutigam und Bräutigamsmutter fort. Nur der aufschlußreiche Cousin blieb bei dem Schneidermeister zurück, dem er die Aufklärung gab, ein Bräutigam, der bei der Nennung gewisser Bekanntschaften auf Anraten seiner Mutter gleich die Verlobung abbreche, sei kein richtiger Mann, auch könne man die Vergangenheit unmöglich geheimhalten. Schließlich habe die Wettel den Ausschlag gegeben, denn die anderen Verhältnisse lägen weit zurück, das von ihr erwähnte aber stehe erst bevor und sei nach der Verlobung vereinbart worden. Vater Sebastian und Mutter Nemec sahen all dies erst ein, als der Vetter Anzugsstoffe zu billigsten Preisen zu liefern und auch die Cousine mit einem Platze, an dem sie gut verdiene, versorgen zu wollen versprach. Die Nepalek aber fühlte sich nicht getröstet und ging entrüstet weg.

Ihr Zorn richtete sich indessen weniger gegen den geschwätzigen Alten, der ihr künftiges Rendezvous verraten, auch kaum gegen die Wettel, welche die Nachricht weitergegeben und nicht einmal so sehr wider den Vetter, der ihr vollends den Garaus gemacht hatte, sondern in voller Stärke in Richtung der Helga Hrbalek, die durch archäologische und frischmädchenhafte Vortäuschungen den Bräutigam auf ihre Seite gebracht und so bei den späteren Zwischenreden mundtot gemacht hatte. Sie verabredete sich daher mit einer Arbeitskollegin, Nina Wismut, die sie während der kurzen Zeit, welche sie nicht beim Vater gearbeitet, kennengelernt hatte, um mit ihr zusammen der Hrbalek aufzulauern, wenn sie vom Bahnhof zurückkäme. Der Überfall wurde gleich besprochen und an einer nicht gut eingesehenen Stelle durchgeführt. Das fremde Mädchen lenkte die zu Verprügelnde ab, während die Nepalek auf deren Kopf einschlug. Auf die Hilferufe der Geschlagenen kamen fremde Leute herbei. Der Vorfall wurde von der Gendarmerie aufgenommen, zur Anzeige gebracht und führte zu dem schon erwähnten Verfahren wider die Nepalek, bei dem sie bedingt verurteilt wurde, obwohl die andere monatelange andauernde Kopfschmerzen als Unfallfolge behauptet hatte. Das ablenkende Mädchen wurde gar nicht bestraft. Esmaralda hatte den Versuch gemacht, aus Anlaß dieser Verhandlung in das Vorleben der Cousine einzudringen, zumal es hieß, daß diese nunmehr mit ihrem Exbräutigam Johannes verlobt sei. Das gelang ihr zwar nicht, wohl aber konnte sie aus der Vergangenheit derselben einen Vorfall nachweisen, bei dem die nunmehr von ihr Angegriffene, welche übrigens nicht ihre richtige, sondern nur eine angeheiratete Cousine war, als Kind auf den Kopf gefallen war, ohne sich sichtbare Verletzungen zuzufügen. Daraus schloß der Richter zwar auf die Härte des in Betracht kommenden Schädels, ließ aber auch durchblicken, daß sogar noch auf solchen Sturz zurückzuführende Kopfschmerzen denkbar wären.

Im übrigen hatte der Cousin, welcher richtigerweise der Bruder des Ehegatten einer leiblichen Cousine war, dem Vater Nepalek äußerst billige Stoffe zukommen lassen, wie er es versprochen hatte, sowie noch billigeres Material für Frauenkleider. Es war zwar nicht unbedingt auszuschließen, daß diese Gegenstände aus einem Einbruch oder Raube herrührten, an dem vielleicht der gesprächige Vetter, vielleicht auch nur dessen Bekannte und Freunde beteiligt gewesen waren, doch sind bei Vorhandensein der gelieferten Gegenstände nie Nachforschungen bei dem Schneidermeister angestellt worden. Weil nun der Vetter auch versprach, für das Mädchen einen Platz in der Großstadt ausfindig zu machen, auf dem es viel verdienen würde, befahl der Vater seiner Tochter, dem Vetter zu folgen, wobei er vielleicht auch noch dachte, daß sich damit auch das damals noch offene Verfahren betreffend dessen Schwester billig beilegen ließe. Der Vetter, der einen großen Wagen fuhr, an dem allerdings die Nummerntafel blau war, wie sie Monteure oder Reparaturwerkstätten für Probefahrten anzubringen pflegten, obwohl er keinem solchen Betriebe angehörte, brachte das Mädchen alsbald nach Wien in eine sehr gut eingerichtete Wohnung, in der freilich kein Stück zum andern paßte, wenngleich die Möbel alle wohl aussahen und die Wohnung geräumig schien. Dort tischte er ihr ein Abendessen auf, das köstlich war, und erhielt sofort den Besuch eines Herrn, den er als Anselm Stemminger vorstellte und der Photograph sein sollte. Nach dem Essen bedeutete er dem Mädchen, es müsse sich jetzt sofort ausziehen, man werde von ihr Photographien machen, der Herr habe mit dem Film zu tun und könne es dort unterbringen, doch müsse man dazu den Körper genau unter die Lupe nehmen, wie es vielleicht wisse. Sie wußte davon nur wenig, da sie nicht häufig ins Kino und angeblich nicht in Filme dieser Art ging, doch wurde sie von den Herren eingehend unterrichtet und anschließend auch nicht ohne ihre spätere Mitwirkung entkleidet. Man fand ihren Wuchs und ihre Erscheinung großartig und schritt sofort zu Photographien, die aber offenbar hauptsächlich auf die allerweiblichsten Stellen beschränkt blieben, welche noch dazu besonders hervorzuheben waren. Schließlich erklärte der Vetter, der sie immer in die geeigneten Stellungen brachte, wenn sie nicht von selbst in solche gelangte, er müsse jetzt mit ihr in körperliche Verbindung treten, auch dies sei für die Photographie notwendig, wenn auch sein Gesicht nicht gezeigt werde. Da sie zögerte, beförderte er sie unter Mitwirkung des Photographen auf das Bett, woselbst er sich mit ihr vereinigte, während der andere photographierte. Weil aber seine Art der Liebesauffassung von dem andern nicht durchaus gebilligt wurde, mußte er schließlich mit dem Mann an der Kamera Platz tauschen und selbst die Aufnahme bewerkstelligen, während der andere die zu photographierenden Stellungen einnahm. Esmaralda wollte angeblich protestieren, kam aber nicht dazu, wie sie sagte. Es ging alles so schnell, man machte mit ihr, was man wollte. Als sie sich ungläubig stellte, daß solche Nacktaufnahmen ein Filmengagement bewirken könnten, versprach man ihr sogar eine Anzahlung für einen der nächsten Tage, führte aber noch am selben Tag einige detaillierte Stücke mit zusätzlichen Obszönitäten vor. Das Ergebnis war, daß sie am Morgen völlig erschlafft im Auto nach Hause geschafft wurde, unterwegs aber ohne Photographie weitere Besitznahmen ablehnte. Im übrigen erhielt sie weder jemals Geld noch eine Empfehlung zum Film. Angeblich waren die Aufnahmen alle mißglückt und sollten wiederholt werden. Doch ahnten dies die beiden Protektoren anscheinend schon am Tage der Heimbeförderung, denn sie setzten das Mädchen weit vor dem Ziele ab und empfahlen ihm, den Restweg zu Fuß zurückzulegen. Als in späterer Zeit beide Photographen wegen anderer Delikte, nämlich Diebstahlsteilnehmung und Betrug, unter Anklage gestellt wurden, fand man pornographisches Material bei ihnen nicht vor. Wenn sie es nicht zwischenzeitig günstig an den Mann gebracht oder vernichtet hatten, so lag solches möglicherweise außerhalb ihres sonstigen Wandels und Handels und war das Manöver vielleicht nur vorgeschützt. Immerhin hatte sich Esmaralda Nepalek auch hier bereitwilligst zur Verfügung gestellt.

Als nun das Mädchen, mithin jedenfalls nicht ganz ohne sein Einverständnis mißbraucht, zu Fuß nach Hause zurückging, wäre es angeblich vor Scham am liebsten aus der Welt gegangen. Das tat es aber nicht, sondern ging sogar unterwegs zu dem greisen Balthasar Grummet, der es von seinem Anwesen aus sah und zu sich berief. Es bestand für es gewiß wenig Anlaß, den Greis überhaupt zu berücksichtigen, schon gar nicht jetzt. Hatte er dieses doch nebst andern Mitwirkenden zumindest mittelbar um dessen seinerzeitigen Verlobten gebracht und war es zuvor von zwei jüngeren Personen hinreichend, wenn auch unter fadenscheinigem Vorwand, in Anspruch genommen worden. Aber vielleicht kam es ihm eben darum gelegen, für eine allfällige zu besorgende Leibesfrucht einen möglichen Vater zu finden, den ja die ledigen Mütter aus mehreren aussuchen können, sofern die Blutgruppen stimmen und nicht nachträglich bei Heranwachsen des Kindes erbbiologische Enttäuschungen verursacht werden. Möglicherweise genügte es ihr aber auch, einen Zahler für eine zu bewerkstelligende Abtreibung zu erhalten. Sie selbst stellte die Sache allerdings so hin, als habe sie sich nach väterlicher Versorgung gesehnt, da ihr eigener Vater kein richtiges Verständnis für sie aufwies. Das Verständnis des Alten war übrigens eindeutig. Er schwatzte nicht einmal viel, bevor er sie in die gute Stube brachte. Väterlichkeit zeigte er wenig und behauptete, seine vierte Frau sei ganz jung gewesen und frühzeitig im Kindbett gestorben. Die anderen hätten ihre Sache gut gemacht und rechtzeitig das Zeitliche gesegnet. Die Kinder seien alle studiert oder wenigstens in die Stadt gegangen. Er suche jetzt dringend eine neue, der könne er auch den Hof hinterlassen, probieren müsse er aber schon vorher. Die Nepalek ließ ihn angeblich sein Weniges schwätzen, dann tischte er Geselchtes, d.i. Geräuchertes, auf. Es mußte auch eine Magd oder ein Knecht im Hause sein; auf dem Felde waren meist mehrere. Nach dem Essen fragte er die Nepalek, der er inzwischen halbgegorenen Most zur Verfügung gestellt hatte, ob sie nicht gleich mit ihm ins Bett gehen wolle. Sie wollte dies aber angeblich nicht. Dagegen erlaubte sie ihm doch wohl väterliche Eingriffe in ihre Innenwelt, und schließlich saß sie sogar auf seinem Schoß. Er biß mit seinen klapprigen falschen Zähnen in ihre bereits freigelegten Brüste, bis sie aufschrie. Dann handhabte er bei verändertem Sitz das Sporeneinsetzen im Ritt, wobei sie im Herrensattel saß. Er war im übrigen bald zufriedengestellt, fragte sie aber, ob sie bei ihm noch ein Mittagsschläfchen halten wolle, und erlangte Zustimmung. Bei demselben störte er sie übrigens nicht. Er kam erst, um sie zu wecken. Dabei tat er ihr nichts weiteres an, als daß er sie verschiedentlich beleckte und biß. Als sie wieder schrie, legte er seine Zähne ab. Sie ging verdrossen, und auch er sagte nichts von Wiederkommen. Doch wurde er Kunde bei ihrem Vater und ließ sich gleich einen Mantel für den Herbst und einen für den Winter machen. Er fragte aber nicht einmal nach ihr, sondern hoffte, sie auch ohne Anfrage zu treffen.

Sie arbeitete jedoch nunmehr in einem anderen Zimmer und wollte die Kunden nicht mehr sehen. Fast ein Jahr lang will sie jetzt mit keinem Mann zu tun gehabt haben. Während dieses Jahres heiratete die von ihr verletzte angeheiratete Cousine Herta Hrbalek den Johannes Binsenschmied. Der Vater Sebastian Nepalek überhäufte sie im übrigen mit Vorwürfen wegen ihres freigebigen Sexualverhaltens und schien auch zu wissen, daß mit dem Vetter etwas vorgefallen war, aber es zu keiner entgeltlichen Tätigkeit kommen konnte. Über den neuen Kunden, den ebenfalls mit der Tochter öffentlich in Zusammenhang gebrachten Greis, verlor er vorläufig kein Wort, ja schien hier sogar einen Ausweg zu sehen, wenn er ohne Namensnennung sagte, bei den Alten sei man wenigstens gut gehalten und habe auch etwas zu erhoffen. Daß die Esmaralda sich nunmehr in die Kammer zurückzog, fand er ganz in der Ordnung, zumal sie jetzt noch mehr arbeitete, und nicht nur an der Damenbekleidung, sondern bereits an der von Herren, welche ihm mehr eintrug. Erst gegen Ende des Jahres begegnete das Mädchen wieder dem zahnlosen, aber bissigen Alten auf der Straße. Er erklärte ihr, in der Zwischenzeit gar nichts über sie gesprochen zu haben, nicht einmal gegenüber dem Vater, bei dem er nun auch noch einen neuen Anzug für die Stadt sowie eine Landestracht nach Maß bestellt hatte. Er wolle sie unbedingt wieder haben und entweder heiraten oder in das Testament einsetzen. Sie ließ sich dann auch tatsächlich herbei, ihn dreimal zu besuchen, ging aber nicht mit ihm zu Bett, sondern gehörte ihm alle Male beim Aufreiten. Jedesmal bekam sie vorher Geselchtes und Most. Wein und Bier trank der Alte scheinbar nicht, doch rauchte er die Pfeife. Er biß sie nicht mehr, sondern hatte angeblich neue Zähne bekommen, die ihm ein besseres Gefühl gaben. Als sie ihn das vierte Mal aufsuchen wollte, sagte man ihr, daß er gerade gestorben sei. Ein Testament fand sich übrigens nicht vor, und seine Kinder, die nun alle anrückten, wußten nichts von Esmaralden oder wollten von ihr nichts wissen.

Ihr fünfzehnter Liebhaber hieß Harald Puppinger. Dieser war gerade dabei, sich sein neues Haus zu bauen und das alte seiner Eltern abzureißen. Man sprach im Dorf, daß er der wohlhabendste Mann weit und breit sei, obwohl er gar keinem Erwerb nachging. Sein Erbteil von den Eltern sollte beträchtlich gewesen sein, beträchtlich auch die Ausbeute seiner Abenteuerfahrten nach der Matrosenzeit, und schließlich sagte man ihm sogar nach, daß er das große Los gewonnen habe. Dazu schien er körperlich nicht nur einem Schläger, sondern auch dem Urmanne verwandt zu sein, den die Frauen erwünschen, und man behauptete, daß ihm noch nie eine nein gesagt habe. Esmaralda wollte dies daher auch nicht tun, wenn die Reihe an sie käme.

Es wäre nach ihrer bisherigen Einstellung eine Ausnahme gewesen, wenn Harald Puppinger länger als wenige Stunden auf die Erfüllung aller etwaigen Wünsche, die er an ihr Frauentum stellen konnte, hätte warten müssen. Es muß aber gesagt werden, daß er darauf zunächst gar keinen Anspruch geltend machte, als er sie das erste Mal zu Gesicht bekam. Er saß damals noch nicht im Wirtshaus allabendlich an der Theke und fuhr auch kaum mit einem Vehikel herum, noch nicht einmal mit dem Dreirad, das er viel später anschaffte. Er war gerade dabei, die Stallungen, die seine Eltern errichtet hatten und die er nicht völlig niederriß, umzuwidmen, d.i. nicht mehr der Unterbringung von Pferden zuzuführen, und demgemäß bauliche Änderungen vorzunehmen. Er arbeitete bereits hinter einer schützenden Baumeistertafel mit wenigen Hilfsarbeitern, insbesondere aber mit dem struppigen jungen Burschen, den er später mit einem Holzscheit behandeln und wiederum zu anderer Zeit aus seiner Wohnung hinausbefördern würde, weil der bei dem Doppelbesuch von Esmaralda Nepalek und Stella Blumentrost als störend empfunden ward. Seinerzeit aber empfand er denselben noch als entsprechend hilfreich und hatte kaum ein Auge auf Esmaralda Nepalek gewandt, welche der Umwandlung einer Schlaf- und Miststätte für Pferde in einen Anhang musealer Wohnkunst unverwandt zusah. Sie hatte wahrscheinlich in dem Kabinett neben der Werkstätte des Vaters hinreichend Arbeit auf sich warten. Sie wäre auch in der Lage gewesen, sich in ein Kino oder Tanzlokal zu begeben, wiewohl sie von Vater und Ziehmutter gewöhnlich nur mit geringfügigen Mitteln oder mit gar nichts versehen war. Es wäre sicher jemand aufgetreten, der sie gegen spätere Naturalleistung ausgeführt oder bei Musik herumgezerrt haben würde, wie es dem Brauche am Orte und in der großen Welt entsprach.

So langes und ergiebiges Zusehen bei einer Stallumwandlung mit einschlägigen Entmistungsvor- und Wegkehrungen war einem Mädel ihrer Art nicht so ohne weiteres zuzutrauen, um am Ende vielleicht einen beachtenden Blick aus den nur halb zugewandten Pupillen eines früheren Matrosen zu ernten. Doch mochte sehr wohl eine Bekanntschaft an einem Stall beginnen, die sich über eine Abortliebschaft bis zu einem Morde nach einer Unterwegsteilnahme hinziehen sollte. Indessen kam es noch gar nicht zu Worten oder Gesten von ihm zu ihr, sondern immer nur zum Zuschauen unter sehr wenigen Neugierigen und hauptsächlich solchen, die nichts zu tun hatten, aber auch alt genug waren, um sich nicht auf geselligere und spielerischere Art die Zeit zu vertreiben. So mußte es mit der Zeit sehr wohl dazu kommen, daß das gutaussehende junge Mädel auffiel, sei es den spärlichen Arbeitern, sei es den wenigen Herumstehenden, sei es dem selbst, der die Arbeit anordnete, leitete und deren Löwenanteil bewältigte.

Solange freilich keine Unterbrechung der Leistungen eintrat, war deren Veranstalter immer in Tätigkeit begriffen und nicht auf Seitenanschauungen eingestellt, solange hielt er auch seine Mithelfer im Zug, so daß sie sich bemühten, sein Tempo einzuhalten, das kein gemeines, geschweige denn landesübliches war, und mühten sich auch die Zuseher, flott dem zu folgen, was sich in erstaunlicher Geschlossenheit vor ihnen vollzog. Aber einmal mußte doch die Maurerpause eintreten, die ansonsten in viel kürzeren Zeiträumen bundesverbindlich zu sein pflegt, selbst bei besserer und bester Abgeltung der zu erbringenden Leistung. Als nun die Arbeit an diesem Punkte angelangt war, berief der Arbeitsmeister einen und zwei, das Essen und Getränk herbeizuschaffen, das sonst im Lohne inbegriffen ist, hier aber zusätzlich verabreicht wurde, vielleicht weil das Geld nicht entsprechend schien, aber letztlich vielleicht auch deshalb, weil viele Tätigkeit geleistet wurde, ein Endstadium nahelag und sogar die versorgt werden sollten, die bisher die Arbeit nur von außen betrachtet hatten, also gar nicht dazugehörten und weder nach Gesetz noch Gepflogenheit einen Anspruch anmelden durften. Da ihrer nicht viele waren, wurden sie allerdings leichter mit in Kauf genommen und nahmen unter den Arbeitenden Platz, welche sie möglicherweise später durch Leistung von Hilfsdiensten ergänzen, wenn auch nie ersetzen würden. Als alle Plätze schon vergeben waren, schien noch Esmaralda Nepalek übrig, für die auch Brot samt Zukost und Wein vorhanden, aber nirgends ein Sitz verfügbar blieb, es sei denn, man würde die Leute zusammendrängen oder das Mädel auf jemandes Schoß setzen. Wie nun der Matrose Esmaralden herangewinkt hatte und ihr links ein Stück Brot samt zugehörigem Fleisch, rechts ein Krüglein eingehändigt hatte, legte er ihr nahe, alles festzuhalten, er werde ihr als eifrigster Zuschauerin den besten Platz von allen verschaffen. Und mit einem sehr kräftigen Ruck stemmte er den Körper des Mädels mit einem Arm auf das Dachgesims, wo es am breitesten war, so daß es auf alle herabsehen konnte. Es hielt die Weinkanne so lotgerecht, daß es keinen Tropfen verlor, und hielt auch das Fleisch unter dem Arm, verlor aber das Brot, welches zu Boden in den Dreck fiel und wertlos wurde. Es mußte dies doch wohl als Symbol nehmen, denn damit begann seine vorletzte und ausgiebigste Bekanntschaft vor dem Mord, wenn man den Burschen, der ihr viel später auf den Abtritt nachfolgte, beiseiteläßt, aber den Ermordeten mitzählt.

Es kann sein, daß es den Vorfall bedacht hat. Harald Puppinger dachte wahrscheinlich nicht dasselbe, denn er überließ den herabfallenden Brocken, damit die Vergeudung kaum überhandnehme, einem streunenden Hund und reichte dem Mädel die Hälfte seines eigenen Brotes hinauf.

Diese Geste der Teilung hat Esmaralden vielleicht in ihren Zweifeln an sich selber beirrt und in einem noch immer mädchenhaften, wenn nicht vorbildlichen Anlehnungsbedürfnis bestärkt. Es machte ihr dann auch nichts aus, daß der Wind wehte, denn sie fühlte sich auf dem Dache über allen anscheinend sicher, überdies konnte sie ihre Beine bis fast an den Ansatz zeigen. Ohne das Höschen hätte sie offenbar noch mehr gezeigt, aber das wäre dort zu viel gewesen, denn es wurde kein Photo für Filme hergestellt, und mehr als zweien nebeneinander hatte sie sich bisher nicht in dieser Weise freiwillig enthüllt. Harald Puppinger, der am wenigsten nach ihr hinsah, hatte sie jedenfalls bereits in seinen Schutz genommen, und das genügte, daß man keine Scherze über sie machte und nur verstohlen nach ihr hinaufsah, denn man mußte an ihm vorbeisehen. Aber trotzdem war es so, daß die Allgemeinheit sich an ihrem Anblick ergötzte, wenn auch nur jeder für sich das Seinige tat und alle zusammen bloß ein Mosaik zustandegebracht haben würden, in dem die Aussicht einer nicht ganz einheitlichen Anschauung unterstellt worden wäre.

Als aber der Imbiß vollendet und die Pause vorüber war, verkündigte der Anschaffer und Hauptarbeiter seinen Entschluß, daß nun die Tätigkeit um so angeregter beginnen solle, als das Mädel, das natürlich auf dem Dach verbleiben werde, am Abend den besten bezeichnen könne. Danach hob eine gesteigerte Leistungsschau an, zu der die bisherigen Zuschauer mit Ausnahme der Esmaralda ebenfalls ihren Teil beisteuern wollten, der nach ihren Kräften nicht einmal gering bemessen war. Und es schien, als ob gegen alles Hergebrachte in einschlägigen Belangen das Tempo tatsächlich ununterbrochen bis zum Abend anhalten würde, als zum Glücke für die übrigen der Meister Sebastian Nepalek erschien, welcher zwar einen nicht ganz nüchternen Eindruck machte, aber dennoch seine Tochter auf dem Dach erkannte und sogleich reklamierte. Ihm stellte sich allerdings sofort der gewaltige Matrose in den Weg und erklärte, man habe sie zum Schiedsrichter über die Mitwirkenden am Bau erhoben, und sie solle am Ende ihr Urteil sprechen. Aber der Meister war diesmal über das Entweichen der Tochter sehr aufgebracht und mit hochtrabenden Erklärungen nicht zufriedenzustellen. Also mußte sie der Bauherr und Auslober vom Dache herabholen und dem Vater ausfolgen, der eine Geste machte, als ob er sie vor allen ohrfeigen würde. Das möge er besser unterlassen, meinte nunmehr der Übergeber Esmaraldens, ihr gebührten keine Schläge, schon gar nicht vor allen denen, die sie bewunderten. Darauf mußte das Mädel diesmal heimgehen.

Im übrigen wäre es ganz und gar überflüssig gewesen, eine Entscheidung des Mädels über den Bestarbeiter abzuwarten. Denn es mußte für den, der sie listigerweise zum Richter eingesetzt hatte, ganz und gar unzweifelhaft sein, daß es allein ihn selbst als Besten anerkennen und ihm den Ruhm und das Verdienst, welches er angeblich gerecht bemessen haben wollte, auch ohne Probe und Wahl überlassen hätte. Da es aber vorzeitig vom Dache heruntermußte und zu Hause nur Verdruß und Schimpf nebst Arbeit auf es wartete, die es auch nicht mehr mochte, war der Matrose gehalten, sich seinen eigenen Preis selbst zuzuerkennen, was um so leichter war, als in dem restlichen Viertel des Arbeitstags die Leistung nicht mehr aus gutem Erinnern, sondern aus böser Ernüchterung von der Allgemeinheit schlechter erbracht wurde.

Zu Hause angekommen, hatte Esmaralda zu den Attacken des Vaters auch die von dessen Lebensgefährtin in Kauf zu nehmen, welche ihr vorhielt, sie verludere ganz wie eine Hure, es werde sie niemand am Orte mehr wollen, heiraten könne sie hier gewiß nicht mehr. Wenn sie nun auch noch das Liebchen dieses Matrosen werde, dann müsse sie sich als ganz erledigt betrachten, der nehme alle und verbinde sich mit keiner auf Dauer. Darauf setzte sich Esmaralda diesmal aufbegehrend zur Wehr, meinte, sie sei schon alt genug und beinahe volljährig, um ihr Leben selbst zu bestimmen, sie arbeite im Hause ohne Gegenleistung und habe es bald satt zu bleiben. Wenn ihr vieles mißlinge, was sie im Leben möge, so trage sie zwar allein an den Folgen, sei aber nicht allein an allem schuld. Nach diesen Einwänden bekam sie von der Nemec drei wohlgezielte Ohrfeigen, aber nur durch eine von denselben brach ein Stück von einem Backenzahn ab, so daß sie alles stehen und liegen ließ und weinend zum Dentisten eilte, der sie zunächst zum Warten veranlaßte, sodann in ihrem Munde herumschliff, Schmerzen verursachte und einen Aufsatz herstellte, der nur bis zum Morgen hielt. Am Morgen aber ging sie nicht wieder zum Dentisten, sondern zu der Baustelle, wurde aber diesmal nicht auf das Dach gesetzt und anscheinend kaum beachtet. Zwar lugten etliche Arbeiter scheu nach ihr und auch einer oder der andere Alte am Rande, aber das waren keine zuverlässigen Betrachtungen und schon gar keine ehrlich gewagten. Esmaralda Nepalek wollte bereits wieder gehen, als sie der Matrose zurückrief und fragte, ob sie noch einmal auf dem Dach sitzen wolle, bis sie der Vater herunterpfeife. Sie bejahte den ersten Teil seiner Anfrage und erklärte zum zweiten fest, als ob sie es wirklich wisse, heute werde niemand sie herunterholen, bis die Arbeit vollendet sei. Der Matrose meinte zwar, es wäre vielleicht nicht ungefährlich für ihn, sich mit einem so streng behüteten ganz jungen Mädel einzulassen. Aber die Nepalek entkräftete seine Bedenken, sie sei gar nicht so gut behütet und auch nicht so jung und könne sich selbst verteidigen, wenn es darauf ankomme. Das werde man später sehen, wieviel ihre Verteidigung wert wäre, meinte der Matrose abschließend. Darauf beförderte er sie aufs Dach, aber diesmal nicht, ohne sie dabei an empfindlichen Stellen anzufassen. Ihr Vater kam nicht, und sie blieb oben, aber die Arbeit war trotzdem nicht so gut wie das letzte Mal, noch mengten sich frühere Zuschauer fördernd in die Tätigkeit bereits Eingeordneter. Ein Preis war außerdem kaum ausgeschrieben, niemand befragte das Mädel um dessen Meinung, und während keiner Pause holte man es herunter und atzte es. Als die Arbeit aber fertig war, sprang es von selbst in die Arme dessen, der es hinaufgebracht hatte. Dieser fragte Esmaralden nur kurz und wohl kaum, um ihre Antwort ins Kalkül zu ziehen, was er nun mit ihr machen solle. Er beantwortete die Frage vielmehr selbst, indem er sie in den einzigen Raum führte, den er anschließend an die Stallung bewohnte, der allerdings außer Ziergegenständen auch zum Bau benötigte Gerätschaften enthielt, in welchem sich aber insbesondere ein Notlager befand, das er persönlich zu benützen pflegte. Dieses wies er nun seinem vorübergehenden Gaste zu, ohne Zeit darauf zu verwenden, in dem Mädchen Stimmung zu erzeugen oder einleitende Phrasen mit ihm auszutauschen. Es begann mit Esmaraldens vollständiger Inanspruchnahme und endete damit, daß beide davon diesmal genug hatten. Obwohl es im Gegenstand nicht anders gewesen sein konnte als bei früheren Anlässen und sogar die Worteinführung fehlte, zu der sich sogar ein Svatopluk Krummgerad noch gedrungen gefühlt hatte, schien es ihr, als habe sie nunmehr etwas vor sonstigen Mädeln voraus, ja sogar vor sich selbst, wie sie bisher gewesen war. Denn in diesem Mann glaubte sie den gefunden zu haben, dem sie auf jede Gefahr und ohne jede Einschränkung gehören wollte und auch gehörte, wie sie es vorgehabt hatte. Danach gab er ihr erst zu essen und zu trinken und sagte ihr dann, sie möge ihren Vater grüßen und wiederkommen, sobald sie Lust habe. Wenn eine zweite hier sei, müsse sie eben weggehen oder mit dieser teilen.

Es kann kaum gesagt werden, daß solche Inaussichtstellungen einem weiblichen Wesen welcher Art auch immer das Gefühl der Geborgenheit, geschweige denn der persönlichen Zuneigung geben konnten. Auch war sie nach der kurzen, wenngleich eingehenden Begegnung mit Harald Puppinger doch wohl nicht in der Lage, sich ein Bild von dessen geistigen Eigenschaften zu machen. Dazu kam, daß sie auch im Elternhaus mit keiner sicheren Bleibe rechnen durfte, wenn sie sich weiter Verhaltensplan und Verwendungszwecken widersetzte. Trotzdem trat aus Anlaß des soeben formlos abgelaufenen Gebens und Nehmens ein Gesinnungszustand bei ihr ein, der an die Stelle einer grundlegenden Plattform für alle künftigen Bemühungen und Anstrengungen trat.

Puppinger bestellte allerdings weder Anzug noch Wintermantel bei ihrem Vater, ging ihr auch sonst nicht nach, und es unterblieben weitere Zusammenkünfte zunächst überhaupt, vielleicht weil sie vorher abwarten wollte, ob sie nicht von diesem, von dem Alten, den beiden Photographen oder dem kurzfristigen Bräutigam schwanger geworden wäre. Sei es nun, daß dergleichen der Fall war, aber ihr eine rasche Behebung möglich geworden, sei es, daß auch diesmal die natürliche Befruchtung unterblieb oder sie sogar für eine solche gar nicht taugte, es kam jedenfalls nicht dazu, daß ihr Unterleib sich gehörig ausdehnte, und sie hätte wieder zu Puppinger zurückkehren können. Sie erfuhr und sah auch im Vorbeigehen, daß sein Bau fortschritt, im Winter dann stillstand, im Frühjahr neuerdings begann. Man trug ihr zu, daß diese oder jene zu ihm ging. Sogar von ihrer Cousine Helga Hrbalek hörte sie es, obgleich diese inzwischen den Johannes Binsenschmied geheiratet hatte und von demselben sogar angeblich ein Kind erwartete. Selbst die Barbara Wettel und ihre Arbeitskollegin Nina Wismut, die als Ablenkung gedient, als sie auf die Helga eingeschlagen hatte, sollten bei Puppinger gewesen sein. Aber sie ging nicht mehr hin, obgleich sie wahrscheinlich eine Wiederholung ihres sehr formlosen und wenig nuancierten Abenteuers am sehnlichsten gewünscht haben würde. Sie ging auch nicht hin, als neben der Stallung das Hauptgebäude errichtet und ausgeführt wurde, als schließlich alle Hilfsarbeiter gegangen waren und Harald nurmehr mit dem struppigen Burschen allein an der Arbeit war, bis zu dem Augenblick, in dem er nach diesem ein Holzscheit warf und allein bis zur Dachgleiche gelangte. Da war es auch schon der nächste Winter.

Jetzt aber langte in einem Umschlag eine spaßige Karte bei Esmaralden ein, in welcher es hieß, ein früherer Matrose und jetziger Rentner und Haupttrefferzieher lade das Mädel vom Dache zur Wiederkunft ein, welches gut anderthalb Jahre ausgeblieben sei und nun sein fertiges Haus einweihen könne. Er werde Gedichte und Prosa vortragen und auch sonst für geistige Genüsse sorgen und empfehle sich bis dahin ihm und allen Miteingeladenen. Daraus ersah sie nun freilich, daß sie wohl kaum allein bei dem früher inständig Begehrten und nunmehrigen Gegenstand ihrer Enthaltsamkeit aufkreuzen würde, beschloß aber trotzdem hinzugehen, obwohl außerdem noch ihr Vater zu ihr trat und ihr eindringlich erklärte, sie möge sich nicht mehr mit dem einlassen, sonst wäre sie rettungslos und für immer verloren. Im Hinblick auf diese Erinnerung dachte sie ihrer späteren Mitteilung nach nur, daß er den Briefumschlag geöffnet und die Nachricht gelesen habe.

Als sie bei Harald Puppinger ankam, fand sie die Türe zu dessen Neugebäude offen und sah denselben unter merkwürdigen Figuren, welche sie das erste Mal so aufgestellt besichtigen konnte, von einer Art Podium zu einem halb verdunkelten Zuschauerraum hin aus diversen Büchern etwas entnehmen und vorlesen. Er hatte eine melodische Stimme wie ein Schauspieler und las insbesondere von alten Häusern, die zusammenbrachen, und neuen, die an deren Stelle entstanden. Obgleich es nicht sicher war, daß die vier Mädel, die im Zuschauerkreis waren, tatsächlich gespannt der Lektüre horchten, fühlte sich die Nepalek aufgeregt wie im Kino, in dem sie nur acht Male und da nicht mit Partnern gewesen, oder im Theater, in das sie nur einmal von einer Tante mitgenommen worden war.

Während freilich einer Pause wandte sich die Hrbalek, die sie erst jetzt erkannte und die übrigens nunmehr Binsenschmied hieß, an sie und meinte, sie könne sie ja jetzt bei ihrem Mann vernadern, es sei ihr alles eins, dieser wisse ohnehin noch nicht, daß ihr Bruder eingesperrt sei, sie könne ihm das bei gleicher Gelegenheit mitteilen. Aber auch die Wettel empfahl sich ihrer Güte und die Klampfner Mathilde, die selbst einen andern Bräutigam hatte, und die ganz junge Magda Ochsenlerchner, welche als patente Jungfrau galt und von zu Hause nicht fortdurfte.

Hatte immerhin der das große Los gewonnen habende bisher aus Versen eines kurzlebigen Franzosen und eines mit fünfzig dahingeschiedenen, aus dem deutschen Norden nach Österreich gereisten, aufstilisierten und dann in Mode gekommenen dichterischen Hausknechts gelesen, so verzapfte er nunmehr Prosa, die schon obszön war und moderneren Bezugsquellen enttroffen. Im Vordergrund stand schließlich ein Amerikaner, welcher in Paris produzierte, weil er es in Amerika nicht konnte, und sich vor der Jahrhundertmitte einen besonderen Namen gemacht hatte, nicht allerdings unter österreichischen Mädeln, die zumeist lieber ins Kino gingen, Jazz oder später Beat aufnahmen und nur auf Umwegen über Illustrierte zur Kunst geführt werden konnten. Es muß aber so gewesen sein, daß der Esmaralda ein drittes Auge für derlei Genüsse auf der Stirn aufbrach, als der ihr sonst als durchaus formlos, wenn nicht brutal bekanntgewordene Matrose in Sachen Literatur sozusagen als Kunstwart debütierte.

Nach diesen Darbietungen trug er allerdings einen halben Ochsen aus der Küche, den er fein säuberlich zerlegte, bevor er gleichzeitig die Wettel und die Hrbalek-Binsenschmied entkleidete und auf sein Lager brachte. Die Nepalek sah dem zwar zu und stellte fest, daß die beiden nicht schlecht gebaut waren, wenn auch nicht so gut wie sie selber. Sie hatte große Lust zu gehen, ging aber trotzdem nicht, bis die Reihe an sie kam. Als nun die beiden zuerst in Anspruch Genommenen, wenn auch nicht wieder angekleidet, an die Tafel traten, um dort noch Süßigkeiten auszukosten, verlangte Puppinger von den drei restlichen Frauenspersonen, sich für ihn bereit zu machen, es sei auch für sie auf seinem Lager hinreichend Platz. Angeblich wollte die Nepalek diesmal nicht, da halfen ihr die zwei anderen nach, die wie in einem Taumel waren, und auch die, welche schon ausgekleidet und vorbenützt gewesen, leisteten sinnreiche Entkleidungshilfe. Und als es soweit war, lagen drei und hockten noch die vorigen zwei bereit, aber der Puppinger ließ sich nur mit den Neuen ein, zuerst mit der Verlobten, dann mit der, welche für eine Jungfrau galt, zuletzt mit der Esmaralda Nepalek vom Dach. Dann kehrten alle wieder zum Tisch zurück und nahmen Süßigkeiten und auch Getränke. Angeblich befanden sich keine Drogen darin und wurden Rauschgifte auch nicht verteilt.

Die Hrbalek meinte noch, wenn sie jetzt ein Kind bekomme, dann wisse sie nicht von wem. Die Braut äußerte sich ähnlich. Die Wettel erklärte, sie würde es nicht lassen können, die Jungfrau bedang sich aus, sich umzubringen. Sie wäre das einzige Mädchen im Ort gewesen, das trotz schmackhaftem Aussehen die Ehre des weiblichen Geschlechts gerettet hätte.

Die Esmaralda sagte gar nichts, denn sie hatte nichts zu retten, und ihre Zukunft lag ohnehin von da ab im Dunkeln.

Erst um Mitternacht brach der Matrose die Orgie, an der er als einziger Mann beteiligt blieb, ab und führte zuerst die Wettel heim, dann die frühere Hrbalek und spätere Binsenschmied, die inzwischen über eine Ausrede nachgedacht hatte, aber seitens der Mutter ihres Gatten vom Fenster aus gesehen worden war. Auch die Klampfner Mathilde begegnete ihrem Bräutigam, als sie ankam, und wußte ihm scheinbar wenig Zweckdienliches zu sagen. Sie erhielt einige Ohrfeigen und ging gekränkt, aber nicht völlig entlobt nach Hause. Die Ochsenlerchner benützte einen Feldweg, um heimzukommen, und stieg über Dach und Boden; ihre bisher offenkundige Jungfernschaft blieb daher wenigstens dem Rufe nach erhalten. Auch die Esmaralda Nepalek, welche zuletzt zurückgebracht wurde und noch im Wagen Abschiedsliebe über sich ergehen gelassen, kam ungesehen an. Sie war allerdings schon bei ihrem Abgang ertappt und entlarvt worden.

Wenn sie im übrigen jemals daran gezweifelt hätte, woran sie gewesen war, so mußte sie dies nach der Zusammenkunft zu fünft gründlich wissen. Zwar unterließ sie es, einen früheren Verlobten von der Untreue seiner jetzigen Frau in Kenntnis zu setzen, wie sie es auch unterlassen hatte, diesen dahingehend zu informieren, daß er durch Heirat Schwager eines Verbrechers geworden war. Wiewohl sie der anderen irgendwie deren Teilhaberschaft an Puppinger neidete, so schien sie dieserhalb doch nicht hinreichend aufgebracht, es waren schließlich zu viele, die die Gunst des Matrosen mit ihr zusammen genossen hatten. Noch weniger als das erste Mal, wiewohl eher mehr erfüllt von ihm, wollte sie den Mann demnächst wiedersehen, der sich darauf verließ, daß so viele Mädel ihn nicht verraten und verkaufen würden und daß er auch nicht durch eine von ihnen zu einer schnellen Vaterschaft gelangte, deren Folgen er zumindest mittelbar hätte auskosten müssen.

Die Hauseinweihung mochte auch manches für sich haben,

die Einleitung in Vers und Prosa war ungewöhnlich, noch sonderbarer aber der Empfang, zu dem zwar keiner der Bauleute, nicht einmal sein bester Helfer beigezogen war, wohl aber fünf Frauen, die, nahezu auf einmal zur Strecke gebracht, nur Kostproben des sich vervielfältigenden Empfängers, aber vielleicht auch Empfängnisbewirkers in sich aufzunehmen hatten. Von da ab besetzte im übrigen der Hauptgewinner seinen ständigen Platz an der Theke irgendeines Heurigen, der gerade offen hatte, und dort traf ihn auch die Esmaralda das nächste Mal, als sie Wein für ihren Vater besorgte, den dieser wegen Arbeitsüberhäufung damals daheim eingoß. Sie kehrte aber nach Erfüllung der Kommission zum Heurigen zurück und ging mit dem, den sie nun doch wiedergesehen hatte. Diesmal war sie mit ihm ganz allein. Schon ein späteres Mal traf sie im gleichen Lokale die Stella Blumentrost und fast von da ab begann ihre gemeinsame Geschichte.

Sie sagte später zu Puppinger, dieses Mädel, so ganz anders als sie, würde sie zur Freundin fürs Leben haben wollen. Die Stella sei zwar viel gebildeter als sie, verachte sie aber deshalb nicht, auch sei sie schön anzusehen, wenn sie selber einer Frau gehorchen wolle, so wäre es dieser. Der Puppinger aber soll damals gesagt haben, wenn er die Stella bekomme, dann wolle er sich eine Zeitlang mit ihr und Esmaralden begnügen, das sei sein fester Entschluß, auch wenn er eine von beiden heiraten müsse oder sogar beide heiraten könne, sofern er in einem morgenländischen Land Staatsbürger und mohammedanisch würde. Von da ab will die Nepalek getrachtet haben, ihrerseits die Blumentrost für sich, aber auch für den Harald Puppinger zu gewinnen.

Dem Sebastian Nepalek war es schon anfangs nicht recht, daß seine Tochter Esmaralda mit Puppinger in Verbindung trat. Nunmehr, als sich die Zusammenkünfte öfter ergaben und er den Eindruck erhielt, es sei nicht mehr so kurzfristig wie bei den früheren Liebschaften seiner Tochter, aber auch wußte, daß kein Ernst mit der Sache verbunden war, noch vermutete, ein Geschäft mit dem Benützer seiner Tochter eingehen zu können, wollte er sie lieber gar nicht mehr zu Hause haben, zumal er auch in der Barbara Wettel eine Kraft gefunden hatte, die sich bei ihm anlernen lassen wollte und nicht viel verlangte, weil ihr Vater ein großes Gehöft mit archäologischen Funden besaß.

Sie lernte bei ihm nur sozusagen für den Hausgebrauch, und man wußte auch noch nicht, daß sie selbst mit Puppinger zusammenkam, vielleicht war das auch jetzt nicht mehr der Fall. Möglich ist auch, daß Nepalek das Mädel, das ihm anvertraut war, bei günstiger Gelegenheit zu mißbrauchen gedachte, weil er nicht wußte, warum sie ihm plötzlich zugestanden sei, wiewohl sie kein Anzeichen einer Zuneigung gab und deren Ausbeutung auch strafbar gewesen wäre. Jedenfalls kam es dahin, daß er seine Tochter veranlaßte, sich eine Stelle zu suchen. Sie fand eine solche aber erst in der letzten Zeit ihrer Bekanntschaft mit der Blumentrost und dem Puppinger, etwa genau drei Monate vor dem Morde.

Esmaralda verdankte den Posten einer Zeitungsannonce, die sie wahrscheinlich erst auf Puppingers Eingebung hin las, welcher ihr und Stella geraten, sich bürgerlich zu engagieren, wenngleich sie beide nicht sofort daran dachten, seinen Ratschlägen nachzukommen. Aber nachdem sie dreimal einen Anlauf genommen hatte und nicht eingetreten war, veranlaßte sie ein Zettel an der Türe der Frau Lene Meggendorfer, daß eine Kraft bei besten Bedingungen gesucht werde, doch bei der Annoncenaufgeberin einzutreten und sich vorzustellen. Man wollte freilich wissen, ob sie vorher anderswo gewesen war. Da sie in lange zurückliegender Zeit wohl ein paar Tage nicht bei ihrem Vater, sondern in sonstigen Betrieben gearbeitet hatte, wäre es ihr möglich gewesen, sich darauf zu berufen. Doch lag diese Zeit eben schon fern und war von ihr nicht als rühmend und ehrend empfunden worden, obwohl damals noch nichts Nachteiliges gegen sie vorlag. Daher verschwieg sie, was früher war, bezog sich aber auf die lange Arbeit bei ihrem Vater. Die Werkstätteninhaberin verlangte nicht weiters zu wissen, ob sie einen Freund habe, setzte das vielmehr bei einem Mädel als selbstverständlich voraus, bestand aber darauf, daß dieses seine Arbeitszeit einhalte und nicht verschlafen oder sonst übermüdet in den Dienst komme.

Die ihr auferlegten Verpflichtungen zu erfüllen versprach Esmaralda zwar feierlich, doch ließ sie es an der Einhaltung ihres Versprechens fehlen. Zwar fiel ihr vorletzter Besuch bei der Stella Blumentrost noch in die Zeit, in der sie weder eine Stellung inne- noch in Aussicht hatte. Sowie sie aber über eine solche verfügte, trachtete sie nicht nur danach, die Freundin wiederzusehen, sondern auch den Harald Puppinger, mit dem sie in der letzten Zeit nur die bereits geschilderten Zusammenkünfte gehabt, nunmehr ehestens wieder für sich in Anspruch zu nehmen. Es war dies um so weniger erforderlich, als ihre Freizeit ohnehin karg bemessen war, der Beruf sie beständiger und ernstlicher in Anspruch nahm als damals, da sie noch in ihres Vaters ununterbrochener, wenn auch nicht immer wirksamer Hut gestanden, und ihr außerdem von der Nemec als Geldverwahrerin nach Abzug des Wirtschaftsbetrages nur soviel überlassen blieb, daß sie für einen Kinobesuch oder eine Tanzveranstaltung genügend erübrigte.

Es ist in der Zeit ihrer Arbeitsleistung bei Frau Lene Meggendorfer mindestens dreimal vorgekommen, daß sie entweder ihren Dienst vorzeitig verließ, um den Puppinger bei seinem Eintreffen in einem Heurigenlokal oder vor dessen Besuch nahe seiner Wohnung abzupassen, oder aber daß sie später zur Arbeit kam, weil sie übernächtigt war, zumal sie einen Teil der Nacht oder auch die ganze mit ihrem Harald verbrachte, obwohl dieser außer ihr gewöhnlich die Wettel beizog oder zuweilen selbst die frühere Hrbalek und es mit ihr allein überhaupt gar nicht tat, wenn auch die Blumentrost nun nicht mehr dabei war.

An jenem Tage aber, an dessen Ende der Mord stand, ging sie gleich in der Frühe nicht an ihren Arbeitsplatz, nachdem sie schon am Vortage den Dienst unentschuldigt früher verlassen, d.i. sich von diesem gedrückt hatte, sobald es an hinreichender Überwachung fehlte. Sie hatte bereits den Vorabend mit der Stella Blumentrost verbracht und ebenso den ganzen kommenden Morgen, und als sie am Nachmittag im Vorbeigehen ihre Freundin bat, einen Augenblick auf sie zu warten, sie wolle nur noch etwas besorgen, fand sie sich zwar an ihrer Dienststelle ein, aber nicht etwa um zu arbeiten, sondern um sich ihren Wochenlohn zu holen, der ihr gleichzeitig mit der Entlassung wegen unbefugten Fernbleibens ausgehändigt wurde. Sie versuchte nicht einmal zu protestieren. Es konnte in ihrer Gleichgültigkeit bereits ein Zeichen dafür erblickt werden, daß sie durchaus für die anschließende Zukunft ganz andere Pläne hatte, die sich glücklicherweise allerdings nur auf den Mord, nicht aber auf den Gewinn daraus richten konnten.

Wenn nun schon der Spätnachmittag für sie unrühmlich mit der Abhebung ihres letzten ehrlich verdienten Geldes, dessen Einbehalt und Nichtablieferung an die Ziehmutter, ihrer fristlosen Entlassung und dem angeblich vergeblichen Warten zwecks Stelldicheins mit dem auf nie ganz aufgeklärte Art vermögend gewordenen Matrosen endigte, so trat noch zusätzlich, offenbar schon während der Einfindung der beiden vor dem Gebäude des Liebhabers, Regen ein. Es wurde ihnen aber trotzdem nicht aufgetan, obgleich sie außerdem bestellt waren, von weither kamen und der Nässe und Feuchtigkeit in körperlicher und Kleiderhinsicht ausgesetzt blieben. Sie hatten aber die ganze Zeit alle beide den Eindruck gehabt, als ob der, den sie aufsuchten, tatsächlich im Hause wäre, freilich vermutlich mit einer andern, und sie somit auf höchst unfaire, wenn schon nicht gewohnte, so doch nach seinen sonstigen Gepflogenheiten und Umgangsformen vorhersehbare Weise loswerden wollte. Trotzdem wollen sie in der Unbill draußen bis zu drei Stunden verharrt haben, während welcher Zeit sie sich auch an Fenstern und Türen störend zu schaffen machten, um den unrühmlichen Liebhaber wenigstens bei seinem Schäferstündchen mit ein bis drei andern aufzuscheuchen, zu unterbrechen oder zumindest disharmonisch zu beeinflussen. Erst als alle Behelfe und Künste dieser Art gar nichts fruchteten und der Regen Ausmaße annahm, welche die völlige Verderbnis ihrer Kleider und die Influenzierung ihrer Leiber vorbeargwöhnen ließen, begaben sie sich in jenes Wirtshaus nahe der Autobahn, an dem sie ihre letzte vormordliche Atzung einnahmen.

Hier nun war es gleich Stella, die diesen Tag, welcher noch dazu ihr Geburtstag war, was sie am Vorabend, während der Nacht und am Morgen dem Kunibert Falkner, welcher sie unbekleidet begehren und angeblich nicht haben durfte, verschwiegen hatte, plötzlich nach vereiteltem Stelldichein auf das eifrigste zu feiern begann, indem sie allerhand Speisen, die im Gasthaus gerade vorrätig waren, kommen ließ, dazu aber nur Getränke in bescheidenstem Ausmaße, vielleicht weil ihr Durst nicht groß genug oder vom Vorabend vorgestillt war oder ihre Mittel nicht mehr für feste und flüssige Nahrung, sondern nur für eines von beidem langten. Dann aber setzte die Nepalek ihren letzten unvollständigen Wochenlohn, d.i. den mit Abzug nichtgeleisteter Arbeit ausbezahlten Betrag, ein und gönnte sich selbst einiges zum Trinken, aber auch nicht sonderlich viel und nur Bier. Das Überbleibsel wurde in Torten und Konfekt umgesetzt. Es müßte sich auch so noch etwas für die Mädel erübrigt haben, aber Stella hatte falsch, d.i. zu wenig, kalkuliert, und etwas wurde aus eigenem vom Kellner dazu addiert. Vielleicht ahnte er auch, daß die beiden ohnehin nicht mehr viel brauchen würden.

Jedenfalls fiel die Zeche so aus, daß kein Restbetrag an die Begleicherinnen mehr zur Auszahlung gelangte, und da, den bisherigen Rückschlüssen folgend, auch kein Harald Puppinger in die Bresche sprang und den Heimweg berappte, weil derselbe, den bisherigen Feststellungen nach für die beiden unerreichbar blieb, sei es, weil er sich verleugnete, sei es, weil er überhaupt vorzog, am Stelldicheinabend abwesend zu sein, hatten sich Stella Blumentrost und Esmaralda Nepalek absichtlich in eine Lage hineinmanövriert, in welcher sie der fremden Hilfe dringend bedurften. Nun waren wohl im Wirtshaus Männer und Burschen vorhanden, die einem der beiden Mädel, vielleicht sogar allen zweien freundlich mit Liebesgaben unter die Arme und wohl auch zwischen die Beine gegriffen haben würden, doch hatte weder das eine noch das andere es angeblich auf eine solche Hilfe angelegt, wiewohl dieselbe nicht unbedingt unentgeltlich hätte ausfallen müssen. Vielmehr schlichen die beiden Beschuldigten mit dem erhobenen Haupte der Nichtsbesitzer zwischen den bewundernden und fordernden Blicken der Zechkumpane hindurch und begaben sich auf die nasse Landstraße, auf welcher der Regen nunmehr wieder in alter Stärke und bei dessen vorübergehender geringfügiger Abnahme auch noch ein Windstoß von wachsender Kraft ihnen das Warten sauer machten, das sie angeblich mit dem Ziele angetreten hatten, per Anhalter zu Stellas Wohnung zu gelangen, in welcher auch die Esmaralda die Nacht verbringen wollte.

Nun hätte dieselbe allerdings längst zu Hause sein können, und es wäre nicht notwendig gewesen, daß sie die andere begleitete. Es würde ihr auch die weitere Möglichkeit offen gestanden sein, sich allein oder noch einmal in Begleitung der Stella zu dem Wohnhause des Harald Puppinger zu begeben, um festzustellen, ob derselbe, von dem beide allerhand Erniedrigungen, teils auf dem Dach, teils auf dem Klo, teils in Gemeinschaft weiterer Konkurrentinnen oder in Konkurrenz nur miteinander, hingenommen hatten und sich auf solche Weise auch hinnehmen ließen, sich nicht doch, wenn auch sehr verspätet und nach anderen Konsumationen, des mit ihnen vereinbarten oder ihnen zumindest vorschwebenden Liebesgenusses erinnert haben würde. Aber sie waren hartnäckig entschlossen, mit an den Schenkeln und an den Brüsten klebenden Kleidern, unter denen die Unterwäsche, dem Wetter zufolge gleichfalls angepreßt, keinerlei Schutz mehr bilden konnte, bis auf den einhundertachten Autofahrer zu warten, der allein dahinfuhr und an ihnen das vollziehen würde, was der Puppinger beabsichtigt, aber nicht ausgeführt hatte, um dann diesen angeblichen Eingriff in die Intimsphäre zweier unterschiedlich erfahrener Mädel mit der Lassung seines Lebens, von eintausenddreihundert Schillingen und eines noch ganz guten Personenkraftwagens abzugelten.

Als der Untersuchungsrichter, Landesgerichtsrat Baldur Mausgrub, die Stella Blumentrost nach Sammlung des Materials wieder einmal verhörte und sie in der strengen Gefängnistracht vor ihm erschienen war, ließ er sie stehen, obwohl er ihr bei solchen Erhebungen einen Sessel hätte anweisen sollen. Aber einerseits fehlte ein solcher im Zimmer, da der Schriftführer, welcher an einem zweiten Schreibtisch saß, auch jemand vor sich sitzen hatte, andererseits wollte er Stella den ganzen Abstand zwischen sich und ihr vor Augen halten und sie gleichzeitig in ihrer ganzen Größe betrachten. Dabei war seiner Geringschätzung förderlich, daß er überhaupt wenig auf äußere Formen hielt, weder auf dem Beschuldigen dienliche Gesetzesformen, noch auf weibliche. Daß sie wenig vorteilhaft gekleidet war, unhergerichtet vor ihm erscheinen mußte, schlecht und eingefallen aussah und sich zögernd und schleppend verantwortete, entging ihm trotzdem nicht.

Doch kam es ihm im wesentlichen darauf an, die Lücken in den Protokollen zu schließen, ein volles Geständnis auch in bezug auf die raubmörderische Absicht zu erzielen und schließlich die Leiche zustande zu bringen, von der er vermutete, es habe sie der unbekannte Autofahrer, der den Wagen des Opfers flottgemacht hatte, weggeschafft und von dem er argwöhnte, er wäre überdies mit dem ebenfalls vorgeladenen Harald Puppinger identisch. Doch obgleich er auch noch die Nepalek in Bereitschaft hielt und die Absicht hatte, die beiden bei einem Teilerfolg einander gegenüberzustellen, kam er mit der Erforschung des Sachverhaltes nicht weiter. Die Verantwortung der Stella ergab keinen neuen Anhaltspunkt für das äußere Aussehen des Tatbestandes, geschweige denn wurde Zusätzliches einbekannt, und die Lücken blieben bestehen.

Er hatte jene Phantasie, welche ein im täglichen Leben stehender Mensch zu besitzen pflegt, und er wendete auf seinen Fall alle Maßstäbe des täglichen Lebens an. So begann er bereits der Blumentrost vorzuhalten, daß jeder, der Geld habe, auch über einen Plan verfüge, dieses einzuteilen, selbst wenn es soviel wäre, daß sich jede Planung erübrige. Es seien aber nun diesem Mädel verschiedene große Beträge von der Versicherungsanstalt zugekommen, und es habe zusätzlich, wenn auch nur selten, selbst etwas durch Arbeit nach Hause gebracht. Es müsse sich doch wohl herausstellen, was sie mit dem Gelde angefangen habe.

Das Mädel wußte nicht, worauf er damit hinauswollte, und glaubte gar nichts bekennen zu sollen. Es hatte eine mehr humanistische Bildung genossen und diese nur mit der Matura abgeschlossen. Für Mathematik war dabei nicht viel herausgekommen. Auf Zifferntechnik hatte es sich kaum eingelassen. Nach dem Tode des Vaters war es zwar auf eigene Füße gestellt, aber seiner Meinung nach noch nicht rechnerisch flügge geworden. Der Richter rechnete ihm vor, daß es bei bescheidener Lebensführung von dem eingeheimsten Gelde ungefähr noch drei Jahre hätte leben können. Es räumte ein, daß es in der Zwischenzeit Bücher gekauft, Theater-, Opern- und Kinovorstellungen besucht hätte, auch mitunter bei Bällen gewesen sei, darüber aber keine Aufzeichnungen geführt und nicht einmal in seinen Tagebüchern etwas notiert habe. Es gab weder zu, dem LSD, dem Opium noch dem Haschisch verfallen gewesen zu sein, und bekannte sich auch nicht als Alkoholikerin im größeren Maßstabe. Selbst einen Liebsten habe es nicht unterstützt, geschweige denn ausgehalten, dazu sei es seiner Meinung nach viel zu jung und zu gutaussehend. Der Rechenstift des Richters kam selbst bei Annahme verschiedener Vergnügungen und Bildungshungrigkeiten zu keinem rechnerisch besseren Ergebnis für Stella. Auch konnte es den Titel keines Buches nennen, das es gelesen und besessen haben wollte, es wurde auch wenig dergleichen bei ihm vorgefunden, doch kamen allerdings auf jedes Exemplar mehrere Entlehner. Von Filmen wußte es beiläufig eine Handlung anzusagen, diese mochte aber auch einem Fernsehspiel entnommen sein. An Opern nannte es nur den Namen »Fidelio«.

Nunmehr zielte der Richter auf das Zusammenleben mit

der Esmaralda Nepalek, das er ungewöhnlich fand, weil sie beide verschiedensten Erziehungs- und Bildungskreisen und noch dazu demselben Geschlecht angehörten. Sie behauptete, natürlich veranlagt zu sein, leugnete, daß das vom Richter als fehlend aufgezeigte Geld der Esmaralda zugeflossen wäre, außer dadurch, daß diese von ihr zu etlichen Malen bewirtet worden sei, und konnte rein gar nichts als angebliche Gesetze der Sympathie, die doch auch ihr festes Fundament zu haben pflegen, für ihre Verbindung mit dem anderen Mädel anführen. Als ihr dann noch vorgehalten wurde, daß sie es auch zugelassen habe, von dem gleichen Liebhaber mit der Nepalek zusammen hingenommen zu werden, legte sie erst zynisch auf das Nacheinander Wert und entschuldigte ein solches dann mit ihrer Einstellung zu der Veranlagung des Mannes. So wurde auch dieser Punkt nicht zur Befriedigung geklärt, jedenfalls nicht zu der des Richters.

Der Richter glitt nunmehr in ihre frühere Vergangenheit zurück, und wenn sie auch nachträglich behauptete, das sei für sie, als ob ihr zwischen die Schenkel geglitten werde, war alles doch geschäftsordnungsgemäß gerecht, denn sie hatte damals noch den Willen zum Alleinbesitz eines Mannes aufgezeigt und sich verschiedener, wenn auch nicht im Aufbau, so doch in der Teilwirkung dem Wagenheber verwandter Gegenstände bedient, um angebliche Angriffe auf diesen Zustand abzuwehren oder ebensolche zu dessen Aufrechterhaltung zu unternehmen. Sie behauptete ihre damalige Unreife in bezug auf den Liebeshunger des Mannes und die Nichtvergleichbarkeit seinerzeitiger und jetziger Angriffsgegenstände. Als ihr eine gewisse Erfahrenheit in sexueller Beziehung bereits in der Entwicklungsperiode vorgehalten wurde, entschuldigte sie diese mit der Gelegenheit und den sonstigen Begleitumständen. Sie verwies darauf, daß sie sich ebensogut habe später enthaltsam verhalten können, was ihr nicht geglaubt wurde, wenngleich kein einschlägiger Gegenbeweis vorlag.

Nunmehr bezog sich der Untersuchungsrichter auf den schon fast kriminellen Fall des Harald Puppinger, der sich seine Opfer bei Verrichtung der Notdurft hole und dann paarweise vorzunehmen pflege. Sie entschuldigte den Rendezvousvernachlässiger und fand dessen Art zwar nicht mit gewohntem Maßstab meßbar, aber trotzdem kaum verwerflich. Als aber die Angelegenheit mit dem Wagenheber auf den Tisch gelegt wurde, wollte sie, daß von einer Koinzidenz, d.i. von einem Zusammentreffen zufälliger Umstände, die Rede wäre, während der Richter hierin eine Vorbereitung späterer Verabredungen sah. Er bezog sich auch auf einschlägige Tagebucheintragungen und sogar Äußerungen und Maßnahmen des Versicherungsvertreters Kunibert Falkner. Sie wollte letzteren nicht in ihren Fall einbezogen wissen, der Richter behielt sich dies jedoch vor, falls sie nicht wenigstens die ganze Rolle des gewesenen Matrosen aufkläre, den er ohnehin bereits zu Gericht berufen habe. Er verwies insbesondere darauf, daß sie ja auch dem Falkner ihren Körper am Tage vor dem Mord nackt vor Augen geführt habe und daher niemand einreden könne, sie habe sich bei Anhaltung des hundertachten Fahrers bereits für die Keuschheit entschieden gehabt. Der Wagenheber, der sich beim Falknerbesuch zwischen ihr und Esmaralden befunden, sei doch nur eine Anfeuerung für spätere Zwecke gewesen. Das Motiv für ihre Tat sei zweifellos das, zu Geld zu kommen: wenn sie keines mehr gehabt habe, wie sie vorgebe, dann um so eher.

Die Stella versuchte nunmehr zu schreien, aber ihre Stimme kippte um. Es hätte ihr auch Schreien keineswegs genützt, denn die Untersuchung lief weiter in die vorgesehene Richtung. Sie taumelte bereits und hatte keinen festen Stand mehr. Es wurde ihr dennoch kein Sessel angeboten. Es kam ihr, wie sie später sagte, so vor, als sollte sie überhaupt ganz senkrecht zu Fall gebracht werden.

Baldur Mausgrub hatte wohl erwogen, warum er gerade die Stärkere sich vor der Schwächeren verantworten ließ. Die andere würde mit Leichtigkeit klein beigeben, wenn etwas nachgewiesen sei, diese müsse man unten am Stamm absägen. Deshalb ließ er sie vielleicht auch stehen. Aber so sehr er sägte, sie fiel noch nicht. Und seine untrüglichen Argumente glitten an ihrer aalglatten Rinde ab, als wären sie gar nicht auf sie gemünzt. Trotzdem fühlte sie sich schwanken, aber das war anscheinend nur leiblich. Denn ihr bekam die Gefängniskost wenig, sie hatte wahrscheinlich auch ihr ganzes Geld uneingestandenermaßen in kulinarischen Genüssen angelegt, nicht ganz eine österreichische Eigenschaft, da hier zwar die Quantität, nur selten aber auch die Qualität den Ausschlag gibt, im besten Falle beides in obiger Reihenfolge. Stella Blumentrost hielt sich allerdings nicht nur in speisemäßiger, sondern wohl auch in erotischer Beziehung nicht für einen Vielfraß, sondern Feinfraß oder besser eine Feinfresserin, wenn dem Matrosenfleisch Delikatesse nachgesagt werden konnte. Um sich aber körperlich aufrecht zu erhalten, legte sie zwei Finger wie zur Zierde auf des Richters Schreibtisch, welcher sie hingegen mit der Löschwiege abwehren wollte. Als sie sich damit zu entschuldigen trachtete, daß sie sich schwindlig fühle, meinte er, sie habe ihn so grob beschwindelt, daß es ihn gar nicht weiter wundernehme. Nun aber wolle er die Wahrheit wissen.

Dabei fiel ihr plötzlich, wahrscheinlich aus der Schulzeit, das Zitat aus Goethes »Faust« ein, das im Urfaust der Titelheld, in der endgültigen Fassung aber Mephistopheles dem Schüler ins Tagebuch einschreibt und das übersetzt lautet, sie würden wie Götter sein, wenn sie Gut und Böses wüßten. Von diesem Ausspruch, der noch dazu lateinisch vorgebracht worden war, fühlte sich der Richter ganz besonders gekränkt. Er meinte, er werde schon das Nötige erfahren, ohne sich auf ihre Frechheiten einzulassen. Sie brauche nicht zu glauben, daß das schändlichste Verbrechen ungesühnt bleibe, weil es von einer Frauensperson begangen worden sei. Damit unterbrach er ihre Vernehmung und ließ die Nepalek kommen, die aber nicht so schnell einlangte, so daß ein Zwischenraum eintrat, in welchem er seinem Zorne Luft machen konnte. Er breitete beide Arme nach der aufgehenden Sonne aus, als sei er der, nach dem er heiße, wobei natürlich nicht sein Zuname gemeint ist, und als rufe er diesen, bevor er von dem bösen Bruder beseitigt werde, wie Ormuzd von dem ihm allerdings kaum brüderlich verwandten Ahriman.

Während der Schriftführer eine Pause einschaltete und ein Stuhl für die Nächstzuvernehmende frei wurde, aber noch nicht sicher war, ob sie sich darauf sezten durfte, war die Stella Blumentrost wieder abgeführt worden und konnte sich in der Zwischenzeit überlegen, ob das Reizen eines Richters nicht gleichzusetzen war mit einer Herausforderung der Vorsehung, wenn sie gläubig genug gewesen sein sollte, das Gleichnis anzunehmen. Sie begegnete der Nepalek jedenfalls nicht mehr auf der Stiege oder während der Abführung in ihre Zelle, so daß jede Kontaktaufnahme unterbunden wurde, bevor die andere auftrat, die den Wagenheber dargeboten und mit Blicken den zu Ermordenden gefesselt und geknebelt haben sollte, während die andere ihn niederstreckte.

Wie nun dieses Mädel endlich kam, war es so beschaffen, wie man sich die Eva vorstellt, freilich doch mit Hüllen, die aber auf ihm lagen, als ob sie nur unnötig aufgebauscht wären, um demnächst abgezogen zu werden. Dieses Wesen, das seine Hübschheit beibehielt, auch wenn es nicht hergerichtet war, obschon es nicht die Vollendung von Stellas Zügen aufwies, die noch einer Aufmachung bedurften, um außer schön auch gefällig zu werden, bedurfte sicher eines Sitzes, wie es die Geschäftsordnung vorsah oder sonstige Vorschriften, die von Vernehmungen außerhalb der Hauptverhandlung handelten. Er wies ihm den an, der gerade durch das vom Schriftführer eingelegte Intervall freigeworden war. Da aber auch der Anlernling auf die dem Richter zur Vernehmung Vorbehaltene blickte, fühlte sich der Meister peinlich beengt zwischen dem Mädchen, das seine Reize, die seine einzige, aber ergiebige Waffe waren, zur Geltung brachte, und dem ihm zugeordneten Rechtspraktikanten, der die Praxis lernen sollte, aber auf solchen Umwegen mißzubegreifen begann. Der Untersuchungsrichter Baldur Mausgrub aber sagte sich, daß am Anfang Gott den Menschen und sein Weib geschaffen hatte, also nicht den Mann und sein Weib. Es war etwas an der neuen

Gattung, das tierisch blieb und nur durch den Menschen und Mann und dessen Geselligkeit aus dem Tierischen erhoben werden konnte. Sie war auch bloß, wenn auch sinnbildlich, aus seiner Rippe gebildet, also nur ein Stück von einem Menschen. Sie hieß auch gegenüber dem Manne in den romanischen Sprachen das Weib, er aber der Mensch. Daß sie in diesen Breitengraden auch menschlich sein sollte, wird durch das sächliche Geschlecht nicht bestätigt. Sie bleibt höchstens das Mensch, er – der Mensch. Aber ihre Beine waren unbedingt anziehend, und sie wußte es auch. Sie hatte damit zwar angeblich bisher kein Geld verdient, somit nicht Hurerei betrieben, wenn man nämlich den Fall Przinsky ausnimmt, der bezahlt hat, wenn auch nicht an sie, und die Abend- und Mittagessen und sonstigen Verköstigungen wegzählt, die sie doch in Kauf genommen hat. Ja, sie war doch eine Hure, auch wenn sie es nicht wirklich sein wollte, mit sechzehn oder siebzehn Liebhabern, je nachdem, ob man den Burschen aus dem Klosett oder Thugut wegläßt. Man muß aber alles ins Gewicht fallen lassen, wenn man die Schuld eines Menschen auswägt.

Hier fiel dem Richter sein Bleistift, richtiger Stift, vom Schreibtisch, aber direkt auf den Schoß des Mädchens, das nicht vor, sondern neben dem Schreibtisch saß, und er beeilte sich sofort, das Herabgefallene einzusammeln, bevor es selbst danach griff oder der Stift zu Boden fiel. Das war ein Mißgriff, mußte er sich wohl sagen, und der Schriftführer hatte es außerdem gesehen, und er sah, wie dieser schmunzelte. Es waren nämlich ihre echten Schenkel, die er durch den Rock berührte, und er konnte sich wohl vorstellen, wie es dem Thugut zumute gewesen, als dieses Mädel neben ihm saß. Und wie er ihren verwunderten Blick einheimste, da wußte er auch, daß sie den Thugut hatte ermorden helfen, aber wie sollte er sie jetzt fragen?

Er begann daher mit dem Vorleben, mit ihren ersten Verführungen, ihren späteren Freunden bis zu dem Bräutigam, um dessentwillen sie die Cousine Herta Hrbalek abpaßte, durch eine andere ablenkte und dann zuschlug, geradewegs auf den

Kopf. Sie hatte damals freilich kein Instrument in der Hand. Sie nickte nur bei allem, gab zu, was nicht abzuleugnen war. Aber würde sie auch eine unmittelbare Mitwirkung am Raubmord gestehen? Er mußte langsam zur Tatfrage übergehen, ganz bedächtig, unter Berücksichtigung ihrer zugänglichen Veranlagung, auch der Ehrenbeleidigung, adressiert an einen Autofahrer, als sie noch die Liebste auf Zeit eines Journalisten namens Krummgerad war. Erst Ehrenbeleidigung und Körperverletzung, zuletzt Mord –, aber auch Raubmord? Wo sie sich aus Geld so wenig machte und für Liebesgenüsse selbst nichts verlangte und bezog? Gewiß, Raubmord. Man hatte die dreihundert bei ihr gefunden. Wo aber waren die weiteren tausend hingekommen, die der Ermordete sicher in der Brieftasche bei sich getragen? Sicher nach Angabe der Witwe des Opfers, und Opferswitwen sagen als Zeuginnen die reine und unverfälschte Wahrheit. Die Nepalek brauchte nur zuzugeben, daß sie den Mann des Geldes, der dreizehnhundert Schillinge halber umgebracht hatte. Das Auto hatte ohnehin die andere genommen. Bei ihr war auch ein Sträuben, das Ausweichen auf Verletzung der Frauenehre ganz undenkbar und völlig unglaubwürdig.

Der Schriftführer berief seinen Nächstzuvernehmenden nicht, er war noch mit dem Anblick Esmaraldens beschäftigt. Der nächste vom Richter zu Vernehmende, nämlich Harald Puppinger, hatte schon unerlaubt seinen Kopf hereingesteckt, was nicht ohne Öffnung der Türe geschehen konnte und während Vernehmungen unzulässig ist. Die Esmaralda Nepalek hatte ihre ganze Bereitschaft dem Eintretenwollenden zugewandt und ihr bestes Lächeln zur Schau getragen, was noch unzulässiger war, aber nicht mehr gerügt wurde, weil der Richter seinen Bleistift, richtiger Stift, richtiger Kuli, von ihrem Schoß, richtiger zwischen ihren Schenkeln heraufgeholt hatte und noch schuldbewußt war. Was sollte er sie eigentlich überhaupt fragen? Wie weit würde die Schwächere nach der Stärkeren auf irgendein Thema eingehen? In Wahrheit war diese Schwächere noch viel weiblicher als die andere, daher viel gefährlicher und mit Worten gar nicht zu bewältigen. Sie räumte nicht einmal ein, von dem Gelde des Thugut vorher etwas gewußt zu haben, sie habe es sich erst nachher geholt, d. i. nach der Ermordung. Es waren natürlich auch nicht dreizehnhundert, sondern nur dreihundert. Ob sie den Wagenheber wirklich gereicht habe, wisse sie heute nicht mehr. Wenn sie es getan hätte, so vielleicht, um ihn dem Manne wegzunehmen. Warum? Daß er nichts damit anstelle. Wie verlogen die Weiber sind, mußte daraus entnommen werden. Daß sie ihn angeschaut hatte, mochte vorgekommen sein. Man schaut eben einen Menschen an, mit dem man spricht. Wahrscheinlich habe sie mit ihm gesprochen. Was, das wisse sie doch heute nicht mehr, es sei so lange her und ihr nicht so wichtig vorgekommen. Sie möge gehen, gehen, dachte der Richter, aber er sagte es erst, als er fand, daß der Schriftführer seine Pause beenden und den nächsten Zeugen oder Beschuldigten hereinrufen sollte. Er würde ihm wieder den Stuhl belassen und nach diesem Mädchen niemand mehr auf den Stuhl setzen. Er würde sie alle von nun an stehen lassen, ob geschäftsordnungsmäßig oder nicht, er würde es darauf ankommen lassen. Protestieren würde sowieso niemand.

Während der Schriftführer den Sessel übernahm und anschließend seine Zeugen befragte und seine Beschuldigten abhörte, ließ der Richter den Harald Puppinger zunächst warten und überdachte noch einmal den Fall dieser Mädchen. Da lag nicht nur ein Mord vor, wahrscheinlich ein Raubmord, da lag auch ein Prüffall für ihn selbst vor, Prüffall, wieviel er wert wäre. Aber er hatte den Bleistift, sprich Stift, sprich Kuli, auf den Schoß, richtiger zwischen die Schenkel eines mörderischen, ja raubmörderischen Mädels herabfallen lassen und ihn vor den Augen des Schriftführers schnell von dort geholt, bevor das Mädel den Stift selbst nehmen und ihm geben konnte oder dieser herabgefallen wäre.

Solche Last lag auf seinen Gedanken. Er war immer korrekt gewesen, korrekt vor sich selber, notabene vor dem Schriftführer, so etwas war ihm nie passiert, schon in der Schulzeit nicht, während der Studien nicht, geschweige denn während dem richterlichen Vorbereitungsdienst und später. Dieser Bleistift, richtiger Stift, richtiger Kuli steckte in seiner Seele und verursachte dort ein Loch. Er aber mußte nun den Harald Puppinger vernehmen und beweisen, daß der oder ein anderer den Ermordeten weggeschafft, Beihilfe geleistet, Lob, Befehl, Unterricht zu dieser Tat gegeben. Und dabei war der Mann nur als Zeuge geladen, weil ja die Verdachtmomente nicht ausreichten, weil kein weiterer Antrag der Staatsanwaltschaft vorlag, und er wollte schon herein, ein gewesener Matrose, der die Leute beim Heurigen mit den Köpfen gegeneinanderschlug und die Frauen auf dem Klosett nach der Notdurft gleich in Besitz nahm. Er, der Richter, hatte nichts, um den anderen zu überführen, aber sein Bleistift war zwischen den Schenkeln der Esmaralda Nepalek niedergefallen, doch wohl mit seiner Absicht, und dort steckte er noch, und er konnte ihn gar nicht mehr von dort wegbringen.

Der Zeuge Harald Puppinger war schon auf dem Gange anwesend, als die Verantwortung der Beschuldigten Stella Blumentrost aufgenommen, beziehungsweise zur Aufnahme vorbereitet wurde. Schon damals hatte er versucht, sich bemerkbar zu machen, indem er seinen Kopf in das Zimmer hineingestreckt hatte, was nicht ohne Öffnen der Türe vor sich gehen konnte. Immerhin war damals von innen nicht ersichtlich gewesen, daß der Zeuge ein großes, in Packpapier eingehülltes Stück trug, denn er trug dieses Stück nicht auf jener Seite, die dem Saale zugewendet war. Wohl aber mußte es die Blumentrost gesehen haben, als sie an dem Zeugen vorüber abgeführt wurde. Auch lächelte sie demselben zu, woraus hervorging, daß sie sich besondere Vorstellungen machte, wie viele Lagen Packpapier nötig gewesen waren, um eine so große Figur in das Haus zu bringen, in welchem sie nunmehr zwangsweise untergebracht war. Aber erst viel später stellte sich öffentlich heraus, daß es die menschenfressende Göttin war, die der frühere Matrose ganz gegen alle Gepflogenheit in das Gerichtshofgebäude mitgebracht hatte und die er dort, wenn auch in gut verpacktem Zustand, einer des Mordes wegen in Untersuchungshaft Befindlichen sozusagen unter die Nase hielt, wenn auch beanstandetermaßen, und ihr so ein Lächeln abnötigte, das geheimes Einverständnis bedeuten konnte, sei es in bezug auf das Mitgebrachte, sei es sogar im Hinblick auf die Vorbereitung oder Verdeckung der Tat.

Aber der Harald Puppinger hatte nicht nur dieses eine, sondern noch ein anderes Mal unerlaubtermaßen seinen Kopf in das Zimmer gesteckt, was nicht ohne Öffnung der Türe geschehen konnte. Diese andere Türspaltentstehung ereignete sich bereits während der Verantwortung der Esmaralda Nepalek, welcher der Bleistift, sprich Stift, sprich Kuli beabsichtigtermaßen oder unvorhergesehen zwischen die Schenkel gefallen war und dort geholt werden mußte, bevor sie ihn selbst von dort aufnähme oder er zu Boden fiele, was nicht mehr abgewartet wurde. Dieses andere Erscheinen des Harald Puppinger, welches gleichfalls ohne Vorzeigen der in Packpapier verhüllten menschenfressenden Göttin erfolgt war, hatte bereits die Rüge des Richters veranlaßt, der nicht zulassen durfte, daß jemand das Verhör einer des Raubmordes verdächtigen Beschuldigten unterbrach, der aber zugelassen hatte, daß etwas beabsichtigtermaßen zwischen die Schenkel einer des Raubmordes Beschuldigten herabgefallen war und dort zwischen den Schenkeln festgehalten wurde, bis er es von dort holte, ohne abzuwarten, daß es von der Beschuldigten selbst zurückgereicht wurde oder zu Boden fiel. Die Beschuldigte hatte auch mit Harald Puppinger einen Blick des Einverständnisses ausgetauscht, aber nicht in bezug auf die Göttin, die ja in Packpapier verpackt an dem andern, nicht vorgeschobenen Arm des Zeugen hing. Sie hatte aber dem Zeugen außerdem zugelächelt. Der Richter hatte nichts davon gesehen, aber er hätte es sehen müssen, der Schriftführer hatte es auch gesehen und dieses Sehenmüssen des Schriftführers hätte sich als Reiz auf den Richter übertragen müssen. Wer aber einen Richter reizt, der fordert die Vorsehung heraus. Die Stella Blumentrost hatte das getan durch ihren Ausspruch; sie sah nicht so aus, daß sie ihn sonst gereizt hätte. Aber die Esmaralda Nepalek hatte ihn anders gereizt, nicht durch ihren Ausspruch, sie hatte bloß gelogen, wie alle Frauen es tun, aber ihn nicht herausgefordert, doch sie hatte ihn mit den Schenkeln gereizt, zwischen die sein Bleistift gefallen war oder was er sonst in der Hand gehabt hatte, und das war von ihm dort geholt worden. Und nun betrat der Zeuge Puppinger das Zimmer. Er hatte seinen Kopf zum dritten Mal hereingestreckt, aber das erste Mal hatte es niemand gesehen, jedenfalls nicht der Richter. Die Stella Blumentrost hatte ihn auf dem Gang gesehen, aber erst als sie abgeführt wurde, und das war auch bemerkt und dem Richter hinterbracht worden. Sie hatte bei dieser Gelegenheit dem Manne zugelächelt, der etwas in Packpapier trug, wahrscheinlich nicht den Kopf der Leiche, das hätte er wahrscheinlich doch nicht für richtig gehalten. Nunmehr erschien der Zeuge zum dritten Male unerlaubt, von welchen Malen allerdings nur die letzten zwei vom Richter persönlich wahrgenommen worden waren. Der Richter hatte kaum vor, dem Harald Puppinger einen Sessel anzubieten, es war auch keiner mehr im Saal unbesetzt. Er hatte aber vor, ihn ruhig und kalt zu empfangen, wie man einen empfängt, den man sowieso nicht mag, den man aber in die Hände bekommen und auch überführen will.

Als aber der Harald Puppinger endgültig, d.i. zum vierten Male, eintrat, war der Untersuchungsrichter Baldur Mausgrub gar nicht ruhig. Er schrie vielmehr den Zeugen sogleich an, er wußte nicht genau warum, und wußte es vielleicht doch, aber nicht ganz offiziell. Es war da etwas, was ihn gegen den Zeugen einnahm, der als gewesener Matrose die Bauernburschen mit den Köpfen beim Heurigen gegeneinanderstieß, die Mädel aber auf dem Klosett konsumierte, in Fortsetzung der Notdurft, der eine jede haben konnte, die er nur wollte, weil er Geld hatte, ein entlassener Matrose, welcher keinen Rang irgendwo in der Welt einnahm, während dem Richter nur ein Stift absichtlich oder unabsichtlich zwischen die Schenkel eines Mädels gefallen war, das zuvor mindestens sechzehn, wenn nicht siebzehn Liebhaber gehabt hatte. Aber sie, nämlich das Mädel, durfte das, er aber durfte nicht, durfte nicht den Stift von dort wegholen, durfte ihn nicht jetzt dem Harald Puppinger entgegenhalten, durfte nicht mit demselben Stift protokollieren, daß der Zeuge Harald Puppinger in Wirklichkeit kein Zeuge, sondern ein Beschuldigter sein mußte, der durch Befehl, Anraten, Lob und Unterricht zu der Tat mit dem Wagenheber Anlaß gegeben und der weiters die Leiche beiseitegebracht hatte, von der er wahrscheinlich jetzt den Kopf, in viel Packpapier eingeschlagen, mit sich herumtrug. Das aber hatte die Stella Blumentrost schon bemerkt, die den Richter gereizt hatte, obwohl das Reizen eines Richters die Herausforderung der Vorsehung bedeutet. Die Esmaralda Nepalek hatte es nicht bemerkt, ihn aber mit ihren Schenkeln auch gereizt, so daß, so daß, es gab kein Sodaß. Der Zeuge mußte gestehen, der Zeuge mußte ein Beschuldigter werden, wiewohl die Staatsanwaltschaft noch keinen Antrag gestellt hatte, noch gar keinen hatte stellen können. Er würde den Zeugen nicht anfahren, aber ruhig und kalt zu ihm sprechen. Aber er schrie bereits, das war der Stift, der zwischen den Schenkeln steckengeblieben war.

Der Zeuge Harald Puppinger verwahrte sich ruhig dagegen, daß ihn der Richter anschrie. Er sei zum Amte als Zeuge geladen. Er habe noch gar nichts gesagt. Es sei nicht vorgesehen, daß sich ein Zeuge anschreien lassen müsse. Der Zeuge habe geduldig fast eine Stunde vor der Türe gewartet. Er habe zwei bis drei Male seinen Kopf hereingestreckt. Zumindest das letzte Mal hätte er bereits aufgerufen und befragt werden können. Man habe ihn weiter unnütz warten lassen. Der Richter erwiderte nichts. Er hätte erwidern können, daß kein Zeuge, notabene keiner, der demnächst ein Beschuldigter werden würde, das Recht habe, die Verantwortung einer Beschuldigten, die gerade vom Richter aufgenommen wurde, zu unterbrechen, daß er überhaupt nicht das Recht hatte, dranzukommen, bevor er aufgerufen worden wäre. Schon das Klopfen an der Türe, aus der doch Laute oder Schweigen drangen, war eine Störung. Das alles hätte er sagen können, und noch viel mehr, er sagte aber gar nichts. Er sagte vielleicht nichts, weil er unrecht gehabt hatte zu schreien, vielleicht auch, weil die Sache mit dem Stift schon ein Unrecht war, und er hatte keinen anderen Stift, mit dem er alles niederschreiben würde, selbst wenn er einen solchen vom Tische des Schriftführers borgen sollte.

Er bot dem Zeugen weiters keinen Sitz an, aber der Zeuge wollte einen. Der Zeuge sollte vor ihm stehen, wie die Stella Blumentrost vor ihm gestanden war. Das entsprach vielleicht den Vorschriften nicht, wonach dem Zeugen, der außerhalb der Hauptverhandlung gehört wird, ein Sitz gebührt, ebenso wie in diesem Falle dem Beschuldigten. Aber es war gut so, daß die Stella Blumentrost gestanden war, gut so, ob im Einklang mit der Geschäftsordnung oder nicht im Einklang. Es war nicht gut, daß die Esmaralda Nepalek sitzen konnte, ob im Einklang mit der Geschäftsordnung oder nicht im Einklang. Er wußte nicht, wo die Sache mit dem Sitzenlassen der Zeugen und Beschuldigten im Vorverfahren und im Rechtshilfeverfahren geschrieben stand, er hatte damals nicht nachgeschlagen, obwohl er sonst alles nachschlug, auch das, was gar nicht zweifelhaft war, und die Entscheidungen beachtete, die der Oberste Gerichtshof oder selbst nur das Oberlandesgericht oder auch nur ein anderer Gerichtshof erster Instanz gefällt hatte in anderen verwandten oder nichtverwandten, aber doch anwendbaren bzw. kopierbaren Fällen. Jedenfalls hätte er diesmal der Vorschrift nicht Genüge leisten dürfen. Die Esmaralda Nepalek hätte nicht sitzen dürfen. Denn wenn sie nicht gesessen wäre, so würde auch das mit dem Bleistift nie passiert sein. Er wäre nie zwischen ihren Schenkeln steckengeblieben und von dort aufgenommen worden. Bei Harald Puppinger konnte das freilich gar nicht vorkommen. Was kümmerten ihn die Schenkel des Harald Puppinger, außer daß der diese zwischen die der Stella Blumentrost und der Esmaralda Nepalek eingeschoben hatte, wie er selber jetzt den Bleistift, und daß er dann zum Komplizen beider geworden war, festzustellender –, aber noch nicht erwiesenermaßen.

Jedenfalls ließ der Landesgerichtsrat Baldur Mausgrub den Harald Puppinger vor sich stehen, als er ihn als Zeugen befragen wollte, und der Zeuge begehrte nach einem Sitz, der ihm als Zeugen gebühre, wie er sich habe sagen lassen. Es entspann sich nun eine, wenn auch noch ziemlich ruhige Auseinandersetzung zwischen dem amtshabenden Richter und dem zum Amte geladenen Zeugen über diese ganz unwichtige Formfrage. Der Richter wollte wissen, woher der Zeuge seine Rechte so gut kenne, ob und wie oft und bei welcher Gelegenheit er bereits in Rechtskonflikten aufgetreten sei, und auch in welcher Eigenschaft. Der Zeuge hinwiederum ging darauf gar nicht ein, sondern verstieg sich zu der Behauptung, er habe noch vor dem Dienst in der Marine, nach von ihm angeblich absolviertem Gymnasium, die Geschäftsordnung für die Gerichte in Händen gehabt und darin einen Satz gefunden, daß dem Zeugen, der sich außerhalb einer Verhandlung vom Richter vernommen finde, ein Sitz zukomme. Es war nun kaum glaublich, daß ein gewesener Matrose, wenn selbiger auch vorher das Gymnasium absolviert haben würde, Gelegenheit genommen hätte, die Geschäftsordnung für die Gerichte zu studieren, die weder ein Rechtsanwaltsanwärter noch ein Richteramtsanwärter noch ein werdender Notar mit Interesse zu belegen pflegt und die einer noch dazu längst vergessen haben würde, wäre es richtig, daß er sie je gelesen hätte. Der Zeuge fügte außerdem noch hinzu, er glaube, wenn sich auch alles andere ändere, daß die Geschäftsordnung doch und unverändert dieselbe bleibe, und er müsse auf deren Einhaltung um so eher bestehen, als er sich heute morgen müde fühle. Nun wußte der Richter wohl, daß man in solchen Fällen den Zeugen einen Sitz anwies, er wußte aber vielleicht nicht genau, warum. Es stand im Gesetz, in welchem und wo, wußten wenige. Daher ließ sich der Richter auch gar nicht erst auf einen Streit mit dem Zeugen ein, sondern wunderte sich bloß über dessen Müdigkeit, da es sich doch um einen Mann handle, der sonst außerordentlich viel auf sich nehme und doch nicht entkräftet werde. Der Richter hatte schon wieder seinen Bleistift in der Hand, denselben, der zwischen jenen Schenkeln steckengeblieben war, welches auch die Schenkel gewesen sein mußten, die den Harald Puppinger trotz wiederholter Inanspruchnahme auf nicht bloß symbolische Weise ermüdet haben dürften. Der Zeuge verwahrte sich neuerdings gegen Anspielungen auf seine Privatsphäre. Der Richter korrigierte, was noch privat sei, das wisse er viel besser.

Der Landesgerichtsrat Baldur Mausgrub hatte alle Gesetze, die er dauernd brauchte, auf seinem Schreibtisch, selbst einige Sammlungen von Entscheidungen, die er privat angeschafft hatte, obwohl er sie in der Bibliothek des Gerichtshofes jederzeit hätte nachlesen können. Dort stand auch sicher die Geschäftsordnung für die Gerichte, die wahrscheinlich auch bei dem höchsten Kanzleibeamten, dem Leiter der Geschäftsstelle, vorhanden war. Bei ihm selber stand sie jedoch nicht. Er konnte daher die Frage des Sitzes für den Zeugen im Augenblick nicht überprüfen. Er konnte nichts nachschlagen und hätte zwar vielleicht etwas herbeischaffen können, doch wollte er sich wegen solcher Herbeischaffung nicht erst umständlicherweise entfernen. Vielleicht wußte er sogar aus oberflächlicher Erinnerung, daß dies sehr wohl in der Geschäftsordnung stand, aber ganz woanders oder gar nirgends. Jedenfalls wollte er sich nicht so leicht geschlagen geben und hielt daher dem Harald Puppinger vor, dieser könne sehr leicht im Handumdrehen aus einem Zeugen zu einem Beschuldigten werden.

Der gewesene Matrose schickte sich aber auch jetzt nicht an, klein beizugeben, obwohl das Reizen eines Richters der Herausforderung der Vorsehung gleichkommt. Er meinte nämlich vorbringen zu sollen, daß er zwar unbescholten und ein blutiger Laie sei, aber doch nicht glaube, aus einem Zeugen im Handumdrehen ein Beschuldigter werden zu können. Außerdem glaube er sich aber auch noch an einen weiteren Punkt der Geschäftsordnung erinnern zu können, nach welchem im Vernehmungsfalle selbst dem Beschuldigten ein Sitz gebühre, und nicht bloß aus symbolischen Erwägungen. Dieser Einwand brachte den Richter um den Rest seiner Beherrschung. Er warf den Bleistift auf den Boden, von dem ihn niemand aufhob. Seine Annahme, Harald Puppinger, der Schriftführer oder der von diesem vernommene Zeuge würden sich nach dem Stifte bücken, blieb unerfüllt. Weiters äußerte er, wenn gar nichts stimme von dem, was der Zeuge gesagt habe, der blutige Laie stimme ganz bestimmt, ja, dieser wäre ein sehr blutiger Laie, aber er solle nunmehr einen Sitz haben, ob mit Recht oder zu Unrecht, das lasse er offen, wie er auch offenlassen könne, wie lange er darauf noch sitzen werde. Damit stürzte der Richter hinaus, um aus irgendeinem Nachbarraum die fehlende Sitzgelegenheit herbeizuschaffen.

Er blieb hiezu minutenlang weg, wahrscheinlich weil er das, was er suchte, nicht sogleich fand, vielleicht auch, um den Zeugen noch weiter hinzuhalten und in Schrecken zu versetzen. Währenddessen blieb der aufsässige Zeuge vorschriftswidrig in seinem Zimmer und vernahm der Schriftführer in gleichfalls durch kein Gesetz gedeckter Art, nämlich ohne richterliches Beisein, somit nichtig, einen anderen neben ihm sitzenden Zeugen. Schließlich aber kehrte Landesgerichtsrat Baldur Mausgrub doch mit einem Sessel zurück, den er mit großem Gepolter aufstellte, nachdem er ihn vorher mit weitausladender Bewegung durch die Luft geschwungen hatte. Er tat dies, sei es, weil er in der Zwischenzeit sich doch die Geschäftsordnung besorgt und darin gelesen hatte, daß der Zeuge nicht oder doch recht hatte, oder weil er einen Kollegen darüber befragt und gar keine, eine ausweichende, eine befriedigende, eine unbefriedigende Auskunft erhalten hatte, oder sei es, daß er nur mit diesem symbolischen Schwunge und Stoße den Zeugen symbolisch vorerledigen oder aber auf solche Art den Frieden zwischen sich und ihm sinnbildlich wiederherstellen wollte. Letzterer wäre allerdings ohne Verlust an Gesicht auch auf die Weise herzustellen gewesen, daß der Richter dem nunmehrigen Zeugen einfach jenen Stuhl angeboten hätte, den kurz vor dem richterlichen Rücklangen der entgegen der Strafprozeßordnung vom Schriftführer ohne sein Beisein vernommene zweite Zeuge verlassen hatte.

Sowie nun die Stuhlfrage im Sinne des respektlosen Zeugen gelöst war, holte sich der Richter vom Tisch seines Schriftführers einen anderen Stift statt des herabgefallenen, wiewohl dieser andere möglicherweise gar nicht ärarisches Eigentum war, sondern im Privatbesitz seines jüngeren, noch ungeprüften Kollegen stand. Diesem wies er dafür das Schreibmaterial zu, das nunmehr auf dem Boden lag, und erntete so ein erstes Lächeln, das vielleicht nur diesem Ereignis und nicht auch einem früheren galt. Danach wollte er von Harald Puppinger wissen, wann dieser zum ersten Mal mit Wagenhebern auf eine andere Art hantiert habe als der, ein Fahrzeug damit zum Radwechsel bereitzumachen, und wann er zum ersten Male diese seine zweckentfremdende Angewohnheit seinen beiden Liebsten, Esmaralda Nepalek und Stella Blumentrost, kundgetan und vorgezeigt hätte.

Der Zeuge Harald Puppinger wollte auf diese an ihn sehr direkt gestellte Frage zunächst nicht antworten. Er lehnte sich aber auf seinem Sessel zurück, der für Personen von seinen Ausmaßen offenbar nicht gemacht war und der ihm schon aus diesem Grunde gar nicht zustand, selbst wenn er nach den Vorschriften der Geschäftsordnung, einer Anordnung des Präsidiums oder bisher geübter Gewohnheit ihm zugestanden wäre. Es ging somit ein Krachen durch den Stuhl, als ob derselbe im nächsten Augenblick unter seiner Last zusammenbrechen sollte. Aber der Zeuge, der hierdurch möglicherweise und ohne richterliche Mitschuld, denn der Richter wollte ihm den Stuhl gar nicht einräumen, zu Schaden gekommen wäre, erwog noch immer, ob und was er in Sachen Wagenheber zu sagen habe, obwohl seine Aussage unter Zeugenstrenge stand und er alles sagen mußte, was er wußte, selbst für ihn Nachteiliges, es sei denn, es würde ihm eine bezügliche Erinnerung gemacht werden, daß er sich der Aussage auch entschlagen könne, oder er selbst beriefe sich auch ohne solche Erinnerung auf diese Gesetzesstelle und der Richter ließe seine Berufung zu. Wenn er aber schwiege, d. h. gar nichts antwortete, konnte seine Aussage auch erzwungen werden, durch Geldstrafe und Haft von allerdings begrenzter Dauer, und wenn er dann noch immer nichts sagte, müßte man ihn doch wohl laufen lassen. Aber der Zeuge wußte das alles wahrscheinlich gar nicht, er hatte sich anscheinend nur auf die Frage festgelegt, ob ihm ein Sitz zukomme, und er hatte dann den Sitz bekommen, der bereits unter seinem Gewicht zu krachen begann.

Der Zeuge entschied sich trotzdem, die Frage über den Wagenheber und dessen andere als zweckmäßige Verwendung außer acht zu lassen und sie nicht zu beantworten. Der Richter war aber nicht geneigt, ihm diese Außerachtlassung hingehen zu lassen und sein Schweigen zu dulden. Aus diesem Grunde glaubte er, neuerdings schreien zu müssen, und er schrie sogar aus Leibeskräften, aber der Sitz des Puppinger erzitterte nicht hierdurch, sondern von dem Gewicht und der Wucht des Zeugen, der nicht für einen gewöhnlichen Gerichtssessel gemacht war. Was der Richter schrie, war nicht sofort auszunehmen, doch kam jedenfalls in seinem Schreien eine Bezugnahme darauf vor, daß hier eine Person durch einen Wagenheber umgekommen sei und es durch Urkunden feststehe, daß der Zeuge die Beschuldigten in dem mörderischen Gebrauch des Wagenhebers unterwiesen, d.i. angeleitet, habe. Daher sei die Frage auch berechtigt und müsse beantwortet werden, widrigenfalls gesetzliche Zwangsmittel angewendet werden könnten.

Harald Puppinger saß nun gar nicht gut da, das machte ihn aber zunächst noch nicht unruhig. Auch der richterliche Aufschrei durchbohrte sein Inneres nicht, sondern blieb ganz außen an seiner Haut haften, ohne auch nur seine Poren entsprechend zu erweitern. Trotzdem begann er zu überlegen, wie und was er zu antworten haben werde, obwohl ein Zeuge nichts als die reine Wahrheit sagen soll, auch nichts verschweigen darf und obwohl er die an ihn gestellte Frage, wenn schon nicht unbedingt sofort, so zumindest nach und nach und sicherlich ganz zuletzt in ihrem vollen Ausmaß und ihrer Tragweite erfaßt haben mußte. Er meinte aber, daß er, wenn er einem oder zwei Mädchen etwas erzählt und dargestellt hätte, was ihm selber widerfahren sei, ob es nun tatsächlich so oder anders gewesen wäre, dadurch nicht zu verantworten habe, wenn sie gleiches oder ähnliches selbst vollführten, und daß seiner Meinung nach jeder, der einen Wagenheber sehe oder kenne, auch wisse, daß er sich im Notfall damit gegen einen andern behaupten könne, der keinen und auch nichts Ähnliches in Händen habe. Das protokollierte der Richter so, wie es gesagt war, und da ihm Puppinger kein Datum seiner Erzählung nannte, setzte er hinzu, daß der Zeuge die Zeitangabe seiner Darstellung verweigere.

Danach mußte der Puppinger dem Richter bekennen, wo er die kritische Nacht verbracht habe, was er gleichfalls nicht angeben mochte. Als ihm der Richter androhte, ihn sofort festnehmen zu wollen, siegte aber offenbar die Angst über die Diskretion, und der Zeuge räumte ein, die Nacht bei der sechzehnjährigen Paula Zipfelhauber verbracht zu haben, und zwar in deren Elternhause, wobei es zur Entjungferung der Genannten bei Nahesein von deren Eltern und Aufsichtsorganen, aber ohne deren unmittelbaren Einblick gekommen wäre. Er hätte sich nämlich schon vorher in dem bezeichneten Hause aufgehalten und könne auch gar nicht die Eltern als Zeugen anführen. Er wurde vielmehr selbst über sein Bekenntnis schamrot und bat den Richter vergebens, es der vorzeitig in den Frauenstand Versetzten womöglich zu ersparen, vor Gericht geladen zu werden. Er habe die Genannte noch in der Nacht verlassen und sei vor Morgengrauen heimgekommen. Einen Hirsch, der ihm begegnet wäre, könne er leider nicht als Zeugen anführen. Somit hielt ihm der Richter vor, daß er wahrscheinlich noch Zeit gehabt habe, die beiden Beschuldigten zu erreichen und bei der Wegschaffung des Leichnams mitzuwirken. Das aber bestritt er weiterhin auf das heftigste.

Sodann sorgte der Richter für zwei weitere Überraschungen, die er offenbar bewältigte, während er das Zimmer kurzfristig verließ. Er vernahm zwar den Zeugen weiter, und nichts in der Welt verriet, was er sich in der Zwischenzeit überlegt hatte. Nur daß er nunmehr, als er wiederkam, den Stift vom Boden aufhob, den der Schriftführer noch immer nicht genommen hatte, und sich von da ab wieder desselben bediente. Es war kein Symbol mehr, noch etwas anderes, er hatte den Mann, er hatte ihn sicher, das Mädchen würde kein volles Alibi abgeben, so ein dunkler Matrose, der die Weiber haufenweis nahm und für den eine Entjungferung nur ein Alibi war, mußte jetzt und sofort unschädlich gemacht werden. Er stellte Fragen an ihn, die scheinbar bedeutungslos waren, aber es verging Zeit, und er kreiste ihn mit dem Bleistift ein, er mußte sagen, ob er als Matrose oder noch früher oder später sich auf Grabungen eingelassen, wie tief er bei seinem Haus gegraben habe, als die Nepalek auf dem Dache gesessen war. Dieser Bleistift, der zwischen ihre Schenkel drang, war doch stärker als der Mann, der zwischen Mädchenschenkel eindrang, um deren Inhaberinnen auf Morde vorzubereiten oder ein Alibi für eine Vorschubleistung an Mörderinnen zu erhalten.

Aber während der Richter noch fragte und Antworten bekam, die er alle aufschrieb, er mochte sie nun brauchen oder nicht brauchen können, erhielt er den Anruf, auf den er wartete. Danach ließ er den Zeugen in den Nebenraum eintreten. Da standen schon drei Justizwachebeamte. Die setzten sich neben den Zeugen. Es waren also unterdessen vier Sitze und ein ganzer Raum freigeworden. Danach aber blieb Paula Zipfelhauber zu vernehmen und sollte dem Richter ihre Entjungferung gestehen. Sie wurde rot und weinte sogar, wußte aber im Augenblick weder den Tag noch die Stunde, was er als entscheidend festhielt. Danach ließ er den Zeugen verhaften und wegführen als unbedingt verdächtig, vor der Tat ein Verbrechen dieser Art angeraten und nach derselben an der Wegschaffung des Leichnams mitgewirkt zu haben. Als man ihn aber abführen wollte, schrie diesmal der Zeuge, und da er eine Figur in Packpapier in Händen hielt, welche er der Stella Blumentrost überbringen wollte, nahm ihm der Richter das Packpapier samt der Figur ab und erklärte, es für die Genannte demnächst zu hinterlegen, heute sei das Depot nur noch für die abzuliefernden Sachen des früheren Zeugen zugänglich. Damit ging er fort und ließ den Zeugen während seiner Wegführung vor dem erstaunten Schriftführer schreien. Das mußte einem Siege des Richters gleichgehalten werden, der das Ding im Papier auch wegtrug, um es am nächsten Tage zu den Sachen Stellas zu bringen, der es ja nicht persönlich ausgefolgt werden durfte.

Es war bisher nur äußerst selten vorgekommen, daß ein Richter in der Voruntersuchung eine Zeugin so schnell telephonisch herbeischaffte wie Baldur Mausgrub die Paula Zipfelhauber. Es war erst das zweite Mal überhaupt, daß ein Richter die Justizwachebeamten vorher kommen ließ, um eine Person nachher festnehmen zu lassen, bei dem anderen, früheren Fall hatte es sich um einen gegen Kaution freigestellten Beschuldigten gehandelt. Es war wahrscheinlich das erste Mal, daß ein Richter statt des Depots dem Zeugen eine Figur abnahm und als übernommen bestätigte, er hatte nicht einmal gesehen, was es gewesen war, bestätigte aber dem Deponenten auf Wunsch »menschenfressende Göttin in Packpapier«.

Als der Richter nach Hause gekommen war und seinen Sieg auch gehörig feiern wollte, wenigstens ist dies aus Reliquaten immerhin ableitbar, mußte es für ihn höchst unzureichend wirken, daß er niemand zum Mitfeiern hatte als seine eigenen vier Wände oder mehr, wenn auch die anderen Räume, in denen er sich zur Zeit nicht aufhielt, dazugerechnet würden. Diesem Umstand ist es offenbar zuzuschreiben, daß er einerseits Notizen machte, andererseits auch ein Tonband laufen ließ, welches später der Dokumentation diente, als man sich dafür interessierte, was in den letzten Stunden geschehen war. Sicher ist, daß er zunächst die menschenfressende Göttin aus dem Packpapier nahm, daß er sie zuerst für wenig wertvoll hielt, aber dann anderen Glaubens wurde. Denn er erhob sie auf ein Piedestal, das früher einer Art Hausaltar gedient haben mochte, und neben derselben befand sich nur ein Stift, sein eigener, offenbar der, welcher vorher zu Boden gefallen war. Darauf dachte er laut Tonband, dieser gewesene Matrose werde weder seines Frauenraubes, die Göttin eingeschlossen, froh werden, noch seiner vollaufzuklärenden Teilhaberschaft am Morde. Mit diesem Stifte, der zwischen den Schenkeln einer Mörderin festgehalten und von dort aufgenommen worden war, sei sein Schicksal aufgezeichnet. Die menschenfressende Göttin werde ihn selber fressen, nämlich den Matrosen. Er sehe, wie dieser im Zorne gegen die Kerkermauern renne und solche nicht durchdringen könne. Aber was sei das, wenn die Schrift mit diesem Stift nur eine Spinnwebe darstelle und er dagegenrenne? Und der Kopf des Ermordeten halte sich ihm entgegen, sei aber gar nicht tot. Hätten denn die Mörderinnen keinen ermordet? Das mit dem Stift sei wahr, das mit der Figur sei wahr und der Zeuge verhaftet, er bleibe es auch, das müsse er, Baldur Mausgrub, bei seinem Leben versichern, aber was werde aus seinem Leben, wenn es statt des Lebens des Ermordeten gefordert werde? Der Richter fühlte sich schlecht, sehr schlecht. Aber er habe nicht gewußt, daß er irgendwie leidend sei. Er habe einen vollständigen Sieg erlitten, zwischen den Schenkeln, über die Figur und den Zeugen. Siege erleidet man aber nicht. Man steigert sich zu ihnen empor. Der Zeuge sei auf diesem Sessel, den er begehrt habe, sitzengeblieben, er komme von ihm nicht los. Er komme vom Wagenheber nicht los. Der klebe in seiner Hand. Aber wenn niemandes Schädel eingeschlagen sei, dann müßte es das Haupt des Richters sein, um das dieser verringert werde. Entgegen dem Sonnengott und entgegen der schwarzen Göttin. Waren die Mädel auch schwarz? Sie waren es nicht. Hatten sie wen erschlagen wie Judith, die Undeutsche? Sie hatten nicht. Die eine hatte schlecht ausgesehen, aber sie war es nicht. Die andere, zwischen deren Schenkel der Bleistift gefallen war.

Das Haupt des Ermordeten recke sich noch empor, es sei also nicht tot. Er führe ein Verfahren gegen sich selbst. Aber nicht wie der Richter Adam, der doch wenigstens den Krug zerschlagen hatte. Ein ganz anderes Verfahren. Weil aller Gedanke sich vom Fleische entfernt und bei seiner Fleischwerdung aufhört, Gedanke zu sein. Aber doch nicht das Fleisch wird, das vorher war. Denn das Wort ward Fleisch, es wurde aber nicht Fleisch, und war doch kein Wort mehr, war Schweigen.

Als die Bedienerin in der Frühe wie auch sonst mit ihrem andern Schlüssel die Türe öffnete, war der Richter Baldur Mausgrub schon tot. Der auf ihre Veranlassung herbeigerufene Amtsarzt Dr. Joachim Wögpecker stellte nichts Verdächtiges fest. Das Herz des Richters mochte schon früher ein schwaches gewesen sein. Nunmehr hatte es ganz einfach zu schlagen aufgehört. Die menschenfressende Göttin wurde, obwohl sie von der Haushaltshilfe nicht als Eigentum des Richters erkannt worden war, wenigstens vorläufig irrtümlich in dessen Nachlaß einbezogen.

Am Morgen wurde der Zeuge, der sich über seine Verhaftung beschwert hatte, dem Stellvertreter und Nachfolger des Untersuchungsrichters, Xaver Xomandal, vorgeführt. Dieser entnahm den Aufzeichnungen seines Vorgängers keine hinreichenden Gründe, den Harald Puppinger festzuhalten. Da auch die Staatsanwaltschaft über Befragen den Haftbefehl, den sie nicht beantragt hatte, sogar bekämpfte, wurde der Zeuge wieder in Freiheit gesetzt und auch kein Verfahren gegen ihn eingeleitet.

Sowie nun der Matrose das Gefangenenhaus verlassen durfte, wozu er nicht einmal einen Verteidiger eingesetzt hatte, beschloß er angeblich, sich auch für die Freilassung der Mädel nach Kräften zu verwenden, weshalb er alsbald Verbindung mit dem Versicherungsagenten Kunibert Falkner aufnahm, der bisher nicht wie er zum Untersuchungsrichter geladen worden war.

Als sich nun Harald Puppinger zunächst telephonisch bei

Kunibert Falkner meldete, erstaunte dieser im Augenblick. War doch die Zusammenkunft, die er noch zur Freiheitszeit der Mädel mit diesem gehabt hatte, keineswegs zu seinen Gunsten ausgefallen, wenngleich er in der Nacht vor dem auch ihm durch die Zeitung und nachträgliche Gendarmerieerhebungen bekanntgewordenen Morde so glücklich gewesen war, den Mädeln ihr Gewand abzugewinnen, und sie fast eine Nacht lang, ehe er persönlich oder die vielleicht Fröstelnden selbst sich zudeckten, seinem Tantalusblick ausgesetzt blieben, allerdings mit einem Wagenheber dazwischen. Es entsprach nunmehr freilich seinem Zungengefühl, dem andern die Zusammenkunft zu verweigern. Er wollte sich aber persönlich um den Fall kümmern, wie er sich schon vorher selbstlos der Stella angenommen hatte. Wenigstens hatte kein Dank für ihn herausgeschaut. Als aber der andere auf der Zusammenkunft bestand, auch erwähnte, es hänge viel davon ab, man wolle die Mädel zugrunderichten und alle Bekannten auch irgendwie hineinziehen, da dachte er, daß er den Mann doch wohl oder übel empfangen müsse, nur solle dies niemand erfahren. Ansonsten werde er persönlich auch noch in die Sache verwickelt, wie der andere schon in sie verwickelt worden sei. Daher entschloß er sich lieber, ihm in der Gegend zu begegnen, in der er selber ansässig war, damit nicht etwa Nachforschungen in dem Bezirk des Puppinger mit seiner eigenen Auffindung endigten. Auch das war seiner Meinung nach noch irgendwie gefährlich, weil der Anfrager beschattet und verfolgt werden konnte, doch hielt er den Spürsinn des Matrosen für ausreichend, sich selbst und andere in Mitverdacht Gezogene der Nachforschung der Obrigkeit zu entziehen, hatte jener doch wahrscheinlich bisher schon ein nicht ganz einwandfreies Leben erfolgreich und ohne nennenswerte Behelligungen hinter sich gebracht, und war er nun nach seiner Aussage vor kurzem wieder einem Zugriff der Behörde entgangen, wenn auch gerade noch und vielleicht nur bis auf Widerruf. So zumindest lautete die Ausrede des Kunibert Falkner, daß er seinem angeblich glücklicheren Rivalen die Zusammenkunft schließlich in seiner eigenen Privatwohnung bewilligte, in der sie natürlich um so eher auffallen mußte, als er bisher in derselben kaum einen Außenstehenden empfangen hatte und als notabene gerade seine Mutter bei ihm aus einem entfernten Bundesland zu Gaste war, welcher er nunmehr eine Kinokarte vermitteln mußte, weil er gar nicht vorhatte, sie mit dem Falle und den in demselben zu treffenden Vorkehrungen bekanntzumachen.

Nach den späteren Schilderungen der beiden, die tunlichst aufeinander abgestimmt waren, habe Harald Puppinger zunächst sein Kommen damit entschuldigt oder sogar gerechtfertigt, daß es heutzutage, wo doch jeder nur für sich selbst etwas tue, doch wohl angebracht sei, hie und da eine Ausnahme passieren zu lassen. Im gegenständlichen Fall sei es nicht einmal eine klare und unbedingte Ausnahme, denn es werde ein Mord behauptet, bei dem eine Leiche gar nicht vorliege. Zwei Mädel hätten diesen gemeinsam ausgeführt und sich dabei eines Wagenhebers bedient, auf den er selbst des öfteren, sein Gegenüber aber nach den Tagebucheintragungen des Mädchens auch gelegentlich Bezug genommen. Da die Leiche fortgeschafft oder zumindest abwesend wäre, suche man Gefälligkeitsmittäter im unmittelbaren Bekanntenkreis der Mädel. Bezahlt sei niemand worden, da von der angeblichen Beute, einem Auto und Bargeld, nur ein Tausendschillingschein fehle, es könnte also bloß ein uneigennütziger Bekannter oder ein Liebhaber der Mädel am Werke gewesen sein. Dabei kämen wiederum nur sie beide in Betracht. Daher handle es sich nicht um eine reine Ausnahme von selbstischen Bestrebungen, wenn er und der andre sich mit dem Fall befaßten.

Nach dieser Einkleidung Puppingers sah sich der andere angeblich sofort in der besseren Position. Er antwortete, daß er es als plump empfinden müsse, wenn man ihn eigennütziger Motive bezichtige und auf diese eine Rettungsaktion aufbauen wolle. Er habe noch zu Lebzeiten von Stellas Eltern und nach deren tödlichem Unfall Stella über lange Zeit eine auskömmliche Berentung verschafft, von der das Mädel die letzten Jahre gelebt habe. Ein Gegengeschäft irgendwelcher Art könne ihm nicht gut unterstellt werden. Das andere Mädel kenne er überhaupt zu wenig, um Verbindungen mit ihm anzuknüpfen.

Hier setzte wiederum Harald Puppinger ein und meinte, daß die Herren, die nur von Hoffnungen und Einbildungen lebten, gefährlicher seien als jene, die nach Sättigung sofort verlangten und solche auch erwirkten. Die ersteren täten für ihre Vorstellungen alles das, was die Satten für das, was sie schon gehabt hätten, gar nicht mehr täten. Warum sollte auch ein Liebhaber, welcher sein Mädel bei einer vereinbarten Zusammenkunft sitzenließ, um mit einem andern beisammen zu sein, für ersteres einen Mord decken? Doch der, welcher sie erst bekommen wolle, dem sei dergleichen wohl eher zuzutrauen.

Darauf wollte Kunibert Falkner wieder etwas erwidern, um den andern außer Gefecht zu setzen. Das hätte aber in dessen Vergangenheit zurückgeführt, und so gut kannte er ihn gar nicht, um ihm da etwas vorzuhalten. Er nahm auch an, daß, wenn eine Schuld oder ein dringender Verdacht gegen Puppinger vorliege, wenigstens behauptete er das, die Obrigkeit ihn ohnehin früher oder später zur Verantwortung ziehen würde. Einstweilen konnte man aber versuchen, den Mädeln zu helfen, wenn diesen überhaupt noch irgendwie zu helfen wäre.

Nach seiner Darstellung erwiderte er dem Besucher daher bloß kühl, wenn derselbe gekommen sein sollte, um Vorschläge zu machen, wie man den beiden des Mordes Angeklagten helfen könne, ohne mit dem Gesetz in Konflikt zu geraten, so möge er jetzt sagen, was zum Thema zu sagen sei. Auf dieser Einschränkung müsse er allerdings bestehen.

Nun begann der Angekommene seine Meinung zu unterbreiten, daß hier, wo die Leiche fehle, auch der Mord nicht vorhanden sein könne. Sie beide kannten das eine Mädel hinreichend, um zu wissen, daß es einen Mord weder beschlossen noch vorbereitet habe und daß ihr dafür Helfershelfer nicht zur Verfügung stünden. Hinsichtlich des zweiten Mädels müsse sich Falkner auf seinen Eindruck verlassen, er selber dürfe sich außerdem durch Erfahrung abschirmen. Wo aber wäre ein fremder Autofahrer zu finden, der nach oberflächlicher Bekanntschaft sich nicht damit begnüge, einen fremden Wagen flottzumachen, sondern auch noch eine Leiche fortschaffe, bloß um sich einem oder zwei Mädeln gefällig zu erweisen, die den Mann vorher erschlagen hätten. Ein solcher Autofahrer, der dergleichen niemals für eine augenblickliche Gunst getan haben würde, hätte im übrigen auch kein Geld oder sonstige materielle Vorteile erhalten haben können, da aus der Brieftasche des Toten angeblich nur tausend Schillinge fehlten. Weit eher müsse angenommen werden, daß der sogenannte Ermordete gar nicht tot sei, sondern irgendeinen Grund habe, sich verborgen zu halten, und daß er möglicherweise sogar nichts dagegen gehabt habe, daß sein nicht mehr ganz neues Auto von zwei fremden Mädeln weggebracht wurde, wobei er auch noch hatte annehmen können, daß mindestens dessen Gegenwert wieder einfließen werde. Wichtig sei, herauszubekommen, ob der Betreffende irgendwo gegen Kasko, gegen Ableben, gegen sonst etwas versichert gewesen sei. Für solche Nachforschungen wäre niemand geeigneter als Kunibert Falkner.

Falkner hörte den anderen ruhig an und sagte dann, er habe sich schon ein wenig umgetan. Der Wagen des Thugut sei lediglich haftpflichtversichert. Ob eine Versicherungspolice wegen Ablebens vorhanden sei, wisse er freilich noch nicht. Beim Verlassenschaftsgericht sei bisher keine bekanntgegeben worden. Soviel habe er schon herausbekommen können. Es wäre natürlich denkbar, daß noch etwas nachkomme. Wahrscheinlich sei es nicht, denn die Gläubiger des Verstorbenen hätten ihre Anmeldung auch unterlassen. Bei der letzteren Mitteilung schien dem Puppinger etwas einzufallen, denn er strahlte über das ganze Gesicht, sagte aber nichts.

Ob nun das Vorhandensein mehrerer Gläubiger des Ermordeten oder deren Nichtanmeldung zur Verlassenschaft den Harald Puppinger auf den Gedanken brachten, daß der Getötete bloß verschwunden sei, um sich vor seinen Forderungsträgern in Sicherheit zu bringen, oder ob er sich die Aufklärung des Sachverhaltes nach dieser Richtung selbst vorbehalten wollte oder ob andere noch unbekannte Motive ihn zu seiner lachenden Grundhaltung veranlaßten, war damals ungewiß. Sicher ist, daß er dem Kunibert Falkner gleich darauf vorgeschlagen haben will, mit ihm zusammen und jeder auf eigene Verantwortung Ermittlungen über den wirklichen Sachverhalt aufzunehmen. Darauf berichtete er dem anderen, wie es dazu gekommen sei, daß ihm ein früherer Untersuchungsrichter erst den Sitz verweigerte, ihn dann aber gefangensetzte, wie ihn später ein anderer weggelassen und daß er damals eine Figur in das Gerichtsgebäude getragen habe, von der er wollte, daß sie der Blumentrost zugute käme, und der Richter, der jetzt nicht mehr sei, ihm diese Figur abgenommen, sie aber doch nicht abgegeben hätte, was er herausbekommen habe.

Kunibert Falkner zeigte sich nun persönlich nicht bereit und vermutlich kaum in der Lage, unmittelbar zur Aufklärung des Sachverhaltes beizutragen. Wohl aber meinte er, könne er vielleicht einen Versicherungsanwalt für die Sache interessieren, einen gewissen Dr. Alfons Apsmirkler, den er persönlich gut kenne. Wenn nun Harald Puppinger jemand wisse, der für das zweite Mädel die Sache übernehmen würde, dann sei für beide das beste geschehen, was man gegenwärtig für sie tun könne. Vielleicht sei die Figur, welche Puppinger für Stella ins Gefängnis habe bringen wollen, von irgendeinem Wert und könne als Anzahlung für Esmaraldens Verteidigungskosten dienen. Dann möge er den Gegenstand sofort zurückverlangen. Es müsse vielleicht als ein wahres Glück betrachtet werden, daß man in diesem Falle die Göttin nicht als Stella gehörig verwahrt habe. Denn ansonsten wäre sie für Stella ohnehin nicht zugänglich und vermutlich überhaupt verloren, weil darauf als auf Eigentum einer angeblichen Mörderin von der Familie des für ermordet Geltenden noch gegriffen werden könne. Er sehe im übrigen überhaupt nicht ein, warum der andere eine solche Sache für das Mädel abgegeben habe.

Puppinger rechtfertigte sich zunächst damit, daß er die wahrscheinlich sehr wertvolle, mit einem Griff versehene Statue der menschenfressenden Göttin der Stella versprochen habe und sie durch Einlösung des Versprechens, auch wenn sie den Gegenstand selbst nicht gleich hätte erhalten können, durch Mitteilung von dessen Abgabe für sie in Freudenstimmung habe versetzen wollen.

Er sehe nun freilich ein, daß es vielleicht ein Fehler gewesen sei, weil die von Kunibert Falkner angeführten Gegengründe vorlägen. Der Familie Thugut wolle er sicher nichts zuwenden. Auch kenne er gut einen Verteidiger, welcher für ihn als Rechtsanwalt in Zivilsachen die Erbschaft seiner Eltern abgewickelt habe. Derselbe habe die Göttin bei ihm des öfteren bewundert und es für schade gehalten, daß dieselbe bei Bemessung des Nachlasses außer Betracht geblieben sei, weil sie nicht hineingehörte, sonst wären ihm gewaltig mehr Gebühren zugestanden. Daraus gehe auch hervor, für wie teuer der Anwalt die Figur halten müsse, da von seinen Eltern auch wertvolles Mobiliar, vor allem aber eine Liegenschaft vorhanden gewesen. Dieser Anwalt heiße übrigens Dr. Paul Permsusel, spreche zwar nicht sehr schön, aber eindringlich und glaubhaft.

Nun seien die Liebhaber der beiden Mädel dahin übereingekommen, die menschenfressende Göttin so schnell als möglich feststellen zu lassen und in den Besitz des Harald Puppinger zurückzubeordern. Zu solchem Behufe wandte sich der Puppinger schon jetzt an den Dr. Permsusel, während der zweite den Dr. Apsmirkler für die Verteidigung der Stella interessierte. Beide Verteidiger sagten zu, sich mit den betreffenden Mädeln in Verbindung zu setzen. Dr. Permsusel wollte sich allerdings zuerst um das Zustandebringen der menschenfressenden Göttin bemühen. Dies war schwierig genug, weil Harald Puppinger den Zettel, den ihm der Richter zur Bestätigung ausgestellt hatte, vorerst zerknüllt, vermutlich im Zorn über seine Verhaftung, und dann in Gedanken, d. i. ohne solche, weggeworfen oder auch verloren hatte. Hier half zwar das Gedächtnis des Schriftführers, der wohl inzwischen aus eigenem Antrieb anderswohin versetzt war, doch den Sachverhalt noch angeben konnte. Die Bedienerin hatte die Göttin in der nunmehr versiegelten Wohnung des Richters gesehen, auf deren Öffnung auswärtige Erben bereits warteten. Schließlich gelang es dem Dr. Permsusel doch, das Stück freizubekommen, aber nun war die Frage aktuell, ob es zu Stellas Sachen zu bringen wäre, für welchen Zweck es ja vom Richter übernommen worden war. Der Verteidiger stellte sich nun auf den Standpunkt, daß der Richter für das Depot nichts annehmen konnte, sondern nur die Gefälligkeit eines Überbringers übernehmen durfte, wonach der Widerruf wegen Todfalles sogar entbehrlich sei. Das Gericht teilte nicht sofort die Ansicht des Parteienvertreters und befragte erst noch die Stella Blumentrost, ob sie die Annahme der Göttin bestätige oder diese ausschlagen wolle. Das Mädel, das die Streitfrage nicht kannte, beeilte sich zu erklären, daß es die Göttin annehme.

Darauf entschloß sich das Gericht, das Stück als Stella Blumentrosts Eigentum zu behandeln und als solches ins Depot zu überweisen. Dagegen wandte sich nunmehr Dr. Permsusel als Anwalt des Harald Puppinger. Er wollte aber auch jetzt vorläufig kaum die Verteidigung der Esmaralda Nepalek übernehmen, für die er keinerlei Anzahlung erhalten hatte. Er behauptete außerdem widerstreitende Interessen, da er nun ja gegen deren angebliche Mittäterin Stella Blumentrost aufzutreten habe, falls diese, ohne gehörige Aufklärung über den Widerruf einer nur beabsichtigten, aber keineswegs tatsächlich erfolgten Schenkung, und die Zweckbestimmung der Göttin zum Nutzen der Verteidigung ihrer angeblichen Komplizin, sie hätte annehmen wollen, was ihr noch nicht zustand.

Obwohl nun auch die behauptete Interessenkollision in Wirklichkeit kaum vorlag, weil Dr. Permsusel ja nicht die Stella, sondern die Esmaralda verteidigen sollte, so beeilte sich dennoch Dr. Apsmirkler, sich mit der Blumentrost in Verbindung zu setzen, um deren Vertretung zu erlangen. Außerdem erreichte er danach unschwer mit ihr eine Unterredung, wenn auch nicht unter vier Augen, in welcher er sie nicht nur zu einer Haftbeschwerde veranlaßte, sondern sie auch dazu beredete, die Göttin zwecks Rückstellung an Harald Puppinger freizugeben, damit dieser sie für die Verteidigung ihrer Leidensschwester verwende. Doch traten nunmehr die Doktoren Sylvius Buschkläpper, Reinhard Schmölzl und Jaromir Wuperschalek im Namen der erblasserischen Witwe und der Gläubiger, Joachim Hinterhofhüfinger und Emeran Nußschäler, auf, welche eine einstweilige Verfügung erwirkten, daß die Rückübertragung der Göttin in das Eigentum des Harald Puppinger nicht stattfinden dürfe bzw. zumindest die tatsächliche Übergabe an diesen zu stoppen sei.

Die nun zu treffenden Zwischenerledigungen verzögerten den Fortgang der Mordsache und endeten schließlich damit, daß der Beschwerde Dr. Permsusels betreffend die Herausgabe der Göttin sowie seinen und Dr. Apsmirklers Rekursen gegen die einstweilige Verfügung stattgegeben wurde und man annahm, daß die Göttin noch gar nicht in das Eigentum der Stella Blumentrost übergegangen sei, ihre Freigabeerklärung sohin zwar berechtigt, aber wirkungslos sei und zum Schaden des dritten Eigentümers kein wirksames Verbot erlassen werden dürfe. Damit nahm nun der künftige Verteidiger Esmaraldens im Namen seines jetzigen Klienten Harald Puppinger die Göttin, die bereits wirksam aus dem Nachlasse des Richters ausgeschieden war, wieder zurück, um sie als Honoraranzahlung für den Mordfall zu verwenden.

Die Stella Blumentrost teilte ihre geräumige Zelle damals mit Anna Magdolini, Kunigunde Musterang, Babette Wrabetz und Marie Leuchtenhimmel. Anna Magdolini war zweiundvierzig Jahre alt, stand in Voruntersuchung wegen Betrugsverdachtes, war neunmal, vorwiegend einschlägig, vorbestraft, hatte nur die Volksschule besucht, besaß zufolge einer Krankheit unbestimmter Art nur wenig Haare auf dem Kopf, war unbeliebt, aber mitteilsam und sprach selten die Wahrheit. Kunigunde Musterang, schon fünfundfünfzig, Vorbildung lückenhaft, wahrscheinlich auch nur Volksschule, stand unter Diebstahlsverdacht, ihre Beute konnte als zustandegebracht gelten, doch war es bereits der dritte Fall. Sie sprach wenig, jammerte viel und verstand aus der Hand angeblich die Zukunft wahrzusagen, unter Zuhilfenahme anderer vorhandener Behelfe. Sie war beliebt. Babette Wrabetz war zwanzig, sah wie dreißig aus und hatte von Prostitution gelebt, zu der sich auch Beischlafdiebstähle gesellten. Der letzte mit größerer Schadenssumme hatte sie hierhergebracht. Sie dürfte nicht einmal die Volksschule ständig besucht haben, konnte kaum lesen und schreiben, sprach, was ihr einfiel, schimpfte viel, meist über Abwesende, und erfreute sich großer Beliebtheit. Marie Leuchtenhimmel, achtundzwanzig, blond, blauäugig, groß und hübsch, war zum ersten Mal in Haft wegen Verdachts der Veruntreuung einer hohen Summe, die ihr als Kassiererin in einem Gasthausbetrieb zugänglich gewesen. Sie hatte Hauptschulvorbildung und zwei Jahre Handelsschule absolviert. Sie sprach nicht viel. Die Stella Blumentrost verhielt sich zwar kollegial, aber nicht mitteilsam. Sie trug Exkrementenkübel aus, nahm Ohrenbeichten entgegen und stilisierte auch Briefe für die mindergebildeten andern.

Späteren Aufzeichnungen zufolge hatte es sie große Überwindung gekostet, sich vorübergehend mit ihrer Lage abzufinden. Der Gang zum verstorbenen Untersuchungsrichter Baldur Mausgrub tat ihr weh. Auf dem Rückweg stärkte sie die Begegnung mit Harald Puppinger. Durch das Packpapier hatte sie den Formen nach auch die menschenfressende Göttin erkannt und freute sich schon, daß wenigstens hierin ihr gelegentlicher Liebhaber zur einen Hälfte sein Versprechen erfüllt hatte. Möglicherweise dachte sie sogar daran, mit der Figur ihre Zelle ausschmücken zu können, und auch Puppinger dürfte dies zu Unrecht angenommen haben. Als der Untersuchungsrichter starb und man munkelte, daß er die Göttin bei sich gehabt hatte, schloß sie abergläubisch auf eine Wirkung der Statue.

Als sie nach Wiederauffindung der Göttin befragt wurde, ob sie sie haben wolle, da antwortete sie mit einem dankbaren Ja. Sie wunderte sich, daß dann ein Anwalt kam und von ihr wollte, daß sie ihr Ja zurücknehme. Da es Puppingers Wille war, fügte sie sich darein. Die angeführten Argumente ebenso wie ihre Befragung zur Haftbeschwerde schienen ihr daneben unwichtig oder sie hörte daran vorbei. Sie nahm zunächst nicht einmal zur Kenntnis, daß Kunibert Falkner ihr den Verteidiger besorgt hatte. Was sie zu ihrer Verteidigung überhaupt vorbringen sollte, wußte sie damals nicht genau, fühlte sich aber schon nicht mehr schuldig. Über ihr Leben begann sie freilich nachzudenken, fand dieses aber in der Ordnung, allerdings nicht sehr wichtig und wesentlich, weil ihm etwas fehlte, was durchaus nicht mehr da war. Wahrscheinlich meinte sie die Religion, vielleicht auch die bürgerliche Moral. Über beides hatte sie sich jedenfalls weitgehend hinweggesetzt. Möglicherweise vermißte sie ein Programm, aber das hatte sie sich jeweils, wenn auch nachträglich und somit verspätet, gegeben. Daß sie einem Gönner kaum dankbar war und sich einem Nichtgönner verpflichtet gefühlt hatte, mochte mit dem Fehlenden sowohl als auch mit ihrer unzweckmäßigen Programmrechtfertigung zusammenhängen.

Die Musterang hatte ein Kartenspiel, wenn auch kein komplettes, eingeschmuggelt, sie mußte es zwischen ihren Hängebusen oder noch tiefer getragen haben, es erwies sich als teilweise verklebt. Mit diesen durch Zufall ausgewählten Karten, unterstützt von ihrer geringen Kenntnis der Handlinien, weissagte sie der Stella die nähere und fernere Zukunft. Sie würde sechs Jahre bekommen, ihre Unschuld ergebe sich erst am Ende, sie hätte nichts mehr davon. Wenn der Tote wieder zum Vorschein komme, seien ihr zuerst die Haare ausgefallen, dann der Schädel innen nicht mehr in Ordnung. Ihrer Freundin ergehe es nicht viel besser. Wenn die große Rechtfertigung komme, gehe sie auf der Flucht zugrunde, nur ihr Kind bleibe übrig. Es ist nicht sicher, inwieweit die Stella an diese Weissagung glaubte. Damals machte sie sich noch keine Gedanken, wie sie überhaupt herauskommen würde. Sie hoffte nur, es werde dies irgendeinmal und irgendwie geschehen. Auf ihren Verteidiger baute sie noch nicht. Er war ja nur einmal flüchtig erschienen.

Im Schlafe stand sie mitunter mit ihrer Vergangenheit in Verbindung. Der Ermordete bedrängte sie in Träumen angeblich nie. Sie befaßte sich auch kaum mit dessen von ihr behaupteten Einwirkungen. Den Kunibert Falkner fühlte sie, wie er sogar durch die Decke sie betrachtete, aber sie machte sich nicht sonderlich viel daraus, war sie doch verschiedenen Männern, darunter auch ihm, entkleidet vor Augen gekommen. Dem Puppinger erschien sie nunmehr in voller Deckenhülle, die für ihn allerdings sofort undurchsichtig wurde. Er hatte es durch die Versäumung des letzten Rendezvous, mehr aber noch durch die Rücknahme des Göttinnengeschenkes mit ihr leiblich verscherzt. Etwas anderes als den Leib hatte sie vorläufig nicht, jedenfalls soweit sie sich selber fühlte. Möglich, daß dann auch die klebrigen Auslesekarten samt den durchschauten Handlinien in ihre Träume Eingang fanden. Sie sah den Ermordeten, mit einer nur leichten Kopfwunde versehen, wie er sich aus dem Gebüsch herausarbeitete. Er war ja gar nicht zugedeckt gewesen. Er begab sich erst in ein Wirtshaus und dann in ein Gehöft, das sich wie eine Festung ausnahm. Dortselbst schien er allerdings nicht bei sich zu Hause. Ein junger Mann lachte mit ihm und zählte ihm Geld zu, das er in einem Schreibtisch hatte. Er verlangte noch mehr, behauptete, daß sein Anteil größer wäre. Der junge Mann bestritt dies. Er sprach denselben mit Joachim an und hielt sich im übrigen von diesem für beschissen. Der andere lachte weiter mit ihm, und obwohl ihr Gelächter disharmonisch war, gab es zuletzt einen starken Zusammenklang wehmütig heiterer Natur. Auf ihr eigenes Schicksal hatte das aber keinen Einfluß.

Sie setzte im übrigen ihre Träume jeweils in Farben. Den Kopfschmerz malte sie mit rosa aus, obwohl dies eine brave Farbe war, aber sie war ihr irgendwie zuwider. Die Szenen mit ihrer Decke waren ganz in braun, das vom Durchscheinenden bis zum guten Versteck zwei verschiedene Farbtöne abgab, die nur in Klecksen, nicht in Nuancen ineinander übersprangen. Das Zusammentreffen und Lachen des von ihr Ermordeten mit dem, der ihm Geld, aber anscheinend zu wenig, zuzählte, erhielt einen grauen Stich, von der Farbe des Eisens in Stahl übergehend, ohne Rostflecken. Eine Bedeutung maß sie den Farben nicht zu.

Der neue Richter, Xaver Xomandal, hatte sie zweimal verhört, aber anscheinend nur routinemäßig. Er versuchte nicht mehr aus ihr herauszubekommen, wohin sie den Toten gelegt hätte und warum dieser unauffindbar bliebe. Er legte Wert auf säuberliche, gut lesbare Schrift. Es stand dort, daß sie aussagte wie bisher und ihre Haftbeschwerde aufrechterhalte.

Der Dr. Apsmirkler kam dann auch einmal und sagte, daß die Haftbeschwerde abgewiesen wurde. Er fragte, ob sie sich erinnere, daß sie sehr fest oder schwächer zugeschlagen hätte. Jetzt kam es ihr schwächer vor. Josef Thugut konnte ganz gut am Leben geblieben sein. An die Zahl der Schläge erinnerte sie sich auch nicht mehr. Es konnten zwei, aber auch nur einer gewesen sein, drei waren es ganz bestimmt nicht. Das Motiv schob sie nicht mehr in den Vordergrund. Er sei so dagestanden, daß sie ihm gegeben habe, was er verdient habe.

Die Zelle der Esmaralda Nepalek war wesentlich kleiner als die der Blumentrost und mit vier Bewohnerinnen ganz ausgefüllt. Die Anna Kasperitsch, Emma Miroslaw und Mathilde Mucherum teilten sie mit ihr. Erstere war des Kindesmordes angeschuldigt und wegen eines solchen bereits vorbestraft. Sie stammte aus guter Familie, hatte drei Klassen Gymnasium, davon die zweite zweimal absolviert, nachdem sie schon in der Volksschule einmal sitzengeblieben gewesen. Verheiratet war sie mit einem Hilfsarbeiter, welcher sie nach dem ersten Kindesmord geehelicht und vor dem zweiten verlassen hatte. Die Vaterschaft war ihm an keinem der beiden Kinder auf natürlichem Wege anzulasten gewesen, die an dem zweiten allerdings auf gesetzlichem. Sie war bereits nahe der dreißig, sah nicht gut, aber doch jünger aus, sprach wenig, weinte ab und zu, beklagte sich aber sonst nicht. Die Miroslaw war wegen Warenhausdiebstählen in Haft, es handelte sich um den Vorwurf eines Gewohnheitsdeliktes. Sie ging sonst keinem Erwerbe nach, versorgte aber eine alte Mutter. Siebenundzwanzig Jahre alt, mit abgelegter Realgymnasiumsmatura, aber ohne Hochschulstudium, hätte sie verschiedene Berufe ausüben können, von denen sie keinen gewählt hatte. Sie war ledig und sprach nicht von Personen des anderen Geschlechts, es sei denn abfällig. Leidlich hübsch, geschwätzig und angesichts ihres Studienganges nicht einmal mittelmäßig gebildet, war sie beliebter als alle andern. Die dritte Zellengenossin, Mathilde Mucherum, hatte zwar die Matura aufgrund einer Abendschule erlangt und dann drei Semester Philosophie studiert, aber keine Prüfung mehr abgelegt. Sie war fünfundvierzig, Mutter von vier Kindern, sämtlich über zwanzig, welche sie gelegentlich besuchten. Ihr Mann war bereits verstorben. Sie hatte zuletzt einen öffentlichen Beamtenposten innegehabt und zufolge Zutritts zu Staatsgeheimnissen einzelne davon an eine auswärtige Macht gegen entsprechendes Entgelt weitergeleitet. Außerdem lastete auf ihr der Verdacht, in ihrem kleinen Privatwagen unter Alkoholeinwirkung einen Fußgänger überfahren und getötet zu haben. Als Häftling wurde sie den andern vorgezogen und auch bald aus der Untersuchungshaft entlassen und durch niemand vierten ersetzt. Sie war bis dahin nie beliebt bei den Mitgefangenen.

Esmaralda Nepalek hatte sich während der Zeit, die sie mit diesen Personen in Haft war, als äußerst mitteilsam in bezug auf ihre persönlichen Umstände sowie auch auf die Einzelheiten der ihr zur Last gelegten Tat erwiesen. Dagegen übernahm sie freiwillig keine Tätigkeit für die andern. Dem entsprechend war auch das Interesse an ihr kein sehr großes. Trotzdem wurde sie dreimal angezeigt.

Während nämlich die Stella Blumentrost scheinbar nichts dazu tat, um mit ihrer Freundin in Verbindung zu treten, oder sich, wenn sie es doch getan haben sollte, dabei geschickter anstellte, versuchte Esmaralda Nepalek, mit ihr Kontakt zu bekommen. Anläßlich eines Spazierganges schob sie einen Kassiber unter die Zellentüre der anderen, auf dem vermerkt war, Stella möge die Wahrheit sagen, daß sie es gar nicht gewesen sei. Dieses Schriftstück gelangte niemals in die Hände der Blumentrost, obwohl es sich bereits innerhalb von deren Türe befand. Daher vermutete die Absenderin, es habe eine Person, die mit der Freundin hause, die Meldung an die Ordnungsgewalt gemacht. Es stellte sich aber später heraus, daß es die Mucherum gewesen war, die sich auch sonst als Aufpasserin betätigte. Jedenfalls bekräftigte der Kassiber ganz im Gegensatz zu dessen Absicht die schlechte Meinung der Untersuchung über die Nepalek und wurde auch zu diesem Zwecke zu den Akten genommen, allerdings noch von Baldur Mausgrub. Ebenfalls noch in dessen Zeit fiel die zweite vereitelte Mitteilungsaufnahme. Der Gefangenenaufseher Domenicus Valprago hörte weg, als bei einem Spaziergang die ankommende Esmaralda Nepalek mit der im Weggehen begriffenen Stella Blumentrost im Hofe Anknüpfung suchte. Von den Worten, Harald sei gut gewesen, will die Blumentrost im übrigen kein einziges gehört haben. Die Mucherum hatte dies aber gehört und vor der Verhaftung des Puppinger durch ein anderes Wachorgan, Philipp Bubenwinkler, den Richter wissen lassen, der kurz darauf den in der Äußerung Genannten gefangensetzte. Die Äußerung wurde versehentlich nicht schriftlich festgehalten und kam dem neuen Untersuchungsrichter wohl auch nicht zu Ohren, der den Puppinger alsbald in Freiheit entließ. Knapp vor der Entlassung der Mucherum, wegen der sie besuchenden Kinder auch höhnisch Mutter Mathilde genannt, wurde die dritte Nachricht der Nepalek an die Blumentrost gemeldet, die in einem regelrechten Brief bestand, welcher aber schon auf dem Gange abgefangen werden konnte. Darin stand, sie wisse nicht, warum die andere nichts sage, wo sie sie doch so lieb habe. Sie müßten zusammenhalten, sonst sei es aus mit ihnen. Wann sähen sie einander wieder? Dieser Brief ging zwar später aus den Akten verloren, wurde aber dann seinem Inhalte sowie seinem vollen Wortlaut nach von Mathilde Mucherum als Zeugin bestätigt.

Als Dr. Permsusel die Göttin hatte, ließ er sich bei Esmaralden Nepalek sehen und fragte sie im Beisein von zwei Justizwachbeamten, ob sie glaube, daß die Göttin wirklich einen solchen Wert habe, wie Freund Harald angebe, er sei wiederholt auf dem schwarzen Kontinent gewesen, habe aber dort nie ein solches Stück vorgefunden. Das Mädel meinte, die Figur stamme nicht von dort, sondern von ganz woanders her, woher, das konnte sie aber nicht sagen. Darauf meinte der Verteidiger, er müsse doch wissen, ob er so seine Expensen hereinbekomme, es verspreche ein langwieriger Prozeß zu werden. Von Puppinger könne man wahrscheinlich nicht mehr als die Göttin erlangen. Das habe schon Kämpfe genug gekostet, daß sie nun überhaupt da sei. Er glaube auch nicht, daß der Vater Nepalek ein reicher Mann wäre. Er möchte auch wissen, wieviel Jahre sie »habe«. Schon dreiundzwanzig? Daher majorenn. Werde der Vater wahrscheinlich auch nicht zahlen wollen. Sei ein kleiner Schneider. Wieso heiße sie denn Esmaralda, wenn sie nicht einmal auf den Strich gegangen sei? Das sei ja kein Name für ein Mädel hier. Nepalek, das schon, so heiße man gewöhnlich in Österreich. Aber Esmaralda, wozu? Die Akte habe er übrigens auch bekommen. Durch Zufall. Der Schriftführer habe nicht geschaut, daß er noch gar keine Vollmacht habe. Der Dr. Apsmirkler für die Stella hätte gar keine Akte bekommen. Stehe ihm nach richterlicher Auslegung auch gar nicht zu, nur der Aktendeckel. Solange die Untersuchung im Gange sei, könne die Verteidigung gar nichts machen. Warum hast du, Mädel, ihn denn überhaupt umgebracht? Hast du gar nicht? Habest ihn bloß angeschaut und vorher der andern das Eisen gereicht, natürlich zum Beschlagen des Rosses, mit gar keiner sonstigen Absicht. Wo sei die Leiche überhaupt? Einfach fort? Wo hingekommen? Wahrscheinlich fortgegangen, nur nicht wieder aufgetaucht? Mord ohne Leiche, ganz unter uns Mädchen. Kein Mann dabei? Wozu brauche man auch einen Mann. Der Erschlagene sei ja einer gewesen. Nach dem Beischlaf verzehrt das Weibchen, die Gottesanbeterin, das Männchen, ist zu nichts mehr nütze. In diesem Falle den Josef Thugut. Hast ihn nicht umgebracht? Aber Mädel, wo haben wir dann die Milderungsgründe? Unbescholten sei sie auch nicht, einschlägig vorbestraft wegen Ehrenbeleidigung, leichter Körperverletzung. Eigentlich müsse jetzt erst die schwere Körperverletzung kommen. Sollten uns der schweren Körperbeschädigung schuldig bekennen. Auch nicht? Habest ihn bloß angeschaut, das Eisen nicht zum Morde gereicht? Anschauen kostet nichts. Schaut die Katz den Kaiser an, also die Mieze ihren Kater. Das Geld erst nachher genommen? Freilich, das kostet auch was? Nicht? Alles umsonst. Mädel, wo haben wir ein Motiv? Wir haben keines, wir haben auch keinen Mord, weil keine Leiche. Gut. Basta.

Die Esmaralda Nepalek fand ihren Verteidiger, obgleich von Harald Puppinger beigestellt und mit der für Stella bestimmt gewesenen Göttin anbezahlt, reichlich lächerlich, albern und habgierig. Die Klienten, Bekannten und Angehörigen des Dr. Paul Permsusel kannten diesen aber als einen zwar etwas gesprächigen, aber immer gut aufgelegten Herrn mit nicht sonderlicher Stilisierungsgabe, dafür manchen Einfällen, der das Leben inklusive Sterben von der heiteren Seite nimmt, daher auch makabres Lachen auf Lager habe. An Geld denke er am wenigsten und überschätze geflissentlich Sachwerte, wahrscheinlich auch die menschenfressende Göttin. Von der Unschuld des Mädels den Mord betreffend sei er sowieso überzeugt. Mit Dr. Apsmirkler, einem erfahrenen Versicherungsmann, tausche er Ansichten und Material aus, sooft es der Fall erlaube. Einstweilen lege er auch seine Haftbeschwerde vor, nun, wo er die Vollmacht habe, vom Anschauen sei noch keiner gestorben. Wie sie das Eisen dem andern Mädel gereicht habe, wer hätte da wissen sollen, daß die Stella zuschlage? Wie sie ihn getroffen habe, stehe außerdem nicht fest. Der habe es vorgezogen, sich nicht mehr zu zeigen. Gefunden habe man ihn auch nicht. Wird seine Gründe dafür gehabt haben.

Diese Gründe aufzusuchen, ließ sich der Dr. Apsmirkler angelegen sein. Er meldete sich erst dann bei der Stella, als er bereits etwas gefunden zu haben glaubte. Wer ihn für seine Tätigkeit bezahlte, blieb unklar. Vielleicht war es Kunibert Falkner, vielleicht tat er es nur seines Rufes halber. Daß die Stella nichts besaß, wußte er schon. Da man inzwischen auch ihre Wohnung gekündigt hatte, wollte er sich bemühen, ihr wenigstens die Möbel in ein Depot zu retten, für das sie nichts bezahlen müßte. Es gelang ihm dies schließlich. Wo würde sie allerdings wohnen, wenn sie herauskäme? Bei Kunibert Falkner vielleicht? Dieser hatte den Zins jedenfalls nicht für sie ausgelegt, das konnte man außerdem auch nicht von ihm verlangen. Aber würde sie überhaupt herauskommen? Sie würde. Josef Thugut war am Konkurs. Die Gläubiger drängten. Stechvieh hatte er keines mehr. Das Auto war ein mieser Karren, den man irgendwo gern stehenließ. Ein Bauer namens Stefan Leutfried erzählte, der Tote habe ihm einmal gesagt, er gehe sowieso über das große Wasser. Ein Wirt in der Nähe des Tatorts hatte einen Mann mit einem blutigen Schädel in seinem Wirtshaus bewirtet und auch verbunden, und zwar am frühen Morgen nach der angeblichen Tötung durch Stella. Auf Befragen habe der Fremde bloß angegeben, seine Beschädigung sei weiter nichts, ein Streit unter Freunden, nur habe er sein Auto nicht in der Nähe und könne nicht gleich nach Hause. Als Stella davon hörte, wurde sie wieder schön vor Entzücken. Eine neue Haftbeschwerde war eingebracht worden.

Die Haftbeschwerde Stellas wurde erst vorgelegt, als der Akt mit der Beschwerde Esmaraldens erledigt zurückkam. Diese war abgewiesen worden, weil keine Enthaftungsgründe vorlägen. Die Haftbeschwerde Stellas hatte den Erfolg, daß die Zeugen vernommen werden sollten, die ihr Verteidiger namhaft gemacht hatte. Der Bauer Leutfried erinnerte sich aber nunmehr daran, daß der Verstorbene einmal in seiner Jugend den Wunsch geäußerst hätte, nach Übersee zu gehen. Er bezweifelte weiter, daß das Opfer jemals genügend Geld für ein Reisebillett in einen transmarinen Staat aufgebracht haben würde. Der Wirt Kaspar Murxinger war inzwischen verstorben. Seine Mutter, die die Todesnachricht überbrachte, wußte nichts von dem Sachverhalt, der Wirt hatte sich in der Zwischenzeit nicht als mitteilsam erwiesen. Als sich Apsmirkler in der Umgebung nach Ersatzzeugen umsah, wußte keiner das geringste. Er kehrte noch einmal in das Wirtshaus ein. Die Mutter wies dem Verteidiger geradezu die Türe. Sie behauptete, ihr Sohn, der immer gesund gewesen wäre, habe wegen der dreckigen Sache dran glauben müssen, sie wolle niemand sehen, der von ihr etwas wissen wolle. Darauf erstattete Dr. Apsmirkler eine Anzeige gegen unbekannt. Diese wurde zurückgelegt. Der Amtsarzt hatte als Todesursache des Wirtes eine natürliche Magenschrumpfung mit Verlegung der Verdauungswege festgestellt. Die Mutter erklärte als Zeugin, sie habe sich über den Anwalt aufgeregt, weil ihr Sohn schon seinerzeit durch die Namhaftmachung zu seiner Erkrankung gekommen sei, so jedenfalls fasse sie die Sache auf. Vielleicht habe sie dem Anwalt auch was gesagt, das nicht ganz stimme, sie sei so entrüstet über dessen Besuch gewesen. Dr. Apsmirkler war von dem Ergebnis seiner Bemühungen zwar nicht befriedigt, gab aber dieselben nichtsdestoweniger deshalb nicht auf. Viel mehr Zeit, als er frei hatte, strich er in der Gegend herum, um etwas herauszubekommen. Als alles nichts half, gab er eine Annonce mit der Beschreibung des Thugut in die Zeitungen, erhielt auch einige Zuschriften, denen er nachging, brachte aber zunächst wiederum keinen Erfolg zustande. Nunmehr ließ er sich wieder bei Stella melden, und diese wurde ins Sprechzimmer gebracht. Er versicherte ihr, daß er an ihre Unschuld glaube und auch hoffe, für sie Verständnis zu erhalten. Zwar müsse die Anklagebehörde die Schuld unter Beweis stellen, nichtsdestoweniger wolle er für das Fehlen der Schuld alle erdenklichen Erhebungen beantragen. Wo sei der Tote? Nicht da. Warum sei er tot? Weil er nicht da sei.

Nur durch Dr. Apsmirkler stand Stella Blumentrost noch in mündlicher Verbindung mit der Außenwelt. Sonstige Besucher hatte sie nicht. Doch bekam sie in der letzten Zeit je einen Brief der beiden Herren, die sie zuletzt in Freiheit gekannt hatte. Zunächst kam der Brief Puppingers, der ungefähr so lautete: »Wenn er auch nicht treu sei, was man von ihm weder verlangt habe noch verlangen könne, so habe er doch die Göttin für sie bestimmt. Sie habe etwas Menschenfresserisches an sich, das habe mit ihrem Fall weiter nichts zu tun. Er denke, daß sie die Göttin noch einmal bekommen werde. Erst müsse sie frei sein, dann werde er bei dem Doktor die Statue wieder auslösen, auf welche dieser ohnehin nicht den Wert lege, der dessen ursprünglicher Annahme entspreche. Stella sei göttlich überall, auch dort, wo bei jeder die Göttlichkeit ende. Sie verstehe ihn schon. Und er warte auf sie, damit er sich auch wieder göttlich fühle. Augenblicklich fühle er sich nicht einmal menschlich. Das sei, weil er sie und die Esmaralda nicht mehr habe. Er gebe nicht auf. Niemand dürfe aufgeben. Es werde alles kommen, wie es kommen müsse. Auf bald!« Diesen Brief las sie nur einmal durch und legte ihn dann beiseite.

Kunibert Falkner schrieb, er wisse nicht, wie sie es aufnehmen werde, wenn er sich jetzt an sie wende. Er habe sich auch erlaubt, den Dr. Apsmirkler für den Fall zu interessieren, und glaube, keinen Fehlgriff getan zu haben. Es sei schon lange her, daß er Versicherungsfälle für ihre Eltern und sie habe regeln können. Er wolle sie auch jetzt nicht verlassen, wo ihre Schwierigkeiten natürlich etwas größer seien. Sie habe ihm einmal manches verpfändet, was nur außen gewesen sei. Er wolle sie so auslösen, wie sie eben sei. Er wisse allerdings aus eigenen Erfahrungen, daß aus bloßen Vorstellungen, Meinungen und Erwartungen noch lange nichts so werde, wie man es haben wolle. Aber er bleibe zu ihren Diensten, sooft es ihm möglich sei, und würde auch vor Schwierigkeiten und Widerwärtigkeiten nicht zurückschrecken. Diesen Brief las sie zwei Male. Er sagte ihr zumindest, daß der eine, dem sie sich nur gezeigt, aber nicht gegeben hatte, sich zu einem gewissen Einsatz bereiterklärte und sich auf schon erbrachte Leistungen berufen konnte. Wie weit er noch für sie gehen würde und auch könne, blieb allerdings durchaus zweifelhaft.

Der Esmaralda Nepalek wurden in dieser Zeit ebenfalls zwei Schreiben zugestellt. Das eine rührte angeblich von ihrem Vater her, war allerdings offenbar von der Nemec sowohl verfaßt als auch zu Papier gebracht. Es hatte etwa folgenden Inhalt: Die Ralda mache ihm schön Schande, aber er verzeihe ihr. Gott und die andern sollten ihr ebenfalls verzeihen. Was er für sie tun könne, werde er alles tun, aber er könne gar nichts für sie tun. Ob sie etwas brauche? Wenn er es habe und bei Frau und so vielen Kindern entbehren dürfe, würde sie es bekommen, aber er glaube nicht daran. Daher möge sie Gott schützen, und sie solle auch brav bereuen. Diesen Brief las sie oberflächlich durch und vernichtete ihn dann. Sie bemerkte, es wäre besser gewesen, wenn man ihr von zu Hause überhaupt nicht geschrieben haben würde.

Einen zweiten Brief, den ihr ein Herr Willibald Sonnabend sandte, behielt sie in guter Verwahrung. Der Herr war ein Redakteur oder zumindest Reporter. Er brachte ihr zur Kenntnis, daß die Zeitschrift, für die er arbeite und die eine große Auflage habe, sich für ihren Fall interessiere. Sobald es erlaubt werde, mit ihr zu sprechen, wolle er dies gerne tun. Ihm komme es darauf an, sie zu sehen und mit ihr so zu sprechen, wie man eben normal spreche. Er wisse, daß sie ein einfaches Mädchen sei, und das ziehe ihn mehr an als die ganze Schulbildung einer Stella Blumentrost. Auch glaube er nicht, daß sie so schuldig wäre wie die andere. Vielleicht könne er ihr auch helfen. Aber wenn es eine Sensation werden solle, so müsse man beiderseits ganz bei der Wahrheit bleiben, dann interessiere die Sache die Leser und die ganze Mitwelt am meisten. Esmaralda möge von sich hören lassen. Als der Ihre. Von diesem Brief sprach die Nepalek von morgens bis abends immer wieder. Sie meinte, so eine Zeitung könne vielleicht mehr machen als ein Verteidiger, noch dazu so einer wie sie einen habe. Es sei nur recht und billig, daß der Harald sich gar nicht mehr melde, wo er ihr den besorgt habe, der werde sie nur noch mehr hineinreißen, sie brauche aber einen solchen wie den von der Zeitung. Sie habe zwar einen gekannt, der auch von der Zeitung und nicht gut war, aber das sei schon lange her. Die Emma Miroslaw ließ sie wissen, es müsse nicht immer ein Mann sein, auf die könne man sich selten ganz verlassen, die dächten nur immer an sich, auch komme man durch die in alles Mögliche hinein, sie verspreche nicht zuviel, aber sie könne netter sein als die Freundin Stella.

Stella Blumentrost hatte plötzlich Brechreiz und Stechen in der linken Bauchgegend. Damit gleichzeitig blieben ihre Haare büschelweise im Kamm. Man beförderte sie deshalb in ein für Häftlinge abgeschlossenes Zimmer des Krankenhauses, in dem sie die drei vorhandenen Ärzte untersuchten und zu drei verschiedenen Diagnosen kamen. Der eine witterte einen Bazillus, welcher auch den Haarausfall bewirkte, aber nicht unbedingt bloß im Bauche saß. Das war der Sekundararzt Eusebius Pfrieminger. Der Assistenzarzt Bruno Kandl schloß auf eine akute Blinddarmentzündung, verbunden mit Vitaminmangel. Der dritte, ein Hilfsarzt, meinte, es müsse eine Frauensache vorliegen, und diese wäre kompliziert durch Erbveranlagung. Ein Mittel gegen den Haarausfall wußte niemand. Die Umschläge, Termophore, Pillen, Pulver nützten nichts. Der Primarius, der sie gar nicht gesehen hatte, entschied sich für das Aufschneiden. Sie wollte dazu nicht die Einwilligung geben. Er meinte, daß er bei einem Häftling gar keine solche brauche, denn er müsse dafür sorgen, daß dieser der gerechten Strafe zugeführt werden könne. Es wurde aber dann doch und noch dazu doppelt bei Gericht und bei ihr nachgefragt. Der Dr. Kandl riet ihr zu und versprach, daß ihr dann dreimal so viele Haare auf dem Kopfe wachsen würden. Sie glaubte nicht daran, fühlte sich aber recht hilflos, denn sie bekam von keiner Seite mehr Nachricht, daß ihre Sache besser laufe. Vielleicht wollte sie auch plötzlich sterben, denn sie hatte ja niemand, und die Zwecklosigkeit ihres Fortlebens erschien ihr so ziemlich deutlich. Also gab sie dem Spitalarzt, was des Spitals war, nämlich den Bauch zum Aufschnitt.

Man schnitt ihr den Wurmfortsatz heraus, weil schon alles dazu hergerichtet war. Eine diesbezügliche Entzündung lag zwar nicht vor, auch keine Reizung, doch sah der Zipfel ohnehin irgendwie komisch aus, und etwas mußte ja geschehen. Als es schließlich geschehen war, wurde gar nichts besser, aber man hungerte sie aus, bis man sie künstlich durch die Venen ernähren mußte. Dazwischen stellte man noch die Blutgruppe fest und gab ihr eine ausgiebige Transfusion. Dann fielen ihr die Haare weiter aus, bis fast keine mehr übrig waren. Aber der Brechreiz hörte schließlich doch auf, man wußte nicht recht wovon, wahrscheinlich durch das Nichtessen und die Nichtzufuhr von Medikamenten, vielleicht auch durch etwas anderes oder durch ein Wunder. Als sie sich aber im Spiegel sah, bekam sie Brechreiz vor sich selbst, und sie wäre am liebsten gestorben, aber kaum zur Sühne für Josef Thugut.

Im übrigen gedachte sie spätestens jetzt der Prophezeiungen ihrer Zellengenossin Kunigunde Musterang, sowohl was den Haarausfall betraf, der inzwischen eingetreten war, als auch das andere, was ihr noch bevorstehen sollte. Andererseits erinnerte man sich frühestens jetzt ihrer Zellengenossin Anna Magdolini, die den eigenen Haarausfall einer unbekannten, aber doch vielleicht übertragbaren Krankheit verdankt hatte. Die Erinnerung der Stella Blumentrost mußte diese noch schmerzlicher berührt haben als das Leiden, das sie schließlich ausgelöst hatte. Denn mitunter pflegen Mädel abergläubisch zu sein, selbst in der Bildungsstufe dieser des Raubmordes Verdächtigten und bei noch besserer Kenntnissesammlung und -verarbeitung. Dazu kommt, daß das Eintreffen eines geweissagten Umstandes sogar zu der Annahme verführen konnte, es würde sich auch ansonsten die Zukunft nach der Voraussage richten. Gleichzeitig veranlaßte das Zurückkommen auf die Vorerkrankung der Magdolini zu einer, wenn auch verspäteten und im Geschäftsgang gedämpften amtlichen Eile, so daß nun auch diese früher Befallene in das gleiche Krankenhaus zur Beobachtung überstellt wurde, nachdem man sie von den andern Zellengenossinnen vorübergehend separiert und dafür in die Zelle Esmaraldens, in der bereits die Mathilde Mucherum fehlte und somit ein Bett frei war, studienhalber überstellt hatte, zwecks Separierung von ihren früheren Mitgefangenen zu deren künftiger Schonung und möglicher Ansteckung ihrer späteren Gefährtinnen. Als aber niemand erkrankte, brachte man sie schließlich ins Krankenhaus, was auch kein Ergebnis hatte, aber dazu führte, daß sie entwich und, nach drei Tagen wieder eingefangen, neuerdings in ihre zuletzt innegehabte Zelle rückübersiedelte. Weil sie aber vor ihrem Abgange noch die Stella gesehen hatte, konnte sie von deren Erlebnissen und Aussehen berichten und wurde darum von Esmaralda Nepalek angespien, geohrfeigt und gerüttelt. Diese bezeichnete die Gegenständliche als ein arges altes Luder, das bereits ihre Freundin Stella furchtbar krank gemacht habe und wahrscheinlich von dem Diebs- und Schandgericht, möglicherweise in Verbindung mit dem Drecksanwalt, der sie jetzt verteidige, hergeschafft worden sei, um auch noch alle anderen, insbesondere aber sie, Esmaralden Nepalek, dem bleibenden Zustand der Bresthaftigkeit samt Haarverlust zuzuführen.

Dieses ordnungswidrige Verhalten war durch Aufschrei der Betroffenen zu den Ohren der Aufsichts- und Wacheorgane und von da aus zu denen der Direktion gelangt. Die gefährliche Stänkerin und Schlägerin mußte daher für ein paar Tage in eine vormalige Rumpelkammer abgesondert und auf schmale Kost gesetzt werden. Als sie wieder zurückkam, empfing die Kasparitsch sie unter Tränen und erklärte ihr, das Amt mache alle fertig, auch ihr habe man zwei Male Kindesmord unterstellt, das eine Mal habe sie schon abgebüßt, die zweite Verurteilung stehe ihr wohl noch bevor, dabei sei es beide Male doch nur eine unglückliche Verkettung von Umständen gewesen. Im Gegensatz zu dieser kehrte ihr die Magdolini den Rükken, doch lag sie im Bett neben ihr, und die Gefahr einer Ansteckung bestand ihrer Ansicht nach weiter. Jedenfalls war aber die eines beleidigenden und vielleicht sogar verletzenden Zusammentreffens von ihrer Seite gegeben. Als sie in dieser

Hinsicht auf das Bett der Angewiderten blickte, meldete sich aber die Emma Miroslaw bei ihr und flüsterte ihr zu, sie könne auch zwei Betten weiter liegen und meinte sehr süß dabei, als ob sie nicht mehr im Gefängnis wäre, man müsse bloß die Dunkelheit abwarten, alle andern würden ganz gewiß schlafen. Sie hörte angeblich nur halb zu, doch war ihr das Gesagte gewiß nicht unangenehm, geschweige denn, daß sie an dem Verbotenen Anstoß genommen haben würde.

Bis zum Abend war es jedenfalls lang, und sie sprach in dieser Zeit von ihrer Freundin Stella und wann sie dieselbe wohl wiedersehen dürfe. Die Kasperitsch tröstete sie damit, daß ein einschlägiges Wiedersehen spätestens am Verhandlungstage stattfinden müsse, da würden die Angeklagten einander gegenüber und nebeneinander gestellt werden. Sie war damit aber keineswegs einverstanden, wahrscheinlich wollte sie ihre Freundin schon früher und anderswo sehen. Die Emma Miroslaw meldete sich neuerdings und stellte ihr vor Augen, daß man im Leben nicht immer auf Schritt und Tritt denselben Menschen begegne, sonst wäre alles auch viel zu eintönig. Man müsse aus allen Gelegenheiten das Beste machen, selbst unter den häßlichsten Verhältnissen. Dazu sei man eben da. Und je öfter man sich über das hinwegsetze, was einem verordnet und vorgeschrieben werde, um so glücklicher werde man im Augenblick, und dafür sei man schließlich überhaupt noch vorhanden.

Das Plätschern der gefälligen, nicht an sie gerichteten Worte, die sie wahrscheinlich auch gar nicht genau ausnahm, hatte die Anna Kasperitsch zunächst zu Tränen gerührt und später eingeschläfert. Es war nicht anzunehmen, daß auch die Wachen in Schlaf verfallen waren, aber es rührte sich draußen nichts mehr. Sobald tunlichste Dunkelheit eintrat, waren auch langsam erstarkende Schnarchtöne aus dem Bette der Magdolini vernehmbar. Nunmehr schien die Zeit gekommen, in der Emma Miroslaw unter Beweis zu stellen gedachte, daß selbst eine Ladenhausdiebin das Herz am unrichtigen Flecke haben konnte, welchen sie allerdings für den richtigen hielt.

Entgegen den Vorschriften für die Unterbringung von Untersuchungs- und Strafhäftlingen, welche beide nur einzeln auf je einer Lagerstätte installiert werden dürfen, weiters in Herbeiführung eines Tatbestandes nach den Bestimmungen des Strafrechtes, das die Unzucht a) mit Tieren b) mit Personen desselben Geschlechts bei sonstiger Kerkerhaft verbietet, veranlaßte die Emma Miroslaw nach erfolgter Entkleidung die vorher zu deren angeblichem Erstaunen von ihr ausgezogene und dabei betastete Esmaralda Nepalek, sich von ihr nach ihrer eigenen Ruhestätte führen oder zerren zu lassen, und betätigte sich sodann eingehend an den Geschlechtsmerkmalen der von ihr Mitgebrachten, die dies ohne erklärten Widerspruch, geschweige denn Widerstand an sich geschehen ließ, und daher ihrerseits an der Verwirklichung des Verbrechens mitwirkte.

Dieses wurde jedoch am Tatbestandsabend noch nicht aufgedeckt, weil die Mitbewohner der Zelle schliefen und die wachthabende Person ihr Augenmerk auf sonstige Vorkommnisse gelenkt hatte. Während der folgenden Nacht jedoch konnte bei versuchter Wiederholung des gleichen Geschehens dieses von der zufällig erwachten Magdolini festgestellt und daran anschließend seitens der von ihr durch Klopfzeichen verständigten Aufsicht aufgedeckt werden. Sowohl die Miroslaw als auch die Nepalek wurden in ihrem schandbaren Verhalten angetroffen und unterbrochen. Durch Inaugenscheinnahme und nachträgliches Geständnis der Verfehlung vom Vortage konnte der Sachverhalt klargestellt werden, von dem nun auch zuerst die Direktion und dann die Staatsanwaltschaft in Kenntnis gesetzt wurden.

Hierdurch war es möglich, die bereits im Konzept befindliche Anklageschrift gegen die Miroslaw entsprechend zu erweitern, ohne daß dazu wesentliche Erhebungen und zusätzliche Aufklärungen der Vorgänge nötig gewesen wären. Gegen Esmaralda Nepalek sollte erst zusammen mit Stella Blumentrost eingeschritten werden, welche derzeit in einem Zustande war, in dem ihr ein Aktenstück nicht persönlich zugestellt werden konnte. Auf diese Weise wurde noch Zeit dafür gewonnen, nach dem unaufgefundenen Leichnam des getöteten Joseph Thugut sowie allfälligen Vorschubleistern in Ansehung einer Verbringung desselben zu fahnden. Im Gegensatz dazu versuchte der Verteidiger der Blumentrost, Dr. Apsmirkler, weiter, die selbsttätige Entfernung des Opfers zu erklären und einen bloß zum Radwechsel nächtlich herbeigeeilten fremden Pannenhelfer zu ermitteln.

Da der fremde Kraftfahrer, der den beiden Mädeln bei der Flottmachung des Wagens beigestanden und nach Ansicht des Verteidigers nichts mit der Wegschaffung der Leiche zu tun hatte, sich gar nicht meldete, nahm Dr. Apsmirkler an, daß derselbe mit fremdländischem Kennzeichen gefahren und entweder in sein Ursprungsland zurückgekehrt war oder sich nach einem sonstigen Territorium begeben hatte, in welchem diesen seine Suchaktionen nicht erreichen konnten. Trotzdem gab er solche nicht auf, wiewohl er allmählich die Zeitungseinschaltungen unterließ, auf die sich entweder niemand oder nur Wichtigmacher und Angeber einfanden, einmal allerdings auch ein Fremdarbeiter, der anscheinend bereit war, für entsprechende Bezahlung den Verschwundenen in der Zeugenaussage zu vertreten.

Genauso schwierig schien es, einen Ersatz für den zur unrichtigen Zeit verstorbenen Wirt ausfindig zu machen. Die Verteidigung war zwar von der Vorstellung erfüllt, der im Vorverfahren Abgeschiedene wäre zum Ableben von einem Interessenten veranlaßt worden, dem an der Aufrechterhaltung des Anscheins einer Ermordung Thuguts durch Stella Blumentrost mit Beihilfe der Esmaralda Nepalek gelegen war. Die später zurückgenommene, beziehungsweise nicht glaubhaft entkräftete Darstellung der Mutter des Wirtes mußte hier doch wohl eine brauchbare Grundlage für weitere Nachforschungen bilden. Die Schwierigkeit lag darin, daß das fragliche Gasthaus schon seit Jahren nicht einmal aushilfsweise von einem Kellner betreut wurde, also ein Einmannbetrieb blieb und kurz nach der zweiten Vernehmung der Mutter des seinerzeitigen Inhabers überhaupt geschlossen wurde. Es konnten so nicht einmal die jeweiligen Besucher und ständigen Gäste des Betriebes ausgeforscht, geschweige denn überwacht werden. Dabei war es durchaus nicht auszuschließen, daß der zum Umfallen bewogenen Befürchterin einer vorhandenen Beseitigung ihres ursprünglich als Zeugen geladenen Sohnes außer Einschüchterungen noch Geldgeschenke zugekommen waren, um ihr Schweigen sicherer zu erhalten. Vielleicht stand sogar die Stillegung des Betriebes im Zusammenhang damit. Schließlich war es durchaus möglich, daß auch der Bauer, der von einer vorgehabten Übersiedlung des angeblichen Mordopfers nach Übersee gesprochen hatte und diese bei gerichtlicher Vernehmung als ungerechtfertigten Wunschtraum aus früher Vergangenheit darstellte, irgendeine Entschädigung für seine zweite Schilderung erhalten hatte. Bei Zutreffen dieser Mutmaßungen mußte allerdings das Verschwinden Thuguts vorher in Aussicht genommen worden und nachher mit ziemlichem Gewinn verbunden gewesen sein. Das Verlassenschaftsverfahren bot keinen Anhaltspunkt dafür.

Der Erste Staatsanwalt, Anton Ritter von Staupbrenner, mußte infolge Abschaffung des Adels den »Ritter von« weglassen. Statt dessen pflegte man ihn mit »Herr Baron« anzureden, was er ebensogern hörte wie seine richtige Titulatur und den Hofratstitel, den man ihm spätestens nach diesem Prozeß verleihen würde, aber schon jetzt üblicherweise gab. Er hatte zwar als ein korrekter Ankläger den Harald Puppinger seinerzeit wieder in Freiheit setzen lassen, nachdem ein Untersuchungsrichter, von dem er überdies wenig hielt, den als Zeugen Vernommenen in Haft genommen. Doch war eine Einbeziehung des gewesenen Matrosen in dieses Verfahren von ihm nicht vorweg fallengelassen worden. Er ließ das Verhalten des nicht völlig entlasteten Zeugen, der ein Alibi für die Mordnacht nicht aufgebracht hatte, weiter unter Bewachung stellen und bekam unschwer heraus, daß dieser sich mit einem andern Bekannten des Mädchens Stella Blumentrost, nämlich dem Versicherungsagenten Kunibert Falkner, in Verbindung gesetzt hatte. Er wußte bereits, daß beide Herren den Beschuldigten je einen Verteidiger besorgt hatten, für deren Kosten sie offenbar aufkamen. Er wußte weiter, daß jeder von ihnen an Stella Blumentrost geschrieben hatte, allerdings keiner an die Esmaralda Nepalek, welche außerdem die Mitteilsamere war und die der frühere Matrose schon weit länger kannte. Er wußte schließlich, daß ein Besuch der Mädel bisher nicht stattgefunden hatte, weder von dem einen noch von dem andern. Es waren somit zweifellos Momente vorhanden, die ein Einvernehmen des Harald Puppinger oder selbst des Kunibert Falkner mit den des Mordes Beschuldigten nach der Tat nicht ausschlossen, aber auch manches, das sehr gegen eine solche Verbindung sprach. Jedenfalls aber konnten die beiden vielleicht in irgendeiner Beziehung zur Aufklärung des Falles beitragen, für welchen noch immer die Auffindung der Leiche fehlte, was mehr als einen Schönheitsfehler bedeutete. Der Erste Staatsanwalt erinnerte sich an keinen Fall aus der eigenen Praxis, aber auch nicht aus der eines ihm bekannten Kollegen, in dem ohne die Leiche Anklage wegen Mordes erhoben und Verurteilung erzielt worden wäre, ausgenommen vielleicht solche Fälle, in denen durch nachträgliche Brandstiftung oder vorgängige Sprengstoffbehandlung die Reste des Getöteten notwendigerweise verschwunden waren. Ein solcher Fall lag aber hier nicht vor.

Der Herr Baron-Staatsanwalt wußte zwar, daß der nunmehr mit der Untersuchung betraute Landesgerichtsrat Dr. Xomandal aus eigenem Antrieb nicht tätig werden würde, aber wohl kaum an ihn gestellte Anträge unerledigt liegen ließ. Ihm war es nun darum zu tun, in Erfahrung zu bringen, ob Harald Puppinger sich wirklich in der Mordnacht erweislichermaßen mit Entjungferung eines Mädchens in einem weit entfernten Orte und nachträglichem längeren Verbleib bei diesem zu entschuldigen vermochte, oder ob er nicht doch mangels solcher Rechtfertigung als Mittäter, Beihelfer oder Verhehler in Betracht kam. Dazu waren vorerst alle jene zu hören, die ihn entlasten sollten, aber auch belasten konnten, zuletzt aber er selbst zum Gegenstand abschließend zu befragen. Bei gleicher Gelegenheit war zusätzlich die Frage von Anstiftung, Lob und Unterricht zur Tat entsprechend zu erörtern und zu überprüfen.

Kunibert Falkner, welcher zunächst geladen war, wußte angeblich nichts oder wollte nichts wissen. Immerhin mußte er sich zu dem durchaus nicht harmlosen Pfänderspiel mit Stella Blumentrost und Esmaralda Nepalek äußern, das damit geendet hatte, daß die beiden nackt und unzugedeckt, mit einem Wagenheber, den er selbst ihnen gebracht hatte, im Bette lagen. Auf die Idee, den Wagenheber als Werkzeug der Verteidigung, richtiger des Angriffs zu verwenden, gab er zu, durch die Erzählung Harald Puppingers gekommen zu sein, der auch vorher beide Mädel in dem zweckentfremdenden Gebrauch des Gegenstandes unterwiesen haben mußte. Er selber könne einräumen, einmal nach der Tat schon während des Verfahrens gegen die Mädel einen unerwarteten Besuch von dem Genannten bekommen zu haben, der aber nur einer Aufklärung des Sachverhaltes dienen sollte. Es sei zwar richtig, daß Puppinger in dieser Hinsicht der Obrigkeit vorgreifen wollte, aber nur um die Unschuld der Blumentrost und Nepalek unter Beweis zu stellen. Zur Verdeckung der Tat könne derselbe seiner Ansicht nach nicht beigetragen haben. Auch würde er, wäre er zur Mordstelle gekommen, nicht erst den fremden Wagen fahrtauglich gemacht und der Stella zum Betrieb überlassen, sondern sowohl diese als auch Esmaralden in seinem eigenen Fahrzeug mitgenommen haben.

Mutter Zipfelhauber bestätigte aber nicht mit Gewißheit, daß Harald Puppinger in der Mordnacht ihre bis dahin unschuldige Tochter entehrt hätte. Trotz Wichtigkeit der Ereignung habe sie sich das Datum derselben nicht gemerkt, Vater Zipfelhauber, welcher im übrigen auch die Schwängerung seines bis dahin streng behüteten Mädchens durch den Mordfalotten bestätigte, meinte, daß die Bauchfüllung der vormaligen Jungfrau alibihalber erfolgt sein müsse, er aber könne sich bezüglich der Zeit des betrüblichen Vorfalls nur auf zwei fremde Zeugen beziehen, welche äußere Begleitumstände feststellten.

Der Baron-Staatsanwalt konnte mit dem neuaufgefundenen Material wenig anfangen. Trotzdem teilte er wahrscheinlich nicht die Ansicht des Kunibert Falkner, daß Puppinger unter keinen Umständen mit dem Mordfall in Zusammenhang gebracht werden dürfte. Zwar schien es ihm nicht gerade wahrscheinlich, daß er durch seine Wagenhebererzählungen die Mädel zu einem Verbrechen veranlassen wollte. Immerhin mußten auch diese dem Morde vorangegangenen Umstände noch genauestens ermittelt und überprüft werden. Jedenfalls aber blieb die Tatsache bestehen, daß wohl kaum ein fremder Autofahrer angesichts der Leiche zur Hilfeleistung des Radumtausches veranlaßt werden konnte, wo noch dazu das Sakko des Toten im Wagen liegen geblieben und von dem Toten am Morgen keine Spur mehr zu finden gewesen war. Vielleicht wollte Puppinger die beiden Mädel auf schnellstem Wege loswerden, daß sie über die Grenze verschwänden, wo sie untertauchen würden. Da er sonst nur sehr wenig für jede von ihnen aufwendete, war anzunehmen, daß er kaum gesonnen war, viel in die beiden zu investieren. Das verspätete Opfer der Göttin sollte vielleicht die eine sowie die andere jetzt zum Schweigen bringen. Wenn sie nicht sagten, wohin der Tote geschafft worden war, nützten sie doch wohl auch sich selbst, da sie nach ihrer Meinung Aussicht hätten, der Strafe zu entschlüpfen. So hätte es vielleicht sein können, mußte aber nicht so gewesen sein. Wenn es wahr sein sollte, daß nur sieben oder acht Besuche bei Puppinger und zusätzlich der von ihm bei Stella stattgefunden hatten, war es durchaus möglich, daß die beiden Mädel noch über weitere Liebhaber verfügten, die sie verschwiegen, vielleicht wiederum aus einer widernatürlichen Veranlagung, die sich bei Esmaralden schon während der Haft gezeigt, bei Stella nicht gut zeigen konnte, weil sie vorzeitig erkrankte und vielleicht auch in der Haft nicht die geeignete Partnerin fand. Gewiß war noch vieles aufzuklären, um alles über den Fall zu wissen, wenngleich der vorhandene Ausschnitt notfalls zu einer Anklageerhebung und Verurteilung zureichte. Vorerst konnte die vorhandene Zeit aber außerdem dazu dienen, die Person des Harald Puppinger auszuleuchten. Also ging die Akte mit Antragstellung wieder zu dem Untersuchungsrichter Dr. Xomandal zurück, um ergänzende Zeugen über den seinerzeitigen Verbleib des unheimlichen Matrosen sowie diesen selbst noch einmal zu hören.

Katherina Schleicherl, fünfundfünfzig, hatte auf die Uhr geschaut, wie sie die Statur des Harald Puppinger hatte auftauchen und in dem Hause Zipfelhauber verschwinden sehen. Ihre eigene Nichte war früher kurzfristig von dem stämmigen Frauenliebhaber an sich und auf Abwege gebracht worden. Sie taugte seither nichts mehr. Darum lag ihr daran, den bei ihr nicht beliebten Mann, wenn schon nicht zu stellen, so doch zu überwachen. Sie hatte sich auch damals eine Zeitlang in der Umgebung des Zipfelhauberhauses aufgehalten, ob der Bursche zurückkomme. Er kam nicht. Es war unbedingt die Mordnacht. Sie müsse das sagen. Um zehn Uhr abends war er jedenfalls noch oben. Philipp Nutzwedler hatte ihn gleichfalls, und zwar mit Fernrohr, vom Hause gegenüber beobachtet. Er sah von dort aus in einige Wohnungen hinein und, da er nachts schlecht schlief, war er öfters auf Lauerposten, ob und wen die vielen Weibsbilder, die ihm gegenüber hausten, gerade empfingen. Den Puppinger hatte er schon öfters dort gesehen, aber bei einer andern, durch die ihn die Zipfelhauber kennengelernt haben mußte. Bei ihr war bis dahin nie ein Mann gewesen, ganz bestimmt nicht. Es war auch nur sehr kurz Licht dort, gerade als er ankam, dann mußte sie ihn schon versteckt haben. Warum sie das getan habe, sei unerklärlich. Erst kurz vor vier Uhr früh war der Puppinger wieder auf der Straße. Der Zeuge stand gerade mit einer Zigarette im Mund am Fenster. Es sei ihm vorgekommen, daß auch Puppinger zu ihm hinaufgeschaut habe. Das war aber damals gerade die Mordnacht.

Die Vernehmung Harald Puppingers führte zu nichts mehr.

Er bestritt wie das erste Mal, auf irgendeine Weise Anlaß zum Zuschlagen mit dem Wagenheber durch die beiden Mädel gegeben zu haben. Bezüglich der Zeit der Tat blieb er bei seinem nunmehr ummauerten Alibi. Nach seiner Aussage verlangte er Sprecherlaubnis mit den Beschuldigten, die ihm gewährt wurde. Stella war zwar erst am Vortage aus dem Spital zurückgekommen und in dem Zimmer untergebracht worden, aus dem man sowohl die Miroslaw als die Esmaralda Nepalek vorher zur Einzelunterbringung entfernte. Sie hatte nur wenig Haare angesetzt und lehnte es ausdrücklich ab, zum Besuche des Puppinger vorgeführt zu werden, zu dem auch mangels Verwandtschafts- und Schwägerschaftsverhältnis die Voraussetzungen nicht vorlagen. Die Esmaralda Nepalek, die nach ihrer Disziplinierung in ein zweites Gemeinschaftszimmer, nämlich das ehemals der Blumentrost zugewiesene, gelangte, wollte aber ihren früheren Liebhaber sehen, obgleich sie ihm für den beigestellten Verteidiger nicht besonders dankbar war. Bei dieser Unterredung wurde sie von Wachen daran gehindert, die Hand des Mannes zu ergreifen, es hätte ein Kassiber hinaus oder vielleicht sogar hereingeschmuggelt werden können.

Es mag sein, daß der Untersuchungsrichter Xomandal den kurzen Aufenthalt Puppingers bei den beiden Beschuldigten nur duldete, um auf diese Weise weiteres Material gegen den immerhin noch verdächtigen Altmatrosen zu erhalten. Jedenfalls klappte die Überwachung der Unterredung Esmaraldens mit ihm vorzüglich, doch ergab sie nichts weiteres als den versuchten Händedruck. Die Zurückhaltung Stellas von jeder Kontaktnahme ließ die Möglichkeit offen, daß sie nach der Absage zum Verrat an ihm durch Erweiterung ihres Geständnisses bereit sei. Einstweilen war freilich kein Anzeichen dafür gegeben. Vielleicht war ihre nunmehrige Haltung ihm gegenüber auf die Rücknahme und Andersverwendung der menschenfressenden Göttin zurückzuführen. Vielleicht auch wollte sie sich ihm ungern ohne Haare zeigen. Dort, wo früher solche auf dem Haupte zu finden waren und noch spärliche neue keimten, hatte sie ein Tuch um den Kopf geschlungen, um den Einblick Unberufener auszuschließen. Aber selbst mit Tuch kam sie sich zurückgesetzt und geschlagen vor. Vermutlich sollte sie so niemand sehen, der sie nicht unbedingt sehen mußte, vor allem nicht ein ehemaliger Reflektant, der sogar kurzfristig bereit war, eine Göttin für sie zu opfern. Welche von diesen Vermutungen nun die richtige war, blieb abzuwarten.

In die Zelle, in der nunmehr die Esmaralda fehlte und an ihrer Stelle die Stella war, wurde Mutter Mucherum zurückgebracht, die in zwischenzeitiger vorläufiger Freiheit Einflußnahme auf Zeugen versucht und einen weiteren Unfall, diesmal ohne Führerschein, herbeigeführt hatte, der gerade mit dem Anzeiger in der Verbrechenssache erfolgte. Derselbe war bei solcher Gelegenheit verstümmelt worden und derzeit noch nicht vernehmungsfähig. Trotzdem erhoffte man von ihm noch zusätzliche Aufklärung, so daß sich aus diesem Grunde die Wiederinhaftnahme der vorzeitig in Freiheit Gesetzten empfahl. Nun versuchte sie mit allen Mitteln, auch durch angebliche Nacherzählung von Erklärungen der Nepalek, an die Blumentrost heranzukommen, welche aber unzugänglich blieb, wenngleich sie möglicherweise über die drei Anzeigen gegen ihre Freundin nicht genauer informiert war. Übrigens begnügte sich die Blumentrost damit, auch mit den übrigen früheren Zellengenossinnen der Nepalek nur das Allernotwendigste zu sprechen, und wurde so in dieser Hinsicht zu einer vorbildlichen Untersuchungsgefangenen.

Wie sie erst viel später bekannte, führte sie in dieser Zeit ein inneres Tagebuch, das einer erstaunlichen Merkfähigkeit zu verdanken war, in welchem sie allerdings auch löschen und verbessern sowie ergänzen konnte, wie es ihr beliebte. Dazu konnten ihre Aufzeichnungen von niemand entdeckt, geschweige denn überprüft werden. Die Zahl der Notizen war allerdings notwendigerweise zu begrenzen, da sie ansonsten durcheinander oder ineinander geraten wären. Nur dadurch, daß sie einzelne doch wohl vergaß, ließ sich die Übung eine Zeitlang aufrechterhalten.

Natürlich befaßte sie sich vor allem mit dem Grund ihres Hierseins. Diesbezüglich findet sie, man habe sie mit Schuld beladen, aber an wem. Dem Stechviehhändler, den man sie beschuldige, erschlagen zu haben, hätte sie nichts anderes als den Tod geschuldet. Der Allgemeinheit schulde sie nichts und diese nichts dem Stechviehhändler. Wenn man nicht töten solle, dürfe man sie erst recht nicht töten. Man töte sie aber bereits jetzt, habe zumindest damit angefangen. Dabei sei nicht einmal gewiß, daß sie überhaupt getötet hätte. Sie versucht auch, ihre Schlüsse zu ergründen, findet, daß der Stechviehhändler der Allgemeinheit ebensowenig wichtig gewesen sei, wie diese ihm. Sie sei als Mädel behütet gewesen, die Hut habe ein Loch gehabt, und durch dieses Loch sei sie entschlüpft, aber dann, wenn auch sittlich beschädigt, zurückgekrochen. Erst nach dem Sterben der Eltern und der Freundschaft mit Esmaralden wäre sie nicht mehr behütet gewesen. Da habe sie zeitweise von ihrer Freiheit bescheidenen Gebrauch gemacht, nicht ganz so, wie es üblich war, doch sei nichts Verbotenes für sie dabei gewesen. Nur dürfe man ihren Willen nicht beugen wollen. Ihr Wille bestimme ihre Ordnung, und weil sie ein Mädel sei, dürfe sie nicht dafür leiden, wenn sie Gewalt nicht gegen sich dulde und sie mit Gegengewalt ausgleiche. Sie habe die Hand gewählt, die sie berühren durfte, der Stechviehhändler war es nicht.

Zeitweise versuchte sie auch, der Esmaralda gerecht zu werden. Dann verteidigte sie diese mehr als sich selbst. Ein armes Mädel, das nirgends geborgen war, aber in Zuneigung aufging, das meist nur gab, nicht zurückempfing. Der Freundin in gleicher Weise verpflichtet wie dem Liebhaber, den es mit ihr teilen mußte, habe es sich immer untergeordnet und nie richtig gewehrt, nicht einmal gegen den, für dessen angeblichen Tod es jetzt büßen solle. Esmaralda habe nie wirklich gelebt und müsse jetzt dafür sterben. Die Waffe, die sie gereicht hätte, wäre damals noch nicht Waffe gewesen. Der Blick war nicht auf den Stechviehhändler gerichtet, um ihn zu täuschen, sondern war noch von ihm getäuscht. Sie habe keinen Schlag geführt, auch keinen verhindern können. Wenn jemand ein Opfer sei, sei sie es allein.

Weniger milde verhielt sich Stella gegenüber ihren früheren und jetzigen Mitgefangenen. Sie räumte ihnen kein Recht zum Verbrechen ein. Die Ordnung, die sie für sich und Esmaralden nicht gelten ließ, erkannte sie für die andern an. Die Mucherum verdiene zerquetscht zu werden, der Brei, der übrigbleibe, sei widerlich genug. Die Magdolini gehe nur als Herd der Ansteckung herum. Die Kasperitsch habe nicht Anspruch, daß man ihre Tat übersehe. Auch die Musterang dürften ihre Karten nicht retten.

Esmaralda Nepalek, die sich schon hinreichend durch die Handreichung an Puppinger verdächtig gemacht hatte, begann sich in Stella Blumentrosts Zelle sogleich mit Marie Leuchthimmel anzufreunden. Da außerdem noch eine Hure in dieser Zelle war, bestand die Gefahr, daß die Unzucht wider die Natur wiederholt werde und diesmal nicht sogleich aufkomme. Daher wurde die Nepalek anderswohin gebracht und war nunmehr mit der Hebamme Salome Treppenhaus, der Einschleichdiebin Kunigunde Bramser, der Brandstifterin Angialka Stefany und der Hehlerin Auguste Pröll beisammen. Die Treppenhaus war schon über sechzig, als Arbeiterin aber sehr geschickt und gesucht und der Zeugenbeeinflussung durchaus verdächtig. Als Partnerin verbotener Liebe unter Frauen kam sie kaum in Betracht. Ebensowenig die Kunigunde Bramser, welche zwar erst fünfzig war, doch beschränkte sich deren Verdächtigkeit auf außersexuelle Dinge. Angialka Stefany, eines Wilderers Gattin, war erst fünfunddreißig und hatte das Haus eines Jägers angezündet, der sich durch ihr Liebesangebot nicht zum Verzicht der Anzeige ihres Gatten bestechen lassen wollte. Gleichgeschlechtliche Neigungen waren bei ihr nicht zu vermuten. Auguste Pröll war über die Maßen häßlich und körperlich verkümmert, außerdem unrein und gänzlich außer Verkehr gesetzt. Sie ging im An- und Verkauf von Diebs- und Raubbeute auf und sicherte sich gegen Entdeckungen durch Gewährung materieller Zuwendungen.

Diesmal hatte sie allerdings zu wenig bezahlt und war zu früh gefaßt worden.

Schon nach ihrer Überstellung erhielt Esmaralda den Besuch der Nemec, die, obwohl sie mit dem Vater der Beschuldigten nicht verheiratet war, wie früher der Puppinger zum Besuche zugelassen war. Vielleicht weil die neue Umgebung der Esmaralda nicht entsprach, brach sie angesichts des unerwarteten Gastes geradezu in Tränen aus und schrie, die Mutter möge zur Kenntnis nehmen, daß sie unschuldig sei. Gisela Nemec, die frische Wäsche und auch verfrüht gleich zwei Kleider für die Hauptverhandlung abgegeben hatte, war sichtlich gerührt, sei es wegen der ungewohnten Ansprache mit »Mutter«, sei es der Schuldabstreitungsbeteuerung halber oder sogar aus beiden Anlässen, beklagte sich energisch, daß man Unschuldige einsperre, und erklärte, daß sie das ihrem Manne sagen werde, als ob der Schneider Sebastian Nepalek die Gerechtigkeit aufhalten könnte. Das Gespräch wurde vorzeitig abgebrochen, Esmaralda in die Zelle zurückgebracht, die Stiefmutter aber aus dem Besuchszimmer hinausgeführt, worauf sie draußen weiterschrie, ohne daß man sie daran gehindert oder gar hoppgenommen hätte.

Im übrigen wurde der Esmaralda Nepalek an einem der nächsten Tage bereits die Anklageschrift zugestellt, in der ihre Beteiligung am Morde durch Hinreichen der Mordwaffe und Ablenkung des zu Tötenden durch ihr eigenes Geständnis und das der andern unter Beweis gestellt war, weiter der Diebstahl von tausenddreihundert Schillingen und die Mitschuld am Diebstahl des Wagens und schließlich Unzucht wider die Natur mit ihrer früheren Zellengenossin Miroslaw. Sie durfte die Schrift mit ihrem Verteidiger besprechen, der aber auch den Journalisten Gottfried Heuberger mitnahm, was er nicht tun durfte, aber dennoch tat und was irrtümlich zugelassen worden war, weil man denselben für eine neue Konzeptkraft des Verteidigers hielt, obgleich selbst eine solche der gesonderten Bewilligung bedurft haben würde. Der Verteidiger glaubte rügen zu müssen, daß »du Mädel dich nicht hast halten können und mit dem andern Mensch was gemacht hast«. Er meinte auch beanstanden zu sollen, daß sie von dem Tausender nichts wisse, wo sei denn der sonst hingekommen. Er wolle gegen die Anklageschrift einen saftigen Einspruch machen, der könne allerdings nicht durchgehen. Hoffentlich komme aber der Staatsanwalt dann nicht auf das, was er vergessen habe. Tolle Sache das, wie sie die Leiche weggeschafft habe. Klar. Der Mann sei selber weggegangen. So werden wir's schon machen. Aber die Göttin könne der Puppinger wieder mitnehmen. Die sei nicht einmal den Tausender wert, den der Verteidiger schon an Spesen verbraucht habe. Ein Fall zum Draufzahlen. Aber er tue das, weil das Mädel hübsch sei. Es wolle auch kommen, wenn es wieder frei werde. Er habe nichts gegen Dankbarkeit, obwohl er keine erwarte. Bald werde es sowieso nicht sein. Etwas Strafe werde sie schon bekommen. Der Schwung, der Blick, die Leiche, das Auto, die tausenddreihundert, davon geleugnete tausend, und schließlich das mit dem Dreckmensch. Mädel, es mache ihn unglücklich. Es sollte aber dem Puppinger zusetzen, schon jetzt, denn in Strafhaft könne es ihn nicht mehr empfangen, sei ja weder verwandt noch verschwägert, noch identisch, dreitausend statt der Göttin oder wenigstens zweitausend, meinetwegen. Das andere dann später, wenn sie herauskomme oder für immer dableibe. Wie es eben komme.

Den Journalisten Gottfried Heuberger interessierte am meisten die Fortbringung der Leiche. Für ihn war ansonsten die Sache geklärt, obwohl das Mädel neuerdings unter Zuhilfenahme von Tränen beteuerte, es habe keinen Menschen umgebracht und auch nichts zu einem Mord beigetragen. Bei der Fortschaffung der vermeintlichen Leiche sei es allerdings helfend beigestanden. Die Zeitung »Allerhand Unglaubliches« brachte dann den Artikel: »Starkes Mädchen trägt toten Stechviehhändler weg, daß er nicht mehr gefunden wird. Wohin, weiß nur es.« Unterzeichneter Reporter habe eine außerordentliche Unterredung mit der Mörderin erhalten. Diese glaube sich sogar unschuldig, der Stechviehhändler habe vielleicht noch geatmet, so genau habe sie nicht hingehorcht. Wo sein Herz war, habe sie nach den zahlreichen Liebesdiensten, die sie ihm vorher erwiesen habe, nicht so genau gewußt. Sie kenne die Herren anatomisch nur unter dem Gürtel genau. Da aber ganz gründlich. Sechzehn seien es vorher gewesen, aber man spreche von siebzehn und noch mehr. Dabei sei sie blühend frisch, auch im Gefängnis, er habe sich selbst überzeugen können, sie mache sich dort ganz prächtig. Habe sogar eine zweite Dame verführt, weil kein Herr erreichbar gewesen. Obwohl sie so zarte Hände habe und man an den Armen kaum ausgeprägte Muskeln sehe, könne sie tote Männer weit tragen, so weit, daß sie nicht mehr gefunden würden. Am liebsten sammle sie Tausender, die aus der Tasche fielen. Dabei sei ein Stechviehhändler ziemlich schwer wegzubringen. Aber ein zartes Mädchen könne alles, wenn es aus Liebe sei. Erst die Liebe zum Manne unter dem Gürtel, dann zu dem Gelde. Wo aber die Leiche geblieben sei? Selbst das Gericht wisse es nicht.

Der Zeitungsartikel erregte Aufsehen und mußte zu der Untersuchung führen, wie der Journalist den Zutritt erlangt hatte, noch dazu ohne das Beisein eines Justizorgans, nur einer strickenden Frau, die auch nicht gewußt habe, wer er war. Die Schuld wurde nacheinander dem Untersuchungsrichter, dem Verteidiger und dem Wachekorps zugeschrieben. Gegen den Richter wurde schließlich kein Disziplinarverfahren eingeleitet, er war offensichtlich schuldlos, endete aber trotzdem als Gerichtsvorsteher bei einem entlegenen Bezirksgericht. Der Verteidiger und die Wachen wurden diszipliniert, blieben aber im Amte. Für Esmaralda Nepalek und demgemäß auch für Stella Blumentrost wurden außer Unterredungen mit den Verteidigern nurmehr Verwandtenbesuche zugelassen. Es kam aber niemand mehr zu den beiden, die Rechtsbeistände ausgenommen.

Da nach Ansicht des Verteidigers Permsusel eine Mittäterschaft der Nepalek am Morde in Betracht kam, verfaßte er nur ein vorsichtiges Rechtsmittel gegen die Anklageschrift, in dem er insbesondere die Frage offenhielt, daß das Mordopfer selber weggegangen sei. Alles, was seiner Schutzbefohlenen anzulasten sei, wäre die Bereitwilligkeit zur Wegschaffung eines Toten, der in Wirklichkeit lebendig gewesen sei. Das Geld, es wären nur dreihundert gewesen. Mit dem Auto wäre sie bloß mitgefahren, habe es nicht in Besitz genommen. Mit dem andern Mädel, mein Gott, in Haft. Der Paragraph gehöre schon längst abgeschafft. Nur bei uns und in Finnland oder anderswo bestrafe man das noch. Zwischen Frauen, was könne da schon geschehen? Alles in allem sei die Anklage verfehlt, daher Einspruch.

Da sie nach dem Artikel in der Zeitung den Puppinger nicht mehr sehen konnte, bestellte er denselben zu sich, um mit ihm wegen Ablösung der Göttin zu sprechen. Der Vorgeladene kam nicht sofort, langte aber schließlich eines Tages atemlos ein. Er wartete gar nicht ab, daß ihm der Doktor eine Eröffnung machte, sondern eröffnete demselben, was er selbst inzwischen erlebt hatte. Nach seiner Zeugenaussage und bisher einzigen Besprechung mit der Nepalek, die noch vor der Einschmugglung des Journalisten zugelassen worden war, hatte er sich entschlossen, auf seine Art zur Aufklärung des Falles beizutragen. Dabei habe er die Anschrift der Witwe Thugut herausbekommen und von da ab deren Haus häufig im Blickfeld behalten. Lange Zeit sei nichts Verdächtiges festzustellen gewesen. Eines Tages aber sei ein Mensch gekommen mit einem unguten Gesicht und habe sich sehr lange bei ihr aufgehalten. Da habe er sich hinter dem Fenster verborgen und sei schließlich neben dem Gesims hinaufgeklettert. Das Fenster sei geschlossen gewesen. Trotzdem wäre das Gespräch offenkundig in wispelnder Tonart vor sich gegangen und man habe nicht einmal einen Laut vernehmen können. Am Schluß sei die Witwe sehr gut aufgelegt gewesen, der fremde Gast habe ihr die Hand gedrückt, und aus der einen Hand in die andere sei ein Geldschein gewandert. Nach späterer Umfrage hinter dem Besucher, dem er nachgegangen sei, hätte sich herausgestellt, daß es der angebliche Verlassenschaftsgläubiger Hinterhofhüfinger gewesen wäre.

Der Verteidiger versetzte ihm aber, es sei zwar verbrieft und aktenkundig, Harald Puppinger habe einen guten Gockel gestellt, und er möge weiter seine Hennen auf die ihm vertraute Art behandeln, ohne die zwei, welche jetzt im Käfig seien. Die könne er auf längere Zeit nicht mehr in Anspruch nehmen. Was aber die sonstigen Künste des Eingetretenen betreffe, so wisse er da nicht genau Bescheid, Detektiv sei derselbe jedenfalls kaum. Ein Verlassenschaftsgläubiger dürfe der Witwe seines Schuldners noch weiter borgen, ja, ihr auch heimlich einen Tausender in die Hand drücken. Das sei nicht weiter auffällig, auch wenn die sonst traurige Witwe beim Anblick des Geldes lache. Er würde auch lachen, wenn er für seine erste Arbeit ein paar Tausender bekäme, die ihm obendrein zustünden. Demgegenüber wendete der noch immer schwer atmende Exmatrose ein, das ganze Gespräch und Gehaben sei verdächtig gewesen, und er sei von der Unschuld beider Mädel entschieden überzeugt, und wenn es einen Gott gebe, dürfe keiner von ihnen was widerfahren. Hier lächelte der Verteidiger und bezweifelte, daß so ein vollblütiger alter Marinemann auch noch an Gott glauben wolle, wo er doch alles Sonstige betrieben habe, nur die Frömmigkeit nicht. Er selber habe lieber früher an Wotan in Walhalla geglaubt als an das, was einem die Juden aufgeschwatzt hätten oder die Nichtmehrjuden. Jetzt aber glaube er gut und gern an gar nichts, auch nicht an Göttinnen, selbst nicht an die, welche ihm Harald Puppinger angedreht habe. Der unterbrach den Verteidiger gleich und fragte, was derselbe statt dessen wolle. Der sprach zunächst von drei Tausendern. Als aber Harald Puppinger zwei aus seiner Brieftasche auf den Tisch zählte, war er auch mit denen vorläufig zufrieden und packte ihm die Göttin gleich ein. Der Puppinger strahlte über das ganze Gesicht und sagte, die Stella werde sich freuen, sobald sie wieder zu Hause sei. Er nehme sie zu sich und die andere nehme er auch. Und die Göttin gehöre dann beiden. Dr. Permsusel bezweifelte alsbald, daß er auch nur eine von beiden so bald bei sich begrüßen dürfe, auch werde er wahrscheinlich mit dem Kunibert Falkner teilen müssen, für den doch gewisse Verpflichtungen sprächen. Einstweilen möge der junge Mann anderswo gokkeln, bis zur nächsten Gockelei mit den beiden Mädeln vom Wagenheber dauere es noch lang, irrsinnig lang. Wenn die Gerechtigkeit – nämlich das, was wir anstatt der Gerechtigkeit hätten – wen oder was zermahle, dann bekomme man nur die Leichen frei, die Mädel würden schrumpfen wie seine Indianerschrumpfköpfe. Da sei nichts mehr da, um selbst wertlose Göttinnen zu erfreuen.

Harald, der stutzig wurde, fragte dann, ob denn da ein Anwalt gar nichts machen könne. Der Gemeinte erklärte, er könne schon, es gebe eben eine schöne Leich, d. i. ein prächtiges Begräbnis. Was wolle man auch tun, »zugehaut« sei worden, einen Toten habe es auch gegeben, und wenn der nicht da sei, wo sei er sonst? Ein Stechviehhändler verschwinde nicht mir nichts dir nichts auf Zeit und Ewigkeit. Die Mädel hätten ihn gut vergraben und wer anders habe ihn vergraben helfen. Er, Puppinger, möge froh sein, daß er nicht der andere sei. Meinetwegen wolle er, Permsusel, sogar an die Unschuld der Nepalek glauben, und wenn es darauf ankomme, an die der Blumentrost dazu. Wo bekomme man aber den Stechviehhändler Thugut wieder her? Daß totgeschlagen wurde, beweise der Staatsanwalt aus dem Geständnis des Zuschlagens und dem seitherigen Verschwinden des Mannes. Daß der Mann lebe, gehe nicht daraus hervor, daß ein Gläubiger Geld in die Hand der Witwe drücke. Wir lebten nun einmal in einem mitleidigen Land. Die Witwe werde sich übrigens bemühen, das Geborgte zurückzugeben. Harald Puppinger bedauerte zwar, Dr. Permsusel für die Verteidigung gewonnen zu haben, nahm aber bloß seine Göttin und ging.

Den schwereren Stand hatte Dr. Apsmirkler, der Stella verteidigte, welche die Schläge geführt und das Auto mitgenommen hatte. Aber gerade er war beständig unterwegs, die Unschuld seiner Klientin zu erweisen. Kunibert Falkner beteuerte, daß der Verteidiger alles vorkehre und an den Tag bringe, was kein Detektiv entdeckt haben würde, und doch keinen Groschen Anzahlung genommen habe. Nach dem Scheitern der im Vorverfahren angebotenen Beweise bot er drei neue an, daß der Stechviehhändler wegen Überschuldung eine Abreise nach Chile geplant und durchgeführt habe und daß auch keine Leiche verbracht worden sei. Zum letzten Punkte konnte er allerdings gegenwärtig Namen und Anschrift des in Betracht kommenden Zeugen nicht angeben. Doch deutete er an, daß er den fremden Pannenhelfer stellig machen werde. Alles das rückte er in seinen Einspruch gegen die Anklageschrift betreffend Stella Blumentrost ein, in welcher diese des vollbrachten Mordes sowie des Diebstahls an einem zehn Jahre alten Personenkraftwagen nach der Ermordung Thuguts beschuldigt war.

Der Verfassung seines Einspruchs ging eine Unterredung mit der Angeklagten voraus. Diese sei so kühl und ruhig gewesen, als ginge sie das alles gar nichts an. Sie habe in dem Tuch, das um ihr Gesicht geschlungen war, richtig schön ausgeschaut, aber gefragt, ob ihr nicht für die Hauptverhandlung eine Perücke bewilligt werde. Mehr als je zuvor habe der Verteidiger gefühlt, daß der edle Ausdruck des Mädels keine Eignung zur Verbrecherin widerspiegle.

Als der Anwalt seine Klientin verlassen hatte, erinnerte er sich, daß er ihr über die drei neu eingebrachten Beweise keine Mitteilung gemacht hatte. Sie war von ihm nur angestarrt und sehr kurz um ihr Einverständnis zum Einspruch befragt worden, ansonsten ließ er ihre Person auf sich wirken, als ob er sie zu deuten haben würde. Auch er gab übrigens Informationen an ein Blatt, in welchen er zum Ausdruck brachte, wie weit Stella Blumentrost der Idee eines ordentlichen Mädels entspreche, wie sie sich halte, obwohl sie nun auch ihr Haar während der Haft verloren habe, und daß sie, wenn es überhaupt zur Hauptverhandlung kommen sollte, einer Perücke bedürfe.

Der Redakteur Konrad Glucksenbold war nicht seiner

Meinung. Unter dem Titel »Keine Perücke für die Blumentrost« bekämpfte er jeden Gedanken, der Angeklagten aus staatlichen Mitteln eine passende Haartracht zukommen zu lassen. Aus ihrer kühlen Gefaßtheit leitete er bloß berechnendes Wesen und starrsinnigen Charakter ab. Sie bereue nichts und wolle glauben machen, daß der Tote selber weggangen sei. Sie täusche selbst die Verteidigung. Im Sinne bestehender Vorschriften könne leider über den vermutlichen Ausgang des Strafprozesses nichts gesagt werden. Das eine dürfe aber schon jetzt im Interesse der Allgemeinheit gefordert werden: da immer mehr Frauen die Männer töteten, die mit ihnen in Beziehungen geraten seien, müsse man nun auch mit den Mörderinnen einmal Schluß machen. Wo käme man sonst hin? Dasselbe Blatt hatte ganz kurz und ohne Bedauern mit Nennung bloß der Anfangsinitialen berichtet, daß ein sechzehnjähriges Mädchen von zwei Burschen auf dem Nachhauseweg überfallen und zum Beischlaf gezwungen worden wäre, wofür die beiden zehn und acht Monate bedingten schweren Kerker erhalten hätten und somit in Freiheit verblieben wären.

Trotzdem hatte der Artikel über Stella Blumentrost zur Folge, daß in kurzer Zeit vier Perücken für sie abgegeben wurden, und zwar je eine kastanienbraune von Harald Puppinger und Kunibert Falkner, welche ihre Haarfarbe kannten, weiters eine hellblonde von einem Stechviehhändler mit einem Heiratsantrag samt Photo des Einsenders. Zuletzt noch eine tiefschwarze von einem Herrn, welcher die folgenden Zeilen beilegte: »Nimm dieses rabenschwarze Haar, ganz gleich wie einmal deines war, für Morden und Gebuder, du rabenschwarzes Luder!« Als nun amtlicherseits die Bewilligung der Beistellung abgelehnt war, weil eine solche nicht vorgesehen, Ausstattungsstücke dieser Art auch gar nicht vorhanden seien, durfte sie die für sie eingelangten Haarersätze probieren. Bei der Anprobe zeigte sich, daß Harald Puppingers und des Stechviehhändlers Perücken zu groß für den Kopf der Stella waren, die des Kunibert Falkner hinwiederum zu klein.

Dagegen paßte die ohne Namen mit dem herabsetzenden Inhalt eines Zettels eingesandte Haartracht wie angegossen. Mangels einer anderen Möglichkeit, vielleicht aber auch aus Ironie und Opposition entschied sie sich für diese.

Die Einsprüche kamen diesmal nicht so schnell abschlägig erledigt zurück, wie es gewohnheitsmäßiger Brauch der höheren Instanz war. Es kann sein, daß man eine Zeitlang an eine Verfahrensergänzung durch die von Dr. Alfons Apsmirkler neu beantragten Beweise dachte, schließlich aber entschied man sich doch dafür, den Untersuchungsrichter mit deren Durchführung nicht weiter zu belästigen, aber anzuordnen, daß die namhaft gemachten Zeugen zur Hauptverhandlung zu laden seien. Im übrigen wurde der Anklage stattgegeben, die sich auf genügende Unterlagen stütze. Dr. Philipp Permsusel bekam eine um drei Zeilen kürzere Absage.

Durch einen Zufall trafen die beiden Verteidiger einander auf der Stiege, als sie ihren Klientinnen die Mitteilung des negativen Ergebnisses ihrer Bemühungen überbringen wollten. Durch Unachtsamkeit kam es dazu, daß die Vorführung der Mädel fast gleichzeitig erfolgte. Trotz der strickenden Frau in der Mitte konnte die Nepalek der Blumentrost zuflüstern, daß sie sie liebe. Dr. Permsusel warnte sogleich, daß das Mädel noch froh sein könnte, nicht auch wegen dieser Liebe unter Anklage gestellt zu werden, solche Liebe habe ihm wenig Gutes eingetragen. Dadurch machte er auch die Strickende aufmerksam und mußte mit der Nepalek in einen anderen Raum. Die Blumentrost, welche nicht einmal den Kopf nach ihrer Freundin gewendet, wenngleich sie mit demselben genickt hatte, durfte bleiben. Sie konnte zu dieser Aussprache ihre neue schwarze Perücke anlegen, die ihr gut zu ihrem blassen Gesichte stand, und übte im übrigen den Anschein der Geistesabwesenheit. Vielleicht war sie sogar durch die vorübergehende Begegnung mit ihrer Verbrechensgenossin abgelenkt gewesen, wenn sie dieser auch dem äußeren Anscheine nach kaum ein Augenmerk gegönnt hatte. Dr. Apsmirkler erwähnte deutlich, daß ein Mann nach einem Bilde Thuguts denselben in jener Person wiedererkannt haben wollte, die mit eingebundenem Schädel und in österreichischem Dialekt laut schimpfend ein Schiff nach Südamerika bestiegen hatte. Ein weiterer Zeuge war nunmehr bereit zu bekunden, daß Thugut längst vorhatte, über das Meer zu verschwinden. Ein dritter sollte bekräftigen, daß das angebliche Mordopfer einmal erklärt habe, es sei voller Schulden, zu Hause gehe es auch nicht, es habe alles beisammen, um demnächst, selbst in Hemdärmeln, abzuhauen.

Dr. Alfons Apsmirkler hatte nicht den Eindruck, seine Klientin habe wirklich erfaßt, was für sie gewonnen werde, wenn die drei Zeugen auftreten würden und bei ihren Angaben blieben. Fast kam es ihm vor, als ob sie überhaupt nicht hinhörte, jedenfalls an ihm vorbei, und es ihm nicht einmal gelungen wäre, kurzfristig ihr Interesse in Anspruch zu nehmen. Vielleicht war es doch so, daß die Zeugen irrten und sie den Leichnam beiseitegeschafft hatte. Aber selbst dann mußte es sie doch berühren, daß sie so leichten Kaufes dank seinen Bemühungen entschlüpfen dürfe. Wie er sie aber ansah, dünkte ihm ihre Ruhe einem inneren Gleichgewicht und einer Ausgeglichenheit zu entspringen, wie man sie aus der Akte gar nicht vermuten durfte, und ihr schöner Schädel wirkte in der rabenschwarzen Perücke noch vornehmer als das letzte Mal in dem darumgeschlungenen Tuch. Da sagte er sich, daß sie wohl verdiene freizukommen und doch unschuldig wäre, vielleicht aber komme die Hilfeleistung schon zu spät und sei die Zeit bereits vorüber, in der ihr noch geholfen werden könne. Als er sich zu diesem Gedanken durchrang, blickte sie ihn aus halbgeschlossenen Augen müde an und beteuerte, sie habe starke Kopfschmerzen, und entschuldigte damit ihre Unaufmerksamkeit. Auch früher in der Freiheit habe sie öfters solche Zustände gehabt, sie befürchte nun, sie würden nie mehr ganz vorübergehen. Er fragte sie noch, ob sie nicht wegen Krankheit ins Inquisitenspital wolle, man könne dann die Hauptverhandlung hinausschieben. Sie beteuerte aber, sie wolle Gott behüte nicht mehr in die Krankenanstalt, es möge nun alles schnell gehen, so schnell als möglich, so oder so. Viel mehr sagte sie nicht und äußerte sich auch nicht zu seinem Zeugenanerbieten.

Dagegen hatte Dr. Paul Permsusel von diesen neuen Möglichkeiten, die sein Kollege herausfand, ausführlich zu Esmaralda Nepalek gesprochen, vielleicht kriege er das Mädel doch heraus, aber leicht werde es nicht sein und billig auch nicht, zumal er auch für die Göttin nur zwei Tausender erhalten, sie sei doch vielleicht viel mehr wert gewesen, er kenne sich nicht aus, höre nur das, was die Leute reden. Werde das Mädel sich ordentlich bei ihm bedanken müssen, wenn er es wirklich freikriege, hübsch sei es schon, sogar sehr, und frisch auch. Trotz allem. Also, den Wagenheber gereicht, wo noch keine Mordabsicht gewesen, angeschaut nur aus Nochverliebtheit, weggetragen, was lebendig war. Dreihundert Schilling alles in allem. Am Auto nicht mitbeteiligt. Mit Zellengenossin geschlafen, aber verführt worden, sowas nie zuvor gemacht, auch nicht mit der Stella, die es sehr liebe.

Er fragte nicht einmal danach, ob sie alles verstanden habe, was er sagte. Seine Ausdrucksform war ohnedies auf einen geistig untergeordneten Menschen, fast ein Kind eingestellt, wenn man die Anspielungen auf geschlechtliche Verbindungen wegdachte. Auch ob er an das glaubte, was er sagte, kam wenig in Betracht. Wenn es nur etwas gebe, daß sie durchkomme oder wenigstens besser dastehe, dann sei seine Pflicht erfüllt. Es waren ohnehin Unannehmlichkeiten genug, auch wegen des Journalisten, aber keine sehr großen. Und Kosten genug und nicht viel Ertrag. Aber wer weiß, wie es weitergehe. Als er ging, begegnete er wieder dem Kollegen Dr. Apsmirkler. Der war wenig befriedigt von der Zusammenkunft mit Stella, sagte aber nichts davon. Was nicht unbedingt zum Prozeß gehörte, mußte er schließlich niemandem mitteilen.

Die Esmaralda Nepalek hatte aber wohl verstanden, daß der Anwalt der andern was herausgefunden, das beiden Mädeln nützen könne. Ihrer finde sowieso nichts, meinte sie, das aber sei schließlich egal, Hauptsache es treffe irgend etwas ins

Schwarze. Sie glaube schon, daß dieser Thugut noch lebe. Wo sei er denn sonst hingeraten? Sie hätten ja gar nicht die Kraft gehabt, ihn einzugraben. Geholfen habe bestimmt niemand. Wo hätten sie wen herbekommen sollen? Der fremde Autofahrer wäre zu sowas nicht bereit gewesen. Das war so ein vornehmer Mann, der sich Mädeln gegenüber fast anständig benommen habe. Mehr könne man von keinem verlangen, wenn man als Mädel einen Radwechsel haben wolle. Angeboten habe sie sich ihm bestimmt nicht, und die Stella schon gar nicht. Der hätte auch einen Mord nicht gefälligkeitshalber verborgen und schon gar keine Leiche weggeschafft. Den Rock Thuguts im Wagen habe er ganz bestimmt nicht gesehen, er habe gar nicht hingeschaut. Also der Thugut sei jetzt in Chile, lasse es sich gut gehen, und sie, die von ihm mißbrauchten Mädel wären hier, weil sie ihn ermordet haben sollten. Zwei Mädel, die niemand was getan hätten. So arg habe die Stella auch gar nicht zugeschlagen, und sie habe ihr den Wagenheber nur mal so gegeben. Und jetzt rede sie nichts weiter, sie hätte schließlich keine Kinder abgetrieben, gleich vierzig oder fünfzig, auch keinem Jäger das Haus angezündet. Sie sei aber mit solchen jetzt beisammen. Das gehe ihr schon gegen die Hutschnur. Sie lasse sich nicht einreden, daß sie gestehen solle. Was solle sie gestehen? Daß sie einen habe umbringen helfen, der aber noch lebe? Daß sie was gestohlen habe, was gar nicht da war? Die dreihundert habe sie schon genommen, das sei aber wenig. Und das mit der Miroslaw sei auch wahr. Was könne sie schon dafür bekommen, es war bei ihr das erste Mal, nur eben zweimal. Was? Die Miroslaw sei schon verurteilt und habe anderthalb Jahre bekommen? Und sie habe nichts gehört davon, sei gar nicht vernommen worden. Das gebe es nicht. Ja, doch da waren die Ladendiebstähle mit dabei mit mindestens sechzehn Monaten.

Als Stella Blumentrost wieder ihren Gemeinschaftsraum betrat, war von ihr allerdings von den neuen Beweisen nicht hinreichend Kenntnis genommen worden. Sie hatte ihre Umgebung nur verschwommen gesehen, am besten die Strickerin in der Mitte, welche einen Austausch zwischen ihr und der Esmaralda Nepalek verhindert und auch sonst darüber gewacht hatte, daß nichts Ungesetzliches geschehe, wenngleich sie den Worten Apsmirklers wohl kaum besser gefolgt war als dessen Klientin. Im übrigen mochte sie ihr wie das alte Weib am Spinnrad erschienen sein, das an Dornröschens Schicksal schuldig geworden, wiewohl sie sich hätte sagen müssen, daß das Märchenmädel doch wohl unschuldiger war als sie selber und zu seiner Lage höchstens leichtfertig beigetragen hatte. Im übrigen verdunkelte ihr Kopfschmerz sonstige Eindrücke, es war besonders ihr Gehör, das abgeschaltet blieb, auch als die Mutter Mucherum doch noch einiges darüber erfahren wollte, was der Verteidiger gesagt hatte, was sie schon deshalb nicht gut verraten konnte, weil sie es selber kaum wußte, aber auch ansonsten, d.i. im Falle richtiger Aufnahme und Verarbeitung, preiszugeben unterlassen haben würde. Dagegen mochte ihr schon aus allgemein weiblicher Veranlagung aufgefallen sein, daß ihr Rechtsbeistand an ihr auch ein persönliches Interesse genommen hatte. Weder rühmte sie sich dessen allerdings, noch berief sie sich überhaupt darauf. Als sie die Perücke vorsichtshalber wieder abgegeben und das Tuch um den Kopf geschlungen hatte, verminderten sich ihre Kopfschmerzen davon noch nicht, und sie lag auf ihrem Bett ziemlich regungslos und wußte wenig anderes anzufangen. Gleichwohl kam es ihr so vor, daß schon ihr Atem eine Wand aufrichte, die sie von allem abschließe, auch von der Freiheit. Die drei Zeugen waren keine guten Sendboten und halfen beim Aufstehen und Weiterkommen kaum. Es war da gar nichts zwischen dem Jetzt und dem Später, das eine Änderung zum Bessern ermöglichte. Wenn ja, käme es, wie aus den Karten geweissagt, nachher und nicht mehr zurecht, um noch etwas zu nützen.

Harald Puppinger hatte den Kunibert Falkner brieflich von dem Ergebnis seiner Nachforschungen unterrichtet. Er nahm an, daß er störe, wenn er wiederkomme und daß er den andern auch nicht zu sich bitten dürfe. Er halte die Mitteilung aber für wichtig, wenn auch der Verteidiger Esmaraldens dies bezweifle. Er wäre neugierig zu wissen, wie der Adressat darüber denke. Derselbe dachte gut darüber und versprach die Neuigkeit an Dr. Apsmirkler weiterzugeben, der schon einiges aus eigenem gefunden habe. Eine Zusammenkunft wünschte er nicht, man überwache sie vielleicht noch. Dr. Apsmirkler sei schon so sehr von Stella beeindruckt, daß er als dritter Konkurrent zu fürchten wäre. Trotz dessen persönlichen Anspielungen war ähnliches bezüglich Dr. Paul Permsusel nicht zu vermuten. Er reimte auf Esmaralda: »Ein Mädel ziemlich billig und einem jeden willig.« Zu ihrer Rettung reimte er wenig.

Sie brauche nicht zu behaupten, sie habe sich mit dem Thugut nicht gutwillig eingelassen, sagte vor der bereits anberaumten Hauptverhandlung der Permsusel zur Nepalek. Er meinte, sie hätten da genug Beweise dagegen. Zwei Mädel seien auch zusammen stärker gewesen als ein einzelner Mann, selbst ein Stechviehhändler. Die Nepalek wendete nur ein, was hätten sie schon machen können, er würde sie sonst dort abgeladen haben und wäre auf und davon. Sie seien schon so lange unabgeholt im Regen gestanden. Dr. Permsusel fand darin wenig Grund für den Geschlechtsverkehr. Und wie begründe sie dann das mit dem Wagenheber? Natürlich, sie habe ihn nur weitergereicht, um den Thugut zu necken, aber nicht, damit er damit am Kopf gekitzelt werde. Das sei schon möglich, wenn auch nicht besonders glaubwürdig. Und das mit dem Anschauen. Wie bisher gehabt. Und die dreihundert. Natürlich, das Geld war alle, warum habe sie denn ihren ganzen Wochenlohn ausgegeben? Nun schön, sie habe nur den halben erhalten, warum habe sie es aber auf die Entlassung angelegt und sei mit der Stella mitgefahren, wo sie doch schon zu Hause gewesen sei? Er wisse, die Fragen seien unbequem, der Vorsitzende werde sie aber auch stellen. Besser, wenn sie schon jetzt gestellt würden. Und wo sei der Tausender hingekommen? Keiner dagewesen, wo doch die Witwe wisse, wieviel er mitgenommen habe? Natürlich nicht die Witwe, der Mann lebe ja noch. Dr. Apsmirkler wolle es noch beweisen. Also hätte man nur noch das Auto. Und endlich die Unzucht mit Personen desselben Geschlechts. Was habe sie schon davon gehabt? Bloß, weil sie keinen Mann mehr gekriegt hätte. Das sei leider ein Beweis, wie leicht es mit ihr klappe. Jawohl, da könne man gar nichts dagegen sagen. Ja, doch, der fremde Autofahrer. Habe nur so ein paarmal über die Brüste gestrichen, weiter gar nichts, komme oft genug vor. Zwischen den Schenkeln gar nichts mehr. So ein braver Autofahrer. Habe das Rad gerichtet, die Leiche nicht angeschaut, das Sakko auch nicht. Nur so gerichtet und anonym geblieben. Ja, wenn es dem Staatsanwalt nichts mache, ihm mache es gewiß nichts. Er habe nur zu verteidigen. Am weitesten, Mädel, käme man mit der Wahrheit. Was werde es zur Verhandlung anziehen? Am besten ein Kleid hochgeschlossen und die Beine bedeckt. Sähen ja alle Teile sehr gut aus, aber das gestrenge Gericht lasse nichts Weibliches auf sich wirken. Bestimmt nicht. Was, sie wolle kurz gehen und soviel zeigen, als man dürfe? Da sage er, das lieber nicht, ihn gehe es zwar nichts an, für die Kleidung sei er nicht kompetent. Das Gericht wolle aber Reue auch für die schlechte Lebensführung, Reue auf der ganzen Linie. Dann werde die Strafe billiger. Nein, sie lasse sich nicht dreinreden, habe auch nichts Langes. Er wolle sehen, ob er von seiner verstorbenen Frau noch was finde. Könnte passen, und wenn auch nicht. Darauf komme es nicht an. So, sie wisse es wieder besser. Dann Schluß, mehr könne er auch nicht tun als bloß anraten. Dafür sei er da. Er meine es gut.

Dr. Apsmirkler begab sich gleichfalls in den Besucherraum, um seine Klientin zu sprechen. Er war elegant gekleidet, wie zu einer Opernaufführung, vielleicht wollte er ihr auch gefallen. Sie hatte wieder ihr schlichtes Tuch um die Stirne geschlungen und nicht mehr die Perücke angefordert. Mag sein, daß sie darauf verzichten wollte, ihn noch zu beeindrukken. Er fragte, ob sie heute imstande sei, sich mit ihm auf die Verhandlung vorzubereiten. Wenn sie Kopfschmerzen habe, werde er eben ein anderes Mal kommen. Es sei noch drei Tage bis zur Verhandlung. Er wisse im übrigen genau, daß ihre Intelligenz groß wäre, sicher aber fehle ihr die Erfahrung mit den Gerichten. Sie könne sich geben, wie sie wolle. Er finde sie ohnehin natürlich. Wenn die Richter und Geschworenen nicht bösartig seien, würden sie sich ihrem Eindruck nicht verschließen. Ja, richtig, er müsse noch sagen, Herr Harald Puppinger habe auch einen Zeugen gefunden. Er sagte Herr undsoweiter. Sie lächelte diesmal, also mochte ihr dieser Mann noch etwas bedeuten. Harald Puppinger wolle, daß man ihn und den Hinterhofhüfinger, aber auch die Witwe oder richtiger Frau Thugut darüber befrage, wieso sie sich von dem Gläubiger ihres Mannes heimlich Geld zustecken lasse und der es ihr gebe. Das habe der Herr Puppinger selber gesehen. Sie lächelte kein zweites Mal, starrte ihn aber an, als habe sie die Lösung des Rätsels erfaßt. Es blieb bei diesem Blick des Anstarrens, als er nun neuerdings auf die Zeugen zu sprechen kam, die er selbst herausgefunden hatte. Er wiederholte seinen Bericht vom letzten Mal und wurde noch ausführlicher. Dann meinte er, es müsse nicht unbedingt so gewesen sein, daß sie den Thugut habe erschlagen wollen oder seinen Tod in Kauf genommen hätte. Vielleicht habe sie so etwas bereits gesagt, aber man müsse nicht unbedingt dabei bleiben. Dann sei es nämlich Mordversuch gewesen, wenn der Thugut noch auftauche. Sie habe einfach zugeschlagen, ihre Mädchenehre. Sie starrte ihn noch immer an. Es komme gar nicht darauf an, daß sie schon einmal einen Freund hatte. Sie dürfe sich aussuchen, wem sie gehören wolle, und brauche sich nicht als Fuhrlohn für zehn Kilometer oder zwölf erpressen oder mit Gewalt nehmen zu lassen. Es sei ihr doch wohl zu glauben, daß sie keinem Stechviehhändler freiwillig habe gehören wollen. Wie weit ihre Freundschaft mit der Nepalek gegangen sei, gehe niemand was an, nachgewiesen sei gar nichts. Das Mädel habe ihr den Wagenheber gereicht, wahrscheinlich nur, um ihn dem Autofahrer wegzunehmen, so zum Scherz. Da sei es eben in sie gefahren. Da habe es in ihrer Hand gezuckt, sie habe einfach zuschlagen müssen. Aber sie habe dann auch plötzlich innegehalten, sie wisse es ja selbst. Da sei es ihr vorgekommen, als ob er tot sei, und sie muß ihn ins Gebüsch gezogen haben. Sie würde es natürlich schöner und glaubhafter mit eigenen Worten ausdrücken. Warum sie dies nicht längst gesagt habe? Beiläufig habe sie so gesprochen, vielleicht auch einmal in rückgeblendetem Zorne anders. So aber sei es gewesen. Sie habe ihn nicht umbringen wollen, und er sei auch gar nicht tot. Sie starrte den Sprecher noch immer an. Ob sie wieder Kopfschmerzen habe? Nein, jetzt habe sie keine mehr. Aber sie glaube, das alles sei zwar recht schön, aber es würde wohl nicht viel nützen, sie habe das Gefühl, sie komme da nicht mehr heraus, das heißt, man erlaube ihr nicht mehr, herauszukommen. Lebenslänglich, bedeutete der Anwalt, der bloße Gedanke sei schon lächerlich, er bitte um Verzeihung für dieses Wort. Es käme höchstens eine kurze Verdachtsstrafe in Betracht. Verdachtsstrafen gebe es zwar gesetzlich nicht, es müsse alles bis ins letzte bewiesen werden. Aber manchmal komme es eben doch dazu, daß man jemand bestrafe für etwas, was er gar nicht getan habe. Weil man aber nur aus nicht zureichenden Gründen annehme, daß eine Schuld gegeben sei, suche man auch nach nicht vorhandenen Milderungsgründen, um weniger zu bestrafen. Mit einem Wort, soviel auf keinen Fall, ein paar Jahre höchstens, aber er wolle sie ganz freibekommen. Man bestrafe wahrscheinlich die Wegnahme des Autos nur mit Haft bis zur Höhe der in der Untersuchung verbrachten, nicht einmal soviel. Sie habe es schließlich unbeschädigt da abgestellt, wo man es auffinden mußte, ihr liege sonst gar nichts zur Last. Sie müsse glauben, daß es gutgehe, es warteten alle (er sagte: »wir alle«) darauf. Bei einem werde es ihr gewiß auch recht sein, daß er warte.

Als er nun bemerkte, daß sie sich kaum mit dem beschäftigte, was er ihr zu ihrem Troste und als Vorgabe für ihre Verantwortung mitgeteilt hatte, wußte er anscheinend nicht, ob und wie er die Unterredung noch fortsetzen sollte. Die Bewunderung, die er ihr offenbar entgegenbrachte, erwies sich übrigens nicht nur als unbegründet, sondern auch als völlig nutzlos. Die Schönheit, die er ihr nachsagte, war in Ermangelung ihrer Haartracht nur fragmentarisch. Dagegen schien ihre Unaufmerksamkeit eine vollständige zu sein. Vielleicht war sie sich dessen bewußt, daß sie kein Zeuge entlasten konnte, weil der Tote richtig tot und von ihr beiseitegeschafft war. Wenn sie unter solchen Umständen keine sonderlichen Erwartungen auf ein günstiges Urteil erkennen ließ, mußte es den Verteidiger doch enttäuschen, daß seine unentgeltlichen und nicht ganz unfruchtbaren Bemühungen weder mit Freude noch mit Interesse bedankt wurden.

Statt dessen will er sich selbst mit Innenvorwürfen bedacht haben, weil es ihm nicht gelungen war, einen Weg zu Stellas Verständnis zu finden, geschweige denn sie für die bevorstehende Verhandlung zu stärken, vorzubereiten und mit einer gewissen Sicherheit zu versehen.

Als er schließlich ging, hatte er auf der Straße das Gefühl, er habe seinen Hut im Gefangenentrakt vergessen. Doch wäre er ohne denselben kaum unbeanstandet von dort wieder herausgelangt und hatte ihn überdies auf. Der Stella Blumentrost, die überdies noch Kopfschmerzen bekam, war der Umgang mit Menschen einigermaßen abhanden gekommen, und sie dachte nur noch verschwommen an den stattgehabten Besuch und die Unterredung mit der Verteidigung. Anscheinend lag ihr Aberglaubens halber nach dem Teilinkrafttreten der Prophezeiung einer mit ihr zusammen arrestierten Kartenlegerin nicht mehr viel an der gründlichen Vorbereitung ihrer Aussage, oder sie stellte sich wenigstens so. Es könnte auch sein, daß ihr selbst der Ausgang des Prozesses gleichgültig geworden war, da sie nicht mehr annahm, einen Zweck zu erfüllen und mit ihrem Dasein zurechtzukommen. Zwar hatte ihr der Name Puppinger bei der Rücksprache mit Dr. Apsmirkler ein Lächeln abgenötigt. Es war aber keineswegs sicher, welche Bedeutung diesem Lächeln zuzumessen war, ja nicht einmal, ob es nicht vielleicht deshalb einsetzte, weil der Verteidiger von einem »Herrn« Puppinger gesprochen hatte. Jedenfalls war dieses freundliche Zucken um die Mundwinkel nicht durch ein gleichartiges verdoppelt worden, als in der Folge noch einmal von demselben Manne die Rede war. Daß sie sich dem Kunibert Falkner nicht hinreichend dankbar für frühere Dienste gezeigt hatte, war bereits erwiesen. Daß demselben außer der schon gewährten Nacktansicht im Falle seines Wartens bis zu ihrer vermeintlichen Freilassung noch tieferschürfende Rechte eingeräumt werden würden, ließ sich vorläufig kaum mit Sicherheit annehmen, geschweige denn, daß sie darin eine Lebensaufgabe erblickt hätte. Daß sie zusätzlich in Dr. Apsmirkler einen weiteren Anwärter auf ihre Körperbenützung erblickt oder sogar bewilligend angenommen hätte, so wie sie den von ihr ermordeten Stechviehhändler nach weniger als einer Stunde Kraftwagenmitnahmebekanntschaft doch erhört hatte, wußte jedenfalls niemand, wie auch keiner zu bezeugen vermochte, daß sie überhaupt seit Inhaftsetzung und Erkrankung dem Liebesspiel noch dieselbe daseinsberechtigende Bedeutung beimaß wie vielleicht vorher. Ihren Zellengenossinnen, die sich wiederum wie schon bei früherer Gelegenheit neugierig zeigten, von ihr etwas über den Inhalt ihrer Unterredung zu erfahren, erwies sie die Gunst der Mitteilung nicht. Auch wie der Herr aussehe, der sie verteidigen würde, erklärte sie nach einschlägiger Anfrage der jüngsten Gefährtin nicht, zeigte sich aber kaum verwirrt, sondern beschränkte sich auf die Feststellung, sie habe denselben in bezug auf dessen äußere Erscheinung gar nicht recht angesehen.

Die Glühwürmchen, die kleinen, leiteten ein Lied ein, das sich einem Traum der Esmaralda Nepalek knapp vor der Hauptverhandlung einfügte. Das Singen war nicht von Anfang an von Farben unterfüttert, diese aber kamen später hinzu, und sie sah sich aus der Zelle satzungswidrig hinausgehoben, aber nicht wirklich freischwebend, sondern mehr in Tiefen eingegliedert. Die Stella Blumentrost war auch dort, sie hatte weiße Haare, und diese fühlten sich als angewachsen und verwurzelt an. Weiters war der Puppinger dort, aber er verlangte nichts, trank auch nichts und blies farbige Seifenblasen. Die klobigen Hände eines vierschrötigen Mannes ohne

Gesicht tasteten ihr zwischen die üppig blühenden Schenkel und der Stella an die nicht gealterten, festen, knospenden Brüste. Es war offensichtlich der Ermordete. Die Glühwürmchen, die kleinen, strahlten in solchem Glanz, daß es den ohnehin Gesichtslosen blendete und seine Finger sich in der Dunkelheit verirrten. Da waren keine Schenkel sonst außer den ihrigen. Von den Sternen splitterte auch Licht ab und ging auf die kleinen Glühwürmchen über. Danach war noch ein dritter Herr zu sehen, der war ganz in Schwarz und sah so aus wie Kunibert Falkner nach zweimaliger Erinnerung ausgesehen haben mußte, die zeitweisen Schilderungen der Blumentrost veränderten allerdings ab und zu sein Aussehen, je mehr er in deren Nähe kam. Die Seifenblasen des Puppinger waren indessen von ihrem, Esmaraldens Körper angezogen worden, während Stella und Kunibert hinausschwebten. Sie fanden Einlaß dort, wo die Glühwürmchen klobige Hände abgewiesen hatten. Die Glühwürmchen standen nun Spalier in ihren Schamhaaren. Daraufhin kam die von der Stiefmutter abgegebene Hose geflattert und legte sich keusch darüber. Sie schritt mit nichts sonst bekleidet und mit unbedecktem, festem und vollem Oberkörper in den Saal, an dessen Ende acht Geschworene, in der Mitte aber drei Richter saßen. Da sagten sechs Geschworene »schuldig«, und dann setzten sie sich mit den Richtern an eine Tafel und berieten über das Schmalz, das ist die Strafe. Da kamen die kleinen Glühwürmchen wieder und legten nunmehr fünf Kreise um ihre Brüste. Schließlich aber zogen sie, sich vermehrend und die Ringe verengend, ein ganzes Netz über den gesamten Busen, bis derselbe in dem von ihrem Verteidiger beizustellenden, in ihrer Vorstellung aber bereits beigestellten Kleid verschwand. Nunmehr sittsam bekleidet, hatte sie nichts anderes mehr zu tun, als zu erwachen und sich schließlich beraten zu lassen, wobei sie den fragwürdigen Teil, wie sie die Schlaferscheinung auffaßte, weitgehend unterschlug. Nur eine, die noch schlief, sagte nichts. Die anderen aber erkannten ohne Abstimmung gleichzeitig auf fünf Jahre Schmalz.

In dieser selben Nacht glaubte die Stella den gestirnten Himmel zu sehen, aber sie träumte sonst nichts und zählte auch die Sterne kaum. Weder sah sie bei gleicher Gelegenheit sich selbst noch die Esmaralda Nepalek. Auch die Herren, einschließlich des Ermordeten, traten mit ihr in keine Verbindung, wie sie auch Glühwürmchen, Seifenblasen, Richter und Geschworene wahrzunehmen unterließ. Trotzdem fühlte sie sich von dem Geschauten erbaut und beeindruckt, glaubte aber nicht, eine Deutung herbeiführen zu sollen. Im Gegensatz zu der Nepalek versagte sie sich, den Sternenhimmel in die Gefängniszelle zu versetzen, indem sie die anderen Insassinnen daran hätte teilnehmen lassen. Wie sie sich des Morgens von ihrem Lager erhob, glättete sie dieses, bis es ihr den Himmel in Erinnerung brachte, der auch glatt und wolkenlos war. Sternähnliches herauszufinden mußte aber mißlingen.

Keiner der beiden einschreitenden Rechtsanwälte hatte je vor dem Schwurgericht verteidigt. So besaß auch keiner von ihnen einen Talar, Dr. Permsusel dachte nicht daran, sich einen anzuschaffen. Er borgte sich das so geartete Kleidungsstück vielmehr aus, denn er glaubte kaum, es für einen Wiederholungsfall noch zu benötigen. Allerdings war es ihm vorne zu eng und hinten zu weit und überdies zu kurz. Daher hatte er vor, sich wenig darin zu bewegen. Dafür schaffte sich Dr. Apsmirkler gleich zwei Talare an, davon einen für sich selbst, nach Maß, zur Verteidigung an dreidreiviertel Arbeitstagen. Für das Ende der vierten und vermutlich letzten Session schaffte er einen von der Stange an für einen jungen Kollegen, der ihn bei dieser im Sinne eines vorher nicht verlautbarten Planes vertreten sollte. Nach solcher vorbehaltener Maßnahme war im allerletzten Stück der Beweisaufnahme und während des Plädoyers sein Ersatz durch den andern erforderlich. Er mußte denselben daher schon jetzt in das Gerüst und den Aufbau seines Pflichtenkreises einfügen und ihn auch zu allen Verhandlungen beiziehen, damit er das, was sich nicht aus den Akten, Aufsätzen und zufälligen Notizen ergab, aus frischem Eindruck dazugewinne und somit als vollwertiger Ersatz, sobald erforderlich, in Szene treten könne. Beide Apsmirklertalare erwiesen sich als durchaus brauchbar und paßten gut, wiewohl der nach Maß dem Chef noch besser als der von der Stange dem jungen Kollegen saß.

Der Vorsitzende, Hofrat Joachim Josef Vollmulder, war Feinschmecker und Vielesser in einer Person. Dem guten Tropfen huldigte er nur bei besonderen Anlässen und mit Bedacht. Den Mädeln sah er längst ausschließlich strafend nach, seit sein Bauch vollends die Façon gesprengt hatte. Selbst von seinem eigenen Weib Sieglinde, geborene Bockhäuser, die an Gestalt allmählich mit ihm wetteiferte, nahm er nur geringe Notiz. Von den Rechten interessierte ihn im wesentlichen nur das, was sich auf das Strafwesen bezog, wobei er die prozessuale Ordnung noch der materiellen voranstellte. Allerdings legte er manches nach eigener Ansicht aus. Wo eigene Meinung schwierig schien, schloß er sich solcher der Höchstgerichte an, mitunter auch der des Schrifttums, insoweit er dasselbe kannte. Außerprozessuale Interessen hatte er wenige, doch liebte er gängige Musik, sofern dieselbe vor dem Ersten Weltkrieg entstanden war. Auch las er ab und zu am Abend vor dem Einschlafen ein belletristisches Buch deutschsprachiger Art aus der Jahrhundertwende oder der Anschlußzeit. Der Beisitzer, Dr. Friedrich Bäumkräusler, aß wenig, war neugierig und devot. Die Mädchen liebte er schon, aber in den durch sein Amt gezogenen Grenzen, auch ließ er sie gerne seine Macht fühlen. Die Person der Stella Blumentrost empfand er bereits aus den Akten als unangenehm. Über die Esmaralda Nepalek machte er sich noch keine Gedanken. Die Rechtspflege interessierte ihn hauptsächlich als Broterwerb. Ansonsten studierte er die Neuigkeiten aus den Zeitungen. Die Politik widerte ihn zwar an, doch trug er sich bisweilen mit dem Vorsatz, sich in ihr zu betätigen. Sonstigen geistigen Angelegenheiten fühlte er sich nicht verpflichtet. Im Theater war er das letzte Mal vor drei Jahren gewesen. Ein nichtjuristisches Buch war von ihm vor zwei Jahren zu lesen angefangen worden, ein juristisches das Jahr zuvor, doch las er gelegentlich berufseinschlägige Zeitschriften. Jedenfalls unterstützte er den Senatspräsidenten durch Nebenfragen, vermittels welcher er sowohl Vergessenes als auch am Rande Wissenswertes erforschte. Sein Kollege zur Linken des Vorsitzenden hieß Emmerich Filter. Er hatte eine leicht gekrümmte Nase und starke Backenknochen. Von seinem Vater hieß es, er verdanke sein Leben einem zur Hitlerzeit gefälschten Stammbaum. Um nicht aufzufallen, wäre Filter auf jeden Fall bei den Beweisstücken seines Vaters geblieben, in dieser Gegend hätte er sich anders kaum halten können. Ansonsten hielt er an Bestrafung allen Unrechts fest, doch nahm er im Israelkrieg für arabische Bombenleger und Flugzeugentführer gegen die von diesen zerfetzten Zivilpersonen, einschließlich Frauen und Kinder, Partei. Sonst war es ihm nur darum zu tun, sich nicht bemerkbar zu machen, und wenn er Ideen hatte, so zu tun, als ob sie vom Vorsitzenden oder dem andern Beisitzer kämen, doch erntete er dafür wenig Dank. Er aß nie öffentlich und pflegte nicht zu sagen, was ihm schmecke. Ob er Mädchen liebte, blieb geheim, da er es ihnen kaum mitteilte. Auch im Gegenstandsfall hatte er sich angeblich manchen Gedanken gemacht, aber keinen ausgesprochen. Später hieß es, er sei von Anfang an der Meinung gewesen, daß da etwas nicht stimme, er habe jedoch nicht gewußt, wie er die Rede darauf bringen sollte.

Die Geschworenen waren Max Turing, Sepp Dardel, Franz Nöcker, Sabine Dammweis, Josefa Hollergschwandtner, Ernst Wollfad, Karl Biblich und Justus Deumler.

Max Turing war der Ausbildung nach Schuster und hatte auch als solcher begonnen, aber mit Eifer und Glück gewirkt und es schließlich zu drei Schuhwarenhäusern an verschiedenen Orten gebracht. Seine erste Ehe war gescheitert, sie war kinderlos geblieben, aber fruchtbar für seine mehrfache Hörnung gewesen, bis die Veranlasserin seines Geweihtragens schließlich von einem ihrer Liebhaber umgebracht wurde. Erst zehn Jahre später hatte eine weitere legitime Verbindung mit einer drallen und unauffälligen Frau den häuslichen Erfolg an die Seite des geschäftlichen gesetzt und ihn mit drei wohlgeratenen Kindern versehen, deren erstes, mit bürgerlichen und merkantilen Qualitäten ausgestattet, einmal den väterlichen Betrieb übernehmen sollte, während die andern beiden noch in die Schule gingen und dort gut lernten, daher für akademische Berufe bestimmt waren. Turing liebte Krimis und das Fußballspiel, galt auch als ständiger Kinobesucher, er rauchte und trank mäßig und besuchte einmal wöchentlich Klubabende. Aus Mädeln machte er sich nicht viel, Bücher las er kaum. Es gelang ihm schließlich, die erste Ehe und den damit verbundenen Skandal vollkommen vergessen zu machen, und er fühlte sich nicht wenig geehrt, als Geschworener auf die Liste gesetzt und schließlich auch ausgelost zu werden. Er pflegte seinen Kopf schief zur Seite zu neigen, das war eine Geste der Aufmerksamkeit.

Sepp Dardel stammte aus einem anderen Bundesland, in dem er zunächst versagt hatte und als Jugendlicher zweimal straffällig geworden war, einmal wegen einer eigentumsfeindlichen Handlung, das andere Mal sogar wegen eines Blutverbrechens ohne tödlichen Ausgang. Da er zufolge Tilgung früherer Verurteilung unbescholten in diese Gegend kam, vor dem Zweiten Weltkrieg in Deutschland gewohnt hatte und nach Auszeichnung im Kriege und Fortsetzung desselben auf nunmehr österreichischem Gebiete in seine hiesige Wahlheimat zurückkehrte, brachten die Erhebungen über ihn nichts Nachteiliges zutage. Er war einundsechzig Jahre alt, Lagerverwalter in einem großen kaufmännischen Unternehmen, unverheiratet geblieben und wurde selten mit Frauen gesehen. An Kameradschaftsabenden nahm er dagegen ständig teil und empfing auch gern junge Burschen bei sich. Er las Bücher, die von nationalen Kreisen empfohlen wurden, und zwar je eines im Monat. Vergnügungen besuchte er selten, rauchte nicht und trank gelegentlich bei Zusammenkünften mit andern. Den Kopf reckte er beim Müßigsitzen nach oben. So saß er auch da, während er sein Amt als Geschworener ausübte.

Franz Nöcker war von großer Gläubigkeit, sein Vater aber

unbekannt. Er galt als besonders rechtschaffen, stand schon seit Jahren in der Sparkasse am Schalter und genoß selbst das Vertrauen kirchlicher Stellen. Seine Frau überragte ihn an Jahren, aber auch an Mitteln und um Haupteslänge. Ihre Familie genoß ziemliches Ansehen, enthielt aber keine männlichen Mitglieder mehr, außer zwei Kindern, die sie mit Nöcker hatte und deren jüngstes dem Vater an Rechtschaffenheit gleichkam, wogegen das älteste vor zehn Jahren in der Hauptstadt nach Verübung eines Einbruchs auf der Flucht von einem Kraftwagen tödlich überfahren worden war. Man sprach nicht mehr davon und nahm ihm auch nicht mehr übel, daß seine einzige Tochter etwa um die Unfallszeit des Sohnes Nikolaus nach Frankreich ausgewandert war und sich daselbst als Hure fortbrachte. Der Vater unterhielt im übrigen keinerlei Verbindung mit ihr, wie er auch den verlorenen Sohn niemals erwähnte. Er las ausschließlich Erbauungsbücher, rauchte abgezählte Zigaretten, trank nur sonntags, liebte kleine Gesellschaften und sagte niemand, wie er zu den Mädeln stand. Daß hie und da ein weibliches Geschöpf sich von ihm gezwickt fühlte, als es vorbeiging, wurde für Verleumdung gehalten. Den Kopf trug er stets gesenkt. Er verstand es aber trotzdem, vieles zu sehen, ohne dabei gesehen zu werden.

Sabine Dammweis trug Brillen und war vierzig Jahre alt. Sie unterrichtete in der Hauptschule Geographie und weibliche Handarbeiten. Geheiratet hatte sie nie, auch wies sie Bartwuchs auf und wurde von ihren heimtückischen Feinden, welche allerdings wenige und ohne Ansehen waren, für einen Zwitter gehalten. Bei allen wohltätigen Veranstaltungen, Gemeinde-, Landes- und Bundesfeiern fand sie sich ein und war in einer Leihbibliothek abonniert. Mit ihrer sehr zahlreichen Familie, die sich zum größeren Teile in geringerer sozialer Position befand, unterhielt sie wenig Kontakt. Mit Männern pflog sie keinen Umgang und war gegenüber Frauen sehr strenge in punkto Sittlichkeit. Sie malte in ihrer freien Zeit Landschaften und besuchte gelegentlich Theater und Kino. Eine bestimmte Kopfhaltung übte sie nicht.

Josefine Hollergschwandtner sah so aus, wie Frauen um die fünfzig, wenn sie sich nicht mehr herrichten, hierzulande auszusehen pflegen. Sie war einfach Hausfrau und hatte vier Kindern das Leben geschenkt. Das letzte allerdings wies seit der Geburt Mißbildungen auf. Der Mann war bis vor einem Jahr Vertreter einer Kraftwagenerzeugung gewesen und seither im Ausland tätig, um mehr zu verdienen. Er sollte allerdings dort eine viel jüngere Freundin haben, bei deren Eltern er angeblich wohnte, doch sorgte er ausreichend für seine Familie daheim. Seine Frau äußerte sich nie darüber und zeigte weiter ein vorbildliches Verhalten, auch hielt sie an der Ehe fest. Alle Kinder lebten zu Hause. Drei von ihnen besuchten die Universität, das Mädchen studierte Medizin, die Burschen Philosophie und Jura. Das mißbildete Kind zeigte bereits früh technische Fähigkeiten. Frau Hollergschwandtner ging in ihren Pflichten auf und hatte mit ihren Kindern gelernt; jetzt lernte sie nur noch mit dem jüngsten. Sonstige Bücher fanden ihr Interesse nicht. Doch besuchte sie Konzerte, Opern- und Theateraufführungen, sofern Söhne oder Tochter ihre Begleitung wünschten, beziehungsweise annahmen. Sie hatte einen durchdringenden Blick und pflegte Sachverhalte streng zu erforschen; ihre Meinung behielt sie meist für sich. Die Esmaralda Nepalek kam von dem Gedanken nicht los, sie kenne diese Frau aus der Zeit vor ihrer Haft, doch wohnte diese nie mit ihr am gleichen Ort.

Ernst Wollfad kam aus der Textilbranche und blieb in derselben. Schon in früher Jugend hatte er anderswo einen eigenen Betrieb aufgezogen, doch war er damit gescheitert. Sein Vater konnte den Schaden gutmachen, starb aber bald danach. Vielleicht war diesem auch zu wenig zum Leben übriggeblieben, oder er kränkte sich zu sehr über das Vorgefallene oder litt an einer Krankheit, welche die Ärzte nicht erkannt hatten. Der Sohn betätigte sich dann zwar bloß als Angestellter einer andern Firma, heiratete aber später die Tochter seines Chefs und wurde dessen Compagnon. Zuletzt war er auch Sachverständiger. Eheliche Kinder hatte er nicht, doch nahm er das

Kind einer neunzehnjährigen Cousine seiner Gattin an, dessen Vater angeblich unbekannt war. Dazu stellte er die Mutter dieses Kindes in seinem Betriebe an, obwohl sein Schwiegervater zunächst dagegen war. Ab und zu ging er auch mit dem Mädchen aus, aber nur zum Wochenende und in Wien. Mit seiner Frau verbrachte er die übrige Freizeit. Sie war mit dieser Teilung offenbar einverstanden, welche auch sonst an seinen festen sittlichen Grundsätzen nichts änderte. Es war bekannt, daß er sich den Umständen anpaßte und mit allen gut zurechtkam.

Karl Biblich war zwar Hilfsarbeiter, konnte aber ausreichend lesen und schreiben, war seit Geburt ortsansässig und bei öffentlichen Aufmärschen, Sammlungen und vorsichtigen Erkundigungen der Mann. Zwar sollte er in seiner Jugend an einem weit entlegenen Ort einmal jüdische Frauen und Kinder aus einem Konzentrationslager exekutiert haben, welche vor dem Feindeinmarsch weggebracht werden mußten. Eines der Mädchen, welches zufällig Stella geheißen haben soll, während die Namen sonstiger Personen nicht bekannt waren, hatte er angeblich persönlich nach vorgängiger Notzucht mit dem Knüppel erschlagen. Doch wurde ihm dergleichen von der Bevölkerung nicht übelgenommen und er mangels zureichender Verdachtsmomente auch niemals unter Anklage gestellt. Er war mit einer kranken Frau verheiratet und hatte mit dieser einen geistig zurückgebliebenen Sohn. Obwohl er kein gelernter Arbeiter war, verstand er sich auf allerlei Handfertigkeiten, auch auf solche, die sonst von Frauen ausgeübt wurden, und unterwies junge Mädchen im Stricken, Häkeln, ja sogar bei der Anfertigung von Damenlederhandtaschen. Daß es dabei zu unsittlichen Annäherungen gekommen wäre, ist nicht bekannt. Die Ablehnung dieses Geschworenen durch Dr. Apsmirkler hatte keinen Erfolg. Das unbegründete Gerücht einer strafbaren Handlung an einer Jüdin namens Stella rechtfertigte nicht eine Voreingenommenheit gegenüber der namensgleichen Nichtjüdin.

Justus Deumel hatte als Kind mit dem Traktor, den er ohne

Erlaubnis und Vorwissen seines Vaters bestieg, sowohl diesen an der Wand zerquetscht als auch beim Reparieren in deren Käfig vier Karnickel erledigt und einem frei herumlaufenden Enterich den Hals abgefahren. Auf diesen Anfang des ganz unreifen Knaben folgte aber die makellose bäuerliche Laufbahn des Halbwüchsigen und des späteren Erwachsenen, der frühzeitig heiratete und ein Dutzend Kinder in die Welt setzte, ein dreizehntes allerdings Gerüchten zufolge nicht rechtzeitig zum Arzt gebracht hatte, als es das Dutzend überrunden sollte. Da das Kind dann gestorben war, mutmaßte der Staatsanwalt eine gewisse Gleichgültigkeit gegenüber dem menschlichen Leben und lehnte diesen Geschworenen ab, wiewohl im angeführten Zusammenhange niemals ein Verfahren gegen Deumel eingeleitet worden war und das Kind nach amtsärztlichem Zeugnis auch bei rechtzeitiger Obsorge wegen unheilbarer Krankheit gestorben wäre. Über diesen Antrag beriet das Gericht länger als über den des Dr. Apsmirkler betreffend Karl Biblich, doch blieb es auch hier bei der Abweisung.

Im übrigen standen auch die Ersatzgeschworenen in vorgeschriebener Zahl zur Verfügung, nur griffen sie in das Verhandlungsgeschehen nie ein, weil die Hauptgeschworenen immer vollzählig erschienen. Es erübrigt sich daher, sie namentlich anzuführen.

Am Morgen vor dem Verhandlungsbeginn aber war Stella besser aufgelegt als bei ihrer letzten Unterredung mit dem Verteidiger, und es hatte fast den Anschein, als würde ihr einiges von dem, was er mit ihr hatte besprechen wollen, nachträglich ins Bewußtsein gelangt sein. Wie bei vorhandener Verwahrungs- und Untersuchungshaft vorgesehen, war bisher keine Gelegenheit gewesen, mit Esmaralda Nepalek unbeaufsichtigt zusammenzutreffen, ja, es waren sogar Gegenüberstellungen unterblieben, welche angeordnet zu werden pflegen, um nicht ganz geständigen Angeschuldigten die einsichtigere Verantwortung ihrer Mitverdächtigen vorzuhalten. Allerdings war von der Nepalek dreimal angestrebt worden, mit der Blumentrost verbotene Verbindung aufzunehmen, die letztere hatte aber bisher in keiner Weise versucht, ihrerseits Kontakt zu der anderen zu erlangen. Als man aber die Stella zur Hauptverhandlung führte, war die Esmaralda bereits dahin unterwegs, und die Nachgekommene holte die Vorausgegangene auf der Stiege ein. Die Stella gab bei ihrer späteren Anhörung unumwunden zu, daß sie gesagt habe, die Esmaralda solle erklären, daß Thugut wohl nicht tot gewesen sei. Die Nepalek dagegen gestand, daß es geheißen habe, sie möge nicht sagen, wo der Tote gewesen sei. Der Justizsoldat, der die Nepalek eskortierte und Wenzel Wuperschalek hieß, hatte einwandfrei gehört, sie möge nichts darüber angeben, wo sie den Toten hingelegt hätten. Die Bedienerin Grete Guster hatte aber sogar verstanden, sie möge nichts darüber aussagen, wo der Tote hingebracht worden sei. Für die Aufnahme des neuen Beweismaterials war der Untersuchungsrichter nicht mehr zuständig und der Vorsitzende noch nicht bereit. Da die Sache aber eilte festgehalten zu werden, verständigte Wuperschalek einen vorübergehenden Herrn, der am Vortag Journaldienst gemacht hatte und dessen Ergebnisse gerade an den Mann bringen wollte. Obwohl nach der Geschäftsverteilung keineswegs zuständig, brachte er das Vorgebrachte und Eingestandene zu Papier, um es den Akten beizufügen, sobald der Vorsitzende mit den übrigen Senatsmitgliedern erscheinen würde. Gegen diesen Vorgang sprachen sich sofort nach Einlangen der Niederschrift beide Verteidiger aus, weil es sich um keine zulässige Beweisaufnahme gehandelt habe. Daher erklärte der Staatsanwalt, sich auf die zufälligen Zuhörer der Anweisung Stellas an Esmaralden, sowie das Urkundsorgan als Zeugen berufen zu wollen.

Gleich zu Beginn der Verhandlung fühlte sich die Blumentrost plötzlich nicht wohl, so daß sie zum Amtsarzt gebracht werden mußte, der sie allerdings für voll verhandlungsfähig befand. Darauf begann man zwar verspätet, aber mit dem gleichen Plan.

Der Saal war nicht geräumig genug, um alle zu fassen, die

darauf gewartet hatten. In erster Linie waren einige Verteidiger erschienen, welche auch bleiben konnten, wenn die Öffentlichkeit später ausgeschlossen werden würde. Dann gaben eine Anzahl Journalisten verschiedenster Blätter den Ausschlag. Die gemeinen Neugierigen, unter denen auch von Esmaraldens Seite ein bisher nicht in Erscheinung getretener Bruder, Reginhart Nepalek, und von der Stellas eine Cousine ihres Vaters, Magda Blumentrost, zeitweilig bemerkbar waren, drängten sich auf die noch übrigen Plätze.

Dann wurden die Angeklagten und Zeugen in den Saal geführt und die Geschworenenbänke besetzt. Nunmehr kamen auch Staatsanwalt und Verteidiger. Der junge Kollege, den Dr. Apsmirkler mitgebracht hatte, kam ebenfalls und setzte sich in den Zuschauerraum zu den andern Verteidigern. Er hieß Bruno Ahlinger und konnte wegen seiner Schmächtigkeit noch gerade eindringen, doch vermochte er nur mit Schwierigkeiten seinen rechten Arm zu befreien, um Notizen zu machen. Zuletzt erschienen die Richter, welche die Verhandlung leiten und schließlich über eine etwaige Strafe entscheiden sollten.

Als der Aufmarsch beendet und die Zeremonien erfüllt waren, verrutschte der Esmaralda das Kleid, das nicht ihr gehörte und einen Augenblick die halbe Brust freiließ. Sie faßte sich aber schnell und bedeckte, was sie nicht zeigen durfte. Auch die Perücke der Stella Blumentrost saß nicht zum besten, doch störte das nicht die Sittlichkeit. Sie mußte allerdings von Zeit zu Zeit eine Handbewegung oder einen Ruck des Kopfes ausführen, um ihre nicht angestammte Haartracht auf dem für diese vorgesehenen Platze zu behalten. Dies löste die Aufmerksamkeit der Öffentlichkeit aus, der Vorsitzende Hofrat Dr. Joachim Vollmulder äußerte sich aber nicht dazu.

Sobald nach Erinnerung und Belehrung der Geschworenen sowie Sammlung und vorläufiger Verabschiedung der erschienenen Zeugen die eröffnete Verhandlung mit dem Verlesen der Anklageschrift einsetzte, hatte es fast den Anschein, als sei die Aufnahmefähigkeit der beiden Mädel getrübt oder anderweitig in Anspruch genommen. Während nämlich die ältliche Schriftführerin tonlos las, blickten die beiden Angeklagten wie auf Verabredung, wenn auch eine solche nicht erweislich war, auf den Staatsanwalt, welcher die Verlesung mit skandierenden Kopfbewegungen und einem Zucken um den Mund innerlich mitverarbeitete, obwohl er die Anklageschrift doch offenbar kannte, zumal er sie ja verfaßt, studiert und in einem Exemplare vor sich liegen hatte. Die beiden Mädel, die ihn ansahen, ernteten aber keinen Gegenblick.

Unterdessen verhielt sich der Vorsitzende still, aber es klang, als ob seine künstlichen Zähne klapperten, als das Wort Mord zur Sprache kam. Das wäre auch nicht verwunderlich gewesen, denn er verabscheute Blutschuld, die privat begangen wurde, und hatte nicht oft mit einschlägigen Verfahren zu tun, schon gar nicht mit einem solchen, in dem zwei junge Mädel angeklagt waren, da es üblich war, daß solche selbst Gegenstand des Mordes wurden, und sich sonst meist nur reifere Frauen mit der Beseitigung ihrer Gatten oder Liebhaber zu befassen pflegten. Das Geräusch, das jetzt von ihm selber ausging und seinen Zähnen zugeschrieben wurde, wenngleich es so leise blieb, daß es höchstens die Anklageschrift akustisch untermalte, zog die Blicke Stellas von der Staatsanwaltschaft ab und dem Gerichte zu, wiewohl sie dem Gang des Verfahrens ansonsten nicht gehörig folgte. Die Augen Esmaraldens blieben weiter an dem Mann der Anklage haften, sei es, daß dieser sie heftiger anzog oder sein skandierender Zungenschlag für sie zum Überhören der Bewegung im Munde des Vorsitzenden führte. Als aber Stoßen und Räuspern in der Bank der Zuhörer die Stille ablösten, wandte sie ihre Aufmerksamkeit dorthin, wobei sie auf die Weite ihres Oberkleides noch gehörig Bedacht nahm.

Danach aber wurde die Stella Blumentrost außerhalb des Saales gebracht und zufolge angeordneter gesonderter Befragung das Verhör mit der Nepalek begonnen. Sie war nach Verlesung ihrer Generalien gleich eingangs zu bekennen veranlaßt worden, ob sie sich im Sinne der Anklage schuldig fühle oder nicht. Es schien ihr aber anstandshalber geboten, ihre Bekleidung in Ordnung zu halten, statt ihr Gewissen gehörig zu erforschen und die Antwort zu bedenken, die für ihr Schicksal wesentlich sein würde. Also hantierte sie zunächst an der Bedeckung ihrer Außenfläche und antwortete erst alsdann, daß sie schon schuldig sei. Als aber Permsusel energisch auf sein Pult klopfte und ungefragt, wenn auch gerügt, erklärte, daß sie die Frage nicht verstanden habe, verbesserte sie sich dahingehend, daß sie unschuldig sei, gab aber schließlich zu, mit ihrer Zellengenossin Unzucht getrieben und auch an Thugut nicht ganz richtig gehandelt zu haben, allerdings nicht so, wie man es ihr vorwerfe. Das hatte sie sich vielleicht von der Vorbereitung durch den Verteidiger gemerkt, auf mehr ließ sie sich zunächst nicht ein. Zwar war ihr das Geständnis als Milderungsgrund vorgehalten worden, doch veranlaßte man sie noch nicht, die Tat zu schildern und kam vorerst auf ihren Werdegang zu sprechen. Sie hatte nichts dagegen, die Traurigkeit ihres Elternhauses darzustellen, wie es ihr offenbar auch von Dr. Permsusel angeraten war. Sie wurde aber dabei nicht weinerlich, und zeigte sich auch nicht sonderlich gemütsbewegt. Vielmehr gab sie ihre Darstellung mit ähnlicher Tonlosigkeit, wie die Anklage gegen sie verlesen worden war, und mußte so den Eindruck machen, als ob sie das alles eingelerntermaßen aufsage und es sie selbst nichts angehe und kaum berühre. Auch verrutschte ihr Kleid abermals, aber sie konnte diesem Übelstand noch abhelfen. Dabei schilderte sie, daß sie sich selber überlassen geblieben, weil die Mutter so früh gestorben sei, und daß die Stiefmutter sich um sie nicht gekümmert habe und der Vater arbeiten mußte, um den Unterhalt für die Familie zu verdienen. Sie unterließ nicht zu erwähnen, daß Geldeingänge selten waren, die Zahl der Kinder hingegen beträchtlich, wenn auch nicht auf Dauer im Hause versammelt. Sie verwies sogar auf die Gefahren der Straße, wiewohl sie sich auf Einzelheiten nicht einließ und um keine solchen befragte wurde, solange die Öffentlichkeit nicht ausgeschlossen war. Dafür begann sie dann von der Bekanntschaft mit der Blumentrost zu sprechen und ließ erkennen, wie groß ihre Zuneigung zu derselben gewesen sei und bleibe, wiewohl nichts Verbotenes darin gefunden werden könne. Da lachten etliche Zuhörer, und sie lachten noch mehr, als sie sich umwendete, denn ihr Kleid war schon wieder verrutscht, und unter der mangelhaften Wäsche kam die linke Brust zum Vorschein. Das hatte der Vorsitzende nicht sogleich bemerken können und drohte daher mit Räumung des Saales. Der Beisitzer Dr. Filter klärte ihn aber auf, da sich das Mädel in seiner Blickrichtung befand. Daraufhin ordnete der Vorsitzende an, daß sie zur Anlegung schicklicher Kleidung in die Zelle zurückgeführt werde und unterbrach die Verhandlung bis zur Herbeischaffung der Stella Blumentrost.

Diese mußte bereits unterwegs gewesen sein, denn sie kam alsbald, bevor sich Heiterkeit und Gemurmel im Saale noch gelegt hatten, so daß die Richter, welche vorübergehend abwesend waren, wieder erschienen und das unterbrochene Verhör mit der anderen Angeklagten fortsetzten. Stella Blumentrost hatte sich möglicherweise schon an ihre schwarze Perücke gewöhnt, die ihr auch anscheinend besser saß als vordem. Trotzdem versuchte sie, selbst als die Befragung durch den Vorsitzenden begann, zeitweise mit ihren Blicken in Richtung Öffentlichkeit auszuweichen, sei es, weil sie sich in dieser vor dem Auge des Richters verstecken wollte, sei es, weil es dort noch immer nicht ganz ruhig geworden war, sei es, weil sie den schmähenden Perückenspender im Saale vermutete, oder auch die Cousine ihres Vaters oder frühere Liebhaber, obgleich solche wegen Ladung als Zeugen zu späteren Terminen jetzt noch nicht zuhören durften. So mußte Dr. Vollmulder sie und die Öffentlichkeit wiederholt und immer energischer vermahnen, jedoch nur mit vorübergehendem Erfolg. Als auch die Blumentrost im Sinne der Anklage nicht voll geständig war, nahm der Vorsitzende auf das Gespräch mit der anderen auf der Stiege Bezug, wobei er sich offenbar auf die Aktenlage beziehen wollte. Sogleich erklärten beide Verteidiger einstimmig, daß es sich um eine unzulässige Vorhaltung handle, während der Staatsanwalt sich ebenfalls einmengte, um die Zulässigkeit zu bekräftigen. Der Vorsitzende Dr. Vollmulder versuchte nun mit völliger Deutlichkeit die Verhandlungsleitung wieder an sich zu bringen und seinen Standpunkt zur Sache kundzutun, allein seine künstlichen Zähne ließen dies nicht zu, weil sie der Kraft seiner Stimme nachgaben. Also nahm er nicht mehr auf das umstrittene Schriftstück des Richters Bezug, sondern ging auf den Diebstahl des Wagens und des Betrages über, worauf sich neuerdings Dr. Apsmirkler einschaltete und meinte, der von ihm zu Verteidigenden werde die Wegführung des Wagens angelastet, nicht aber eine Beteiligung an der Aneignung der Geldscheine. Dies ließ der Vorsitzende, wenn auch verdrossen, gelten. Trotzdem behauptete die Stella, sie habe den Wagen gar nicht behalten wollen, sondern denselben an einem Platze, von dem er leicht zurückgeholt werden konnte, abgestellt. Der Staatsanwalt erkundigte sich bei ihr nunmehr, ob sie der Meinung sei, eine so weite Fahrt und entfernte Zurücklassung bestätige ihre ehrlichen Rückgabepläne, und ob sie auch sagen könne, wer nach ihrer Ansicht den Wagen hätte von dort abholen sollen, vielleicht der Ermordete? Sie bejahte alle Fragen, insbesondere auch die, daß der Ermordete zur Abholung seines Eigentums durchaus in der Lage gewesen sein müsse, er wäre ja nicht wirklich tot, denn wo sei wohl seine Leiche geblieben? Der Staatsanwalt meinte hinwiederum, sie selbst und ihre Freundin wüßten am besten um diesen Verbleib und wahrscheinlich noch ein unbekannter, aber doch wohl noch zu ermittelnder Dritter, darauf wolle er noch gründlich zu sprechen kommen. Dr. Apsmirkler unterbrach da zum anderen Male, die Anklage sage nichts über die Erfassung des Dritten und gebe auch keine Anleitung, die nicht vorhandene Leiche aufzutreiben. Sodann schaffte sich der Vorsitzende wieder Luft und Respekt, um das Verfahren weiterzuführen. Zur Erörterung des Vorlebens der Stella Blumentrost benötigte die Staatsanwaltschaft den Ausschluß der Öffentlichkeit, die Verteidigung hinwiederum wollte nichts erörtert wissen, was die Öffentlichkeit nicht zuließe. Deshalb begann man damit, daß das Familienleben im Hause Blumentrost, des Baumeistersangestellten und der Friseurbediensteten, an den Anfang gestellt wurde, ohne die Rede schon jetzt auf das geschlechtliche Fehlverhalten der Angeklagten sowie deren Vorübungen und Unterweisungen im Gebrauch von Gegenständen anderer Zweckbestimmung zu Gewalttätigkeiten bis zur Tötung zu bringen.

Die Betrachtung des Familienlebens ließ zumindest vorläufig erkennen, daß Stella keinerlei Not leiden mußte und auch geeignete Vorbilder für ein Wohlverhalten gehabt hätte. Niemand aus ihrer frühesten Umgebung mochte für ein Abgleiten aus mittleren Gesellschaftslagen in jene Sphären, in welchen sie sich zuletzt bewegte, auch nur teilweise verantwortlich scheinen. So war der Keim ihrer inneren Mißbildung in außerhäuslichen Anlässen zu suchen und somit sonstige in Betracht kommende Umstände gewissenhafterer Überprüfung zu unterziehen, um auf solchem Wege Unterlagen für die Motive eines Mißverhaltens zu gewinnen, das letztlich für das Tatbild ausschlaggebend wurde. Bei derartiger Entschleierung auch heikler Gegebenheiten war die geheime Verhandlung geboten, um nicht die Öffentlichkeit mit ebenso privatem wie anstößigem Geschehen vertraut zu machen, wobei in der ersten Reihe des Zuschauerraums die Verteidiger nicht ausgeschlossen werden konnten, welche noch Zuzug von Kollegen erhielten, soweit die Allgemeinheit bei Verkündigung ihres Ausschlusses ihnen Platz machte. Die Blumentrost aber erklärte später, sie habe sich trotzdem auch weiterhin durch Rock und Hose angesehen gefühlt, was schon deshalb nicht stimmen konnte, weil sie nunmehr den Bänken im Saal den Rücken zukehrte und selbst der eifrigste Blick eines sachlich und rechtlich Eingeweihten nicht leicht durch Überkleidung und Unterwäsche zielführend werden durfte.

Als nämlich die Stella, angefangen von ihrer Entjungferung und Entführung zur Zeit früher Halbwüchsigkeit bis hin zu ihrer Klosettliebschaft zusammen mit einem an sich leichten

Mädchen niederer Herkunft Rechenschaft hätte ablegen sollen, da war sie zu einer solchen von Anfang an gar nicht bereit, obwohl die Öffentlichkeit ohnehin bereits ausgeschlossen war und sie auch nicht sogleich die Unterstützung ihres Verteidigers fand. Das Gericht behielt sich jedenfalls vor, zu diesen Teilen ihres Vorlebens noch Beweise vorzuführen und Aktenstücke zu verlesen, befragte allerdings die Angeklagte zunächst, ob sie vielleicht jetzt in Abrede stellen wolle, ihren Geliebten, den Puppinger, zusammen mit der Nepalek in Anspruch genommen, nichts gearbeitet und nichts verdient zu haben und als Wartende auf der Autobahn nach angeblich versäumtem Stelldichein ganz ohne Mittel gewesen zu sein. Als sich die Blumentrost dann doch wohl anschickte, das ihr Vorgehaltene als richtig einzuräumen, unterbrach sie der Dr. Apsmirkler unbefugt und wollte wissen, was durch solche Fragen gewonnen werden könne, sie dürfe sich geben und verweigern, wem sie möge oder nicht möge, und müsse auch bei Einkommens- und Vermögenslosigkeit keinen Raubmord anstreben, dessen sie übrigens gar nicht bezichtigt sei.

Gerade hier sah aber der Staatsanwalt eine Möglichkeit, festzustellen, daß er die Anklage jederzeit ausdehnen dürfe, und das Gericht schon jetzt alle Sachverhalte untersuchen könne, die sich ihm darstellten. Vor allem aber sei es kaum zu glauben, daß ein Mädel, welches einem entlassenen und auch sonst bedenklichen Matrosen auf dem Sitzbrett eines Abtritts zusammen mit einer andern auf ersten Anhieb sogleich zu Willen gewesen war, einem ehrsamen Stechviehhändler bis auf Ermordung böse wurde, weil dieser von ihm auf reinlicherem und bequemerem Platze nach Willfährigkeit der Gunstgenossin daneben unbehindert entsprechenden Gebrauch gemacht habe. Auch hier wiederum agierten beide Verteidiger, der eine, Dr. Permsusel für den einbezogenen, aber nicht von ihm vertretenen Matrosen und die abgeführte Mandantin, Dr. Apsmirkler aber für Stella selbst, indem er sich neuerdings auf das berief, was seiner Ansicht nach Gegenstand des Verfahrens sein dürfe und was nicht. Der Vorsitzende aber zog das

Wort an sich, nachdem er sich mit noch stärkeren Geräuschen durchgesetzt hatte, und ließ die Öffentlichkeit wieder eintreten, die er vor kurzem ausgeschlossen hatte. Vorher wurde aber von ihm ins Protokoll diktiert, daß die Angeklagte zu gar nichts Auskunft gebe, was das Gericht in bezug auf intime Vorgänge gefragt habe, und daß die Verteidiger die Verhandlung wiederholt unterbrochen und gestört hätten und daher eine letzte Verwarnung bei sonstigem Ausschluß erfolgt sei.

Als nun alle früher Hinausgeheißenen wieder auf ihren Plätzen waren, wollte der Vorsitzende wissen, wann die Angeklagte den Entschluß zu töten gefaßt und die Durchführung mit der anderen verabredet hätte. Daraufhin verwahrte sich Dr. Apsmirkler gegen diese Fragestellung, da sie über das Geständnis und über die Anklage hinausgehe, aber beide voraussetze und somit ihrer Diktion nach darauf angelegt sei, die Angeklagte zu fangen. Hierauf zog sich der Senat zur Beratung zurück, doch wurde noch nicht der Ausschluß des Verteidigers verfügt, sondern bloß über ihn eine Geldstrafe von tausend Schillingen verhängt und die Disziplinaranzeige vorbehalten. Darauf fragte der Vorsitzende anders, nämlich wie es zum Zuschlagen mit dem Wagenheber gekommen wäre. Diese Frage wurde von der Angeklagten ohne Einspruch dahingehend beantwortet, Thugut hätte nach dem Wagenheber gegriffen, die Nepalek sei ihm im Greifen zuvorgekommen und habe ihr schnell das Werkzeug herübergereicht, da sei ihr gleich der Gedanke gekommen, zuzuschlagen, das heißt, sie habe auch ohne solchen Gedanken beim Anblick des Thugut zugeschlagen und getroffen. Da wollte der linke Beisitzer wissen, warum gerade der Anblick des Hinterkopfes des Ermordeten den Gedanken des Zuschlagens ausgelöst habe. Sie mußte schließlich zugeben, daß es, wäre ihr der Thugut zugewendet geblieben, zu keiner solchen Reaktion gekommen wäre, da dieser dann selbst den Wagenheber ergriffen haben würde. Der rechte Beisitzer fragte nun ergänzend, ob sie auf diese Weise mit der Wehrlosigkeit des Opfers gerechnet habe. Auch das mußte sie zugeben, denn es war von ihr schließlich eingeräumt worden. Jetzt erachtete der Vorsitzende es für richtig, die Zahl der Schläge zu erfahren. Sie gab deren zwei zu. Es waren aber einmal drei, wenn auch von der Nepalek, ein anderes Mal aber von ihr selbst nur ein einziger angeführt worden. Was dann geschehen sei, wollte der Hofrat Dr. Vollmulder schließlich wissen, und sie mußte zugeben, den Thugut zusammen mit der Nepalek ins Gebüsch geschafft zu haben. Ob sie nicht gefürchtet habe, daß sich der Geschleifte jetzt erhebe und auf sie losgehe. Stella gestand, mit seiner Regungslosigkeit gerechnet und sich nicht gefürchtet zu haben. Ob es ihr auch recht gewesen sei, daß er sich nicht mehr rühren konnte, als sie zugeschlagen habe. Sie mußte es zugeben. Ob sie geglaubt habe, daß er aus dem Gebüsch wieder aufstehen werde. Sie habe es nicht geglaubt. Ob sie gewollt habe, daß er nicht mehr aufstehe, als sie zuschlug. Sie habe sich keine Gedanken gemacht, bloß zugeschlagen. Wenn er sich aber hätte wehren können, so würde sie auch nicht haben zuschlagen können. Das freilich nicht. Also habe sie doch gewollt, daß er sich nicht mehr würde wehren können. Das schon. Und auch später nicht aufstehen, um mit ihr abzurechnen. Stella schwieg. Der Vorsitzende warf ein, daß ein volles reumütiges Geständnis ein wichtiger Milderungsgrund wäre. Die Belehrte hatte sich aber wieder gefaßt und erklärte, sie habe gehofft, daß sie fortkönne, ohne daß der Thugut sie daran hindere. Ob sie nicht auch gehofft habe, er werde nachher nicht aufstehen, um ihre Verfolgung einzuleiten. Sie sagte, nicht so bald. Dr. Vollmulder wollte nun wissen, warum sie ihn dann überhaupt ins Gebüsch geschafft habe. Sie meinte, das sei geschehen, um sie nicht gleich zu verraten. Wenn er aber nicht tot gewesen wäre, hätte er ja jederzeit herauskommen können. Sie sagte, er sei es ja auch, denn er wäre ja nicht im Gebüsch geblieben. Daß er nicht im Gebüsch geblieben sei, müsse andere Gründe gehabt haben, auf die er dann noch zu sprechen komme, meinte der Vorsitzende. Nach Hause sei er jedenfalls nie zurückgekehrt. Der linke Beisitzer wollte nunmehr wissen, ob sie wirklich angenommen habe, ein lebender Mann lasse sich ins Gebüsch schleifen. Sie sagte, warum nicht, wenn er bewußtlos wäre. Der Beisitzer ergänzte, sie müsse aber angenommen haben, der Mann würde auch bewußtlos bleiben, bis sie einen gefunden hätte, der das Rad gewechselt und den Wagen fahrtbereit gemacht haben würde, und bis sie weggefahren sei. Er könne ihr sagen, nur von einem Toten dürfe man das annehmen. Stella schwieg.

Der Vorsitzende verlangte nun Aufklärung, was weiter gewesen sei. Sie behauptete, der Fremde mit dem Auto wäre unmittelbar darauf gekommen. Woher der Mann gewußt habe, daß ihr Wagen, richtiger der des Thugut, eine Panne habe und abseits vom Straßenrand stehe. Das wisse sie leider selbst nicht, gekommen sei er jedenfalls. Wo er seinen Wagen abgestellt habe? Am Straßenrand. Wer zuerst was gesprochen habe? Der Fremde. Und was? Ob die Damen eine Hilfe brauchten. Warum sie angenommen habe, daß er etwas mit dem Wagen meine? Weil sie eine andere Hilfe nicht gebraucht habe. Wirklich nicht? Ob der Thugut noch immer im Gebüsch geblieben sei? Sie nehme es an, habe aber nicht mehr hingeschaut. Was sie dem Fremden gesagt habe? Daß das Rad zu wechseln wäre, sie aber keinen Wagenheber habe. Wo die Tatwaffe geblieben sei? Auch im Gebüsch. Da hätte sich der Thugut ja ihrer gleich bedienen können, wenn er aufgestanden wäre. Der Wagenheber sei in einem andern Gebüsch gelegen. Und der Thugut ist natürlich nicht aufgestanden, weil er natürlich nicht mehr am Leben gewesen ist. Wo sei er dann jetzt? Ja, wo sei er jetzt, das sei die Frage. Weiter. Was der Fremde getan habe? Seinen Wagenheber geholt und das Rad gewechselt. Und sonst nichts? Sonst nichts. Nirgends hingeschaut? Nichts gefragt? Nichts gesagt? Nichts besonderes jedenfalls. Der Nepalek nicht an die Brust gefaßt? Sie wisse es nicht, ihr gegenüber habe sich der Fremde völlig korrekt benommen. Wie er ausgesehen habe? Groß, schlank, etwa vierzig Jahre, mit ausländischem Akzent habe er gesprochen. Mit welchem? Mit ausländischem. Und nicht ins Gebüsch geschaut und auch nicht auf den Rock des Thugut? Nein. Und der Thugut sei immer noch im Gebüsch geblieben? Sie habe ihn nicht herauskommen sehen. Und auch nicht von dort weggeschafft oder wegschaffen lassen? Nein, bestimmt nicht. Was sei dann geschehen? Sie sei weggefahren. Und der fremde Autofahrer sei dort geblieben? Der sei zu seinem Auto gegangen. Und nach dem Gebüsch habe sie nicht mehr geschaut? Sie habe keine Zeit mehr verlieren wollen. Und sie sei sehr sicher und sehr schnell gefahren? Nein, nicht sehr sicher und auch nicht sehr schnell, sie habe ja lange nicht gelenkt. Und dem Fremden wäre auch nicht aufgefallen, daß sie einen solchen Wagen steuere? Nein, gar nicht. Und sie habe sich auch nicht gefürchtet, daß der Thugut während des Radwechsels herauskommen und sich melden würde? Eigentlich nicht. Und auch nachher nicht? Sie habe angenommen, daß die Bewußtlosigkeit andauere. Der Tod dauere jedenfalls noch länger an.

Habe ihr nicht der Harald Puppinger gesagt und gezeigt, wie er mit einem Wagenheber schon wen erschlagen habe? Das schon, bei den Indianern. Es habe sie aber so beeindruckt, daß sie es ins Tagebuch geschrieben habe. Mit Kunibert Falkner sei auch von sowas die Rede gewesen? Mag sein. Das sei nicht so wichtig gewesen. Aber wichtig genug, um es ins Tagebuch einzutragen. Einen Wagenheber habe er auch zwischen sie und Esmaralda ins Bett gelegt. Der Thugut aber hätte nur abgewartet, bis sie mit dem Auto fort sei, dann wäre er auch gleich weggegangen? Vielleicht. Er habe also bloß abgewartet, daß sie das Auto mitnehme und darin seinen Rock samt dem Geld? Das Geld habe sie nicht angerührt. Aber die andere. Die Beute wurde geteilt. Oder sei das Auto weniger wert? Aber sie habe angenommen, daß der Thugut das Auto noch holen werde. Habe er es denn geholt? Sie wisse es nicht, sie sei ja eingesperrt. Sie habe ihn mit dem Wagenheber geschlagen, jetzt zweimal, früher dreimal, ihn dann ins Gebüsch geschleift, seinen Wagen weggefahren mitsamt dem Rock und Geld, aber sie wisse nicht, was aus ihm geworden sei? Das Gericht solle das alles glauben? Stella schwieg.

Und warum habe sie das gemacht? Wolle sie es jetzt sagen?

Sie lasse sich nicht von jedem nehmen. Aber sie habe sich doch nehmen lassen, oder nicht? Zu zweit hätten sie es doch verhindern können. Damals sei sie allein gewesen. Aber nachher habe ihr doch die Nepalek den Wagenheber gereicht, oder nicht, wie sie sich schon längst mit ihm eingelassen gehabt habe? Sie habe sich nicht einlassen wollen. Die Nepalek habe ihr nicht zu verhindern geholfen, daß sie ihm gehöre, sie habe ihr aber geholfen, mit dem Wagenheber auf ihn einzuschlagen? Wie sie ihr das Werkzeug gereicht habe, wollte sie es ihm wahrscheinlich nur wegnehmen. Und ihr nicht geben? Schon geben, aber nicht mit der Absicht, daß sie auf ihn zuschlage. Also, daß sie ihn damit kitzle im Rahmen der Liebesspiele? Protest der Verteidigung. Diesmal Dr. Permsusel. Wozu denn? Nicht um ihn zu erschlagen und Geld und Auto zu nehmen? Sie hätte kein Geld gesucht, das Auto wäre nicht flott gewesen, mit dem Wagenheber kannte sie sich nicht aus, der war auch blutig. Also habe sie zugeschlagen, daß er so lange leblos bleibe, bis sie sich überlege, was sie machen werde? Das schon. Aber sie sei besorgt gewesen, daß ihm mehr passiere? Das nicht. Eben, sie hätte ihn ja sonst nicht fortgeschleift. Habe sie nicht geglaubt, daß er doch vielleicht tot sei? Das schon. Sie habe sich eben geirrt! Und würde das noch in Kauf genommen haben, als sie zuschlug? Es wäre ihr gleichgültig gewesen. Danke, das genüge.

Frage des Staatsanwaltes, habe der Fremde sich nicht gewundert, daß sie diesen Wagen fahre? Nein. Habe er sich nicht interessiert, warum sie in der Nacht unterwegs sei? Auch nicht. Habe er auch keine Laterne gehabt? Es sei gar nicht so dunkel gewesen. Der Fremde aber habe keinen Thugut und keinen Rock des Thugut bemerkt? Bestimmt nicht. Und es sei gar nichts geschehen, um beides vor ihm zu verbergen? Doch. Sie hätte sich vor das Gebüsch gestellt. Und vor den Rock? Die Esmaralda. So seien sie schon damals entschlossen gewesen, mit dem Wagen und dem Rock wegzufahren? Das schon. Und den Thugut hätten sie auch nicht mitgenommen? Wozu ihn mitnehmen, er sei besser zurückgeblieben. Wohl um davonzulaufen? Stella schwieg. Jetzt wäre die Verteidigung am Wort gewesen, aber der rechte Beisitzer riß dieses an sich und fragte, ob sie nicht bedacht habe, wie sie aus dem Wald kommen werde, als sie den Thugut niederschlug? Sie dachte gar nichts. Wußte auch nicht, daß sie mit dem Wagen fortfahren würde? Wußte gar nichts. Der Wagen wäre nicht fahrtbereit gewesen. Habe auch niemand dort erwartet, der ihr helfen könnte? Niemand erwartet. Habe sie sich vielleicht gedacht, sie mache jetzt Schluß mit allem, was nachher komme, sei schon egal, sie habe kein Geld, keinen Freund? Stella schwieg.

Der Geschworene Wollfad wollte jetzt wissen, ob sie nicht gedacht hätte, sie habe ein Recht auf Auto und Geld dafür, daß sie ihm gehört habe? Stella schrie, daß sie sich diesen Vorwurf nicht gefallen lasse. Wollfad meinte, er wolle das wissen, denn er wisse es nicht, sie, die Geschworenen hätten niemand umgebracht. Die Verteidiger Dr. Apsmirkler und Dr. Permsusel lehnten den Geschworenen ab. Das Gericht erkannte den Ablehnungsgrund nicht für gegeben, aber auch die Frage wurde für unzulässig erklärt.

Nun verlangte die Verteidigung Ausschluß der Öffentlichkeit, um ihre Fragen zu stellen, aber der Vorsitzende meinte, dazu bestehe kein Grund, die Angeklagte wolle ohnehin nichts sagen, was die Öffentlichkeit nicht hören könne. Daraufhin aber bemerkte die Stella, sie wolle alles sagen, was die Verteidigung sie frage, denn sie wisse, für die sei sie keine Mörderin. Nun wollte der Hofrat wissen, worauf die Verteidigung abziele. Dr. Apsmirkler legte sich nun fest, er wolle wissen, was vor dem Schlag mit dem Wagenheber gewesen sei. Die Öffentlichkeit setzte sich wieder in Bewegung, die Reihe der Verteidiger blieb. Dr. Apsmirkler fragte, ob sie einverstanden gewesen sei, dem Thugut zu gehören? Sie war es nicht. Ob sie ihn habe abwehren können? Nein, er sei zu stark gewesen. Auch nicht mit Esmaralden zusammen? Sie habe schon gesagt, die habe ihr damals nicht geholfen. Ob sie mit ihr gesprochen habe? Nichts, gar nichts. Überhaupt, vor dem

Schlag? Nein. Nochmals, wie sei es gewesen? Die habe ihm den Wagenheber weggenommen, und sie habe geglaubt, zuschlagen zu müssen. Warum? Sie habe plötzlich nicht anders können. Vielleicht sei es Zorn gewesen. Es habe geschehen müssen. Der Staatsanwalt fragte noch einmal. Und wie sei es mit Puppinger gewesen? Sie erklärte, nicht antworten zu wollen. Dr. Permsusel wollte nur wissen, wie sich die Esmaralda verhalten habe, ob sie gewußt habe, daß Stella zuschlagen wollte. Sie habe nichts gewußt, ihm nur den Wagenheber weggenommen und ihr gereicht, das sei von ihr schon gesagt worden.

Jetzt ließ der Vorsitzende die Öffentlichkeit wieder zu, und die Nepalek kam zurück. Sie trug aus dem Arsenal der Stiefmutter diesmal einen sehr kurzen Rock und eine hautenge Bluse. Auch die neue Bekleidung wurde von den Zuhörern mit gedämpftem Wiehern begrüßt. Der Vorsitzende aber sah und hörte nicht hin, erklärte nur, er wolle die Vorgeschichte der Tat erfahren und müsse die Öffentlichkeit wieder ausschließen. Dr. Vollmulder forschte, ob Esmaralda behaupten wolle, der Thugut wäre ihr erster Mann gewesen. Sie erklärte, das nie behauptet zu haben, sie habe schon früher mit Männern zu tun gehabt. Mit wie vielen? Sie wisse es nicht genau, mit mehreren, zuletzt aber nur mehr mit Puppinger. Sie habe sich aber außerdem vor Kunibert Falkner ausgezogen? Das schon. Bei dem Pfändereinlösen. Und wie seien die Pfänder ausgelöst worden? Normal. Und die Stella sei auch ganz ausgezogen gewesen? Ja. Und habe sich gar nicht geschämt? Wahrscheinlich nicht, vielleicht ja. Mit Puppinger sei das seit dem Klosett hergegangen? Schon vorher. Aber seit damals auch mit der Stella? Das schon. Und die Stella habe sich gar nicht geschämt? Sie habe viel getrunken gehabt. Und die späteren Male auch? Nicht immer. Und wie sei es am Tage der Tat gewesen? Der Puppinger habe sein Rendezvous nicht eingehalten, sie hätten Geburtstag gefeiert. Es sei kein Geld übrig geblieben. Und was dann? Die Stella wollte per Anhalter nach Haus. Sie sei mit, daß die Stella nicht allein bleibe. Dann sei aber niemand gekommen, und sie wären ganz durchnäßt gewesen. Was, keine Autos auf der Straße? Es sei niemand stehengeblieben. Die einen wären schon besetzt gewesen, die andern seien so weitergefahren. Schon besetzt? Also wollten sie nur mit alleinstehenden Herren fahren, die niemand hatten? Nein, auch mit andern. Aber niemand habe gehalten. Und Thugut habe angehalten? Ja, aber gleich mit Stella angefangen. Und Stella habe nicht gewollt. Da habe sie gelacht und Platz tauschen müssen. Warum gelacht? Nur so. Es sei ihr lustig vorgekommen? Nicht gerade, eher lächerlich. Aber Thugut habe das so aufgefaßt, daß sie schon wolle. Und sie habe sich auch gleich neben ihn gesetzt? Warum sei sie nicht ausgestiegen? Weil es kalt und naß war. Also hätte sie es auf sich genommen, den Thugut zu erhören? Zu erhören nicht. Die Stella wollte überhaupt ihre Ruhe. Aber sie habe sich nicht gewehrt, das sei schon richtig. Sie wollte nicht mehr hinaus in Kälte und Regen. Dann lieber dem Thugut gehören? Wenn es nicht anders ginge. Aber die Stella hätte ihr ja helfen können? Dann wären sie beide draußen gewesen. Und wie sie den Thugut erschlagen hätten, was wäre dann gewesen? Sie hätte den Thugut nicht erschlagen, die Stella auch nicht. Wo sei dann der Thugut? Fort. Der Verteidiger werde es schon beweisen.

Die Öffentlichkeit war wieder zugelassen, als der Hergang der Tat geschildert werden sollte. Die Gendarmerieprotokolle kamen zur Sprache, bei denen ausdrücklich eine Tötung zugegeben war. Warum dieses Geständnis, wenn der Erschlagene fortgegangen sein sollte? Habe sich niemand überzeugt, daß er nicht mehr atmete, als man ihn fortschleifte? Die Stella habe richtig ausgeholt, da habe er sich nicht mehr gerührt. An seiner Brust habe niemand gehorcht. Wie die Stella ausgeholt habe, hätte sie, die Esmaralda, da geschrien? Das nicht. Aber den Thugut angeschaut, daß er nicht die Stella anblicke? Das schon. Das müsse aber ein besonderes Anschauen gewesen sein, denn der Wagenheber wäre ja nach hinten gereicht worden? Ja. War nicht da noch was außer dem Anschauen dabei, vielleicht eine kleine Umarmung? Sonst müßte er sich ja nach dem Wagenheber umgedreht haben? Er hat sich nicht umgedreht. Oder es sei ganz anders gewesen. Sie habe sich vielleicht entblößt und mit ihren Reizen gelockt? Nein, gar nicht, er habe sie schon gekannt. Wie schnell und wie oft sei von der Stella zugeschlagen worden? Sehr schnell und sehr stark, wie oft wisse sie nicht mehr, vielleicht zweimal oder einmal. Jetzt sage sie dasselbe wie die Stella und nicht mehr dasselbe, was sie früher ausgesagt habe. Sie erinnere sich nicht mehr. Wie sei der Mann hingefallen? Wie ein Stock. Wohin? Auf das Auto? Auf sie? Daneben. Hätten sie ihn aufgefangen? Nein, fallen gelassen. Habe sie angenommen, daß er tot sei? Das schon, aber er sei nicht tot. Warum nicht? Weil er nicht mehr da sei. Habt ihr ihn nicht vergraben? Nein, gar nicht, nur ins Gebüsch gelegt. Was habt ihr besprochen? Nichts. Wir haben ihn nur weggebracht. Wohin? Ins Gebüsch. Was habt ihr euch dann vorgestellt? Nichts, wir werden im Auto schlafen. Weil ihr sicher wart, daß er tot ist? Wir haben es gemeint. Wann ist der Fremde gekommen? Welcher Fremde? Der Autofahrer. War das kein Fremder? O ja, ein Ausländer. Was für ein Ausländer? Wisse sie nicht, sie kenne keine andere Sprache. Aber die Stella kenne welche? Die schon. Was habe die Stella gesagt? Die habe nichts gesagt. Wie habe sie der Autofahrer sehen können? Sie seien zur Straße gegangen und hätten gewinkt. Ob sie geglaubt hätten, daß noch einer kommen werde? Sie hätten es nicht geglaubt, aber versucht. Und sei gleich einer gekommen? Nicht gleich. Die Stella sage, gleich. Dann müsse es die Stella besser wissen. Was habe der Autofahrer gefragt? Was kleine Mädchen in der Nacht im Wald machten. Habe er auch angefangen? Nicht sehr, nur ein bißchen, so bei ihr. Ob sie nicht Angst vor ihm gehabt hätten? Das nicht, er sei ja allein gewesen. Der Thugut sei auch allein gefahren. Das schon. Vor ihm hätten sie auch gleich Angst gehabt. Wie habe der Autofahrer ausgesehen? Schmächtig und schlank. Habe er eine Laterne gehabt? Eine kleine. Die Stella sage, es sei hell gewesen. Das könne schon sein. Da müsse er doch den Männerrock gesehen haben? Vielleicht schon. Und den Thugut? Den nicht. Was habe der fremde Fahrer wissen wollen? Warum sie so in dem Wald stünden. Und was hätten sie gesagt? Die Stella meinte, das Rad sei nicht in Ordnung und müsse gewechselt werden. Der Wagen sei auch eingesunken. Und der Fremde habe gleich repariert? Sofort. Und ist auch angefahren mit dem Wagen? Ja. Das habe die Stella nicht gesagt. Dann habe sie es vergessen. Das sei nicht gut möglich. Wo habe die Stella den Wagen übernommen? Vielleicht an der Straße. Warum an der Straße? Weil es so leichter sei. Und warum vielleicht? Sie wisse es nicht mehr ganz genau. Ob sie befürchtet hätten, daß der Fremde den Mann im Gebüsch entdeckte? Das schon. Wann sei der Fremde gefahren? Vielleicht später. Nach ihnen? Das schon. Habe er sie überholt? Er sei in entgegengesetzter Richtung gefahren. Wieso wisse sie das? Weil er schon so gekommen war. Wann habe sie das Geld genommen? Später, während der Fahrt. Der Fremde habe nichts von ihnen verlangt? Gar nichts. Auch keine Gefälligkeit? Er habe sie schon außen an der Brust berührt, aber sonst nichts. Da der Saal wieherte, drohte der Vorsitzende mit Räumung. Wo die tausend Schillinge hingekommen seien? Welche tausend Schillinge? Die der Tote bei sich hatte. Es seien keine tausend Schillinge dagewesen. Was sie sich gedacht habe, wie sie die dreihundert Schillinge genommen habe? Daß sie es brauchen könne. Warum sie überhaupt den Rock mitgenommen und nicht zurückgelassen habe? Weil er schon drinnen gewesen sei. Weil sie wahrscheinlich noch nach Geld suchen wollten? Aber warum hätten sie es nicht früher getan? Sie hätten nicht nach Geld gesucht, die Brieftasche wäre herausgefallen.

Der Geschworene Biblich wollte wissen, ob sie nicht daran gedacht habe, den Thugut wegzuschaffen. Sie hatte nicht daran gedacht. Ob der fremde Mann nicht gefragt hätte, wie sie in den Wald kämen und wem das Auto gehöre? Er habe schon gefragt. Sie sagten, sie hätten eine Panne gehabt. Daß sie mit dem Auto weg waren, dachte er schon. Es sei wahrscheinlich ein Ausländer gewesen. Wie habe seine Nummerntafel gelautet? Sie wisse es nicht.

Der Staatsanwalt fragte, ob sie die Stella am Zuschlagen gehindert habe? Es sei so schnell gegangen. Ob sie vielleicht geschrien habe? Sie habe nicht geschrien. Ihn immer nur angeschaut? Das schon. Solange die Stella zugeschlagen habe? Auch nachher noch. Sie habe ihn ja wegtragen helfen. Was sei dabei gesprochen worden? Es sei nichts gesprochen worden.

Verteidiger Dr. Permsusel wollte wissen, warum sie der Stella den Wagenheber gereicht habe? Nur so, damit er ihn nicht habe. Gewiß nicht, damit sie zuschlage? Bloß um ihn zu ärgern. Er habe sich aber nicht einmal nach der Stella umgedreht, meinte der rechte Beisitzer unterbrechend, sonst hätte die Stella ihn nicht auf den Hinterkopf treffen können. Der Fall liege ganz merkwürdig. Da fehle was, und einiges sei falsch.

Der Vorsitzende Dr. Vollmulder hielt nun der Angeklagten Blumentrost die abweichende Aussage der andern Angeklagten vor. Er nahm insbesondere Bezug auf die Unterschiede bezüglich der Zurücklassung des Opfers, von dem Esmaralda wie auch noch Stella vor der Gendarmerie überzeugt gewesen wären, daß es tot war. Auch die Ankunft des Autofahrers, der das Rad gewechselt habe, sei anders geschildert worden, sowohl zeitlich als auch was dessen Handeln und Sprechen betreffe. Auf diese Vorhalte gab nun die Stella zu, sie habe wohl angenommen, daß Thugut tot sei, aber nicht, weil sie so fest zugeschlagen habe, eher weil vielleicht seine Schädeldecke zu schwach war. Man sei gleich mit ihm hinter den zweitnächsten Busch. Untersucht habe man ihn gar nicht, die Kopfwunde nicht, auch nicht die Puls- und Herztätigkeit, man sei ja schließlich kein Arzt. Erschlagen habe sie ihn gar nicht wollen. Es sei ihr aber natürlich gleichgültig gewesen, ob er dann tot gewesen sei. Sie habe eigentlich gar nichts dabei gedacht, nur zugeschlagen, aber nicht so stark. Ob der fremde Autofahrer eine Taschenlampe gehabt habe? Das sei schon möglich, aber es sei hell genug gewesen. Hinter das zweite Gebüsch habe man nicht gesehen, wenn man nicht hingegangen sei. Die Schleifspuren bei diesem Regen? Darauf habe sie eigentlich nicht geachtet. Sie habe noch nie vorher einen Mord begangen? Nein, auch diesmal nicht. Der fremde Autofahrer sei tatsächlich mit dem Wagen ein Stück zur Straße gefahren. Sie hätten auch auf der Straße gewartet, ob ein Autofahrer komme. Er habe niemand nach dem Rock gefragt. Wann die Esmaralda das Geld genommen habe, wisse sie nicht. Die habe früher nie jemand was weggenommen. Möglich, daß der fremde Autofahrer nach ihnen weg sei. Sie habe es, glaube sie, auch so geschildert, da sei kein Widerspruch darin. Zwei Schläge waren es schon. Sie hätte Thugut auch sicher ohne die Esmaralda erschlagen. Nämlich nicht erschlagen, aber auf den Kopf geschlagen. Die Esmaralda habe bei der Wegbringung der Leiche geholfen, es sei aber gar keine Leiche gewesen. Wieso sei der Thugut von dort weggekommen? Das frage sie. Es sei gut, wenn auch die andern danach fragten. Das sei ja doch die Hauptsache, alles andere sei gar nichts. Wenn man sie danach frage, sei das lächerlich. Wie solle sie wissen, wo der Thugut hingekommen wäre? Sie entschuldigte sich nicht für das Wort »lächerlich«, sie finde es berechtigt. Darauf verhängte der Vorsitzende wegen beleidigendem Verhalten über sie drei Tage Dunkel- und Einzelhaft.

Der Geschworene Turing meinte, sie wäre doch ein gebildetes Mädchen und müsse an der Aussprache erkannt haben, aus welchem Land der Fremde gekommen sei? Sie erklärte nun, es möge ein Franzose gewesen sein, räumte aber ein, daß es auch ein Pole gewesen sein könne, der habe so einen ähnlichen Zungenschlag. Ob sie Französisch könne? Ja, etwas Schulfranzösisch, sie habe aber nicht mit dem Fremden Französisch gesprochen.

Angeblich dachte nunmehr die Stella Blumentrost, seit beide Mädel mitsammen im Saale wären, wären sie nicht mehr so stark gegenüber dem Gerichte, wie sie es zuvor alleine war. Anscheinend diene doch die abgesonderte Vernehmung dazu, um sie einzeln hineinzulegen, die gemeinsame aber, um sie zusammen zu erledigen. Wahrscheinlich dachte sie auch daran, daß sie in Gemeinschaft stark genug gewesen wären, den Thugut für immer in die Bereiche der Seligkeit zu befördern, eine von ihnen allein aber nur, ihn vorübergehend selig zu machen. Ein diesbezüglicher Vorwurf von seiten derer, die sie zum Sprechen bewegten, unterblieb aber. Doch erklärte die Stella, offenbar aus diesem Zusammenhang heraus und nicht im Zusammenhang mit dem vorher Gefragten, vor versammelter Öffentlichkeit, sie wolle noch bemerken, als der Thugut sie seinem Willen unterworfen habe, wäre die Esmaralda unten gelegen und hätte sich kaum rühren können, vorher allerdings schon, als er nur mit ihr angefangen habe. Der Vorsitzende wollte nun die Öffentlichkeit neuerdings ausschließen, fragte aber die Angeklagte vorsichtshalber nach ihrer Bereitschaft zur Auskunftserteilung über weitere Einzelheiten aus ihrem Sexualleben. Sie schüttelte energisch den Kopf, so daß sich ihre Perücke verrückte und man blonde Haare darunter aufkeimen sah. Diese befühlte sie gleich und einige lachten. Aber als sie sich umdrehte, da lachten alle, denn die Perücke fiel zu Boden. Die Esmaralda bückte sich danach. Dabei riß ihre Bluse, aber nur hinten, und das war immerhin noch besser, als wenn sie vorne geplatzt wäre. Daraufhin trug der Vorsitzende sowohl dem Gelächter als auch der vorgeschrittenen Zeit Rechnung und vertagte die Verhandlung auf den folgenden Tag. Die Stella mit wiederaufgesetzter Perücke und die Esmaralda mit noch immer geplatzter Bluse wurden wieder in ihre Zellen gebracht.

Die Blumentrost bekundete keine Lust, ihre Zellengenossinnen zu nachträglichen Kenntnisnehmerinnen ihrer Verantwortung zu machen, doch räumte sie diesen das Recht auf ihre Abendmahlzeit ein. Die Perücke legte sie ab, umwand ihre Stirn mit dem Tuch, dann warf sie sich auf ihr Lager und schlief sogleich ein. Sie begegnete im Traum einem Lehrer, der hieß Artur Brennberl und gab ihr einen Steinbaukasten zu ihrer Übung. Mit demselben baute sie aber nur ihre Zelle und befand sich dann auch in dieser. Der Lehrer, der jedoch draußen war, meinte, nun bleibe ihm nichts anderes übrig, als sie in Deutsch zu prüfen. In dem Gegenstand war sie früher stark gewesen und hoffte daher, auch jetzt zu entsprechen. Er prüfte sie aber über ihre Liebhaber. Sie erzählte die Begegnung mit dem ersten auf dem Gang der Schule und wie er dann in das Kloster gekommen war. Nur wendete sie mehr Zeit auf die Flucht als auf das intime Erlebnis. Der Lehrer fand das falsch und verlangte auch die Bahnfahrt in allen Einzelheiten. Sie war nur bereit, eine Summe zu ziehn, mehr blieb von dem Ganzen nicht übrig. Das Auftreten der Holländerin und der anderen Personen im Abteil schilderte sie aber breit und verschwieg auch nicht die Fortsetzung bis zum Skandal mit der Bürste und der Endszene, anläßlich welcher sie mit noch Festerem zuschlug. Der Lehrer meinte, bravo, jetzt hätten sie es, und wollte nunmehr wissen, wie es sodann in ihrem Leben gekommen wäre. Sie schaltete eine Pause ein, wie auch eine solche angeblich in ihrem Liebeskonsum eingetreten war. Da wollte der Lehrer wissen, warum sie so lange bis zum nächsten gebraucht habe, ob sie nicht das Verlangen gespürt habe, einen Mann über sich zu haben, wie wäre es jetzt mit ihm? Mit ihm wäre es jetzt nichts. Sie habe auch kein Verlangen gehabt. Man tue auch nicht immer, wonach man Verlangen habe. Es habe sich eben nicht so ergeben. Ergeben habe es sich dann mit dem Puppinger. Ja, auf dem Klosett. Wenn auch auf dem Klosett. Das sei doch ein ganz natürlicher Ort. Fast dieselben Organe oder sehr naheliegende wären dabei beschäftigt, bei ihm überhaupt die gleichen. Die Liebe, ein Abtrittsanlaß. Oder sei das überhaupt Liebe? Aber wer wolle sie noch mit ihrer Perücke und ohne Perücke? Man wolle sie noch. Puppinger wolle sie bestimmt, der Kunibert Falkner auch und vielleicht auch ihr Verteidiger. Also mußte sie doch was bemerkt oder auch empfunden haben. Weiter. Sie vergesse einen, den ganz Wichtigen. Sie vergesse den Josef Thugut. Der sei auch darunter gewesen. Sie habe ihn aus freien Stücken erhört und dann umgebracht und seinen Puls und sein Herz befühlt, daß er auch wirklich tot war. Er aber konnte auch der Vater ihres Kindes sein. Dann hätte sie ihn gepackt und mit dem fremden Autofahrer weit weggebracht, in dessen Auto natürlich. Und dann habe sie noch dem fremden Autofahrer gehört, am Fluß, nachdem sie den Thugut dort versenkt hätten, mit einigen Gewichten daran, daß er gut untergehe oder unter Wasser zum Schwarzen Meer hinunterschwimme. Zuletzt sei die Esmaralda dazugekommen, die habe der Fremde noch schnell stehend gehabt, bevor er sich empfohlen habe. Sie mußten bis zum Auto zusammen zurückgehen, er konnte auch der Vater ihres Kindes werden. Hatte mit der Laterne geleuchtet und gleich den Toten gesehen. Macht nichts, habe er gesagt, habe auch wen ermordet, anderswo. Kassiere auch die Versicherung. Nein, das stimme ja alles nicht. Sie wäre nie mit dem fremden Autofahrer gewesen, habe nie wen weggebracht und in den Fluß geworfen. Habe gar nichts gesagt, gar nichts gesehen. Es sei alles falsch und nicht wahr. Setzen, nicht genügend.

Sie saß auch tatsächlich in ihrem Bette auf. Die anderen klapperten mit ihren Eßgeschirren und verzehrten Stellas Mahlzeit mit. Sie hätte nunmehr Hunger gehabt wie eine klaffende Höhle. Niemand fragte danach, aber man fragte sie wieder, wie es bei der Verhandlung gewesen sei und ob sie nicht auch außerhalb des Traumes reden wolle, im Traume hätte sie ohnehin genug gesagt, man wisse jetzt sowieso sozusagen alles. Sie wußte nicht, was sie gesagt haben sollte, sagte aber nichts weiter. Wer etwas erfahren habe, werde es ohnehin sofort melden. Man melde ja alles von den Gefangenen, auch Träume, warum nicht, sie müßten geliefert werden, wer einmal drinnen sei, komme nicht mehr heraus oder komme immer wieder hinein. Ein Mädel könne das aber gar nicht aushalten, werde dabei schlecht oder krank. Ganz schlecht und ganz krank. So sei es ihr ergangen. Sie würde bald lügen können, sie habe aber früher nicht lügen müssen, gar nie. Es sei immer auch so gegangen. Liebhaber, die habe sie schon gehabt, nicht einmal so viele wie ein anderes Mädel, dafür habe sie früh begonnen. Mit der Esmaralda wäre es wohl anders gewesen, aber das war eine Nepalek, keine Blumentrost. Fühle sie sich etwa plötzlich besser als die andere? Gar nicht. Bei ihr habe es ja mit Puppinger auf dem Klosett begonnen. Die andere sei schon früher dabeigewesen. Er hat sie vom Dach geholt. Das war noch romantisch. Hoch über allen und dann herunter. Sie klapperten noch immer mit den Eßbestecken. Sie sprach also gar nicht, bewegte aber die Lippen. Morgen würde man sie vollkommen fertigmachen. Der Vorsitzende werde gut frühstücken. Ein Ei werde er auch zum Frühstück bekommen, der rechte Beisitzer werde seine Nase im Spiegel betrachten. Eigentlich keine ganz große Nase, nicht unbedingt jüdisch, könnte auch kärntnerisch, steirisch oder tirolerisch sein. Dort trage man auch solche Nasen. Hat es auch Hethiter gegeben. Die krumme Nase komme von den Hethitern. Bei denen war Geschwisterehe, daher Inzucht, daher jüdische krumme Nasen, tirolerische krumme Nasen. Urias, der Hethiter.

Warum falle ihr das alles ein? Habe sie einmal was darüber gelesen? Vielleicht in der Schule. Doch, später auch. Aber jetzt sehe sie durch die Wände. Seit sie wen ermordet habe? Einen, der doch noch lebe. Wo sitze dieser Josef Thugut jetzt? Bei dem fremden Autofahrer, der gar kein Franzose und kein Pole war und der der Witwe das Geld gegeben hat. Die Versicherungssumme werde man auch teilen, aber nicht zu gleichen Teilen mit der Witwe. Werde vielleicht noch warten, bis der Prozeß aus sei. Heiße Hinterhofhüfinger. Jetzt esse der Geschworene Turing auch ein Ei. Wenn alle die Mahlzeiten beendet haben würden, werde man sie aufrufen. Ja, so, das komme alles erst morgen. Da wäre noch eine Nacht mit oder ohne Traum dazwischen.

Indessen hatte Esmaralda Nepalek ihre Mahlzeit hinter sich gebracht und ihre Bluse genäht. Man brachte ihr aber dann eine neue Oberkleidung für den nächsten Tag und sagte, der Vorsitzende habe das angeordnet. So wurde sie gleich der anderen allseits darüber befragt, was los gewesen sei. Sie erteilte bereitwilligst Auskunft und gab plastische Schilderungen von dem herabgefallenen Kleid und der geplatzten Bluse. Sie glaube, sich nicht mehr recht in der Freiheit bewegen zu können. Auch sei sie für das eine zu schlank, für das zweite zu fett, früher habe ihr alles gepaßt, jetzt überhaupt nichts mehr. Die Mithäftlinge meinten, vor Gericht sei man noch lange nicht in Freiheit, und was die Angehörigen einem brächten, sei nichts als Mist. Die müßten doch ganz gut wissen, was einem passe und was nicht. Übrigens habe die Nepalek gut ausgesehen, auch wenn sie schändlich gekleidet gewesen sei. Ihre Brust könne sich wohl sehen lassen, auch vor Leuten. Und ihr Rükken sei ebenfalls ordentlich. Darauf begann sie von der Verhandlung zu sprechen und was der oder jener gefragt habe, aber sie verwechselte den einen mit dem andern. Den mit der großen Nase mochte sie noch weniger als den zweiten Beisitzer. Den Vorsitzenden liebte sie aber am wenigsten. Und die Geschworenen seien die reinsten Lumpen, die hätten sie beide schon im vorhinein verurteilt, dabei müßten sie doch wohl auch einmal was mit Mädeln gehabt haben, oder wären sie alle warm? Man müsse zugeben, daß auch ihre Beine sehr gut aussähen, und sie habe sie reichlich gezeigt, das Kleid sei ganz kurz. Der Vorsitzende mit den klappernden Zähnen habe gar nicht hingeschaut. Die Zellengenossinnen fanden auch die Beine vortrefflich, die Brüste aber noch besser. Esmaralda gab zu, schon einmal einen Richter bei einer Sache beeindruckt zu haben, es sei aber nur um eine Kleinigkeit gegangen, das war, wie sie die Cousine auf den Kopf geschlagen hatte. Die Zellengenossinnen wollten auch diesen Fall erzählt haben, und sie erzählte ihn haargenau. Sie verweilte lange dabei, wie eine andere das Mädel angeschaut habe, bis es seine Prügel bekommen hatte. Da fragte eine, wahrscheinlich die Brandstifterin, ob sie nicht jetzt auch den Mann so lange angeschaut habe, bis er erledigt gewesen wäre. Sie begann zu schreien, ob sie vielleicht auch jetzt noch vor Gericht stehe und die Brandstifterin eine Geschworene sei, so Lumpen wären auch die Oberen. Jetzt habe sie aber genug und sage gar nichts mehr, und sie ließ sich auch gleich wie einen Sack fallen. Da meinten die Zellendamen, daß sie ohnmächtig wäre, und riefen auch die Überwachung. Die meinte aber, das Mädel wäre ganz gesund und spiele bloß so, wahrscheinlich täte es ihm leid, daß es was gesagt habe. Da erzählte die Brandstifterin, was es war, und man nahm alles auf.

Der Dr. Apsmirkler machte einen langen Spaziergang und hatte auch einen Stock mit. Er war schon lange nicht so verdrossen gewesen und schlug aus den Steinen geradezu Funken. Morgen würde man sehr zeitig beginnen, wieder mit dem Verhör. In seinen Versicherungsfällen hatte er die Richter zu behandeln gewußt und war mit ihnen gut bis leidlich ausgekommen. Hier hatte er das Gefühl, daß der Vorsitzende zwar unsicher war, aber sich so benahm, als ob er den Fall in der Tasche habe. Die Ordnungsstrafe wollte er ihm nie bezahlen, den abgelehnten Geschworenen nicht hinnehmen. Die Dunkelhaft dürfe auch nicht an Stella vollzogen werden. Für ihn war es abgemacht, daß Thugut in Chile war, er hatte auch die Beweise dafür. Und wenn er vorgestern noch nicht an alles geglaubt hatte, dann war er jetzt zu dem Glauben gekommen. Credo quia absurdum est. Der Glaube kommt mit der Unwahrscheinlichkeit dessen, was geglaubt werden soll. Auch mit dem Widerstand dagegen. Kein Mord begangen. Bei jedem Funken aus dem Stein ein Argument dagegen. Aus allen Argumenten schließlich die Wahrheit. Würde die Wahrheit in diesem Verfahren triumphieren? Vielleicht nicht sofort. Vielleicht erst beim Obersten Gerichtshof, in der Wiederaufnahme des Verfahrens, in einem Prozeß wegen falscher Zeugenaussage gegen noch gar nicht vernommene Zeugen. Der Tote sei nicht da. Die Mädel könnten ihn nicht vergraben haben. Also lebe der Tote.

Am nächsten Morgen wollte der Vorsitzende von Esmaralden wissen, was der fremde Autofahrer mit der Schaufel gemacht habe. Die Nepalek wußte zunächst von keiner Schaufel. Das Gendarmerieprotokoll sollte sie auf Trab bringen. Dann wußte sie auf einmal, daß der Fremde auch geschaufelt habe, um den Thugutwagen freizubekommen. Um die Thugutleiche einzubuddeln? Das nicht. Der Fremde habe keine Leiche gesehen. So lange nicht, als sie dort gewesen wären. Sei er dann nicht auch gefahren? Er sei nicht gefahren.

Wenigstens nicht gleich. Ob sie sich nicht doch überzeugt habe, daß Thugut tot sei? Nein, bestimmt nicht. Das sei doch schon zugegeben worden. Nein, bestimmt nicht. Warum habe dann die Blumentrost das auf der Stiege gesagt? Was auf der Stiege gesagt? Wo der Tote hingekommen sei, oder so ähnlich. Es sei ihr gleich ungereimt vorgekommen. Die Blumentrost unterbrach, das habe sie gar nicht gesagt. Sie habe jetzt auch gar nichts zu sagen, sondern zu schweigen, bedeutete ihr der Vorsitzende. Dr. Apsmirkler nahm wieder ihre Partei und wurde mit zusätzlicher Ordnungsstrafe und Ausschluß bedroht. Darauf fragte Hofrat Vollmulder die Stella neuerdings, und sie erklärte, sie hätte sich nur geäußert, daß Thugut nicht tot gewesen sei. Man hielt ihr vor, daß das noch weniger wäre als sie selbst schon zugegeben habe, dazu verfüge man außerdem über andere Zeugen, die wesentlich mehr gehört hätten. Man werde ihr schließlich gar nichts glauben können.

Dann fragte er die Angeklagte Blumentrost, ob sie sich nicht doch entschließen wolle, nunmehr über ihr Vorleben zu berichten. Er kam ihr jetzt genauso vor wie der Lehrer Brennberl im Traum, aber sie glaubte, diesmal mit ihm fertig zu werden, und fragte ihn, ob er wirklich meine, daß sie über ihre Liebhaber berichten solle. Genau das meinte er. Sie erklärte, sie habe nur zwei gehabt, und da sei viel Zeit dazwischen verstrichen. Was das aber mit dem Fall zu tun haben solle, das könne sie nicht verstehen. Der Staatsanwalt aber warf ein, er verstehe es schon, es komme sehr auf das Motiv an, warum sie den Thugut beseitigt habe. Sie meinte, sie habe niemand beseitigt. Und er, wo sei er dann? Sie schloß damit, das frage sie ihn. Er ließ sich aber nichts fragen, und der Vorsitzende rügte wiederum, nur verhängte er keine zusätzliche Dunkelhaft. Dann fragte er das Mädel, ob es ihm jetzt etwas erzählen wolle. Sie fragte, was. Er meinte, das, was sie wissen wollten. Sie fand ihn sehr neugierig, versprach aber zu sprechen, und die Öffentlichkeit ging wieder hinaus. Dann erzählte sie, wie die Leiter in der Schule angelegt wurde, und blieb sehr ausführlich dabei. Der Vorsitzende wollte, daß sie zur Sache komme. Er wolle wissen, wie sie der Bursch gehabt habe? Das auch. Sie beschrieb den Durchbruch zur Flucht aus dem Kloster und wie es zu ihrer Entjungferung gekommen. Der Staatsanwalt schaltete sich ein, schon damals hätte es ihr nichts ausgemacht, wo es dazu gekommen wäre. Bei Thugut habe sie sich, allerdings nachträglich, daran gestoßen. Die Blumentrost schrie wie ein verwundetes Tier, das *Wo* sei ihr immer gleich gewesen, aber nicht das *Mit wem*. Mit dem Stechviehhändler, aber auch mit dem Staatsanwalt hätte sie sich niemals eingelassen. Der Baron im Staatsanwalt schrie. Der Verteidiger schrie auch. Das Gericht verhängte weitere Dunkelhaft. Man legte nicht mehr so großen Wert darauf, daß sie ihren Bericht fortsetze, sie erzählte aber noch mehr, auch daß sie ihrem ersten Burschen vor den Leuten und auf der Toilette im Zug gehört habe. Nun wollte der Vorsitzende wissen, warum sie dann gegen den Franzosen zugeschlagen hätte und wie das bei dem großen Skandal in dem Hotel in Italien gewesen wäre. Die Blumentrost bekannte, sie treibe es eben nicht mit jedem, sie sei keine Hure, ihr Körper gehöre ihr allein, und sie schlage zu, wenn es darauf ankomme. Sie lasse sich auch nicht einen Liebsten wegnehmen, deshalb habe sie sogar bei der Holländerin zugeschlagen. Aber nicht auf die Esmaralda, wegen des Harald Puppinger? Auf die nicht. Auf die sei sie nicht eifersüchtig gewesen, da habe sie kein Recht dazu gehabt. Ob sie das vielleicht für sittlich halte, fragte ein Geschworener. Sie antwortete ihm nicht. Und der Vorsitzende kam auf Harald Puppinger, den Heurigen, den Abtritt und die Geschichte mit dem Wagenheber. Sie hatte wieder genug und hörte auf zu erzählen.

Der Vorsitzende befragte nunmehr die Esmaralda Nepalek, und diese schilderte die Affäre vom Dach und vom Abtritt, ja, aber auch, wie man überhaupt zu dritt zusammengekommen sei. Das Abenteuer Puppingers mit dem Wagenheber erzählte sie auch, meinte aber, auf das habe sie keinen besonderen Wert gelegt, sie fahre auch nie Auto. Dann berichtete sie von Kunibert Falkner, aber von dem wollte man nicht viel wissen, wohl aber von der Vorstrafe wegen Körperverletzung und deren Begründung. Die Begründung wußte sie nicht. Es sei nicht so wie bei Thugut gewesen. Als die Öffentlichkeit wieder zugelassen war, fragte sie die Geschworene Hollergschwandtner, wie lange sie den Thugut angeschaut habe, als die Stella Blumentrost zuschlug. Da geriet sie in großen Zorn, obwohl hiefür kein Grund gefunden werden konnte, und erklärte, so lange bis er hingewesen wäre, das wolle sie doch wissen. Der Vorsitzende protokollierte das Geständnis sofort. Dr. Permsusel kämpfte um den Beisatz, das wolle sie doch wissen. Der Hofrat ordnete nicht an, daß der Beisatz protokolliert werde, mußte aber schließlich das Verlangen Dr. Permsusels trotzdem zu Papier bringen, dadurch kam der Beisatz indirekt vor. Der Verteidiger schärfte dem von ihm vertretenen Mädel ein, es solle sich nicht durch Fragen von Geschworenen hineinreißen lassen, wer dumm frage, dem müsse nicht dumm geantwortet werden. Darauf bekam auch er eine Ordnungsstrafe. Bei ihm waren es aber nur fünfhundert Schillinge. Im übrigen machte das Gericht jetzt eine Essenspause.

Die Verteidiger bestanden darauf, mit ihren Angeklagten zu sprechen. Diese sollten aber zuerst ebenfalls geatzt werden. Für das Nachher blieb wenig Zeit. Dr. Apsmirkler erklärte der Stella, sie habe sich tadellos gehalten und könne damit rechnen, daß nicht alles Pulver verschossen sei, man wisse nicht, was der Vorsitzende am Nachmittag noch fragen werde, aber er habe ohnedies schon alles gefragt, und die Zeugen kämen erst morgen dran. Die Stella erklärte, jetzt wisse sie auch, daß der Thugut noch am Leben sei, es komme ihr so vor, als habe sie selbst das zweite Gesicht, sie habe ihn gesehen mit dem Hinterhofhüfinger, den sie gar nicht kenne, aber der sei es gewesen. Was ihr Anwalt davon halte? Sie glaube, der ihr Erschienene wäre auch der fremde Autofahrer gewesen. Der Verteidiger meinte, er halte wohl alles für möglich, einstweilen sei er aber dabei anzunehmen, daß Thugut in Südamerika wäre, während der Hinterhofhüfinger sich doch hier befinde. Auch sei der fremde Autofahrer wohl ein Ausländer gewesen. Sie verlangte fast krampfhaft, daß er ihr glaube. Daß man den Hinterhofhüfinger herbringe, halte sie nun für das Allerwichtigste.

Dr. Permsusel ersparte der Esmaralda Nepalek im Verteidigerzimmer keinen Vorwurf. Was habe er ihr gesagt? Sie solle sich dezent kleiden. Habe sie das getan? Sie habe sogar das Tuttel gezeigt, das sei alles ganz schön, aber für das Bett. Und dann sei sie wieder so kurz gekommen. Die Schenkel bis ganz oben offen. Der Vorsitzende habe keine Zähne mehr im Maul, der eine Beisitzer wäre ein verkrachter Trottel, der andere ein Jud, der kein Jud sein wolle. Und vor den Geschworenen? Die machten sich eine Hetz daraus. Und vor den Verteidigern und Zuschauern? Das Mädel mache sich rein lächerlich. Und alles zugeben sei auch nicht richtig. Der Tote sei noch lange nicht tot. Solange wir, nämlich er und die andern, ihn nicht tot gemacht hätten. Und Zorn auf die Geschworenen? Lauter Verbrecher, aber kein Zorn über sie. Den Medizinern gebe man auch nicht acht alte Weiber bei, daß sie über den Kranken im Consilium säßen. Und da gehe es um das Leben, nämlich bei den Ärzten. Hier aber nur um acht bis zwanzig Jahre. Ja, so viel. Wenn sie sich weiter verplappere oder aufrege, würden es zwanzig sein. Die Höhe der Strafe bestimme sich nicht nur nach dem Strafsatz im Gesetz, sondern nach dem Wohlverhalten vor Gericht. Auch nachher in der Haft bekomme man das Wohlverhalten benotet. Wenn so ein Mädel einmal zuschlage, weil es schlecht beschlafen worden sei, sie solle jetzt nicht widersprechen, er kenne das Ganze, ihm mache man da nichts vor, dann komme es darauf an, wie es sich vor Gericht verhalte. Die Stella mit ihrer Perücke hätte sicher besser gefallen, aber die Perücke nicht verlieren dürfen. Warum habe die Esmaralda so viel gesprochen? Und nicht mit genug Schmalz von dem Elternhaus und der Armut. Bei uns brauche man das tote Mutterl und kein Geld und so weiter. Sie wäre viel zu wenig über die eigene Armut gerührt gewesen. Und die Liebhaber nicht alle zugeben. Die Verführungen, das schon. Das errege Mitleid im Zuschauerraum und auch bei den Herren

Geschworenen. Für nächstes Mal bringe er ein Kleid von seiner verstorbenen Frau, das müsse sie anziehen, natürlich, und wenn es auf dem Boden schleife, man trage heute auch ganz lang neben ganz kurz, soweit kenne er sich aus, so alt sei er noch nicht. Und oben, sie werde schon alles unterbringen. Platzen werde es nicht, es sei ganz fest, und rutschen bestimmt nicht. Von dem fremden Autofahrer habe sie auch zuviel erzählt, die sollten sich den suchen, wenn sie ihn sehen wollten. Bisher hätten sie ihn jedenfalls noch nicht. Es sei ganz egal, wo die Leiche liege. Sie hätten keine Leiche, sie müßten beweisen, daß die Stella ihn erschlagen wollte und er auch wirklich tot sei. Und daß sie, die Nepalek, absichtlich dazu geholfen hat. Jawohl, das alles müßten sie ihr beweisen.

Anscheinend waren die Mädel durch die Mahlzeit oder auch durch die Rücksprache mit den Verteidigern gestärkt. Die Esmaralda fand den ihren nicht mehr ganz so dumm, als sie ihn bisher gefunden hatte. Seine Vorwürfe über ihre Kleidung nahm sie allerdings offenbar nicht ernst, davon verstand er ihrer Ansicht nach nicht das geringste, das Kleid seiner vorverstorbenen Frau würde sie, falls er es ihr brächte, nicht anziehen. Dagegen hielt sie das, was er über ihre Prozeßaussichten sagte, schon für vertretbar. Sie würde ihm auch diesbezüglich besser gehorchen und nicht mehr soviel sagen. Was sollte man übrigens noch wissen wollen?

Was die Stella Blumentrost betraf, so hatte sie zu Apsmirkler immer Vertrauen gehabt. Ihre Zuversicht allerdings war keine totale. Sie rechnete sehr damit, am Schlusse zu unterliegen, aber sie glaubte nicht mehr an die eigene Schuld. Sie hatte sich in ein Netz verstrickt, das man ihr gelegt hatte. Möglicherweise war es nicht unbedingt für sie, sondern für irgendwen, aber sie war hineingelaufen. Sie traute sich zu, alles gesehen zu haben, was die andern sich über sie einbildeten, erst im Traum, und dann das, wie es wirklich war, geradezu im Wachen. Sie hoffte aber, an diesem Nachmittag bestehen zu können.

Jetzt waren die Sachverständigen da, und der Vorsitzende

wollte sehen, wie die Stella zugeschlagen und wie ihr Esmaralda die Waffe gereicht, wie diese geschaut habe. Die Mädel mußten sich wiederholt aufstellen. Ein Geschworener, Turing, mimte den Thugut. Das brachte ihn noch näher in den Gang der Handlung und identifizierte ihn noch mehr mit dem vermutlichen Mordopfer, mit dem er ohnehin die erste Silbe gemeinsam hatte. Er saß allerdings während dieser Zeit nicht auf der Geschworenenbank. Man hätte auch einen Ersatzgeschworenen nehmen können.

Die Sachverständigen, Dr. Wendolin Frischhacker und Dr. Augustin Umleger, wollten alles noch einmal sehen. Sie waren ohnehin beim Lokalaugenschein gewesen und hatten dort ihr Gutachten abgegeben, das sie nicht mehr ändern würden. Die Stella schlug diesmal nicht zu stark und holte auch nicht weit genug aus. Die Esmaralda korrigierte sie nicht und schaute ihrerseits weniger eindringlich. So wie sie den Wagenheber gereicht haben wollte, konnte es aber gar nicht gewesen sein. Der zu Tötende hätte es gleich bemerkt und rechtzeitig verhindert. Man probte fast den ganzen Nachmittag, bis eine Lage gefunden war, mit der sowohl die Sachverständigen als auch die Staatsanwaltschaft einverstanden waren. Die Verteidigung war aber nicht damit einverstanden und verlangte die Feststellung, wie lange man zu dieser Pose gebraucht habe und welche Hauptsituationen gezeigt worden seien. Der Vorsitzende gab nur das Endergebnis zu Protokoll und überließ das übrige den Sachverständigen.

Den Rest der Zeit verbrachte der Vorsitzende damit, den Mädeln zuzusetzen, ihren Entschluß zur Tötung unumwundener als in der Verhandlung zuzugeben und auch das positive Ergebnis ihrer gemeinsamen Bemühungen einzuräumen. Es sei sicher das beste für sie, denn er halte ihnen das vor, was sie schon immer gesagt hätten und durch Kassiber und versuchte mündliche Aussprache nur abzuschwächen gedächten. Doch die Stella Blumentrost gestand nicht mehr, als sie schon zugegeben hatte. Der Verteidigung war das bereits zu viel, weil darin der eventuelle Beseitigungsentschluß enthalten gewesen. Die Esmaralda Nepalek sagte jetzt gar nichts, denn sie erinnerte sich noch immer an das, was Dr. Permsusel ihr am frühen Nachmittag eingeschärft hatte. Darauf brachte der Hofrat Ausschnitte aus den ersten Gendarmerieprotokollen zu Gehör, verlas, soweit vorhanden, die Kassiber und nahm auch Bezug auf Stellas Gesprächsanbahnung beim Aufsteigen zum Saal vor der ersten Verhandlung. Das Protokoll, das der vom Wachthabenden beigezogene Beurkunder errichtet hatte, verlas er allerdings nicht, beherzigte aber die Anträge der Staatsanwaltschaft dazu. Dann äußerte er sich noch einmal zum Diebstahlsgeschehen, und zwar zuerst zur Inbesitznahme des Autos, wobei er in seiner Darstellung die bezügliche Willensbildung und Verfügung vor die zur beabsichtigten Tötung verlegte, obwohl er hierdurch über die Anklage hinausging. Er meinte hierzu erläuternd, die Mädel müßten sich doch Gedanken darüber gemacht haben, wie sie von dort fortkämen, nachdem sie wegen Nässe und Regen nicht ausgestiegen seien, als sie sich angeblich von Thugut belästigt fühlten. Bei dieser Darstellung blieb es auch trotz Protests beider Anwälte und der Tatsache, daß der Staatsanwalt bisher keinen Raubmord unter Anklage gestellt hatte. Die Stella Blumentrost verharrte bei ihren ursprünglichen Beteuerungen, die Nepalek meinte, diese Sache gehe sie gar nichts an und sie wäre nur weiter wie vorher mitgefahren, aber von da ab mit Ruhe. Darauf zielte der Richter dahin, zu wissen, wann sie sich entschlossen habe, das Geld zu stehlen. Sie verlegte aber den Eingriff in die Brieftasche nicht vor und blieb bei dem eingestandenen Betrag. Als der Geschworene Sepp Dardel wissen wollte, ob sie den Betrag als Entgelt für ihre vorherige Inanspruchnahme durch Thugut betrachtet habe, schrie sie sehr laut und scharf, sie habe es nie für Geld gemacht und hätte dem Stechviehhändler freiwillig nichts gewährt, wo doch ein anderer, der noch besser ausgesehen und viel mehr Geld auf den Tisch gelegt habe, bei ihr ohne Zwang kein Glück gehabt haben würde. Der Staatsanwalt betrachtete diese Ereiferung als ein Eingeständnis des Geldnehmens für sogenannte Liebe.

Der Vorsitzende unterbrach ihn und erklärte, sie beziehe sich da wohl auf den Fall eines Kriegsinvaliden, welcher der Ziehmutter offenbar Geld für mögliche Abtreibungen übergeben habe, es sei aber angeblich zu keiner Abtreibung gekommen. Das Mädchen habe bei ihrem nicht unbeträchtlichen ständigen Liebesleben behauptetermaßen immer Glück gehabt, der betreffende Herr allerdings hätte sein Geld vergeblich zurückverlangt, es sei ihm bisher alles abgestritten worden. Dr. Permsusel wollte wissen, was das mit dem behaupteten Mord zu tun habe oder mit den dreihundert Schillingen. Der Staatsanwalt meinte, das habe mit beiden zu tun, er behalte sich eine Antragstellung aber vor. Der Hofrat warf ein, wenn in dieser Sache weitere Erörterungen und Befragungen gewünscht würden, müßte er die Öffentlichkeit ausschließen. Ein diesbezügliches Verlangen wurde jedoch nicht gestellt. Als der Vorsitzende den Akten entnahm, es sei zwar nichts von dem angelegten Gelde der Nepalek direkt zugeflossen, allerdings scheine sich nunmehr zu ergeben, daß sie von dem Erlage gewußt und nicht unbedingt auf dessen Rückgabe bestanden habe, da weinte diesmal das Mädel und meinte, es sei bereits ganz nackt im Saal, sie könnten ihm nurmehr die Haut abziehen, um es noch nackter zu machen. Der Ankläger im Baron schnitt ihr das Ergebnis der Rührseligkeit ab und wollte bloß, daß festgehalten werde, wie sie sich auf die Frage des Geschworenen geäußert habe. Dr. Permsusel erklärte aber, nunmehr auch diesen Geschworenen abzulehnen und sich gegen die beantragte Protokollierung auszusprechen, doch wurde seinen Erklärungen nicht entsprochen, im übrigen aber die weitere Verhandlung auf den folgenden Tag verschoben.

Als nun die beiden Mädel sich selbst überlassen waren, blieben sie unterschiedlichen Betrachtungen aufgeschlossen. Die härter belastete Stella Blumentrost dachte, sich gehalten zu haben, und setzte im übrigen ihre Verschlossenheit fort, die bereits am Ende der Verhandlung vorlag. Sie hatte nicht das Bedürfnis, sich denen zu eröffnen, die ihr hierzu zur Verfügung gestanden wären. Vielleicht wohl würde sie beim Vorhandensein ihr geeigneter erscheinender Persönlichkeiten eine Ausnahme gemacht haben. Träume konnte sie in dieser Nacht von sich abwenden. Gesichte hatte sie nicht. Die Übung vor den Sachverständigen hatte sie sogar physisch einigermaßen ermüdet. Seelische Beklemmungen verzeichnete sie keine. So schlief sie leidlich ungetrübt und still.

Esmaralda Nepalek mußte ihrem Drang zur Mitteilung nachgeben. Sie bekannte sich als Heldin und als Dulderin, fand aber wenig Anerkennung und Mitgefühl. Man bemaß ihr Schmalz im voraus mit zweifachem Fingerausbreiten. Soviel durfte es nicht werden. In Ermangelung zureichenden Trostes berief sie sich zunächst auf die Stärkung durch ihren Verteidiger, und als sie nicht den richtigen Widerhall ihrer Ansprache fand, sprach sie im Schlaf.

Am dritten Verhandlungstag wurde zunächst der Zeuge gehört, der den Tötungsplatz aufgefunden, den Wagenheber sichergestellt und die Spuren ermittelt hatte. Dieser Zeuge brachte nun einschlägige Zeichnungen mit, die er beim Lokalaugenschein und seiner ersten Vernehmung noch nicht mit sich geführt hatte. Darauf waren einerseits in natürlicher Größe Schuhabdrücke mächtiger, mittlerer und zarter Formen auf je einem Blatt vorhanden, während auf einem größeren Packpapier Schritte, soweit sie noch ersichtlich waren, in ihrem Verhältnis zueinander und zu den Gebüschen im wesentlich verkleinerten Maßstab vorgezeigt wurden. Da kein Schuh des Getöteten zur Verfügung stand, war eine Vergleichung mit dessen Füßen nicht durchzuführen. Die kleineren und die mittleren Spuren mochten auf die Schuhe der Mädchen und des Autofahrers schließen lassen. Hier fand Dr. Apsmirkler nach entsprechender Befragung des Abdruckaufzeichners, daß es sich um eine durchaus oberflächliche und unzuverlässige Arbeit handle, ganz abgesehen davon, daß seither viele Leute dort gegangen sein mochten. Dagegen erkannte Dr. Permsusel aus der Zeichnung, daß der Getötete aus dem Gebüsch, in das er geschleift worden war, wieder hinausgegangen sein mußte. Da sich die Situation an Ort und Stelle verändert haben mochte, wurde kein Lokalaugenschein angeordnet, doch wurde Stella veranlaßt, sich den Schuh auszuziehen, und dieser paßte in die Zeichnung hinein, die Probe mit Esmaralden dagegen ergab nichts gegen diese, sie hatte auch nicht mehr dieselben Schuhe an, die Ziehmutter hatte ihr andre gebracht. Der Richter lobte die Genauigkeit des vernommenen Straßenwärters, der Staatsanwalt behielt sich vor, Lokalaugenschein zu beantragen, wenn Aussicht auf die Auffindung der Leiche bestehe. Die Verteidiger belächelten diese Aussicht, wohingegen er dabei blieb, man müsse den Rest des Verfahrens abwarten.

Danach wurden die amtlichen Zeugen gehört, vor denen die beiden Angeklagten ihre ersten Geständnisse abgelegt hatten, in denen kein Wort davon enthalten war, es hätte an dem Tode Thuguts ein wie immer gearteter Zweifel bestanden. Keines der amtlichen Organe bekundete nunmehr etwas anderes als das, was von ihm seinerzeit aktenmäßig beurkundet worden. Damit stand fest, daß alles das von ihnen für Wahrheit gehalten worden war, was sie als Wahrheit protokolliert hatten, und daß es von ihnen damals so aufgenommen worden war, wie es ihnen damals gesagt wurde.

Danach wurde Franziska Thugut aufgerufen, welche tiefschwarz verschleiert den Saal betrat und die Gefühle für den gewesenen Gatten fallweise mit Katarakten von Tränen, jene gegen die Verursacherinnen ihrer Witwenschaft aber mit vulkanischen Zornesausbrüchen untermalte, denen das Gericht in Anerkennung ihrer Berechtigung weder Einhalt noch Dämpfung auferlegte. Sie bezeugte, daß ihr Ehemann auch nach kurzfristigen Abwesenheiten immer unverzüglich nach Hause zurückgekehrt sei, im Falle längerer Absenzen aber vom Orte seiner Entfernung aus jederzeit seinen Verbleib ehestens angezeigt habe. Im gegebenen Geschehensablauf aber sei er weder wieder zum Vorschein gekommen, noch eine Meldung von ihm in welcher Form immer eingetroffen. Auch müsse festgehalten werden, daß sein Auto den nach der Zuneigung zur Ehefrau noch übrigen Teil seiner Liebe in Anspruch genommen habe und daß er dieses im Überlebensfalle nie einer dritten Person überlassen haben würde. Auch wären in seiner Brieftasche dreizehnhundert Schillinge gewesen, welche unterwegs auszugeben keinerlei Gelegenheit mehr bestanden haben könne. Der Doktor Permsusel wollte hiezu wissen, ob die angebliche Witwe alle Möglichkeiten ihres Mannes, unterwegs Geld auszugeben, kenne und ob nach ihrer Ansicht nicht noch ein beträchtlicher Liebesanteil von der Gattenhingabe und Kraftwagenverehrung abgezogen und den Anhalterinnen zugeflossen sein könne. Dieser Einwurf löste Gelächter im Zuschauerraum aus und verleitete die betränten Blicke Franziska Thuguts zur Wanderung und Spaltung im Wege des Schielens, so daß sie mit dem einen im großen Zorn nach der Brustgegend Esmaralda Nepaleks zielte, mit dem andern Augenaufschlag aber in der aufgetürmten Perücke Stellas landete. Beide Angeklagten gaben allerdings die ihnen zugegangenen Blicke gewissenhaft zurück, und nicht um deren Feindseligkeit vermindert. Der Vorsitzende enthob allerdings die unglückliche Witwe der Beantwortung der unzulässigerweise an sie gestellten Frage.

Dr. Apsmirkler wiederum wollte von der Witwe wissen, ob ihr Gatte Schulden hinterlassen, was sie ohne weiteres als richtig einräumte. Auch die Frage, ob mehr Schulden als positive Werte vorhanden waren, beantwortete sie, allerdings nicht sofort, da sie nicht gleich verstand, worum es sich handelte, so doch nach mehrfacher Erklärung im selben Sinne. Sie behauptete aber, ihr Mann wäre auf dem besten Wege gewesen, viel mehr Geld zu verdienen, als er zu erstatten gehabt habe. Auf welchem Wege er dies zu tun vorhatte, konnte sie aber nicht sagen. Daran, daß sie von Gläubigern etwas erhalten hätte, erinnerte sie sich nicht sofort. Über Vorhalt gab sie aber zu, einmal eine kleine Unterstützung angenommen zu haben. Das Heimliche der Unterredung stellte sie aber in Abrede und wußte auch nicht, daß sie damals gelacht habe. Der Vorsitzende hielt das Ganze für unerheblich. Die Frage nach dem Namen des Gläubigers ließ er gar nicht zu.

Diese harmlose Unterlassung brachte aber die Stella sichtlich auf. Sie unterbrach sogar das Gericht und wollte wissen, ob man hier einen Mann schonen wolle, der ein Interesse daran habe, daß Thugut für tot gelte, sie wisse allerdings noch nicht, welches. Der Staatsanwalt verlangte von ihr, daß sie sich deutlicher ausdrücke, dann werde er sich vorbehalten, gegen sie nötigenfalls noch wegen Verleumdung einzuschreiten. Darauf erklärte sie sogar, sie glaube nicht, daß dieser Zeuge überhaupt vor Gericht erscheinen werde, denn er sei möglicherweise der fremde Autofahrer gewesen und habe Thugut lebendig fortgebracht. Diese Behauptung löste ein Scharren und sonstige Bewegung im Zuhörerraum aus und verlangte, daß sie protokolliert werde. Der Vorsitzende fragte sie nunmehr, ob sie dies allen Ernstes behaupte, bisher habe sie nichts dergleichen gesagt, und ob sie den angeblich fremden Pannenhelfer von früher gekannt habe. Bevor sie aber auf die Frage irgendwie einging, fiel die Witwe Thugut in Ohnmacht, obwohl sich die nunmehrige Verantwortung Stellas gar nicht auf diese bezogen hatte. Während man sich noch um die Zeugin bemühte, wurde auf die Antwort der Angeklagten noch gewartet und gefragt, ob man die Zeugin nach entsprechender Labung entlassen oder zu ergänzender Befragung auf dem Gang zur Verfügung halten sollte. Dr. Apsmirkler entschied sich für das letztere, obwohl oder weil ihm der plötzliche Einfall Stellas anscheinend in die Quere gekommen war. Da nun diese Befragung nicht sofort fortgesetzt werden konnte, bestand der Vorsitzende darauf, daß ihm Stella die von ihr gewünschte Auskunft gebe. Sie räumte ein, den Pannenhelfer früher nicht gekannt zu haben, er hätte ihr seinen Namen auch nicht genannt, auch habe sie nie ein Photo oder Porträt des Hinterhofhüfinger gesehen und verweigere überhaupt die Auskunft, woher sie ihr Wissen schöpfe, dieses müsse aber untrüglich vorliegen, sonst wäre die Zeugin Thugut nicht bei ihrer Erklärung in Ohnmacht gefallen. Hinterhofhüfinger müsse her, daran allein hänge die Wahrheit.

Darauf wurde neuerlich die Esmaralda Nepalek über die

Person des fremden Pannenhelfers befragt. Sie äußerte sich wie bisher, daß dieser wie ein Ausländer gesprochen habe, sie ihn nicht von früher gekannt, noch seinen Namen erfahren habe. Die Stella habe mit ihm auch nicht unter vier Augen gesprochen. Wenn sie allerdings erkläre, daß es der Hinterhofhüfinger wäre, dann müsse sie ihre Gründe dafür haben.

Der Vorsitzende wollte nunmehr wissen, ob die Verteidigung den Antrag stelle, den Hinterhofhüfinger vorzuladen, weil er der Pannenhelfer gewesen wäre. Weder Dr. Apsmirkler noch Dr. Permsusel stellten diesen Antrag. Doch meinte der erstere, der Zeuge sei beantragt und zugelassen und müsse ohnehin erscheinen. Dann könnten die Angeklagten sich äußern, ob sie ihn schon vorher gesehen hätten. Da verlas der Vorsitzende ein Entschuldigungsschreiben, das der Hinterhofhüfinger an das Gericht gesendet habe. Er befinde sich gegenwärtig auf einer Auslandsreise und könne daher nicht kommen. Das Gericht behielt sich vor, darüber zu entscheiden, ob man bei dem Beweisthema, zu dem er seinerzeit beantragt war, überhaupt noch seiner Person bedürfe oder auf seine Vernehmung verzichten könne. Das wollte Dr. Apsmirkler aber nicht, schon, um es sich mit der Stella nicht zu verderben, und so beantragte er, den Zeugen zu befragen, weil er Anhaltspunkte dafür habe, daß Thugut lebe. Welche dies aber seien, konnte die Verteidigung nicht sagen, doch mischte sich Stella wieder drein und erklärte, die beiden hätten den Schwindel miteinander gemacht, der Zeuge sei mit dem Thugut in bleibender Verbindung. Über die Art der Abrede oder Gemeinschaft befragt, konnte sie jedoch nichts angeben. Esmaralda meinte nur, wenn die Stella es sage, werde sie es auch wissen, sie selber habe keine Kenntnis davon. Über die Art ihrer Information und deren Quelle befragt, verweigerte die Blumentrost wieder die Auskunft. Es mochte Dr. Apsmirkler vielleicht der Gedanke gekommen sein, daß er möglicherweise besser einen Psychiater beantragen sollte, damit er seiner Klientin nunmehr heraushelfe, aber er tat es nicht, wahrscheinlich, weil sie für ihn bereits auch Privatperson geworden war und als solche ihre fünf Sinne beisammen haben mußte, um für ihn das zu sein, was er sich vorstellte. Der Dr. Permsusel, der in der ganzen Sache ein Manöver sah, das sich die andern ausgedacht hatten, verblieb abwartend, da im Falle des Gelingens seine Klientin davon profitieren, im Falle des Scheiterns aber doch keine Nachteile dadurch erleiden würde. Nunmehr erhob sich der Staatsanwalt und dehnte die Anklage auf Verleumdung, begangen durch die Blumentrost an dem Hinterhofhüfinger, aus und bedauerte, nicht auch die Beleidigung des von ihr Ermordeten einbeziehen zu dürfen, zumal dies der Witwe obliege. Der Verteidiger wollte die gesetzliche Vorbereitungsfrist, die ihm aber nicht gewährt wurde, weil das Delikt in der Verhandlung begangen worden sei. Allerdings behielt sich der Vorsitzende vor, das Verfahren auszuscheiden, wenn durch die Behandlung des neuen Anklagepunktes die Erledigung der bisher zu erforschenden Fakten verzögert werde. Die Stella wurde gleich zur Sache vernommen und wiederholte, was sie bereits gesagt hatte, ohne ihre Quelle zu benennen. Die Esmaralda wußte nicht mehr als bisher. Der Zeuge Hinterhofhüfinger, den nunmehr die Staatsanwaltschaft hören wollte, blieb außerhalb. Auch die Witwe Thugut hatte sich von ihrer Ohmacht nicht entsprechend erholt und konnte am gleichen Tage nicht mehr befragt werden. Als Stella dies hörte, schien sie ihrer Sache sicherer, aber der nächste Zeuge hieß Paul Pieperl.

Es kann nicht behauptet werden, daß Stella Blumentrost auf das Vorkommen Pieperls als Zeuge gehörig vorbereitet gewesen wäre. Entweder hatte ihr Verteidiger die Akte im Hinblick auf diese Person nicht studiert oder ihr aus Versehen oder wegen angenommener Bedeutungslosigkeit einen Hinweis in dieser Richtung erspart. Jedenfalls trat der Jugendgeliebte auf und legte es gleich darauf an, ihre Verderbtheit und ihr Entgegenkommen, ohne auf sie zu sehen, dem Gerichte vor Augen zu führen. Man hatte vor diesem Teil seiner Vernehmung die Öffentlichkeit erneut ausgeschlossen, sie aber wieder zugelassen, als die Bürstenschwingung besprochen werden sollte, sowie der Überfall, den sie mit dem Brecheisen in der Hand durchgeführt hatte. Auf Wunsch der Sachverständigen mußte er mit einem Gegenstand so ausholen, wie es Stella damals geschildert, ebenso auch vorführen, wie sie es mit dem Brecheisen gemacht hätte, und in beiden Fällen waren die amtlichen Herren offenbar der Ansicht, daß es sich nur um eine Vorübung für die Tat mit dem Wagenheber gehandelt haben konnte. Der Zeuge, der auf Nachfrage der Staatsanwaltschaft die besondere Gefährlichkeit der metallenen Bürste und des geschwungenen Brecheisens freudig einräumte, beschränkte seine Bürstenangaben auf Befragung Dr. Apsmirklers darauf, daß er nur davon wisse, soweit es ihm die Stella gezeigt habe. Bei dem Überfall mit dem Brecheisen sei er aber leider dabeigewesen. Weiters gab er auch zu, wegen der Entführung Stellas eine bedingte Strafe erhalten zu haben, nämlich als damals Jugendlicher, denn er selber sei eben ganz jung gewesen. Er hasse die Stella allerdings nicht deshalb, wiewohl er sie nicht mehr liebe, dafür sei er ja auch schon erwachsen. Während ihn ihr Anwalt in die Zange nahm, sah Stella Blumentrost so kalt als denkbar nach ihrem früheren Pieperl und suchte ihm mit Blicken den Hals abzusägen, allein es gelang nicht.

Als nächster trat Kunibert Falkner auf. Er hatte anscheinend vor, sich auf ein rein platonisches Interesse an Stella zu berufen, wurde aber durch deren Tagebucheintragungen widerlegt sowie durch die Angaben, die über das Pfänderspiel gemacht worden waren. Von dem Wagenheber hatte er auch einmal sprechen gehört, und wie er glaubte, sei von Puppinger darüber gesprochen worden, aber gewiß nicht so, daß die Mädel die Sache besonders ernst genommen hätten. Auch hier standen die Eintragungen Stellas den Angaben des Zeugen entgegen, ebenso das Werkzeug selber, das er zwischen die nackten Mädel gelegt hatte. Er mußte daher an die Wahrheitspflicht erinnert werden und gab dann sogar zu, den Verteidiger Stellas besorgt zu haben, obwohl ihm derselbe sagte, daß er diese Frage nicht zu beantworten brauche. Für den kritischen Abend und die kritische Nacht hatte er ein Alibi, das niemand bezweifelte.

Der nächste Zeuge war Harald Puppinger. Hatte der vorige der Stella Blumentrost leicht zugenickt, der Esmaralda Nepalek aber bloß ohne sonstige Kopfbewegung zugelächelt, so schickte dieser sich an, beide durch Neigung des Vorderkörpers zu begrüßen, ja, es schien so, als wolle er ihnen gegen Gesetz und Gepflogenheit die Hand reichen. Das Gericht ließ dergleichen jedenfalls nicht zu und erteilte ihm gleich eingangs die entsprechende Belehrung. Darauf wurde die Öffentlichkeit ausgeschlossen, um die Beziehungen der Mädel zum Zeugen von den Anfängen an zu ergründen. Der Zeuge erzählte die Geschichte, wie er die Esmaralda Nepalek vom Dach herabgeholt hatte, so harmlos, daß sie sich sogar für die Öffentlichkeit geeignet hätte. Auch die Beschaffung der Puppe für Stella klang eher rührend als anstößig. Als er von den Begebenheiten auf dem Sitzbrett erzählen sollte, erinnerte er sich nur dunkel daran, sie seien damals alle drei betrunken gewesen. Er gab aber als richtig zu, mit beiden Mädeln und noch etlichen andern in Beziehung gestanden zu sein, weil er dies durchaus als normal empfinde. Wie er nichts Intimes mehr berichten wollte, wurde die Öffentlichkeit wieder zugelassen und die Ausbildung Stellas im Gebrauch des Wagenhebers erkundet. Der Zeuge mußte es vormachen, wie er es der Stella gezeigt hatte. Darauf bestanden die noch immer anwesenden Sachverständigen. Es hatte den Anschein, als ob sie mit den einschlägigen Bewegungen des Zeugen gleich zufrieden waren, denn sie notierten deren Ergebnis, ohne an denselben etwas zu beanstanden. Nun fragte der Staatsanwalt, wie oft und wie genau der Zeuge den Mädeln die Wagenhebergeschichte vorgeführt hatte. Der Zeuge erinnerte sich nicht mehr daran, meinte auch, daß die Mädel auf seine Darbietungen keinen so besonderen Wert gelegt hätten. Befragt, warum er sie dann so oft wiederholt habe, konnte er keine Auskunft geben. Die Sachverständigen hielten ihm dagegen vor, daß sowohl Stella Blumentrost sowie auch Esmaralda

Nepalek die Handhabung des Wagenhebers auf dieselbe Art gezeigt hätten wie er, Puppinger. Hier unterbrach Dr. Apsmirkler und meinte, zum einen hätten die Mädel erst nach langen, gänzlich anderen Vorzeigungen sich zu der den Sachverständigen genehmen Möglichkeit entschlossen, zum anderen könne es nicht gleichzeitig sein, daß Stella Blumentrost sich genauso verhalten hätte, wie sie als Fünfzehnjährige eine Bürste und ein Brecheisen zu Beschädigungszwecken verwendet und dann als Zweiundzwanzigjährige erst vom Zeugen Puppinger den einschlägigen Unterricht empfangen habe. Während die Sachverständigen darauf beharrten, daß beides möglich wäre, denn im dritten geschilderten Falle habe es sich eben um einen Wagenheber gehandelt, meinte der Vorsitzende resümierend, es gehe jetzt um die Befragung des Zeugen und noch nicht um die Bewertung des Sachverständigengutachtens, das bisher überhaupt nicht erfolgt wäre.

Sodann befragte der Staatsanwalt den ihm noch immer nicht unverdächtigen Zeugen eindringlich, warum derselbe das Stelldichein mit den beiden Mädeln nicht eingehalten und wo er sich zu dieser und der anschließenden Zeit am betreffenden Abend befunden. Der Puppinger mußte sich nun vor den davon Betroffenen auf eine bedenkliche Vergeßlichkeit in Angelegenheiten vorgehabten Geschlechtsverkehrs berufen und schickte sich dann an, sich vor Stella und Esmaralda mit der doppelt folgenhaften Zerreißung der Jungfernhaut der sechzehnjährigen Paula Zipfelhauber samt anschließendem ausgiebigem Beilager für die Zeit der Tötung, Wegschaffung und Bestehlung herauszureden oder besser gesagt zu rechtfertigen. Er erntete mit seiner Darstellung weder Einverständnis noch Verzeihung aus Stellas und Esmaraldens Augen, obgleich sie das schon Vorgebrachte aus den Akten kannten oder kennen konnten. Allein, auch der öffentliche Ankläger war mit dem angebotenen Ersatz für eine Verbrechensbeteiligung nicht zufrieden und hielt dem Vernommenen vor, daß es bei den Angaben des betroffenen Mädchens sowie dessen Eltern zuerst an einer zeitlichen Einordnung und später an deren genauer Bestimmung gefehlt habe, und nur außenstehende Gassenlauerer das unwahrscheinliche Datum und die noch unwahrscheinlichere Stunde angeblich wußten. Der standhafte Matrose hinwiederum blieb bei seiner ihn zwar nicht sittlich fördernden, aber tatbestandsmäßig doch entlastenden Aussage und fügte hinzu, daß es Sache des Staatsanwaltes sei, zu belasten, er selbst aber nichts anderes zu tun habe, als auszusagen. Aber die Wahrheit, schaltete der Ankläger ein. Der ungelehrige Zeuge wagte zu erklären, wenn jener eine andere Wahrheit meine als diejenige, die er, Puppinger, dargestellt habe, dann brauche er dieselbe bloß zu finden. Hierzu entschied der Vorsitzende unter scharfer Rügung des Unbotmäßigen, daß es bloß eine Wahrheit gebe, eben die, welche man vor Gericht bei sonstigen Verbrechensfolgen als Zeuge ausschließlich und uneingeschränkt äußern müsse.

Der Staatsanwalt wollte nunmehr wissen, wieso der Zeuge, der doch sonstige Beischlafabreden, sogar mit den Angeklagten, nach eigener Vorgabe gern und leicht vergesse, so sicher sei bezüglich des Tages und der Stunde, in welcher er mit einem fremden Mädchen beisammen gelegen. Hier berief sich Puppinger auf nachträgliches Erinnern im Zusammenhang mit dem Fall Thugut und der Versetzung Stellas und Esmaraldens. Entgegen den angemeldeten Bedenken, ob denn diese spätere Eingebung eine gänzlich verläßliche wäre, bejahte der Befragte dies, lehnte aber ab, etwas darüber zu sagen, ob er die Verteidigung Esmaraldens berappe. Dafür entsprach er dem Forschungsdrange Dr. Apsmirklers, indem er bekanntgab, daß er die Witwe und den Hinterhofhüfinger heimlich beisammen gesehen und dieser ihr Geld in die Hand gezählt habe. Auf Befragung des Anklägers, wieso gerade er sich berufen fühle, Detektiv zu spielen, meinte er, daß es an den Außenstehenden sei, etwas herauszubekommen, wenn die damit Befaßten versagt hätten. Der Vorsitzende fand, daß Puppinger nicht so außenstehend sei. Dem Staatsanwalt hinwiederum kam es darauf an, zu erfahren, ob nicht vielleicht der Zeuge der Stella Blumentrost die Idee gegeben habe, zu behaupten, daß der Hinterhofhüfinger noch mit dem Mordopfer in Verbindung stehe und mit diesem einen Schwindel aufgesteckt hatte. Hier gab Harald Puppinger vor zu bedauern, daß er keine Gelegenheit, mit Stella zu sprechen, erhalten habe, was ihn aber natürlich nicht hindere, der Wahrheit auf den Grund kommen zu wollen, da ja nur einerlei Wahrheit bestehe und das Gericht danach verlange. Damit wurde die Vernehmung des Matrosen abgeschlossen und dieser ging, als hätte er es zum Kapitän gebracht.

Dann kam das naturwidrige Unzuchtsverhalten der Esmaralda Nepalek zur Sprache, doch machte es niemand Schwierigkeiten, es aus den Akten zu erkunden. Dagegen waren die Zeuginnen der Kassiber und sonstigen Verbindungsversuche von Nepalek zu Blumentrost sowie der einmaligen umgekehrten Bemühung Anlaß zu einem geharnischten Duett zwischen Staatsanwaltschaft und Verteidigung, zumal die vermittelten Wortlaute nicht mit den Geständnissen und diese kaum miteinander übereinstimmten.

Schließlich gelangten die Sachverständigen Dr. Wendolin Frischhacker und Dr. Augustin Umleger zu Wort. Der eine von ihnen legte aufgrund der Beschaffenheit, Gestalt, des Materials, der Windungen, Schärfe, Gewichtsverteilung des verwendeten Werkzeuges sowie der ausgeübten Bewegungen Stella Blumentrosts dar, daß aufgrund der beiden Schläge zweifellos der Tod des Opfers eingetreten sei, welches sich auch nachher nicht lebendig gezeigt habe. Der zweite kam zu dem gleichen Ergebnis auf Grund der Beschaffenheit, Gestalt, des Materials, der Windungen des Gehirns und der mittleren bis beträchtlichen Stärke des Schädels und dessen, was sich an Haut und Fleisch darüber befand. Sie bestimmten beide die Wucht und Richtung sowie die Folgen der ausgeübten Einwirkungen mit eindeutiger Sicherheit und gingen auch aufgrund nachdrücklichster Vorstellungen der Verteidigung von ihrem Gutachten nicht ab, das keine Daseinsmöglichkeit für den Behandelten erübrigte. Auch bei abnormer Schädelgestaltung wäre ein längeres Überleben nicht denkbar gewesen.

Die Beschädigung des Opfers sei nach Richtung und Wucht des Schlages schon dem ersten Hiebe, bei Vorhandensein mehrerer Schläge aber dem Zusammentreffen aller dieser zuzuschreiben und offenbar schon beim Transporte vorgelegen. Auf die Frage, was sie sagen würden, wenn der angeblich Ermordete doch noch lebte, erklärten sie der Verteidigung, sie würden sodann von einem Wunder sprechen, das die Naturgesetze außer Kraft setze. Daraufhin beantragten sowohl Dr. Apsmirkler als auch Dr. Permsusel ein Fakultätsgutachten und einen Lokalaugenschein, daß ohne Beistellung der Leiche nicht angenommen werden dürfe, daß Joseph Thugut damals getötet wurde. Das Gericht behielt sich darüber die Beschlußfassung vor.

Nun blieben noch die von Dr. Apsmirkler beantragten Zeugen Jakob Schmierkehl und Emeran Birkenknoppel übrig, welche die angekündigte und bewältigte Flucht des angeblichen Mordopfers erhärten sollten, ebenso ein dritter, noch nicht ganz feststehender Herr für ein gleichfalls einschlägiges Beweisthema, ferner die ergänzende Vernehmung der erblasserischen Witwe und die Stelligmachung des Hinterhofhüfinger, falls derselbe von der Auslandsfahrt zurückkehrte. Im übrigen mußte Dr. Apsmirkler für das Eintreffen des von ihm angekündigten Zeugen nach dessen rechtzeitiger Namhaftmachung, der Staatsanwalt hinwiederum für die Ankunft des verleumdeten Gläubigers sorgen. Die Hauptverhandlung wurde zu diesem Zwecke vom Vorsitzenden auf den dritten Tag ausgedehnt, mithin gerade über das Wochenende hinaus. Da beide Verteidiger mit ihren Angeklagten sprechen wollten, wurde dies ausnahmsweise trotz vorgerückter Stunde gestattet.

Dr. Permsusel hatte keinen Tadel in Anbetracht Esmaraldens. Trotz dem ihr angelasteten Zusatzdelikt, das überdies in den Hintergrund getreten war, befand sich nunmehr die Stella im alleinigen Mittelpunkt. Doch wollte Permsusel erfahren, wie es mit dem fremden Autofahrer ausschaue, und ob das Mädel ihm nicht von dem etwas mehr erzählen wolle, wo doch da bestimmt viel mehr gewesen sei. Denn woher nehme die Stella plötzlich die Ansicht, der Gläubiger sei damals als Pannenhelfer gekommen? Es könne in diesem Falle auch gar nicht stimmen, daß der Mann um so vieles später angelangt sei, er müsse dagewesen sein, wie der Stechviehhändler die Mädel vernascht habe und auch, wie sie mit dem Wagenheber hantiert hätten. Es werde dann aber auch gar nicht angenommen werden dürfen, daß so fest zugeschlagen worden sei, man müsse sich allseits geeinigt haben, daß niemand umgebracht werde. Mithin wäre alles ganz anders gewesen, als sie es dargestellt hätten. Aber wie sehr er auch drängte, Esmaralda berichtigte nichts und fügte auch nichts hinzu. Da erklärte er ihr, in diesem Falle hätte sie im Zorne vielleicht das Richtige gesagt, daß sie hingeschaut habe, bis der Stechviehhändler hingewesen wäre, und die Stella Blumentrost müsse da einen Traum gehabt haben oder eine geheime Verbindung mit Puppinger, der Sachen mache, die ihn nichts angingen. Aber immerhin, der Matrose habe auch Eindruck geschunden, und vielleicht falle ein oder der andere Geschworene um, es sei nicht viel anders als wie beim Kegeln.

Als Dr. Apsmirkler diesmal der Stella Blumentrost gegenübersaß, wußte er nicht recht, womit er überhaupt anfangen sollte. Dann aber entschied er sich, einen frontalen Angriff zu wagen, und er fragte sie, ob sie außer ihrem Gesicht andere Anhaltspunkte für den Gedankengang habe, daß der Hinterhofhüfinger mit dem Thugut noch in Verbindung stehe oder daß er in seiner Eigenschaft als Pannenhelfer den angeblich Erschlagenen lebendig in Sicherheit gebracht habe. Sie schüttelte den Kopf und fügte nichts hinzu. Nun wollte er von ihr wissen, ob sie schon vor dem Vorfall Gesichte gehabt oder von Vorstellungen solcher Art geplagt worden wäre. Sie gab zu, zeitweilig unter drückenden Träumen gelitten, aber nicht wie diesmal klare Gedankengänge, verbunden mit eindeutigen Erleuchtungen zum Sachverhalt, empfangen zu haben. Dr. Apsmirkler meinte, hier bestehe für ihn keine Aufgabe, denn er könne das Gericht nicht zwingen, Gesichten etwas abzugewinnen, der Fall verlange eine medizinische Aufklärung. Offenbar habe die Haft im abträglichen Sinne auf sie gewirkt, verbunden mit der Krankheit, die sie überstanden, deren Folgen aber vielleicht noch andauerten. Die Blumentrost wollte eine Sinnentäuschung nicht als möglich hinnehmen, sie habe wohl zeitweilig wie auch bereits in Freiheit an starken Kopfschmerzen gelitten, gerade damals aber, als sie den Fall so plötzlich gelöst sah, hätten ihre peinlichen Zustände aufgehört, und sie habe sich ganz klar und erleichtert gefühlt. Der Verteidiger meinte, dann wisse er überhaupt nicht, wie er ihr helfen solle, denn alle Beweise, auf die er sich nach eigener Prüfung noch beziehen könnte, hätten nichts mit dem Hinterhofhüfinger zu tun und liefen darauf hinaus, daß Thugut nach selbsttätiger Entfernung allein die von ihm schon vorher geplante Flucht ins Ausland durchgeführt habe, er wisse natürlich nicht, ob die Zeugen vor Gericht bestehen würden. Hierauf erklärte Stella, es wäre zweifellos besser gewesen, wenn sie vereint, das heißt sie unter seinem Schutz, die Probe auf die Wahrheit hätten bestehen können. Sie habe jedoch den Eindruck, ihr könne vom Rande her gar nicht mehr geholfen werden, es müsse von Grund auf alles ganz anders betrachtet werden als bisher. Dr. Apsmirkler gestand, daß er sie nicht verstehe. Er habe bisher angenommen, der Pannenhelfer sei ein Ausländer gewesen, der mit fremdländischem Kennzeichen gekommen sei, nun aber solle es der Hinterhofhüfinger gewesen sein, der gar keinen Anlaß gehabt habe, seinem Schuldner zum Tatort nachzufahren und auch nicht wissen konnte, daß diesem dort etwas zustoßen werde. Daß ein wirtschaftliches Interesse bestehe, diesen als tot verborgen zu halten, sei gleichfalls in keiner Weise bescheinigt. Die Stella blieb dabei, sie wisse nicht mehr, aber das wisse sie eben, der Akzent des Pannenhelfers müsse vorgetäuscht gewesen sein.

Verzweifelt meinte nunmehr der Verteidiger, er sehe aus dem Widerspruch zwischen seiner Darstellung und ihren Angaben keinen Ausweg, am liebsten würde er dem Gericht die Ursache ihrer Bezichtigung aufklären. Wenn der Hinterhofhüfinger wirklich komme, sei es vielleicht zu spät. Das Gericht müsse unter Umständen selbst ohne seine Anträge eine Untersuchung durchführen, er würde es allerdings aus prozessualen Gründen vorziehen, eine solche selbst zu veranlassen. Sie kannte aber offenbar das Gewicht seiner Erwägungen nicht, gab keine Ermächtigung, ihre Information zu verraten, und ließ ihn hilfloser zurück, als er vorher gewesen war. Dabei hatte er ihr nicht einmal sagen und klarmachen können, was er selbst zu ihrer Rettung geplant und nach schwieriger Vorbereitung und reiflicher Überlegung gründlich aufgebaut hatte. Freilich versetzte sie ihn nunmehr in Sorge, daß sein noch geheimes, der Enthüllung vorbehaltenes Gebäude weniger anklägerischen Ränken oder richterlichen Angriffen als einem Lufthauch aus ihrem Munde wie ein Kartenhaus zum Opfer fallen könnte. Er verbrachte das Wochenende damit, eine Entlastung oder Lösung zu finden. Es war ihm aber nicht gegeben, ohne ein Wunder auszukommen.

Stella Blumentrost aber schwebte diesmal in ihre Zelle zurück, als hätte sie nicht die Last einer zusätzlichen Anklage, eines vernichtenden Gutachtens der Sachverständigen sowie eines totalen Mißverständnisses mit der Verteidigung teils verbrecherisch schuldhaft, teils bloß grob leichtfertig auf sich geladen. Sie verzehrte ihre Mahlzeit mit Entzücken, als wäre diese delikat zu ihrer Ergötzung zubereitet und teilte ihren Zellengenossinnen mit, der Prozeß habe eine Wendung zur Wahrheit genommen. Sobald er fortgesetzt werde, hoffe sie endlich in die Freiheit zu gelangen. Einzelheiten, die diese ihre Meinung begründen sollten, behielt sie allerdings für sich. Sie wurde nichtsdestoweniger ebensosehr beglückwünscht als um weitere Materialangabe bestürmt, doch hatte sie nichts weiter als ein beseligtes Gesicht zu bieten. Vielleicht nahm sie noch an, ihre Vorstellung von der Lösung des Falles werde sich durch weitere übernatürliche Einflüsse noch vervollständigen. Ein Anrecht auf göttliches Wirken hätte sie aber nicht geltend machen können. Sie hatte sich weder in Freiheit noch in Gefangenschaft glaubensmäßig bewährt und nie einen Wandel aufgewiesen, der den Formen und dem Gesetz voll entsprochen hätte. Ihre guten Taten beschränkten sich auf längst von ihr abgefallene Bruchstücke kindlichen Gehorsams. Ihre Freundschaft zur Nepalek sowie die zu Puppinger, ja selbst zu Falkner ließen keinerlei Reihung zu ihren Gunsten zu. Das erwartete Gesicht mußte sie also in den Nächten vor der nächsten Verhandlung mit Recht vermissen. Ihr Schlaf gestaltete sich bei der ersten Nachtruhe überhaupt traumlos, bei der nächsten hatte sie wohl einen Traum, vergaß ihn aber bis zum Morgen. Erst in der letzten Nacht wurde sie in andere Sphären versetzt, aber zugleich mit ihr schon bekannten Personen, irgendwelche Vorbedeutungen waren nicht ersichtlich. Gemäß ihrer einschlägigen Veranlagung beschäftigte sie sich mit vier Anwärtern auf ihren Körper und zwar mit allen gleichzeitig, allerdings nicht so, daß sie es ihnen ermöglicht hätte, von ihr in Gesamtheit Besitz zu ergreifen. Die ersten drei gehörten der Vergangenheit an und waren Paul Pieperl, Kunibert Falkner und Harald Puppinger, als vierten hatte sie ohne bezügliche Gewißheit ihren Anwalt, Dr. Apsmirkler, für sich reklamiert. Während sie nun Paul Pieperl, der auf sie keinen Wert mehr legte, Kunibert Falkner, dem sie bisher nur eine Ansicht gewährt hatte, sowie Harald Puppinger, welcher ihr am Tage der Tat nicht zur Verfügung gestanden sein soll, keinerlei Recht einräumte, begünstigte sie ihren nunmehrigen Verteidiger und öffnete ihm den Zugang zu geheimem Einlaß. Er aber bekletterte ihren Leib nicht, sondern zeichnete über demselben eine Luftpagode, wobei seine Bleistiftlinien mit Spinnwebstärke ausgestattet wurden. Danach ließ er es sich angelegen sein, den höchstaufgetürmten Teil mit Straßenschuhen zu ersteigen. Als er entgegen aller Wahrscheinlichkeit hinaufgelangt war, neigte sich der Turm, aber von ihrem Lager hinweg, so daß die Gefährdung für sie ausgeschlossen wurde, und der kühne Spinnwebkletterer fiel, indem er auf das Maß von Puppingers Schrumpfköpfen reduziert war, direkt in den Unratkübel, doch wuchs dort allein sein Schädel zu übernatürlichen Ausmaßen, so daß er in dem

Gefäße steckenbleiben mußte und nicht einmal durch die Kraftanstrengungen seiner bisherigen Schutzbefohlenen noch befreit werden konnte. Eine Bezugnahme auf Thugut oder Hinterhofhüfinger aber unterblieb in diesem Traum.

Auch die Esmaralda Nepalek war heiter und guter Dinge von der Begegnung mit ihrem Verteidiger zellenwärts gelangt. Sie verschwieg daselbst die nachteiligen Angaben der Witwe und der Sachverständigen, erklärte vielmehr, daß nun neue Beweise kämen und sie so entlasten würden, daß sie gleich aus der Haft hinausspazieren könne. Sie dürfe aber nichts verraten, es bleibe alles geheim. Jedenfalls bleibe zu ihren Lasten nur übrig, daß sie dreihundert Schilling, die im Auto gelegen seien, an sich genommen und daß sie mit einem andern Mädel geschlafen habe, das könne nicht mehr kosten als die Zeit, die sie bisher gesessen habe. Die andern meinten, das koste mehr. Dann kam das Kleid, das Dr. Permsusel für feierliche Zeiten seiner Gattin geschenkt hatte und das nun aus nicht minder feierlichem, wenn auch unerfreulichem Anlaß von ihm einer der Beihilfe zum Morde Angeschuldigten zur Verfügung gestellt wurde. Sie fand allerdings plötzlich diese Überlassung rührend und untersuchte das Geschenk nach allen Richtungen, bis eine Karte herausfiel, die der Verteidiger offenbar hineingeschmuggelt hatte. Auf dieser stand allerdings nur harmloses Zeug zu lesen, nämlich der folgende Vers: »Nicht alles gleich braucht's Mädel zeigen. Wenn es nichts weiß, soll's lieber schweigen.« Daraufhin probierte Esmaralda unter Mithilfe der Zellengenossinnen. Sie verschwand zwar zusehends in dem ihr gewidmeten Gewand, doch verlor sie es nicht und hatte sogar ein stattliches Aussehen. Daher beschloß sie, es zum nächsten Verhandlungstage tatsächlich anzulegen.

Dieser kam nun auch wie angesetzt, und die Befürchtungen Esmaraldens, sie würde sich selbst den Saum abtreten, erwiesen sich als grundlos. Hoheitsvoll, als ginge es zu einem Fest der Jahrhundertwende oder spätestens der Jahre vor dem Ersten Weltkrieg, bewegte sie sich zu dem Saal, in dem entweder ihre Schlachtung auf Zeit oder ihre Begnadigung ausgesprochen werden würde. Diesmal war auch zum ersten Mal ihr Vater anwesend, und sie durfte ihm sogar einen Kuß auf die Stirne drücken und eine Sekunde an seiner Brust schluchzen, was unüblich in diesem Hause, aber auch im Hause Nepalek gewesen war. Ansonsten wollte der Vater in erster Linie wissen, woher sie das Kleid habe, denn das schlug in sein Fach. Außer ihm waren wieder Kunibert Falkner und Harald Puppinger vorhanden, denen sie aber nicht die Hände reichen durfte, es konnte etwas in diesen enthalten sein und von Hand zu Hand gelangen.

Wenig später langte die Stella Blumentrost ein. Sie trug sich nicht anders als sonst. Nur ihre Perücke saß unheimlich gut, als ob es die eigenen Haare wären. Schade, daß sie so schwarze Haare statt der angestammten braunen tragen mußte. Die Stella lächelte ihrer Kameradin und Komplizin zu, als ob sie wisse, daß alles in Ordnung gehe. Das besorgte Gesicht ihres Verteidigers, des Dr. Apsmirkler, zeigte nichts weniger als Zuversicht, drei schlaflose Nächte und täglicher Ärger hatten in demselben untrügliche Spuren hinterlassen. Knapp vor dem Gericht und zugleich mit dem Baron-Staatsanwalt fand Dr. Permsusel sich ein. Er nickte dem von ihm zu beschützenden Mädel zu und erklärte, in diesem Kleid werde es sicher siegen. Bald darauf erfolgte der Aufruf.

Zu Beginn der Verhandlung meldete sich Dr. Apsmirkler zu Wort und kündigte an, er werde im Laufe dieser Sitzung einen wichtigen Zeugen für die Unschuld seiner Mandantschaft benennen, dessen Namen bekanntzugeben er aber noch nicht in der Lage wäre. Dieser Zeuge werde heute kommen. Ferner möchte er bemerken, daß alle Anträge den Hinterhofhüfinger betreffend auf besonderen Wunsch seiner Mandantschaft gestellt seien, er nur auftragsgemäß handle und sich weitere Eröffnungen vorbehalten müsse, sollte das Ergebnis nicht den Vorstellungen seiner Klientin entsprechen. Endlich wolle er schon jetzt die Erklärung abgeben, daß er im letzten Teil des Verfahrens selbst als Zeuge aufzutreten gedenke und daß daher für die Fortsetzung der Verteidigung sein Kollege Bruno

Ahlinger im Saale sei, der zeitgerecht seine Vollmacht vorweisen werde.

Der Staatsanwalt schlug das Gesetz auf und verlas daraus, daß Beweisanträge vor dem Schwurgericht unter Einhaltung bestimmter Fristen zu stellen seien und nicht in Reserve gehalten werden dürften, sofern der Gegner nicht zustimme. Wenn überdies der Verteidiger sich plötzlich in einen Zeugen verwandeln wolle, was er schon längst gewußt haben müsse, dann befinde er sich zu Unrecht noch immer im Saale und dies vermutlich seit langer, wenn nicht die ganze Zeit. Der Vorsitzende erklärte indessen zu allen Inaussichtstellungen des Dr. Apsmirkler, er werde sich mit denselben erst dann beschäftigen, sobald sie als Anträge vorlägen.

Dann trat zum andern Male Franziska Thugut vor die Schranken, damit noch Fragen an sie gestellt werden mögen. Weder das Gericht noch die Anklage äußerten zunächst solche. Wohl aber erklärte Dr. Apsmirkler, dort fortsetzen zu wollen, wo die mutmaßliche Witwe in Ohnmacht gefallen sei. Ihm sei es darum zu tun, von ihr zu erfahren, ob nicht eine Lebensversicherung des Thugut bestehe. Die Witwe wußte von keiner. Sie behauptete überdies, nichts geerbt zu haben. Die Verlassenschaft sei ihr, zwar nicht wegen Vorstreckung entbehrlich gewordener Beerdigungskosten, wohl aber wegen Bereinigung von Abgaben, an Zahlungsstatt überwiesen worden. Ob nicht sonstige Forderungen zur Verlassenschaft angemeldet wurden? Sie wußte von keinen. Schulden seien viele vorhanden gewesen, die Gläubiger hätten gegen den Mann noch zu Lebzeiten geklagt und Urteile bekommen. Es sei aber nichts zum Pfänden übriggeblieben, außer dem Auto. Wem das Auto jetzt gehöre? Es wäre ihr als einziger Aktivposten zugekommen, sie habe es aber dem Hinterhofhüfinger abgegeben und dafür ein paar Tausender erhalten. Ob nicht ein Haus vorhanden sei? Das schon. Es gehöre aber seit jeher ihr. Wieso dann die Abgabeschulden dem Mann erliefen? Der Mann habe früher hübsch verdient, auch jetzt sei einiges zu erwarten gewesen. Die Steuern wären längst erlaufen, der Mann habe nicht immer ein Rechtsmittel eingelegt, wo er dies hätte tun können.

Nun wollte Dr. Permsusel von ihr wissen, wo damals am angeblichen Tötungstage ihr Mann unterwegs gewesen war. Sie wußte es nicht. Ob er mit dem Hinterhofhüfinger habe irgendwo zusammentreffen wollen? Er habe ein Geschäft machen wollen. Mit wem? Das hätte er nicht gesagt. Aber wieviel Geld er bei sich gehabt habe, das habe er gesagt? Freilich, es wäre ihr Geld gewesen. Und habe er auch gesagt, daß er unterwegs Mädel in den Wagen aufnehmen werde? Das habe er nicht gesagt. Und daß der Hinterhofhüfinger irgendwo warte? Auch das nicht. Wie oft habe er sie betrogen? Habe er das gesagt? Die Frage wurde nicht zugelassen. Warum die Zeugin so erschrocken sei, als die Blumentrost von einem Schwindel des Hinterhofhüfinger gesprochen habe? Sie sei nicht erschrocken, sie sei nur entsetzt gewesen. Das sei dasselbe, da stimme was nicht. Das Fräulein habe erst ihren Mann umgebracht und die Leiche versteckt, und nun sage sie, die Frau verberge ihn mit dem Hinterhofhüfinger. Das habe das Fräulein nicht gesagt. Warum sei sie so entsetzt wegen des Hinterhofhüfinger, wo sie ihn doch gar nicht sehe und er nichts für sie getan habe als ihr das Auto abgekauft zum Schaden der anderen Gläubiger? Der Hinterhofhüfinger wäre ein guter Mann. Wahrscheinlich sei der Thugut auch ein guter Mann gewesen, nur habe er jedes Mädel, das er getroffen habe, zum Beischlaf gezwungen, Schulden gemacht und seine Steuern nicht bezahlt. So sei eben ein guter Mann. Kein Grund für eine Ohnmacht.

Die Witwe weinte. Der Vorsitzende verwahrte sich dagegen, daß das Andenken des Toten befleckt werde. Dr. Permsusel meinte, der habe es ganz allein selbst befleckt, wiewohl er wahrscheinlich gar nicht tot sei. Es möge übrigens festgestellt werden, daß die Witwe seine Frage gar nicht beantwortet habe. Der Zusammenhang ihrer Ohnmacht und des Falles Hinterhofhüfinger bedürfe einer Aufklärung. Er hoffe, daß man diesen Menschen noch stellig machen werde. Der Baron im Staatsanwalt meinte, das wäre nun seine Sache. Dr. Apsmirkler war etwas verlegen. Dem Vorsitzenden wurde ein Telegramm überreicht, in welchem der Hinterhofhüfinger sein Erscheinen für den Nachmittag ankündigte. Dr. Permsusel meinte, es sei höchste Zeit, daß er komme, und Stella sah ihn dankbar an, denn er hatte schon eine ganze Weile in ihrem Sinne gewirkt. Auch verlangte er jetzt, daß die Thugut zur Verfügung des Gerichtes bleibe, bis dieser Mann vernommen sei, man müsse ihn aber in den Saal rufen, bevor er mit ihr in Verbindung treten könne.

Hofrat Dr. Vollmulder sah nichts in dieser Erklärung, das er als ordnungsgemäßen Antrag bewerten könne, es sei nicht einmal gesagt, wozu man die Zeugin brauche. Diese habe überdies ein Recht, anwesend zu sein und sich dem Verfahren anzuschließen. Sie tat dies nun auch mit dem Betrag von hunderttausend Schillingen, bestellte aber keinen Anwalt, um ihre Interessen zu vertreten. Dr. Permsusel meinte, warum nicht gleich eine Million, soviel sei doch so ein Thugut sicher wert gewesen, auch könne sie sich unter den herumsitzenden Verteidigern einen auswählen, der werde sie mit Vergnügen vertreten, die Mädel hätten zwar nichts, sie aber habe das Haus und den Hinterhofhüfinger. Sie zeigte nunmehr auf Dr. Bruno Ahlinger, der aber war bereits für Stella reserviert. Doch Dr. Besserwasser neben demselben übernahm den Fall und setzte sich mit der Zeugin neben den Staatsanwalt. Dadurch bekamen seine bisherigen Nachbarn mehr Platz und nahmen diesen gleich in Anspruch.

Der nächste Zeuge war von Dr. Apsmirkler nahmhaft gemacht und hieß Jakob Schmierkehl. Dieser Mann bezeugte alsbald, daß es mit dem Thugut aus gewesen wäre, wenn es nicht so gekommen wäre. Auf den Zahn gefühlt, wie er dies meine, sagte er noch, der Stechviehhändler wäre ganz bankrott gewesen, nur seine Frau hätte was gehabt, die habe ihm aber nichts gegeben. Es sei nichts mehr übrig gewesen als die Versicherungssumme für den Ablebensfall. Auch habe ihm Thugut mitgeteilt, er müsse sich darauf einrichten, daß er sich über das große Wasser flüchte. Seine Frau brauche nichts davon zu wissen, die nehme er ohnehin nicht mit. Seine Freunde würden schon das Fahrgeld aufbringen. Auf Befragen der Staatsanwaltschaft konnte der Zeuge allerdings den Tag nicht fixieren, an dem das Gespräch stattgefunden hatte. Auf Befragen der Witwe Thugut räumte er überdies ein, er habe mit dem angeblich Seligen einen Raufhandel gehabt, sei deswegen verurteilt worden und seither nicht mehr mit ihm zusammengekommen. Der Raufhandel sei vor einem Jahr gewesen. Nach Ansicht der Witwe aber vor zwei Jahren, man möge die Akte beischaffen. Auf Befragen, wo die Versicherung abgeschlossen sei und wer die Police habe, meinte der Zeuge, davon wisse er nichts, wahrscheinlich habe sie die Frau. Als diese einwendete, sie habe eine solche nicht und verstehe nicht, warum sie diese haben solle, wo doch ihr Mann zu ihr so schlecht gewesen sei, erklärte Schmierkehl, dann habe sie ein Freund. Irgend jemand werde sie schon vorzeigen, wenn der Mord durchgehe. Der Staatsanwalt fragte, was er mit dem letzten Satze meine. Der Zeuge erklärte, wenn man annehme, daß die Mädel ihn umgebracht hätten. Als der Verteidiger Dr. Permsusel wissen wollte, ob nicht vielleicht der Hinterhofhüfinger die Police hätte, hielt Schmierkehl dies auch für möglich.

Der öffentliche Ankläger war aber der Ansicht, daß das Fragerecht noch immer an ihm sei, und verlangte Auskunft, ob der Zeuge Anhaltspunkte habe, daß Joseph Thugut noch lebe. Darauf sagte er aus, man munkle allerlei, was wissen täte man allerdings noch nicht. Auf Befragen, wer oder was munkle, wußte er schließlich nichts anzugeben, als daß die Leute annähmen, der sei gar nicht tot. Welche Leute und warum, wußte er aber nicht. Der Staatsanwalt warnte den Zeugen, nichts Falsches auszusagen, er lasse ihn sonst gleich verhaften, seine Meinung interessiere ihn auch gar nicht, er dürfe nur sagen, was er wisse. Darauf erklärte der Zeuge, wenn es so gefährlich sei, was zu reden, dann rede er gar nichts. Er blieb auch stumm, als ihn Dr. Permsusel fragte, ob er sich vielleicht vor dem Hinterhofhüfinger fürchte und ob er wisse, daß die

Witwe mit dem noch zusammenkomme. Nur dem Dr. Apsmirkler gab er Auskunft, als dieser erfahren wollte, wie man die letzten Geschäfte des Thugut im Orte beurteilte. Er erklärte, derselbe habe gar keine mehr gemacht und sei nur so mit dem Auto herumgefahren, damit es niemand pfände. Auf Befragen des Staatsanwalts und des Dr. Besserwasser gab er aber nicht mehr an, von wem er das habe.

Der dritte Zeuge war Emeran Birkenknoppel. Derselbe war erst kürzlich aus Chile zurückgekehrt und beteuerte, bei der Hinfahrt auf dem Schiff einen Mann getroffen zu haben, der einer Photographie des Joseph Thugut glich, nur habe dieser den Kopf verbunden gehabt. Er konnte aber schließlich die Gesichtszüge des angeblichen Mordopfers nicht beschreiben und mußte zugeben, daß dieselben durch den Verband einigermaßen verdeckt waren. Er schilderte ihn außerdem kleiner und schmächtiger, als er war, und meinte, daß er ein Fleischhauer gewesen wäre. Es könne aber natürlich auch ein Stechviehhändler gewesen sein. Von dem Mord habe er kurz vorher gelesen. Wie lange vorher, wisse er nicht mehr. Das Bild aus der Zeitung hatte er auch nicht mehr. Er wußte nur, daß man behauptet hatte, dieser Mann wäre umgebracht worden, eine Leiche sei nicht aufgefunden worden. Schließlich legte er ein Bündel Papiere vor, unter denen auch seine Fahrkarte auf dem Ausreiseschiff war. Das Datum konnte man nicht gut lesen, es war überstempelt. Der Vorsitzende las den Tag vor dem Mord heraus, Dr. Apsmirkler drei Tage nachher, Dr. Permsusel nur zwei. Man beschloß, telephonisch anzufragen, falls man die Daten brauche. Bisher seien aber die Angaben des Zeugen zu unbestimmt, um für irgendwelche Nachforschungen als Grundlage zu dienen.

Dr. Apsmirkler legte nun dem Zeugen einige Bilder des Thugut aus Zeitungen vor. Dieser bedachte sich sehr lange, bis er auf einer Reproduktion den Mann erkannte, dessen Leiche man nicht gefunden hatte. Das Bild wurde dann nebst den andern dem Gerichte vorgelegt. Auf Veranlassung der Witwe befragte Dr. Besserwasser den Zeugen nach der Barttracht. Er fand, daß der Mann einen Bart hatte wie auf dem Bilde in der Zeitschrift. Da das Schiff nach telephonischer Auskunft am zweiten Tage nach dem Tattag abgegangen war, mußte dem Opfer der Bart zwischenzeitig in Eile gewachsen sein, denn zur Tatzeit hatte er keinen getragen. Ob Thugut einen Rock angehabt habe? Der Zeuge wußte es nicht. Wo sein Gepäck war? Der Zeuge wußte es nicht. Die Zeitschrift war erst eine Woche nach dem Vorfall erschienen. Der Zeuge konnte sie daher nicht gehabt haben. Ob eine andere Zeitschrift schon vorher ein ähnliches Bild gebracht hatte, war im Augenblick nicht festzustellen. Der Zeuge ist dem Thugut jedenfalls nach der Schiffsreise nicht mehr begegnet oder er habe ihn zumindest nicht wiedererkannt. Von dem Fremden sei angeblich davon gesprochen worden, daß er eine Frau zurücklasse, die werde er vielleicht nachholen, allerdings seien die Mädel so süß, aber nicht immer. Woher er die Kopfwunde habe? Von einem Mädel, der Zeuge möge aber nicht davon reden. Ob er die Gelegenheit der Verletzung erwähnt habe? Das habe er nicht. Ob er vom Auto gesprochen habe? Der Zeuge glaube schon. Er habe gesagt, er lasse ein Auto zurück, seine Frau könne nichts anfangen damit, aber es verkaufen. Dr. Permsusel wollte wissen, ob der andere sich vorgestellt habe? Das nicht. Ob der Fremde von seinen persönlichen Verhältnissen was erzählt habe? Das schon. Der Fremde mit dem eingebundenen Schädel habe erklärt, ihm sei es daheim nicht sehr gut gegangen, aber Freunde hätten ihm die Überfahrt ermöglicht. Der Geschworene Turing wollte wissen, was für einen Paß der Fremde gehabt habe. Der Zeuge meinte, einen deutschen, den habe er nämlich gesehen, wenn auch den Namen nicht gelesen. Der Staatsanwalt meinte, das zeige klar, es habe sich niemals um Joseph Thugut gehandelt, der hätte gewiß keinen deutschen Paß gehabt. Dr. Permsusel äußerte sich hier höhnisch, habe der Staatsanwalt nie was von falschen Pässen gehört? Der Staatsanwalt beantragte noch die Beischaffung der Passagierliste des Schiffes, das Gericht behielt sich die Beschlußfassung darüber vor.

Nach diesem Zeugen wurde die Verhandlung unterbrochen und deren Fortsetzung für den Nachmittag angeordnet. Beide Verteidiger wünschten in der Zwischenzeit wieder mit ihren Klientinnen zu sprechen, aber als das nach der Mahlzeit der Gefangenen bewilligt wurde, bekam Dr. Apsmirkler einen Anruf, daß der von ihm in Aussicht genommene fremdländische Pannenhelfer eingetroffen sei und sich als André Bourgignon gemeldet hatte. In die Freude über diese Nachricht sah jedoch der in Rede stehende Verteidiger den bitteren Entschluß der von Gesichten heimgesuchten Angeklagten Blumentrost einfließen, von einer gewissen Zeit ab nurmehr den Hinterhofhüfinger, den sie doch wohl gar nicht kannte, der aber ebenfalls vielleicht noch heute auftauchen würde, als Pannenhelfer von damals anzuerkennen. Er hatte nun zwar vor, mit ihr die Vorgänge vom heutigen Tag zu besprechen, wußte aber nicht, wie er ihr seinen Antrag auf Vernehmung des eingetroffenen Franzosen als Zeugen verdeutlichen und begründen sollte.

Während er noch im Gasthause daneben seine Mahlzeit verzehrte und sich gleichzeitig auf das Gespräch mit Stella besser als für den zweiten Teil der Hauptverhandlung vorzubereiten suchte, war sein Kollege Dr. Permsusel wieder im Gefangenenhause eingetroffen und hatte offenbar vor, die Lorbeeren von diesem Vormittage, welche eigentlich dem andern allein zukamen, für sich in Anspruch zu nehmen. Esmaralda hüpfte herein und war mit einem Male eine große, wenn auch altmodische Dame geworden, seit sie das Kleid von Frau Emmi Permsusel, geborene Braunsbrückel, anhatte und sich über Mittag auch noch eine passende Frisur hierzu ausgedacht und zugelegt hatte. Dr. Permsusel begrüßte das Mädel, das nicht einmal mehr seine Waden herzeigte, geschweige denn die Oberschenkel, geradezu mit einem Handkuß, nachdem es ihm die mordvorbereitende Rechte hingereicht hatte. Daraufhin glaubte er ihr auch noch ausdrücklich vorhalten zu müssen, daß sein Kleid schon den halben Prozeß gewonnen habe, er hoffe durch die guten Beweismittel, die sich plötzlich ergeben hätten, auch noch eine weitere Hälfte hinzuzugewinnen. Er sagte, Beweismittel, die sich ergeben hätten. Dem Dr. Apsmirkler räumte er kein Verdienst daran ein. Aber er erwähnte ihn doch zum Schluß, indem er der Hoffnung Ausdruck gab, daß dieser ihm und der Esmaralda mit dem fremden Autofahrer hoffentlich nichts eingebrockt habe, sie müsse den erkennen, wenn es möglich sei. Wie die Sache dann mit dem Hinterhofhüfinger ausgehe, bleibe offen, hoffentlich gut.

Nach seinem nicht sonderlich schmackhaften und von ihm auch nicht recht geschmeckten Wirtshausessen begab sich Dr. Apsmirkler nach dem Gefangenenhaus, um Stella Blumentrost über den Wert der im abgelaufenen Verfahren durchgeführten Beweise zu unterrichten und die noch ausstehenden mit ihr zu besprechen. Sie wurde ihm alsbald vorgeführt, denn der Verhandlungsbeginn war nahe. Als sie kam, begann er nicht gleich, denn sie sah ihn zwar erwartungsvoll an, doch erwartete sie nach dem Ausdruck ihres Gesichtes offenbar nicht das, was er zu sagen vorhatte. Sie erschien wie zu einem gesellschaftlichen Treffen, nur daß die Dame kommen gelassen wurde, als die sie sich ersichtlichermaßen wieder fühlte, und der Herr sie kommen ließ, der er doch sicher war. Wie es ihr geglückt war, den Schmutz und die Blutschuld früheren freien Daseins und die Gefängniszeit innerlich hinter sich zu bringen, angesichts der Unmöglichkeit, wenigstens äußerlich ihr Kleid zu wechseln oder auch nur ihre Frisur zu ändern, mußte für ihr Geheimnis gehalten werden. So blieb ihm nichts übrig, als sie eine Weile staunend zu betrachten, bevor er zum Wort ansetzte.

Er meinte nun, sie darauf vorbereiten zu müssen, daß die beiden bisher von ihm gebrachten Zeugen kein nennenswertes Plus gebracht hätten, sie wären zu wenig gefeit gegen Fragen gewesen und hätten ihre Angaben vorher unzureichend überlegt. Vielleicht würden sie die Geschworenen allerdings trotzdem beeindrucken, wiewohl anzunehmen sei, daß die rührende Witwe und die unerschütterlichen Sachverständigen, welche ihr sinnloses Gutachten mit Festigkeit vorbrachten, stärkere Wirkung erzielen könnten als die leisen Zweifel, die von den neuen Zeugen ausgingen. Am Nachmittage aber werde er einen Franzosen bringen, der sich als der fremde Pannenhelfer gemeldet habe. Es sei nicht leicht gewesen, ihn ausfindig zu machen, und nicht einmal bestimmt, wie er sich äußern werde, wenn er die beiden Damen nun vor sich sehe, die er auch nur auf Bildern wiedererkannt habe. Er müsse es aber auf den Versuch ankommen lassen, denn das Gesetz verbiete geradezu, ihn vorher privat einzuführen, oder besser gesagt, es werde wenigstens so ausgelegt, daß man den Mann nicht mit einer in Untersuchungshaft befindlichen Person zusammenbringen könne, wiewohl es nirgends ausdrücklich so geschrieben stehe. Nun wisse er allerdings, daß Fräulein Blumentrost nunmehr meine, es hätte sich bei dem Pannenhelfer gar nicht um einen Ausländer gehandelt, aber der, um den es sich nach ihrer Meinung handle, komme ohnedies wahrscheinlich noch zu Gericht, und das könne gut oder schlecht sein.

Sie nun allerdings betrachtete ihn so, als ob es gar nicht unbedingt darauf ankomme, was er gesagt habe und was sie ihm antworten werde, ja nicht einmal, welche Lösung des Falles sich in der Folge daraus ergebe. Sie äußerte dementsprechend ihren augenblicklichen Glauben, daß es kaum einer gewesen sei, der sich dem Gericht stelle. Vor diesem werde man heute nach den Gesetzen geschlachtet und nicht wie früher nach der Willkür. Selbst für die Rinder gehe es sehr gut und human zu, wenn der Apparat vorschriftsmäßig angesetzt werde und das Verenden vor der Verwurstung abgewartet würde. Dagegen bestehe gegen Menschen sogar ein Verfahren, wie man die Stricke ansetze, in die sie sich erst verfangen sollten. Und Zeugen und Sachverständige würden gehört, und die Anwendung des Rechtes beruhe auf ihnen, aber wenn wer die Wahrheit sage, so wäre das zu wenig, er müsse sich auch so auszudrükken vermögen, daß sie stärker als die Lüge wirke. Dazu sei es gar nicht wichtig, ob zwei Mädel überlebten, die so seien wie sie beide. An ihnen könne man am besten den Mord ohne Leiche probieren. Die Versuchstiere wären doch für die Medizin reserviert und dürften auch sonst nicht vor Gericht gestellt werden. Und wenn es planmäßig klappe, dann habe die Probe der Rechtskunst geholfen.

Mit solchen Gedankengängen war dem Verteidiger Dr. Apsmirkler für sein weiteres Vorhaben wenig gedient. Auch drängte bereits die Zeit und er mußte die Aufmerksamkeit der Blumentrost auf jene Erwägungen richten, mit denen er sich schon lange beschäftigte, welche aber jetzt in Fakten umgesetzt werden sollten. Er wies nun auf den fremden Pannenhelfer hin, von dessen Zeugnis er sich vieles erhoffe, aber auch auf jenen andern, der noch kommen wolle und auf den sie so großen Wert gelegt habe. Zuletzt werde er noch selber als Zeuge einspringen müssen. Dann dürfe er sie freilich nicht weiter verteidigen, aber ein junger Kollege werde es an seiner Statt tun, der schon dem ganzen Verfahren beigewohnt habe. Es handle sich um einen vielversprechenden Vertreter ihrer Interessen, dem sie unbesorgt die Vollmacht geben möge, nämlich Dr. Ahlinger. Für diesen würden allerdings nur wenige restliche Anträge, der Einfluß auf die Fragestellung an die Geschworenen und der Schlußvortrag übrigbleiben.

Als Stella Blumentrost das Blankett unterschrieb, fügte sie nur hinzu, daß sie nicht werde abgelten können, was er für sie getan habe. Sie wolle ihn auch nicht enttäuschen, wenn der Zeuge erscheine, den er gesucht und gefunden habe. Ansonsten werde es ohnehin so kommen, wie es vorgesehen sei, ob sie in ihr Los einwillige oder nicht.

Erst später fiel ihm auf, wie sie das sagte und sich dann abführen ließ. Die ganze Unterredung kam ihm erschlichen und unglücklich vor, außerdem blieb nicht genügend Zeit für diese. Zur Übergabe der Vollmacht des Dritten war er nicht einmal berechtigt, die hätte den Amtsweg über die Einlaufstelle gehen müssen. Was sie sonst noch ankündigte, schien vorläufig dunkel. Es gab schließlich keine Verbindung mit ihr. Sie war drinnen, er draußen. Davon abgesehen, mußte von ihm eine Aufgabe erfüllt werden, und sie war Gegenstand dieser Aufgabe.

Im Verhandlungssaal war schon alles versammelt, als sie jeder durch eine andere Tür dorthin gelangten. Dr. Permsusel schüttelte ihm die Hand, als wünsche er ihm oder sich Glück, aber er hatte keins und erwartete sich nichts. Sollte ein Hauch von drinnen doch verbotenerweise zu ihm gelangt sein und nun seinen Widerstand lähmen? Er wollte es nicht hoffen. Die Aufgabe, die er so oft erfüllt hatte, stand vor ihm. Freilich war es eine andere Aufgabe. Das kam ihm nach und nach zu Bewußtsein. Sie, die Stella, befand sich in seiner Sicht erhoben und schön, sie durfte keine Mörderin werden. Ihre Perücke saß, als wäre es ihr eigenes Haar. Da konnte niemand Falsch von Wahr unterscheiden. Doch war es nötig, daß diese Unterscheidung ansonsten statthatte. Dazu war er schließlich hier, und dazu fühlten sich auch die andern berufen, sogar teilweise verpflichtet. Würde er sie durchsetzen können? An seinem Willen lag es wenig, an den glaubte er. Aber den Erfolg erwartete seine Stella nicht mehr, und er auch kaum.

Nun betrat der Zeuge André Bourgignon den Verhandlungssaal. Dabei fiel ihm ein, daß er den Zeugen vorher hätte sprechen sollen, wiewohl dies ansonsten als unüblich, manchmal sogar als verboten gilt. Im gegebenen Fall aber wäre eine vorherige Befragung doch wohl angebracht gewesen. Er hatte alle Zeit für das Gespräch mit Stella verwendet. Nun war tiefe Stille eingetreten, als sei sogar das allgemeine Atmen unterblieben. Jetzt konnte sich noch manches entscheiden. Das Gericht hatte den Zeugen sogleich berufen. Nun war er hier und sprach ein akzentfreies Deutsch. Als Vertreter befinde er sich stets unterwegs, habe erst vor kurzem erfahren, daß man ihn hier brauche, und sich nun gestellt. Esmaraldens Mienen hellten sich auf, die der Stella verfinsterte sich indessen. Der Zeuge wußte die Marke des Wagens nicht mehr, dem er damals ein Rad gewechselt habe, doch mochte seine Beschreibung schon stimmen. Das Waldstück beschrieb er so, daß es das sein konnte, erklärte auch, warum er nächtlicherweise unterwegs war. Die Wanzen hätten ihn aus einem Gasthaus vertrieben. Eine Leiche habe er nicht gesehen, für eine solche wäre im Kofferraum seines Wagens auch kein Platz gewesen. Die Damen hätten sich so gefürchtet, er habe die ganze Umgegend abgeleuchtet, da sei nirgends eine Leiche gelegen. Einen Männerrock im Wagen habe er nicht bemerkt, es könne schon einer dort gewesen sein, so genau habe er nicht hingeschaut. Die Esmaralda erkenne er nicht mit Sicherheit wieder, wohl aber die Stella, diese besonders an ihrer Haarfarbe, welche er damals angeleuchtet habe. Die andere Dame sei ihm damals älter vorgekommen. Seinen Wagenheber von damals habe er mit und lege ihn gleich auf den Tisch.

Der Vorsitzende hielt ihm entgegen, daß die Angeklagten nicht von einer Ausleuchtung der Gegend gesprochen hätten, weil ja dort etwas verborgen gewesen sei, was sie niemand zeigen wollten. Er räumte ein, daß die Ausleuchtung möglicherweise nur oberflächlich durchgeführt worden sei, man habe ihn aber an dieser nicht gehindert. Ob er eine von den Damen berührt hätte? Das sei ihm ferne gelegen. Daß er sich in der Haarfarbe Stellas geirrt haben könne, schloß er überdies aus. Nun verlangte das Gericht, daß Stella ihre Perücke abnehme, aber sie tat es nicht. Statt dessen erklärte sie, damals braune Haare gehabt zu haben, vielleicht seien sie ihm dunkler vorgekommen. Auch Esmaralda bemerkte, die Stella wäre ganz im Dunkeln gestanden, das Licht sei nicht auf ihr Haar gefallen, den Zeugen kenne sie ganz bestimmt wieder. Und auch die Stella erinnerte sich jetzt an den Zeugen, dieser erinnerte sich aber nicht mehr an sie. Auf Befragen der Staatsanwaltschaft räumte er überdies ein, er glaube, es habe sich um zwei andere Damen gehandelt. Wenn er sie jetzt sprechen höre, so kämen ihm die Stimmen nicht so vor, wie er sie dort gehört hätte. Esmaralda sei auch viel jünger als die von dem Waldstück. Die zweite Dame war ganz bestimmt schwarz. Mit Akzent habe er schon damals nicht mehr gesprochen.

Auf Befragen des Dr. Apsmirkler betreffend Datum und Gegend wurde der Zeuge noch unsicherer und erklärte schließlich, die Damen hätten im Gebüsch was gesucht und ihn geradezu gebeten, hinzuleuchten. Eine Leiche sei da nicht gewesen, so hätten die Damen nicht ausgeschaut, die von jetzt sähen ganz anders aus. Er müsse sich überhaupt getäuscht haben, vielleicht sogar im Datum, so genau habe er es nicht aufgeschrieben. Es seien vornehme Damen gewesen und hätten auch vornehm gesprochen, wenigstens die eine mit den schwarzen Haaren. Die waren echt, er habe schon darübergestrichen, es habe sich nichts bewegt. Dr. Apsmirkler sah verzweifelt aus. Sowohl Stella als auch Esmaralda blieben aber nun dabei, den Zeugen zu erkennen. Dr. Apsmirkler nahm nun aber nicht mehr an, daß der Zeuge diesen oder andern Frauenspersonen bei einem Reifenwechsel wirklich beigestanden habe. Der hätte nur geflunkert, um sich zeitweilig in den Mittelpunkt zu stellen, sei sich aber dabei offenbar selbst auf die Füße getreten und nun bestrebt gewesen, aus der Sache wieder herauszukommen. Daß Esmaralda Nepalek ihn erkannt haben wollte, nahm den Verteidiger nicht weiter wunder. Sie wäre eben bereit gewesen, nach jedem Strohhalm zu greifen. Bei Stella Blumentrost dagegen müsse es etwas anderes gewesen sein. Auf diesen Zeugen habe sich ihre letzte Unterredung bezogen. Er habe so gehofft, dieser werde zu ihrer Rettung beitragen. Sie sei auf seine Hoffnungen eingegangen, ohne sie zu teilen. Darum habe sie versprochen, sie wolle ihn nicht enttäuschen.

Dr. Apsmirkler stellte keinen weiteren Antrag, erklärte vielmehr, die Verteidigung niederzulegen. Statt seiner erscheine nunmehr der Dr. Bruno Ahlinger, welcher schon bisher dem Verfahren gefolgt sei und dessen Vollmacht er nunmehr vorlege. Darauf trat dieser an seinen Platz und er selbst vor die Tür. Dr. Permsusel, dem der Tausch zwar auffiel, aber noch nicht zu denken gab, beantragte zu dem schon von ihm und Apsmirkler verlangten Lokalaugenschein auch den soeben vernommenen Zeugen beizuziehen. Dr. Ahlinger aber benannte seinen Vorgänger in der Verteidigung nunmehr als Zeugen über dessen Unterredung mit weiland dem Wirt, der das angebliche Mordopfer nach der Tat gesprochen und verbunden hatte. Der öffentliche Ankläger hatte zwar den plötzlichen Vertreterwechsel nicht verhindern können, er war aber heftig dagegen, daß jener, der bei allen Verhandlungsphasen habe mitwirken dürfen, nunmehr auch noch Beweisqualität erlange. Doch befand das Gericht nach kurzer Beratung, den Antrag zuzulassen.

Der neue Zeuge schilderte nun, wie er angesichts seiner Überzeugung von der Unschuld der Stella Blumentrost im Sinne der Anklage für diese Material gesammelt hatte und schließlich auf den Wirt gestoßen war. Der habe ihm den Thugut sofort genau beschrieben, wie er ihm aus Berichten und Zeitungsartikeln bekannt gewesen. Der Mann sei mit einer Verletzung am Hinterkopf, angeblich von einem Raufhandel herrührend, nach der Tat zu ihm gekommen, habe ihn gebeten, ihn zu verbinden, sei auch vom Wirt verbunden worden, habe sich aus eigener Kraft entfernt und erklärt, daß ihm sein Auto nicht zur Verfügung stehe. Auf Befragen erzählte der Verteidiger auch von dem unaufgeklärten Tod des Wirtes und der diesbezüglichen Bemerkung der Mutter desselben. Sie hatte allerdings auf behördliche Nachforschung später widerrufen. Der Staatsanwalt fand es seltsam, daß ein Opfer, das sich doch verborgen halten wollte, in nächster Nähe ein Wirtshaus aufgesucht hätte.

Es ist anzunehmen, daß sich die Stella bereits jetzt mit all dem beschäftigte, was noch werden würde. Sie vermißte vielleicht den Dr. Apsmirkler an seinem bisherigen Platz, aber sein Stellvertreter schien ebenfalls gewandt und seiner Aufgabe gewachsen. Daß noch etwas kommen könnte, das ihr helfen würde, daran dachte sie angeblich nicht. Aber sie erwartete doch noch etwas, wie sie später sagte, die Wahrheit war noch abwesend. Diese mußte Gestalt annehmen, um sichtbar zu werden, und doch war anzunehmen, daß man sie nicht als solche erkannte.

Dr. Apsmirkler hatte im Zuschauerraum Platz genommen, der Vorsitzende machte Konstatierungen aus den Akten und fragte, ob jemand eine Verlesung wünsche. Im Augenblick wollte niemand eine, und so forschte er nurmehr, ob noch jemand Anträge stelle. Da erhob sich Dr. Ahlinger und verlangte den Hinterhofhüfinger, der sich bisher seiner Zeugenschaft geschickt entzogen habe. Der Staatsanwalt wandte sich gegen diese Formgebung, das Gericht wollte wissen, was der Zeuge aussagen solle. Da erklärte der neue Verteidiger, dieser Zeuge werde wissen, daß das Mordopfer noch lebe und von ihm selbst in Sicherheit gebracht worden sei. Der Staatsanwalt hätte den Zeugen ohnedies auch beantragt, ebenso wie sein Vorgänger, beide zu anderen Themen, doch sei der Mann nicht da. Als der größte Gläubiger des angeblich Ermordeten, der an die Verlassenschaft keinerlei Ansprüche gestellt, aber der Witwe angeblich Geld für den Wagen ausbezahlt habe, den er ohne solches hätte ersteigern können, wäre er für das Verfahren höchst interessant. Die Stella blickte den Dr. Ahlinger an, mit dem sie nie vorher gesprochen hatte, und war sichtlich erstaunt über soviel Einsatz. Als Mann war er wenig beachtlich, für ihre Gesichte und Träume kam er wohl kaum in Betracht.

Dann erhob sich der Vorsitzende, um in einer anschließenden Kammer über die noch unerledigten Beweise zu beraten und zu beschließen, als der Saaldiener die Ankunft des in Rede stehenden Zeugen Hinterhofhüfinger meldete. Derselbe folgte dem Ankündiger bereits auf dem Fuß und befand sich sohin auch im Gesichtskreis von Stella Blumentrost und Esmaralda Nepalek. Die letztere stieß einen Schrei aus, was unzulässig war und sofort gerügt wurde, die erste legte auf den Erschienenen einen Blick, der ihn vielleicht durchdringen sollte, wahrscheinlich aber nicht durchdrang, was ungerügt blieb. Der Zeuge selbst behauptete sich aber gegen Schrei und Blick und ging auf die Tribüne zu, über der das Gericht thronte. Seine Zulassung wurde sofort ausgesprochen, und seine Befragung begann.

Ob er Grund habe anzunehmen, daß der Thugut noch lebe? Er hatte keinen. Ob er ihn nach der Tat noch lebend gesehen habe? Er hatte nicht. Ob er die beiden Angeklagten schon irgendwann und irgendwo gekannt habe? Das sei nicht ausgeschlossen, er kenne viele Mädel, vielleicht auch diese. Die Nepalek zischte, daß der Zeuge lüge, doch wurde ihr angedroht, sie aus dem Saale zu weisen. Die Stella rührte sich nicht, doch hörte sie nicht auf, den Zeugen anzublicken. Eine der Angeklagten habe behauptet, der Zeuge hätte das angebliche Mordopfer lebendig in Sicherheit gebracht, auch bei der Behebung der Panne geholfen, was der Zeuge dazu sage? Dazu sage er gar nichts. Er müsse aber ja oder nein sagen. Er sage nein. Ob der Zeuge Frau Thugut Geld gegeben habe? Ja, für den Wagen. Ob er ihn nicht umsonst hätte bekommen können? Das nicht, die Witwe habe ja die Abgaben bezahlt, sie hätte das Vorrecht gehabt. Ob der Zeuge noch etwas zum Gegenstand wisse? Der Zeuge wisse nichts.

Nun wollte der Staatsanwalt zunächst von Stella erfahren, woher sie es habe, daß Thugut noch lebe und der Zeuge das wisse? Sie antwortete nicht. Ob sie nun in Bourgignon oder in Hinterhofhüfinger den seinerzeitigen Pannenhelfer erkenne, denn beide könnten es schwerlich gewesen sein? Sie habe allerdings vorhin den andern mit Bestimmtheit bezeichnet. Sie sagte, der es gewesen sei, der werde es selber wissen. Die Esmaralda Nepalek unterbrach sie und sagte, es sei der hier, der andere sei es nicht, sie habe vorhin gelogen. Der Staatsanwalt fragte sie, wer ihm Gewähr biete, daß sie diesmal nicht wiederum lüge. Sie beteuerte, daß sie darauf einen Eid schwören könne. Der Vorsitzende klärte sie darüber auf, daß Eide von Angeklagten nichts gälten und daher auch nicht entgegengenommen würden. Sowohl Dr. Permsusel als auch Dr. Ahlinger wollten wissen, wo der Zeuge damals gewesen sei. Er wußte es nicht genau, sei öfters auswärts, glaube aber, damals daheim gewesen zu sein. Ob ihm der Tag nicht besonders aufgefallen sei, geschäftlicher Verabredungen halber? Dem Zeugen war nichts aufgefallen. Im übrigen zog er noch ein Notizbuch zu Rat, aus dem sich ergeben sollte, daß er an diesem Tage nicht auswärts zu tun gehabt habe, also offenbar zu Hause geblieben sein mußte. Weitere Beweise bot er zwar nicht an, doch war er im Strafprozeß auch nicht Partei und zur Beweisanbietung unverpflichtet. Trotzdem setzte ihm Dr. Ahlinger zu, ob er nicht irgendein Interesse daran habe, daß Joseph Thugut für tot gelte. Er hatte angeblich keines. Ob nicht eine Police existiere, aus der ihm etwas zugutekommen könne. Der Zeuge glaubte nunmehr, sich daran erinnern zu können, daß Thugut ihm einmal eine solche als Sicherheit für seine Forderungen überbracht habe. Mit Rücksicht aber darauf, daß es sich bei dem Schuldner um einen starken und gesunden Mann gehandelt habe, wäre auf das von diesem angebotene Pfand kein besonderer Wert gelegt worden. Wo sich daher die Police jetzt befinde, wisse der Zeuge nicht, sie sei möglicherweise verlorengegangen. Die Versicherungsanstalt herauszubekommen, habe er vorläufig nichts unternommen, wisse auch nicht, ob die Prämien bezahlt wurden. Seine Forderung an Thugut betrage allerdings gegenwärtig zirka einhundertfünfzigtausend Schillinge. Auf welchen Betrag die Police gelautet habe, erinnere er sich nicht, vielleicht auf mehr oder weniger. Nun setzte Dr. Permsusel ein und wollte wissen, ob der Zeuge das Pfand angenommen habe, wo er Pfänder verwahre, wie er sie versorge, ob er alle seine Ansprüche so sorglos behandle, wie die an Joseph Thugut, warum er die von Harald Puppinger hinterlegte Göttin beansprucht, dagegen nichts zur Verlassenschaft des Thugut angemeldet habe. Das Gericht ließ diese Fragen nicht zu, weil sie nicht zum Prozeß gehörten.

Als nach dem Abgang des Hinterhofhüfinger das Gericht noch fragte, ob zusätzliche Anträge gestellt würden, beantragte Dr. Ahlinger Erstreckung des Termines, um herauszubekommen, ob und bei welcher Anstalt eine Police für Joseph Thugut bestehe, in welcher Höhe, ob Prämien gezahlt, Ansprüche angemeldet oder Erkundigungen eingezogen worden wären. Dr. Permsusel hinwiederum beantragte Ermittlungen über den Aufenthalt Hinterhofhüfingers in der Mordnacht und dessen Geschäftsgebaren. Der Erste Staatsanwalt, Anton Ritter von Staupbrenner, hielt diese Anträge nicht nur für überflüssig, sondern sogar für unzulässig. Die Verteidigung wisse teils überhaupt nicht, was sie beantragen wolle, teils wolle sie in die Rechtssphäre unbeteiligter Dritter eindringen. Nun wiederholte Dr. Ahlinger den Antrag auf Lokalaugenschein und begründete diesen damit, daß nach dem Standort des Autos, des Thugut und der Mädel eine tödliche Verletzung des angeblichen Opfers gar nicht erfolgt sein könne.

Der Staatsanwalt sprach sich nochmals dagegen aus, indem er sich auf das eindeutige Gutachten der Sachverständigen berief. Das Gericht zog sich zurück, kam wieder und wies ab.

Darauf wurden die Fragen an die Geschworenen in die gehörige Form gebracht und zwar für Stella je eine auf Mord an Joseph Thugut, Diebstahl an dessen Wagen und Verleumdung des Hinterhofhüfinger, dazu für den Fall der Verneinung einer Hauptfrage eine solche auf Mordversuch, schwere Körperverletzung und unbefugte Inbetriebnahme des Fahrzeuges, für Esmaralden auf Beihilfe zum Mord, eventuell zum Mordversuch oder der schweren Körperverletzung, auf Diebstahl von dreizehnhundert Schilling, allenfalls dreihundert, schließlich auf Unzucht wider die Natur mit einer Person desselben Geschlechts.

Sodann erteilte der Vorsitzende, Dr. Joachim Vollmulder, dem öffentlichen Ankläger Dr. Anton, früherem Ritter von Staupbrenner, das Wort zum Schlußvortrag. Dieser weckte mit Worten und Gesten das blutrünstige Bild der beiden verkommenen weiblichen Geschöpfe, verweilte vorerst in nachhaltiger, wiewohl den Unflat nur halb herausschaufelnder Art bei den liederlichen und erniedrigenden Vorgängen in Stella Blumentrosts früherem Privatleben, während er die allgemeine Veranlagung der Esmaralda Nepalek in ein paar Atemzügen geißelte. Sodann wollte er im vormaligen Kraftwagen des Joseph Thugut geradezu ein Anerbieten der Nepalek und eine äußerste Bereitwilligkeit der Blumentrost herausgefunden haben. Die erstere nämlich habe nach vollständiger Kenntnis der Absichten des späteren Mordopfers mit der zweiten den Platz getauscht, um sich so der umgehenden Verwirklichung angestrebter Sachverhalte an ihr selber auszusetzen. Da sie nämlich das Stelldichein mit einem andern Liebsten versäumt habe, so sei sie eben zusammen mit der bisherigen Beischlafs- und nachmaligen Verbrechensgefährtin zu gleicher Verrichtung bereitgestanden. Und einem solchen Mädel, das könne er den Herren und Damen Geschworenen versichern, wäre es völlig egal, mit wem sie es täte, sofern derjenige nur in der Sache entspreche. Da lachte zwar die Zuhörerschaft, aber die Stella schrie nein, nein dazwischen und wurde vom Vorsitzenden zurechtgewiesen und ihre Abführung in die Zelle angekündigt.

Der Staatsanwalt fuhr aber unerschrocken fort und wunderte sich, daß Stella sich bereits betroffen fühle, während ihre Partnerin mit Recht schweige, auf die er bisher vorwiegend zu sprechen gekommen sei. Aber auch jene nunmehrige Neinsagerin habe nicht nein gesagt, als ein besoffener Matrose sie zusammen mit einer andern an einer solchen Örtlichkeit und nach solchen Verrichtungen für seine Liebesergüsse beansprucht habe, die doch Frauenspersonen mit einem gewissen Rest von Schamhaftigkeit und Feingefühl wohl vermeiden würden. Sie will uns aber nun glauben machen, daß trotz Fehlens jeder Delikatesse bei der Auswahl der verwendeten Einrichtungen sie doch eine solche hinsichtlich der beigezogenen Partner anwende. Sie will sehr fein zwischen einem gewesenen Matrosen und einem Stechviehhändler unterscheiden, könne aber durchaus nicht den Ausschluß ihrer Komplizin aus dem Verein der in Anspruch Genommenen verlangen, zumal ja diese auch im anderen Falle, nämlich dem des Matrosen, als mittätige oder auch mitduldende Kraft beteiligt gewesen war. Dieses Mädel hätte auch im vorliegenden Falle nichts dagegen gehabt, daß sich die noch restliche Liebe des nachmaligen Mordopfers auf seine Freundin konzentrierte, und diese Freundin habe sie weder zur Abwehr berufen, die bei vereinten Kräften gewiß geglückt wäre, noch sonst etwas getan, um das Eindringen Thuguts in sie ernstlich abzuwenden. Stellas Einverständnis mit ihrer Behandlung durch den später von ihr Getöteten könne daher als unbedingt erwiesen angenommen werden. Wenn sie nun nachträglich anderer Meinung geworden sein will, so könne ihr dies motivmäßig nicht geglaubt werden. Vielmehr liege der Verdacht nahe, der durch ihre und der anderen darauffolgenden Tätigkeit unterstützt wird, daß sie schon als sie zuschlug, daran dachte, sich nach gelungener Tat auch in den Besitz des Wagens zu setzen, während die andere ihr Augenmerk hauptsächlich auf die Brieftasche lenkte, die sie schon vorher gesehen haben mochte. Weil aber der Tote nicht mehr sprechen könne und die Mädel nicht sprechen wollten, wenigstens nicht die Wahrheit, habe die Staatsanwaltschaft darauf verzichtet, Raubmord unter Anklage zu stellen, sondern sich mit der Überführung der Angeschuldigten bezüglich gemeinen Mordes begnügt. Dieser sei aber lückenlos unter Beweis gestellt.

Es sei erwiesen, daß die Esmaralda Nepalek hinter dem Rücken des Opfers, als dieses, das offenbar etwas schwerfällig war, sich bückte, der Stella Blumentrost den Wagenheber reichte, die darauf, und zwar mehrere Male, auf den Schädel des Gebückten einschlug. Daß die Hiebe tödlich waren, ist durch die Sachverständigen klargestellt, das Opfer ist auch seither nirgends wieder zum Vorschein gekommen. Daß die Hiebe auch als tödlich beabsichtigt waren, hatte die sonst nicht sehr gesprächige Stella Blumentrost eingeräumt, indem sie sagte, sie habe den Tod des Thugut ohne weiteres mit in Kauf genommen. Die Mitfahrerin gab wiederum auf Befragen einer Geschworenen zu, den zu Ermordenden so lange mit Blicken abgelenkt zu haben, bis er hin war. Beide Mädel, wenn man sie so nennen wolle, waren im einschlägigen Gebrauch von Wagenhebern von ihrem Freunde unterwiesen und von einem besonderen Fall der Tötung mit diesem Instrument unterrichtet worden. Auch ein zweiter Freund habe solch ein Werkzeug gebraucht, um es zwischen die Mädel zu legen, die sich willig vor ihm entkleidet hätten.

Nun wollten die Angeklagten aus dem Umstand etwas für sich gewinnen, daß die Leiche nicht aufgefunden wurde. Wohl müsse hier gesagt werden, die beiden Mädel hätten gut gearbeitet, um das Versteck gehörig zu verbergen. Es könne auch durchaus nicht ausgeschlossen werden, daß ein unbekannter Liebhaber der Mädel sich bei der Wegschaffung des Toten betätigt habe. Manches lasse ja darauf schließen, da es sich nicht um einen Mord ohne Vorbereitung, sondern um einen bedachten Anschlag gehandelt habe, nicht zuletzt, weil die Tat mit dem schon in Rede stehenden Wagenheber ausgeübt worden sei, sowie weil letztlich ein Motiv geradezu gefehlt haben würde, sowie weil ansonsten die beiden nicht per Anhalter weiterzukommen getrachtet hätten, wobei feststehe, daß die Esmaralda Nepalek dort zu Hause gewesen sei, von wo sie mit der andern sich auf Fahrt begeben habe. Ihr Augenaufschlag, mit dem sie, wie eine Geschworene erfragt hatte, den zu Ermordenden wie zwischen ihren Schenkeln festgehalten habe, bis dieser erledigt gewesen sei, wäre wie das Hinreichen des Werkzeuges für die Tat entscheidend gewesen. Bei dieser Stelle des Plädoyers konnte sich die Nepalek, die bis dahin nervös an ihrem Kleid gezupft hatte, nicht länger halten. Sie platzte nun heraus, daß der Staatsanwalt nicht so lügen solle, das heißt, solche Lügen vorbringen möge. Das trug ihr allerdings drei Tage Dunkelhaft und die Verweisung aus dem Saal ein, wogegen Dr. Permsusel lebhaft protestierte.

Der zum andern Male unterbrochene Staatsanwalt vollendete nun sein Plädoyer mit Beharrlichkeit und Emphase. Er verwies darauf, was alles von seiten der Verteidigung und der Mädel selbst unternommen worden sei, um den Geschworenen weiszumachen, daß der von ihnen gemeinsam zur Strecke gebrachte noch lebe. Ein Zeuge sei beigebracht worden, um zu beweisen, daß er mit kreuzweise verbundenem Kopf nach Übersee gefahren wäre. Ein toter Wirt sei durch den früheren Verteidiger indirekt zum Sprechen gebracht worden, der dem Erschlagenen den Schädel verbunden hatte. Der eine hatte ihn auf einem Bild erkannt, das seit Jahren nicht stimmte, der andere nach einem solchen, das überhaupt nicht vorlag. Zwei Zeugen hätten sich darüber streiten sollen, den Mädeln als Pannenhelfer bei ein und derselben Gelegenheit gedient zu haben. Beide wurden von den Mädeln sofort wiedererkannt, erkannten aber diese nicht. Der eine sollte ein Ausländer gewesen sein und wußte von Stella nur die schwarzen Haare, die sie erst seit der Verhandlung habe, während sie früher braune getragen habe. Der zweite, der gar kein Ausländer war und auch nicht wie ein solcher sprach, sei von der Verteidigung dazu ausersehen gewesen, den Toten lebendig mit seinem Wagen in Sicherheit gebracht zu haben, während der tote Wirt sich durch den Mund des früheren Verteidigers äußerte, er habe den Mann, der kein Auto mehr zur Verfügung hatte, nach der Tat verbunden. Damals hätte er auch die Herkunft der Verletzung als von Männern herrührend dargestellt, auf dem Schiff aber wiederum erklärt, sie stamme von einem Mädel. Der eine Zeuge habe bestätigen sollen, was er nicht bestätigen konnte, der andere aber, der überdies verleumdet wurde, war nur in der Lage, die Wahrheit zu sagen, und die war für beide Angeklagte enttäuschend. Er kannte sie eben nicht, höchstens von anderswo, wie sie manche Männer kannten. Es sei somit nicht zu vermeiden gewesen, daß die Verteidigung ein Loch aufweise, durch das sie vielleicht gesprengt würde und das nicht dadurch hätte gestopft werden können, daß der Verteidiger selbst hineinsprang, um zu einem Zeugen zu werden und die vielen fehlenden Beweise zu ersetzen, daß der Tote nicht tot sei, den die Mädel vielleicht durch einen Zuhälter hätten wegschaffen lassen. Hier erhob sich Dr. Permsusel schreiend und auf sein Pult schlagend und erwirkte gegen sich eine Ordnungsstrafe, aber auch eine gelinde Rüge gegen den Staatsanwalt für den unangebrachten Ausdruck. Er war nicht befriedigt und behielt sich private Verfolgung vor.

Der Baron im Staatsanwalt ließ nun zwar den Zuhälter fallen, vertauschte aber diesen mit einer alten oder neuen Zufallsbekanntschaft, die auf welche Art immer bereitwillig gemacht worden sei, und zog jetzt alle Register gegen die mörderischen Mädel. Sowohl die im Umgang mit mindestens siebzehn Männern intim vertraute Nepalek als auch die nicht weniger nichtswürdige, wenngleich nicht von so vielen in

Anspruch genommene Blumentrost seien nun mit dem Auto des von ihnen Beseitigten und dessen Geld auf Reisen gegangen. Die eine habe ihrer Obszönität nicht einmal im Gefängnis abgeschworen, sondern in Ermangelung eines Mannes an einer Kollegin geübt, die andere sei angesichts vorübergehender Erkrankung vom Mord bloß zur Verleumdung übergegangen, um einen Mann hereinzulegen, den sie entweder gar nicht oder wenigstens nicht in der behaupteten Beziehung gekannt habe. Und dies, obwohl sie einige Augenblicke vor dessen Vernehmung jemand andern entgegen dessen Aussage in die Pannenhelferrolle versetzt habe, welche Tätigkeit sie dann dem von ihr schon vorher Verleumdeten noch einmal zudachte. Während die eine vom Mordopfer zu dessen Lebzeiten offenbar noch nicht genug Befriedigung abbekommen hätte, um sich nicht von einer Gleichgeschlechtigen beizeiten aushelfen zu lassen, habe die Haupttäterin zu der gewollten und beabsichtigten Tötung auch noch den Rufmord hinzufügen müssen, wobei sie völlig wahllos verfahren sei, da sie nicht einmal selbst behaupten konnte, von dem verleumdeten Zeugen je gekränkt worden zu sein. Aus diesen Gründen müsse bei Stella Blumentrost auf Mord, Verleumdung und Diebstahl des Kraftwagens, bei Esmaralda Nepalek aber auf Beihilfe zum Mord und Diebstahl von dreizehnhundert Schillingen sowie auf Unzucht wider die Natur mit Personen desselben Geschlechts Anklage erhoben und diesbezüglich auch Strafantrag gestellt werden, wobei nur bei einer der angeklagten Frauenspersonen Unbescholtenheit, vielleicht auch ein Teilgeständnis mildernd, bei beiden aber die Mehrheit der Taten erschwerend ins Gewicht fielen.

Nun kam Dr. Besserwasser zum Wort, um den Anspruch der geschädigten Witwe vorzutragen. Er fühlte sich zunächst verpflichtet, ein besseres Bild des nun Abgeschiedenen zu malen, als es in der Verhandlung zur Geltung gekommen sei. Der Tote wäre eben ein Mensch gewesen mit Fehlern wie unsereiner. Seine Frau, die vom Verteidiger vertretene Witwe des Ermordeten, habe es bei ihm nie schlecht gehabt und mit ihm redlich geteilt, was er verdient hätte. Es sei der Witwe aufgrund ihrer Zeugenaussage auch zu glauben, daß es gerade begonnen habe, mit Thugut besser zu gehen, als er den beiden entarteten Mädeln begegnen mußte. Diese hätten es offenbar darauf angelegt gehabt, denn sie wären ohne Geld eingestiegen, billig zu solchem zu kommen. Wo der Tausender hingekommen sei, lasse sich gegenwärtig nicht feststellen. Daß er vorhanden gewesen und weggekommen sei, liege klar auf der Hand. Das, was die Mädel dafür geleistet hätten, und wie er sagen könne, nicht nur freiwillig, sondern sozusagen aus eigenem Antrieb, koste im regulären Handel viel weniger. Der Ermordete, ein Mensch wie wir alle, habe in seiner Gutgläubigkeit angenommen, das sei umsonst und für ihn, und habe sich so verführen lassen. Das könne nicht als Schuld an den Mädeln, sondern nur an der Witwe betrachtet werden, und diese verzeihe dem Toten, wie sie auch dem Lebenden christlich verziehen hätte. Es gebe eben Gelegenheiten, in denen auch ein Starker unterliege, und wie die Folge beweise, sei er auch in der Folge unterlegen. Daß er angefangen habe, hätten die Mädel behauptet. So müsse es aber nicht gewesen sein, der Tote könne ja nicht reden. Vielleicht habe er überhaupt nichts mit den Mädeln gehabt und sei derjenige für alles verantwortlich, der die Leiche beiseitegeschafft hätte, denn man habe ja die Flecken nicht auf deren Herkunft überprüfen können, und der Tote sei ja nicht mehr dagewesen. Und nun sollten die Geschworenen beurteilen, was für ein Manöver von da ab Platz gegriffen habe, während des ganzen Verfahrens und bisher. Die Witwe habe ihren ganzen Schutz verloren, und die Gläubiger seien ihr gegenüber noch nachsichtiger gewesen, als sie hätten sein können. Das sei den Mädeln ein Dorn im Auge gewesen, darum wären auch die Gläubiger drangekommen. Statt dem, der die Leiche wirklich fortgeschafft habe und den die Mädel alleine kannten, sollte nun ein Gläubiger teilgenommen haben, nachdem es zuvor ein Ausländer gewesen sei. Nein, die Herren und Damen Geschworenen, wo solle denn jetzt der Tote sein, falls er noch leben würde, ohne Abschied in Chile, bei dem Hinterhofhüfinger, beim Wirt, der gestorben sei, oder wo sonst? Sie wüßten es schon, die Mädel, doch sagten sie die Wahrheit lieber nicht.

Ans Wort gelangte nun Bruno Ahlinger, der junge schmächtige Kollege, der an die Stelle des in einen Zeugen verwandelten Dr. Apsmirkler getreten war und nun anstatt desselben das Plädoyer zu halten hatte. Stella, die seinen beiden Vorrednern mit großem Zorn und mit geringem Vergnügen gefolgt war, sah ihn neugierig an, wahrscheinlich wie er sich machen werde, möglicherweise, mit welchem Ausdruck er seine Ausführungen begleiten könnte. Er stellte eingangs die Frage, ob es denn heute noch möglich sei, den Männern geschlechtliche Freiheit als gebräuchlich und erhebend zuzuerkennen, die Frauen aber bei gleichem Vorliegen verächtlich zu machen und zum Freiwild zu erklären. Die doppelte Moral sei zwar schon längst in zwei Teile zerfallen, doch könne der eine Teil davon nicht mehr dazu dienen, als Holzscheit verwendet zu werden, um gegen die Köpfe zweier Mädel loszuschlagen, wie es der hohen Staatsanwaltschaft beliebe. Sie dürfe sich dabei nicht einmal auf das Gesetz berufen, das seit nahezu einem Jahrhundert kaum mehr in dem Sinne ausgelegt werden könnte, daß ein Mädel, das einen oder mehrere Freunde habe, damit auch stillschweigend zustimme, jedermann zu gehören. Schon aus diesem Grunde müsse die Bezugnahme auf das Privatleben seiner Mandantschaft in jedem Falle danebengehen, auch wenn man es als zuviel ansehen sollte, daß ein Mädchen von zweiundzwanzig bereits zwei vertraute Freunde gehabt hätte und dies zu ganz verschiedenen Zeiten. Für den vorliegenden Fall gelte nur, daß Stella Blumentrost den Stechviehhändler nicht wollte, sei es, daß sie für Borsten wenig übrig habe, den ganzen Mann nicht mochte oder bloß nicht unter das allzeit bereite Schlachtvieh eingereiht werden wollte. Daß sie aber ablehnte, gehe schon daraus hervor, wie sich Thugut unterwegs verhalten und den Platztausch veranlaßt hätte. Auch habe der offenbare Gewalttäter an Ort und Stelle gleichzeitig die andere außer Gefecht gesetzt, als er über derselben sich an Stella Blumentrost vergriff, und zwar, wie er genau wußte und noch immer merken konnte, gegen deren Widerstand, wenn auch die zweite nicht eingriff, weil sie nicht eingreifen konnte, was sie aber auch gar nicht gemußt hätte, wenn sie dazu in der Lage gewesen wäre. Es sei nämlich durchaus nicht vorgesehen, daß das Opfer einer Sittlichkeitsattacke geradezu ein Gerüfte anstellen müsse, um alle Welt auf den Plan zu rufen, damit es von dem Verdacht des Einverständnisses losgesprochen werde. Ansonsten sei bisher nichts vorgelegen, das die Benützung des Wagenhebers gegen Thugut hätte erklären können. Das ganze Verhalten des gierigen Stechviehhändlers reiche aber vollständig aus, um Fräulein Blumentrost zu veranlassen, den in ihre Hände geratenen Wagenheber gegen ihn zu schwingen. Wie dieser Wagenheber aber zu ihr gekommen und von ihr in Verwendung genommen worden sei, bleibe trotz der Darstellungsprobe ebenso unaufgeklärt wie Richtung und Art des Falles des angeblich getöteten Thugut. Fräulein Esmaralda Nepalek habe zwar vorgezeigt, wie sie den Wagenheber, einer plötzlichen Eingebung folgend, dem Autofahrer entzogen und der Kameradin überreicht haben will. Wiederholt wurde sie aber von den Sachverständigen darauf aufmerksam gemacht, daß so, wie sie dies vorgezeigt habe, das behauptete Opfer ihre Geste gesehen haben müsse und hätte verhindern können. Diesem Gedankengang zu folgen sei durchaus nicht unangebracht. Der völlig bankrotte Thugut habe geradezu vorgehabt, auf irgendeine Weise zu verschwinden und seinen Hauptgläubiger mit der diesem übergebenen Police abzufinden, welche erst zahlbar wäre, wenn er für tot gelten könnte. Für tot zu gelten, ohne tot zu sein, habe er jetzt persönlich eine Möglichkeit gesehen, auf die er schon lange gewartet habe, die er vielleicht sonst anderswo und anderswie erst hätte in Szene setzen müssen. In den Händen Stellas wäre der Wagenheber, wenn sie diesen gegen ihn geschwungen haben sollte, zwar eine vermutliche Mordwaffe gewesen, würde aber nie zu seinem Tode geführt haben, weil dem schlanken Mädchen kaum die Kraft zuzutrauen war, den Stechviehhändler, der ihr mühelos Gewalt angetan hatte, ernstlich zu erledigen, indem sie seinen offenbar vierkantigen Kopf einschlüge. Thugut hätte nicht nur die Überreichung des Wagenhebers, die er gesehen haben mußte, verhindern können, sondern noch viel eher den Schlag gegen seinen Kopf. Er wußte sofort, als ihm der Wagenheber entzogen war und die vor ihm stehende Esmaralda Nepalek diesen nicht mehr hatte, daß derselbe nunmehr in den Händen der Stella Blumentrost sein mußte, welcher er überdies, für ihn völlig ersichtlich, überreicht worden war. Diese hatte aber angesichts der nicht vorher einstudierten Entfernung von ihm nicht die Zeit, sich einen Schlag zurechtzulegen, wie ihn die Sachverständigen mit ihr geprobt hatten. Sie schlug ganz einfach zu, ohne weit auszuholen, wie es ihr bei der gegebenen Entfernung eben möglich war. Und Thugut fiel nicht einfach auf den Wagen, der beim Studium der Schläge durch die Sachverständigen nicht mehr gegenwärtig war, wohl aber, als die Hiebe tatsächlich erfolgten, er fiel auch nicht in das nebenstehende Gesträuch, sondern geradewegs auf den Boden zwischen den Mädchen, eine Richtung, welche die Sachverständigen gar nicht als Fallgegend bezeichnen konnten, die auch keine Fallgegend gewesen wäre, würde der noch lebende Thugut nicht bewußt und gewollt diese Richtung für seinen Fall vorgesehen und genommen haben, um den Tod vorzutäuschen.

Was jetzt komme, sei von langer Hand geplant gewesen. Die Mädchen konnten den angeblich Toten, in Wirklichkeit Lebendigen nicht weit bringen. Der Fremde und Gläubiger Hinterhofhüfinger aber war für ein anderes, sicherlich nicht einwandfreies Geschäft seinem Schuldner nachgefahren und hatte gesehen, was los war. Vielleicht hätte er sich mit dem andern zusammen damit begnügt, die Neigung der Mädel zu erzwingen, würde sich ihm nicht plötzlich die Möglichkeit geboten haben, durch schnelle Erfassung des Sachverhaltes eine uneinbringliche Schuld plötzlich in eine sehr liquide zu verwandeln. Er machte den Wagen flott und brachte dann den Thugut in Sicherheit. Wo der jetzt sei, wisse man allerdings nicht, jedenfalls sei er nicht tot, sonst müsse es einen Leichnam geben, und niemand sonst hätte einen solchen für Liebe und gute Worte damals beiseitegeschafft. Möglicherweise habe Thugut sich zum Wirt begeben, um sich verbinden zu lassen, und habe davon gesprochen, jetzt kein Auto zu haben. Da der Wirt dann darüber geredet habe, sei er eben verschwunden. Es habe schon einen Sinn gehabt, den Thugut allein und ohne den Hinterhofhüfinger zu zeigen. Dadurch werde von diesem der Verdacht abgelenkt, mit der Sache etwas zu tun zu haben. Später, als der Wirt erzählte, habe es den ohnehin nicht mehr gegeben. Das verbliebene Geheimnis konnte den Mitverantwortlichen bisher nicht belasten. Auch die Überfahrt nach Chile habe Thugut, wenn überhaupt, natürlich allein angetreten. Die Police sei bisher nicht präsentiert worden. Man warte das Urteil ab. Vielleicht werde ein gänzlich anderer eines Tages auftreten mit diesem Inhaberpapier, sobald der Mord urteilsmäßig feststehe. Da keinerlei Tötung vorliege, sei er aber jedenfalls nicht begangen worden. Beabsichtigt sei er ganz und gar nicht gewesen, wenn auch Fräulein Blumentrost nicht sehr viel an dem Leben des Thugut gelegen sei. Nicht einmal die leichte Verletzung, die wahrscheinlich erfolgt sei, lasse sich noch beweisen. Das Auto sei nicht gestohlen, sondern unbefugt in Benützung genommen worden. Diesbezüglich liege nicht einmal eine Ermächtigung zum Einschreiten vor, wobei fraglich sei, wem es jetzt noch zustehe, sie zu geben. Von einer Verleumdung könne überhaupt keine Rede sein. Selbst wenn Fräulein Blumentrost oder deren Verteidigung bei ihrer Antragstellung geirrt hätte, wäre ein solcher Irrtum nicht verbrecherisch. Die Aufklärung eines sonst nicht aufklärbaren Falles auf die geschilderte Art sei aber immerhin möglich, wahrscheinlicher jedenfalls als der Gedanke, die Mädel hätten den Joseph Thugut beabsichtigtermaßen gemeinsam umgebracht und sein Leichnam wäre dann von selbst verschwunden, ohne Anhaltspunkt, wohin er gekommen sei und wer ihn weggebracht habe. Mithin könne ein Urteil im Sinne der Anklage überhaupt nicht erfolgen.

Nun wolle er sich noch abschließend mit dem Gedanken befassen, wer was zu beweisen habe. Zwar stehe der Grundsatz mit wenigen Ausnahmen für jedes Beweisverfahren fest, daß der, welcher behaupte, das, was er sage, auch erhärten müsse. Die Staatsanwaltschaft habe vieles behauptet, doch gar nichts erhärtet. Fest stehe für den Fall der Stella Blumentrost nur, daß sie den Thugut mit dem Wagenheber auf den Kopf getroffen und daß er dann nicht mehr dagewesen sei. Sonst überhaupt nichts, was zur Sache dienlich gemacht werden könne. Wie die Schläge erfolgten, welche Wirkung sie hatten, welche Stellung der Getroffene eingenommen habe, wohin er freiwillig oder unfreiwillig gefallen und was dann mit ihm geschehen sei, das alles habe die Anklage gar nicht aufgeklärt. Es genüge nicht, sich auf Sachverständige zu berufen, die jeden Schlag für tödlich halten, ohne den Schwung zu kennen und den Kopf betrachtet zu haben, den der Schlag getroffen haben soll. Es genüge schon gar nicht, der Verteidigung die Beweislast zuzuschieben oder ihr Vorwürfe darüber zu machen, daß sie Widerspruchsvolles und Lückenhaftes zu Tage gefördert habe. Sie müsse überhaupt nichts ans Licht bringen, dürfte alles im Dunkeln lassen. Und wenn ein Verteidiger abgetreten ist, um als Zeuge doch einen Beitrag zum Beweisverfahren zu leisten, so hat sich dadurch die Angeschuldigte nicht lächerlich gemacht, wie sie auch ihre Sache noch nicht verloren hat, weil sie, aus welchem Grunde auch immer, zunächst einen andern als Pannenhelfer bezeichnet hat, der es nicht gewesen war. Die Rechte der Verteidigung seien hiezulande beschränkt, der Waffengang im Prozesse unausgeglichen. Die Anklage habe die Akten von Anfang an für sich, die Verteidigung erhalte sie erst spät, oft geradezu verspätet. Und selbst wenn das öffentliche Verfahren bereits eröffnet sei, komme die Anklage noch manchmal insgeheim zu Wort, und werde selbst da, wo das Gesetz bereits den Ausgleich gebe, nach stiller Übung begünstigt und bevorzugt. Die Feststellungen des Gerichtes, die dieses am Ende pflege, bestünden oft in einer Dreiviertelbegründung, ohne daß Nichtigkeiten immer als solche erkannt würden. Die Wahrheit könne da oder anderswo sein, sie zu finden bleibe im gegebenen Falle ganz den Geschworenen überlassen. In deren Händen liege nun das Schicksal des bürgerlichen Mädels Stella Blumentrost, welches das Verbrechen begangen habe, auf der Landstraße einen Stechviehhändler namens Joseph Thugut anzuhalten und in ihrer Eigenschaft als Autostopperin sodann mit ihm gefahren zu sein. Mehr nicht. Daher seien die Tatfragen durchwegs zu verneinen, aber nicht einmal den Eventualfragen zuzustimmen.

Diese Rede des schmächtigen jungen Verteidigers Dr. Bruno Ahlinger regte hörbarermaßen die Öffentlichkeit zum Scharren und Räuspern an und führte dazu, daß einige Anwesende, vermutlich Zugehörige der beiden Angeklagten, die Hände so hoben, als ob sie Beifall klatschen wollten. Der Vorsitzende blickte sie aber gleich drohend an, und sie wagten es dann doch nicht. Die Geschworenenbank blickte weiter teilnahmslos vor sich hin, und zwar sowohl als Gegenstand als auch der darauf vorübergehend seßhaft gewordene Personenkreis. Wahrscheinlich war daselbst eine Meinung bereits gebildet oder noch dem Endausgang vorbehalten worden. Stella Blumentrost hatte unentwegt und mit wachsender Anerkennung auf ihren nunmehrigen Verteidiger geblickt, doch konnte ihr nicht angemerkt werden, ob sie der gedanklichen Zustimmung schon veranlagungsmäßig erotische Momente beiordnete. Der Vorsitzende ließ jedenfalls nunmehr wieder die Esmaralda Nepalek kommen, damit sie wenigstens dem Plädoyer ihres eigenen Verteidigers beiwohnen dürfe. Sie kam verweint, aber doch ruhig noch gerade zurecht.

Nun war das Wort an Dr. Permsusel, um die von ihm Vertretene ins rechte Licht zu setzen. Er tat dies anfangs auf Kosten der andern, ja auch zu Lasten von deren Verteidigung, wiewohl sich beides leicht hätte vermeiden lassen. Er meinte, er sei nur ein einfacher Verteidiger und stehe da für ein einfaches Mädel. Er berufe sich nicht auf ein kompliziertes Seelenleben, wie es vielleicht die Stella habe, und brauche daher auch nichts zu komplizieren, wie sein sehr verehrter junger Herr Vorredner. Denn die von ihm zu Verteidigende habe das gar nicht abgeleugnet, was sie angestellt habe, und sei auch bereit, dafür zu büßen. Wie sie in das Auto eingestiegen sei, habe sie gewiß auch damit gerechnet, daß die Herren dafür ihren Fuhrlohn wollten, und sei daher gar nicht zimperlich gewesen. Sie habe über die andere gelacht und bereitwillig deren Platz eingenommen und dabei schon gewußt, daß der Mann sie irgendwo angreifen würde, wie es nicht unüblich sei. Daß er aber für das bißchen Fahren mit ein paar Handgreiflichkeiten nicht zufrieden gewesen wäre, das sei ihr allerdings damals nicht eingegangen. Darauf mußte sie erst später kommen, als bei abgestelltem Motor der Fall eintrat. Da sei ihr keine Stella beigestanden, und sie habe sich auch gar nicht wehren können. Die Blumentrost war ausgestiegen und sie allein mit dem Stechviehhändler, und so Leute sind kaum zart. Was sie früher als Mädel erlebt habe, war vielleicht nicht immer das Schönste, aber es war ihre Sache und geht keinen Menschen was an. Und jetzt hatte sie sich eben mit diesem Joseph Thugut eingelassen, sicherlich nicht zu ihrem Vergnügen, auch nicht auf ihren Wunsch, aber ohne sich richtig zu wehren. Dadurch war nun eben schon ein vertrautes Verhältnis hergestellt worden, denn für ein Mädel gibt es nichts Vertrauteres, als daß es einem Mann gehört. Das war also der Fall. Wie nun der Joseph Thugut den Wagenheber nehmen wollte, da hat sie eben Spaß gemacht und ihm den Wagenheber weggenommen und der Stella gegeben. Natürlich hat er das gneißen, d.i. bemerken, müssen, denn er hat ihn ja nicht mehr gehabt und die Esmaralda auch nicht. Was die Stella mit dem Wagenheber machen würde, ist sie weiter nichts angegangen. Sie hat nicht annehmen müssen, daß sie damit den Joseph Thugut auf den Kopf treffen oder ihm den Schädel einschlagen wird. Es ist ja gar nichts vorher angedeutet und besprochen worden. Selbst wenn nun die andere den Joseph Thugut hat umbringen wollen, der Esmaralda Nepalek kann man deswegen keinen Vorwurf machen. Auch nicht, weil sie während der Zeit den Menschen angesehen hat. Sieht die Katz den Kaiser an, also müsse es der Esmaralda Nepalek auch erlaubt sein, den Stechviehhändler Joseph Thugut anzuschauen. Und wenn sie selbst bemerkt hätte, daß die Stella jetzt zuschlage, und der Joseph Thugut würde es nicht bemerkt haben, warum sollte sie wendiger sein als er, und wo hätte sie plötzlich hinschauen sollen? In weniger als einer Sekunde Zeit würde sie nichts haben verhindern können. Und wie wäre das zu verhindern gewesen? Vielleicht mute man ihr sogar zu, daß sie sich hätte zwischen die Blumentrost und den Thugut stellen sollen, um die Schläge mit ihrem Körper aufzufangen. Daß sie vielleicht hingewesen wäre an seiner Stelle? Das müsse man nicht auch noch dem vom Thugut gebrauchten Mädel zumuten, daß es sich zum Dank dafür für ihn erschlagen lasse. Wenn er gar nicht reagiert habe, wo er doch hätte reagieren können, warum hätte sie überhaupt reagieren müssen, wo sie nicht hätte reagieren können? Wenn sie sich über eine Frau Geschworene geärgert und gesagt habe, sie habe hingeschaut, bis er hingewesen sei, so sei er noch lange nicht dadurch hingeworden, und sie sei deshalb keine Mörderin. Die Staatsanwaltschaft habe zwar keine Leiche gefunden, wolle aber die fassen, die den Lebendigen angeschaut habe. Ja, sie habe dreihundert genommen und nicht tausenddreihundert. Die sogenannte Witwe habe im Wagen nichts gezählt und wisse auch nicht, ob der Herr Thugut die tausend in die Hose gesteckt habe. Die Hose habe ihm aber das Mädel nicht ausgezogen. Also müsse das Geld noch dort sein, wenn er es inzwischen nicht ausgegeben und es auch kein anderer gestohlen habe. Und wenn ein Mädel eingesperrt sei und das Bedürfnis nach einem Mann habe, wie immer einer dagewesen sei, sooft es einen gebraucht habe, weil es hinlänglich hübsch ist, daß man es immer wieder hat haben wollen, und es sei mit einem Weibsbild eingesperrt, das es auf es abgesehen hat, weil es an solche Sachen gewöhnt ist, so könne man es ihm auch nicht so grausam übelnehmen, wenn es so tut, als ob es das andere für einen Mann halte. In Österreich sei das zwar Unzucht wider die

Natur und werde als Verbrechen bestraft, da könne man gar nichts machen. Da sei sie schon schuldig. Aber nur für das, nicht für was anderes, und man werde sie dafür nicht lebenslänglich ins Zuchthaus sperren dürfen.

Darum müßten die Herren und Damen Geschworenen nein zu der Frage sagen, ob Mitschuld zum Mord vorliegt. Daß sie den Wagenheber weitergereicht hat, das war noch lange nicht als zweckdienliche Leistung gemünzt, und das Anschauen war keine Hintanhaltung des Widerstandes. Da solle man nichts Unnatürliches hineinkünsteln. Aber dreihundert, die habe sie schon an sich genommen, ihr erster Diebstahl, und soviel sei das mindestens wert gewesen, was sie ihm habe gewähren müssen, denn die schiechen Huren bekämen genausoviel für weniger. Und die Unzucht wider die Natur, die läge schon vor, aber das beweise nichts weiter. Übrigens Mord? Er sehe noch immer keine Leiche. Unter allen Möglichkeiten mögen sich die Herren und Frauen Geschworenen eine aussuchen, die aber nicht im Zweifel gegen die Angeklagte sei. So übe man es zwar mitunter, aber gegen das Gesetz. Und das Gesetz sei nicht dazu da, um ein armes Mädel zu zermalmen, das nichts getan habe, als daß es dabei gewesen sei, als etwas geschehen ist, von dem man nicht einmal weiß, was es war. Also ja, aber nur für dreihundert Schillinge und Unzucht, sonst überhaupt nein.

Als Dr. Permsusel geendigt hatte, sagte einer Bravo und klatschte in die Hände. Als der Vorsitzende Dr. Vollmulder aber hinschaute, da war es niemand. Nun wollte der Vorsitzende seine genaue Belehrung an die Geschworenen geben. Als er aber auf die Uhr schaute, da war die Stunde schon zu weit vorgerückt. Also verschob er die weitere Verhandlung auf den morgigen Tag, trug aber den Herren und Frauen auch auf, mit niemand über die Sache zu beraten, die Stimmen des Miß- und des Gefallens zu unterlassen und die gesetzlich vorgesehene Unterweisung abzuwarten. Danach verabschiedete er sich von allen und ging, und die Beisitzer gingen auch. Nur die Geschworenen blieben noch, bis auch die Angeklagten gegangen waren. Eine aus dem Zuschauerraum wollte die Nepalek umarmen, sie konnte aber nicht. Esmaralda wurde dafür anstatt von ihr von Dr. Permsusel umarmt und lag ihm sekundenlang an der Brust, denn er hatte es diesmal sicher verdient. Die Stella gab Dr. Ahlinger einen Händedruck und widmete ihrem früheren Verteidiger Dr. Apsmirkler einen feuchten Augenaufschlag. Dem altgedienten Matrosen, der dahintersaß, winkte sie auch, ebenso dem Kunibert Falkner neben ihm und der Tante am andern Eck. Dann ging man auseinander, weil es doch für heute zu Ende war.

Sie hatte nun daran zu denken, was mit ihr werden würde. In weniger als vierundzwanzig Stunden müßte es entschieden sein, noch nicht endgültig, denn wenn es schiefginge, ginge es weiter. Und wenn es gutginge, wäre man auch noch nicht am Ende. Wenn aber alles gut würde, wo könnte sie ihr Leben fortsetzen? Dort, wo sie in den Wagen eingestiegen war, sicher nicht mehr. Dort, wo sie hinwollte, ist sie nicht mehr hingekommen. Die Strecke dazwischen, das war, was man mit ihr gemacht hat, wofür sie dann das gemacht hat, wofür sie hier sei. Das getan, und warum? Es sei zuviel gewesen. Zuviel. Da war kein Geld mehr da. Der Geliebte war nicht zum Stelldichein geblieben. Aber der Viehhändler hatte gepaßt, für einmal seine Stelle einzunehmen. Oder sie hatte beim Winken geirrt und da war er nun da. Ob sie ihn nun umgebracht hat oder nicht, sie hat was auslöschen müssen. Und der Wagenheber war gut dazu. Das habe sie gefühlt, wie die andere ihr den gereicht hat. Die andere, das arme Mädel, das den Liebsten mit ihr hat teilen wollen, dem es nie allein hat gehören dürfen. Das arme Mädel, das sein letztes Geld für ihre Geburtstagsfeier ausgelegt hat und gegangen ist, um sie zu begleiten, obwohl es selbst schon zu Hause gewesen ist, und das ihr den Wagenheber gereicht hat so zum Spaß, aber sie hat ihn nicht zum Spaß genommen und verwendet. Das arme Mädel, das morgen mit ihr gerichtet werden wird und vielleicht wegen Mordes verurteilt, wenn die Geschworenen nicht auf ihr hübsches Gesicht schauen und sich nicht an ihre tadellose Brust erinnern oder die guten Beine, die es nun hat verhüllen müssen, um seriös zur letzten Feilbietung zu kommen. Wen oder was werden die Geschworenen hören? Vielleicht das Gesetz, das sie nicht verstehen, welches aber besagt, daß selbst ein Stechviehhändler, für den die Mädel auch was zum Stechen sind, dann heilig wird, wenn man ihn umbringt oder wenigstens annimmt, daß er umgebracht worden ist, weil er sich nicht wieder persönlich bei seiner Frau nachher eingestellt hat. Das Gesetz ist hungrig. Die Jugend taugt nichts, trägt enganliegende Hosen und Röcke, die hoch über den Knien enden, stiehlt, notzüchtigt, mordet und findet nichts dabei. Aber so ein Stechviehhändler kriegt einen Heiligenschein, wenn er umkommt, auch wenn er vorher in Schweinerei gelebt hat. Um ihn geht es heute. Um seine Sicherheit ist der Gesellschaft bange, und der öffentliche Ankläger vertritt das Gesetz zum Schutze von Stechviehhändlern und zu deren würdigem Begräbnis, und wenn man keine Leiche gefunden habe, so könne man zwei tote Mädel in sein leeres Grab legen. Von Zeit zu Zeit ist es zuviel. Dann schwingt so ein Mädel, langhaarig oder nicht, einen Wagenheber gegen den Kopf eines Stechviehhändlers, bis er tot ist oder sich in Sicherheit bringt, als ob er tot gewesen wäre. Und auch der Gesellschaft ist es zuviel. So ein Mädel und das zweite Mädel, das ihr den Wagenheber gegeben hat, ist Gegenstand einer Untersuchung, wie man sie an Mädeln macht, die nichtsnutz sind, weil sie kurze Röcke anhaben und hie und da wem was erlauben, aber einen Stechviehhändler dafür erschlagen wollen. Denn die Gesellschaft glaubt nichts, was nicht nach den Regeln geht. Und so ein Mädel, dem es zuviel war, hat sicher kaum das getan, was man von ihm hat erwarten können. Und wenn es der Gesellschaft zuviel ist, so tritt sie auf das Mädel und auf das andere auch, das bloß dabei war, aber den Wagenheber zum Spaß gereicht und auch geschaut hat, denn die Gesellschaft war nie für die nichtsnutzigen Mädeln, sie war immer gut zu toten Stechviehhändlern und solchen, die für tot gelten wollen, wenn ein Mädel den Wagenheber gegen einen von ihnen geschwungen hat. Und es kommt gar nicht darauf an, ob der Mord wirklich geschehen ist. Es genügt, daß er angenommen wird. Und das Gericht hat nicht zu suchen, ob irgendwo ein Zweifel vorhanden ist. Es hat den Zweifel aus der Welt zu schaffen, indem es urteilt. Und hier läßt es sogar noch acht Geschworene für sich sprechen. Diese Geschworenen sind noch mehr die Gesellschaft als die gelernten Richter die Gesellschaft sein können. Sie sprechen den Mörder frei, der sie rührt. Bloß weinen muß er können und ein besseres Inneres zeigen, als er es hätte vorweisen können, als er das getan hat, wofür er hier steht. Aber so ein Mädel, das gar nichts bedauert, nur dann weint, wenn man es nicht erwartet, und meistens gar nicht weint, inwieweit gehört das noch zur Gesellschaft, wenn es einen ehrenwerten Stechviehhändler ermordet haben soll? Sie sei nun, die Stella Blumentrost, aus halbwegs gutem Haus, habe nie richtig gearbeitet, war mit fünfzehn schon verführt, habe mit zwanzig mit einem Mädel aus schlechtem Haus den Liebhaber geteilt, sich nackt beim Pfänderspiel einem andern gezeigt, auf der Straße Wagen angehalten, um nach Hause zu fahren. Und was sollten sie über das zweite Mädel denken, gleich zu Anfang von dem Lehrer verführt, als Kind unter einem Bauernburschen gelegen und so weiter, und meistens ohne Liebe unter vielen, auch alten Leuten, darunter einem Invaliden, und jetzt den Wagenheber vor der Tat gereicht, und nach der Tat gestohlen, und schließlich in Haft mit einem weiteren Weibsstück sich eingelassen? Wie sie, die Stella Blumentrost, über es denke, darauf komme es doch nicht an, aber die andern, was würde die Gesellschaft über es denken? Was allerdings könnten sie beide noch anfangen, wenn sie die Mauer vor ihnen durchließe. Es könne nicht so kommen, daß sich ihnen eine Türe öffne. Es müßte sich schon eine Wand vor ihnen spalten. Aber wäre es dann nicht so, daß sie Hand in Hand gegen eine weitere Wand rennten? Sie würden wohl Hand in Hand bleiben, sie seien ja auch Hand in Hand gekommen. Esmaralda hatte noch ein Zuhause, gehörte aber nie recht hinein. Außerdem würden der Vater und die Ziehmutter sagen, sie dürfe nicht mehr zurückkommen, denn sie sei damals nicht zurückgekommen, sondern weitergegangen, so weit gegangen, daß das mit dem Wagenheber passieren mußte. Und ob sie es nun wirklich gewollt habe oder nicht, die andern dächten, daß sie es gewollt hat, die andern, die würden dann so entscheiden, wie das Gericht hätte entscheiden sollen. Denn die Gesellschaft sagt »schuldig«, und wenn das Gericht nicht »schuldig« sagt, dann war es nicht die Gesellschaft. Wo also würde sich noch eine Wand spalten, wenn sich überhaupt eine Wand spalten sollte? Sie, Stella, müßte selbst mit ihrem Kopf Wände einrennen, dazu sei sie jetzt entschlossen. Sie müßte Haß mit ihrem Kopf machen, wie sie früher Liebe zwischen ihren Schenkeln gegeben habe. Aber werde sie mit dem Kopf was ausrichten können? Sei er fest genug, um Wände einzurennen? Sie sei ja nur ein Mädel, habe wenig gelernt, gerade das, worauf man etwas hätte aufbauen sollen, wenn man was vom Bauen verstanden haben würde. Der Vater schon war nicht vom Fach, er hat vom Bauen bloß profitiert. Ihr Elternhaus, das war bloß gemietet. Nun ist es wie ein Kartenhaus zusammengefallen, während sie draußen auf der Straße gewartet hat, daß das nächste Auto sie mitnehme. Sie würde nirgends hingehen können. Vor ihr läge kein Heim, sie habe auch kein Geld und wisse nicht, wie man welches verdiene. Sie habe nie richtig gearbeitet und könne jetzt nicht mehr anfangen, sie könne überhaupt nicht mehr anfangen, wo etwas zu Ende sei und nichts wieder begonnen habe. Sie dürfe nicht zu dem Matrosen. Der habe sie ausgesperrt damals in der Nacht, und sie sei auf der Straße mit dem andern Mädel allein geblieben, bis sie den Wagenheber in der Hand hatte, um Schluß zu machen. Es sei ihr zuviel geworden. Sie habe Schluß gemacht, und nun sei Schluß. Der Falkner habe viel für sie getan, aber dann mit ihr Pfänder gespielt, bis sie nackt gewesen sei. Und nun sei sie längst nackt und habe bloß ihre Haut auszuziehen, wie Esmaralda gesagt habe vor dem Schwurgericht. Ihre Haut aber wolle sie noch behalten, damit sie als Leichentuch bleibe. Der Dr. Apsmirkler sei schließlich fortgegangen und habe sie nicht mehr verteidigen können. Der Dr. Ahlinger war statt seiner gekommen und hatte alles das gesagt, was sie sich zu sagen vorgenommen habe, es bleibe ihr nichts mehr zu sagen übrig. Aber was sollten ihr noch die beiden? In den einen sei sie einen Augenblick verliebt gewesen, dem anderen müsse sie so ungeheuer dankbar sein, ob er nun was ausrichte oder nicht. Diese Dankbarkeit werde sie ihr Leben lang behalten müssen, denn sie sei einfach nicht abzustatten. Da begannen ihre Kopfschmerzen wieder. Allerdings habe sie schon solche gehabt, bevor sie die Geschichte mit dem Wagenheber erlebt habe, dann seien sie aber noch gewachsen und niemals mehr ganz verschwunden. Darin mag ihr Schicksal vielleicht liegen. Ein schlechtes Urteil werde vielleicht später gelöscht, wenn es gelinge, den Hinterhofhüfinger zu überführen, wenn der Joseph Thugut lebendig ins Garn ginge. Aber sie würde es nicht mehr auskosten können. Sie müßte noch die dritte Wand einrennen, aber das sei die mit den Kopfschmerzen, welche sich aufrichte, wenn sie mit nichts mehr dagegen anrennen dürfe, denn der Kopf gehöre dann den Schmerzen. Zu der Zeit werde die Esmaralda Nepalek vielleicht entflohen sein und sich als Hure fortbringen, bis der Sumpf über ihren Kopf treten müsse. Sie werde nicht mehr hören, daß sie nun frei sei, frei nach dem Gesetz, denn es werde keinerlei Freiheit mehr für sie geben. Stella glaube jetzt fast, daß die Gerechtigkeit hergestellt werde, aber die Gerechtigkeit komme eben zu spät, und sie helfe überhaupt niemand mehr. Worüber sollten die Geschworenen morgen noch entscheiden? Ob sie beabsichtigt oder in Kauf genommen habe, den Joseph Thugut zu töten, und ob dessen Tod wirklich eingetreten sei, wie es von ihr beabsichtigt worden wäre? Oder ob sie nicht beabsichtigt habe, den Joseph Thugut zu töten, und dessen Tod auch nicht wirklich eingetreten sei? Ob sie das Verbrechen des Mordes begangen habe oder nicht? Sie habe mit einem Wagenheber, also einer dazu geeigneten Waffe, so gegen dessen Hinterkopf geschlagen, daß dadurch ... Sie habe nicht mit dem Wagenheber, sodaß dadurch nicht ... Sie müsse eben so sein, wie sie sei. Und müsse denken, was die andern dazu sagen. Aber je mehr sie denke, desto mehr erkenne sie, daß es gar nicht mehr darauf ankomme, nicht jetzt und nicht je, was man von ihr hielte. Nur was sie sei, wie sie sei, das sei noch wichtig, bis sie aufhöre, was zu sein. Aber habe sie nicht schon aufgehört? Sie dachte immer noch, während sie schon schlief. Das andere Mädel übrigens, Esmaralda Nepalek, schlief auch und dachte nichts.

Am nächsten Morgen wurden sie dann die Treppen hinaufgeführt dorthin, wo man sie richten würde. Die Untersuchung an Mädeln war jedenfalls abgeschlossen. Man brachte sie nur, daß sie nun das Ergebnis anhören sollten. Die Esmaralda Nepalek schwebte hinauf und strahlte. Ihr kam es offenbar nur darauf an, wie sie wirkte, sie war ganz eine junge Frau und sah sich mit den Augen anderer, aber doch so, wie sie glaubte, hoffte und schließlich sicher war, daß sie die andern auch sehen würden, die Herren auf der Geschworenenbank, jeder einzelne ein Mann, der mit der großen Nase, der mit dem kleinen verzogenen Mund, der mit der Glatze, der mit den feinen Händen, der mit den verschmitzten Augen. Die Frauen kamen gar nicht in Betracht. Sie waren eben nur Frauen. Die Welt gehörte nun den Herren, die Frauen waren nur so dabei, mußten ihnen gefallen, mußten sich einordnen, mußten wissen, wie sie sich verhalten sollten, damit sie den richtigen Eindruck erzielten, mußten sich mit ihrem ganzen Körper einsetzen, daß sie auf die Hoden wirkten, die doch alle Herren hätten und die gereizt werden konnten, ob sie nun tauglich seien oder nicht. Esmaralda Nepalek dachte nicht, sie stellte sich bloß was vor. Sie trug wieder das kurze Gewand und nicht das, welches ihr der nunmehr bewährte Verteidiger verschrieben und aus dem Bestand seiner Gattin gebracht hatte. Sie zeigte wieder alles, was sie noch zeigen konnte. Es kam ihr nur darauf an, daß sie freikäme. Sie hatte sogar vergessen, ob sie schuldig war oder nicht. Was dann kommen würde, darauf kam es ihr nicht mehr an.

Die Stella Blumentrost hatte ihr Gewand nie wechseln können. Man hatte ihr kein anderes gebracht. Und doch hatte sie bisher Wert darauf gelegt, nicht schlecht zu wirken. Sie hatte sogar die schwarze Perücke getragen, die ihr zum Spott übersandt worden war. Es war ihr auch immer um schuldig oder nichtschuldig gegangen, aber auch darum, ob sie die Unschuld werde durchsetzen können. Sie hatte viel daran gezweifelt, sich aber erst dann mit dem befaßt, was nachher werden würde. Diesmal trug sie die Perücke nicht. Sie war fast kahl, nur ein paar hellbraune Haare keimten. Man konnte nicht sehen, ob es ein Blühen oder Welken war. Sie war nicht zurechtgemacht und wirkte häßlich, obwohl sie schön war. Sie ging in den Saal, ohne jemand anzusehen, als ob ihre Augen bloß nach innen gerichtet wären, wo aber nichts mehr war, nicht Gott und nicht sonst etwas. So hat sie es später zugegeben.

Die Geschworenen waren auf ihren Plätzen versammelt und rührten sich nicht. Auch die Zuhörer verhielten sich der Würde des Saals nunmehr entsprechend. Staatsanwalt und Privatbeteiligtenvertreter waren da und Frau Thugut, welche für Trauer sorgte. Die Verteidiger nahmen gerade ihren Sitz ein, zunächst siegessicher, aber dann sahen sie den Aufzug, in dem ihre Klientinnen erschienen waren. Dr. Permsusel sagte nur »Mädel«, aber in dem Wort war alles darin. Dr. Ahlinger sagt nicht einmal das und starrte nur wie gebannt auf den kahlen Schädel der Stella Blumentrost. Auch auf der Zuhörerbank machten der Matrose, der Vertreter der Versicherungsanstalt und der frühere Verteidiger ein verdutztes Gesicht, doch blieben sie schweigend. Nur die Tante des Mädchens, die auch da war, bewegte ihre Hände zu einer abwehrenden Geste und ihre Zähne zu einer solchen klapprigen Entsetzens.

Dann war das Gericht herbeigekommen, und alles hatte sich erhoben. Bevor der Vorsitzende die Belehrung und Unterweisung an die Geschworenen gab, teilte er mit, daß übersehen worden sei, jeder der beiden Angeklagten das Schlußwort zu erteilen.

Er wandte sich zunächst an Esmaralda. Die wiegte sich in den Hüften und schaute auf Dr. Permsusel, lächelte dabei, doch brachte sie nichts heraus. Man nahm daher an, daß sie sich den Worten ihres Verteidigers anschließe.

Dann kam das Wort an Stella Blumentrost. Sie erhob sich, sagte »Ich« – und setzte sich wieder.